陳耀昌 *Yao-chang Chen*
下村作次郎 訳

フォルモサに咲く花

東方書店

序　日本の読者に

陳　耀昌

まず、『フォルモサに咲く花』（原題『傀儡花』）を日本語に翻訳してくださった下村作次郎先生に、そして、この作品をドラマ化し、台湾のテレビで最初の「台湾史大河ドラマ」として放映することになっている台湾公共テレビに感謝申し上げたい。

下村先生と台湾公共テレビが、このように『傀儡花』を気に入ってくれたのは、この作品が台湾原住民と近代台湾の運命的な結びつきを描いているからだと思う。

私は、一八六七年は台湾史における重要な年だと思っている。一八六七年三月十二日にたまたま発生したアメリカ船ローバー号の海難事故が、その後の台湾の歴史と台湾人の運命に重大な影響をもたらした。

ほとんどの台湾人が、この小説を読むまでそのことを知らなかった。と言うのも、公の歴史記録には、この事件を、船舶の海難事故として簡単に記してあるだけで、事故のその後については、何の記述もないからである。

しかしながら、その後、六月十三日に、アメリカ太平洋艦隊の総司令官が、百七十余名の海軍陸戦隊を派遣して、台湾の墾丁に上陸させ、現地の原住民族を捜査（あるいは攻撃？）させた。その結果、アメリカの副指揮官が戦死したが、台湾原住民は無傷であった。これは、アメリカが、南北戦争後、はじめてアジアで行った軍事行動だったが、台湾原住民族に敗北したのである。

その後、アメリカは駐厦門《アモイ》領事シャルル・ルジャンドル（李仙得）を台湾に派遣して、この事件の処理に当たらせた。一八六七年十月十日、ルジャンドルは台湾人と協定を交わした。これは台湾人が結んだ最初の国際条約である。協定のアメリカ側はルジャンドルであり、台湾側は、清国の役人でも漢人でもなく、台湾原住民族で、「下瑯嶠十八社総頭目」のトキトクであった。

清国の役人は、これは「台湾生番〔台湾原住民族〕」の事であって、「天朝〔外国に対して用いられた中国の朝廷の自称〕」とは無関係であるとして、文書に残さなかった。そのため、中国の史料には記述がないのである。

この協定で、ローバー号事件は幕を閉じた。だが、台湾原住民族の領土に対するルジャンドルの野心は幕を下ろしていなかったのである。


日本の読者で、次の事を知っている人はあまりいないかもしれない。

一八七二年に、ルジャンドルは日本政府の外交顧問「台湾蕃地事務局副局長」になった。一八七四年の西郷従道《じゅうどう》による「台湾出兵」では、ルジャンドルは影の立役者であった。ルジャンドルがいなければ、「台湾出兵」はなく、一八九四年の日清戦争後に、日本人が清国に台湾を割譲させることもなかったであろう。

その後、ルジャンドルは日本で家庭を持ち、十八年にわたって日本で暮した。越前福井藩主松平春嶽《しゅんがく》の庶子の池田絲《いと》と結婚したのである。息子は歌舞伎役者の十五代目市村羽左衛門（一八七四―一九四五）で、外孫はオペラ歌手の関屋敏子（一九〇四―一九四一）である。つまり、ルジャンドルは日本の歴史においても、取り上げられるべき人物なのである。しかし、日本人のほとんどはルジャンドルをすっかり忘れてしまっている。

私は本書で、当時の英語や中国語で書かれたこの事件全体についての大量の史料を参考にして、戦争の経過や、イギリスとアメリカの役人と清国政府との度重なる交渉経過を含めて、さまざまな場面の再現を試み、そこに台湾原住民族の美しい女性「蝶妹《ティアモエ》」とルジャンドルの恋情を書き加えた。

蝶妹は「客家」の男性と「原住民」の頭目家の女性との間に生まれ、両親の民族のことばに通じている。そのうえイギリス人医師マンソンについて医療を学び、英語を習得し、各族のあいだを行き来して、通訳や橋渡し役を担う。私は蝶妹に国際舞台における台湾の運命を象徴させ、彼女を通して台湾人の多元な血統と多様な文化を明らかにした。

日本の読者が、台湾原住民族を中心に据えたこの小説を好きになってくれることを願っている。さらに、二年後に台湾公共テレビで放映予定の台湾史大河ドラマ「傀儡花」が日本のテレビに登場することを願っている。


最後に、家族に感謝の気持ちを述べたい。私の両親は、私が日本語ができないことを残念に思っていた。ふたりは日本文化のファンだったからだ。両親は大正十一（一九二二）年に台湾に生まれ、二十四歳まではずっと日本人として日本教育を受けた。父の陳永芳は九州帝国大学附属医学専門部を卒業し、母は東京女子薬学専門学校(現、明治薬科大学)を卒業した。母は文学少女で、嫁入り道具には岩波文庫があった。母はまた日本語版の『白い巨塔』や『氷点』なども買っていた。父の蔵書には中国語版の『資治通鑑《しじつがん》』が揃っていた。私の歴史好きは父から、文学への興味は母から来たものだ。ふたりは一九七九年に日本に戻って長く暮らした。父は福岡県糸田町の緑ヶ丘病院で医者をし、退職後は青森県鯵ヶ沢の個人病院に行った。一九九一年に、父が体を壊したので、両親は台湾に戻ることになり、わたしはやっと両親を迎えることができた。

実は、私も一九八九年に東京大学に半年間、行っており、さらに日本での会議にもよく参加し、日本に旅行に行ったりもしている。数えてみると、これまで少なくとも一年は日本に滞在しているが、日本語ができず、本当に申し訳ない気持ちだ。

父は一九九六年に、母は二〇一三年にこの世を去った。この日本語版の『傀儡花』が届いたら、最初に両親の霊前に供えたいと思う。天にあるふたりの霊はきっと喜んでくれることと思う。

二〇一九年六月十三日　台北にて

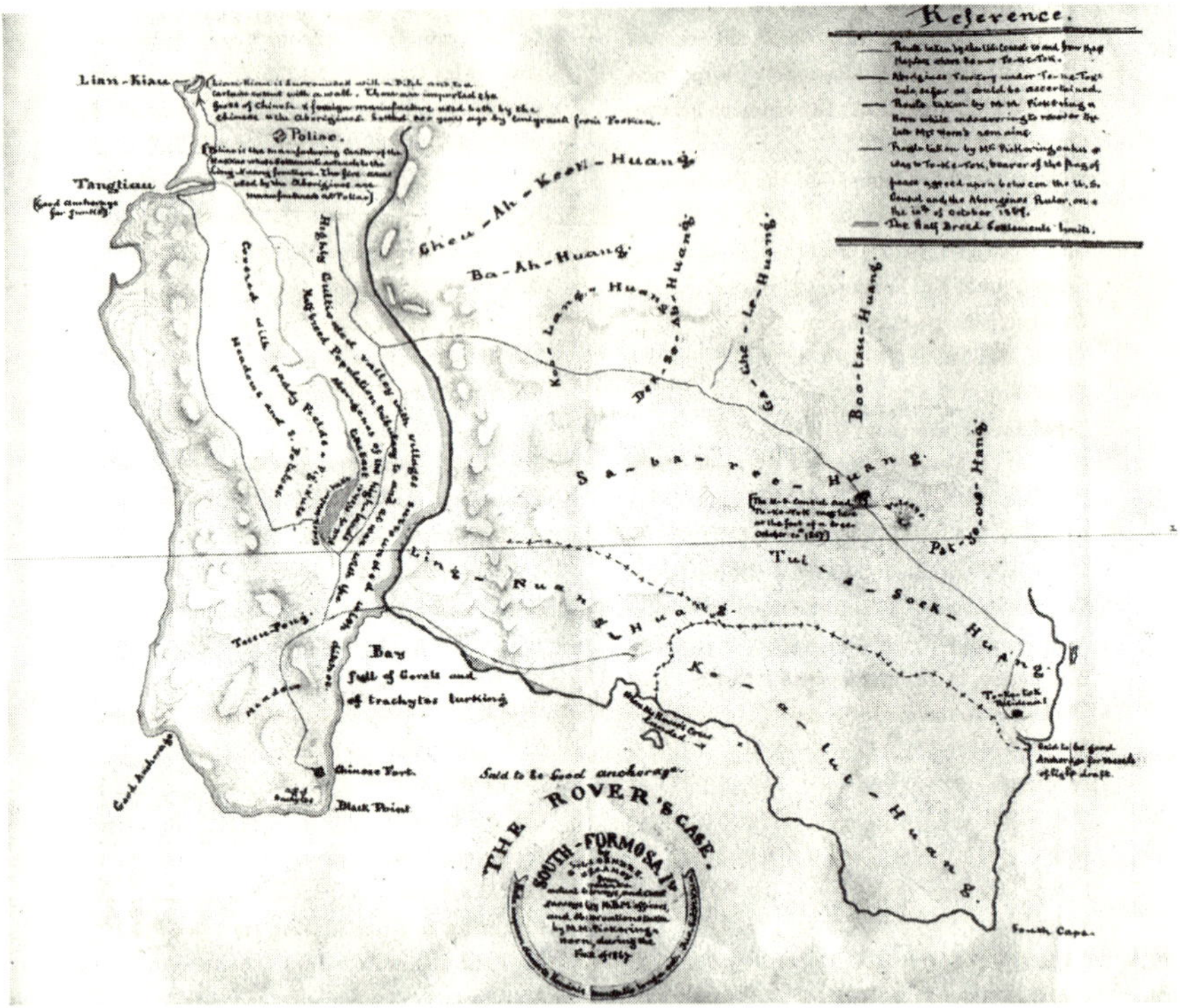

ルジャンドル作成の地図
費徳廉・蘇約翰主編／羅効徳・費徳廉中訳『李仙得台湾紀行』
国立台湾歴史博物館、2013 年 9 月、389 頁

目次

【本書を読むために】

〔凡例〕

○台湾に住む先住民族は、台湾では台湾原住民族と呼ばれる。この呼称は、彼らが自己の呼称として勝ち取ったものであり、一九九四年には憲法に記載され正式呼称となった。本書では、この呼称を使用するが、本書が描いた一八六七年当時は、原住民族は「生番」、「土番」、「土着」、「番人」などと呼ばれていた。原書は歴史的呼称としてこれらの用語を使っているが、本書でもそれに従って使用する。

また原住民族はそれぞれ集団を形成して生活を共にするが、その共同体を「社」と呼び、今日は「部落」と称する。

○主な地名・部落（社）名・人名の読み方は、安倍明義編『台湾地名辞典』（蕃語研究会、一九三八年）に依拠した。但し、本書『フォルモサに咲く花』でルビを振っていないものは音読みを優先した。

○原注は本書の理解に必要なものに限って訳出し、短いものは本文中で扱い、（ ）内に入れて示した。訳注は本文中では〔 〕内に記したが、長いものは最後に掲げた。

○本書には、伝統的な白話小説の導入・序幕にあたるまくら（「楔子」）があるが、日本の読者にはまくらとしてはかえって難解になっているため、「後記」と共に附録として作品の最後に掲げた。

〔民族〕

傀儡番《かいらいばん》…………今日の恒春半島に住むパイワン族、ルカイ族、スカロ族を指す。

生番《せいばん》、土番《どばん》……もともと台湾に住み、オランダによる文明化や漢民族による漢化を受けていない民族で、今日は原住民あるいは原住民族が政府公認の正式呼称である。

平埔《へいほ》族…………台湾の西部平原に住む原住民族。多数が統治民族に同化した。

福佬人《ふくろう》…………主に福建省の漳州《しょうしゅう》、泉州、福州、潮州などから渡台してきた人々。福佬語（閩南語《びんなん》）を話す。客家人や原住民族からは「パイラン（歹人）」と呼ばれる。「歹人」は「悪人」の意味の福佬語。

客家人《はっか》…………広東省の梅州、恵州、嘉応州、福建省の汀州《ていしゅう》などから渡台してきた人々。客家語を話す。福佬人や原住民族からは「ナイナイ（倷倷）」と呼ばれる。「倷倷」は「私」という意味の客家語。

土生仔《トゥサンア》…………福佬人と平埔族との混血。あるいは福佬人と土生仔との混血。客家人には優越意識を抱く。

マカタオ族…………高雄から屏東《へいとう》にかけて平原地帯に住む平埔族。

〔主要登場人物〕

ルジャンドル…………アメリカ駐厦門《アモイ》および台湾府領事。妻クララ、息子ウィリアム。

蝶妹《ティアモエ》…………客家人と傀儡番の混血。一八六五年に数え年十六歳。

文杰《ブンキッ》…………蝶妹の弟で四歳下。

棉仔《ミア》…………福佬人と平埔族（マカタオ族）の混血。土生仔。社寮の首領。

松仔《ソア》…………棉仔の腹違いの弟。土生仔。

トキトク…………チュラソの大頭目であり、スカロ四社（チュラソ、射麻里《シャマリ》、猫仔《バア》、龍鑾《リンロアヌ》）の大股頭《だいことう》でもある。漢字表記「卓杞篤」。

〔その他の登場人物―民族別―〕

（原住民族系）

パジャリュウス…トキトクの兄、ツジュイの父。

ツジュイ…………パジャリュウスの長男。トキトクの後継者。

マチュカ…………林山産（老實）の妻。

バヤリン…………クアール社の頭目。

イサ……………射麻里社の大頭目。妹イシ。

サリリン…………イサの妻。

ララカン…………イサの弟。


（客家人）

林山産……………別名林老實。マチュカの夫、蝶妹、文杰の父。統領埔《とうりょうほ》に住む。福建出身の客家。福佬語と客家語ができる。二十年ほど前に渡台。社寮の楊竹青の家で作男をする。

林阿九……………客家人。保力《ほりき》の首領。


（土生仔）

楊竹青……………棉仔と松仔の父、社寮の首領。


（紅毛人、洋人、異人）

スウィンホー　：初代駐台イギリス領事。フォルモサで多数の鳥類を発見した生物学者。フォルモサは欧米人の台湾の呼称。

マックスウェル：イギリス人医師、キリスト教宣教師。

マンソン　………医師。スコットランドのアバディーン出身。マックスウェルに呼ばれて一八六五年に渡台。のち寄生虫の研究で熱帯医学の父と称される。

キャロル…………第二代駐台イギリス領事。一八六六年十二月着任、翌年十二月離任。

ピッカリング……イギリス人。北京官話、福佬語、原住民のことばに通じるフォルモサ通。一八六三年から安平の税関に勤務。

ホーン……………イギリス人。ピッカリングと共にハント船長夫人の遺体と遺品を捜索。

（清朝人）


呉大廷……………台湾道道台。曾国藩と左宗棠《さそうとう》の門下生。

劉　明燈《りゅうめいとう》…………台湾鎮総兵。曾国藩と左宗棠の門下生。

葉宗元……………台湾府府尹（知事、府の長官）。

姚瑩《ようえい》………………台湾県知県兼海防同知として台湾に赴任、のち噶瑪蘭《クバラン》通判。一八三八年から一八四三五年まで台湾道道台の任にあたる。桐城《とうじょう》派の学者で、『東槎紀略《とうさきりゃく》』（台湾紀聞）を著す。

王文棨《おうぶんけい》……………台湾府海防兼南路理番同知。

陳廟祝……………慈済宮の廟祝（管理人）。

乙真法師…………観音亭の住職。

徳光………………ローバー号乗組員十四名中の唯一の生存者。広東《カントン》人。

〔ローバー号事件〕

事故は一八六七年三月十二日に起こった。十四人を乗せたアメリカの帆船ローバー号が台湾南岬《なんこう》沖の七星巌で座礁、十三日、ボートでクアール社の海岸に上陸したが、ハント船長夫妻を含む十三名が現地人に殺害され、徳光という名の広東人のコックが一人生き残った。

（事件の調査等にあたった船と船長）

三月二十五日出港　イギリスの砲艦コーモラント号、ブロード船長
四月八日出港　アメリカの戦艦アシュロット号、フェビガー船長
六月七日出港　アメリカ旗艦ハートフォード号、ベルクナップ艦長。ワイオミング号、カーペンター船長
九月五日出港　ボランティア号

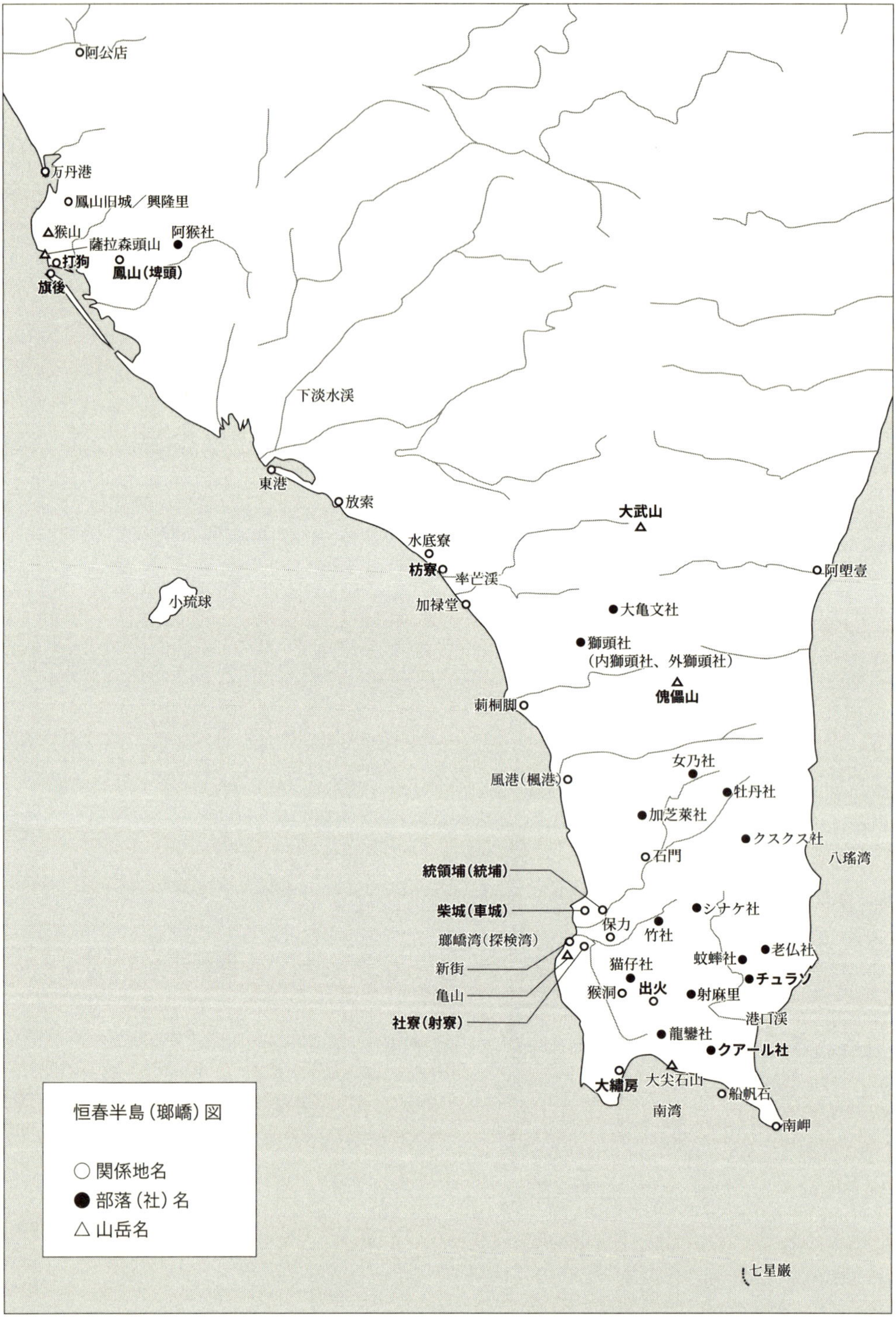

阿公店
万丹港
鳳山旧城／興隆里
猴山
阿猴社
薩拉森頭山
打狗
鳳山（埤頭）
旗後
下淡水渓
東港
放索
大武山
水底寮
枋寮
率芒渓
阿塱壹
小琉球
加禄堂
大亀文社
獅頭社
（内獅頭社、外獅頭社）
傀儡山
莿桐脚
女乃社
風港（楓港）
牡丹社
加芝萊社
クスクス社
八瑤湾
石門
統領埔（統埔）
柴城（車城）
シナケ社
保力
竹社
瑯嶠湾（探検湾）
老仏社
新街
猫仔社
蚊蟀社
チュラソ
亀山
猴洞
出火
射麻里
社寮（射寮）
港口渓
龍鑾社
クアール社
大繡房
大尖石山
船帆石
南湾
南岬
七星巌
恒春半島（瑯嶠）図
○ 関係地名
● 部落（社）名
△ 山岳名

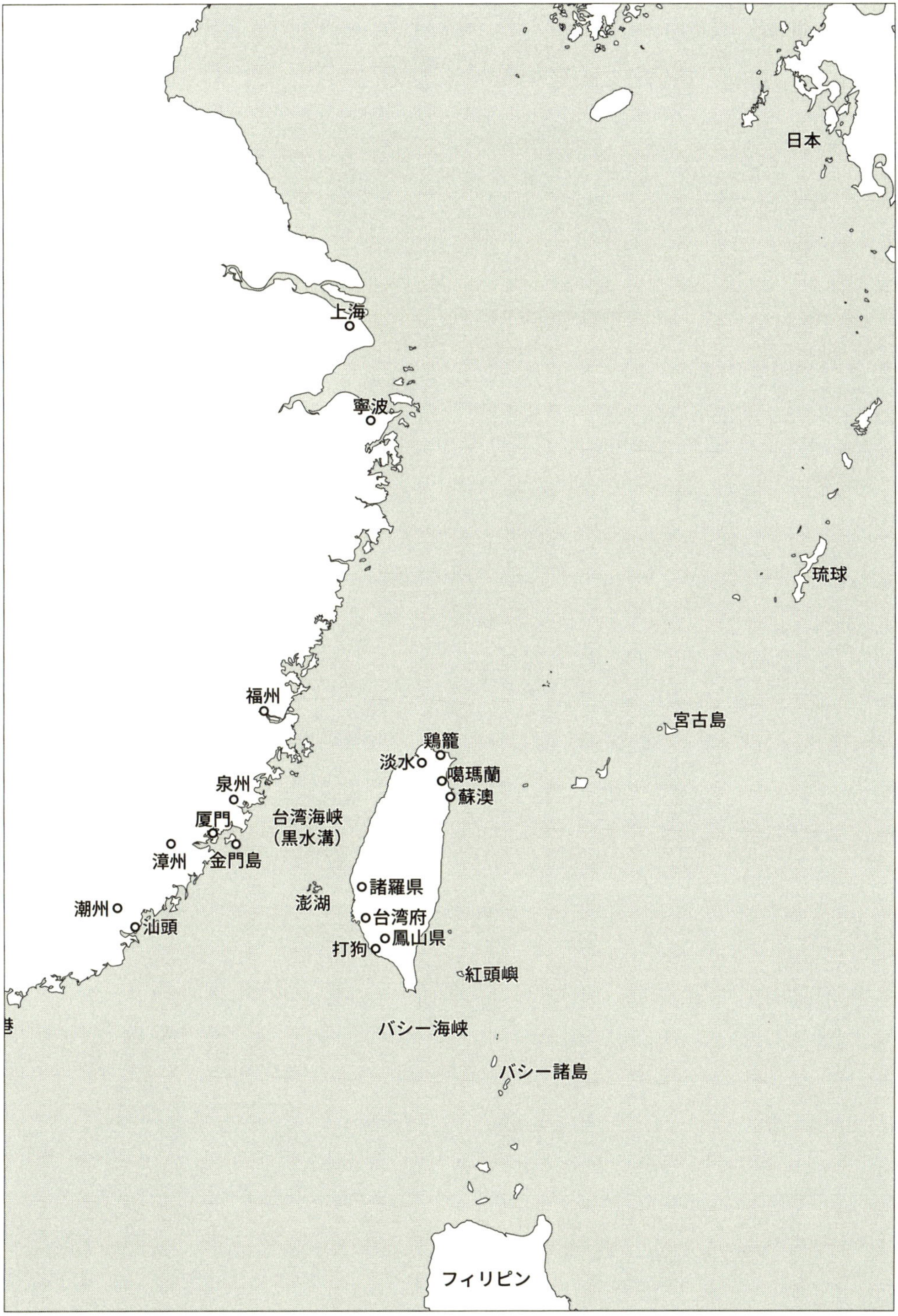
日本
上海
寧波
琉球
福州
宮古島
鶏籠
淡水
噶瑪蘭
泉州
蘇澳
台湾海峡
（黒水溝）
厦門
漳州
金門島
諸羅県
澎湖
潮州
台湾府
汕頭
鳳山県
打狗
紅頭嶼
バシー海峡
バシー諸島
フィリピン

フォルモサに咲く花

第一部　縁起

第一章

一晩じゅう降りつづいた豪雨が、昼時分になるとやんだ。

クアール社の頭目バヤリンは家のなかから顔をのぞかせると、雨がやんで、金色の太陽の光が厚い雲間から射していることに気がついた。ようやくいい塩梅《あんばい》の天気の午後になった。

バヤリンは嬉しくてしかたがなかった。大雨がやむと、必ず餌を求めて大きな動物が出てくるのだ。彼は部落の若い連中を七、八人集め、部落の裏山の谷に行く準備をした。イノシシかヤギをしとめたかったが、最上なのはシカをしとめることだった。

彼はからだを伸ばすと、雨後の空気を大きく吸いこんだ。雨はやんだが、風はまだきつかった。海から吹き寄せてくる風には塩辛い海水の味がした。

バヤリンはなにげなく山の麓の海岸を見ると、思わず目を見開き、大きな声で叫んだ。みなもバヤリンが見る方向に目をやった。海岸には、いまにも上陸しようとする二艘の船がかすかに見えた。船には移動する人影が見え、白い服が明るい太陽のもとでひときわキラキラと輝いていた。

「敵が侵入してきたぞ！」

バヤリンはなんの疑いももたず、つづけて五回、サシバ〔タカ科〕の鳴き声を発した。これはクアール社の頭目が人々を呼び寄せるときの合図だ。しばらくすると、二十人ほどの勇士が番刀や投げ槍、弓矢、火縄銃を持ち、次々と集まってきた。異様な情況のために女たちも三人駆けつけた。バヤリンが腕をひと振りすると、みなは山の麓に向かって飛ぶように走っていった。

部落から山の麓までは、一面、相思樹の密林で、海の近くはアダンの茂みだった。岸辺の人影はしだいにはっきりしてきて、奇妙な服を着た連中は金髪か紅毛だった。みなはほとんど同時に、先祖から伝わる昔の事を思い出していた。ずっと昔、彼らの部落は紅毛人〔オランダ人〕のやつらに襲われたことがあった。そいつらの火縄銃は強力で、遠距離から人を殺すことができた。来たのは二十人足らずだったが、百人に近い部落の人が殺され、わずか五人だけが幸いにも身を隠して生き残った。紅毛人が去ると、彼らはようやく出てきて再建に取り組んだ。ずいぶん年月がたって、クアール社はようやく旧観を取りもどしたが、しかしこの血の深い恨みは永遠に記憶されることになった。

バヤリンは岸辺の十数人の人影をじっくり観察し、彼らは紅毛人に間違いないと確信すると、にわかに胸中に熱い血がわき起こった。こんなに長く時間がたってから、紅毛人がまた侵入してくるとは思いもよらなかったが、幸い祖霊のご加護のお蔭で、発見が早かった。

「祖霊が天上で、クアールをわれらが防衛するのを見守ってくださっている。紅毛人に再びやりたい放題にさせるわけにはいかぬぞ」

バヤリンは手に汗を握っていた。

バヤリンら二十人あまりは山の麓に着くと、注意深く、まず林のうしろに身を隠してようすを伺った。その十人あまりのよそ者は、少なくとも三、四人は紅毛人に間違いないが、ほかの者は黒髪で、着ている物もかなり違っていた。彼らはひどく疲れているようすで、座り込んだり、倒れ込んだり、起きあがって歩くときには、足を引きずるようにのろのろと動いた。何人かは服を脱ぎ、紅毛で毛むくじゃらの胸をさらけだしていた。

紅毛人は憎むべきかつ恐るべき相手であり、紅毛人と一緒にいるやつも当然みな敵だ。バヤリンはひと声大声で叫ぶと、火縄銃で第一撃を放った。ほかの者もつづいて鬨《とき》の声をあげ、いっせいに銃を撃ったり、弓矢を射たり、投げやりを投げたりした。

海岸にいるよそ者は、ふたり倒れた。ほかの者も叫び声をあげて散らばりながら、海辺のアダンの茂みに向かって走った。

彼らは疲れ切っていたのか、走るのが遅かった。バヤリンはすぐに水夫服を着た、痩せて背の高い紅毛人に追いついたが、この紅毛人はバヤリンよりも頭ふたつ分背が高かった。バヤリンは飛びかかって紅毛人を突き倒した。バヤリンはこの紅毛人を生け捕りにしようと手を伸ばしてその襟をつかんだ。すると、そいつは思いもよらない反応で、バヤリンの手を力いっぱい噛んだのだ。バヤリンがあまりの痛さに悲鳴をあげると、そばにいたふたりの弟が急いで助けに入って一緒に紅毛人を抑えつけた。紅毛人は大きな悲鳴をあげたが、その声は女のようだった。バヤリンが止める間もなく、弟がすばやく刀を抜くと、そいつの頭を切り落とした。そのとき、まわりではあいついで叫び声があがっていた。侵入者をみなやっつけたのだ。

バヤリンは紅毛人の死体をひっくり返した。そいつは水夫服を着ていたが、キラキラ光る玉が象嵌されたきれいな首飾りをしていた。首を切りおとした弟がその頭をぶらさげると、あごにはひげがなく、長髪がたれさがった。三人は愕然としてなにも言わず、首をはねた興奮が突然凍りついた。この男の水夫服を着ている紅毛人は女だったのだ。部落の伝統では女を殺さない。女を殺しても勇士と言われないからだ。巫師は、女を殺すと呪われると言っていた。バヤリンは背筋に悪寒が走り、弟は頭を海辺に捨てた。ただ、大声で歓声をあげているみなに対しては、彼ら三人は作り笑いをした。バヤリンらは、帰ったらすぐに部落の巫師に頼んで儀式をしてもらうことにした。祖霊に報告し、紅毛人を殺して撃退した功労に免じて、女を誤って殺したことを祖霊に許しを乞うのだ。

バヤリンは弟を引き連れて紅毛と黒髪の首をいくつか引っさげて、すぐに山に帰った。あの女の紅毛の首は砂浜に捨てたままにした。大地は静けさを取りもどし、波がひとしきり岸に打ちつけ、岩礁にぶつかっている。波のくだける音は、まるで挽歌のように高く響いた。砂浜には血痕が点々と残っていた。死体、衣服、それに二艘の空のサンパンが残り、惨劇のあとが広がっていた。

夕陽はまるでこの惨状を見るに忍びないように、海に沈んでいった。

＊

月光が地面一面に降りそそいでいる。夜半、ひとりの人影が、アダンの茂みからゆっくりと這い出て、全身を怒りに震わせながら、地上に座りこんだ……長く、いつまでも。

とうとう人影は立ちあがり、月光のなかに消えていった。

第二章

蝶妹《ティアモエ》と文杰《ブンキッ》の姉弟ふたりは、父の新しい墓に線香をかかげて三回拝礼をしたあと、三跪九叩頭《さんききゅうこうとう》の礼をすると、父に別れを告げた。

「林兄さん……」

棉仔《ミア》も線香をあげて参拝するとこう言った。

「兄さんはもともとおれらに会いに社寮（いまの屏東《へいとう》県射寮）に来るはずだったけど、おれのほうが統領埔（いまの統埔）

に来ちまった。安心してくれ、文杰と蝶妹はおれが社寮に連れて帰るよ。安心してくれ！」

小雨がどんよりした空からさらさらとこぼれ落ちてきた。秋風が傀儡《かいらい》山から吹きおろし、統領埔の荒野をかすめていった。

ヒューヒューと吹く風の音が、ゴーゴーと流れる瑯嶠《らんきょう》渓（いまの四重渓）の水の音にまじり、棉仔はさびしい気持ちに襲われた。

まわりを見渡すと、瑯嶠渓の下流にある三、四戸の新しい移民の家と、瑯嶠渓の上流に石門山と蝨母山《しつぼさん》が望めるだけだった。棉仔には、さらに行けば凶暴な傀儡番の天下だと知っていた。「よくもまあ林兄さんはこんな辺鄙なところに、二十年も住めたもんだ！」

棉仔は墓前に何本かの線香を挿すと、供え物をかたづけ、まだぶつぶつと父親に別れを告げている姉弟に言った。「もういいだろう、蝶妹、文杰、もう行こう」

蝶妹と文杰は、なお墓のまえに立って手を合わせたまま離れようとせず、ぶつぶつと父親に訴え続けていた。

雨が強まって、蝶妹の髪が少し濡れているのを目にすると、松仔《ソア》はそばに近づいて、合掌して黙禱している蝶妹に傘をさしかけた。

蝶妹は松仔に感謝の目を向け、それから棉仔のほうをふりかえって言った。「棉仔兄さん、イナ（パイワン語で「母親」の意味）にもお別れを言ってから行くわ」

今度は、蝶妹と文杰は線香を持たなかった。ふたりは家のなかに入っていった。家に入ると、正面の広間の隅に大きな石板が一枚あり、まわりより少し高くなっていた。蝶妹は用意しておいたビンロウの皿と花を石板のまえに置いた。姉弟がいましゃべっているのは生番のことばだった。棉仔と松仔ははっとした。そうだ、姉弟ふたりの母親は傀儡番の風習で、屋内に埋葬されているのだ。

棉仔はフッとため息をついた。と言うのも、これでは唐山（中国大陸）からの移民がこの家を受けつぐことはあり得ないからだった。彼は思った。「客家《はっか》のこの林兄さんは、傀儡番を女房にしたために、本当に多くを犠牲にした、なかなかできないことだ」

こうして姉弟は荷物をさげ、そぼ降る雨のなかを棉仔と松仔の兄弟について、統領埔を離れた。彼らは巨石が横たわる瑯嶠渓を渡りおえると、また幼いころから住んでいた小さな家をふりかえり、いつまでも名残惜しさを断ちきれないようすだった。ようやくふたりは心を決めると、歩みを早めて棉仔に追いつき、西南の方向に歩いていった。彼らの目的地は棉仔と松仔が住んでいる社寮である。社寮は土生仔《トウサンア》、つまり平埔《へいほ》族の大きな部落だ。棉仔と松仔の父は社寮の首領だった。

第三章

ルジャンドルが目をあけると、周囲は真っ暗で、太陽はもう山に沈んでいた。午後いっぱいずっと眠っていたのだ。

　彼はいましがた、またクララの夢を見ていた。ため息をつくと、さらに十分あまりベッドに横になってからようやく起きあがった。この女には、本当に愛と恨みを抱いていた。十数年来、ずっと彼女を深く愛し、彼女のためにアメリカに移住し、フランスを離れた。しかし、彼女は、彼が彼女の国のために戦って負傷すると、彼を裏切ったのだ。

　これ以上耐えがたいことはない。

　彼は努力に努力を重ね、さらに生命の危険を冒してまで、自分のために忠誠心に満ちた英雄像を造りあげ、彼女が夫を誇りに思うように望んできた。払った代償は小さくなかったが、成功したと言えるだろう。しかし、彼女の裏切りは、彼を徹底的に打ちのめした。

　こうして、彼は傷ついた心をなだめるために、厦門《アモイ》というまったく未知の東洋世界にやってきた。

　彼は灯《あかり》をつけ、書斎兼事務室に入っていった。テーブルのうえには新しい書類が並べられていた。

　厦門に来てから三か月あまりがたった。彼は精一杯仕事をしながら、新しい人生の舞台が見つかるように願っていた。

　ルジャンドルの辞令は、実は去年の夏、一八六六年七月十三日に出ていた。彼のためにこの職位を準備したのは、彼の上司で南北戦争（一八六一―六五年）の英雄グラント将軍だった。将軍はニコニコ笑いながら彼に言った。「チャールズ、厦門島は風景がいいらしいぞ、気候も温暖だと聞くよ。この『駐大清国米国厦門総領事』は、一八六〇年の北京条約後におかれた新しい職位だ。ご子息を連れて赴任して、神秘的な東洋の中国に遊びながら、傷を癒されるとよい。十分に静養できたら、余がまた良い仕事を手配しよう」

　将軍が言う傷を癒すとは肉体的なものだった。彼は南北戦争中に多くの戦役を経験した。いつも命知らずの猛攻撃をしかけて敵を陥れ、何度も負傷していた。だから時期を早めて除隊したにもかかわらず、勲章を授与され准将となった。「ルジャンドル将軍」という肩書きは、片目と砕かれた下顎、さらに折られた鼻柱、そしてからだに残るいくつもの傷あとと交換に得たものだった。

　しかし、彼の砕かれた心はどのようにして「傷を癒」せばよいのだろうか。

　彼は二年まえの、一八六五年三月十二日をふりかえった。戦争はまだ終わっていなかったが、グランド将軍が自らルジャンドルの准将叙勲式に出席し、彼が可愛がっているこの将軍の五年来の英雄的な戦績を次のように紹介した。

　一八六一年十月二十日、チャールズは自ら従軍を志願したのであります。チャールズの努力がなければ、ニューヨーク第五十一歩兵団は設立できなかったでありましょう。こののち、歩兵団は輝かしい戦功をあげ、チャールズ・リゼンドル〔シャルル・ルジャンドルの英語による発音〕少佐は多くの貢献をなされたのであります。

　一八六二年二月、チャールズはノースカロライナ州ロアノーク島攻略の戦いで戦功をあげました。その功績ははなはだ偉大なものです。

　その一か月後には、ノースカロライナ州のニューバーンの戦いで、チャールズはまた大きな戦功をあげました。ただし、下顎に英雄を象徴する銃弾の痕が残ったのであります。彼は重傷を負いながらも屹立《きつりつ》して倒れることはありませんでした。人々に尊敬される鉄の男であります。

　その年の九月、チャールズは中佐に昇進しました。

　わずか半年後、一八六三年三月十四日には、チャールズはさらに大佐に昇進し、五十一歩兵団団長を兼任して、我が第九軍団の主力部隊になったのであります。

　かくして、余は幸いにも直接チャールズを率いることができたのであります。

　一八六四年五月、有名なバージニア州における荒野の戦いがありました。この戦役はすでに歴史に残る戦いとなっております。両軍は三日にわたって戦いをくりひろげました。戦況は熾烈をきわめ、チャールズ・リゼンドルは再度命がけで戦闘を展開したのであります。一発の弾丸が残酷にも彼の左眼を貫通し、鼻柱を折りましたが、リゼンドルはそれでも倒れることなく、傷を負ったまま軍を指揮し、勇敢に敵の陣営に突撃して、圧倒的な勝利をおさめたのであります。

　チャールズの英雄伝奇はまだ終わっておりません。メリーランド州軍事病院で養生していたおりに、南軍の侵攻に遭い、一刻の猶予もならない情勢となったのであります。チャールズは病床より跳ね起きると、南軍に反撃したのであります。彼の満身の傷痕はこの戦役の過酷さを証明しております。チャールズはまた第九軍団募兵処処長に抜擢されたのであります。

チャールズ・リゼンドルは余が生涯で出会った、もっとも勇気と気迫をそなえた軍人であります。

叙勲の壇上では、ルジャンドルは穏やかに笑みを浮かべていたが、心には血が滴っていた。というのも、一か月まえに、彼はクララの手紙を受け取っていたからだ。クララは、男の子を産んだが、その子は早産のため亡くなったと告げてきたのだ。彼女は心身ともに激しいショックを受けて、療養所で長期療養中だった。

まさに青天の霹靂だった。ルジャンドルは一八六一年の年末に入隊したあと、一八六二年九月に中佐に昇進したときにニューヨークに帰って、クララとわずか十日ほど一緒にいただけだった。この赤ん坊はもちろん彼の種ではあり得なかった。クララの手紙では、赤ん坊は六週間ほど早く生まれたという。逆算してみると、クララが妊娠したのは、ちょうど彼が重傷で、メリーランド州軍事病院に入院しているときだった。手紙の内容からみると、クララが出会った男が、この浮気を認めていないのは明らかだった。

彼はほぼ完全に打ちのめされた。戦場でのあの日々、彼は一、二週間ごとにクララとウィリアムに手紙を書き、彼がどんなに妻と息子のことを思っているかを書きつらねた。

なんという恥辱だ！　自分が重傷を負って入院していたときに、クララは彼を裏切っていたのだ。彼女は完全に徹底的に彼を裏切っていた。戦場での輝かしい戦功、栄誉ある勲章、そのすべてが完全に意義を失ったのだ。

十数年この方、彼は変わることなくクララに深い愛情を捧げてきた。彼はフランス人であり、家柄もよかった。大学はランス大学とパリ大学を出た。一八五四年、二十四歳のときに、彼はブリュッセルでニューヨークから来ていたクララに出会った。クララは両親についてヨーロッパ旅行にきていたのだ。父のミュロックはニューヨークの有名な弁護士で、両家は家柄、財力ともによくつりあっていた。ただ、ミュロックはこの結婚に、ルジャンドルが結婚後必ずニューヨークに来て、アメリカ国籍を取得することという条件をつけた。

ルジャンドルは何事にも全力をつくすたちで、クララを追いかけることでも言うにおよばずだった。ふたりは一八五四年十月三十一日に結婚すると、ルジャンドルは約束通り、ニューヨークに移住し、帰化してアメリカ公民になった。この年、彼は二十四歳だった。翌年、ふたりのあいだに最初の、そして唯一の愛の結晶、ウィリアムが生まれた。

しかし、結婚後ふたりの感情はうまくかみ合わなかった。弁護士業を営むについては、彼は能力が高く志も大きかったが、ただニューヨークでは人脈も地縁もなく、いつも岳父の影から逃れられず気が晴れなかった。クララはお嬢さん気質だった。ルジャンドルはもともと男性主義のタイプだったが、ずっと耐えてきた。事業に成功することで、彼女の歓心を買おうと、彼は遠くアメリカ中部まで鉱山の採掘にも出かけた。

一八六一年に南北戦争が勃発した。彼は戦場で手柄を立てて名をあげようと望んだ。彼は当代のラファイエット侯爵〔アメリカ独立革命とフランス革命で活躍。「両大陸の英雄」と讃えられた〕になろうとしたのだ。今回、アメリカ人が戦うのは内戦ではあったが。

クララは彼が軍隊に入ることに反対だった。クララは、彼らは名家の出で、チャールズが従軍して功績をあげる必要など、まったくないと考えていた。いわんや彼はフランスから来たのであって、なおさらこの戦争に巻きこまれる必要などなかったのだ。従軍の前夜、彼はクララと大喧嘩をした。そのあと従軍中に負傷して独眼竜になった。医者は彼に義眼を入れ、折られた鼻柱を矯正した。彼は手紙のなかでクララに嬉しそうに、まだ顔はつぶされていないからましだよと書いた。クララは手紙の返事に辛辣に皮肉るように、そうまでなさって将軍の肩書と交換なさる価値がおありになって、と書いてきた。

まったく思いもよらないことに、クララは絶縁してきたのだ!

クララはもちろん彼が除隊したときも叙勲式にもあらわれなかった。彼ももうクララに会いにいくことはなかった。彼はカトリック教徒であったため、クララと離婚しなかった。ただ、クララへの感情はもうもどってくることはなかった。幸い古くからの友人であるハワード・ポッターが、彼に替わってウィリアムの面倒をみてくれた。ウィリアムは十二歳になっていて、両親の結婚がうまくいっていないことをよく理解していたので、ずっとポッターのそばにいた。

ルジャンドルはもともと去年の夏に厦門での任務に就く予定だった。と言うのも、彼の任期は去年の一八六六年七月十三日からだったからだ。彼は中国語教師とウィリアムを連れ、ニューヨークから船に乗ってまずリバプールに行き、それからフランスにもどって母親に会いに行った。その折、フランスで彼は不注意から転倒して足を折り、やむなく四か月休養することになってしまったのだ。そのため、厦門に来たときには、もう十二月になっていた。

　今年一月に、駐北京米国公使アンソン・バーリンゲーム〔蒲安臣〕が北京の清国総理衙門《がもん》〔清末の外交官庁〕恭親王《きょうしんのう》〔清朝の咸豊帝《かんぽうてい》の弟〕に信任状「本国人姓氏李真得〔ルジャンドル〕、名査理〔シャルル〕を特派し、厦門領事官に実授する」を捧呈した。領事館は厦門にあったが、ルジャンドルが管轄する五か所の通商港は、厦門を除いて、ほかの四か所はすべて海峡対岸のフォルモサ〔欧米人からの台湾の呼称〕にあった。もともとは淡水と安平だけだったが、のちに鶏籠《キールン》〔いまの基隆〕と打狗《タカウ》〔いまの高雄〕が追加された。安平は台湾府〔いまの台南市内〕の港だった。台湾府はフォルモサ最大の街だった。彼はフランスでベッドから動けなかったとき、フォルモサに関する多くの本を読んだ。安平と台湾府は十七世紀にオランダ東インド会社が開発したところだった。安平はそのときゼーランジャ市、台湾府はプロビンシャ市と称していた。彼の管轄区はヨーロッパと深い繋がりがあったのだ。このことは大いに彼を奮い立たせた。

　しかしながら、彼の領事館はフォルモサにはなく、厦門にあった。彼は今にいたるもフォルモサに足を踏み入れたことはなく、島にあるヨーロッパ人の遺跡を訪ねてはいなかった。

　厦門は美しかった。東洋は神秘的だった。しかし、彼の心は相変らず暗かった。仕事のうえでは大変努力し、しかも業績をあげていたけれども。

　彼はどうしたらよいかわからない精神状態だった。この二か月あまり、仕事は実際のところ外交とは関係がなく、人身売買の追跡が主な仕事となっていた。これは彼が求めているものではなかった。

　彼は外交で正真正銘の実績をあげ、自分の第二の戦場を切り拓きたかった。積極的に敵陣に突撃してきたように、外交という戦場で往年の奮闘、壮志、覇気を取りもどすことを望んだ。彼は自信があり、外交でも新しい境地を打ちたてることができると信じていた。

　彼は公文書を開いた。それは自国の船舶ローバー号がフォルモサで事故を起こしたことに関するものだった。

「これこそ外交問題だ!」

思わずその言葉が口をついて出、右手でテーブルをドンと叩いた。

厦門に来て三か月あまりたった。彼ははじめて挑戦するものを得て奮い立った。

第四章

バヤリンは思い悩んでいた。またひとり死んだのだ。紅毛人の女の首を切りおとしたあの弟だ。ふだんはすばしこくて強靭な男が、ビンロウの木から落ち、しかも頭を大きな石にぶつけて、二度と起きあがることはなかった。本当に思いもよらないことだ。

あの紅毛人の女を誤って殺してから、たった十日のあいだに、部落で死んだ三番目の男だった。

クアール社では最初にふたりの男とひとりの女、そして一匹の犬が死んだ。最初に死んだのはあの異人の女の首を切った男とあの日最初に銃を撃った男だった。女は異人の女から腕輪と首飾りを奪い取った女だった。死んだ黒い犬は、話によると林の茂みで女を探しあて、女を林から追いだしてきた犬だった。ふたりの男はもともと仲の良い友だちだったが、酒を飲んだあと口論となり、互いの首を切って死んだ。女は海辺に魚釣りにいき、細長い、見たこともない銀白色の大きな魚を釣りあげた。女は最初とても喜んでいたが、不注意にもこの怪魚に指を刺され、数日後には腕全体がただれて死んだ。黒い犬はどんな悪いものを食べたのか、突然口から白い泡を吐いて死んだ。

女巫の話では、あの異人の女の怨恨は非常に激しくて、復讐を誓っているのだということだ。

部落の人々は慌てふためいて、口々にあの紅毛人の女は魔神と化して復讐に来たのだと言った。

女巫は、もし紅毛人の女の首がまだあるのなら、言葉は通じないが、死霊と対話を試みて、怒りを鎮めてくれるように頼めるだろうと言った。しかし、あの日、彼らは女を誤って殺してしまったことを知って驚き、女の首を海辺の砂浜に投げ捨ててしまった。女を殺せば勇者にならないどころか、臆病者で、女をしいたげ、祖霊のタブーを犯したとみなされるからだ。

そこでバヤリンは女巫と小頭目たちを引き連れて、聖なる大尖石山に登り、祖霊のご加護を祈った。

女巫は、祖霊のお告げではだれも間違っておらぬ、こたびはみなは祖霊の敵討ちをしたのじゃと言い、そしてこう言った。昔々のことじゃ、紅毛人の船団が理由もなく部落を焼き、そのうえ部落じゅうの男も女も、老人も幼子もみな打ち殺したのじゃ。祖霊は告げておられる、紅毛人はとても凶悪だった、小さな子供さえ見逃さなかったと。幸い祖霊のご加護もあって、あのときは、運よく何人かの男女の若者が谷川に水遊びに行っていて、遊びすぎて帰りが遅くなり、それで襲撃をまぬがれ、部落の血が絶えなかったのじゃ、ようやくこの度、みなが祖霊のために仇を討ってくれた、祖霊はとても喜んでいると。さらに、もしこの紅毛人の女魔神に会うことがあったら、祖霊はこの女に、紅毛人も部落の女をたくさん殺したのだから、これでお互いさまだと言ってやるとのことだった。

　バヤリンと部落の勇士は女巫のことばを聞いて、祖霊は決して自分たちをお叱りになっていないのだと知って、大いに喜び、心にあった大きな石がなくなったように感じた。

　ひとりの勇士がバヤリンに、祖霊のお告げをスカロのトキトク大股頭《だいことう》にも伝えるべきではないかと言った。クアール社はスカロに属さないが、ただトキトク大股頭はみなが尊敬しており、大股頭に話しておけば間違いはない。それに、十人あまりの紅毛人を殺したこともささいなことではなく、当然大股頭にも知らせておくべきだと言うのだった。

第二部　ローバー号

第五章

牛車はゆっくりと社寮渓（いまの保力渓）にかかった木の橋を渡り、さらに社寮渓の岸沿いにゆっくりと進んで河口に近い村はずれに近づいた。ここはもう社寮渓の港に近いだけでなく、亀山の山すそにも近かった。社寮渓は傀儡《かいらい》山から流れ下り、西北にむかって蛇行し、客家の大きな村である保力をへて、ここで海に注ぎこむが、河幅は大きく広がっていた。亀山は社寮渓の河口の左岸に隆起して海へのび、河口を抱えこむように前後のふたつの港をつくり、風も防いでいた。さらに絶妙なことに、この一帯は台湾南部では数少ない岩礁の海岸だったので、かっこうの避難港となっていた。

牛車がやっと社寮の家のまえに着くと、松仔《ソア》は矢も楯もたまらず飛び降りて、家のまえで叫んだ。

「棉仔《ミア》兄《に》ぃ、大変だ！　大変だ！」

家のなかから走り出てきたのは文杰《ブンキッ》だった。

「棉仔兄ぃは家にいないよ、兄ぃは仲裁に呼ばれて行った。松仔兄ぃ、どうしたの？」

松仔は棉仔がいないと聞いて、ちょっとがっかりし、語調をやわらげた。

「生番が異人を殺したんだ。そんなら棉仔兄ぃが帰ってきてからにしよう」

文杰は蝶妹《ティアモエ》が牛車からものをおろすのを手伝いながら、たずねた。

「ぼくらが植えた落花生やゴマ油、それに姉さんが織った布は、全部売れたの？」

蝶妹は言った。

「そうよ、今日は商売はうまくいったわ」

興奮したように竹かごをあけた。

「さあ、柴城《さいじょう》（いまの車城）のお菓子屋で買ってきたおいしいお菓子を食べましょう。これは緑豆椪《りょくとうぽん》（台湾式の月餅）で、これは鳳片糕《ほうへんこう》（餅菓子）よ。ほかにアヒルの塩漬け卵や咸酸《かんさん》甜《てん》（お菓子）、それに杏仁粉があるわ。明日の朝、杏仁茶を飲もうね。今日は、落山風(1)がきつくって。牛車に乗っていても吹きつけてきて、じっとしていられなかったぐらいよ」

文杰は蝶妹の腕が少し腫れて、小さな傷口に血がにじんでいるのに気がつき、心配してたずねた。

「どうして怪我をしたの？」

松仔は笑いながら言った。

「おまえの姉ちゃんはすごいぞ、知らない福佬人《ふくろう》が姉ちゃんにちょっかいを出そうとして、反撃を食らったんだ。そいつは力いっぱい引っぱられてよろよろと地面にひっくり返ったんだぞ」

蝶妹は言った。

「もう言わないで、なにもかっこうのいいことじゃないわ」

文杰が聞いた。

「何があったんだ」

松仔が言った。

「おれらは柴城の店で飯を食ったんだ。そばで十人あまり、テーブルを囲んで、わいわい騒いでいたので、おれらは気になってそばに寄っていったんだ。聞くと、生番が十人あまりの異人の船乗りを殺したと話している。異人を殺すなんて、こりゃとんでもないことだ。生番は残酷で見さかいなしだと激しくののしっているやつもいた。そのひとりが、蝶妹に突然すり寄ってきて、蝶妹が生番みたいな服を着ていると笑ったんだ。それにそのブタ野郎は蝶妹の手を触りやがった。蝶妹がそいつの手を払いのけて力いっぱい引くと、椅子からころげ落ちたんだ。そいつは立ちあがると、逆上して蝶妹に向かってこぶしをあげて、『番人、番人』と罵った。蝶妹は手で払ったときに、少し怪我をしたんだ。おれもやつを一発蹴とばしてやった。そいつがさきに難くせをつけてきたんだ、まわりの人もそいつのほうが間違っていると言って、そいつを引きとめてくれたんだ」

蝶妹は社寮に来てからは平埔《へいほ》族の土生仔《トゥサンア》のように、頭巾をかぶっていたが、統領埔にいるときのように、母親が生前に着ていた、赤い菱形と縞《しま》の模様がある袖なしを着るのも好きだった。それにズボンをはいていたが、それは客家の身なりだった。

松仔はそこまでしゃべると、思わず眉をしかめた。

「蝶妹、何度か言ってきたけど、その袖なしは家で着るのはいいよ。でもおまえはそれを着て、社寮の町を歩きまわっている。棉仔兄ぃもよくないと言っているよ。おまえはそれを着て柴城まで行ったんだ。柴城の福佬人は傀儡番をバカにしてるんだぞ」

蝶妹は言った。

「私と文杰が番人の生まれなのは間違いないわ。福佬人のほうが偉いってわけ？」

　文杰はぼんやりそばに立っていたが、どうしていいかわからなかった。彼はいましがた読んでいて、机のうえに広げた『孟子』と『論語』を見て、はっと思い出した。「番人」とは二冊の聖賢の本に書かれている「夷狄《いてき》」のことだ。思わずうろたえた。それじゃ自分もまた半分、夷狄に違いない。わけがわからなくなった。

　松仔は溜息をつくと、こう言った。

「ああ、怒るなよ。柴城の福佬人の目には、おれら土生仔も半分、番人だ。福佬人は客家人でさえバカにするんだから、おれらはなおさらだ」

　ちょうどそのとき家のネコが足もとによってきて地面に落ちた食べかすを食べていたが、松仔はカッとしてネコを蹴とばした。ネコは驚いてニャオーと鳴き声をあげて、屋外に逃げだし、屋根のうえに飛びあがった。

　棉仔の声が家の外から聞こえてきた。

「どうしたんだ、こんなに騒いで。なにかあったのか？」

　そう言いながら、家のなかに入ってきた。

　棉仔はあでやかな服を着ていた。土地の土生仔が着ているのとほとんど変わらなかったが、白色の頭巾の布はとくに上質で柔らかく、辮髪に巻きつけた赤い紐は少しキラキラと光っていた。とりわけ人目を引くのは手にはめた銀の太い腕輪で、非常に風格があった。

　松仔は棉仔を見ると、また興奮しはじめ、どもりながら言った。

「ちょうど兄ぃに言おうとしてたんだ！　おれら今日、柴城の店でめしを食った……めしを食ったときに……あの……あの福佬人のやつらが、傀儡番のことを話してて……傀儡番が人をたくさん殺したって言うんだ。それに今度殺した人は違うんだ、あの異人の船乗りを殺したって……」

　棉仔はすぐに松仔のことばをさえぎって言った。

「異人って？　本当に異人なのか？」

　松仔が言った。

「おれも知らないよ」

　棉仔は蝶妹のほうを向いた。

「蝶妹、おまえが聞いたことを詳しく話してくれ」

　そして、両手を打って言った。

「異人の船乗りなら、面倒なことになるぞ」

　蝶妹はまっすぐに座ると、ゆっくりと話した。

「あの人たちが言うには、二日まえに柴城の街によそ者がやって来た。着ている服はボロボロ、手足はアダンの葉で傷だらけだった。なんでも異人の船に雇われていたコックだってことよ。船は潮州から来たんだって。そこはどこだか知らないけど。船は七星巌のあたりで、暴風雨に遭って座礁して、十人あまりの人が夜通し舟をこいで南湾の岸まで来た。上陸して休んでいるときに、傀儡番に殺されたんだって。そのコックは幸い死なずに、ひとりで猫仔坑《びょうしこう》まで歩いてきて、発見されたんだ……」

棉仔は彼女の話をさえぎって言った。

「待った、殺された異人は多いのか？」

蝶妹はうなずいた。

「十人あまり殺されたって聞いたわ。そのうちの何人が異人なのか、わからないけど」

蝶妹は興味深げにたずねた。

「異人の髪の毛は金色だって聞いたけど？」

棉仔はそれを聞いてちょっと微笑んだ。

「もしそうなら、異人と異国の船がすぐにこの社寮に来るぞ」

松仔は不思議に思って言った。

「兄ぃはどうして異国の船が来るってわかるんだい」

「そうだ、異人の砲艦が来るだろう。船に大砲があって、普通の貨物船とは違うやつだ」

棉仔は言った。

「異国の船が事故を起こすたびに、異人の砲艦が偵察にやってくる」

松仔は言った。

「ああ、そうなのか」

蝶妹と文杰の姉弟は去年の秋にここに来たばかりだった。文杰は興味深げにたずねた。

「異人は社寮に何度も来たことがあるの？」

棉仔はビンロウを口に放りこみ、赤黒い歯をむき出しにして何度か噛むと、うなずいて言った。

「おまえたち姉弟はほとんど山奥〔原文は「内山」、傀儡番居住地を指す〕にいたから、異人をみたことがないんだな。やつらが最初に社寮に来たのは十六年まえで、あのときはわしはちょうど結婚の準備をしていてね、それで覚えてるんだ」

棉仔は思い出していた。

「その船が事故を起こした場所も南岬《なんこう》〔いまの鵝鑾鼻《がらんび》〕のあたりだったなあ。やっぱり何人かが傀儡番に殺され、ふたりが柴城に逃げて、台湾府に送られたよ。数か月後に砲艦が一隻やってきたんだ。襲撃したやつらを処罰しようと」

棉仔はちょっと笑った。

「傀儡番が異人の船乗りを殺すのは、前にもあったことで、はじめてじゃない」

文杰も興味深げに口をはさんだ。

「異人はどんなふうなの？」

今度は松仔が急いで答えた。

「おれも異人を見たことあるよ。異人はおれらよりずっと背が高くて、肌も真っ白、毛も長くてもじゃもじゃ、顔じゅう髭だらけで、鼻もうんと高い、でもなあ鼻の穴は小っちゃいんだ」

松仔は声をあげて笑いながら言った。

「おかしいのは、やつらの鼻の穴は丸いんじゃなくて、三角形なんだぞ。やつらは背が高いから、いつも見あげてやつらの三角形の鼻の穴を見てたんだ、面白かったなあ」

松仔は身ぶり手ぶりよろしく、異人を見たことがあるのが自慢そうだった。

松仔はまた言った。

「やつらの髪の毛は赤色とは限らないよ。スズメのような色の髪のやつもいる」

棉仔は言った。

「異人が来たところが違うと、顔も違うんだ。わしは黒人も見たことがあるよ」

棉仔はまた言った。

「いちばん印象深いのはあの異人の頭目だ。二度来たんだ。最初は九年まえ、二度目は三年まえだ。長いあいだ番人につかまったままになっているんじゃないかと、異人を探しに来たんだ[2]」

棉仔はビンロウを嚙みながら言った。

「その頭目の名前はスウィンホーだ。でも二回目は遊びにきただけだったようだ」

「その三年前のときも、このスウィンホーは何人もの人を連れてきて、ひと晩泊まっていった。船のことをふたことみこと聞いていたけど、船が事故を起こした場所はここからずいぶん離れたところだったんだ。あいつは、人探しよりは鳥の観察のほうにずっと興味があるようだと思った」

棉仔の話は興味深かった。

「あいつはやって来ると、村の首領に会いたいと言った。わしは、首領はちょうど外に出ていないと答えた。そうすると、あいつはわしに道案内を何人か探させて、あちこち見てまわったんだ」

「やつらは翌日、夜がまだあけないうちに出発した。随行の三人の異人の水兵はみな銃を持っていた。やつらの銃はわしらの火縄銃よりずっと性能がよかった。火をつける必要がないし、しかも連射できるんだ。道案内は、わしのほかに柴城の福佬人ひとりと新街の客家人がひとりいたよ。やつは柴城の街をざっと見てまわると、内陸の土番の部落を訪ねたいと言ったんだ。わしらは社寮渓をさかのぼって谷にそって山のなかを歩いたが、あんなに鳥に興味を示す人は見たことがないね。やつは鳥の鳴き声を聞くとすぐに足をとめて探し、鳥を見つけるとすぐに絵に描いた。本当に絵がうまくて、さっと描くだけで、まるで本物そっくりだったよ」

「あのときは、わしらは猫仔坑の生番の部落まで歩いていった。あいつは道々あれこれとたずね、わしらに、どうしてだれもかれも武器を身につけてるんだと聞いてきた。わしはまだ覚えてるが、あいつは柴城の福佬人だけを『チャイニーズ』と呼んで、客家人のことは客家人と呼んでいた。[3] やつは客家人にたいへん興味をもっていたね。やつは客家人と福佬人はことばが通じないし、また結婚もしないことに関心をもっていた。やつはまた、客家人は収穫した作物をどのくらい生番に租税として渡しているのかとか、客家人と生番のつき合いはどうなのかとか、客家人はわしら土生仔と通婚するのか、生番との結婚はあるのかとか、あれこれといろんなことを聞いていたなあ。思いつけばすぐに聞いていたね。やつはとくに絵を描くのが好きで、なにを描いても本物にそっくりで、適当にさっと筆を動かすと、まるで本物のようだったなあ。わしは本当にあいつのその腕前には関心したよ」

「猫仔坑に着くと、いっそう喜んで、人や家屋や作物や什器をしきりに描いていた。生番の女の身なりにもひどく興味をもち、たくさん絵を描いていたよ。男はあんまり描かなかったがね」

棉仔は携帯袋からきれいな小刀を取りだした。「この小刀はそのときにあいつがくれたもので、きれいだし、よく切れるんだ」

棉仔は得意満面で言った。

文杰と蝶妹は興味津々で聞いていた。蝶妹は言った。

「棉仔兄さんの言い方を聞いていると、異人の印象は悪くないようね」

棉仔はうなずいた。

「少なくともわしはスウィンホーには好感をもっているよ。

やつらはたいへん親切で、たいへん気前がよかったね。異人が来ると、いつも少しばかり金がもうかった。嵐を避けたり、補給に来たりするときは、落ち着いていて温和だったよ」

続けてヘッヘッと声を出して言った。

「少なくとも柴城のあの狡猾な福佬人らと比べるとな」

*

その夜、文杰はしきりに寝返りを打って寝つけなかった。これは彼がはじめて聞いた異人の話だった。

これまで、彼の生活はとても単純で、考え方もとても単純であり、民族の問題などついぞ考えたことがなかった。彼ら姉弟は半分客家人、半分番人で、両親とずっと統領埔の山地で暮らしていた。父はそこの普通の人々とは違っていた。普通の家ではどこでも男の子に狩猟を教えたが、彼の父は彼に多く読書させ、字を書かせた。父は、そうすれば農民になったり、肉体労働をしたり、狩猟をしたりする必要がなく、役人や読書人になれると言った。「官」とはなにか、彼には実際のところわからなかった。生まれてからいままで、役人を見たことがなかった。保力や統領埔の客家人の首領や柴城の福佬人の首領、それに棉仔のような社寮の土生仔しか知らなかった。彼は、各族のあいだではことばが異なり、つき合いも異なり、またたいへん複雑であることを知っていた。

社寮に来てから、環境は複雑になった。今日は、蝶妹が柴城に行って「番人」とあざけられた。ところが、ここの人たちはもともと民族的に複雑だったのだ。土生仔は多くが福佬人の血が混じっていたが、依然として「半番」とあざけられる。彼らは棉仔のようにいっそう矛盾していた。一方では福佬人を腹黒いとののしり、一方では福佬人の血統を誇りに思っていた。棉仔はふだんから福佬人の生活様式にあこがれ、わざとまねていた。福佬人はなぜ一段レベルが高いのだろうか。客家人は福佬人におよばないのだろうか。土生仔はどうして一段レベルが低いのだろうか。生番はどうして最下等なのか。

文杰は『論語』や『孟子』を読んだことがある。孔孟書に書かれたいわゆる「中原」人士はたいへん高貴で、まわりの人間を「夷狄」とみなしていた。彼はかつて父に「中原」はどこにあるのかたずねたことがあったが、父はとても遠い大陸の北にあると言った。父は、福佬人も中原人とは言えないと言った。それじゃ、福佬人も「夷狄」ということになるのだろうか。それから、棉仔は異人について話してくれたが、柴城の福佬人さえも異人は自分たちより一段上だと考えているのだからとばかりに、明らかに異人を崇拝していた。異人も夷狄じゃないのか？　まさか「夷狄」もさらにいくつかのランクにわけられるのだろうか。とても複雑で、よくわからない。そのうちに彼は眠りに落ちた。

第六章

ピッカリングは口笛を吹きながら打狗《タカウ》のイギリス領事館に入っていった。領事のキャロルが特別に彼を府城（台湾府の都。いまの台南市）から打狗に呼んで、会議を開くのだ。ピッカリングは自分が重んじられていると感じ、非常に気分がよかった。ところが思いもよらないことに、会議がはじまるや、会議が開かれた理由がわかり、楽しい気持ちが一気に吹き飛んでしまった。

領事館は天利洋行（マックフェイル商会）の建物のなかにあった。これはフォルモサで最初の洋館だった。領事館のなかで、彼は小さくなって震えているひとりの清国人をみた。キャロルはみなに、この広東《カントン》人のコックは名前を徳光といい、南岬で事故を起こしたアメリカの三本マストの帆船、ローバー号の船員のなかで、いまわかっているただひとりの生存者だと紹介した。徳光の話によれば、ほかに十三人いたが、ハント船長とハント夫人を含めて、少なくとも何人かはその場で土番に殺されたということだった。

徳光は、海辺の茂みに何時間も隠れていた。アダンのトゲに刺されて、痛くてかゆくてしかたなかったが、動くことはせず、真夜中になってやっとおそるおそる出てきたと、みなに話した。彼は暗闇のなかをずいぶん歩いて、やっと親切な福佬人に出会い、柴城まで送ってもらった。それから四日待って、ようやく打狗行の船に乗った。ほかの船員でまだ生きている人がいるかどうか、わからないと徳光は頭をふった。

会議ではほとんどの時間、ピッカリングが発言した。ピッカリングが大清国にもっとも長く滞在しているからだった。彼は水夫出身で、清国に来て五、六年になり、北京官話を苦労して学んで、聞くことも話すこともさらに読むこともできた。一八六三年に、フォルモサでの仕事を志願して、安平税関の税務司として勤めるようになった。彼は豪放磊落な性格で、探検が好きだった。フォルモサに来てから、清国のいわゆる「番域」には、たいへん多くの異なる民族のフォルモサの土着民がいることに気がついた。彼は語学の天分があり、ある場所に行く度にその地のことばを学び、福佬語にも土着民のことばにも通じるようになった。土着民のことばはあまりにも種類が多すぎて、すべて修得するのは不可能だったが、自分の力でいたるところを歩いてきた。

会議で、ピッカリングは、赴任したばかりのキャロルに向かって、フォルモサで起こった海難事故の惨状や、殺された船員について滔々とよどみなく詳細に数えあげた。

「一八六〇年の北京条約で、清国は正式に開港し、フォルモサ島には、鶏籠《キールン》、淡水、安平、打狗の四つの港(4)が開かれました。フォルモサに来る船はいよいよ増え、事故を起こす船舶も年々増えております。昨年は七隻でしたが、事故が起こるたびに、船員たちは島民の嫌がらせや強奪に遭遇しているのであります」

この台湾通はまるで自分の会社の帳簿を報告するように、厭うことなく、海難事故が起こった日時、船名、遭難した水夫の人数および結末について詳細に列挙した。

「そうしてこの度は、記録を破る十三名であります。幸いにイエス・キリストのご慈悲のおかげで、ひとり生き残りましたが、そうでなければ、この悲惨な事故は陽の目を見ることはなかったでありましょう」

ピッカリングは自分自身が水夫出身であり、水夫の不幸な遭遇をわがことのように感じており、とくに憤りを覚えていた。

「われわれは清国の地方官との交渉に行くたびに、庶民のするがままにさせておくなと要求するのです。彼らはいつも口では承諾するのでありますが、実際はいいかげんなままで、悲劇は依然としてくりかえし発生しているのであります」

彼はバンと机を叩いた。

「この度は清国政府に説明を求めねばなりますまい!」

キャロルにとっては赴任後はじめての船難事故だった。彼はかすかに笑って言った。

「悪いニュースのなかに良いニュースがあります。いましがた広東からのニュースが届きました。このローバー号は我が国の船舶ではなく、アメリカのものです。しかしながら、アメリカは、フォルモサに駐在員を置いていません。従いまして、私どもはやはり外交官邸に従い、まずは台湾府の清国官吏に照会し、そして北京におられるオールコック公使〔1〕に報告いたしましょう。公使は、当然、北京におられるアメリカのバーリンゲーム公使にお伝えになるでしょうし、アメリカの外交官は自ら清国総理各国事務衙門の官吏に交渉されることでありましょう」

打狗税関の医師マンソンが意見を述べた。

「あのコックが逃げられたのなら、ほかにも逃げられた人がいるんじゃないでしょうか。ただどこをさ迷っているのかわからないだけで。あるいは船員たちは皆殺しにあったのではなくて、何人かは土番に捕まっているのではありませんか？」

ピッカリングは言った。

「過去に確かにそのような例があります。もしそうなら、金銭で買いもどせるでしょう。わが大英帝国の船舶ではありませんが、人命救助は急を要します。われわれは、領事が速やかに砲艦を現場付近に派遣して生存者がいるかどうか捜索されることを提案いたします」

キャロルはピッカリングの意見に同意し、すぐに瑯嶠の南岬に行って捜索する決裁をくだした。彼は安平港に停泊するコーモラント号がこの任務にあたるように命令した。

第七章

ルジャンドルは公文書を片づけて立ちあがった。窓辺に近づき、鼓浪嶼〔コロンス島〕の夜明けの花の香りに満ちた新鮮な空気を深く吸いこんだ。朝の光が部屋に射しこみ、爽快な気分だった。

こんなに気力に満ち、太陽をいっぱい浴びたのは本当に久しぶりだった。昨夜、この公文書を読んだあと、まるまる八時間かけて資料を調べた。彼は天津条約〔一八五八年〕と北京条約を詳しく研究し、またここ数年のあいだに大清国で起こった西洋の船舶の海難事故について調べ、大清国と西洋国家の交渉過程についてしっかりと理解した。それから、また二時間かけて、ローバー号事件を処理する計画要綱を策定した。

戦闘精神をそなえたルジャンドルがついにもどってきたのだ。彼はこのような感覚が好きだった。彼は時代への真っ向からの挑戦が好きだったし、時局の難題に向き合って答えを見つけるのが好きだった。

いまルジャンドルは自分を呼ぶ力を感じていた。呼びかけは厦門からではなく、厦門の対岸の神秘的なフォルモサからだった。彼はかつてフォルモサの歴史を詳しく読んだことがあった。フォルモサにはかつて輝かしい過去があった。それは十七世紀中葉のことで、フォルモサは三十七年間オランダのアジア経営の拠点であり、当時オランダ人がもっとも金を稼いだ植民地のひとつだった。興味深いのは、のちにオランダ人を打ち破り、オランダ人をフォルモサから追いだし、フォルモサを台湾に変えた国姓爺〔鄭成功〕が、そのころ根拠地としていたのが、まさに彼がいま住んでいる厦門島であり、そうして領事館がある鼓浪嶼はまさしく国姓爺の水軍練兵の地だったことである。

さらに深い理由があった。ローバー号の船員を殺したのは、フォルモサの未開の原住民であり、彼らはいまも馘首の悪習をもつ残忍な土番であるということだった。このこともルジャンドルを引きつけていた。

昨夜、彼はフォルモサの歴史と風土、人情を研究して、この「麗しの島」とアメリカの歴史にはかなり似たところがあると知った。たとえば、偶然にも、どちらもオランダ人が一六二四年に上陸して開発し、いまはどちらも移民社会となっている。ただし大半の土地はまだ原住民のものである。

彼の責任管轄区は、厦門はそのなかのひとつにすぎず、フォルモサの四つの港も天津条約と北京条約によって通商が開放されていた。アメリカはフォルモサに正式に建物を建てていなかったが、彼の肩書は「米国駐厦門、フォルモサ領事」であった。彼はフォルモサに思いをはせていた。フォルモサは十七世紀には物産の豊穣さと風光の明媚さでヨーロッパに聞こえていたのだ。

ルジャンドルは東洋〔台湾海峡〕を眺めたが、ここからは清国が「台湾」と称するフォルモサを見ることはできなかった。しかし、彼はフォルモサは厦門の対岸にあることを知っていた。彼は米国駐厦門兼フォルモサ領事であり、フォルモサに行かねばならなかった。この、一度はヨーロッパ人のものとなり、のち鄭成功によって奪われたフォルモサに。彼は遥か遠く二百六年まえに、国姓爺もこのように厦門から東洋を眺めただろうと想像した。ルジャンドルは思わず心のなかで叫んだ。

「フォルモサよ、私は行くぞ！」

第三部　統領埔

第八章

「深山険を負《たの》み、遊魂聚す、一種名づけて傀儡《かいらい》番と叫《よ》ぶ。博く頭顱《とうろ》を得て戸別に当たり、髑髏多きところ是《これ》豪門なり」

これは一六九七年、すなわち康熙三十六年の郁永河《いくえいが》[2]の『裨《ひ》海紀遊《かいきゆう》』に記された「土番竹枝詞」の最後の一首である。

それは鄭克塽《ていこくそう》（鄭氏三代政権の第三代延平郡王）が清国に降伏して、わずか十四年にしかならないころで、福佬人の移民はまだ少なく、圧倒的に原住民の天下であった。台湾は自然に恵まれ、平原にはシカが群れをなし、高山にまで植物が生い茂り、さらには鳥や動物も多く、花や果物も満ちあふれていた。だから、平埔《へいほ》族も高山に住む原住民も狩猟を主とし、農耕を副として、自然のままに生きる化外《かがい》の民（中原から遠く中華文化の及ばない外の地に住む民）であった。彼らの子供の教育は、猟人に育てることであった。猟人の勇気と腕前の証《あかし》は、人の首を狩ることであった。彼らは山を背に、水に面して住み、常に移動して、財貨や不動産の観念がなかった。誇りに思うのは、部落に並べられている首の数である。彼らが首を狩るのは、残酷な恨みによる行為ではなく、勇気の証明であり、成年の儀式であり、部落の栄誉であった。

漳州《しょうしゅう》や泉州から福佬《ふくろう》人の移民がやってくるようになると、いまの台南を拠点として、北は嘉義へ、南は高雄へと開拓を進めた。このふたつの平原に住む平埔族、すなわちシラヤ族とマカタオ族が最初に彼らと衝突した。平原は広大で、そのため移民と高山に住む原住民は相当に距離が離れており、接触することはきわめて稀であった。

漳州と泉州の移民はしだいに南進した。下淡水渓（いまの高屏《こうへい》渓）以南は、海岸の平原がしだいに狭くなり、台湾島の幅もしだいに狭くなって、細長い半島となる。そのため平地に住む移民と高山の原住民の距離はいよいよ近くなった。彼らが、そしてその前にはじめてこの地に来た明の鄭成功の屯田兵たちが、山の麓から見あげると、原住民があたかも平地を行くように、山のうえを走りまわっているのが見えた。それはまるで田舎の傀儡劇の人形が上下に飛び跳ねているようだったので、面白がって「傀儡番」と呼ぶようになった。そこにはユーモラスな気持ちと、あざけるような気持ちが含まれていた。傀儡番が住んでいる、あるいは隠れている山は、こうして「傀儡山」と呼ばれるようになった。

もうひとつの解釈はこうだ。漳州と泉州の移民がまだ少なかったころ、原住民は移民にたいへん友好的で、漢人を見かけると、遠くからでも大きな声で挨拶をし、情熱的に「カリヤン！」と声をかけてきた。これはハワイ人のアロハと同じである。漳州人や泉州人は、礼儀正しい彼らに好感をもち、彼らを「嘉礼番」あるいは「加黎番」と呼んだ。不幸なことに、その後、移民が増えてくると、彼らをだまして巧妙に掠奪をはじめた。怒った原住民は移民を殺し首を狩って報復した。かくして漳州と泉州の移民は原住民の呼称を「嘉礼番」から「傀儡番」に変え、原住民の福佬人に対する呼びかけも「カリヤン」から「パイラン」（福佬語で悪人の意味）に変わった。

『康熙《こうき》台湾輿図《よず》』で、西から東のほうを眺めていくと、もっとも高い深山には「傀儡大山、人跡到らず」、「傀儡番、この山後の石洞内にあり」と書かれている。「傀儡山」や「傀儡番」は公式文書の正式な用語になっていた。今日からみると、傀儡山はおおよそ大武山以南の山脈にほかならない。傀儡番はおおかた今日のパイワン族とルカイ族だ。この地勢が細長く、海と山が近い一帯を、古くは瑯嶠《らんきょう》と称した。昔の東港河、今日の下淡水渓あるいは高屏渓の南の地区に相当する「瑯嶠」という名称は、「傀儡山」より早くにあらわれる。オランダ時代にはすでに、オランダ人と漳州や泉州の移民は、この地をロンキャウ（瑯嶠）と呼んでいた。面白いのは、「瑯嶠」の名前はおそらく傀儡番語（パイワン語）から来ていることだ。その意味は「蘭科植物」あるいは漢人の言う「尾蝶花（ヒオウギ）」を指し、かつてはこの地の特産の植物であった。

第九章

福佬人の移民は、瑯嶠の昔からの住人のうち、高山に住む民族を「傀儡生番」と呼び、海辺の平地に住む民族を「平埔熟番」と呼んだ。この「平埔熟番」がすなわち「土生仔《トウサンア》」で、オランダ人の記録では「フォルモサ人」となっている。

「生番」には千年来、外部からの侵入がほとんどなかったのとは異なり、「熟番」はオランダ人がフォルモサに来て以来、何度も侵犯の憂き目に遭い、流離をくりかえしてきた。彼らはそのうえ、福佬人やさらには客家人の移民からも虐げられてきた民族であった。

オランダ人が大員《ダイワン》〔安平〕にやってくると、その近辺や北側の地域に住むシラヤ人は比較的従順だったが、南部の平地に住む民族はオランダ人をあまり相手にしなかった。

一六三五年のクリスマスの日に、オランダ人は出兵して、いまの大崗山一帯の平地に住む民族を追い払った。そこに住んでいた民族は南下してまず鳳山にいたり、さらにいまの阿猴、放索に移って、のちの平埔族マカタオになった。そしてこの一帯は瑯嶠と呼ばれるようになったのである。

オランダ人は、瑯嶠の平埔族が、金箔をほどこした装飾品で胸を飾っているのに気づいて興奮し、南フォルモサには金鉱があると見込み、金鉱を求めて一路南下した。一六三八年、リンハ大尉は、一〇六名のオランダ兵と瑯嶠の二百名の平埔族を率いて、のちの「瑯嶠卑南道」、つまり「浸水営古道」[5]に沿って金を求めて東部に向かった。オランダ人は卑南に着くと、金鉱がないのに気がつき、外科医のデンマーク人ウエスリンと兵士、奴隷、通訳を一名ずつ卑南に残した。ウエスリンは下席商務官に任命され、東部のオランダ東インド会社（VOC）の代理事務を司ることになったが、もっとも重要な任務は金の産出地の情報を探ることであった。思いもよらないことに三年半後、ウエスリンは土地の女性をからかったために、卑南の原住民に殺されてしまった。一六四一年九月のことである。

ゼーランジャ城のオランダ東インド会社長官はそれを聞いて激怒した。生前のウエスリンから金の産出場所は卑南ではなく、さらに北のフォルモサ東部だとの報告を受けていたのだったのだ。一六四二年一月、パウルス・トラウデニウスは二百二十五人の探検隊と、さらに百二十八人の漢人と平埔族を加えた軍隊を自ら率いて金を求め、かつウエスリンの復讐のために出発した。今度は、陸路を行かず、海路を使った。オランダの軍隊が瑯嶠で武勇を輝かし威勢を示すと、途中の大小の平埔族の部落は圧倒されてこぞって軍門に下った。オランダ長官は、やって来て礼を尽くす土番の頭目には得意満面で権杖をさずけ、「南部地方会議」[3]への参加を招聘した。オランダ人が出会ったのは平埔番だけでなく、海に近い山上の傀儡番の部落もいくつか含まれていた。彼らは閉鎖的で、オランダ人にはあまりなじまず、敵意すらもったため、オランダ人は容赦なく、彼らの家を焼き払い人を殺してみせしめにした。

マカタオ人はオランダ時代に南に追いやられ放索の一帯に移って、ようやく安定した。ただ、明鄭（鄭氏三代）から清朝の乾隆、嘉慶年間にかけて移民がいっそう増加したため、マカタオは圧迫を受けつづけ、やむなく飼っている牛の群れを追いながら、再び南部瑯嶠に向かって移動した。南部の傀儡山を横断して東部に移動するものまで出て、まさに流浪というにふさわしかった。移動は実際のところ譲歩であり、福佬人や客家人への譲歩にほかならなかった。

鄭成功の時代には鄭家の一部の軍隊が瑯嶠と柴城に入った。この地域において福佬人が建てたもっとも早い街となった。東寧時代（鄭氏政権）には、漳州と泉州の福佬人が海沿いの河口の平原にあちこち拠点を設けていた。枋寮《ぼうりょう》以南には、加禄堂、南勢湖、莿桐脚《しどうきゃく》、風港（いまの楓港）、柴城《さいじょう》がある。

東寧末期、鄭経（鄭氏三代政権の第二代延平郡王）は清国への反攻に失敗し、撤兵して台湾に帰るときに、汀州から一隊の客家人の軍隊を連れて来た。この客家軍はのちに瑯嶠山区に派遣されて開墾を行った。彼らは柴城より渓流をさかのぼり、「統領埔」という客家の地名を残した。鄭克塽が清にくだってのち、兵士の多くは駐屯地に留まり、山に住む原住民と往来するようになった。そして、客家人と高山の原住民とのあいだに徐々に混血児が生まれるようになった。

嘉慶、道光年間になると、瑯嶠の平埔族にはすでに純粋のマカタオ人が少なくなり、福佬人の血統がまじり、習俗や言語は言うまでもなく、あらゆる面で福佬人の影響を受け、半分福佬、半分平埔の「混血」となった。福佬人や客家人はこれらの人々を「土生仔」と呼ぶことが多かった。乾隆、嘉慶、道光年間には、清の朝廷は平埔族に「姓を賜った」が、実際は全島の平埔族に漢人の姓に改めるように強制したのだった。瑯嶠の土生仔は、こうして漢人の姓を名乗るようになった。男女のもともとの服装は上着には襟が付いていて、下半身はズボンだった。しかし、男はだんだん漢服を着るようになっていて、頭髪も清国人のように剃髪していた。女は平埔族の風を比較的残していた。男も女もみな頭巾をかぶった。彼らはいつもビンロウを噛んでいたので、歯が真っ黒だった。ことばはマカタオ語と福佬語が併用されていたが、母語のマカタオ語は徐々に衰退していた。

社寮はまさに土生仔と呼ばれる混血熟番の大集落だった。棉仔《ミア》の父親は社寮の首領で、いかにも漢人らしい楊竹青という名を名乗っていた。しかし柴城や風港、東港などに住む福佬人の移民の後裔にとっては、土生仔であり、あいかわらず軽蔑の対象だった。

清朝は台湾を治めるようになると、康熙帝は「漢番分治（漢人と番人を分けて治める）」政策をとったが、政令は最南端は枋寮までしか届かなかった。枋寮以南は、険しい山脈《やまなみ》と海とによって隔てられていた。南に進もうとすれば、天険に阻まれ、山上には生番がいた。そこで清政府は枋寮の率芒《ソツボウ》渓（いまの士文渓）を越えた加禄堂に隘勇《あいゆう》線（原住民族居住地との境界線で、防衛のための兵士、隘勇が配備された）を設けた。これは枋寮以南と以東の地は官が治め管轄する範囲に入らないので、住民はしっかり自分自身を守るようにと告げているに等しかった。ただ、それでも移民はあとを絶たなかった。

こうして清朝時代には、瑯嶠とは、枋寮以南の要害の地を指すようになった。つまり清の朝廷の目には、瑯嶠は「版図の内にあるが、治権がおよばない」グレーゾーンだったのである。柴城は瑯嶠の最大の街だったので、よく瑯嶠とも呼ばれる。街から望む海を瑯嶠湾、海に流れこむ渓流は瑯嶠渓と言ったが、移民は柴城渓とも称した。ただし、河の上流は傀儡番の牡丹社が先祖代々暮らしてきた地で、彼らは「牡丹渓」と呼んでいた。

清の朝廷は海禁令を布いていたことから、密かに台湾に渡ってきた多くの福佬人や客家人の移民は瑯嶠湾から上陸して、官衙《かんが》の取り締まりを避けた。瑯嶠の地形は南に行くほど狭まった半島と言えるだろう。西は黒水溝と呼ばれた台湾海峡に接し、東は太平洋、南はバシー海峡を隔てて呂宋《ルソン》島を遥か遠くに望む。瑯嶠の中央は傀儡山である。北瑯嶠では、傀儡山が雲に隠れるほど高くそびえている。[6] 南瑯嶠に行くと、山の高さは七、八百メートル以下になる。

清朝時代になってやってきた客家人は、大部分が広東《カントン》からきた。彼らの習俗は福佬人とまったく異なっており、ことばも通じなかった。移民は同郷人や姓氏を重んじ、常に同郷や同姓で集まっていた。それで瑯嶠一帯では、福佬人と客家人ははっきりとわかれていた。

福佬人と客家人はことばや風習が異なっているうえに、生存競争のためにいつも対立して、仇敵となっていた。彼らは、はじめは土地争いのために衝突し、つぎには政治的な立場から衝突した。朱一貴（一七二一年）から林爽文（一七八六年）まで、福佬人と清の朝廷との戦いでは、客家人はいつも統治者の朝廷側に付いた。清朝にとって漳州と泉州の移民は、鄭氏の反逆軍以降、天性の反骨の逆賊であるのに対して、客家籍の人々は「義民」であった。こうして福佬人と客家人間の仇敵感情に火に油を注いだ状態で、代々伝わった。そして福佬人と客家人は完全に仇敵同士となり、往来も通婚もしなくなった。多くの福佬人が子孫へ客家人を嫁に取るなと言い残した。客家人は人口が少ないため、いっそう集落を重んじて団結するようになった。彼らの口にかかれば福佬人はみな悪人だった。福佬人と客家人はたとえ平和な時代でも、いつも互いに械闘〔多く福佬人と客家人のあいだで起こった村をあげての戦い〕し合っていた。事実、早くも雍正元年〔一七二三年〕には、鳳山で台湾史上最初の福佬人と客家人の械闘が起こった。

乾隆年間に、漳州人の林爽文が蜂起したとき、瑯嶠の沿海の河口は福佬人の集落で、柴城は福佬人の最大の街であり、台湾最南端の福佬人の集結地でもあった。福康安は、兵を率いて林爽文の残党荘大田を追撃して勝利をおさめると、柴城に「福安宮」を建立した。このとき、下瑯嶠にはまだ唐山からの移民は少なかった。道光、咸豊年間になると、下瑯嶠には客家の集落がいくつかできたが、大部分は相変わらず原住民の地であった。福佬人の移民は平地を占拠し、ひとり者はいつも平埔族のマカタオの女を娶った。客家人の移民は山地に住み、独身の男は番人の女を妻にすることが多かった。

瑯嶠の福佬人は、高山に住む生番を「傀儡番」あるいは「加礼番」と呼び、客家人はただ簡単に「生番」と呼んだ。ただ、生番といっても単一の民族ではなかった。役所では総称して上瑯嶠十八社、下瑯嶠十八社と呼んだ。とりわけ下瑯嶠十八社は民族のるつぼのような状況で、さまざまに混ざり合っていた。大ざっぱに言うと、福佬人が平埔族と通婚して棉仔一家のような土生仔が生まれ、客家人の移民が生番と通婚して文杰《ブンキッ》や蝶妹《ティアモエ》のような子孫が生まれた。ただ、客家人と平埔族、あるいは福佬人と生番のあいだでは、通婚して子をもうけることはきわめて少なかった。

生番は、客家人に対しては愛憎が交錯し、受け入れることもできたが、福佬人に対しては憎悪しかなく、もっぱら口先で自分たちをだまし苦しめてきたと考えていた。生番は客家人を「ナイナイ〔倷倷〕」と呼んだが、これは客家語の「私」の発音からきている。福佬人のことは「パイラン〔白浪〕」と呼んだが、それは福佬語の「歹人《パイラン》〔悪人〕」からきている。

福佬人の平埔族と生番に対する処し方も両極端で、彼らは平埔族を軽く見ている。平埔族の熟番は大人しく善良で、じっと耐えて受け流すところがあったからだ。ところが生番はひどく怖れていた。生番は出草〔首狩り〕して彼らを殺すからだった。それゆえ、「土番竹枝詞」には次のように歌われている。

「人は生番を虎のように猛々しいと畏れ、人は熟番を土のように賤しいと侮る」

第十章

蝶妹と文杰の父親は林という姓で、二十年あまりまえに唐山より船に乗って黒水溝を渡って社寮に上陸した。台湾での仕事は、社寮の首領の楊竹青の家での作男《さくおとこ》からはじまった。文杰と蝶妹の記憶では、彼は唐山にいたころのことや家のことはめったに口にしなかったし、またどうして海を渡って台湾にやってきたかについてもなにも語らなかった。

楊竹青は棉仔の父親で、当時、棉仔は十二、三歳、いまの文杰とほとんど同年齢だった。棉仔と、唐山から新しく来た林というこの作男は、年齢は八、九歳しか離れておらず、気が合って、いつも一緒にいて話をしていた。

客家人の林は作男を数年勤めて、少しの貯えができると、外に出てなにか仕事をはじめることにした。広東の客家人は大部分が社寮渓の保力に集中していたが、林には別の考えがあった。彼は客家だったが、福佬語が大変流暢だった。社寮に来て長年経つが、客家の人たちとはほとんど連絡を取らなかった。彼は社寮で働いて貯めた金で小さな店を開き、柴城に足場をつくりたかった。しかし、すぐに店はつぶれてしまった。人の話では、彼は福佬人の娘を嫁にしようとしたが、福佬人の仲介女に金をだまし取られてしまったらしい。結局、彼は柴城を離れ、瑯嶠渓を遡り、統領埔にたどり着くと、大多数の客家人と同じように荒れた土地を開墾して生計を立てることにした。瑯嶠渓は柴城渓と呼ばれていた。統領埔を過ぎると、すぐそこは生番の土地だった。そこの生番は牡丹社に属し、凶暴で聞こえていた。ただ、統領埔の客家人とは関係がまあまあよく、双方の猟場は境界がはっきりしていて、互いに関わり合うことはなかった。

彼は開墾をしながら猟をし、しとめた獲物を柴城へ持って行って売った。そのあたりの人はみな彼のことを「林山産」と呼んだが、自分でもそれが気に入り「林山産」と名乗った。時が経ち、いつの間にか、すっかり彼のもとの名前をみな忘れてしまった。

林山産は福建の客家だった。福建の客家と広東の客家はいささか異なっていた。広東の客家は客家語を話すだけで、福佬語が話せなかった。福建の客家は、地元では福佬人との関係がよいため、両方の言葉ができた。福建の客家ははじめて台湾にやって来たとき、生きていくためには強い者に頼らざるをえず、いつも福佬人にくっついていた。こうしていつの間にか、次世代の者たちは自分を福佬人だと思いこみ、もとは客家人の子孫であることを忘れてしまったのである。

福建客家の林山産は社寮に来たとき、幸いなことに平埔族と福佬人との混血である棉仔の家に迎えられありがたいと思った。しかし、彼はまた出自を忘れず、客家のままでありつづけた。客家人が主流の統領埔にやって来てからも、やはり同じ態度を取りつづけた。福佬人を排斥せず、それどころかいつも福佬語を使って、閩《びん》〔福建〕と粤《えつ》〔広東〕の双方を行き来することができた。彼は社寮渓谷にある広東の客家が集中している保力庄に行かず、瑯嶠渓上流の統領埔を選んだ。ここはまだ人がそれほど多くなく、それぞれの家の距離はかなり離れていた。しかも、福佬人から見れば、傀儡番のなかでもっとも凶暴な牡丹社がかなり近いところにあった。

傀儡山は、中瑯嶠の保力や統領埔のあたりまで来ると、山容は緩やかになり、渓谷は浅く、美しい景観だった。そして、イノシシやキョン、シカ、キジなどの珍しい山の獲物が豊富だった。林山産は狩猟で生け捕りにした動物や獣皮、鳥や獣などを海辺の柴城や新街や社寮に行って売り、それから柴城や保力で漢人の布地や鉄鍋、工具、食塩、さらには武器と弾薬まで仕入れて、牡丹社の生番に売った。そのため、牡丹社の生番もみなこの客家の商人を知っていた。林山産はやり手でよく働き、人にも好かれ、商売も評判もますますよくなっていった。彼が売る山の獲物は新鮮でおいしかった。そして彼が生番に売る、平地人の道具は安くて物がよかった。

さらに重要だったのは、彼は漢人も番人もだまさず、独自の姿勢をもっているところだった。こうして彼は人々に愛され、福佬人、客家人、土生仔、傀儡番のあいだを自由に往来し、みなから好かれた。

ここの福佬や客家の住民は、いつも生番の愚かさにつけこみ、詐欺の手口で彼らをだました。そのため、生番の反感を買っていた。とりわけ福佬人の「パイラン」はそうだった。林山産は生番には誠実に接していたので、彼らから好感をもたれていた。いつも一生懸命で顧客に最大の便宜をはかった。ふつう生番が福佬人から物を買うときは、道が遠く、それにすぐに衝突が起こった。しかし、彼は生番からほしいものを頼まれ、その品物を山の生番の部落まで送り届けた。

林山産がもともとやっていたのは、中瑯嶠の生番との商売だった。それは生番たちが彼のことがたいへん好きだったからだが、あとになると、下瑯嶠の猴洞《カウトン》や出火以東の「スカロ族」、すなわち龍鑾《リンロアヌ》社や猫仔《バア》社、射麻里《シャマリ》社、チュラソ社の生番たちもみな彼に頼んで物を買うようになった。こうして林山産は統領埔を中心として、西は柴城の福佬人や保力の客家人の商売人から物を仕入れ、それから東北に行って牡丹社に物を売り、さらに東南に行ってスカロ四社に物を売った。福佬人や客家人は彼を「林山産」と呼び、番社の人たちは「林老實〔まじめな林さんの意〕」と呼んだのである。

そんな林山産のそばに、いつとは知れず美しい娘がときおりあらわれるようになった。頭にはいつも花を飾り、生番のいでたちをしていた。だれも彼女の身の上を知らず、林山産も口にしなかった。だれかが彼にたずねても、いつも笑ってこたえなかった。彼女は生番のお姫さまだといううわさもあったが、生番の習俗をよく知る人たちはだれもそれを信じなかった。と言うのも、傀儡番には強い階級観念があり、頭目と貴族と平民に分かれていたからだ。頭目の娘は通常、頭目か貴族に嫁ぎ、平地人に嫁ぐことなどあり得なかった。平地人も生番の女を嫁にしたが、みな平民の階級の娘だった。生番の家の掟や部族の掟は大変厳しかった。

これはだれも知らないことだったが、林山産は妻を娶ってからは、スカロ四社にほとんど行かなくなっていた。近くの猫仔社やスカロとよく行き来がある老仏社にも行かなくなり、ただ中瑯嶠の牡丹社やクスクス社や加芝萊《カチライ》社などに出入りするだけになっていた。林山産と妻とのあいだには四人の子供が生まれたが、育ったのは長女と下の男の子だけだった。林山産はこのあたりの渓谷を飛び交う美しい蝶が好きで、娘を「蝶妹」と名づけた。林山産は勉学が十分にできなかったことが心残りだったので、子供に学問で名をあげることを期待した。もともと、唐山の故郷では、林山産は没落した読書人の出で、林山産自身も数年勉学に励み、字を知ることの大切さを知っていた。彼は息子を「文杰」と名づけたが、これは「文才傑出〔「杰」と「傑」は同字〕」から取ったもので、息子への期待があらわれていた。文杰が七、八歳のころに、林山産は彼に字を教えはじめた。文杰は聡明で勤勉だったが、自分の名前の意味を知っていっそう真面目に勉強した。

*

林山産が真面目に働いたおかげで、一家は衣食にこと欠くこともなく、まずまず豊かに暮らしていた。

しかしながら、天に不測の風雲あり、だった。

二年まえの夏のある日のことだった。この年（一八六五年）、蝶妹は数え年十六歳で、文杰は十二歳だった。台風がもたらした豪雨が通りすぎると、翌朝早く、林山産は文杰を連れて交易と狩猟に出かけた。林山産は文杰がよく書が読めることを望んでいたが、しかし基本的な狩猟の技術はやはり必要だった。文杰のからだはもう半分大人になっており、林山産は昼間はいつも文杰を連れていた。文杰には狩猟を学び、客とのやりとりのコツも身につけてほしかった。林山産は火縄銃を持っており、射撃も得意だった。文杰は狩猟よりも、人との関わりに強い関心があるようだった。彼は父親が唐山から持ってきた黄ばんだ本を何冊かいつも持ち歩いていた。父親はそれらの本を使って字を教えた。

この日、林山産と文杰は猟に出かけた。雨あがりの谷には、花の香りが満ち、蝶が群れをなしていた。自分の名前から、蝶妹は蝶が大好きだった。ここには大鳳蝶（ナガサキアゲハ）や小黄蝶や小紫蝶や小白蝶がいた。大鳳蝶は色鮮やかで、目を奪われるほど美しかった。しかし群れで飛ぶ小さな蝶が、蝶妹のお気に入りだった。蝶が群れをなして飛んでくると、自分も蝶になったような気がした。彼女は父親がこのような美しい名前をつけてくれたことが嬉しかった。

「蝶妹」、母がニコニコしながら彼女を呼んだ。

「このごろは雨水が十分だから、タケノコもきっときれいに育ってるわよ。少し掘って帰ろう」

タケノコと聞いて、蝶妹の口もとから唾が落ちそうになった。母の蒸し焼きにしたタケノコは香りが高くておいしく、家族みなが好きだった。

今日は、蝶がとても多く、まるで空いっぱいに花が舞っているようだった。蝶を見ながら、タケノコを採る。まるで一幅の絵のようだった。蝶妹は竹籠を背負い、父から教わった客家の歌を口ずさみながら、母のあとについて竹林にやってきた。大雨のあとで、青々したタケノコがあちこちに顔を出し、朝露に濡れたタケノコの先は早朝の陽の光が映えて、とても美しかった。母はナタを取りだすと、きれいにタケノコを掘りだした。蝶妹も母について掘ったが、まだへただった。母は蝶妹のほうを振り向いて笑みを浮かべて言った。

「慌てないで、ゆっくりやるのよ。慣れたらうまくなるわ。もう少し中に入って、掘りましょう」

そう言うと、手で竹藪を分けながら奥に入っていった。

蝶妹が腰をまげて足もとのナタを取ったとき、突然キャッという叫び声が聞こえ、同時に母が手をサッと引っ込めるのが眼に入った。黒っぽく茶褐色がかった、肘から下ぐらいの長さの小さなヘビが竹林のなかに逃げていった。母の手首には傷がついて、赤い鮮血がどっと流れ出た。

「なんてことなの」

母の口から罵りの声がもれたが、顔色を変えることなく、慌てたようすもなかった。

「ちょっとうっかりしてしまったわ、タイワンアオハブ（出血毒をもつヘビ）よ！」

「タイワンアオハブ……タイワンアオハブって毒があるんじゃない？」

蝶妹は慌てた。

母は腕についた血をぬぐうと、傷口を強く吸って、毒を吸い出そうとした。母は顔を地面に向けると、血の混じった唾をドッとたくさん吐き出した。朝の楽しい気分はいきなり台なしになり、蝶妹は緊張して母を眺めた。

「どうってことないわよ。家に帰りましょう。タイワンアオハブに噛まれたって死なないわよ」

母は無理に笑顔をつくっていたが、その眼つきから、明らかに落ち着いたふうをよそおっているのがわかった。

短い帰り道が、今日はとくに遠く感じられた。

家に帰ると、母は「珊瑚樹[7]」を傷口にあてたが、血はまだ滲みでてきた。蝶妹はきれいな布を探して傷口をしばった。母はたいへん疲れたようすで、横になるとすぐに眠ってしまった。蝶妹は枕元に坐っていたが、心配で心が落ち着かなかった。血はまだ滲みだしつづけ、蝶妹は何度も布を取りかえた。母は目を覚ましてからも、ベッドに横になったままだった。血を流したのでからだが衰弱しているのがわかった。

空はもう暗くなったが、父と弟はまだ帰ってこなかった。蝶妹にはわかっていた。もし日没までに帰ってこなければ、帰りは明日の朝になる。大型の動物はみな、昼間はじっとしていて夜に動きだすから、夜が狩猟の絶好のチャンスなのだ。

夕飯をつくる時間だったが、母は依然としてうつらうつらしていた。蝶妹は昼間採ったタケノコを剝くと小さく切ってスープをつくり、さらに燻製のイノシシも切った。竹筒に入ったアワ飯をつくり、アワ酒を一杯用意した。どれも母の大好物だったが、母は今日はお腹がすいたとは言わず、喉のかわきをうったえ、寒がった。母は無理に起きあがって熱いタケノコスープを数口飲んだが、イノシシの肉とアワ飯には一切手をつけなかった。アワ酒は布にひたして傷口に押し当てた。

スープを飲みおえると、母はおしっこがしたいと言った。蝶妹は彼女を支えて連れていったが、尿が薄赤色になっているのに気づいた。血が混じっているのだ。母はそれを見ると、ぶるっと身震いした。蝶妹はよけいに慌ててしまい、気が動転してどうしていいかわからなくなった。ここはもっとも近い家からそれほど離れていないが、蝶妹は心配でならず、母のそばを離れて助けを求めに行けなかった。ただ父が教えてくれたように、黙って心のなかで「南無観世音菩薩」と念仏を唱え、仏にご加護を祈るだけだった。蝶妹は母を支えてベッドにもどったが、母はベッドのしたを指さして、小声で「竹籠……竹籠」と言った。

蝶妹ははっとして、からだを曲げてのぞき込むと、ベッドの下には精巧に編まれた大きな竹籠があった。蝶妹が竹籠を取り出すと、母が開けるように言った。竹籠を開けると、中には精巧な刺繍の肩掛けとまぶしいほど光るトンボ玉の首飾りがあった。肩掛けは色鮮やかできれいだった。首飾りはトンボ玉の大きさがそろっていて、色とりどりで美しく輝いていた。蝶妹は、幼いころ、母が一度肩掛けを巻き、首飾りをつけて、笑顔で輝いていたことがあったのを覚えていた。母は青白い顔に微笑みを浮かべながら、蝶妹に身につけてみるようにうながした。

蝶妹が肩掛けと首飾りを身につけると、母の青白い顔に笑みが浮かび、さらになにかを言おうとしたようだった。せき込みはじめ、血を吐きだした。蝶妹が驚いてすぐに母の背中をさすると、やっと咳がおさまったので、母を静かに横にならせた。母は目を閉じていたが、額には汗がにじみ、呼吸も荒くなってきた。

夜はふけたが、父と弟は帰らず、蝶妹に聞こえるのは虫の鳴き声だけだった。母はもう眠っているようだった。蝶妹は一日じゅう慌ただしく、心身ともに疲れきって、思わずベッドのそばでうとうとしてしまった。夢のなかでは、父と弟が雲豹《うんぴょう》〔ネコ科。パイワン族の頭目ら地位の高い人は雲豹の毛皮を着る。ルカイ族は民族の象徴として尊ぶ〕を捕まえて家に帰ってきたが、一瞬のすきに雲豹に逃げられて、みな大声をあげて大騒ぎをしていた。蝶妹ははっと夢から覚めた。空はもう明るくなりはじめていた。しかし、母は奇妙なほど静かだった。母の手をそっと触ると、氷のように冷たかった。彼女はわずか十六歳の娘だったが、生死についてはぼんやりとわかるようになっていた。果てのない恐怖が胸に広がったが、泣き声をあげることはなかった。ただ母の手を握りしめて、涙を流しながら、「母さん……母さん……」とつぶやくばかりだった。

　太陽が大地を照らすころになって、ようやく父と弟が帰ってきた。みな母の遺体にすがりついて大声をあげて泣いた。父は身を起こすと、蝶妹が身につけているトンボ玉の首飾りと肩掛けを見て、呆然とした。蝶妹もはっとして、母が亡くなったのに、きらびやかな物を身につけているのは良くないと思った。しかし、父が思いがけず「母さんがおまえに身につけさせたんだから、つけておきなさい」と言った。これ以降、蝶妹は新年や儀礼の日、あるいは気分がいいときには、首飾りをつけるようになった。

　父は生番の儀式に従って母を埋葬することにした。蝶妹が母の髪を梳いてから、頭巾で包み、口にビンロウの実を含ませた。それから手足を折りまげて、白い布で包み、頭だけを出して、しゃがんだ姿勢を取らせた。そして家の隅に埋葬した。父が言った。母さんの顔は必ず北向きにして、傀儡大山のほうに向けなければならない。部落の人たちはみな、そこは祖霊が住む地だと信じているからだ。父は涙を浮かべながらひとりごとを言った。母さんに借りがいっぱいあるね、約束したのにまだしていないことがいっぱいある。蝶妹は首飾りを残して、肩掛けを竹籠のなかに入れた。父は心を動かされたような目で蝶妹を見ていたが、それから両手を合わせて跪き、涙を流しながら手で土をかぶせた。地面が平らになると、さらに少し高く土を盛り、そのうえを石板でおおった。竹籠も母のそばに埋めた。

　父は母とたいへん仲が良く、母をとても大事にしていた。彼はふだんから子供と一緒に彼女のことを「母さん」と呼んでいたが、気分がいいときにはからかうように「番婆」と呼ぶのを好んだ。そんなとき母はかえって嬉しそうに、父に「いかさま師」と返していた。姉弟ふたりは、どうして母がこのように呼ぶのかわからなかったが、父は嫌がらず、うれしそうに笑っていた。母を埋葬する父の真剣な表情は蝶妹の心を打った。

　蝶妹は、母のあの肩掛けは生番の頭目家にしかない高貴な衣装だと直感した。蝶妹は幼いころから父は唐山から来た客家人だと知っていた。母は山の上の生番の部落からやってきたのだ。母の客家語と福佬語はどちらもまずまずだった。家ではみないつも客家語と福佬語と生番のことばを混ぜて話していた。しかし、なぜか父と母は、母がどの部落からきたのか、さらに母が頭目あるいは貴族の出であるかどうかについて、姉弟に話してくれたことがなかった。

葬礼[8]のあと、蝶妹はこの機会にと、勇気を出してたずねた。

「母さんはどの部落から来たの？」

父はこたえようとしたが、すぐに黙ってしまった。しばらくして最後にこう言った。

「おまえと文杰がもう少し大きくなったら話してやろう」

それから母を埋葬した柱のところに行って、合掌して三拝した。これ以降、蝶妹はもうあれこれ聞くことはしなかった。父にたずねる機会がもう来ないことなど、知るよしもなかった。

*

母が亡くなると、もともと寡黙だった父はいっそう無口になった。蝶妹は、父が何を考えているのかわからないが、いつもぼんやりと息子と娘を見ていることに気づいた。

去年の端午の節句の日の正午、父は例年のように粽《ちまき》を神様と先祖にお供えした。母は「番婆」だったが、父から多くの客家の習俗を学んでいて、粽をつくるだけでなく、先祖を祀り神仏を拝んでいた。父はこうした客家の習俗をたいへん重んじていたのだ。父はまたふだんから母の生番の習俗も大事にしていて、少なくとも生番の禁忌に触れるようなことはしなかった。母は歌を歌うのが好きで、夕食後、たまに父が簫の笛を取りだして伴奏した。母が亡くなってから、簫がどこにいったのかわからなくなっていた。いまでは、夕食後はみなそれぞれ自分のことで忙しかった。蝶妹は家事をこなし、針仕事などもしていた。文杰は読書をしたり、書道をしたりしていた。父は獲物を処理して、翌日、柴城や保力に持っていって売る用意をしていた。それを生番が好きな器や家具や刃物や銃に換えて持ち帰り、山のなかに持っていって売るのだった。

三人は粽を食べていた。父は文杰と蝶妹を見ながらゆっくりと話しはじめた。

「母さんが亡くなってから、おまえたちには苦労させるね。引っ越そうと思うんだ。ひとつは、わしも年だ、疲れたよ、山での生活はやめようと思っている。それに、文杰が大きくなって、わしが教えられることはもう教えてしまった、だから文杰は私塾に行かなけりゃならん。わしは文杰が将来、わしのように猟をしたり、土地の開墾をしたりして生きていってほしくない。勉強して科挙の試験を受けるべきだ。統領埔には読書人がいないから、わしは柴城に引っ越そうと思っている。あそこならいい私塾といい先生がいるからね」

林山産は、母さんは部落のお姫さまの出だったので、自尊心が強かったことを子供たちには言わなかった。福佬人と生番は互いに深い敵意を抱いていたので、彼女は柴城に住むことを嫌がったのだ。

瑯嶠では、生番と客家人は隣り合って暮らし、いつも衝突や殺傷事件を起こしていた。その一方で、両者のあいだで通婚もよく行われており、そのために互いに深い愛憎があった。林山産は猟に出ているとき、誤って生番の猟場に紛れこみ、追い立てられたこともあったが、幸い何度も危険を脱した。生番は客家人の男に女を取られることも多く、そのため部落の男たちは嫁を取るのが難しくなっており、客家人を見ると気分がムシャクシャした。傀儡番は母系社会ではなく、男女平等だった。しかも上下関係が厳格な階級社会であった。客家人は生番の女を娶ると、いつも番女を番社のそとに連れだし、別に家庭を持ったので、番社の人々はいっそう不満に思った。生番の民族意識は強烈で、従順な熟番の土生仔とは違っていた。

近頃、林山産は夜中に目を覚ますと、いつも唐山のことを考えるようになったが、こんなことはこれまではめったにないことだった。唐山を離れて三十年あまりになっていた。あのとき故郷は干ばつと伝染病に見舞われ、両親と兄弟がみな死んだ。彼はあまりよく知らない何人かの同じような目にあった男たちと黒水溝を渡り、生活の糧を求めて台湾にやってきた。故郷への未練はもうないと思っていた。三十年、人里を離れて生活し、三十年、開拓し猟に明け暮れる日々だった。彼は疲れていた。全身に残る傷あとを見ながら彼は、人が多く住む街にもどることにした。そして、息子が先祖伝来の文人生活を送ってくれることを望んだ。祖父は科挙の秀才だったが、早くに亡くなり、家は没落した。彼が台湾にやってきて、郷里には親戚はもうだれもいなくなったのに、こうして年老いてから唐山への郷愁を覚えるとは思いもしなかった。

いま生番の妻は世を去り、福佬人が住む大きな街、柴城に移ろうという気持ちが、林山産の心に再び燃えあがった。若いときに一度失敗したが、もう一度試してみよう、そう思うのだった。統領埔は柴城から遠くないし、柴城には多くの顧客がいる。柴城なら文杰のためにいい先生をみつけることができるだろうと思った。彼は統領埔では主に狩猟と行商をしており、土地の開墾はあまりしなかったので、耕地は大きくなかった。家は「室内葬」を行なったので、この家を売ることは無理だった。手元の資金は十分ではなかったが、文杰のためにやはり引っ越すことにしよう。

そう決めると、気持ちが軽くなった。彼はふたりの子供たちにこう告げた。

「おまえたちはまだ社寮の楊旦那を覚えているかい。旦那に会いに、おまえたちを長いあいだ連れていかなかったね」

文杰は言った。

「もう二年にもなるよ！」

もともと林山産は、あの年に客家人の彼を楊家の作男に雇ってくれた恩義に報いるために、毎年家族を連れて社寮に行き、昔の主人にお礼の挨拶をしてきた。楊旦那と棉仔兄弟も、姉弟ふたりのことを気に入ってくれていた。

林山産は言った。

「わしも長いことご挨拶に行っていないなあ。今年の中秋の日におまえたちを連れていってやろう。柴城に引っ越すつもりだから、手伝ってもらえるかどうか、楊旦那にお願いしてみよう」

＊

思いもよらないことに、中秋節が来ないうちに、これまでずっと危険を恐れず、災いを福に転じてきた林山産に事件が起こった。

端午の節句が過ぎてまたたくまに七月になった。七月はいろいろことがうまく運ばない鬼月〔旧暦七月。祖先の霊が現世にもどってくる月〕だ。林山産は信心深かった。毎年鬼月が来るたびに、必ず三つのことを守った。第一に、夜空が明けないうちは門を出ず、暗くなるまえに必ず帰る。第二に、中元になったら、先祖を祀るだけでなく、殺生した獣類も祀る。彼が言うには、獣類は人間のように賢くはないが、霊性を備えているということだった。彼は生活のために動物を殺していたが、心のなかではすまないと思っていた。だから毎年中元が来るたびに、ささやかな供養を行い、念仏を唱えて、死んだ動物たちの霊を慰めた。第三に、農暦七月の三日と六日と九日は肉類を食べず、肉気のないものだけを食べた。彼は猟師だったが、幼いころから毎日の朝食と、一日と十五日には肉気のないものを食べていた。

林山産の家のなかは質素なしつらえだったが、神棚はたいへん凝っていた。祖先の位牌のほかに、観音様と関帝と土地公の小さな木彫りの像が並べられていた。彼は、観音は平安を保ち、関帝は正義の神様であり、商売の神様でもある。土地公は福徳正神で、このあたりの山林の鳥獣を管轄していると言っていた。彼はまた子供たちに困ったときには、心をこめ「南無観世音菩薩」と唱えなさいと言っていた。彼は山のなかで危険な目に遭ったときに、何度も「観世音菩薩」と心で唱えて、いつも危険から逃れることができたのだった。

家にいるときは、毎日朝晩、必ず線香を立てて神棚に手を合わせた。線香は柴城で買ってきた高級品だった。猟に出て家にいないときは、妻が代わりにそれをした。文杰と蝶妹も小さいころから知らず知らずのうちに両親の影響を受け、先祖と神様への信仰を身につけていた。

しかし、林山産にやはり事件が起こった。

その日はちょうど農暦七月の最後の日、七月三十日だった。その日、林山産は朝早くから家を出た。その日は気分が爽快で、家を出るまえに姉弟にこう言った。明日は陰暦の八月一日で中秋節が近いから、きれいな黒尾長鳥を楊旦那一家に贈りたいと。彼は数日まえに色鮮やかな雄の黒尾長鳥を捕まえていたが、雌のほうには逃げられていた。それでこれを補いたかった。

ところが思いがけないことに、正午時分になって、林山産が連れていった黒犬がキャンキャンと狂ったように吠えているのを姉弟は耳にした。ふたりはどうして父がこんなに早く帰ってきたんだろうといぶかしく思った。家を出てみると、父がずいぶん遠くから一歩一歩右足を引きずり、苦痛の表情を浮かべながら歩いてくるのが見えた。

「くそったれめ、本当についてない」

姉弟ふたりは林山産を支えて家にもどった。癇癪持ちの彼は口汚く罵りながら怒っていた。

実は父はあの雌の黒尾長鳥を見つけたのだ。生け捕りにするためには、殺すわけにいかず、その雌の黒尾長鳥を追いかけていった。ところが、不注意にもだれかが草のなかに仕掛けた罠を踏んでしまったのだ。父の右足は罠に挟まれて皮が裂け肉が出ていた。そのうえひどいことに枯れ木が足に斜めに突き刺さっていた。なんとか罠をはずしたが、気を失うほどの激痛が走った。ふたりが見ると、足の裏の傷は深く、肉が大きくえぐられたらしく、ドロドロの土と血のかたまりがへばりついていた。

姉弟ふたりは湯を沸かして傷口を洗い、父が保存していた薬草を塗った。父は少し痛みがおさまると、大丈夫だ、大丈夫だ、半月も休めば傷口がふさがって、今まで通り元気になるよと言った。そして観音様が見守ってくださると言った。父は痛みに耐えながら、線香に火をつけ、神様に供えて拝むと、やっと横になって休んだ。

ところが翌日になっても傷口は良くならず、かえって赤く腫れ、熱が出て痛んだ。三日目には、傷口から黄色い膿《うみ》が出て腐りはじめ、異臭がした。父は熱を出してぐったりとしていた。姉弟は心配でぼんやりしてしまい、ベッドのそばに座って「南無観世音菩薩」と唱えた。十日目になって、文杰は柴城に行き、大枚をはたいて福佬人の医者に来てもらった。医者は脈を取ると顔をしかめ、脈が速くて異常だと言った。そして黒い膏薬を取りだすと火に炙り、それを傷口に貼った。静かに横になっていた父はあまりの痛さに大きな叫び声をあげ、起きあがらんばかりだった。医者は煎じ薬を取りだし、午前と午後に飲むように言いつけた。その後しばらくは落ちついていたが、二日後にはベッドからおりたり、食事をしたりする回数がますます少なくなった。

蝶妹は父の尿がますます少なくなり、色もますます濃くなって、からだも少しむくんできたのに気づいた。その後、高熱が引かず、呼吸も浅くなり、目を覚ましているときが少なくなって、時々うわ言を言うようになった。文杰はまた柴城に行ってあの福佬人の医者に来てもらった。医者は半分いやいやながら文杰について山にやってきたが、父を見ると頭を横にふって、姉弟ふたりに、お父さんはおそらく助からんでしょう、お父さんはもともと丈夫なので、いままでもったんですよと言った。医者は姉弟ふたりの孝行ぶりに深く心を動かされたので、今回は遠いところまで往診に来たのだった。彼は金を取らず、病人が奇跡的に助かることだけを願っていた。

蝶妹は涙で顔をぬらし、泣きやまなかった。文杰はいきなり立ちあがって涙をぬぐうときりっと顔をひきしめた。自分には林家を継ぐ責任があることに思いいたったのだ。彼は長男であり、男だった。父は彼がめそめそと泣くのを見ることを決して喜ばないだろう。

さらに二日経ち、父の状況はいっそうひどくなった。死期が近づいたのは明らかだった。彼は目を堅く閉じ、意識がなく、口を大きく開けていた。呼吸をするときは、胸の筋肉が強く震えて、空気をひと口ずつのみこもうとし、吐きだしたくないようで腹はパンパンに膨《ふく》れあがった。こうして一日生き延びたが、呼吸はいよいよ荒くなった。真夜中になって、呼吸がかすかになり、その後痙攣して大きくため息をついたようだったが、小鼻がぴくっと動くと、息を引きとった。

　姉弟ふたりは交替で夜通し看病をしていたが、この日はようすがおかしかったので、ふたりとも頑張って眠らずにいた。父が最後の息をのみこむのを見て、無理に気を張っていた文杰も思わず大声で泣きだした。蝶妹はなおのこと一日じゅう涙に暮れた。

　この日はちょうど中秋節だった。八月十四日の真夜中で、それは八月十五日の子の刻〔夜の十一時から一時〕でもあった。

　父が亡くなってから、姉弟ふたりは、対にできなかった黒尾長鳥を持って社寮の楊家に行き、父の死を告げた。棉仔と松仔もそれを聞いて大いに驚いた。楊旦那も数か月まえに、中風になっていたのだ。頭はまだはっきりしていたが、半身不随になり、しゃべるのもおぼつかず、終日寝込んでいた。いまは頭《かしら》の仕事と家のことはみな棉仔が仕切っていた。棉仔はふたりの姉弟を連れて統領埔にもどり、林山産の葬儀を手伝った。

　こうして蝶妹と文杰は社寮に来て、二十年あまりまえに林山産がはじめて瑯嶠に来て雇われた楊家に住むようになった。これはおおよそ六、七か月まえのことだった。

第四部　チュラソ

第十一章

マンソンはコーモラント号の船べりに寄りかかって目を閉じ、フォルモサからの海風が頬を撫でるにまかせていた。彼は寒いスコットランドのアバディーンから来ていた。そのため、フォルモサの暖かい気候と青々とした山水と青い空、白い雲が非常に貴重なものに思えた。フォルモサに来たのは、まったくのところ神の采配のようだった。父は銀行家だったし、金融・財政学を学んだ長兄も二年まえに上海の税関に来て仕事をしていた。マンソンはアバディーン大学を卒業したら、上海に行きたいと思っていたが、父の友人で、エディンバラ医学院を卒業したマックスウェル医師が彼にフォルモサに来るように誘ったのだった。マックスウェル医師は二年まえにフォルモサの台湾府〔いまの台南〕にやって来た。一六六二年にオランダ人が撤退してから、最初にフォルモサにやって来た西洋医であり、キリスト教の宣教師だった。彼はフォルモサの美しさと独特さ、そして多様で面白い点を称賛した。原始未開の地もあり、また歴史的な古い街もあった。フォルモサの名前を、ヨーロッパ人は決して知らなかったわけではなかった。マンソンは数か月船に揺られ、千里はるばるこの東洋の島にやって来た。これによって、彼が未来の「熱帯医学の父」になるとは、マックスウェル医師も思いもよらないことだった。

マンソンがフォルモサに来たときには、イギリス領事館はすでに淡水から打狗《タカウ》に移っていた。そこでマンソンは打狗にある清国の税関に行って検疫を担当し、この地に航行してきた各国の水夫を診察した。一八六〇年以降、大清国は天津条約と北京条約によって、通商を開放する海港に税関を設置したが、国内にはこの方面の人材がなく、税関業務は欧米人によって担われることになった。大清国に来て西洋の貿易や経済、医学や布教にたずさわる人員が、またたくまに増加したのである。

マックスウェルは一八六五年に台湾府に来たが、最初の年はあまりうまくいかなかった。台湾府の福佬人《ふくろう》は、西洋の医学とキリスト教をひどく排斥した。マックスウェルはやむなく台湾府から撤退し、打狗の旗後港〔いまの旗津区の一部〕に新しい病院を建てた。マンソンはちょうどそのころにフォルモサにやって来て、打狗の税関での仕事のあいまに、マックスウェル病院の医療を手伝った。マックスウェルは旗後を足場に、打狗地区での布教に力を入れた。ただ、彼は台湾府での布教の拡張をあきらめたわけではなく、いつも打狗と台湾府の両地を駆けずりまわっていた。

マンソン医師はフォルモサの暖かい陽光を楽しみ、患者を診察する楽しみも味わっていた。ここでは、イギリスの医学書に載っていないたくさんの病気を目にした。日が経つにつれて、その多くは熱帯の寄生虫が人体に入り込んで引き起こす病気であることに気づいた。東洋のさまざまな生物と病原体は、多くが西洋で見たことがないものだった。

マンソンの目に映るフォルモサは生物の楽園だった。さまざまな美しい動植物と、さらにまたさまざまな恐ろしい寄生虫がいた。前任のイギリス領事スウィンホーは出色の外交官だった。さらに彼はフォルモサでのわずか数年の見聞によって世界有数の生物学者になったのである。スウィンホーはフォルモサで水を得た魚のように、いろいろな新種を発見する楽しみを味わったのだった。フォルモサで発見された多くの鳥類には、みなスウィンホーの名がつけられている。

マンソンが夢中になったのは、フォルモサでこれまで見たことがない寄生虫だった。彼は、マックスウェルのように医療行為を布教の手段にしなかった。マンソンは布教にはあまり関心がなかった。彼は医学に、とりわけ寄生虫の領域に専念した。フォルモサは寄生虫研究の天国だった。ここには珍しい寄生虫がいたし、また各国を往来するさまざまな民族の水夫もいた。彼はルーペを肌身離さず持ち歩き、随時、病人の便や血液や体液や組織を観察して、寄生虫や虫の卵を見つけては記録し、寄生虫の生活の周期と人体への影響を調べた。マックスウェルは笑って言った。いつかきっとスウィンホーのように、多くの寄生虫が「マンソン」と名付けられるだろうね。このことばは、のちに本当になった。

打狗で医療と寄生虫の研究に従事するほか、彼は乗馬や水泳や魚釣りなどをしたり、あちこちに旅行をしたり、狩猟に出かけたりした。とくに「フォルモサ通」と呼ばれるイギリス出身のピッカリングと一緒に、各地の異なった民族を訪れて、いろいろな言語を学ぶのが好きだった。フォルモサでの日々は、本当に快適だ、彼はそう感じていた。

だが、今日、つまり一八六七年三月二十五日は、これまでとまったく違った一日だった。今日彼が乗ったこのコーモラント号は砲艦であって、客船ではなかった。

コーモラント号は領事のキャロルの命を受け、昨日安平より打狗にやって来た。計画では今日打狗を出発し、フォルモサの最南端の南岬《なんこう》に向かうことになっていた。

＊

早朝、コーモラント号は南下の任務を執行すべく打狗港を出航した。思いがけないことに出発のときになって、ピッカリングが慌てて駆けつけ、キャロルに、彼が勤めている天利洋行でたいへん面倒なことが起こり、どうしても行けなくなったと告げた。土壇場で台湾通がひとり減ったたわけで、キャロルはたいへん残念に思った。

船が打狗から出航するとき、船長のブロードは港の背後にそびえ立つ薩拉森頭山《サラセントウ》（十九世紀、異人が呼んだ旗後山の呼称）と猴山（いまの寿山）の美しくて峻厳な山容を眺めながら、自然に恵まれたフォルモサに思わず心のなかで賛嘆の声を発した。

ブロードはキャロルに言った。世界各地を航行してきたが、打狗のように美しくて天然の良港はめったに見ない。外海がどんなに強風と大波で荒れていようと、港に入れば風がなぎ、波は穏やかになると。

このとき、船は港の入り口に大きく突き出た鶏心礁のそばまで来ていた。このあたりは水深が浅く、船は注意深く進まねばならなかった。

「港の両岸にはそれぞれ高い山が背後にそびえている。しかもこの鶏心礁は港の入り口に横たわっていて、敵の船も容易には入ってこれない、実に守りやすく攻め難い天然の良港だ」

ブロードは打狗港を絶賛し、それから安平港をけなした。

「安平の、あのオランダ時代に造った古い港は、早くから泥がたまって使用に耐えなくなっている。遠からず廃港になろう。スウィンホー氏が打狗を選んで、安平や淡水に領事館を建てなかったのは、本当に目先が利いていたね」

キャロルは風になびく帆や緑が広がる田畑を眺めながら、思わず感嘆せずにはおられなかった。

「将来、打狗は間違いなくフォルモサのダイヤモンドになるだろうね。フォルモサは東洋の真珠だ。物が豊かで、樟脳、砂糖、米、石炭、お茶……。清国人はなんと幸運なんだろう。この美しい島を持っているとは」

マンソンも同感だった。

コーモラント号はフォルモサの西部海岸に沿って南行した。

マンソンはこんな近くからフォルモサ南部の海岸を見る機会がもてて、大いに喜んだ。船の速度はすこぶる速く、すぐに広々とした河口が見えてきた。

キャロルはこらえきれずに驚きの声をあげた。

「この東港河の河口は果てしなく広い！　フォルモサはいつも暴風雨に見舞われる。河川は短いのに、水が大量に流れて激流となるんだ。それでこんなに広い河口なったんだな」

マンソンは言った。

「私はマックスウェル先生に聞いたことがありますが、この河の上流に六亀里《ろくきり》（六亀）というところがあって、そこは番界への入口となっています。そこの景色はとても美しいそうです」

キャロルが言った。

「ピッカリングはいつも私に、番界での見聞を上機嫌で話すんだ。ところがよくわからないんですがね、彼はチャイニーズ[9]が嫌いで、熟番と生番が好きでしてね。彼が言うにはチャイニーズは悪賢くて偉そうにするが、番人は人がよくて素直だってね。熟番はそうかもしれませんが、生番は凶暴極まりなく、人の首を狩る食人種ではありませんか。今度、ローバー号の船員を殺したのも生番ではありませんか。矛盾しているんじゃありませんか」

マンソンは肩をすくめて一笑して言った。

「マックスウェルさんのチャイニーズに対する印象もよくないですね。チャイニーズは、何千年にもわたる信仰と漢方医学を持っていて、私たちの宗教と医学を排斥するからですが。しかし、私はチャイニーズもそんなに悪くないと思っています。私たちは東洋と西洋のそれぞれの文化と道徳を認めねばならないと思います。私たちの商会は、悪いチャイニーズにアヘンを教えていますが、自分たちは吸わない。それこそ腹が真っ黒だと思いますよ」

キャロルはバツが悪そうに一笑したが、なにも答えなかった。

東港河を過ぎると、大きな集落があった。街と言える大きさだった。マンソンはそこが東港で、五千人ほど住んでいることがわかった。

一時間あまりたつと、船はまた大きな街を通り過ぎた。ブロード船長は地図と照らし合わせながら、キャロルとマンソンに言った。

「ここは枋寮《ぼうりょう》ですね。清国がフォルモサに官吏と軍隊を駐在させている最南端です」

つづいてまた河口が見え、マンソンは興奮して叫んだ。

「この河口は率芒渓《ソツボウ》の河口にちがいない。ピッカリングから聞いたことがあります。率芒渓以南が神秘なる大亀文（いまの屏東獅子郷内文社群）だって。歴史の記載では大亀文はオランダを打ち敗ったことがあります。フォルモサはほとんどが部落単位の社会ですが、ここは構造が王国に近く、それぞれの部落は頭目に税金を収めねばなりません。スウィンホーさんの話では、ここの福佬人と客家人の農家も毎年、収獲の五パーセントを大亀文の頭目に税として納めるということです」

キャロルは言った。

「そうです、清国は率芒渓口に『加禄堂』の隘口（原住民の攻撃から開墾地を守る小屋である隘寮の入口）を設けましてね。清国は祖宗康熙帝の命に従い、加禄堂以南を番界とみなし、清国の民がこの隘口から出ることを許さなかったのですね。反対に、土番が隘口から入ってくることも許さなかったのですね。双方が互いに隘口を境にして、それぞれに暮らし、相手の領域を犯さないようにしてきたのです」

はじめてフォルモサにやってきたブロードは言った。

「それはおかしなことですな。そんなことで、ここは清国の領土だと言えるのですかな？」

番地の部落に行ったことがあるマンソンは言った。

「清国政府の統治はまだ生番にはおよんでいないんです。生番の土地は大きいんですけれども、多くの部落にわかれており、それぞれ独立していて、古代ギリシアの都市国家にいくぶん似ています。ただ、部落の人口は少ないです。大きな部落で、二、三千人、小さな部落では百人もいないこともあります」

ブロードは大笑いして言った。

「ギリシアの都市国家のようなものがフォルモサの土番社会に出現したってことですな。これは実に興味深いことだ」

＊

さらに南行すると、また河口と福佬人の集落があった。ここから見渡すと、山脈はほとんど海に迫り、まるでうずくまった大きなライオンのようだった。

マンソンは地図に向かってつぶやいた。

「それじゃここは風港渓と風港村だな」

随行の福佬人の通訳が口をはさんだ。

「風港とは、風が出たとき、漁船はこの港に避難するという意味です。ここは上瑯嶠《らんきょう》と下瑯嶠の境で、さらに南に行けば下瑯嶠です」

福佬人の通訳はまた言った。自分はなんとか番語がわかるが、それでも最南端は風港までで、下瑯嶠になると、彼にもまったく未知の土地だと。

福佬人の通訳が言った。

「率芒渓から風港渓の上瑯嶠までは、大亀文番社群の勢力圏です。山がまるでライオンのような格好なので、ここの部落は「獅頭社」と言います。風港渓以南の下瑯嶠は十幾つに分散した部落のことで、合わせて下瑯嶠十八社と称しております。しかし、役所と一般の民は大亀文とか十八社とかに分けるのを面倒がって、阿猴社以南の生番をすべて傀儡《かいらい》番と呼んでおりまして、この地域の高山をすべて傀儡山と呼んでいます」

マンソンは遠くの景色を注意深く眺めた。高くそびえ雲に隠れていた大きな山が、ここまで来るとぐっと低くなり、海岸に接近していた。だから、海岸では平地がますます狭くなり、いくつかの場所では高い山がじかに海に落ちこんで、切り立った崖になっていた。山中の森林は鬱蒼と茂り、海岸には十キロごとに河口と小さな平地ができていた。平地には福佬人の小さな集落がいくつかあった。

コーモラント号は海岸に沿って南行をつづけた。遠くに低い山があらわれ、海まで伸びて大きな湾をつくっていた。ブロードは大声で叫んだ。

「探険湾[10]に着いたぞ！」

マンソンは二本の大きな河が海に注ぎこんでいるのを見た。ここから見ると、二本の河の河口は実際のところ非常に接近していた。北側は瑯嶠渓で、河口には柴城《さいじょう》があった。南側は社寮渓で、社寮渓の河口は亀山に接近していた。亀山は高くなく、海抜百メートルもなかったが、天然の障壁になっていた。

ブロードは振りむいてキャロルに告げた。

「探険湾は清国政府の文書にある瑯嶠湾ですな。この小さな湾は、フォルモサ南部では珍しい、暗礁もなく、風も波も穏やかな場所です。こんな小さな湾に渓流が二本海に流れこんでおります。北側の瑯嶠渓の河口と社寮渓の河口の南岸は、どちらも船が停泊できます」

キャロルが言った。

「それならスウィンホーの足跡に沿って、社寮渓の河口に停泊しましょう」

船は柴城を過ぎた。船上からは街の大きな廟を望むことができた。街には人がたくさん行き交い、大変にぎわっていた。正午に近づき、太陽が甲板に照りつけて灼熱の暑さになった。マンソンはしきりに汗をかきはじめた。

キャロルが言った。

「この瑯嶠渓の上流が、確か牡丹社というもっとも凶悪な生番の部落だ」

柴城を過ぎると、すぐにまた社寮渓の河口があらわれた。亀山は真正面にあったが、山林の木々は高くなかった。河口の右岸には、小さな集落があった。福佬人の通訳の話では、「新街」という新しい移民の村だった。河口の左岸は、海まで丸い山稜が伸びていた。亀山の麓に、社寮村がくっきりと見えた。社寮と柴城は近かったが、住民の家屋の形ははっきりと異なっていた。柴城は煉瓦造りの家屋あるいは土塀の家であったが、社寮のほうは大部分が竹造りの家で屋根はカヤ葺きだった。

船は亀山の麓に向かって航行した。岸辺にはすでに頭巾をかぶりスカートをはいた平埔《へいほ》族の民がたくさんあらわれ、彼らに向かって手を振っていた。マンソンは、清国政府が平埔熟番と呼んでいるこれらの民は、本当に心が温かく善良な人々だと思った。

これはマンソンがはじめて海辺で見た、福佬人の集落とはまったく異なるフォルモサの原住民の集落だった。福佬人の勢力圏を完全に過ぎていたのだ。柴城の社寮以南は平埔族の世界で、内陸部の山麓にはあまり多くはないが客家人の新移民がおり、さらに行くと、蒼茫とした山で、傀儡番の世界だった。ここはフォルモサ最南端の神秘な世界だった。

ここここそがもっとも辺鄙な下瑯嶠だ。マンソンの心は興奮でドキドキした。

第十二章

「まだ十日にもならんのに、今度は異人の砲艦がこんなにも早く来るとはなあ」

棉仔《ミア》は遠くから大きくなってくる船の姿を眺めながらひとりごちた。

「昔は、やつらは数か月もたってから、やっとこさやってきたもんだがなあ」

棉仔は異人の船が来るだろうと、予想はしていた。村人たちは、北方から海岸に沿って航行してくる洋船を見るや、海岸に見物に集まってきた。みな船の米の字の旗は見慣れていた。十数年来、米の字の旗の船は、社寮のはずれの瑯嶠湾にすでに何度も停泊していたからだ。あるときはただ飲料水を補給しにやってきただけだったが、三、四回は本当に上陸してきた。上陸すると、村民に小さな贈り物をくれた。多くはなかったが、たいへん珍しいものだった。だから異人の到来を村民は期待していた。

船がますます近づいてきて、船上の人の姿がはっきりと見えるようになり、社寮の人たちは彼らに情熱的に手をふった。船上の人たちもそれに応えた。彼らはみな目にも鮮やかな制服を着ていた。ダブルの紺の上着と白いズボンだった。ひとりだけ福佬人のいでたちだったが、船が近づいてみると、はたして辮髪をした男だった。

船は少し方向を変え、ほとんどまっすぐ村に向かって進んできた。

通報を受け、棉仔はとっくに準備ができていた。文杰《ブンキッ》は大きな桶一杯の真水を用意し、蝶妹《ティアモエ》はモモ、スモモ、スターフルーツなどの新鮮な果物を用意した。

マンソンは思った。

「社寮の熟番は本当に友好的だ。このフォルモサの島では、いろんな種族の個性はそれぞれ本当に違うなあ」

船が接岸して、まず下船してきたのは銃を持った四人の水兵だった。つづいて、あの福佬人の通訳だった。棉仔は歩み寄り、手を伸ばして善意を示した。それから四、五人の身なりの整った異人が一列になっておりてきた。通訳は福佬語で棉仔に向かって言った。

「みなさん、よく聞いてください、異人のお役人様がこの度来られましたのは、ご用件があって、みなさんにお手伝い願いたいからであります」

棉仔は、蝶妹、そして村の女たちに、真水と手拭き、そして果物をさしあげるように言いつけ、そしてこう言った。

「軍人様、お疲れになったでございましょう、どうぞ召し上がってください」

異人の兵士たちは、村人たちが腰にさげているナタをずっと見ていた。どうやら不安で落ち着かないようだ。棉仔は思わず失笑して、通訳に言った。

「大人様《ダイジン》に申し上げます。ここでは、人々はみなナタを身につける習慣がございます。生活上、必要なものなので、どうか皆さんご安心ください」

通訳はうしろを向いて、地位が高そうな短い髭をたくわえた中年の紳士に何やらつぶやいた。すると、中年の紳士はうなずいて笑いながら、ふたことみことそれに応え、雰囲気がなごみはじめた。

通訳はまた振り向いて、社寮の人たちに大きな声で言った。

「この大人様は、台湾にいらっしゃる連合王国のもっとも偉い方です」

棉仔は恭しく礼をし、英語で声をかけた。

「サー」

そして言った。

「わしは棉仔と言います、スウィンホー大人にお会いしたことがございます」

こんな遠く辺鄙なところの熟番が、いくらかでも英語がわかるとは思いもよらなかった。しかも、スウィンホーを接待したことがあるとは。異人は驚き手を差し出して、棉仔と握手をし、言葉使いも親しげなものになった。

「私はキャロルです。連合王国の領事で、フォルモサにおけるイギリスの最高責任者です」

すぐさま、キャロルは厳粛な表情にもどって話しはじめ、通訳はそれを福佬語でみなに伝えた。

「アメリカの船がこの付近の南湾で遭難し、十数名の外国の船員が生番に殺された、おまえたちはこのことを知っているだろう？」

だれもアメリカが何か聞いたことがなかったが、通訳がひとしきり説明してやっと、異人もいくつもの違う国に分かれ、連合王国あるいはイギリスは最強の国のひとつに過ぎず、アメリカはイギリスから遠く離れていることがわかった。

棉仔は言った。

「十日ほどまえに、料理人がひとり柴城へ逃げてきました。柴城の人がその人を打狗に送ったと聞きました」

ひと息置いて、また言った。

「わしは社寮の首領の息子でして、村を代表して申し上げます。本村はこの事件となんの関係もございません」

キャロルは一枚の文書を取りだし、通訳が翻訳して大声で読みあげた。

「瑯嶠の民衆は力を尽して協力してもらいたい。もし生存する船員を見つけたら、我々は必ず十分な報奨を取らせよう。

船員の遺体あるいは遺品であっても、報酬は与える」

通訳は続けた。

「大人ご自身から私に、みなさんにお考えを伝えさせました。連合王国のご厚意に背いてはなりません。ただ、もし隠し立てして通報しなかったり、財物を奪ったりした者がいれば、大人は決して見過ごさず、きっと徹底的に追究されるでありましょう」

棉仔は答えた。

「わしらのところでは、近ごろ船とか異人とかを見たことはございませんし、知らない人がここに来たこともございません」

キャロルは言った。

「それなら生番たちに伝えてくれないか。これは我々の誠意のしるしだ」

そう言いながら、袋をひとつ取りだした。ずっしりと重そうで、金属音がする。銀貨だ。そうなのは明らかだが、棉仔は難色を示して、ぐずぐずと受け取らなかった。キャロルたちはしきりに促した。棉仔はしばらく黙っていたが、とうとうこう答えた。

「大人様に報告しますが、船員が殺害されたことは、わしらには関係ありません、南部の海岸にいる生番がやったんでしょう。わしらは生番とじかに接触したことはこれまでございません、なんせ遠く離れております」

キャロルはたずねた。

「どの生番の部落が海岸の近くにあるのだ？」

棉仔は答えた。

「南に行ったところの海岸に、生番の部落がみっつございます。順に龍鑾《リンロアヌ》、クアールと東海岸のチュラソ（いまの満州里徳）でございます。いったい全体、どの部落の者がこんなむごいことをしでかしたのか、わしらはあの連中と行き来はございませんので、なにも知りません」

キャロルは言った。

「それらの海辺の生番の部落の詳しいようすをもう少し話してくれないか」

棉仔は言った。

「大人もご存知のように、わしら社寮は大部分が平埔族の土生仔《トゥサンア》でございます。ここから海岸に沿って南に行きますと低い山がいくつかあり、そこに少し人が住んでおります。最南端の大繡房（あるいは大樹房とも。いまの恒春大光）には、早いころから福佬人の村がございまして、また土生仔も少し住んでおり、最近はまた多くの客家人もここに移り住んでいます。大繍房を過ぎますと生番の土地、大繍房のすぐ隣は龍鑾部落、さらに行きますとクアール部落、さらに北東に行きますと、チュラソでございます。龍鑾には客家人と土生仔《トゥサンア》が少し混ざって住んでおりますので、わしらとはまだ少し接触がございます。しかし、さらに東側のクアールになりますと、名実ともに生番でありまして、よそ者を寄せつけず、やつらの土地に近づくものはまったくございません」

「龍鑾とチュラソ、まだほかに海岸から離れた猫仔《バァ》と射麻里《シャマリ》（いまの屏東満州郷永靖）がございますが、これらをまとめてスカロ族と呼んでおります。聞くところによりますと、やつらは三、四百年まえに東北にいたプユマ族が南に移ってきたものだということでございます。チュラソの頭目はやつらの大股頭《だいことう》で、射麻里の頭目は二股頭、猫仔は三股頭、龍鑾は四股頭でございます。クアールはスカロ族に属していないようですが、お互いに通婚と往来はあるようでございます」

ブロードがたずねた。

「岸辺に変わった形の高い山があり、また海辺に巨岩があるのは、どこの部落だね」

棉仔は言った。

「あのあたりはほとんど岩の海岸でして、いたるところに巨岩がございます。変わった形の山はたぶん大尖石山でございましょう。有名な山でして、南側のどこからでも見ることができます。あの山はクアールにあって、龍鑾からも遠くはありません。チュラソも海の近くにありますが、大尖石山の裏側になります。ここからずいぶん遠く離れております。同じくスカロに属する猫仔と射麻里のふたつの部落は海に面しておりません」

キャロルは言った。

「心配ない。すぐさま人をやって、龍鑾とチュラソに伝えてくれ。私が連合王国を代表して行う宣告をやつらに伝えてもらいたいのだ」

棉仔は難色を示した。

「龍鑾やチュラソに話を伝えるのは難しいことではございませんが、クアールに伝えることにつきましては自信がございません。クアールはずっとよそ者を敵視しており、よそ者と交わることはございません。この度の出来事はおそらくクアール人がやったことにちがいないと思います。断言はできませんが」

キャロルは言った。

「心配にはおよばんよ。やつらに話を伝えるための時間を与えよう」

通訳は銭の袋を棉仔に渡した。棉仔は断りようがないと観念して受け取ったが、眉間に皺を寄せ、心は重く沈んだ。

キャロルはもう二、三歩歩きだしていたが、またなにかを思い出したように、振り向いてたずねた。

「さきほど、その番人たちには大股頭がいると言っていたが、トキトクという名前かね？」

棉仔は驚いた表情で言った。

「大人様もトキトク大股頭をご存知なのですか？」

キャロルは言った。

「スウィンホーが一八六四年に書いた記録[11]を読んだことがあってね、トキトクが下瑯嶠でもっとも権威のある大股頭だと書いてあった。少なくとも話をトキトクにまで届けてほしい。彼ならクアールに号令をかけられるはずだ」

棉仔はうなずいて言った。

「もちろんです。クアールはスカロ族ではございませんが、しかし、スカロとの関係はまだいいと思います。わしらも力を尽しましょう」

＊

そのとき突然、家のなかから悲鳴のような声が聞こえてきた。イギリス人たちは話をやめ、びっくりしたように家のほうを見た。

棉仔は申し訳なさそうに言った。

「甥の茄芝仔《カアタンア》で、数日まえにイノシシ猟に出かけたんですが、イノシシをつかまえられずに、逆にイノシシに噛まれやがってね、本当にだらしないやつだ。おとといから熱を出して痛みにうなっております」

キャロルのそばに立っていた品のいい若い白人は、それまでずっと黙っていたが、口を開いて福佬語でこう言った。

「私は医者ですが、ちょっと診ましょうか？」

キャロルは笑って言った。

「おまえたちは運がいいぞ、この方はマンソン先生で、打狗の病院で診察をしておられる。マンソン先生の医術は優れていて、みなに称賛されているのだ」

棉仔は大喜びした。

「西洋の大人様に治してもらえるとは、やつの福分だ。お医者様、どうぞ」

キャロルはまた言った。

「我々ヨーロッパの医者は外傷を治すのに優れていてね。オランダ人が書いた本を読んだことがあるが、国姓爺も当時、オランダの医者を厦門まで呼んで、傷を治させたそうだ」

みな品定めをするようにマンソンをジッと見まわした。端整な顔だちのこの若者が医者で、福佬語がわかり、しかも現地人の病気を診ようと申し出るとは思いもよらなかった。西洋の医者がどのように治療をするのか見たことがなく、みなの表情は好奇心でいっぱいだった。

マンソンは竹造りの家に入っていった。屋内は思いのほか涼しい。病人は部屋の隅の竹のベッドに横たわってうなっていた。屋内のベッド、テーブル、椅子、棚などの家具がすべて竹でつくられていて、家そのものも竹造りの家にカヤを葺いたものだとわかった。

マンソンは傷の状態を診た。脛《すね》にある傷は、傷口が赤く腫れ、生臭い血と黄色い膿が混ざった液体がにじみ出ていた。まわりで見ている村人たちは、みな鼻をつまんで遠巻きにしている。さっきお茶を出してくれた清楚な少女だけがマンソンのそばで診察を見ていた。

「いいね、この娘さんに助手をお願いすることにしましょう」

マンソンは医療カバンから金属のトレーを取りだしながら、「お嬢さんはなんとお呼びしますか?」とたずねた。そして道具を取りだし、小机のうえにきちんと並べた。

「私は蝶妹と申します。蝶々の蝶、姉妹の妹です」

「素晴らしい。蝶妹さん、熱いお湯を盥に一杯用意してくれますか」

蝶妹は、思いもよらずこの白人の医者は福佬語を話せるだけでなく、ことばづかいも親しみやすく、和やかだったのですぐに好感を覚えた。

蝶妹が熱い湯を用意すると、マンソンは言った。

「お嬢さん、こちらに来て、私に道具を渡してください」

マンソンは大きな皮の鞄から丸いガラス瓶を取りだすと蓋をあけ、瓶の口に薄い茶褐色の棉をつめた。さらに透明な液体の瓶を取りだし、その液体を瓶のなかに流しこんだ。蝶妹はつんと鼻を突く刺激臭をかいだ。マンソンは笑いながら言った。

「これはアルコールで、消毒用です」

マンソンはアルコールランプに火をつけると、道具を火にかざして消毒したあと、一つひとつきちんとに並べた。つづけて穴がある白い薄布を取りだして、湯にひたすと、注意深く傷口を拭いた。動作は非常に軽やかだった。

傷口はきわめて大きく、血のかさぶたや腐った肉や黄色い膿がまじり合って悪臭が鼻を突いた。蝶妹は思わず腕で鼻をおおったが、マンソンは何でもないことのように傷口をきれいにしていった。病人の茄苳仔は、はじめは耐える表情をみせていたが、耐えきれなくなって悲鳴をあげた。マンソンが小さな鋏を持ち、血のかさぶたやただれた肉を切除し、何度も洗浄すると、傷口はようやくきれいになった。ただ、依然として黄色い膿が傷口から少しずつにじみ出ており、まわりの皮膚も赤く腫れあがっていた。マンソンは少し考えているようすだったが、蝶妹に金属ケースからピンセットで挟んで小さなメスを出してくれるように頼んだ。マンソンはメスを火にかざした。今度はとくに念入りに火にあぶると、言った。

「ちょっと我慢ししなさいね」

それからメスを液がにじむ傷口に切り込み、さらに少しまわりを抑えると、切り口から血を含んだ膿がどっと流れ出した。蝶妹は驚きの声をあげたが、茄苳仔はふっと楽になったような表情を浮かべていた。

異人の医者が丁寧に傷口を手当てしているのを見ていると、父が怪我をしてベッドでうなっていた二年まえの情景がふと浮かんだ。父の症状は茄苳仔とは違っていたが、そのころ姉弟が知っていたのは、ただやみくもに薬草を塗ることだけで、傷口をきれいにして、消毒するというようなことなど知るよしもなかった。柴城から来た福佬人の医者にもできなかった。蝶妹は思わず顔をあげて白人の医者を見た。白人の医者は針と糸を取りだし、傷口を縫合する必要があるかどうかじっと考え込んでいた。熱気がこもっていたので、豆粒大の汗が額からしたたり落ちていたが、まるで気づかないようすだった。蝶妹はそのようすを見て尊敬し、感服していたが、突然心にこんな考えが浮かんできた。

「いつか私もこんなことができるようになりたいわ」

手術は終わりかけていた。マンソンは深く息をすると、傷口に黄色い薬を塗り、ガーゼで軽く包帯をした。そして深く息を吐いて言った。

「よし!」

それから蝶妹のほうをふりかえって微笑み、福佬語で言った。

「ご苦労さま」

これは蝶妹がはじめて体験した西洋医術だった。茄苳仔は傷口から黄色い膿を出したが、顔はほっとした表情に変わっている。蝶妹は大変感動を覚えていた。

＊

蝶妹はマンソン医師が手術を終えると、あとについて家のそとに出た。棉仔や松仔《ソァ》や、それから要人たちが、ちょうどキャロルや福佬人の通訳やブロード船長とまだなにか相談をしているようすだった。双方ともガヤガヤと言い合い、福佬人の通訳が身振り手振りで通訳をしていたが、みなの顔色はあまりよくなかった。

棉仔と松仔は、マンソンが出てきたのを見て、近づいていき、会釈をしながら礼を言った。蝶妹は、文杰もそこにいるのを見て、なにが起こったのかと文杰にたずねた。

文杰は言った。

「外国船はこのまま南湾に遭難した船員たちを探しに行かねばならないんだ。白人の頭目は、社寮の福佬語ができて、生番のことばもしゃべれる人が一緒に船に乗って通訳をしてほしいと望んでいる。生番のことばを福佬語に通訳して福佬人に伝えるんだ。福佬人の通訳はそれを英語にして白人に聞かせるんだよ。でもみんな、いろいろ口実をつけて断ってるのさ。本当に生番のことばがわかる人がいないせいもあるし、ことば足らずで、誤解を生むことを恐れているからさ。みんな生番を恐れているし、それに異人の船に乗ったあと、社寮にもどれるとは限らないと恐れているんだよ。白人の頭目は、必ず社寮に送り届けるとなんども請け合っているんだけどね、みんな信じないのさ」

人々はお互いに顔を見合わせていたが、やろうとする人はだれもいないようだった。異人は連射砲のように話をまくし立て、福佬人の通訳は通訳に忙しかったが、完全には理解していないようすで、汗びっしょりなっていた。ブロードは我慢できなくなって、銃でおどしてひとり連れて行こうと、怒鳴るように言った。キャロルは彼のほうをちらっと見た。

棉仔もどうしたらいいかわからず、焦っていた。その場は見る見る硬直した。彼は、もしやろうという人がだれもいなければ、だれかひとりを名指しするか、自分がやらざるを得ないと口にした。しかしみな反対した。この船は戦いに行くらしい。生番に、社寮の人間は異人を助けて、攻撃したと誤解をされてはならない。そんなことになったら、将来生番は社寮に報復に来るだろうと。

蝶妹はしばらく考えてから、突然顔を輝かせて言った。

「通訳様、どうか大人の皆様にお話しください。私は生番のことばも福佬語も上手に話せます。船に乗って通訳になりたいと思います。ただひとつ条件がございます」

彼女はふり向いてマンソン医師を見ながら言った。

「私はこの白人のお医者様にお仕えして、異人の医術を教えていただきたいのです」

その場にいた異人や社寮の人々はみな驚き、耳を疑った。マンソンには通訳は必要はなかった、彼は驚いたように、しかし楽しそうに笑って言った。

「お嬢さん、私について打狗に行きますか？　歓迎しますよ」

ほかの異人たちも嬉しそうな表情を浮かべた。

棉仔は、そうだ、蝶妹は本当に最適だと思った。第一に、彼女の生番のことばはもっとも流暢で、さらに福佬語も客家語もこなす。第二に、見たところ、マンソンは紳士で、彼がいれば、蝶妹の安全は保障できる。さらに重要なことは、蝶妹は女性で、しかも自分で志願したのだし、そのうえ社寮の人間ではない。

とうとうみなが納得し、村の人はだれも反対しなかった。ただ文杰だけが目を丸くして、信じられないという表情で姉を見ていた。なにか言いたそうだったが、心は心配でいっぱいだったのだ。

蝶妹は文杰の手を取り、顔を見てこう言った。

「文杰、いまさっきね、この異人のお医者様が茄苳仔兄ちゃんの傷口を治療するのを見ながら、考えてたのよ。必ずこれができるようになろうって。もし前にああいうことができていたら、父さんは死なずにすんだかもしれない。しばらくのあいだこの西洋のお医者様と一緒にいれば、できるようになるわ。父さんは死んでしまったけど、将来、ほかの人たちを救うことができるわ。心配いらないわ、できるようになったら、きっとここにもどってくるから。打狗と社寮のあいだには船便があるし、一か月に一度帰ってくるわ」

文杰はなかなかうなずかず、目を赤くしていた。蝶妹はイギリスの砲艦のほうに歩いていった。文杰はようやく大きな声で叫んだ。

「姉さん、体を大切にね、体を大切にね」

第十三章

砲艦は遠く去って行った。棉仔は村人を集めて会議を開いた。みな床に円をかいて坐った。文杰は家の隅でひとり目を赤くしてうずくまっていた。

棉仔は外を指しながら言った。

「白人はわしらになんとしても生番に話を伝えさせようっていうんだ。死人の遺品と遺体を引き渡すようにってな」

彼は思い悩んでいるようだった。

「ああ、白人と生番のあいだになんぞ、本当に巻きこまれたくない。なにかいい考えがあるかね」

ひとりが口ごもりながら言った。

「白人など相手にしないわけにはいかないのか」

もうひとりが言った。

「わしの見るところではクアールの番人のしわざだ」

棉仔は手にした銭袋を揺らしながら、彼のほうをちらっと見て言った。

「白人の礼を受け取ってしまったんだ、やらないわけにはいかないよ。それに蝶妹も船に乗ってしまったしな。白人の軍艦はもう南に向かっている。暗くなるまでには必ずクアールに着く。異人がすごい勢いでやって来て、もし生番に警告が間に合わなかったら、きっと面倒なことになるぞ。万一、将来やつらがわしらの首でけりをつけようとしたら、まずいじゃないか」

松仔が言った。

「さっきあの白人の頭目は、おれらに警告を大股頭に伝え、それから大股頭から龍鑾とクアールに伝えさせるよう言わなかったかい？」

もうひとりが言った。

「それはきっと間に合わないよ。実際には、直接クアールに行くほうが、チュラソに行くよりずっと速いかな」

それに同意する声があがった。

「そうだ、おれたちは伝えさえすればいいんだ。あいつら生番が生きるか死ぬかなんて知ったことじゃない」

笑い声がした。

松仔もうなずいて言った。

「そうだ、おれらは大股頭に知らせさえすれば、それで任務は終わる。義理は十分果たしたことになるさ」

棉仔が口を開いて結論を出そうとしたとき、突然、文杰の思い切ったような声が壁ぎわから聞こえてきた。

「ぼくが龍鑾とクアールに知らせに行くよ」

その声はたかぶっていた。みながふり向くと、文杰はいつの間にか立ちあがっていた。その場は静まりかえった。棉仔は、今日はどうして姉弟ふたりとも思いもよらない行動に出るのだろうと思った。

文杰の表情は少し怒っているようだった。彼は言った。

「急いで龍鑾とクアールに知らせないまま、白人が攻撃をはじめたら、必ず番社じゅうに死傷者が出る。それに姉さんも船に乗っているんだ。姉とぼくは社寮の人間ではないけど、それでも社寮から来たってことで、番社ではきっと姉を恨むし、社寮の人たちは番社が危ないというのに、見過ごしにして知らせなかったたって恨まれるよ」

文杰がそう言うと、棉仔と松仔も思わずうなずいた。

松仔は口調を変え、文杰の考えに賛成して言った。

「そうだ、おれらは異人の恨みを買いたくないし、それに生番の恨みも買いたくない」

松仔は文杰の母親が生番だから、感じ方も考え方も違うんだと思った。

だれかが笑って言った。

「社寮は海のそばにあるんだ、生番がここまで殺しにくるのは容易なことじゃないよ。文杰は子供で心配しすぎだね」

文杰は応えて言った。

「そうじゃない。もし生番が恨みをもって、よその福佬人でも、客家人でも無差別に殺したら、ぼくら社寮の者はばかにされますよ」

そこで棉仔は結論を出した。

「わかった、文杰の意見はもっともだ。わしらは生番がひどい目に遭うのを見過ごすわけにはいかない。たとえやつらがさきに間違いをしでかしたとしてもだ」

そう言いながら、文杰をちらっと見た。

「ふた組出すぞ。ひと組三人だ。最初の組は龍鑾とクアールに知らせる、この組は足の速いやつじゃなけりゃならん。もう申の刻（午後三時）だ、できるだけ早く龍鑾に行くんだ。龍鑾の連中はすぐにクアールに知らせるだろう。砲艦が生番を攻撃するまえに着いて、やつらが備えができればいいんだが」

「あとの組はチュラソに行って、トキトク大股頭に知らせるんだ。さきの組ほど急がなくてもいいが、夜通し道を急ぐんだぞ。知らせは早いほうがいい」

棉仔は言った。

「文杰、おまえの義侠心は見あげたものだ。ただ足は速くないから、龍鑾とクアールの組には無理だ。おまえはチュラソに行って、大股頭に知らせてくれ」

棉仔は人を選び出した。龍鑾行きは、棉仔とは別の家族の鳳梨仔《オンライア》が隊長になった。チュラソ行きは、松仔が隊長だ。鳳梨仔一行三人はすぐに出発した。松仔は少しぐずぐずして、こうたずねた。

「もし大股頭に会えなかったらどうしたらいいんだい？　大股頭が会ってくれなかったらどうしたらいいんだい？」

棉仔は少し考えた。

「おまえたちは暗くなるまでに射麻里に着くんだ。射麻里の頭目のイサはスカロの二股頭で、トキトクとも親戚だ。わしの記憶では、親父は一度保力でイサに会ったことがあるらしい。少なくとも社寮の首領の棉仔と楊竹青の名ぐらいは、聞いたことがあるはずだ。ましてやわしらは善意から知らせに行くんだから、ありがたく思うはずだ。事は重大で、準備は整っていると知らせるんだ」

こうして松仔は文杰ともう一人の冬瓜仔《タンクエア》を連れ、三人で出発した。

第十四章

三人は社寮から南に疾走した。地形は平坦で、道は広く、たまに牛車が通った。道の両側は、景色がことのほか美しかった。青々とした刺竹《シチク》が壁のようにびっしり茂っている。壇特《ダンドク》と月桃《ゲットウ》が入りまじって生え、花は色鮮やかで、目を楽しませてくれ、心がなごんだ。熟番の集落のほかに、新しく開墾に来た農家がところどころに見えた。新しい移民が、社寮や新街以南に急速に増えているのは明らかだった。

ここは多くの民族が住む土地だ。平埔族の土生仔、福佬人、客家人、高山の生番、そのほかに東部から移ってきたアミ族がいた。各族が住む地域はどこもごく近く、まじり合っている地域もあった。

三人の足は非常に速く、一時間も経たないうちに、猴洞《カウトン》（いまの恒春市区）に着いた。猴洞は実際には珊瑚礁の小さな山で、その名前からすると、サル（猴）がたくさんいて、木に登って遊んでいたのだろう。この二年、猴洞地区には移民の集落が急速に増えた。地形はごく平坦で、さらに進むと生番地区になる。南に行くと龍鑾、東に行くと射麻里だった。射麻里はチュラソに行くには必ず通らねばならないところだった。

三人は東に向かい、スカロの地に入った。猴洞を過ぎると、地形はしだいに高くなり、道も上り坂となって、だんだん狭くなった。牛車に出会うと、道の広さは牛車の広さとほぼ同じだったので、三人は道の端によけねばならなかった。

道はその後も上りがつづいたが、なだらかだった。丘陵の高台を歩いていると、道沿いに野ウサギやヤマネコ、ノロジカ、シカ、リス、ヤギがたくさん山林や渓谷に出没するのが見えた。動物の種類はとても多くて、鳥類も多く、鳥の鳴き声がそこここから聞こえてきた。

「ここは木の種類もいっぱいあるな。おれたち兄弟はみな植物から名前を取ってるんだ。おれ自身が『松仔[12]』って言うんだ。だから植物にはどうしても注意が行くんだ。ほら、あそこには『棉仔』があるし『アカギ（茄冬）』はもっとたくさんある」

松仔は笑いながら向かいの斜面にたくさん咲いている棉の花を指さした。松仔はますますはしゃいで、右側の山林を指さしながら言った。

「樟脳の木もあるぞ。果物も、ほら、ヤシやパパイヤ、竜眼、楊桃、蓮霧《れんぶ》がある。右側は一面相思樹だ。炭にするのにもっともいい木なんだよ」

「そうだ」

松仔は興奮して言った。

「人に聞いたんだけどな、このあたりに地面に草も生えず、地下から火がメラメラと燃えあがっている場所があるそうだ。火は二、三尺の高さにもなることもあるし、年じゅう消えないそうだ。川のなかでも火が出ているらしいぜ。それに、火はあっちこっち動きまわって、本当に奇観だってことだ。残念だが、おれたちは道を急がなくちゃならんからな」

三人は再び先を急いだ。陽はしだいに西に傾いてきた。開けた場所に来たとき、遠く右前方の高台に、木で組みあげた高い監視台が建っているのが見えた。屋根は低く、夕陽が射すなかに人影が見えた。部落の見張り台だった。三人は足を止めると、見張り台のうえの人に手を振って、敵意がないことを知らせた。見張り台から男がひとり出てきて、高台をくだり、ゆっくりと文杰ら三人のほうへ向かってきた。見張りの男は火縄銃を背負っており、顔には警戒の色を浮かべていた。彼は大きな声でどなった。

「どこから来たんだ？　なにか用か？」

文杰は、見張り台には監視している男がもうひとりいることに気がついた。

三人は高く両手をあげ、刀のほかには武器はなにもないことを示した。文杰は生番のことばは一番上手だった。彼は大きな声で答えた。

「社寮から来たんだ。頭目にお知らせしたい緊急の用がある」

見張りの戦士は、やって来た者には敵意がなく、ことばも流暢なのを見て、警戒心を少しゆるめた。松仔はやり取りがしっかりしていて、生番のことばも自分よりずっとうまいのを見て、文杰に話させた。

「どんな用だ?」

「異人の船員がこの付近で殺されたことを聞いたことがあるだろう」

「あれはクアールがやったことだ。おれら射麻里とは関係ない」

三人は目を見合わせた。とうとう、元凶は本当にクアールだと証明されたのだ。

文杰は言った。

「それならそれでいい。今日の午後、異人の軍艦が社寮にようすを探りにきたんだ。船には大砲があって、ぼくら三人はこの目で見たんだ」

見張りの男は笑った。

「大砲だって? それならクアールの頭目に知らせに行け、おれらになんの関わりがあるんだ?」

文杰は言った。

「もしその人たちを本当にクアールの連中が殺したのなら、白人はきっと大砲で報復するだろう。もし白人が本当にクアールを攻撃したら、クアールの連中はきっと死んだり傷を負ったり、ひどいことになる。まさかクアールには、おまえらの親戚や友人がいないわけではないだろう」

男はそれを聞いて、少し考えてから言った。

「ついてこい」

男は、彼らを木がとりわけ密集しているところに連れていった。彼らの部落は密林のなかにあるのだ。部落のそとに竹造りの家があちこちに建っているのが見え、子供たちが楽しそうに遊び、木に登っていた。林に入ると、家屋が並んで円形に配置されていた。真ん中は田畑で、花や果物がいっぱい植えられ、外側には竹が植えられて、家屋全体をとりかこみ、防衛の態勢が取られていた。中央には大きな道があった。道はかなり広くて平坦であった。牛車や家畜が出入りし、道端にはニワトリがたくさんいた。男は、頭目の家は村の中央にあると言った。

松仔はほっと溜息をついた。

「とうとう日没まえに射麻里に着いたぞ。もう半分任務を終えたようなものだ!」

文杰は、この村は本当に勢いがあると思った。どこが生番の地だというのか。景色も家屋も社寮にまったくひけを取らなかった。

第十五章

三人は大変嬉しかった。射麻里の大頭目が本当に接見してくれたのだ。

いま、射麻里の大頭目イサがまさに目のまえに立っていた。そして、イサの反応が、いっそう彼らを興奮させた。

イサは言った。

「礼を言うぞ、あんな遠くから急いで知らせに来てくれた」

それからふり返って左右に向かって言った。

「クアールには、大きな災難が降りかかっている。バヤリンってやつは気に食わないやつだが、紅毛人こそ、我らの共通の敵なのだ。わしらはクアールの連中にスカロ族は黙って見ていると思わせるわけにはいかない」

文杰は驚いて、答えた。

「頭目様、私は紅毛人だとは申し上げておりませんが」

イサは言った。

「どのみちよそ者の襲来じゃ。白人だろうが、紅毛人だろうが、どちらでもたいして変わらん」

文杰はそれ以上は何も言わなかった。

イサはすぐに命令をくだした。かくて、十五人の射麻里の勇士が火縄銃を持ち、さらに十名が槍と弓矢を携えて、夜のうちにクアールに急いで知らせと支援に赴いた。

射麻里からクアールまでは、猴洞から射麻里までの直線距離とだいたい同じだったが、低い山をいくつか越えねばならなかった。射麻里の人間は、山道を歩く速度と普通の道を歩く速度はほとんど同じだったが、山道はくねくねと曲っていて、費やす時間は少し余計にかかった。

イサは言った。

「あれらは真夜中までに着けると思う。だが、夜に突然押しかけられて、クアールの連中が夜襲だと誤解しなければいいのだが。幸い、わしらのあいだには合図の暗号があるのでな」

一緒にチュラソに行ってトキトクに面会することについては、イサもあっさりと承諾した。彼は言った。

「もう遅い、慌てて行って大股頭のお邪魔をすることもなかろう。みな少し休んで、アワ酒でも飲まれよ。我々は明日の早朝出発しよう。一刻もあればチュラソに着ける」

松仔は考えた。射麻里から援軍を出してクアールに知らせた。目的はもう達したのだがら、慌てて行くこともない。そこで嬉しくなって礼を述べた。

イサは言った。

「明日、みんなで牛車に乗って行こう。ここからチュラソまでは、道は平坦だ。わしもなにか土産を持って行って大股頭にさしあげよう」

就寝の挨拶を交わして、三人が行こうとすると、イサが突然、文杰を呼びとめた。

「そこの若い兄さん、おまえさんは社寮の人ではないのかね。どうしてわしらスカロのことばを、そんなにも流暢にしゃべるのかね」

松仔は笑い声をあげて言った。

「大頭目もご存じないようですね。こいつはおれら社寮の人間じゃないんです。おやじさんは客家で、おふくろさんは部落からきました。それで両方のことばを上手に話すのです。可哀想なことに両親がどちらも亡くなったので、姉弟ふたりでおれらの社寮に移ってきたのです」

イサは珍しそうにたずねた。

「おまえのイナ〔母〕はどこの部落の出だ」

頭目がこう聞いたので、文杰は答えざるを得なかった。彼は言った。

「おふくろがどの部落だか、ぼくもはっきり知りません」

イサは文杰を頭のてっぺんから足の爪先までじろじろ見た。文杰の腰に目をやったとき、顔色がさっと変わった。

「おまえの刀をちょっと見せてくれ」

文杰は腰の刀をはずすと、両手で恭しくイサに差し出した。イサは刀の柄《つか》の百歩蛇《ひゃっぽだ》〔パイワン族のあいだでは貴族の祖先の伝説がある。毒ヘビ〕の彫刻をじっと見ていたが、顔がますます青ざめた。

「この刀はずっとおまえの家のものなのか？」

文杰が言った。

「もともとは母が使っていたのですが、その後、父も亡くなったので、ぼくがもらいました。少し切れ味が悪くなってますが」

イサはゆっくりと顔をあげ、ゆっくりと話した。

「この百歩蛇の頭は、わしが一日かかって彫ったものだ。十数本彫刻したなかから、もっともよくできたものを選んだんだ。この刀ははっきりと覚えている。この刀はわしがサリリンと結婚したときに、チュラソに結納として贈った三本の刀の一本だ」

顔に怒りの表情があふれ、青筋が立った。声は高ぶり、いくぶんうわずっていた。

「おまえは林老實の息子か？　おまえは林老實とマチュカの息子か？」

文杰は「林老實」という父の名前を聞いて、即座にうなずいた。

イサはさっと振りかえり、刀を地面にほうり出すと、三人を連れてきた見張りの男に向かって大声で言った。

「アム、大股頭の顔を立てて、三人が泊まれるように準備しろ。明日早朝に客を送ってゆけ！」

アムは応えた。

「ハッ！」

そして三人を別の建物に連れていった。

雰囲気が突然変わり、三人はどうしていいかわからず顔を見合わせた。明らかにイサと文杰の父親のあいだには、きわめて深い怨念があるようだった。文杰は茫然としていた。彼もわけがわからなかった。父も母も、彼ら姉弟ふたりに昔のことについて一度も話したことがなかった。

今夜は上弦の月で、大地は真っ暗だった。虫の鳴き声が入り乱れて耳元で鳴り響いていた。松仔も、文杰からそれ以上聞きだそうとは思わなかった。三人がもっとも困ったのは、後半の任務、すなわちトキトク大股頭に会うことが、おぼつかなくなって来たことだった。三人はしばらく話し合ったが、明朝、やはりチュラソに行くことにした。イサは同行してくれないが、運を試してみよう。

ふたりの鼾のなかで、文杰はあれこれと考えていた。母がマチュカと呼ばれていたことをはじめて知った。「サリリン」も聞いたことがなく、母とこの名前がどんな関係にあるのかもわからなかった。生前、父が機嫌がいいときには、母を「番婆」と呼び、ふだんは子供たちと同じように「母さん」と呼んでいた。姉弟は早くから母が番社から来ていることを知っていたが、どの部落かはずっと知らなかった。こうしてみると、チュラソと深い関係がありそうだ。これは大きな発見だった。父と射麻里のあいだにはどんな怨恨があるのだろうか。父と母は、どうして一度も母がチュラソから来たと言わなかったのだろう。こうした大きな謎は、どこから解明していったらいいのだろうか。

文杰は何度も寝返りを打って眠れなかった。とは言っても、昼間の疲れのせいでやはり眠りに落ちた。

第十六章

朝日がのぼるや、三人はすぐに起きて顔を洗い、出発の準備をした。

そのとき、意外なことに、アムが笑いながら入ってきて、彼らに告げた。

「おまえたち運がいいぞ、われらイサ大頭目が元の計画通り、おまえたち三人を連れてチュラソにいらっしゃるとのことだ。少し待っていろ」

アムはそれから朝食を運んできた。

朝食が終わると、イサがあらわれた。顔からはもう怒気は消えていたが、笑顔でもなかった。イサはゆっくりと口を開いた。

「昨夜、思い切ったんだ。前の世代の怨念をおまえたちにおよぼすことはないとね。それに、おまえはスカロ人が危険に陥るのを気づかって知らせにきてくれた。これはきっと祖霊のお計らいだ。おまえたちは昔のことをなにも知らない。あのふたりはもうこの世にいないのだから、すべては終わったことにしよう」

文杰は、イサが言っている前の世代の怨念がなんなのか知らなかったが、イサが善意で言っていることがわかったので、頭をさげて礼を言った。

イサの顔に笑みが浮かんだ。

「おまえたちがスカロを救うためにこんな遠い道を駆けつけてくれたのは、善意によるものだ。だから、わしは昔の怨念をあれこれ言うべきではない。正直に言うと、あのことのせいで、わしら射麻里とチュラソのあいだにも長いあいだ不快なことがあったのだ」

イサの顔にはまた昨夜のような温和な表情がもどった。

「わしはやはりおまえたちを連れてチュラソに行こう。わしも少し大股頭に土産を持って行かねばなるまい。アム、牛車の準備はできたな」

こんなふうに劇的にことが運ぶとは三人には思いもよらなかった。三人は何度もイサに礼を言った。

イサは文杰の肩をちょっと叩いた。

「おまえは自分の出自を知らなかったのだな。林老賓とマチュカはスカロの顔を立てて、わざと控え目にしていたのだろう。牛車に乗ってから昔のことを話そう。あの騒ぎでのせいで、チュラソと射麻里にはとてつもなく大きな変化が起こったのだ。おまえがチュラソに行くのなら、昔のことを知らないってわけにはいかないからな。おまえは大股頭トキトクをおじさんって呼ばなきゃならんのだ。チュラソの祖霊のご加護のお蔭だよ。こういうめぐり合わせで、おまえを母親の生まれた部落にもどそうとなさったのだ」

牛車のうえで、イサは文杰をじっと眺め、そして笑って言った。

「おまえはマチュカに似ている。林老實に似てなくて良かったよ。そうでなけりゃ、大股頭がわしの話を信じないかもしれないからな」

文杰は突然あることを思い出して言った。

「姉は父が残してくれた首飾りを持っています。とてもきれいです。チュラソと関係があるんでしょうか」

イサが笑って言った。

「もしわしに見る機会があれば、わかるよ。おまえはほかに兄弟は何人いるのだ」

文杰は言った。

「姉だけです。姉は父のほうに似ています」

イサは真顔になって言った。

「よく聞くんだ。おまえはまず母親の家族の歴史を知らねばならない。わしらスカロは東のプユマ族から分かれて、百年あまりまえにまず南に向かい、それから西に向かってしだいにこの地域に移り、四つの大きな部落に分かれたのだ。チュラソの頭目は大股頭で、わしらの射麻里のマバリュー家の頭目は二股頭、猫仔社のチャリギル家は三股頭、龍鑾のロバニャウ家は四股頭だ。チュラソの大股頭はガルジグジ家[13]だ。これまでスカロの家族の風習では、昔から四つの部落の貴族のあいだで代々結婚してきた。家柄のつり合いが大切なんだ。大股頭の家族の女が、平民に嫁ぐなんてほとんど不可能なことだ、まして福佬人や客家人に嫁ぐなんてことはあり得ないことだ。マチュカは大股頭のお姫さまで、なんとナイナイ〔客家人〕に嫁いだのだ。そのためにチュラソと射麻里では、天地がひっくり返るほどの大騒ぎとなった。少しずつ話してやろう」

「あの年、チュラソの大股頭はトキトクの兄のパジャリュウスで、わしら射麻里の頭目はわしの父だった。父には息子がふたりと娘がひとりいた。わしは兄で、弟はララカンという名だ」

「あの年、わしはチュラソの姫のサリリンを娶った。射麻里では婚姻の祝いのために、父の大頭目が部落のほぼ全員を連れて、結納品をたっぷりたずさえて、チュラソに王女サリリン、つまり当時の大股頭パジャリュウスの上の妹を迎えに行った。トキトクはパジャリュウスの弟で、サリリンとマチュカの兄だったが、そのころはまだ大股頭ではなかった」

イサは溜息をついた。

「ああ、もう二十年あまりになるな。その刀はそのときの結納品のひとつだ。刀の百歩蛇はわしが自分で彫ったものだ」

「ふたつの部落の歌と踊りのなかで、婚礼は型通りに行われた。チュラソでは席を設けて歓待し、草地には大きなブランコが組み立てられていた。みんなが注目するのはブランコ漕ぎだ。王女の婚礼のときしかブランコ漕ぎはない。儀式がはじまると、新婦はブランコに座り、妹のマチュカと、ふたつの部落の少女たちはブランコのそばで遊んでいた。わしと男たちが中央に立つ。そして、女巫が男方の結納品をひとつずつ歌って数えながら、女のほうに手渡すのだ。このようなふたつの部落の人々の喜びの歌声のなかで、わしと男たちが交互に新婦のブランコを押して、ふたりの愛情が固く変わらないこと、ふたつの部落の協力が途切れないことを示すのだ。新婦はブランコの綱をしっかり握りしめて、漕げば漕ぐほど高くあがり、傍らの男女の歓声と歌声もますます大きくなる。このつり合った縁組に対するみんなの満足も頂点に達していく。ブランコが漕がれるときのマチュカの活き活きした可愛い笑顔や美しいしぐさは、わしの弟のララカンを強く引きつけたのだ」

時間はさかのぼり、二十年あまりまえのその日にもどっていた。

イサは遠くを見ながら、記憶をたどった。

ブランコ漕ぎが終わると、ふたつの部落の二百人近い人々が火を囲んで踊りはじめた。踊り場のそばでは二頭の大きなイノシシが焼かれており、チュラソからは飲みきれないほどのアワ酒がふるまわれて、みなの歓喜は頂点に達した。ララカンの目はずっとマチュカに釘づけになっていた。マチュカはカンナとユリの花の冠をかぶり、踊っているときは、すらりとした体が時には百歩蛇のようにくねり、時にはまたシカのように飛び跳ねた。それは花嫁のサリリンよりも人目を引いた。ララカンはマチュカの気を引こうと、とくに踊りの場に出てイノシシと闘う踊りを踊ってみせた。彼は刀を手にして、人々の歓声のなかで回ったり、転げまわったり、戦ってイノシシを殺す場面を演じて満場の喝采を浴びた。

この婚礼の踊りのあと、双方の部落の人々はみな、ララカンとマチュカは理想のカップルだと認めるようになった。家族のあいだにはまだ正式な話はなかったが、次の盛大な婚礼はララカンとマチュカのカップルだと、だれもが考えるようになった。スカロの貴族の女性の交際は、必ず年長者の同意と監督を経なければならなかった。

この盛大な祝いの日に、珍しく平地人の林老實があらわれた。チュラソは婚礼を盛大に行うために、平地人と山地人のあいだを行き来しているこの客家人の行商に、平地人が婚礼で使う酒や菓子類をたくさん注文していた。射麻里では平地人が使う赤い布や鏡、櫛《くし》、ボタン、針、さらに女性が喜ぶ化粧品を注文して結納の品にした。そのため彼は、半月まえからしょっちゅうチュラソに来ていた。花嫁は大喜びで彼が持ってきた平地人の装飾品や化粧品を選んだ。花嫁には特権があり、花嫁の妹は傍らでみているだけだった。しかし、林老實は花嫁の妹が活発で賢いのが気に入り、姉をみつめる彼女の羨望のまなざしに気をつけていた。

この若い客家の行商人は、マチュカがどんなものをほしがっているのか読みとって、少女にそれをこっそり手渡し、彼女が好感を持つように仕向けた。さらに、腕輪をはめてやったり、白粉をつけてやったりするときに、そっとマチュカの手や頬にふれて彼女の心をどきっとさせたりした。婚礼で踊るときには、林老實が鮮やかな化粧をしてくれたのを感謝した。彼女は喜んでいた。踊っているときに、ときおり大胆にも林老實のほうに媚をふくんだまなざしを投げかけた。林老實は目尻をさげた。彼だけがそのまなざしは自分に送られたものであることを知っていた。

婚礼後、林老實は相変わらずしょっちゅうチュラソにやってきた。ただし、彼はもう部落には入らなかった。彼とマチュカには部落のはずれの渓谷のあたりに秘かに会う場所があった。ふたりは抱き合い、離れようとしなかった。林老實がマチュカを引きつけたのは、もちろん平地人のものを彼女に贈ったからだけではなかった。あの小さな贈り物から彼女はそとの大きな世界をのぞき見たのだ。彼女は、将来いつか、林老實が自分をその未知の天地に連れていってくれることに憧れていた。彼女は会うたびに、林老實にそとの世界の珍しいようすを話してくれとせがんだ。平地人の街や衣服、それに平地人の芸術品にあこがれた。林老實は美しい山水画が描かれたきれいな青磁の壺を彼女に贈ったことがあった。彼女はその美しい図案と光沢のある青磁に心を奪われた。部落の人たちの彫刻より、平地人の彩色のほどこされた陶器のほうが好きだと思った。

「道理で、母さんはときどき父さんを『いかさま師』と呼んでいたんだなあ。言い方は親密だったけど」

文杰は心のなかであれこれ考えていた。

「可哀想な母さん。大きくなるまで、母さんが働いているところしか見たことがなかった。母さんは、生きてるあいだに、実際は、外の世界を見る機会はあまりなかったんだ。覚えているのは、一回か二回、父さんが母さんを連れて社寮に、楊爺さんに会いにいったことだけだ。それに、一、二度、正月にみんなで柴城と保力に行っただけだったな」

イサはつづけて昔のことを語った。

その後、ララカンもしょっちゅうマチュカに会いにチュラソに来ていた。持って行くのは大半が猟の戦利品だった。マチュカは嫌ってはいなかったけれど、新鮮味は感じなかった。彼女はララカンが自分を好きなことを知っていたが、彼を親戚か友だちとしか見ていなかった。彼女は礼儀正しくララカンに接していたが、決して情熱的にというわけではなかった。

マチュカはときには困惑していた。彼女はスカロの大股頭の妹で、もっとも高貴な大頭目家の出だ。スカロには厳格な階級の伝統があり、貴族同士で婚姻関係を結ばなければならない。ここ数年、平地人の独り者が増え、彼らはスカロの平民の女を嫁にしていた。そういう女たちは部落の人々からは白い目でみられた。彼女が林老實と……、ああ、もし兄に林老實と結婚したいなどと申し出たら、どんなに大変なことが起こるだろうか。彼女には想像もできなかった。きっと、とんでもない恥さらしと非難されるだろう。それに兄の大股頭が、ララカンにいい印象をもっていることを彼女は知っていた。彼女もララカンが嫌いというわけではなかったが、ただ嫌いではないというだけであって、結婚するという気持ちにはとてもなれなかった。彼女の心は林老實に、そして平地の世界にあった……。

ララカンは荒っぽい男だった。マチュカの心の琴線にふれることができないばかりか、マチュカとの結婚は、機が熟せば自然に実現するものと思い込んでいた。

射麻里のまわりに開墾にくる平地人がますます多くなった。射麻里の猟場や少し離れたところにある耕作地には、新しくやってきた移民が徐々に入り込み、こうした平地人は大部分がナイナイの独り者だった。スカロ人はこのナイナイたちとは度々衝突した。ナイナイの農家は、収獲の一部を頭目に差し出し、年貢としていたが、不愉快なことが絶えなかった。

福佬のパイランも客家のナイナイも、平地人はあれこれ計略を考えるのが好きだった。たとえば、高山の生番は動物の死体を忌み嫌ったが、スカロも例外ではなかった。犬は生番の一番の友達だったが、客家人にとっては何よりの滋養品だった。福佬人はあくまで海側に陣取ったが、客家人はいつもスカロと土地をめぐって争った。客家人のなかには罠をしかけたり、餌でおびき寄せたりして、スカロの犬を捕まえて殺したり、煮て食ったり、さらには犬の死体の残骸をスカロの畑に捨てたりした。スカロはそれを忌み嫌って土地を捨てたため、平地人は隙をねらってその土地を掠めとった。スカロはもちろん大いに怒り、そこで首狩りの挙に出るのだった。このためスカロへの平地人の恨みは骨の髄に達した。このようにして悪循環がなんども繰りかえされ、双方の関係はどうにもならないほど悪くなった。その意味では、林老實は例外だった。というのも、彼は真面目で、そのうえスカロは彼が売っているものを買うのが好きだったからだった。

＊

その日、ララカンは上機嫌だった。マチュカのふたりの兄のパジャリュウスとトキトクが射麻里にやってきたのだ。イサが弟のララカンに代わってマチュカを嫁に迎えたいとふたりに申し出た。チュラソの大股頭は大喜びで承諾し、親戚同士で重ねて縁結びとはめでたいことだと言った。みな大いに喜び、酒に酔いしれた。

翌日、ララカンは昼どきまで寝ていた。見送ろうと起きてきたときには、チュラソの客人たちはもう帰ってしまっていた。彼は仲間を呼んでまたたらふく飲んだ。家に帰ると、もう夕暮れ時分だった。家の斜め向かいに立っている蓮霧の木をふと見ると、野良ネコの死骸がぶらさがっていた。彼は思わず吐きそうになった。この蓮霧の木は彼の一番のお気に入りだった。ちょうどいまたわわに実って、あと数日して熟したら、マチュカに持っていってやろうと思っていたのだ。いま、ネコの死骸が木にぶらさがっている。そんな蓮霧をだれが食べようか。今年だけでなく、来年だって食べないだろう。この大切な蓮霧はもう捨てるしかない。それどころか、この木は彼の家の門の斜め向かい立っているのだから、外に出るたびに、この蓮霧の木のうえで揺れていた死んだネコを思い出すことになる。まったく縁起でもない！

これ以上我慢がならないことはなかった。この蓮霧は実が一番大きく、一番甘かった。部落の五年祭ではいつもこの木の蓮霧を祖霊にお供えしてきた。山にはこんなにたくさん木があって、どの木にでも死んだネコを吊せるのに、よりによってこの一番いい蓮霧の木に吊すとは！

近くの谷の向こうに新しくナイナイの独り者が移ってきていた。ララカンは彼が近くで土地を開墾するのを見ていたが、彼の邪魔もせず、租税を取り立てにも行かなかった。それぞれが互いの領分を犯さなければそれでよかった。それがなんと、この男はこんなにも悪質で、あくどい方法でララカンたちがこの最高の蓮霧の木を放棄するように仕向けたのだ。詭計を弄して、この蓮霧を手に入れ、さらに近くの土地まで自分のものにしようとたくらんでいるのは明らかだった。

ララカンは怒り心頭に達し、すぐにその客家の独り者を見つけてけりをつけることにした。彼は猟刀を手に、谷を越えて小屋に向かった。そして大声で怒鳴った。

「客家のくそ野郎、出てこい、ぶっ殺してやる！」

思いがけないことに、客家の独り者は突然、銃をぶっぱなした。「バン」と銃声がして、ララカンの右すねに命中した。激痛が走り、鮮血がどっと流れ出た。ララカンは大声でわめき必死に足を引きずって、客家人の小屋に突進した。だが、からだを支えられず、よろめいて座りこんでしまった。

独り者はクワを持って小屋から飛び出てきてララカンに突進し、クワを高くあげて振り下ろそうとした。間一髪で、ララカンは片ひざをつき、刀でクワを止めて頭への一撃は避けたが、クワは左肩をそいだ。ララカンの刀はナイナイのクワよりも短く、肩や足に傷を負い、絶体絶命に陥った。

ララカンははっとして刀を投げ捨てると、地面に転がって身をかわし、男の両足にしがみついて相手をねじ倒した。男はやむなくクワを放し、ふたりは抱き合ったまま地面に倒れて殴りあった。転げまわっているうちに、ふたりは一緒に谷川にころげ落ちたが、なおも取っ組み合ったまま殴り合った。ララカンは左肩に傷を負って力が出ず、水のなかに押さえつけられて何度も水を飲んだ。危機一髪で、右手で大きな石をつかむと、ララカンは必死にナイナイを殴りつけて、気絶させた。

ララカンは必死にもがいて起きあがると、独り者は谷川で気を失っていた。ララカンも肩と足から血を流し、ほとんど虚脱状態だった。目のまえは真っ暗だったが、力をふりしぼって、独り者に刀をなんどか振り下ろすと、ようようのことでなんとか岸に這いあがった。力が尽きて、谷川の土手で気を失った。幸いしばらくして部落の人々に発見され、担がれて家に帰った。

さらに大きな打撃がほとんど同時に起こっていた。

運悪く、ちょうどララカンが負傷したその晩、チュラソでも大騒動が起こっていたのだ。

その晩、チュラソの勇士たちは大きなイノシシを仕留め、部落じゅうが集まって火を囲み、竹筒飯とイノシシの肉を肴にアワ酒を飲んで、大にぎわいとなった。大股頭のパジャリュウスと弟のトキトク、そして妹のマチュカは、同じテーブルに座って雑談をしていた。パジャリュウスが酒癖が悪く大酒飲みなのは有名だった。その晩彼は黄湯酒《おうとうしゅ》を何杯も飲み、ほろ酔い加減で妹にたずねた。

「マチュカ、五年祭がすんだら、おまえとララカンの婚礼をあげよう！」

突然のことで、マチュカは不機嫌な口調でこたえた。

「ララカンにお嫁に行くなんて言ってないわよ。それにだれも縁談の話をしてないじゃない！」

パジャリュウスは酔った目つきで言った。

「射麻里からチュラソに来させて正式に縁談を申し込ませるのはなかなか大変なんだ。ララカンはいつもおまえに会いに来ているじゃないか。今度、それとなくあいつにほのめかしておこう」

マチュカは腹を立てて立ち上がった。

「私はララカンなんかにお嫁に行かないわ！」

自分の権威に立てつかれたと感じて、大股頭も立ち上がると、怒鳴った。

「無礼だぞ！」

トキトクはこれまでずっと気立てが良かった妹が、突然こんなに強い態度に出たのを見て、なにかわけがあると思い、慌ててその場をおさめにかかった。

「兄さん、ちょっと怒りをしずめて。マチュカ、兄さんもおまえのことを心配してるんだ。今日はもう遅いから、みんな疲れてる、明日またゆっくり話そう！」

そう言い終わると、マチュカの手を引いて、家の外に出た。

「マチュカ、話してくれ、おまえ、ほかに好きな人がいるのか？」

トキトクは月を見ながら、妹にたずねた。

「兄さん」

マチュカは涙をこぼしそうだった。

「私、ララカンを嫌いじゃないわ、でも好きとも言えないわ」

トキトクは言った。

「さっきおまえは、射麻里から縁談の話をもってきていないって言ってたな。そのことは、そうだとも言えるし、そうでないとも言えるんだ」

マチュカは意味がわからず、たずねた。

「どういうこと?」

トキトクは言った。

「昨日、おれは大股頭と射麻里から帰ったばかりだ。サリリンが男の子を産んだんで、祝いの品を持っていってきたのだ。このことはおまえも知っているな」

マチュカはうなずいた。

「射麻里の人は昨日おれらに縁談を申し込んだんだよ。ただ、おれたちの部落に足を運んで、縁談の申し入れをしなかったってだけなんだ」

マチュカは涙を流した。

「それじゃ、大股頭はあの人たちに、縁談を承諾したの?」

トキトクはうなずいた。

マチュカは兄を見ようともせず、うつむいたままだった。涙がさらに流れた。

「おまえ……」

トキトクは妹の肩を軽くたたいて言った。

「おまえ、ほかにだれか好きなやつがいるのか」

マチュカはうなずいた。

「どの男だ? おれに話してくれるか?」トキトクは聞いた。

「身分が高くなくてもかまわない。おまえの味方をして兄貴に話してやれるかもしれない」

「言えないわ、兄さんがきっと怒るから」

トキトクは言った。

「言えよ、怒らないって約束するよ」

マチュカは小さな声で言った。

「もしその人がナイナイだったら?」

「ナイナイって?」

トキトクは驚いて思わず声をあげた。部落に来たことのあるナイナイは数えるほどしかいない。トキトクははっと思いだした。一、二度、マチュカが品物を持ってきた林老實と楽しそうに話しているのを見たことがある。マチュカは林老實が持ってきた平地人の飾りを手に取ってながめているようだった。

「あの林老實か?」

トキトクは怒りをおさえて低い声で言った。

「マチュカ、ナイナイも、パイランも、みんな詐欺師だぞ。

だまされちゃだめだぞ」

マチュカは言った。

「そうよ、林老實よ！」

トキトクは驚いて、声を荒らげて言った。

「マチュカ、こればかりはおまえを助けてやれない！」

そう言うと、その場を去った。

翌日の正午近くになって、どこを探してもマチュカがいないと、部落の者が知らせにきた。猴洞付近でマチュカによく似た娘を見かけたという人がいたと、あとになって耳にした。トキトクはマチュカの部屋を調べた。マチュカは、わずかな衣服とトキトクが彼女にやった小物、それに亡くなった母が彼女にやった首飾りだけを持って出ていった。この首飾りは、マチュカの母が嫁いできたときに、チュラソの大股頭夫人が嫁に贈ったものだった。マチュカと仲の良い姉妹たちは、近頃マチュカはきれいな胸飾りをつくれるようになり、自分がお嫁に行くときにするのよ、と話していたと言い、そう話しているときのマチュカの笑顔は輝いていたと、言った。

チュラソの大股頭はマチュカが出ていったことを隠すことにしたが、思いがけずララカンが重傷を負ったというニュースが伝わってきた。

ララカンは足の骨をナイナイに折られ、たっぷり二か月近くも床についていて、ようやく歩けるようになった。はじめ傷が悪化し、高熱が何日もつづいたが、体力に恵まれていたおかげで幸いにも死ななかった。回復してからも、やはり足を引きずり、走るのは無理だった。そのうえ左肩の筋が切れたため、弓が引けなくなった。弓矢も銃撃も狙いが定まらなかった。手足がすっかりダメになったことは、男としては、死んだも同然だった。

ララカンはマチュカが見舞いに来てくれることを望んでいたが、それはまだ実現していなかった。

ここまで話すと、イサは両目が赤くなっていた。それから咳払いをして、歌いだした。

わたしはおまえのためにジャガヴ（草の名前）のように
痩せてしまった
おまえのあふれるような愛がほしい
わたしの心では
おまえは天上の虹だ
どこにいようと
いつも美しい

おまえの心のわたしはどうなのだろう
おまえの頭上のあの黄水茄〔俗称黄金茄子〕のようなら
わたしは最後の列に並ぶ(14)

悲しげな男の歌声で、文杰も思わず心を打たれた。イサが口を開いた。

「これはあのころ、ララカンが朝から晩まで歌っていた失恋の歌だよ」

ララカンは一日じゅう歌を歌い、歌い終わると酒を飲み、飲むとまた歌い、毎日どろのように酔いつぶれた。あるナイナイが彼の恋人を奪い、もうひとりのナイナイが彼の健康を奪った。それゆえナイナイを深く恨んだ。

イサは涙をぬぐい、またその年の話をつづけた。

ひどいことに、流言飛語が飛びかった。このふたつのことをこじつけて、マチュカはララカンが重い傷を負ったことを聞いて、結婚を拒否したというのだ。さらにひどいのは、射麻里で出たうわさで、ララカンは負傷してからはもう男ではなくなった。だからチュラソの大股頭もマチュカがララカンに嫁ぐのを望まなかった。ただ、婚約は解消できないので、マチュカを隠し、対外的にはしばらく行方不明になっていることにしたというものだった。

射麻里じゅうが、とくにイサと妹のイシが弟の気持ちを思って、チュラソの人は信用が置けないと非難した。これはイサとサリリンの感情にまで影響した。スカロの二大部落のあいだでは空気が緊張した。パジャリュウス大股頭は苦しい立場に置かれた。射麻里の人に対しては言い訳のしようがなく、チュラソの人には実の妹がナイナイと駆け落ちしたとは言いたくなかった。平民の娘がほかの民族に嫁いだだけでも白い目で見られるのに、大股頭の妹が駆け落ちし、しかも相手がナイナイとなると、本当に大逆非道なできごとで、笑い話にすらなりそうだった。家族のなかでは、ごく少数がこの秘密を知っているだけだった。対外的にはマチュカは行方不明になっているとだけ話した。その後、チュラソの長老たちが大股頭とトキトクに同行して射麻里を訪れ、大股頭が自ら詫びを入れ、たくさんのイノシシや牛、そのほかの贈り物を届けて、ようやく射麻里の人は怒りを収めた。

しかし、パジャリュウス大股頭は酒におぼれるようになり、話すこともおかしくなった。彼は大きな挫折感を抱えていた。半年後、彼は大股頭の地位を降り、弟のトキトクに譲った。トキトクは家の危機から兄の大股頭の地位を引き継いだが、内心気がとがめるものがあった。それで、将来は大股頭の地位を兄の息子のツジュイに必ず返すと祖霊に誓った。

　射麻里の人たちはマチュカを嫁に迎えられなかったことを、チュラソの連中にひどく侮辱されたと考えていた。その後、チュラソの大股頭が責任を取って大股頭の地位から退いたことで、イサも妻のサリリンの苦言を聞き入れ、新しく大股頭になったトキトクの謝罪と贈り物を受け取り、ようやくふたつの村はまた昔のように仲好くなった。

　二十年あまりが過ぎたが、マチュカの消息はまったくなかった。

　マチュカが失踪してから、林老實も二度とスカロ地域にあらわれなかった。メンツにこだわって、スカロ人も、林老實とマチュカをおおっぴらに探そうとはしなかった。思いもかけないことに、二十年経って、マチュカと林老實のあいだに生まれた息子が自分からイサを訪ねてきたのだ。さらにイサにとって意外だったのは、この若者は母親がもとは高貴な王女だと知らなかったことだ。そしてもっともイサを感動させたのは、マチュカの息子はスカロ族を救うためにやって来たことだった。

　イサは溜息をついた。思いもよらなかったが、林老實とマチュカはもうこの世を去っていた。彼らの息子は土生仔の服を着ている。ララカンはほとんど廃人になって酒におぼれ、事件の十年後に死んだ。数えてみれば、弟が死んでからもう十年になる。妻で、マチュカの姉のサリリンも亡くなった。

　人の世はみな変わるものだ。またなにを争うのか。

　イサが口に出さなかったことがあった。時間が経って、怒りがおさまってからは、マチュカが愛のために見せた勇気に、イサとサリリンも感動した。統領埔は平地人の土地であり、チュラソとも遠く離れている。それに、マチュカは遠出をしたことがなく、ふたりはすぐに連絡が取れなかったはずだ。そのような状況のもとで、マチュカはどのようにして林老實を見つけたのだろう。イサとサリリンは、愛がもたらした一途な行動に感銘を受けた。

　もうひとつイサと文杰姉弟も知らないことがあった。それは林老實とマチュカは結婚後、もう一度引っ越したことだった。同じ統領埔ではあったが、もっと辺鄙で、ほかの客家人たちからさらに離れた場所だった。というのも、ふたりはチュラソとすべてのスカロ人に合わせる顔がないと感じていたからだ。それで人里を遠く離れて、マチュカが人に見つからないようにしたのだ。息子や娘のまえでも決してマチュカの出身にはふれなかった。マチュカが死んだあと、林山産は人が大勢住む町に急いで帰ろうとしたが、その願いが果たせないうちにこの世を去ったのだった。

第十七章

チュラソが見えてきた。ここに来るまで、射麻里の大頭目でスカロ族の二股頭であるイサを知らない者はいなかった。みな集まってくると、にぎやかに挨拶をしたりお辞儀をしたりした。

牛車は広い道を進み、上り坂になった道をのぼると、つきあたりに大きな家屋があった。がっしりした威厳のある男が正門の入口に迎えに出ていた。彼は右手に青銅刀を持ち、地面に突き立てて構えていた。

「大股頭が自ら迎えに出てくださるとは、ありがたい限りだ」

イサは顔が立つのを感じた。

松仔たち三人もとても嬉しくなった。トキトクに会えたのだから、今度の行動は万事うまく行ったと言えるだろう。

文杰は四方を囲む山々を一望した。この家は部落の一番高いところにある。見渡すかぎり、チュラソの人々の小さい家がことごとく眼下にあった。

トキトクは、イサと一緒に来たのが、土生仔の格好をした三人の若者なのを見て、思わず疑念を覚えてたずねた。

「この三人は……?」

「大股頭、中に入ってから話しましょう」

イサはトキトクの手を引いた。

「今回は、わしはこの子たちを連れて、わざわざやってきたんです」

そして、ふり向いて文杰に言った。

「伯父さんと呼びなさい」

トキトクは訳が分からなかった。

「この子はだれの子かね、どうしてわしを伯父さんと呼ぶのかね? あとのふたりはいったいだれなのだ? この子らはみな平地人ではないのか?」

イサは言った。

「大股頭、心の準備をなさってください、驚いてはいけませんぞ。私はマチュカの子供を見つけたんです。大股頭、喜んでください。この若者は立派に育ち、資質もなかなかなものですぞ!」

トキトクはまるで雷に打たれたように、突然のことに驚いた。それから目を細めて文杰をじっと観察した。

「おまえは本当にマチュカの子か？」

そう言いながら文杰の顔をじっと見た。文杰の顔は確かにマチュカに生き写しで、とくに細長く横に広がった口がそっくりだった。

文杰は少しびくびくしながらうなずいた。

トキトクはうずくまり、天を仰いで唱えた。

「天にまします祖霊様！　天にまします祖霊様！」

それからイサのほうをふり向き、連射砲のようにたずねた。

「それならマチュカは？　どのようにしてこの子に会ったんだ？　なにか証拠があるのか？　まだほかに子供はいるのか？」

イサは笑いながら答えた。

「大股頭、焦らないでください。この子にゆっくり話させましょう。今日はあの一連の謎が解けるでしょう。わしらが来たのは、もうひとつのわけがある。異人の砲艦がわしらに面倒を起こしに来たのを知らせるのが主な目的だ。この土生仔らが言うには、やつらはスカロの大股頭であるあんたに用があるということじゃ。大股頭、どうすべきか、わしらにご指示願いたい。スカロ全体のことが先だ」

トキトクは大股頭らしく威儀を正した。

「いいだろう。さあ、ひとつずつはっきりさせよう。まず第一に、異人の砲艦とは、いったいなんのことだ」

そこで文杰は、まずトキトクに「コーモラント号」が社寮の港にやってきた経緯について報告した。イサも、射麻里の勇士をクアールの援軍に送ったとつけ加えた。トキトクは聞きながらうなずき、さらにこまごまと詳しく聞いた。

トキトクは言った。

「クアール人が異人の水夫を殺したことは、わしも聞いておる。バヤリンは異人の女を誤って殺したとひどく悩んでいたな」

イサはうなずいて言った。

「わしもクアールで奇妙なことが起こったと聞きました」

トキトクは言った。

「異人の軍艦はすごいのか。やつらはクアールがやったことを知っているのか」

文杰は答えた。

「異人が昨日、社寮に来たときは、まだはっきりしておりませんでした。でも、あいつらの船はそのまま南に向かっています。たぶん遅かれ早かれクアールの仕業だと知ることでしょう」

松仔は言った。

「おれたちは異人が報復してくるのを恐れて……」

トキトクは松仔の話をさえぎって、文杰のほうを向いて言った。

「異人のことはわかった。わしが処理する。クアールのことはわしらのことだ。やつらは正統のスカロ族じゃないが、わしらとの関係は浅くない。おまえの伯父の妻はクアールから嫁いできたんだ。そうだ、あとで、わしはおまえを伯父さんと伯母さん、それに従兄妹たちにも会わせてやろう」

そして頭目の椅子を叩きながら、こうつけ加えた。

「この席は、もとはと言えば、おまえたちの伯父さんのものだった。伯父さんはおまえの母親のことで自分をひどく責めて、この席をおりたんだ」

松仔が急いで口をはさんだ。

「大股頭様、異人の砲艦はすごいです。だから社寮の首領の息子の棉仔兄ぃが、異人どもが大股頭様たちに不利益を被らせないか心配して、それでおれらに知らせに来させたんです。どうか注意して対処してください。伝言をお伝えできたでしょうか」

トキトクはハハと笑った。

「クアールのやつらが人を殺したのは悪いことだ。だがな……ハハ、昔、紅毛人がわしらの先祖をどれだけ殺したことか」

そう言うと、地面にビンロウの汁を吐いた。

トキトクはいらいらしたようすだった。

「帰っておまえたち社寮の首領に伝えてくれ、親切に知らせてくれたことに礼を言っていたとな」

そう言いながら立ちあがり、青銅刀を地面にガシャンと突きたてた。大股頭が青銅刀の音を立てたとき、イサは思わず胸をぴんと張り、威儀を正した。文杰はあとで知ったのだが、トキトクは青銅刀をいつもそばに置いていた。この礼刀は、大股頭の威厳と権力の象徴だった。

トキトクは笑顔を見せながら、イサをほめた。

「昨夜、二股頭が射麻里の勇士を知らせにやらせ、しかも援軍を送ったのは、正しかった。やつらは上陸できない。そうこうしているうちに、バヤリンはきっと準備を整えるだろう。恐れることはない。バヤリンのことは、よくわかっている。形勢が悪いとみれば逃げるだろう。密林に逃げ込めば、フフ……」

大股頭は低い声で自信ありげに笑った。

「異人たちはやつらを見つけられない」

大股頭はニヤリと笑った。

「だが、わしも足の速いやつを何人か送って、ようすを探ることにしよう」

イサは得意げな表情で言った。

「昨日、手下を送ったとき、今日の昼から半日ごとにひとりずつようすを報告にもどるように指示しておいた。緊急の事件が起こったら、もちろんその限りではない。今朝、射麻里を出るときにも、どんな報告もすぐに大股頭のところに伝えるようにと言いつけてきた。だから、遅くても日没までにはクアールから知らせがある」

トキトクはイサの肩を叩いて、いい判断をしたと賛意を示した。そして、しばらく考えてからこう言った。

「おまえたち射麻里が、クアールに二十五人の勇士を送ったのなら、わしも射麻里に二十五人の勇士を送り、後援部隊としよう。万が一、事が起こったとしても、応戦できる」

それから笑いながらイサに言った。

「よし。やるべきことはやった。では家族の話をしようか」

文杰は、この大股頭の伯父は、やることが本当に間違いがないと思った。

トキトクは文杰に、もっと詳しく話すようにと促した。トキトクは、ひと言も聞き漏らすまいとするかのように、神経を集中させて聞いていた。

文杰は幼いころのことから話しはじめ、両親のふだんの暮らしや一家のこれまでのことを話した。それから母がどのようにして毒ヘビにかまれて死んだか、父がどのようにして思いがけず亡くなったか、そうしてどのようにして姉弟が棉仔と松仔の一家の世話になるようになったか、さらにどのようにして異人の砲艦がやってきて、そのため彼はスカロの部落に知らせにきたかについて話した。文杰が射麻里にやってきた経緯をひと通り話し終えると、そのあと、イサが唾を飛ばしながら、身振り手振りで、自分が文杰の刀から文杰の出身に気づいたことを得意げに話した。

ふたりが話し終わると、トキトクは背筋をピンと伸ばして頭目の椅子に座り、目を閉じて、ひと言もしゃべらなかった。ただ、その胸の起伏から、感情が高ぶっていることがわかった。

トキトクは、しばらくして、ようやく立ちあがると、大きな盃にアワ酒を注いで一気に飲み干した。そして盃を置くと、低い声で言った。

「わしはマチュカに悪いことをした。マチュカがおまえに知らせに来させたんだと思う。マチュカはわしらの安全を気遣ってくれているんだ」

そう言い終わると、顔をあげてイサを見て言った。

「ありがとう、二股頭、甥を見つけてくれて、それに、昔のことを水に流して、この子らを送り届けてくれて。チュラソはいつまでもあんたに感謝するよ」

イサを見送ると、トキトクはまず文杰の平埔族の服をチュラソの服に着替えさせた。チュラソの服を着た文杰を見て、思わず死んだ妹を思い出し、ぐっと涙をこらえた。彼は立ちあがると、文杰に背を向けて言った。

「おまえには知っておいてほしい。おまえの母親がなぜ一生、名前を隠しとおし、チュラソの出であることを知られたくなかったかということをな」

文杰が返事をしないうちに、トキトクは部屋の角に置いてある褐色の大きな陶製の甕《かめ》のそばに歩いていった。奇妙なことに甕のふちはあちこち欠けていて、滑らかではなかった。トキトクは甕のなかに手を入れて、甕と色と材質が同じ大きな欠片を取りだすと、文杰に言った。

「わしらスカロの娘は嫁に行くとき、両親が家族をあらわすこの甕から、ひとかけら割り取って花嫁に渡す。この家族から分かれて出ていったという意味だ。例えば、おまえたちがいま見ているこの甕は、わしらガルジグジ家をあらわしているのだ」

トキトクは言った。

「あの日、朝早く、みながマチュカを探しているとき、わしだけは、マチュカが家を出ていったことがわかっていた。わしはすぐに後悔した」

「マチュカはそのまえの晩、勇気をふるってわしに話したんだ。林老賓と結婚したい、ララカンとは結婚したくないとね。マチュカはもちろん、わしが彼女の肩をもって、兄の大股頭やほかのみんなに話してくれるよう願っていた。だが、わしはそっぽを向いてマチュカから離れた。その晩、妹はきっと失意のどん底にあったと思う。チュラソと林老賓のあいだで、マチュカは少しのためらいもなく、林老賓を選んだ。そして残された唯一の道を歩むことになったのだ」

「マチュカは母からもらった首飾りと自分でつくった胸飾りを持っていったが、わしらガルジグジ家のしるしである甕のかけらを持っていくことはできなかった。マチュカは自分はもうガルジグジ家のひとりとはみなされないと考えたのだ」

「わしは思うのだが、それゆえに、マチュカは十数年ものあいだおまえたちに身分を明かさなかったのだ。それは何とも言えない心の痛みで、口に出せなかったのだ」

トキトクは手にした甕のかけらを見ながら言った。

「この甕のかけらは、あの朝、大騒ぎになって、みながマチュカを探しに出たすきに、ここにだれもいないのを見計らって、わしがこっそりとひとかけら割り取ったものだ。それから部落のそとに飛びだして、マチュカを追いかけた。マチュカを説得して連れもどせればそれが一番いいが、連れもどせなければ、この甕のかけらをマチュカに手渡して、わしら兄弟は、いままで通りマチュカがガルジグジ家のひとりだと認めていると知らせてやりたかったんだ。ところが日が落ちるまで追ったが、マチュカの姿は見当たらなかった。わしはやむなくここにもどり、この甕のかけらをこっそりと甕のなかにもどしたのだ。そのころは、大股頭だった兄のパジャリュウスが家の長で、兄だけが甕のかけらを割る権力があり、わしにはその権力はなかったのだ」

「マチュカがこの二十年あまり、ずっと部落に帰ってこなかったのは、わしの失敗だ。マチュカが意思を貫いておまえの父の林老實に嫁いでいったのは、もちろんチュラソのメンツを大いに損なった。だが、そのために兄妹の情まで断ち切られ、こうして永遠に離れてしまおうとは、思いもよらなかった」

文杰は、驚いたことに大股頭が涙を浮かべているのに気がついた。

「おまえのおやじも、それ以降ついぞスカロの区域に姿を見せなくなり、わしらスカロのメンツを立ててくれた。ああ……マチュカはあまりにも意地っ張りだった。そうして、わしはあのころあまりにも薄情だった」

「おまえを家族のもとにもどしてくれた、マチュカと祖霊の計らいに感謝するよ」

大股頭は両目を真っ赤にして、天を仰いだ。

大股頭は、両目を大きく見開くと、文杰のほうに近づいて肩を叩いた。

「さあ、文杰、部落をひとまわり案内して、おまえの先輩や同輩たちに引き合わせよう」

それから松仔に言った。

「この兄弟には、さきに帰って、復命してもらおう。祖霊が文杰を母親の家族のもとにお連れくださったのだから、文杰にはここに数日滞在してから帰ってもらうことにする。わしが人をつけて無事に帰すから、心配はいらん」

松仔は文杰をちらっと見ながら、いささか気まずそうだった。文杰は笑って言った。

「大股頭様のお言葉通り、先に帰ってください。数日後にはぼくも帰るから」

松仔は頑なにこう言った。

「おまえを置いていけないよ、そんなことしたら、蝶妹に言い訳できない。冬瓜仔を先に帰らせて棉仔に報告させるよ」

トキトクは大笑いした。

「おまえは友だち思いだな。よかろう、文杰が世話になっているんだから、おまえたちも残りなさい、居たいだけ居ていいぞ。それから、わしはいつごろ姪に会えるだろうか」

松仔は冬瓜仔をさきに社寮に帰らせ、自分は残った。

トキトクは文杰に言った。

「わしには娘がふたりいるだけで、息子はいない。娘たちはおまえよりずっと年が上だ」

トキトクはふたりの娘を呼び、それから文杰を連れて隣の建物に入っていった。肥った女性が出迎えた。大股頭は言った。

「おまえたち、伯母さんにご挨拶しろ。クアールから嫁いで来られた方だぞ」

夫人はアハハと笑ったが、トキトクがパジャリュウスにお会いしたいと言ったとき、伯母は決まり悪そうに言った。

「ああ、あの親子ったら、真っ昼間からもう酔っぱらっていてねえ」

ふたりの男は年寄りと若者だったが、年配のほうは八の字になって床に寝ていた。若いほうも泥のように酔いつぶれ、テーブルにうつ伏せになっていた。人を迎えようにも起きあがれず、ただ呂律のまわらないことばを口にした。

「大股……股頭……」

トキトクは癇癪を起こしそうになったが、兄嫁がそばにいることを思い出したのか、がまんすると、叱りつけた。

「ツジュイ、おまえはどうして昼から酔っぱらってるんだ！」

そう言いながら、ツジュイを引き起こした。

「今後は、山に日が沈むまで、酒を飲むことはまかりならん！」

そう言うと、文杰のほうをちらっとふり返った。

トキトクは機嫌の悪い顔をして建物を出ると、もうひと言もしゃべらなかった。彼は娘に文杰を連れて部落を案内させ、自分はさきに家に帰ってしまった。

第十八章

用がすむと、キャロルとブロードたち一行は船にもどった。蝶妹は甲板を歩くと、船べりに寄りかかって岸の人たちにしきりに手を振った。しばらくすると、コーモラント号は汽笛を鳴らして、再びフォルモサの海岸に沿って進みはじめた。

マンソンと蝶妹は船べりに立って福佬語で話していた。マンソンの福佬語は細かいニュアンスを表現するにはまだ十分ではなく、時には福佬人の通訳を呼んで助けてもらった。マンソンと福佬語で話ができるとは、蝶妹には思いがけないことだったし、マンソンにとっても、フォルモサにこんなに積極的に彼から学ぼうとする賢い娘がいるなんて思いもよらないことで、ふたりはとても楽しかった。

マンソンは蝶妹に、どうして医療技術を学ぼうと思ったのか、たずねた。蝶妹は両親のことを話し、そして、もし父がマンソン先生の治療を受けることができていたら、一命をとりとめることができたかもしれないと言った。マンソンは深く心を打たれた。こんなに親孝行で、それに聡明、自分の考えもしっかりもっている。まさに医療や看護を学ぶべき人材だと思った。彼は蝶妹に、打狗の病院に連れて帰りたいと誘った。蝶妹は勉強にはどれくらいかかるか、たずねた。マンソンはちょっと考えてから言った。

「少なくとも一年。だがさきに少し英語を学ばねばならないね。医学の専門用語があって、福佬語では言えないから、英語が必要だね」

蝶妹は英語を学ぶことにも非常に興味を示した。ただ、定期的に、社寮に帰りたいと言った。マンソンがそれに同意したので、蝶妹はたいへん喜んだ。

マンソンはイギリスも、いまはまだ病人の看護について学ぶ女性は多くない、時代の先駆けだね、と蝶妹に言った。マンソンは、ナイチンゲールという素晴らしい女性について話した。彼女は十数年まえ、クリミア戦争で、戦場に赴いて負傷兵の看護にあたった。心をつくして世話をして大成功し、負傷者たちは大変感動して、白衣の天使と呼んだ。ナイチンゲールはロンドンに帰ってのち、六、七年まえに女性のための看護学校を建てた。みなナイチンゲールを大変尊敬し、看護学校を重視するようになった。ただ、イギリスの中、上流階級は依然として保守的で、考え方はまだまだ普及せず、学校に入る女性もまだ多くなかった。マンソンは、もし英語ができるようになったら、将来はロンドンに行って勉強できるかもしれないと言った。蝶妹はちょっと舌を出した。そんなことは考えられない、英語ができるようになってから考えよう。

キャロルたちは、社寮の人に生番のことばができる通訳を頼もうと思っていたが、それほど期待していたわけではなかった。しかし、紆余曲折の末に、才気煥発な娘がやって来たのは、望外の喜びだった。さらに興味深いのは、この娘が出した条件は、金銭でも物でもなく「知識」だったこと、もっと正確に言えば、「医術」であったことだった。キャロルは彼女を見直した。そして、フォルモサの人々を見直した。この若い娘の母親が生番だと知ったときには、いっそう驚いた。彼らの目には野蛮に映る生番から、このように秀でた娘が育ったとは!

一方で、このハンサムな医者がフォルモサの美女にみそめられたと、みなでマンソンをからかいはじめた。マンソンは顔を赤くして言った。

「冗談はやめてください、まじめで向学心をもち、しかもその動機はご両親の不幸から来ているのですよ、本当に感動的です」

一時間ほどすると、遠くに、生き残った広東人コックの徳光が話していた独特の山容でそそり立つ峻厳な山が見えた。山頂は急で険しく、美しい三角形になっていて、ひと目見ただけでも印象深かった。船員たちは思わずしきりに賛嘆の声をあげた。まるでエジプトのピラミッドのてっぺんが飛んで来たようだと、だれかが言った。山全体から言うと、この山のほうがずっと美しかった。画用紙を取りだして絵に描く船員までいた。さらにしばらくして、船はフォルモサの最南端に着いた。そこで岬(いまの猫鼻頭)を回って、南湾に入っていった。

フォルモサの南の海岸はバシー海峡を隔てて、ルソン島を遥かに望んでいる。船は海岸に沿って、ゆっくりと進んだ。一行は、ローバー号の船員が襲撃されて血に染まった海岸はこのあたりに間違いないと確信した。

望遠鏡を持っている船員はみな、望遠鏡を通して海岸を眺めた。海岸は砂浜と磯が混ざりあい、ところどころに巨石もあった。岸からそう遠くないところは、傾斜が三十度ほどの山の斜面となっており、山の高さは百メートルから三、四百メートルだった。海辺も灌木の叢林になっていた。木の幹からは長くてトゲのある葉が出ていた。マンソンは、これはフォルモサの海辺に生えている特殊な植物――アダンだと知っていた。昔、安平のオランダ人はこれをパイナップルと間違えたことがあった。マンソンは、徳光が語った風景を思い出した。全員同じように人を殺す生番が住む地域に近いと感じていた。しばらくして、岸辺に船の帆に似た形の巨石があらわれ、徳光の話はいっそう確かだと思われた。ここに間違いない。小さな半島をまわったとき、突然みなが一斉に驚きの声をあげた。半島の裏の小さな入江の奥まった砂浜に、サンパンが一艘横たわっていたのだ。少し壊れているが、ローバー号の水夫が乗っていたボートに違いなかった。

砂浜はガランとして、サンパン以外、なにもなかった。遠くの密林も静まりかえっていた。もう午後四時をまわっていたが、太陽がまぶしく、視界は非常に良かった。

ブロードはキャロルに言った。

「いまならまだ明るい、小型ボート何艘かで行けば、五時ころには上陸できる。太陽が山に沈むのが六時だとしても、まだたっぷり一時間は捜索できるぞ」

キャロルは、船長のブロードが軍事行動の専門家であることは尊重するが、いささか気がかりなことがあると言った。もし土番が応戦してきたら、先遣隊は暗くなるまでに船にもどれなくなる。そのうえ、地形をよく知らない彼らは危険な目に遭うのではないだろうか。ブロードは自信たっぷりにこう答えた。大沽口〔天津〕に進攻したとき、清国の武将センゲリンチンと戦ったが、精鋭兵たちは破竹の勢いだった、これしきの野蛮人などなにを恐れることがあろう。もし土番が姿をあらわせば、上陸した兵隊たちが銃撃する、さらに船から大砲をぶっぱなせば、土番どもは頭を抱えて逃げていくだろう。

蝶妹はそばで聞いていた。彼らがなにを話し合っているのかわからなかったが、真剣な顔つきで熱心に議論しているようすから、十中八九、攻撃しようということだろうと思った。彼女は慌ててマンソンに言った。

「キャロル大人様が、すでに社寮の首領に生番の部落に話を伝えに人を送るよう言ったではありませんか？　話を伝えるには、時間がかかります。それに山道は険しくて、少なくとも半日か、場合によっては一日かかります。白人のみなさんが約束を守ってくださるようお願いします。慌てて上陸すれば、誤解が生じて、衝突が起きるかもしれません。それではこれまでの努力が無駄になってしまいます」

マンソンは蝶妹の言う通りだと思い、キャロルにそう伝えた。キャロルは、もともと穏健に事を進めるつもりだったので、ブロードたちに明日の早朝まで行動を待つように求めた。ブロードは、不服そうで浮かぬ表情だった。

しだいに日が暮れ、マンソンは舷にもたれて、海の夕焼けを見ていた。フォルモサの夕陽は、真っ赤に燃えて海水に映え、黄金の光芒が空に反射していた。空にはカモメが群れを成して低く飛び、にぎやかに鳴いている。それを見て、彼は活力がみなぎってくるのを感じた。アバディーンでは、このような景色は見ることができなかった。アバディーンは霧が深くて、海水もひどく冷たく、夕日も冷え冷えとしていた。スコットランドの海辺の山は、ほとんどがはげ山で、木も少なかった。ここは全山が青々としている。マンソンは青い空、緑の山、紺碧の海、赤い夕焼けを見ながら、フォルモサの美しさが偽りでないことに驚嘆し、その一方でまた、緑の山々には食人種の土番がいることに戦慄を覚え、感慨を禁じ得なかった。

コーモラント号は巨岩から離れたところに停泊した。キャロルとブロードはこの一帯の地形と地勢を観察し、どのように上陸するか検討した。停泊した場所から眺めると、その山はいっそう変わって見え、直角三角形をしており、謎に満ちていた。奇異な山、伝説の食人種の生番、さらに海辺には岩が多く、船員たちはみな心が落ち着かなかった。

空が暗くなった。コーモラント号は海に停泊して、夜が明けるのを待った。

第十九章

暗闇のなかで、蝶妹の心は不安で落ち着かなかった。船に乗って通訳をすると引き受けたときは、衝突が起こるなんて想像もしなかった。ただ単純に、船の異人と島の住民が会ったときの通訳として、意思の疎通に協力するだけだと考えていた。いま彼女は緊張しはじめていた。早春の水のように冷たい夜、蝶妹は手の平に冷や汗をかいていた。彼女は眠らず、甲板で船倉にもたれてかかって座り、空の星を眺めながら、さまざまに心を悩ましていた。

足音が聞こえてきた。頭をあげて見ると、マンソン医師だった。マンソンはそっとたずねた。

「眠れないのですか？」

蝶妹はうなずいた。マンソンは背が高く、甲板に座っていた蝶妹は、下から仰ぎ見た。今夜は風が凪ぎ、波が静かだった。蝶妹はマンソンを眺め、船を眺め、まわりの大海原を眺めた。これは彼女がこれまで考えもしなかっためぐり合わせであり、人生で、一瞬、夢のなかにいるような気がして、まるで幻のように感じた。

蝶妹は立ちあがると、塩辛い空気を吸いこんだ。彼女の背の高さはマンソンの肩にも届かなかった。マンソンは言った。

「この海では、星空がとても美しいですね」

蝶妹はたずねた。

「今日のお昼、領事先生が、マンソンさんはスコットランドの方で、イギリス人だとおっしゃっていました。いったい、イギリスとスコットランドは同じところなのですか？　それとも違う場所なのですか？」

マンソンはハハと大笑いして、あなたはどうしてこんなに説明しにくい問題を思いつくのですか、と言った。「イギリス」は国家だが、正式な名前は「連合王国」(United Kingdom)で、「スコットランド」はそのなかのひとつだ。しばらく話していて、マンソンは蝶妹に国家という観念がまったくなく、彼女は「大清国」を知っているが、自分が大清国の人間だとは思っておらず、大清国皇帝と彼女がどのような関係にあるのかも知らないのだとわかった。マンソンは、打狗で聞いた「天高く皇帝遠し（帝国の力も遠方には及ばない）」ということばを思い出した。そうして瑯嶠は、それ以上に皇帝の統治がおよばないところだった。瑯嶠の住民は本当に異なる人々だ、と彼は思った。彼らには国家もなければ、政府もなく、君主もなく、貧しく落ちぶれているように見えるが、整然と秩序を保っているらしく、素朴で自由だった。フォルモサでは、瑯嶠の住民だけではなく、六亀里や万丹などの地で彼が見た平埔族の原住民も大方そうであった。みな自分たちで治め、自分たちで秩序を保っていた。彼は、フォルモサの高山に住む原住民も同じだと信じていた。不思議だ、と彼は思った。

翌日、夜が明けたころ、蝶妹は、ブロードが待ちきれないように早くから望遠鏡で岸を観察しているのを見かけた。昨夜、蝶妹は真っ暗な山々を眺めながら、観世音菩薩に祈りを捧げ、異人とクアール社が戦うことがないように祈った。マンソンは、異人は遭難した船員を助けに来たのであって、戦うために来たのではない、そうでなければ、自分のような医者がこの船にいるわけがないと言って彼女を慰めた。蝶妹はそれを聞いて、大いに安心した。

異人は彼女には優しかった。マンソンは言うに及ばず、キャロルも大変親切で、食事のときには、パンを渡して、食べてみるように言ってくれた。一方、ブロードは、彼女に敵意があるようだった。とくに昨日の午後、キャロルが蝶妹の意見を聞き入れて、すぐに上陸して捜索するという彼の案を阻止してからはそうだった。蝶妹は、白人は彼女にはそう悪くないと思った。だが台湾府から来たあの福佬人の通訳は、とても不愉快だった。その男はいつもそばにいて、見下したような目つきで目をキョロキョロさせながら、蝶妹の動作を逐一、盗み見ていた。

キャロルは、うまく生きのびた者がいたら、林のなかにいるにちがいない、海岸にはいないだろうと考えていた。事件からもう十四日になる。そのようなチャンスは非常に小さいし、生き残った者が、重傷を負っているのでもなければ、このあたりに残っているわけがない。キャロルの考えの重点は、もし生番に捕まって拘束されている水夫がいるなら、交渉して金を払って取りもどしたいということだった。負傷しているならまず治療をする。それで、マンソンともうひとり船医を連れてきたのだ。もし本当にもう生存者がいないのなら、遺骸と遺品をできるだけ持ち帰ることで、死者を慰め、遺族にも申し訳が立つはずだ。遭難した船はアメリカの船だが、イギリスはフォルモサに領事館がある唯一の西洋の国で、人を救済することにおいては、果たすべき責任があった。

ブロードはキャロルに、巨岩の背後の砂浜には、ローバー号が残したサンパンのほかは、まるで人影は見当たらないし、動物も見かけない、と報告した。しかし、別の海岸には、野生の牛が七、八頭いるのが見えたと言った。

キャロルがたずねた。

「あの山には人がいるんだろうか?」

ブロードは、深緑の山頂を眺め見ながら、肩をすぼめて言った。

「真っ黒ではっきり見えないね、しかし、人はいないと思うがね」

偉そうにちょっと笑ってまた言った。

「生番に会いたいものだ。ひとりかふたり、捉まえてきて、船で訊問したいんだ」

みなは朝食を食べると、ブロードの編成に従って上陸する準備をはじめた。ブロードは船員に命じて小型ボートを三艘、船からおろさせた。ブロードとキャロルは、最初の救命艇に乗った。福佬人の通訳もこのボートに乗り込んだ。キャロルは、上陸して生番に出くわしたら、福佬人の通訳が彼の英語を福佬語に訳し、さらにその福佬語を蝶妹が生番のことばに訳す。逆の場合も同じようにすると言った。キャロルは口調も穏やかで、ことばの誤解から争いが起こることは望んでいなかった。二艘目のボートには、海軍士官と船医と蝶妹が乗った。マンソンは三艘目の巡邏艇にいた。蝶妹は振りかえってマンソンを探した。マンソンもちょうど彼女のほうを見ているところで、ふたりは互いに手を振って挨拶を交わした。

先に出た二艘は上陸の準備をしていた。三艘目は、敵が攻撃してきたらいつでも援護できるように、岸から二、三十メートルほど離れて付近の海域を巡回していた。

三艘のボートはゆっくりと海岸に近づいた。今日は極暑で、太陽の光がギラギラ輝りつけていた。視界はよく、砂浜には捨てられたサンパンのほかにはなにもなかった。山々は陽光に輝いており、なんの気配も感じられなかった。すべてが静まりかえり、奇異な感じがするほどだった。水夫たちは、おそるおそる岸の黒い岩礁をまわった。ボートが接岸し、六人が上陸して、装備を手に前進をはじめた。

数十歩も進まないうちに、突然銃声が響きわたり、十、二十メートルほど先の砂浜に土煙が巻きあがった。ほとんど同時に、いくつもの白煙が遠くの山林から立ちのぼった。数人の白人が地に伏し、蝶妹も驚いてうずくまった。これはまったく思いもよらなかった恐ろしい情景だった。

銃声が止み、みなゆっくりと立ちあがった。蝶妹だけはまだうずくまっていた。白人も彼女にはかまわなかった。互いを見ると、人も船も無事だった。人々は勝手に行動せずに、キャロルとブロードを見ていた。

マンソンも大いに驚いた。彼のボートは岸からまだ遠く離れていたが、はじめて自分が戦場にいることに気づいた。

「くそったれめ」

ブロードは汚いことばで罵った。

「こいつら番人どもは、銃を持ってやがる!」

みな足を止め、キャロルを見た。キャロルは言った。

「分かれて、援護し合おう。気をつけるんだぞ」

ためらっていると、二回目の銃声が響いた。今回、硝煙があがったところは、さきほどの場所と違っており、距離もかなり遠かった。イギリス人が銃で反撃をはじめた。銃声が耳をつんざき、蝶妹は本能的に後方に走って逃げ、大きな石のうしろに隠れて、耳をおおった。涙が流れ落ちた。

キャロルが眼のまえで巻きあがる土ぼこりを見ると、着弾点は最初の銃弾とほとんど同じだった。林を見たが、林の奥深いところに隠れているようだ。敵は暗がりに身を潜め、こちらは明るいところにおり、非常に不利だった。二回の発砲は同じところに着弾している。これは明らかに警告だと、キャロルにはわかった。土番の銃の腕の正確さに驚いた。まったく侮れない相手だ。無理に前進すれば、必ずだれかが命を落とすだろうと、彼は悟った。

キャロルは手をうしろに振り、撤退の命令をくだした。蝶妹はよろけながらやっとのことでボートにもどった。コーモラント号が反撃をはじめた。上陸した船員がボートにもどったのを確かめると、山に向かって盲目的に反撃をはじめた。土番の第三波の銃声が響いた。今度は、銃弾がキャロルから遠くないところに落ち、ボートの側面に命中した。海軍の船医が大声をあげた。腕に弾があたったのだ。

コーモラント号にもどると、ブロードは顔いっぱいに怒りを浮かべた。堂々たる大英帝国の砲艦が、フォルモサ島の土番に押しもどされ、そのうえ敵の姿さえ見ていないのだ。どんな顔をしていればいいんだ。

「生番どもめ、ひどい目に合わせてやらねばならん、あいつらをこういうふうにのさぼらせておくわけにはいかん」

ブロードは憎々しげに言った。二分後、コーモラント号の主砲が大きな音を響かせた。大きな砲弾が美しい弧を描いて、山の中腹に落ちると、土石が飛び散り、木がなぎ倒されて、山裾に転がり落ちた。負傷したらしい土番の叫び声が聞こえてきた。ブロードは甲高い声を張りあげた。

「生番どもを木っ端みじんにするのだ！」

手で合図をして、発砲をつづけさせた。

二発目の砲弾も空中での弧線は同じように美しかった。しかし、山上に落ちると、着弾音は聞こえたが、土ぼこりが少しあがっただけで、不発に終わった、ブロードはひどくがっかりして、ひと言も発しなかった。

蝶妹は猟師の家で育ったので、銃弾の音は決して珍しくなかった。ただ、戦闘に巻きこまれるとは考えてもいなかったので、大変驚いた。幸い彼女はなんの怪我もしなかった。恐怖がおさまると、コーモラント号の大砲のすさまじい威力を知り、山にいる土番に死傷者が出ていないか、不安になってきた。そのとき、マンソンが彼女のそばに寄ってきた。彼女は突然辛い思いがあふれだし、声をあげて泣きだした。

コーモラント号はすぐに湾を出て帰途についた。夕方には打狗にもどる予定だった。マンソンはコーモラント号の甲板に立っていた。同じ空、同じ太陽、ただ気持ちは昨日とまったく異なっていた。昨日は物見遊山の気分と医療で人を助けようといういい気分だったが、今日のごく短い半時間ほどの戦慄的な出来事で、そんな気持ちは跡形もなく消えていた。彼は悟った。誇り高い大英帝国の民として、たとえ自分は世間と利害の争いのない税関の医者であると思っていても、軍事の災いに巻きこまれることは避けられないのだ。船は瑯嶠湾を過ぎ、社寮が遥か遠くに見えた。彼は昨日見た、頭巾に包んだ平埔族の熟番たちを思い出していた。マンソンは彼らが好きだった。彼らは見たところ、善良で単純、それに客好きだった。彼は甲板に座りこんでいる蝶妹をちょっと見た。

「しかし、あの人たちもフォルモサ人だ。ある日、彼らと敵とならないとも限らない」

と、マンソンは考えた。

七年後、この心配は実際の出来事となるのだ。[15]

第二十章

その日の黄昏どき、チュラソ。

トキトクは簡単な宴席を設けて、あの年、妹に縁談を拒否され、それゆえに大股頭を辞した兄のパジャリュウスと兄の四人の息子、それに射麻里のイサと松仔を招いた。

みなが席に着くと、大股頭のトキトクが言った。

「今夜はわが家の宴《うたげ》だ。祖霊とマチュカに、文杰を家にもどしてくれ、スカロ族の安全のために寄こしてくれたことに感謝するのだ。これからは、マチュカと息子の文杰は、再びこの家族の一員となる」

兄のパジャリュウスは大股頭を辞してから、もう世事に関わることなく、一日じゅう酒を飲んでいた。彼は文杰を見ると、ヘラヘラと笑いながら言った。

「いいだろう、いいだろう」

ツジュイを筆頭とする兄の四人の息子は、トキトクにあまり近寄らず、それぞれ勝手に酒を飲んだ。

宴のさなかに、射麻里から知らせが入った。紅毛兵がクアールに上陸したが、撃退された。紅毛人らは船からとんでもなく大きな砲弾を二発、発射したあと、撤退していった。クアール人はふたり負傷したが、重傷ではない。村じゅうが喜びに沸き、祝いの準備をしている。

勝利の知らせが伝わると、イサは立ちあがって歓声をあげた。松仔と文杰は自分たちの任務が成功裡に終わったと感じ、喜びを抑えることができなかった。ただ、トキトクは笑みを浮かべただけでなにも言わなかった。イサは興ざめしてどしんと腰をおろした。トキトクはイサの肩を叩きながら、酒を勧めた。

「クアールになにもなかったことは、もとより素晴らしい。ただ、わしはあんたが甥を連れて帰ってくれたことのほうにお礼を言いたいのだ」

しばらくしてまた言った。

「二股頭、紅毛人の船はまたやってくると思うかな?」

イサはびっくりして、思った。

「大股頭はいつも一歩先まで考えているのだ」

翌日の早朝、トキトクはツジュイら四人の兄弟、それに文杰と部落の者を何人か連れて猟に出た。文杰は父から猟を学んだことがあり、腕前もなかなかのものだった。しかも文杰はいくつものことばが話せ、そのうえ字を書き、書を読むことができる。このことにトキトクは非常に驚いた。

トキトクには早起きの習慣があった。早朝、家から遠くない小さな滝壺で、山の渓流から勢いよく落ちてくる小さな滝を見ながら考えにふけるのが好きだった。ときには、立ちあがって、山の麓に向かって狂ったように叫ぶこともあった。

この日は、滝壺のそばに座っている時間がとくに長かった。霧がすっかり消えてから彼は突然立ちあがった。そして、家の入口に着かないうちに、大きな声で叫んだ。

「文杰、文杰」

文杰が出てくるのを見て、トキトクは満足した笑顔になった。

トキトクはこの日一日、林文杰の一生を変え、チュラソの未来に、さらにはフォルモサの未来にも影響をもたらすことを、じっくりと考えていた。

*

数日後、厳かな儀式が行われた。女巫の祝福のもと、林文杰の両手首にスカロの頭目家を代表するイレズミが入り、正式にスカロ族の大股頭トキトクの養子になった。その後、文杰は「林」姓を捨て、ただ「文杰」の名前だけ残した。八年後、清国政府があらわれると、彼はまた「潘」と姓を与えられ、潘文杰《はんぶんけつ》となったのである。

第二十一章

スカロの大股頭トキトクは新しく迎えた養子の文杰を連れて、射麻里にやってくると、クアールと射麻里が「紅毛人の船を撃退」して得た戦利品を観賞した。大きなイノシシほどの重さがある大きな砲弾だった。

クアールは、イサが気持ち良く助けてくれたことに応えるために、気前よく大きな砲弾を射麻里に贈った。バヤリンは一緒に砲弾を引きずって、山を越えほとんど一日がかりで射麻里に運んだ。クアールはもともとスカロ族ではなく、バヤリンは時々スカロの連中と小競り合いをするほどだった。しかし、今回の戦いでは、バヤリンもトキトクを頭に頂いていた。いまバヤリンも射麻里にやってきて、大股頭の到着を待っていた。

文杰が大股頭について到着したとき、ふたりの大頭目は自ら村のそとまで迎えに出てきた。文杰ははじめてバヤリンを見て、驚いた。というのも、この世界を驚かせた南湾海岸の大屠殺を引き起こし、異人から「凶暴な生番の頭目」と見られている男は、小柄でたくましくもなかった。逆に、小男で小顔で小鼻であった。さまざまな色の花で編んだ冠をかぶり、真ん中に大きな鷹の羽根を挿していた。小柄だったが、動作は敏捷だった。目は炯炯と光り、いつもあたりを見まわし、かん高い声だった。文杰は山にたくさんいる野ネズミを思い浮かべた。

バヤリンは射麻里へもどる途中、待ちきれないようにトキトクに紅毛船を撃退した経過を誇らしげにまくし立てた。社寮からの伝言と射麻里の勇士たちがつくまえに、バヤリンは山上の見張り所から紅毛船を見つけ、ただならぬ予感を感じた。紅毛人の船はばかでかく、大きな大砲も見えた。彼はすぐに部落じゅうの勇士を呼んで、戦闘位置につけ、密林のうしろに身を隠させ、一部は木にのぼらせた。

「紅毛船が現われたのは夕方だったが、わしらはやつらをじっと見張り、一瞬たりとも気を緩めなかった」

彼はつばきを飛ばしてしゃべった。

「紅毛船は海上をぐるぐる廻っていた。わしは、やつらは翌日の早朝に行動を起こすと判断した。ひと晩じゅう、紅毛船を交替で監視させ、交替で寝るようにさせたのだ」

文杰は、トキトクはずっと「洋船」と呼んでいたが、バヤリンは「紅毛船」、「紅毛人」という言い方にこだわっていることに気がついた。

バヤリンはイサに手で感謝を示した。

「二股頭、ありがとう。真夜中になって、射麻里の援軍が到着した。しかもみな火縄銃を持っていた。兄弟たちはいっそう奮い立った」

トキトクはなんの反応もみせず、冷ややかに前方を見つめて、速足で歩きつづけた。バヤリンはそれに気づかないかのように、依然としてつばきを飛ばして話した。話せば話すほど、しゃべり方も速くなり、トキトクの無口さと好対照だった。

「翌日の早朝、大きな船から三艘のボートが下された。六人が上陸してきた。わしはこの六人は道を探りに来たんだと思った。船には少なくともまだ六、七十人の紅毛人の戦士がいるはずだ。クアールの戦士の人数より多い。わしは、やつらは半月まえにわしらが殺したあの連中と関係があるにちがいないと思った。わしは心で計算した。あの六人を殺すのは簡単だが、そうすれば船の六、七十人の紅毛兵がみな上陸して攻撃して来る。そうなったら終わりだ。そのうえ、おかしなことに、六人のうちのひとりは紅毛人の服を着ていなかった。わしらがいつも着ている赤と白のしま模様と格子柄の上着を着て、しかも見たところ女のようだった。前回、紅毛人の女を誤って殺してしまったことで、わしらの部落は大騒ぎになった、だから今度は、わしはとくに注意を払ったんだ。わしは命じた、やつらの三十歩ほど手前を的に銃撃しろ、やつらの上陸を阻止すればそれでいい、とくに女は傷つけるなとな。その後、やつらは発砲してきた。それでわしは反撃を命じたんだ。部下が言うには、紅毛人のひとりふたりに傷を負わせたが、仲間が支えて連れ帰ったということだ」

トキトクは依然として反応せず、無表情だった。

「紅毛人どもは撤退していったが、しかし、去っていくときに船から大きな砲弾を二発ぶっ放しやがった。紅毛人はこんなに大きな砲弾をこんなに遠くまで撃てるんだ。一気に山を越えてきた。チッ、紅毛人は本当にすごい」

バヤリンはおどけた顔をしてみせた。

「一発目の砲弾は爆発して大きな木を何本もなぎ倒し、火の手があがった。それから土石が大きくくずれ落ち、多くの木の根がむきだしになった。祖霊のご加護で、わしらは勇士がひとり傷を負い、もうひとりが砲撃に驚いて不注意にも山の斜面を滑り落ちてすり傷を負っただけで、大きな面倒にはならなかった」

「紅毛人はつづけて二発目の砲弾を撃ってきた。祖霊のご加護で、この砲弾は爆発しなかった。紅毛人は大きな屁をこいたのと同じだ。その砲弾はたっぷりイノシシほどの重さがある。わしらはここに担いで来た。大股頭、どうぞご覧になってください。ハハハ！」

バヤリンは身振り手振りで話し、嬉しくてたまらないようすだった。文杰は、バヤリンの顔は野ネズミのようで、姿はサルのようだと思った。

文杰はそばで考えていた。こんなにしゃべるのが好きな生番には、本当に会ったことがない。文杰は生番はみなしゃべるのが嫌いだと思っていた。母のように口数が少なく、自分がチュラソの王女であることを子供にさえも言わなかったように。父もあんなによくしゃべる人ではなかった。

トキトクはそのときはじめて口をきき、しかりつけるような口調でバヤリンにたずねた。

「おまえはどうしてあの異人の船員どもを皆殺しにしたんだ」

トキトクがこんな反応をするとは考えもしなかったので、バヤリンはびっくりして、足を止め、大声で弁解した。

「わしは、やつらは紅毛兵だと思ったんだ！　あのときわしらが山から見おろしていると、やつらは二艘のボートに乗ってやって来た。わしらはやつらが難破船の生き残りだとは知らなかったんだ！　わしらは紅毛人の軍隊が分かれて攻撃してきたんだと思ったんだ。祖先から伝わっている。昔、紅毛人が海からわしらクアールを殺しにやってきて、部落の人間を皆殺しにしたんだ。だから、やつらを見て、直感的に紅毛兵がまた来たと思ったんだ」

バヤリンは、身内の大股頭にまで責められて悔しくなったようで、ますます言い募った。

「チュラソと射麻里はあんな災難に遭ったことがないから、実感できないんだ！」

「それに、わしらは祖霊にもお伺いを立てたが、祖霊もわしらがやったことは間違っていないとおっしゃった」

バヤリンは胸を張って言った。からだは小さいが、話に筋が通っていて、人を圧倒する勢いがあった。

トキトクは語気をやわらげて言った。

「いいだろう。でもまたどうして女を殺してしまったんだ」

バヤリンは握りこぶしで頭を叩いて言った。

「あのときは、わしもそいつが女だとは知らなかったんだ。あの女はわしよりもずっと背が高くて、それに水夫服を着ていたんだ。首をおとして、はじめて女だと知ったんだ。わしもずっと後悔している。それにあの女が死んでから、クアールもあまり平穏じゃない。だから、わしらは女巫に頼んで、あの女に怒りを鎮めてくれるよう告げてもらったんだ……」

トキトクはバヤリンの話を遮った。

「その異人どもは武器を持っていたのか」

バヤリンは頭を振って、うつむいた。

トキトクは言った。

「であれば、おまえたちはまずやつらをつかまえ、閉じこめて、それから考えるべきだった。首を取るには理由がいるのだ」

バヤリンには答えることばがなかった。

トキトクはまた言った。

「今回は幸い勝利をおさめたが、ことはまだ終わっていないぞ。異人はパイランやナイナイと違う。やつらには大きな船があり、大きな大砲があるのだ。おまえらは異人の兵士はもう来ないとでも言うのか」

バヤリンは不服そうだったが、またどう答えていいか分らず、ただトキトクを見ているだけだった。

トキトクは嘆息して言った。

「ああ、要するにだ、ことここにいたった以上、しっかり準備をして異人に対するだけだ」

トキトクはまた言った。

「まあ幸い、今回は、バヤリンはやりすぎなかったし、収拾がつかないことはしでかさなかった。みんな、よく考えるんだ。次に洋船が来たらどうするか」

トキトク大股頭は、バヤリンに、異人も何種類かに分かれるのだと言った。あの船は紅毛人ではなく、違う民族の白人のものなんだと。

トキトク大股頭は文杰をバヤリンに引き合わせ、異人に関するこのような知識は彼に教わったのだと言った。バヤリンは、文杰がまだ子供にもかかわらず、多くのことを知っていて、大股頭がこんなにも重んじ、養子にまでしたことに大いに驚いた。

*

一行は、とうとうイノシシのように重い巨大な砲弾を目にした。

心の準備はできていたが、文杰はやはりひどく驚いた。大股頭は依然として顔色を変えなかった。砲弾は山を越えてきたが、表面には傷もついておらず、磨かれて黄色っぽく光っていた。文杰は思わず手を伸ばしてその光っている表面をなでた。大股頭は手をうしろに組んで、わずかに腰を曲げ、いっそう厳しい表情をしてうなずき、適当に「よし、よし」と言ったあとはもうなにも言わず、ふり向いて足早にそとに出ていった。イサと文杰はあとを追った。トキトクは足をとめず、小さな林を抜けて、まっすぐ滝壺のそばまでやってきた。そこには高所から激しく落ちる小さな滝があった。トキトクは滝壺のそばに座り、両足を水につけた。これはトキトクが物を考えるときの独特の習慣だった。

文杰とイサは邪魔にならないように、静かに大股頭の背後に立った。トキトクは振りかえらずに、ふたりにそれぞれ手招きした。ふたりは両側に座ると、大股頭をまねて足を水につけた。

滝壺の水は冷たかった。冷気が足裏から心臓につきあげ、さらに頭上に達し、その瞬間に、頭がすっきりとした。文杰は口ごもりながらたずねた。

「カマ（父上）なにか指示がありますか？」

トキトクはイサをふり向いて言った。

「イサ、この度は、わしらは本当に幸いだった。祖霊のご加護があったのだ」

イサはたずねた。

「異人はまた来るでしょうか？」

トキトクは冷ややかにこたえた。

「もちろんだ」

三人はまた沈黙に陥った。

トキトクは突然立ちあがって平べったい石をひとつ拾い、勢いよく斜めに投げた。石は水面を五回跳ねて飛んでいった。文杰とイサは思わず喝采した。

「いいだろう、わしらで勝つための戦略を立てよう」

大股頭も笑い、いましがたの陰鬱な空気を一掃した。

「ふたりの勇士よ」

トキトクは雄々しく言った。

「犬でも群れになれば大きなイノシシを打ち負かすことができる。異人が強くても、わしらが相手にできないとは限らない」

大股頭はイサに言った。

「イサ、わしらスカロの部落は、もう長く集まっていないな。わしらは集会を拡大して、下瑯嶠の各部落の頭目たちをみんな呼ぼう。戦勝祝賀の宴を設けようじゃないか。しょせん、洋船を追っ払うなんてめったにないことだし、みんなに砲弾を見せてやろう。ハハハ……」

　そう言うと、苦笑いした。

　イサは「はあ」と言った。トキトクはさらにひと言つけ加えた。

「すぐに出発する」

　文杰はなにがなんだかよくわからなかった。大股頭はバヤリンを罵っていたのに、それがどうして「戦勝祝賀の宴」に変わったのか。文杰にはたずねる勇気がなかった。

＊

　トキトクはスカロ四社〔チュラソ、射麻里、猫仔、龍鑾〕の大股頭であり、聡明で勇気があった。それゆえ四つの部落はこぞってトキトクに心から敬服していた。スカロ四社は瑯嶠のほぼ最南端にあった。さらに南にあるのはクアールだけで、スカロとはいい関係にあった。スカロの北、大亀文社より南にある部落は、ほかに大小十あまりあった。そのなかでもっとも有名な牡丹社は、面積も広く、人口も多くて、剽悍で知られていた。彼らは大亀文社の管轄に属さず、スカロとは密接だったが、関係は良いときも悪いときもあって、とくに仲が良いというわけではなかった。だから、これらの部落が出席するかどうかについて、トキトクには決して大きな自信があったわけではなかった。近くのクスクス社や加芝萊社はずっと牡丹社と仲が良かった。イサが各部落を招待してのち、トキトクは自ら乗り出すことにした。

　トキトクはチュラソにもどると、すぐに文杰と部落の戦士を数人連れてまずもっとも近い蚊蟀《マンス》社を訪ねた。

　かつてスカロの祖先が卑南から南に移動して来たとき、海岸から山を越え峰を越えて蚊蟀社を通りすぎたが、そのときに土地の人々とのあいだできわめて激しい戦いがあった。伝説では、スカロ族は最後に巫術を使って勝利を勝ち取ったと伝えられている。蚊蟀社では無残なほど、死傷者が出た。死体が腐乱して、その臭気が何里にも広がり、人々はみな鼻をおおって通りすぎた。蚊蟀社の人々はこれ以降、スカロを敬して遠ざけ、近くにいたが、ほとんど往来しなかった。

　今回、予想だにしなかったことだが、スカロ族の大股頭が腰を低くして、贈り物を手にやってきたのだ。蚊蟀社にとっては望外の喜びで、昔の恨みをさっぱり忘れて、宴席に赴いた。蚊蟀社の頭目はさらに、大股頭が牡丹社とシナケ社を訪れる際には、長男を同行させようと申し出た。トキトクは大いに感動し、互いに代々友好関係を結ぶことを約束した。

別れに当たって、蚊蟀社の頭目は歓送の宴席を設けた。二日間一緒に過ごして、蚊蟀社の人々は大股頭が新しく迎えた養子がナイナイの血を引き、ナイナイとパイランのことばができ、さらにパイランの字の読み書きができるのを目の当りにして、大変目新しく感じた。蚊蟀社はチュラソ渓の渓谷に近かった。チュラソ渓はこの地の最大の渓流で、河口は台湾島の東岸にあって太平洋に注ぎ、客家人は港口渓と呼んでいた。近年は、多くの客家人が港口渓の河口あたりに住みはじめ、その後、港口渓に沿って内陸へと、一歩一歩開墾を進め、蚊蟀社の近くにはすでに多くの客家村ができていた。蚊蟀社の女には、客家人の嫁になってしまった者も多く、土地も多く奪われ、蚊蟀人と客家人の衝突も時おり起こっていた。チュラソはチュラソ渓の上流の渓谷に位置し、また山の中腹にあったので、客家人との衝突は少なかった。

蚊蟀社の頭目は、チュラソの頭目が遺恨を忘れて、みなが嫌うナイナイの子を養子としているのを見て、さらに文杰が聡明で物知りなのを見て、なにか悟ったかのように、酒を酌み交わしながら、真面目な表情でトキトクに言った。

「環境は大きく変わった。この土地はもうこれまでのようではなくなったが、わが民族のために、絶対に守られねばならない。わしらはナイナイやさらにはパイランと、どのようにして共存するかを学ばねばならんようですな」

トキトクは酒を一気に飲み干し、蚊蟀社の頭目の手を取った。

「大頭目のおことばは、わしの思いを言い当てておる。わしのこの度の行動は、わしの体験をみなと分かち合いたいがためだ。時代が大きく変わるような予感がしている。ナイナイとパイランがもっと増えるだけじゃなく、おそらく紅毛人と白人もやってくるだろう。ナイナイが小さなものを盗むネズミ、パイランが作物を全部食いつくしてしまうイノシシだとすれば、異人の軍隊はたぶんもっと恐ろしい大魔神で、わしらをみんな丸飲みにしてしまうだろう。三百年まえに一度紅毛人がやってきて、わしらの祖先は大半が殺されてしまい、故郷を離れて、よそに安住の地を探さざるを得なくなった。その後、紅毛人は去ったが、まずパイランが、それからナイナイが、わしらの女を奪い、わしらの土地を盗んだ。しかし、わしらは古くからの伝統をなんとか維持できた。しかし、もし異人が来たら、先祖の悲惨な経験がわしらに、それは恐るべき大変動になると告げているのだ」

蚊蟀社の頭目は深く感動して、その場で、長男を部落に残して、自らトキトクについてシナケ社に行くことにした。トキトクは感動のあまり、どのように礼を述べたらいいのかわからないほどだった。

シナケ社はチュラソからかなり離れていた。シナケ社は、かつてスカロの先祖が東海岸から渓谷を西に入っていったときに交戦した部落だった。シナケ社は、スカロの大股頭が遠路訪ねてきたことで面子が立ったと感じ、そこで大頭目自らトキトクについてクスクス社の大頭目を訪ねた。

蚊蟀社とシナケ社のふたりの大頭目がこのように誠実に協力したので、クスクス社と牡丹社への訪問は順調にいった。ふたつの部落では盛大に貴賓を迎えた。さらに瑯嶠十八社を聯合して対外的に団結し、共に異人に立ち向かおうというトキトクの考えも、クスクス社の大頭目と牡丹社の大頭目の共感を得、みなは次の明月の夜に射麻里で開く「結盟の宴」に出席することに同意した。トキトクは、蚊蟀社の頭目が心を打ちあけてから、「戦勝祝賀の宴」の名称を「結盟の宴」にかえていた。クスクス社と牡丹社は代々関係が良く、中部瑯嶠で最強のふたつの部落でもあった。この二大部落は、どちらも飛びぬけているうえに、敵対していた蚊蟀社とシナケ社が盟友となったのだ。トキトクの心にあった重い石がなくなった。まるで下瑯嶠十八社の大同盟が達成できたようだった。

文杰は今回養父に同行して、またたく間にずいぶん成長した。これまでもたまに父について出かけたことがあったが、狩猟が主で山中での狩猟の技を磨いただけだった。生番の部落との行き来はまったく経験したことがなかった。親子ふたりはせいぜい統領埔の家からそう遠くない牡丹社に行ったことがあるだけだった。牡丹社の人々はよそ者を敵とみなしていたので、林老實はひとりで深入りすることはできなかった。牡丹社と交易するときには、文杰を連れていかなかった。交易中にもめごとが起こって、息子が巻き込まれるのを恐れたのだ。

だから、今回、林文杰は、はじめて高山の各部落に深く入りこんで、大いに見識を広めた。一方、深山の部落のあいだで、彼の知名度もあがった。大頭目たちは、スカロの大股頭には聡明で、ナイナイの血を引く養子がいることを知った。養父に教えられて、文杰はごく短時間のうちに生番の考え方、習俗、やりとり、さらにはタブーまで体得した。文杰はまさに下瑯嶠傀儡番のだれもが知る特別な人物となったのだ。彼は早熟で、十四歳なのに十七、八歳に見えた。客家の父と儒家の修養によって老成し、軽挙妄動することがなく、行き届いた考え方をした。また、彼は山中にも海辺にも住んだことがあった。客家、平埔、生番、いずれの土地にも住んだことがあり、それぞれの民族の考え方や生活についてよく知っていた。異人に会ったことがあり、福佬語も客家語もどちらも流暢で、そのうえ読み書きもでき、番地では珍しい存在だった。それ以上に重要なことは、文杰は大股頭トキトクに養子として迎えられ、この度の十八部落歴訪のあとは、いっそう大股頭に重んじられるようになったことだった。

第二十二章

下瑯嶠の十八の部落の大頭目は全員、射麻里にやってきたが、これは部落の記憶でははじめてのことだった。

これはイギリスの砲艦コーモラント号の二発の砲弾がもたらしたものだった。

スカロ四社が主人側であり、クアールは直接の当事者であった。だから龍鑾と猫仔がさきに射麻里に着き、それからスカロの大股頭トキトクが四つの部落の四人の勇士に担がれて、威風堂々と射麻里にやってきた。〔射麻里の〕二股頭、〔猫仔の〕三股頭、〔龍鑾の〕四股頭、そしてクアールの頭目の全員で、道で身を屈して出迎えた。その後、十三の部落の頭目が次々とやってきたとき、トキトクは四人の頭目を従えて道まで出て、自ら出迎えた。

十八人の大頭目は、百二十斤の重さの砲弾を囲んで大いに驚いた。早くから耳にしてはいたが、目にすると想像をはるかに超えていた。爆発するものでは、平地人の爆竹しか見たことがなかった。飛んで、そして爆発するもので、みなが知っているのは火縄銃の弾丸だった。火縄銃にくらべると、外国製の銃はすばやく発砲できるが、弾丸はほとんど変わらなかった。伝説では、紅毛人と国姓爺の戦いにも大砲があったが、威力はまるで違った、と伝えられている。

大頭目たちはみな、洋船がまたやってくるというトキトクのことばを深く信じて疑わなかった。こんな大きな怪物が、もしも部落に命中したら、どんな恐るべき情景になるのか、想像もつかなかった。

今日は月が円い夜で、星空が明るかった。頭目たちは焚き火を囲んで、フシノハアワブキの木のしたに座った。目のまえにはイノシシの肉の大きなかたまりとアワ酒があった。火はさかんに燃えて、頭目たちの顔を照らしていた。本来なら喜びの場か、熱狂的な雰囲気になるはずだったが、ずいぶん意気がくじかれていた。はじめのうちは、バヤリンとイサが少しは楽しんでいるようすだったが、それ以外はときおり乾杯の声があがるだけだった。しかし、酒が進むにつれて、頭目たちはしだいに大胆になり、雰囲気が熱気を帯びはじめた。みなは互いに乾杯し、抱き合い、大いに楽しんだ。ひとりが大きな声で叫んだ。

「なにを怖がってるんだ！　アワ酒を腹いっぱい飲んだ、異人が来たら、やつらと三日三晩戦ってやるぞ！」

バヤリンが叫んだ。

「大股頭、あんた次第だ。わしらは全面的にあんたに頼っている。わしらは最初の関を越えられたら、次の関も越えることができる！」

トキトクは立ちあがってまわりを見まわした。頭目たちは大騒ぎしていたが、しだいに静かになった。トキトクは水をたっぷり飲んで、喉をうるおした。

「大頭目たちよ、その通りだ、わしらは自信をもたねばならぬ。しかし無謀であってはならぬ。まず、異人が来ても、わしらは先に手出ししてはならぬ。次に、わしらは団結しなければならぬ。イヌは一匹ではイノシシを倒すことはできぬが、十頭いれば少なくとも引き分けにはもちこめるだろう。もし十八匹いたら、たとえ嚙み殺せなくても、疲れさせて命を奪うこともできる」

みなは大声で応じた。

「だから、わしらは団結しなければならぬ。十八の部落は盟約を結ばねばならぬ。わしらはよそ者に、下瑯嶠十八社はひとつだと知らせてやろう！」

トキトクは声を張りあげた。

「大亀文社は数百年まえに、そうして紅毛人を打ち破ったのだ。紅毛人は、百人以上でやって来たが、逃げられたのは三人だけだ！」

「わしらは先には手を出さぬ。もし異人が攻めてきたら、わしらは団結するのだ。やつらは恐れて、今回のように退却するだろう。わしら十八社は総指揮が必要だ。総股頭と呼んでもよい。総股頭は外に対してのもので、部落のなかではそれぞれいままで通りの形を維持するのだ」

全部落の頭目はいっせいに「おう」と叫んだ。そのとき、加芝萊社の頭目が突然立ちあがって言った。

「わしらは牡丹社の大頭目アルクを総股頭に推す」

思いがけないことに、そばに座っていた牡丹社の大頭目アルクが大きな手で彼を引っぱって座らせると、同時に怒った声で怒鳴った。

「トキトク大股頭が十八社の総股頭に当たられるのだ、おまえはなにをでたらめなことをぬかしておる」

それから立ちあがって、みなを見まわし、高い声で言った。

「大股頭は英明にして敏腕であられ、先見の明があり、総股頭にもっともふさわしい方であります！」

みなはまた歓喜の声をあげた。

トキトクは両手を高くあげて、厳かな表情を浮かべた。

「今日はみながここにいて、勇気はこの炎のように盛んに燃えあがっている。そして、みなの心は大尖石山のように強固だ。わしを支持してくれてかたじけない。祖霊がわしらを見守ってくださっていると信じておる。わしはみなの先頭に立って進み、十八社の人々と郷里と栄光を守るぞ！」

みなわあっと歓声をあげた。そこで女巫が連杯〔ふたりで一緒に飲む形式の木の杯〕を捧げ、アワ酒をなみなみと注いだ。頭目たち全員が順に隣同士肩を組んでふたりずつ共に飲んだ。みなは一瞬、身も心もひとつになったと感じ、期せずして再度高らかに声をあげた。歓喜の声は何度も繰りかえされ渓谷に轟きわたった。

＊

文杰はトキトクのそばに立っていたが、このときはそっと退いて、そばに立つ非常に高いバオバブの木のしたにいた。この一帯にはフシノハアワブキが群生していた。今年は花が咲くのが早く、夜は花の香りがかすかに漂っていた。昼間はここからも大尖石山が見える。春の夜、西南の風がひとしきり吹き、少しひんやりとした。文杰はたった二十日あまりのあいだに、洋船のコーモラント号がやって来てから、突然起こった一連の不可思議な出来事を思い返していた。文杰は社寮からチュラソにやってきて、大股頭の養子となり、次に洋船の大砲の威力を知らされ、さらにいまは瑯嶠十八社の結盟に立ち合っている。

二十日まえに、社寮で南岬の生番が遭難した船員十数人を殺害したと聞いたときは、彼らは野蛮で凶暴だと思った。しかしいま、思いもよらず、その凶暴なクアールの頭目が目のまえにいる。そして、文杰は彼らと一緒になって、いかにして異人に対抗するか、話し合っているのだ。彼自身のからだには、生番の血が半分流れている。生番と異人のどちらに理があるのか、今の彼には答えられなかった。

文杰ははっと悟った。

「おまえの体に流れる血が、おまえの考え方を決めるのだ」

変化は目まぐるしく、夢のようにおぼろで、またかくのごとく真実でもあった。十四年間離れたことのなかった姉の蝶妹は、半時足らずの時間で、異人のための通訳になることを決心し、異人から医術を学ぼうと去っていった。彼はクアールの大頭目が、上陸した六人のなかに平埔族のような格好をした傀儡番の娘がいたと言うのを聞いた。彼はそれは姉に違いないと確信していた。そのことをこっそり養父に告げると、トキトクは嫌な顔もせずに、ハハハと大笑いして言った。

「そんなだれも思いつかないようなことをするとは、確かにマチュカの娘だけある！」

燃えさかる火を通して、十八人の頭目が車座になって座り、みなが腕を交差させ、左手同士、右手同士をつなぎ合って、団結心をあらわしているのが見えた。女巫はイノシシの下顎でつくった法器を持ち、歌ったり祈禱を唱えたりしている。祈禱のあと、竹筒の連杯を取りだすと、十八社がそれぞれ醸造したアワ酒を混ぜた酒を注いだ。呪文や祝福、そして祖霊を召喚する儀式のなかで、女巫はアワ酒の入った竹筒を両手で捧げもって、丁重にトキトクに手渡した。

トキトクは古礼にのっとり、指を酒にひたして、上に、下に、うしろに、一滴ずつ弾くと、両目を閉じて、祖霊に祈願した。祈願が終わると、両手で竹筒を恭しく持ちあげてひと口飲んだ。それから、牡丹社の大頭目に渡した。それから順々にどの頭目も、ひと口ずつ飲んだ。その後、歓喜の声が渓谷に轟きわたった。

感情を高ぶらせたあと、みな去っていき、焚き火もだんだん消えて、大地は静かになった。燃えている木がはぜる音だけが聞こえていた。文杰は星空を見あげ、物思いにふけっていた。いま、蝶妹はどこにいるのだろう？　姉には、彼のいまの状況が想像できないにちがいない。それは彼が姉のいまの状況を想像できないのと同じだった。

第二十三章

そのころ、蝶妹は確かに弟の文杰にはまったく想像がつかない場所にいた。社寮でもなく、打狗でもなく、台湾でもっともにぎやかで、福佬人のエリートたちの中心地、大清国の高官たちが集まる、「府城」と呼ばれる台湾府にいたのだ。ここは瑯嶠人のだれもが、福佬人も客家人も土生仔もみな聞いたことがあるが、どんなに行きたくても、行ったことがない場所だった。

その日、蝶妹は、台湾府の城外のにある、オランダ時代には大員《ダイワン》と呼ばれた街、安平の天利洋行にいた。彼女と一緒にいたのは、マンソンとピッカリングだった。

この二十日あまりは、蝶妹の生涯では思いがけない旅となった。三月二十五日、彼女はマンソンから西洋の医術を学びたいと切望して、通訳を志願し、コーモラント号の甲板に立った。そのときは、医術を学ぶまえに、異人たちが「フォルモサ生番」と呼ぶ人々とのあいだの紛争や戦いに巻きこまれるなどまったく考えもしなかった。しかも、彼女は異人の上陸用のボートに乗って、自分の同胞からの攻撃にさらされたのだ。

マンソンは、真っ青な顔で、力なく震えている蝶妹をコーモラント号に引っぱりあげたが、先に甲板にあがっていたブロードは、蝶妹を憎々しげににらみつけた。彼女を生番の砂浜に投げもどしてやりたいとでも思っているかのようだった。マンソンは同僚の医者のもとに急いで駆けつけて、流れ弾に当たった傷を手当してやった。蝶妹はそれを見て、自分を奮い立たせて手伝いに行った。

帰航するコーモラント号の船足は速かった。ブロードは恨みが消えず、フォルモサ生番を罵りつづけた。彼はかつて、天津の大沽口で清国一の猛将センゲリンチンを打ち敗った。彼は兵を指揮して北京城に進攻したが、まるで無人の地を進むようだった。今度は、弓矢と火縄銃しか持たないフォルモサ生番に撤退させられ、そのうえ船医まで傷つけられた。さらに彼を憤らせたのは、敵の姿さえ見なかったことだ。なんと恥ずべきことか。

キャロルはそばからブロードを慰めて、我々は戦争に来たわけではなく、人を助けにきたのだと言った。問題を起こしたのはアメリカの船で、もしそのために清国の土地で戦争をはじめたとしたら、いささか筋が通らない。われらイギリス人は仁義をつくして、やるべきことはやったし、アメリカにも説明できる。あとは、アメリカ政府が自分で処理するだろう。打狗にもどったら、領事館は正式に台湾府道台と北京の総理各国衙門に宛てて、大清国の中央政府と地方官に台湾の土番をしっかり懲らしめるように約束させる文書を書こう、と言った。

間近に探険湾が近づいてきたが、船は速度を落とさなかった。蝶妹はコーモラント号は停泊するつもりがないことを知った。彼女は目に涙をためて、よく知った社寮が目のまえを通りすぎていくのを眺めていた。彼女は文杰を想った。文杰が今はもう社寮におらず、何かわからない力に導かれて山深い母の部落に行き、しかも両親が話すのをずっと避けてきた母の生い立ちが明かされたことなど彼女は知る由もなかった。そのうえ彼らの伯父は、異人のあいだで神秘的に語られる有名なトキトク大股頭だったのだ。父が亡くなるときに、はっきり聞きたいと思ったのだが、しかし、父は意識がもうろうとして、話せなくなっていた。父の怪我なんて日常茶飯事だったので、父が足の怪我で死ぬとは思いもしなかった。山奥で生活する男たちは、だれもみな怪我をしたことがあった。この辛い教訓が、蝶妹にマンソンから医術を学びたいと切望させたのである。

蝶妹は顔をあげ、マンソンのうしろ姿を眺めた。マンソンは彼女にはずっと優しかった。マンソンは彼女に言った。教えてあげられるが、君がどれだけ習得できるか、どれだけ学びたいと思っているかを見なくちゃね。教えられることはこのような外傷の治療のほかに、熱病や抜歯、寄生虫など、たくさんあると言った。外傷の治療について言えば、どのように消毒して、傷口を処理し、縫合し、包帯をするか、そして、それらの医療材料をどのようにして備えるかについても学ばねばならない。ある種のものは、福佬語で完全に説明するのは無理だから、英語を少しでも理解できるようになってほしい。そしてことばの学習は一朝一夕にはいかないとも言った。

打狗に着くと、マンソンは蝶妹に、旗後医館の裏庭にある小さな部屋をあてがった。医館は旗後の市街に面していたが、建物の裏は山の斜面となっていて、景色が美しく、周囲には木がたくさん生えていて、蝶妹はとても気に入った。病院では福佬人の助手や下男を雇っていたので、彼女はこの環境には違和感はなかった。マンソンは彼女に三つのことをするように求めた。第一に、病床を整え、診察室を準備し、器具の消毒するなど、清掃を覚えること、第二に、できるだけ早く英語を覚え、聞く、話すだけでなく、さらに読めるようになること、第三に、マンソンが患者を治療しているときには、必ずそばにいて真剣に学ぶこと。

マンソンが言ったことを、蝶妹はひとつひとつ深く心に刻んだ。

蝶妹は、社寮に毎月、何日かずつ帰ることを望んでいた。

しかし、打狗と社寮はどちらも港町だが、定期便はなく、たまに不定期の貨物船が打狗と柴城のあいだを往来しているだけだとわかった。幸い、これらの船は、一般の客を便乗させてくれた。陸路を行くとなると、だれもが知っているように、一般人は加禄堂隘口を通ることは許されていないので、山道を行って隘口を迂回するしかなかった。

マンソンは蝶妹を見て言った。

「君ひとりでは、もちろんそんな道は行けないよね」

蝶妹はおどけた顔をして言った。

「私は半分、生番なのよ、怖いことなんてないわ」

マンソンは蝶妹はのみこみが速くて、すぐに理解できることがわかった。ことばも、客家語、福佬語、生番のことば、平埔族のことばができるので、さらにもうひとつのことばを学ぶことも難しいことではなかった。たった数週間で、蝶妹は簡単な英語の会話ができるようになった。

病院に来る患者はそれほど多くなかった。打狗港に停泊する外国船の水夫たちが主だったが、打狗の人たちもよく病気を見てもらいに来た。仕事以外のことでも、蝶妹は患者に親切で、同僚たちのことも自分からなにくれとなく手伝ったので、みなに好かれた。

ある日、蝶妹は細心の注意を払って、沸騰した湯で消毒したメスやピンセットを消毒箱にきちんと並べていた。そこへ、マンソンが十歳あまり年上の身だしなみの好い男性を連れて入ってきた。

「おいで、蝶妹、マックスウェル先生にご挨拶しなさい」

蝶妹はマンソンから、マックスウェル医師がどのようにして二年まえに台湾府に布教に来たか、そして、どのようにして台湾府に最初の教会と西洋医館を建てたか、そしてまた、どのようにして人々の誤解を受けて追放され、そのために打狗に移り、去年、いま蝶妹が勤めている旗後に最初の西洋医館を建てたかについて聞いていた。マンソンも、そのために打狗の税関に勤めることになり、旗後医館で兼務しているのだ。マックスウェルは、こうして打狗に駐在するようになったが、この何日かはしばらく台湾府に行っていた。蝶妹はもっとも尊敬するマックスウェル医師を見て、すぐに立ちあがり、恭しくお辞儀をして、英語で挨拶をした。

「グッドモーニング、サー」

マックスウェルは、礼儀正しいこの少女を見て、好感を覚えた。さらに、マンソンから、蝶妹が社寮から打狗にやってきたいきさつを聞き、たいへん珍しく思った。

マックスウェルは医館を見てまわったあと、マンソンに言った。

「天利洋行の台湾府の支店で問題が起こってね。問題はかなり深刻で、切迫しているんだ。マックフェイル兄弟がもしこの難関を突破できなければ、天利洋行は閉鎖となるだろうね。そんなわけで、私は台湾府にこんなに長く留まっていたんだ。なにか手伝えることがないかと思ってね」

「天利洋行」は、ニール・マックフェイルが弟のジェームズと設立した商社だった。ニールはイギリス領事を短期間務めたことがあるが、その後フランスとオランダの領事を兼ね、清国の官吏との関係は良かった。「天利」は、「天より利益を賜る」という意味である。本部は打狗にあり、台湾府に支店があった。経営は順調で、フォルモサ南部随一の大きな商社であった。しかし、最近、澎湖島海域で船舶事故が発生し、茶葉に大きな損害が出て、大打撃を受けていた。それで昨年、安平の税関から有名なフォルモサ通のピッカリングを引き抜き、再起を期していた。しかし、事は思い通りに運ばず、半年も経たないうちにまた問題が起こった。しかもさらに深刻で、絶体絶命の存亡の危機に直面していた。コーモラント号が南行に出発しようとしていた日、ふだんはおせっかいでなにかと口出しするのが好きなピッカリングは、意外にも随行しなかったが、それも天利洋行の事を処理するためだったのだ。マンソンは打狗に帰ってのちも、ずっとピッカリングの姿を見なかった。彼は台湾府の支店に残って、会社を救うために動いていたのだ。

マンソンとピッカリングは同じイギリス人だったが、その個性や物の見方は大きく異なっていた。マンソンの父親は銀行家で、親戚には医者が多く、慈善事業を行おうという熱意から東方にやって来た。ピッカリングのほうは、普通の家庭の出で、東洋には富を求めてやって来た。ピッカリングには語学の天分があり、北京官話ができて中国語の本を読むことができた。フォルモサに来ると、原住民のことばも学んだ。彼はその探検精神によってフォルモサ通になった。彼は、清朝の宮廷は無能で、役人もずる賢く、民衆は無知だと考えていた。東方社会に対しては、思いやりよりも探検への興味が勝っていた。追求しているのは主に商業上の利益だった。

商業上の利益と言うと、洋行最大の収益はアヘンから来ていた。

マンソンは、アヘンは不道徳なものだと考え、憎んでいた。だから、彼はマックフェイル兄弟のことは好きだったが、天利洋行のやり方は認めていなかった。しかし、結局は同じスコットランド人だったので、それぞれの志を尊重していた。マックスウェルは同じく医者の出で、彼もまた同じように考えていた。今回の天利洋行の事件は、台湾府支店の福佬人の買弁《ばいべん》〔外国商社や銀行との商取引を仲介する清朝人商人〕が印章を偽造して、清国政府に納める税金を騙し取り、そのうえ天利洋行の内部資産を根こそぎかすめ取ったのちに、高跳びしてしまったのである。天利洋行は破産の危機に瀕しているだけでなく、公金横領の罪まで着せられていた。この憎むべき福佬人の買弁は厦門から来ていた。彼は厦門から連れてきていた助手を全員連れて行き、残ったのは府城で雇われたふたりだけだった。そのため、打狗から事後処理の手助けに来ていたピッカリング以外には、英語の手紙や帳簿がわかる人はおらず、在庫品の確認などもできなかった。しかも、会社の倉庫は安平にあり、買弁の住まいは府城のこちら側の西門の赤崁《せっかん》の近くにあった。ピッカリングは安平と赤崁のあいだを行ったり来たりしなければならないだけでなく、役所にも対応しなければならなかった。北京官話と福佬語ができるのは彼だけだったからだ。

マックフェイル兄弟も府城にかけつけた。彼らは一方では債権者に対応しなければならなかったし、一方では、よその商社に貸し付けを頼まねばならなかった。マックフェイル兄弟とピッカリングは、まずキャロルに助けを求めた。キャロルは言った。領事館はもともと人手不足だし、館員は打狗にいる。遠く府城まで支援に赴くことはできない。手伝えるのは、府城の道台に公文書を書き、犯人を逮捕して事件を裁いてくれるように要請することだけだ。しかし、犯人はとっくに船で香港に行き、逃亡しているだろう。ほかには、天利洋行が求められている納税期限を延ばしてくれるように役所に頼むことしかできない。そうしなければ、マックフェイル兄弟と会社は破産宣告以外に道はなく、そうなれば投獄されて、人と財産の両方を失うことになる。

台湾道台〔清朝時代の一八八五年に台湾省が設置されるまで、福建省台湾道が台湾の最高官署であった。道台はその長官〕と台湾府尹〔台湾府の長官。台湾府はいまの台南に置かれていた〕は、キャロルの顔を立てて、天利洋行の納税期限の延期を許可してくれた。しかし、半月経ったいまでも、会社の内部では十分な見通しが立っていなかった。そこで、ピッカリングはマックスウェルに、内部の欠損の細目を整理し、会社の在庫を競売にかけ、さらに役所に説明してくれる人を探してくれるように頼んだ。こうしたことには、英語と福佬語がわかる人が必要だった。マックスウェルにはその地位からして､直接手伝ってもらうことはできない。そこで、ピッカリングは打狗のマンソンを思い出した。ただ、もしマンソンに打狗から府城に来てもらうとすれば、彼のかわりに診療を行う人が必要だった。ピッカリングに懇願されて、マックスウェルは自分が打狗に帰って病院の責任を負うことを承諾した。さらに、マックスウェルは、でたらめな帳簿を処理するピッカリングを手伝うため、マンソンに府城に来てくれるよう頼むことにも同意した。

マンソンは恩師マックスウェルの頼みだったので、しかたなくこの面倒な仕事を引き受けた。そこで彼は一緒に台湾府に行こうと蝶妹を誘った。蝶妹が助手になってくれれば、連絡や整理など、たいへん便利だった。

「蝶妹、この半月、よく勉強したね。府城に行きたくないかい？」

蝶妹は、実は少し社寮が恋しくなっていたところだった。数日のちに、打狗から柴城行きの貨物船があることを聞き出しており、船主にも便乗を承諾してもらっていた。帰りもこの船で打狗にもどることになっており、費用も格安だった。帰郷の目途が立ち、文杰と松仔に会えると喜んでいたのに、マンソンから突然このように聞かれるとは、思いもよらないことだった。

ただ、府城に行けるチャンスは、とても魅力的だった。知る限りでは、社寮では棉仔の父で、長く社寮の首領をしていた楊竹青しか府城に行ったことがなく、棉仔ですら行ったことがなかった。棉仔は、遠くは万丹まで行ったことがあるだけだった。柴城は福佬人の大きな街だといえるが、人口は五千人ほどだった。台湾府城は、歴史は二百年で、住民は十二万と言われていた。本当に想像もできないことだ。それにこんな機会はめったにないだろう。蝶妹はしばらく考えてから、きっぱりと心を決めて承諾した。

打狗から府城までは、島でもっとも交通量の多い要路となっていた。道はそれほど広くはなかったが、牛車、馬車の往来が絶えず、輿もよく見かけた。蝶妹とマンソン、そして福佬人の下僕は牛車に乗り、道の両側に広がる緑の田んぼと美しい風景を見ていた。府城はまだ遥か遠くだった。田んぼの耕し方や農民の服装から見ると、ここはもう福佬人の世界だった。しかし、車夫が言うには、ここにはまだ多くの平埔族が住んでいるということだった。ただ彼らはすっかり福佬人の髪型や服装になじんでしまって、よく見なければ、外見からは見分けがつかなかった。女は纏足しない足で農作業に出、男はビンロウをくちゃくちゃ噛んで、歯は真っ黒になっており、まさしく平埔族だった。こうして見ると、半分以上は平埔族だった。

一行はまず阿公店（いまの岡山）で一泊し、翌日早朝にまた出発した。正午ころに、府城に着いた。彼らは大南門〔府城は台湾府の首府を指す。町は城市と言い、城壁に囲まれ大きく四つの門から域内に出入りする。大南門はそのひとつ〕から府城に入った。大南門は壮観で、言いようもない美しさだった。マンソンははじめて来たわけではなかったが、やはりしきりにほめたたえた。蝶妹はふるえていた。彼女は突然母を思い出した。母はそのとき、すべてを棄てて父について行き、外の世界を見ようとしたのだ。しかし、母はその一生をやはり辺鄙な統領埔の村で終えた。自分はなんと幸せなのだろう。柴城にも打狗にも台湾府にも来た。城内に入ると、通りがまっすぐ伸び、両側には大きな邸宅が並んでいた。梁や棟に装飾を凝らした建物、赤い門、緑の庭、どれも蝶妹が見たことのないものだった。

府城は起伏のある低い丘にあって、道は上下していた。牛車はゆっくり進み、大きな通りに入った。福佬人の車夫が言った。

「ここは府城最大のまっすぐな通りで、オランダ時代に造られたんだ。そのころは、なんでも八台の牛車が通れたそうだ。その後、通りはふたつに分けられてしまったが、当時の道がどんなに広かったか想像がつくだろう」

牛車は坂道を登った。高台に大きな廟があった。荘厳で壮麗だった。福佬人の車夫がまた言った。

「ここは鷲嶺《しゅうれい》だ、府城で一番の高台だな。だから、国姓爺が来てから、このもっとも高い場所に、鄭軍が一番崇拝していた明朝国廟の『玄天上帝廟』を建立したんだ。府城の者はみんな、『上帝廟』と呼んでる」

天に舞うような鳳凰のひさし、透かし彫りの龍の柱、その工芸の巧みさに、蝶妹の賛嘆はやまなかった。廟に入ると、線香の煙が立ちこめ、神像が剣を持ち、片足は蛇を、もう片足は亀を踏みつけていた。蝶妹は、これが幼いころに父が言っていた「官威」だと思った。

再び牛車に乗って、どれほども行かないうちに、また大きな廟があった。福佬人の車夫が言った。

「これは大天后宮《だいてんこうきゅう》だ、参拝しなくっちゃな」

旗後にも天后宮《てんこうきゅう》媽祖廟《まそびょう》があり、蝶妹も媽祖廟ははじめてではなかった。媽祖の造型は、「上帝廟」とはまったく違って感じられた。媽祖は慈悲深い表情で、目を伏せていた。幼いころ、祖母はおらず、母親しかいなかったが、その母も早く亡くなった。媽祖の像を見て、突然心が温かくなり、もし祖母がいたら、このようだったろうと感じた。蝶妹の家にも小さな観音像があった。蝶妹は、観音は母、媽祖は祖母に似ていると思った。[16] 廟に立ちこめる線香の煙に、蝶妹は神様と直接、ことばを交わせるような感じがした。

　廟の門を出ると、そう遠くない所に高い建物があった。車夫が言うには、それはオランダ時代に建てられたプロビンシャ城で、いまは赤崁楼と呼ばれているということだった。彼はさらに言った。

「ここは当時の大井頭〔船つき場。一種の地名〕で、オランダ時代はここから西は海だったんだ！　安平や大員街には船で行ったが、ここの渡し場から船に乗ったんだ」

　牛車は前進した。車夫は言った。

「これから五条港区[17]に入るが、ここは府城でもっともにぎやかな所だ」

　なるほど、往来は人でにぎわい、商店や屋台が林立し、物売りが大声で呼ぶ声がそこかしこから聞こえ、食べ物の匂いが漂っていた。マンソンが言った。

「台湾府の食べ物は一番おいしいって聞いてる、一日動いたから、腹もへったね。ちょっと休んで、なにか食べよう」

　そこで、米糕《ミーガオ》〔蒸したもち米の上に豚肉とかデンブとかがかったご飯料理〕や魚丸〔つみれ〕スープ、碗粿《ワーグイ》〔お米をすりつぶして蒸し上げた茶碗蒸しのような料理〕を売る店に腰をおろした。マンソンは海鮮料理が好きで、ほかの屋台からエビ団子とサワラのあんかけスープを買ってきた。車夫はそれにサバヒー〔虱目魚〕粥、サバヒーの頭の煮付け、サバヒーの腸スープ、サバヒーの魚皮を加えた。マンソンは早くから郷に入れば郷に従えの生活をしていたが、魚の頭や腸を食べることには慣れることができず、顔をしかめた。しかし、サバヒー粥に蚵《オ》仔《ア》〔カキ〕と油条《ヨウティアオ》〔中国式の細長い揚げパン〕を入れると、本当においしいと言った。

　蝶妹は、これらのさまざまな食べ物は、種類が多すぎて目移りし、どれもおいしそうで選ぶのに迷うばかりだった。そのとき、隣の店の鍋が突然ボッと音を立て、鍋のなかに炎が高くあがった。蝶妹はびっくりして大声をあげた。

「火事よ！」

おかしなことに火はすぐに小さくなった。車夫は大笑いして言った。

「火事じゃないよ、これはタウナギ料理の極意だよ。台湾府の料理人にしかできない芸当さ」

いい香りが鼻をついた。料理人はなれた手つきでよく火を通したタウナギと味つけをしたスープを鍋からすくい、碗に分けておいた麵にかけた。その麵は普通の麵と違って、細くて黄色く、そのうえちぢれていた。

蝶妹はタウナギ麵を選んだが、本当においしかった。

蝶妹はじっと見ていた。料理されるまえのタウナギは、桶のなかでピチピチ跳ねていたが、料理人につかみ出されると、まな板に釘で打ちつけられる。そしてまっすぐに伸ばされると、一瞬のうちに骨と身に切り分けられる。蝶妹は舌を巻いた。

「わたしたちの社寮にもタウナギはあるわ、でもこんなふうにはできないわ。府城の人は本当にすごい」

蝶妹が立ちあがろうとすると、車夫がまた言った。

「ちょっと待って。向かいの店にうまい冬瓜茶《トウガン》がある。煎じてつくったんだ。暑さや喉の渇きにいいし、体力増強や暑気払いにもなる」

蝶妹は府城の人は本当に生活を楽しんでいると感心した。マンソンは笑って言った。

「私は冬瓜茶は要らないね、私はサトウキビジュースがいい。フォルモサのサトウキビは本当においしいよ」

蝶妹は言った。

「台湾府の食べ物の真髄は『甘さ』にあるようね」

マンソンは言った。

「その通りだね。イギリスでは食後に『デザート』が出てくる。台湾府は飲食物でも菓子類でも、みな甘い。台湾府の人たちは、甘いものを食べるのが好きなようだが、私たちイギリス人の味覚と少し似ている。でも、イギリスでは砂糖はできない。フォルモサ人は本当に幸せだね。砂糖の品質はいいし、それに安い。だれでもお菓子が食べられる」

福佬人の車夫はハハハと笑って言った。

「砂糖は南部フォルモサの特産品ですからね。それに府城の菓子が一番おいしいからね」

みな腹いっぱいになると、立ちあがって牛車に乗った。蝶妹はこらえきれず言った。

「府城の人は本当に幸せだわ。食べ物がこんなに豊富で」

マンソンはハハハと笑い、車夫のほうを振りかえって言った。

「看西街をちょっと見ていこう」

牛車は狭い路地に入っていき、一軒の家のまえに停まった。マンソンは入口にしばらく立って、中に入ろうかどうか迷っているようだった。隣の店の主人が彼に手を振って挨拶して言った。

「マンソン先生、久しぶりですな。マックスウェル先生はお元気ですか？ いつもどってきて、また病気を診てくださるのかな？」

蝶妹ははっとした。ここはマックスウェル医師が台湾府で開いていた看西街の病院と礼拝堂だわ。一昨年開業してまもなく、街の人たちに包囲され抗議を受けて閉鎖したのだ。それでマックスウェルは打狗に拠点を移して、旗後医館を建てたのだった。

マンソンは店の主人に笑いながら言った。

「ありがとう。マックスウェル先生はいま埤頭《ひとう》（いまの鳳山）に教会を建てるのに忙しくしておられる、打狗と埤頭でする ことが終わったら、またもどってこられますよ」

蝶妹は不思議に思ってたずねた。

「マンソン先生、この人たちはとても親切そうなのに、どうして……」

蝶妹はことばを飲みこんだ。マンソンはその気持ちを理解して、苦笑いしながら言った。

「ここの街の人々は、わたしたちととてもいい関係だったんだ。ところが、読書人と伝統的な漢方医たちがね、わけもわからない民衆を駆りたてて、包囲させたんだよ」
三、四人がやって来ると、そのひとりが言った。
「マンソン先生、マックスウェル先生にお伝えください、わしらはみんなマックスウェル先生をたいへん懐かしがっているってね。前に、息子が歯が痛くて、マックスウェル先生に診てもらったら、一回で痛くなくなった、本当によく効いたんだ」

マンソン医師は彼ら一人ひとりに礼を述べ、喜びの表情を浮かべた。そしてふり向いて蝶妹に言った。

「蝶妹、このようすだと、マックスウェル医師はすぐにまた『看西街医館』の看板を掛けることになるだろうね」

そのとき、髪を結い漢服を着た老女が、小さな足をゆらしながら杖をついて、ちょこちょこと近づいてきて言った。

「阿凸仔《アドゥア》先生（鼻が高い人を表す閩南語）、あんたは、マックスウェル先生のお友だちじゃね。長仔は、一緒に来てないのかね。あの人はわしの隣りに住んどったんじゃよ！」

マンソン医師は言った。

「高長さん〔マックスウェルから最初に洗礼を受けた。長老教会の高俊明はその孫にあたる〕は埤頭で、マックスウェル先生が礼拝堂を建てるのを手伝っていますよ」

老女は溜息をついた。

「長仔はいい人だし、マックスウェル先生もいい人じゃ。孫が、去年お腹をこわしたときにゃ、痛くてころげ回り、吐いたりくだしたりしたが、運よくマックスウェル先生に治していただいた。あんた方お医者さんは病気を診てくださりゃ、それでいいんじゃよ。イエス様を拝め、ご先祖様を拝んじゃならんとか言って、お役所のご機嫌をそこねたから、あんた方の看板を壊されたんじゃ。あんた方、うちの息子の屋台に寄って、当帰鴨〔鴨飯丼〕を食べなされ。わしらのところは府城で一番有名な当帰鴨と排骨酥〔骨付きばら肉揚げ〕の屋台じゃよ」

マンソン医師は笑って言った。

「いま食べたばかりで、もう食べられませんよ」

老女は遠慮はいらんと言いはって、無理やりマンソン医師を引っぱっていった。マンソン医師は老女が転ぶのを恐れて、苦笑いして応じた。車夫も、マンソン医師と蝶妹に行くようにすすめた。蝶妹は笑って言った。

「府城の人はお客さん好きなのかしら。それとも異人のお医者さんは評判がいいのかしら」

みな老女について行った。老女の息子の屋台は廟の入口にあった。マンソンは廟にはあまり興味がなかったが、蝶妹のほうは府城の大きな廟に興味津々だった。この廟は上帝廟とは違っていた。上帝廟の廟庭は広かったけれども、屋台は少なく、行き来する人々は参拝が目的で、厳かな雰囲気が漂っていた。この水仙宮の廟庭はまるで市場のようだった。廟の入口は人でにぎわい、廟に出入りする人々は、ふだんの服装で表情もくつろいでいた。門のまえには独り者が大勢集まって賭け将棋をし、さらに浮浪者たちが日陰でからだを伸ばして鼾をかきながら眠っていた。

蝶妹はこの廟がなぜ水仙宮と呼ばれるのかわからなかったので、車夫に教えてくれるように頼んだ。車夫は言った。

「この廟に祀られているのは、水と関係のある五人の歴史上の人物なんだ。大禹、項羽、魯班、李白、そして屈原だよ」

蝶妹は驚いた。水仙〔水の仙人〕はひとりではなく五人なのだ。彼女は父から、端午の節句の粽《ちまき》にまつわる屈原の話しか聞いたことがなかった。車夫は言った。

「この五条区は府城のもっとも重要な埠頭だよ。だから庶民は媽祖だけじゃくて、水神も水仙も拝むのさ」

蝶妹は上帝廟よりは、ここのほうがずっと好きだと思った。上帝廟はお役人様のもののようだけど、水仙宮は彼女のような庶民のものだ。彼女は両親を思い出した。父はきっとここが好きに違いない。唐山の故郷を思い出させてくれるから。母もきっとこんなにぎやかな世界が見たいに違いない。でも、ふたりは一生苦労して、楽な生活とは縁がなかった。可哀想な父さん、可哀想な母さん。彼女はうつむいて、首に掛けた母の首飾りを触りながら、ため息をついた。

天利洋行の支店は府城ではなく、安平にあった。蝶妹は名残惜しそうに水仙宮を離れた。牛車はまた動きだし、多くの沼や池や湿地に沿って進んだ。車夫はこう話した。彼の父が幼いころには、この辺はまだ広々とした海だった。四十年あまりまえに、台風が来て、土石流が流れこみ、この内海はほとんど埋まってしまったのだ。残った多くの沼地は、魚の養殖に使われるようになった。さっき食べたサバヒーはここで育ったものだと。

一行が安平に着いたのはもう夕暮れどきだった。天利洋行はオランダ紅毛人が残したゼーランジャ城の遺跡から遠くなく、洋行の片側はいまも水路に面していた。ピッカリングはマンソンに会って、非常に喜んだ。しかし、マンソンが連れてきた一風変わった身なりの台湾の若い娘を見て、不思議そうな表情を浮かべた。マンソンは簡単に彼の助手だと紹介した。

こうしてその後の数日間、マンソンは蝶妹を従え、ふたりの福佬人の会計の協力のもとに、天利洋行の雑務を片づけた。蝶妹はこの間に、英語が大いに進歩し、計算やビジネスについても少し学びはじめた。さらに彼女を喜ばせたのは、打狗と安平にいるあいだに、漢文を読む能力も一気に進歩したことだった。

ピッカリングは毎日外を走りまわり、外国商社と、どのようにして商品で負債を補うか、あるいは役所と、どのようにして欠損を賠償するかを相談した。マックフェイル兄弟は損失が深刻なあまりすっかり意気消沈し、営業をやめて会社を売却することを決めていた。兄弟は考えるたびに刀で切り裂かれるように心が痛み、恨みが消えなかった。彼らは廈門から高給で招いたあの福佬人の買弁を信頼し、重責をゆだねたが、そいつは兄弟ふたりの信任を利用して、会社の金をすっかり持ち逃げしただけでなく、彼らに「役所詐欺」の罪名を着せたのである。兄弟ふたりの十数年にわたる東洋社会に対する好感は一夜のうちに消え去り、十数年にわたる努力も一夜のうちに水泡に帰してしまった。

ピッカリングは不平たらたらでこう言った。

「フン、華人なんて、どこが信頼に値するのだ。まったく飼ったネズミに布袋を噛まれるとはこのことだ」

ピッカリングはずっと華人を嫌い、清国政府もばかにしていた。マンソンはからかって何度か言ったことがある。

「そんなに清国人が嫌いなのに、そんなに清国の社会で暮らすのが好きだとは。実に矛盾してますね」

マンソンは実はよく知っていた。ピッカリングが好きなのは、移動のときに清国の官吏と同じように輿や馬に乗り、護衛や従者を引き連れて、前後を大勢の人に囲まれることで、それがなんとも威勢が良かったからだった。

マンソンと蝶妹が一週間ほど働くと、天利洋行内部のでたらめな帳簿や雑務はほぼ整理がついた。ただ、ピッカリングのほうはまったく順調にいかなかった。処理しなければならない財務にあいた穴は大きすぎたのだ。役所のほうは少しも手をゆるめず、これ以上進展しなければ、天利洋行を差し押さえるという構えだった。時限までもう五日しかなかった。

ピッカリングは毎日ため息をつき、マックフェイル兄弟は眉をしかめ、苦渋の表情を浮かべていた。

その日、ピッカリングは正午を過ぎてから、ようやく洋行にもどってきて、狂ったように大笑いしながら大声で叫んだ。

「救世主が来るぞ！　救世主が来るぞ！」

マンソンは彼にたずねた。

「救世主ってだれですか？」

ピッカリングはウイスキーをグラスに注ぐと、一気に飲み干して言った。

「ルジャンドル領事が明後日、台湾府に来られる。しかも、わが天利洋行に泊まられるのだ！」

第五部　瑯嶠

第二十四章

ルジャンドルは行動派だった。

これまで、戦場では作戦の効率のよさと懸命さで知られていた。すばやく目標を定め、すぐに攻撃する。そのため昇進が続いた。彼は最前線に立つのが好きな将軍だった。そのためによく負傷した。

いま外交の戦場にいて、ルジャンドルはこれまでと同じやり方を続け、情報を得るとすぐに計画を策定した。アメリカのアジア艦隊司令長官ベルに連絡を取って、「アシュロット号」を彼の専用艦として移動させ、視察に威厳をもたせた。東洋では、「官威」を見せつけることが非常に重要であることを知っていた。さらに、アシュロット号の艦長フェビガーはアジアで長年働き、東洋での仕事のやり方に通じていた。

ルジャンドルはまるで風であった。四月一日に厦門《アモイ》でニュースを知ると、四月八日にはアシュロット号に乗って福建省の省都福州に行き、閩浙総督呉棠《ごとう》と福建省巡撫の李福泰を訪ねた。というのは、台湾道は福建省の管轄下にあり[4]、このふたりはフォルモサの最高位の官吏である台湾道台の直属の上司であったからだ。

ルジャンドルは四月十日に福州を離れて、四月十二日に台湾北部の港、淡水に行き、台湾島でもっとも有名な貿易商ジョン・ドッド〔スコットランド人で台湾ウーロン茶の父と言われる。李春生はドッドの買弁である〕を訪ね、十五日にはまた台湾の離島の澎湖に回り、四月十八日に台湾府に着いた。

こうして四月十八日の早朝、ピッカリングが話していた「救世主」が、台湾府の港、安平にある天利洋行支店の客間にあらわれたのである。

マンソンは天利洋行の社員が語るこの「天が遣わした救世主」のことをじっくり観察していた。ルジャンドルは、背丈は普通で、声は少ししわがれていた。もっとも特徴的なのは、顔に深い傷があることだ。しかし、顔だちは立派で、上唇には髭をたくわえ、左目は眼帯でおおっていた。右目は鋭く、背筋もまっすぐ伸びていた。

ルジャンドルは最初にマックフェイル兄弟を慰め、必ず力をつくして協力すると申し出た。

ルジャンドルは、領事としての彼の責任はローバー号事件を解決することだと言った。そして台湾道の道台を訪ねるまえに、ほかのことでわずらわされたくはないが、ただ先にマックフェイル兄弟に会って、彼らが直面している困難を理解しておきたかったのだと言った。

ニール・マックフェイルはルジャンドルに頼み事をした。天利洋行の最大の債権者は厦門のアメリカの会社で、この債権者とルジャンドルは友人だと知っていると言うと、ルジャンドルはすぐにあいだに立ってとりなすことを約束した。

さらに清国政府との関係のことがあった。マックフェイル兄弟は、天利洋行は会社を怡記《いき》洋行に売り渡すことにしたが、細かい点についてはまだ相談がまとまっていない。売買に決着がついたら、清国政府への債務を返すことができると述べた。

ルジャンドルは本来、弁護士であり、いろいろと専門的な意見を述べて、法律的な争いの一部については解決の手助けをした。

ニールはルジャンドルが多忙にもかかわらず、わざわざ援助の手を差しのべに来てくれたことに謝意を表したあと、表情を変えて憎々しげに言った。

「閣下が次回にまたお出でになられたときには、この部屋に掛かっております看板は、『怡記洋行』となっておりましょう。私は長年にわたって福佬《ふくろう》人を信頼してまいりました。それゆえ、この一生のうちに流した血と汗をむだにしたくないのです」

翌四月十九日、ルジャンドルは朝早くから道台の道署を訪ねる準備をしていた。ところが、道署から知らせが届き、台湾総兵の劉明燈は彰化で匪賊を討伐し、その後、夜をついで駆けもどったが、夜が明けてやっと台湾府に着いた。少し休む必要があり、そのため面会は午後二時になるということだった。

ルジャンドルはこの日外出すると、夜十時になってやっと帰ってきたが、見るとほろ酔い状態で、みなは早く休むように世話をした。

翌日、ルジャンドルは通常通り朝早く起きた。彼は一通の公文書を取り出してニールに手渡した。ニールは一読すると、大いに興奮した。それは台湾道道台の呉大廷が署名、捺印した委任状で、ピッカリングが澎湖へ行って逃亡犯を逮捕する権限を授けたものだった。と言うのは、情報では、犯人が逃亡に使った船は安平からまず澎湖に行き、それから香港に向かうことになっている。ただ、犯人らは香港に逃げたとは限らず、まだ澎湖に留まっている可能性があった。ルジャンドルはまた、ピッカリングの捜査と逮捕に、全面的に協力するよう命令した澎湖の地方官に宛てた道台からの公文書の写しも持ってきた。

ルジャンドルは道台にほかのことと一緒にそれとなく話し、道台は公の場ではいいとも悪いともなんの判断も示さなかったが、にぎやかな酒宴の場ではひとつひとつきっぱりと承諾した。ルジャンドルは、いまでは清国の役人のやり方をわかるようになったと自嘲気味に言った。

天利洋行は、ルジャンドルが道台にかけてくれたいくつかのことばのお蔭でやっと息をつぐ機会を得た。マックフェイル兄弟はなんどもお礼を言った。そこでみなは話題を換えて、ルジャンドルが今回、台湾に来た目的のローバー号事件について話した。

「うまく行ってますよ!」

ルジャンドルは得意げに言った。

「台湾におられる清国のお役人はほとんど全員顔をそろえてくれていました。呉大廷台湾道道台、劉明燈台湾鎮総兵、葉宗元台湾府府尹はもちろんおられ、鳳山知県や南路営参将(18)も駐屯地から駆けつけてくれました」

「道台と総兵は、ローバー号が清国の海域で座礁したことを否定していないし、乗組員たちが清国の領域内で殺害されたことも否定していません。そして、責任を負うと言っています。道台の話では、私が到着するずっとまえに、地方の文官と武官にこの事件の処理を指示したということです。文官は呉本杰鳳山知県、武官は淩定邦南路営参将です」

「道台は私には友好的に接してくれますが、キャロルにはいくぶん批判的ですね。道台は皮肉っぽく話していました。イギリス人は照会もせずに軽々しく行動を起こし、清国を尊重しなかった。そして功なくもどって来たと。道台はアメリカが勝手に行動しないように望んでいます。万が一、我が軍の兵士になにか起こったときに、申し訳ないということだった。ええ、もちろん彼が我々に警告の意味で言っていることはわかりましたよ」

「私はついでに彼らはいつ行動を展開できるかたずねてみました。総兵が答えるには、今度の事件を起こした土番は、『亀鼻山』か『クアール鼻山』にいて、そこは遠く辺鄙な、行くには大変なところで、しかも山はとても険しいということでした。進軍の際の補給の準備も必要だが、まず兵士が山地で戦う訓練をしなければならず、時間が必要だというのです。ただ、総兵はまたこうも強調していましたね。彼の部隊は百戦錬磨の精鋭で、兇番を討伐する大任に十分に耐えられ、外部からの援助は不要だと」

ニールはうなずいて言った。

「呉大廷と劉明燈は、曾国藩と左宗棠の門下生で、太平天国を鎮圧する戦争で大きな功績を立てました。清国の官吏のなかでは、少壮派のやり手で、去年台湾に転属になったのです。彼らの軍隊は湘軍〔曾国藩が創設した湖南地方の軍隊〕系統に属し、確かに清国の精鋭兵と言えます。閣下は、彼らにどれほどの時間を与えられますか？」

「一か月で十分ではないかな」

ルジャンドルは数えながら言った。

「今日は四月二十日だから、遅くとも六月には、出兵できるだろう」

ピッカリングは、そばから冷や水をあびせた。

「無意味でしょうね。清国の官吏は、湘軍だろうと淮《わい》軍〔一八六二年に李鴻章が編成〕だろうと、また老成派も少壮派も、どれも同じですよ。要するに、すべて太極拳の達人で、もっぱら押したり引いたりしてもみ合うだけでね。やつらは口先で適当にごまかすのに長けているんだ。もしずっとやつらに要求しつづけないと、本当にやろうとはしないですよ。ぼくはやつらが六月までに本当に出兵するなんて信じないですね」

ルジャンドルはピッカリングをちらっと見て、あんまり賛成しないといったふうだった。

「アメリカは、まず清国の承諾を尊重しようという考えなのです。アメリカは内戦が終わったばかりで、貴国のように強くないのでね」

ルジャンドルはハハと笑ってまたこう続けた。

「私は彼らに、アメリカはしばらくは出兵しないが、人はやはり救わねばならないし、そして遺体と遺品は取りもどさねばならないと答えた。だから、アシュロット号はやはり亀鼻山の海岸に行って、実際に調査しなければならない。私は明日、旗後に行き、キャロル氏にお目にかかって、意見をうかがうつもりだ」

ルジャンドルがそこまで言うと、ピッカリングが膝をたたいて言った。

「そうだ、旗後のマンソン医師も、コーモラント号の行動に加わったんだ。ちょうど安平に来ていて、おとといの午前中にあなたもお会いになったでしょう。ただ、あいにくけさがた船員が急病になり、治療に出かけています。彼がもどったら、詳しく話してもらいましょう」

ルジャンドルは大いに喜んで「それはいい！」と言い、続けてまた言った。

「台湾府の清国の官吏には、実際のところ決まったやり方があるんだね。彼らは役所内では、ことばで脅したりすかしたりする。訪問のあとでは、盛大な宴席を設けて、客人のご機嫌をとりますね。ハハハ」

ルジャンドルは賛嘆して言った。

「これは間違いなく、我が三十七年の生涯でもっとも忘れがたい酒席だったね。不思議だったのは、私が厦門で食べた中国料理よりも手が込んでおり、味も違ったことだ。みなさん、私はもともとフランス人で、食事で私の機嫌を取ろうとしても、並大抵のことではありませんぞ」

みな声をあげて笑いだした。

ルジャンドルは一枚の高級紙を持ちだした。

「私は道台に料理の名前をみな書いてくれるようにとくにお願いしたんです。道台がおっしゃるには、劉総兵の書はたいへん有名だとのことでね。これは劉総兵の直筆で、通訳が英語でうしろに注意書きを書いてくれたんだ」

「一品目は四色冷盤」

ルジャンドルは料理について話しはじめ、興に乗って、事細かに話した。

「台湾府尹はとくにカラスミが珍品だって薦めていましたね。私は煙腸熟肉〔ソーセージ〕のほうがもっと好きなんですがね」

「二品目は扁魚白菜加魚翅〔扁魚（カレイやヒラメのような平たい魚類）に白菜とフカヒレを加えた料理〕。魚翅《ユチ》〔フカヒレ〕って、サメのヒレだそうですね。清国人は本当に食べないところがないんですね。フカヒレは厦門で食べたことがあるが、ヒラメと白菜を取り合わせていて、厦門のより味がずっといい」

「三品目は五柳枝〔鱸魚（スズキ）や蝨目魚（サバヒー）を使った魚料理〕というやつで、名前は特別で、とても詩心がありますね。道台はこの料理の名は唐代の有名な詩人の杜甫から来ていると言っていましたが、総兵はもっと以前の『五柳先生』という読書人から来ているんだと言っていたね」

ルジャンドルは紙を見ながら真面目に声を出して読んだ。

「大きなヒラメなのに、サックリと揚げてあって、硬くない。皮はパリパリしていて魚肉は香ばしい。もっともすばらしいのは、甘酸っぱいタレで刻みネギの香りがする、どのようにつくったんだろう」

「四品目は焢茶《こうちゃ》。豚足をとろ火でゆっくりと煮込んだものだが、どれだけ長く煮込んだかわかりませんね。不思議なのは、中も外も透きとおっていて、醤油がしみ込んで、変わった香りなんだ。漢方の八角とお茶を混ぜた香りだというんだがね。バイエルン名物の豚足なんて比べものにならないね！　厦門の作り方は、八角と茶は入れずに、単純な醤油味で、砂糖がよけいに加えられているくらいで、ずっと単純だね」

「五品目は白灼草蝦《パイジュオツアオシア》與《ユ》清湯魷魚《チンタンヨウユ》〔ゆでたエビとイカの料理〕。フランスと厦門のエビはこんなに甘くありませんね。ボストンのイセエビもこんなに新鮮で柔らかくはありません。そうしてイカのタレは、酸味と甘みと香りがあって、それが絶妙に混ざってなんとも言えませんね」

「六品目は、紅蟳米糕《ホンシュンミーガオ》〔カニのおこわ〕。ワタリガニは真っ赤で身がひきしまっていて、おこわはほどよく粘り気があって、ベタベタしません。まだ四、五品ありますが、いちいち説明するのをやめましょう。最後に、杏仁豆腐スープと、スイカやパイナップルや蓮霧が添えられていましたが、フォルモサは果物が豊富でおいしいですね。酒は、彼らが持参した紅露酒というやつで、もち米と紅麹《こうじ》で醸造されているそうです。我々のフランスワインには遠く及びませんが、また違った味わいがありますね」

ルジャンドルは興味深そうにそう言ったが、他の人たちはだれも口を挟まなかった。あるいは、その場にいたイギリス紳士たちは、中国の食べ物についてフランス人のルジャンドルほど物知りではなく、とくに関心もないようすだった。

「私は興味があってたずねました。この宴席は海産物が主のようですね、豚肉のほかはみな新鮮な海産物だ、それに果物は新鮮で甘くておいしい、これらはみなフォルモサの地で採れたものなんですかってね」

「劉総兵は得意げに私にこう言いましたね。すべて台湾府の本地で採れたものですぞ。台湾府は海に面していますからねってね」

「私はこう言いました。私が住んでいる厦門も海のそばですが、どうして、厦門ではこんなに豊富な海産物を食べたことがなく、料理もここのように上手じゃないのでしょうか。そしてここの果物は、種類も多くて、おいしいってね」

「台湾府はとくに自然に恵まれておりまして、昔の内海にできた池が、魚やエビなどを養殖するのに最適の地となったのでございます。だからある種の海産物は海からとってきたものではなくて、海辺の海水で養殖したものなのでございます」

台湾府の府尹はそう言うと、得意げに続けた。

「果物は、台湾はまことに宝の島で、気候や地質が素晴らしいのです。多くの果物は、オランダ人が持ちこんだものですが、厦門や上海では口に入らないものでございます。それに、かつて国姓爺の息子や貴族が暇つぶしに、さまざまな料理や軽食、菓子を考えだしたのです。こうしたおいしい食べ物は、台湾府にしかありません。ですから、台湾府の人は自分たちのことを人より優れていると自負して、『府城人』と称しておるのでございます」

ピッカリングは感慨深げに言った。

「みなさんご存知のように、私は清国の官吏が好きではありませんが、フォルモサの食べ物や天気、それに自然環境が大好きで、それでこの島にこんなに長くいます。フォルモサは美しいだけでなく、豊かですね。ことに樟脳は、全世界の樟脳の木がここにあります。炭鉱の品質も絶品で、まだうまくいきませんがほかに金鉱もあるんですよ！　米や砂糖の品質の良さもオランダ時代からつとにヨーロッパに聞こえています。私は、将来は茶も大いに見込みがあると思っています。二百年まえにオランダ人がこの地にやってきたときは、中国の陶器や絹織物を運ぶ中継港にするくらいの事しか考えていなかったのですが、その後思いがけず、フォルモサこそが本当の宝の山だと気づいたのです。ゼーランジャ城もこの安平にあり、オランダ商館が長崎以外でもっとも金を稼げる街になりました。はたしてここ数年、あらゆる西洋の国々の船舶が、フォルモサに来て荷を積むことを望んでいますよ」

「みなさん」

船舶と口にすると、ピッカリングは恨みがましく言った。

「フォルモサはなんでもみな素晴らしい。ただ、フォルモサの海域の安全が、我々商人と船乗りの悪夢です」

ピッカリングはこらえきれなくなって、くどくどと言いはじめた。

「一八六〇年からいままで、七年のあいだに、もう二十隻以上の外国商船が台湾の海域で事故を起こしたり、沈没したりしています。清国の地方役人は、土地の連中が船や船員から掠奪するのを放任していますが、生番だけがこのようなことをするのではありません。スウィンホー閣下は、清国政府に何度も賠償を要求しました。ところが清朝の役人ですからね、閣下はいままでは、彼らがなんやかやと引き伸ばして逃げるのが一流なことをよくわかっておられます。紳士肌のスウィンホー閣下も我慢できなくなって、やむなく人に頼らず、戦艦を派遣してフォルモサの沿海を巡邏させています。だから、『戦艦外交』は必要なんですね」

ルジャンドルはわざと話題を変えた。

「私は、今回は先に淡水に行ってジョン・ドッドに会い、台湾茶も飲みましたが、確かに厦門の福建茶よりずっと香りがいいですね。ドッドは、フォルモサ茶をヨーロッパや我が国に輸出することを計画している。彼は、フォルモサ茶はすぐにインドのアッサム紅茶と肩を並べるだろうと予想していましたよ」

ピッカリングは長く溜息をついて言った。

「フォルモサのような素晴らしいところが、無能な清国政府に統治されているなんて、本当にもったいない！」

「清国政府は、二百年あまりまえは、この島をほしがらなかったんですよ！　やつらは国姓爺の孫を打ち破って、悩みごとをなくすことができましたが、はじめはフォルモサを放棄するつもりだったんです。清国政府はこの島の人たちに対して、征服者の差別意識に満ちていますよ。清国政府は満洲人で、満洲人は漢人を見下し、漢人はフォルモサの原住民を見下す。だから康熙帝のときに『漢番分治』の大原則を立て、原住民を自然に絶滅させようと考えたのです。しかし、福建の福佬人と広東の客家人は、台湾への密航を続け、原住民とのあいだに頻繁に衝突を起こしています。清国政府はダチョウのような意識〔緊急の事態が起こったときに頭だけを砂のなかに隠して安全だと思い込む自己欺瞞の心理状態〕で、『王化いまだ及ばず』と言っているんです」

「清国の役人は台湾に来ると、任期は三年なんですね。でも、『三年の官、二年で満つ』という台湾のことわざがありましてね、彼らはただ二年だけ真面目につとめ、三年目はのんびりと休暇を過ごすようなもので、任期が終われば内地に帰って昇官する、あるいは晩年を過ごすのです。田舎へ行って民情を探りもせず、資源の調査もせず、通りすがりの旅人のような気分で過ごすんです。いかに計画を立て、いかにこの土地を開発するかというようなことを真剣に考えるような役人はめったにいないのです」

ピッカリングは滔々とまくし立てた。

「あの役人たちはみな四書五経を読み、科挙の郷試に受かったものばかりですが、近代科学についてはなにも知りません。彼らの任官の道は、地方の建設ではなく、上司に取り入ることです。彼らの祖先は聡明で創意に溢れていましたが、どうして子孫たちがあんなに意欲がないのか本当にわかりません。もっとひどいのは、中国の高官はいまでも過去の華やかな帝国の夢におぼれ、表面的には我々異人にはお世辞を言っても、内心は実は見下しているのです」

ルジャンドルは聞きながらしきりにうなずいていた。

ピッカリングはルジャンドルを見て言った。

「台湾道台はそう答えられましたが、もし六月までに出兵しなかったら、領事殿は、次にどのようにするお考えですか」

ルジャンドルは笑いながら言った。

「貴殿にはどんなご高見がおありですかな？」

ピッカリングは言った。

「さきほど申し上げましたように、スウィンホー閣下と同じように、人に頼らず、戦艦外交するしかありませんね」

ルジャンドルは言った。

「理論的には、六月になっても出兵しなければ、清国は理が立たず、我が方が出兵できましょう。ただ、ワシントンの国務省と北京駐在のバーリンベーム公使がそれに賛成するかどうか、いささか疑問だ。厳密に言うと、そのやり方は、その領有国を尊重しないことになり、国際法違反になりかねないからね」

ピッカリングは頭をふって言った。

「貴国の国務省は清国政府や役人を理解していません。大英帝国は清国と往来の経験がもっとも多く、他国にとって鑑となります。砲艦外交がなく、武力に頼むことがなければ、天津条約もなく、北京条約もありませんでした。それでどうして清国とのあいだで開港、通商がかなうのでしょうか。開港しなかったら、閣下は駐厦門およびフォルモサ領事の職にあったでしょうか」

ピッカリングは歯を見せ、偉そうに笑いながら言った。

「将軍は中国の古書にあることばを聞いたことがおありでしょうか。『将、外に在りては、君命も受けざるところあり〔5〕』」

ルジャンドルはまだためらっていた。

「貴国は営利のために、戦争をして清国にアヘンを輸入するようにと迫ったが、国際的な評判は決してよくない。言うまでもなく、清教徒のアメリカ人は、イギリス人の戦争の理由が正当でないと言っており、フランスでも物議をかもした。それに、貴国は円明園を焼き払った。我々アメリカ人は貴国のやり方はやり過ぎだと思っている」

ピッカリングは大笑いして言った。

「フランス人は酸っぱいブドウですね。フランスの植民地ではケシも植えず、アヘンもつくらない、だから高級なことをおっしゃる。あなた方アメリカ人は、少しまえまでまだ奴隷を持つことができた。一部のヨーロッパ人は実は心中とても羨ましがっていたんですよ。ところが、自分たちはそうはできませんから、そこで道徳を標榜して、声高に反対したんです」

ピッカリングは皮肉るように言った。

「人間だからね！　領事殿、あなたはフランス人であり、アメリカ人でもあるのだから、だれよりもよくおわかりのはずだ」

しばらくしてまた言った。

「フランスについて言いますと、フランス人はアヘン戦争を批判しますが、その後、やはりできるだけ我々イギリスと協力して、利益を得ようとしたじゃないですか。円明園を焼いたですって？　いや、最初にフランスの将校が焼こうと言い出したのは本当は紫禁城だったのですよ。それを我が国のエルギン伯爵が清国の宮殿を焼くのは衝撃が大きすぎると考え、それで清国の皇帝が休暇を過ごす夏の宮殿の円明園に変えたのです。それに、我々イギリスは北京では円明園を焼きましたが、上海では、清国政府の南京防衛を大いに助けました。我々はまた清国が『淮軍』を組織するのに協力しました。もしゴードン将軍〔チャールズ・ジョージ・ゴードン。太平天国の乱のときに、アメリカ人のウォードが組織した常勝軍を率いて活躍した〕が加勢しなかったら、曾国藩と曾国荃の湘軍だけでどうして南京を攻め落とせたでしょうか？　どうして太平天国を滅ぼせたでしょうか？」

ピッカリングはあざ笑った。

「ですから、もし大英帝国の助けがなければ、今日存在しているのは大清帝国ではなくて、太平天国ですよ。円明園ひとつぐらい、どうってことありません。清国はやはり大英帝国に感謝すべきです」

ピッカリングはいささか有頂天になって言った。

「閣下、遠慮なく申し上げることをどうかお許しください。もし南北戦争や太平洋岸に通じる大陸横断鉄道の建設がなければ、貴国は早くから極東に軍隊を送って、分け前を手にしていたでしょう。いままさに貴国は立ちあがって追いかけ、極東の利益を得ようとしています。閣下がもし貴国の極東政策を変える先達となられましたなら、将来は必ずや歴史に名を留めることでありましょう！　閣下は弁護士のご出身で、いまは将軍でもあられる、このように文武両道の士は貴国に何人おられましょう。極東政策の方面において、閣下は貴国の国内のあの田舎ものの政治家どもと天と地ほどの差があります」

　話を聞いて、ルジャンドルは複雑な気持ちだった。彼は沈黙したまま複雑な表情で前を向いていた。それから首をかしげて、フェビガーのほうを見た。何か問いかけるようだった。フェビガーなら極東に来てかなり長く立つから、なにか考えがあるだろうと思ったのだ。フェビガーはちょっと微笑んだだけで何も言わなかった。

　ニールは話題を変えて言った。

「領事閣下はせっかく安平に来られました。ここには二百年あまりまえにオランダ人が建てたゼーランジャ城の遺跡が目と鼻の先にございます。是非ご覧ください」

　ルジャンドルは習慣的に右目をこすりながら言った。

「ゼーランジャ城はもちろん見学しますよ。ほかには、マンソン医師にお会いして、コーモラント号での南岬行について話を伺いたいと願っています。明日は、打狗《タカウ》のイギリス領事館に行ってキャロル領事をお訪ねし、ご協力いただいたことにお礼を申し上げ、領事のお考えをうかがいたいと思っています」

＊

　この日の早朝、安平港で貨物をおろしていたイギリスの船員が、うっかり高所より落ち、頭部から出血して意識不明に陥った。マンソンは治療に呼ばれ、蝶妹《ティアモエ》もそれについていった。不幸にして、この船員は傷が深く、正午を過ぎたころにとうとう亡くなってしまった。マンソンと蝶妹が急いで天利洋行にもどったころには、ルジャンドルはもうゼーランジャ城や府城の観光名所に出かけていた。

　夕刻もどると、ルジャンドルはマンソンに会った。興奮気味に、マンソンの南岬行について詳しくたずねた。マンソンが、コーモラント号で南岬に行ったときに連れていった生番語の通訳が、ちょうど天利洋行にいると話すと、ルジャンドルは非常に喜んだ。

　マンソンが蝶妹を引き合わせると、通訳は少女だった。ルジャンドルは驚き、矢継ぎ早に、次々と社寮や南岬のようすや、熟番や生番の問題についてたずねた。

　ルジャンドルは、もともと活発な性格で、蝶妹を知って喜色満面、大いに興に乗ってしゃべった。ルジャンドルは蝶妹をじっと見続けたので、蝶妹は落ち着かなかった。最後に、ルジャンドルはマンソンと蝶妹に、明日、打狗に行ってキャロルを訪ね、それからアシュロット号に乗りコーモラント号の行程をたどって、まず瑯嶠《らんきょう》に行き、その後、南湾を調査するつもりだと告げた。彼はマンソンを打狗まで乗せ、蝶妹を社寮まで乗せていくことを喜んで承諾した。

蝶妹はもう一か月近く、文杰《ブンキッ》に会っておらず、ずいぶん前から帰心矢の如しだった。いま急に社寮に帰るチャンスができ、本当に嬉しかった。文杰や棉仔《ミア》たちに、この月に起こった不思議な出会いをどのように話せばいいのか、わからなかった。この夜、彼女は嬉しくて眠れなかった。

第二十五章

四月二十一日、マンソンと蝶妹はルジャンドルのアシュロット号に乗っていた。蝶妹はマンソンにぴったりとついていた。ルジャンドルは蝶妹から好奇の目を離さず、蝶妹はできるだけこのアメリカ領事を避けていた。蝶妹自身にも説明がつかなかったが、同じ異人なのに、なぜかマンソンと一緒にいるときは気軽にくつろげるのに、ルジャンドルを見かけると落ち着かないのだった。マンソンにも、ルジャンドルが蝶妹に特別に関心をもっているらしいとわかった。マンソンは、蝶妹はルジャンドルが会った最初のフォルモサの原住民であり、しかも異人のあいだで生活しているからだろうと解釈した。

船の速度はとても速く、安平から打狗に、すぐに着いた。イギリス領事館の館員がルジャンドルを迎えに早くから岸に来ており、キャロルを訪ねるための馬車も用意されていた。別れぎわに、ルジャンドルは蝶妹に言った。アシュロット号は明日の午後、出港して瑯嶠湾に行き、少し停泊してから、南湾に向かうと。蝶妹とマンソンは、ルジャンドルに便乗させてもらった礼を言い、一緒に医館にもどった。蝶妹は、重荷をおろしたような気持ちになり、ほっと大きく息をついた。蝶妹は翌日は社寮に帰れると思うと、喜びが抑えられなくなって、病院への帰り道、山の歌を口ずさみ出した。

しかし、蝶妹にはまったく思いもつかないことが待っていた。

ちょうど蝶妹が病院に通じる山裾の小道の角にさしかかったとき、病院の入口で大声で叫んでいる人がいた。

「蝶妹！　蝶妹！」
蝶妹は仰天した。目を凝らすと、松仔《ソア》だった。松仔がどうしてここにいるのだろう？　蝶妹はうれしさと疑うような気持ちで、そばにマンソンがいるのも忘れて、飛ぶように松仔のところにかけよった。ふたりは興奮して手を取り合い、蝶妹は感動のあまり涙を流した。

*

あの日、蝶妹は、思いも寄らないことに、コーモラント号に通訳として乗り込むことになり、そのあとそのまま打狗の旗後の異人の病院に行って、マンソンから医術や看護を学ぶことになった。船に乗るときは、慌ただしかったので、ひとりひとりに挨拶ができなかった。弟の文杰にも蝶妹はただ簡単にこう告げただけだった。打狗の異人の病院に行ったら、毎月社寮に帰ってくる、だから健康に十分気をつけてねと。だが、松仔には別れのあいさつもできなかった。彼女は船は南湾からの帰りには、社寮に少し立ち寄るだろうと期待していた。だが、思いどおりにはいかず、打狗に直行することになり、さらに縁あって台湾府まで行ったのだった。

これまで数か月、松仔と蝶妹はずっと仲よく暮らしていた。その蝶妹が慌ただしく離れていき、松仔は寂しかった。思いがけないことに、兄の棉仔が彼に、文杰とともにチュラソに報告に行くという重要な任務を与え、松仔は蝶妹姉弟の身のうえを理解することになった。そのうえ、文杰はチュラソの大頭目でスカロ族の大股頭であるトキトクのもとに養子として残ることになったのだ。文杰はチュラソに長く残ることに決めていたので、松仔は十日間滞在したのちに、仕方なくひとり、社寮にもどった。文杰のほうも、姉が遠く打狗に行ってしまったので、社寮にもどって別れの挨拶をすることはなかった。彼はただ松仔にこう頼んだだけだった。社寮に帰ったら、棉仔兄ぃになにも言わずに別れてしまったことを謝っておいてほしい、そして、もし姉が社寮に帰ってきたら、姉に事の次第を話して、養父トキトクのことが落ちついたら、社寮に一度帰ると言っておいてほしいと。

任務を遂行しているあいだは、松仔は蝶妹と別れた寂しさをしばらく忘れていた。任務がすんで社寮に帰ると、また気持ちが落ち込んだ。棉仔は、蝶妹と文杰の母親がチュラソのお姫様だったと知って、大変驚いた。トキトクが文杰を養子としたことについては、しばらく考えこんでからようやく口を開いてこう言った。

「このことは文杰にとっては、もちろん素晴らしいことだ。生番の大頭目がうしろ盾になれば、父親がいない少年よりは当然ずっといい。ただ、わしらの立場は大変微妙だ……生番の貴族の友人を持っていれば、ふだんは好いかもしれないが、いまのように生番が面倒を引き起こして異人とのあいだにいざこざがあるときには……。それに生番と福佬人との関係は、おまえも知っているだろう……」

棉仔は少し考えこんでから言った。

「わしらは、異人、生番、福佬人のだれからも、恨みを買わないのがいいんだ。そっとしておいたほうがいい」

ただ、棉仔のこの話には、松仔は同意しかねた。というのも、彼の心のなかでは蝶妹こそもっとも親しく、もっとも大切な人だったからだ。

棉仔は思った。文杰姉弟が自分を頼って社寮にやってきたのはまだ去年の中秋のことだ。文杰が生番の母親の実家で生きる選択をした以上、姉弟ふたりとの関係も薄いものにするしかない。もともと彼も昔のことを思ってふたりを受け入れたに過ぎず、同族でも同郷でもなく、民族も異なっていた。

松仔は蝶妹を恋しく思っていた。蝶妹は美しく、利発で活発だった。この半年、蝶妹と一緒にいることが、松仔の仕事がないときにはもっとも楽しいことになっていた。この十日あまり、彼の目には、いつも蝶妹の姿とえくぼが浮かんでいたが、彼女からの音信はまったくなかった。松仔はあの西洋医は悪い人ではないと信じており、蝶妹の安全についてはそれほど心配をしていなかったが、このように彼女と完全に連絡が途絶えることは耐えられなかった。


その日、松仔は突然思い立った。蝶妹が旗後の異人の病院にいることはわかっているのだから、船で打狗の旗後の港まで行けば、異人の病院を見つけるのは決して難しくないだろう。そこで、棉仔の同意を得ると、旗後まで乗せて行ってくれる貨物船を見つけ、いくらかの金を持って出かけたのだ。

彼は四日まえに打狗に着いた。はたして、下船後、半時も経たずに、異人の病院を見つけた。入口には福佬人の門番がいて、蝶妹はマンソン医師について、数日まえに牛車で台湾府に行ったと告げた。いつもどってくるか、門番も知らなかった。

それで松仔は、昼間は旗後港に行って日雇いの仕事をした。旗後にやって来る船は大変多く、日雇いの仕事を見つけるのは難しくなかった。松仔は昼間は仕事をし、仕事が終わると、病院に行って蝶妹の消息をたずねた。夜になると、病院のそばの雑木林に行き、果物の木のしたで寝た。四月の夜は気候が穏やかで心地よかった。蚊や昆虫も多かったが、我慢できた。こうして三晩を過ごし、四日目に、とうとう蝶妹に会うことができたのだ。

「蝶妹、異人の服を着てるから、わからなかったよ。でも本当にきれいだね」

これが蝶妹に会ったときの松仔の第一声だった。蝶妹はにっこりと笑った。松仔は社寮でマンソンに会ったことがあり、マンソンのほうをふり向いてお辞儀をして言った。

「マンソン医師、こんにちは、おれのいとこの傷はずいぶん良くなりましたよ、ありがとうございました」

マンソンはそれを聞いて、とても嬉しく思い、蝶妹に言った。

「田舎の人が会いに来てくれているよ、良かったね。ゆっくりしなさい」

蝶妹は松仔を自分の部屋に連れていき、松仔にたずねた。

「文杰は元気？」

松仔は言った。

「そのことを言おうと思っていたところだよ。文杰はもう社寮にいないんだ。チュラソの大頭目で、スカロ族の大股頭の養子になったんだよ」

蝶妹はひどく驚き、一瞬何のことかわけがわからなかった。松仔はこの二十日あまりの出来事をひとつひとつ蝶妹に話して聞かせた。蝶妹がコーモラント号に乗ったあと、棉仔はキャロルとの約束を果たすため、彼と文杰をチュラソへ送って知らせを伝えようとした。その結果、驚いたことに、蝶妹と文杰の母親がチュラソの頭目の娘であることが明らかになったのだ。そして、チュラソの大股頭は、妹の息子の文杰が、見識が広くなかなかの人物なのを見て、そのまま部落にとどめ、その後、思い切って養子に迎えたのだ。松仔は、大股頭は文杰を大いに気に入り、大変信頼していると言った。さらに、いまや文杰には強力な後ろ盾ができたので、蝶妹はこれからは文杰のことを心配しなくてもよいとも言った。

蝶妹は文杰のために嬉しかったが、なにかを失ったような寂しさを覚えた。これからは、文杰と一緒にいることはずいぶん少なくなるだろう。父は文杰に、客家人や福佬人のように、科挙で名をあげることを望んでいた。ただ正直に言うと、彼女にもわかっていたのだ。文杰は聡明で真面目だったが、辺鄙な田舎に住み、そのうえ貧しかったので、とても先生を雇える状況にはなく、また学ぶ環境もなかった。将来、文杰が科挙の試験を受けて人に抜きん出ることは、口で言うほど容易ではなかった。いま、文杰は、母の部落の大頭目の養子として大切にされている。母の家業を継いだというわけだ。ここまで考えると、とても嬉しかった。彼女は弟を心のなかで祝福した。弟が母を継いだのなら、私は父を継ぐことにしようと思った。

父にはほかにも特質があった。誠実さだ。これは、海を渡ってやってきたばかりの移民にはあまり見られないものだった。だから「林老實」は彼のあだ名となり、看板になったのだった。父は平地人も山地人もだまさず、老人や子供をだますこともなかった。普通の商売人に見られる腹黒さやずる賢さは、父にはまったくなかった。蝶妹は、母もこの点で父が好きになったのだろうと信じていた。誠実で約束を守る、それは元来、原住民の長所だった。自分の体にも母の血が流れている。自分は両親の「誠実」を持ち続けようと思った。文杰も同じ思いに違いなかった。

父は文杰が「文章傑出」にして、科挙に合格することを望んでいた。しかし、文杰が部落の大頭目の養子になり、この望みはむなしく消え去った。そして蝶妹は女なので、科挙を受けることはできない。しかし、彼女はマンソン医師について異人の医術を学びはじめている。異人は「医師」と称し、福佬人や客家人は「大夫」と称する。父が亡くなるまえ、彼女と文杰は柴城《さいじょう》まで行って福佬人の大夫に頼みこんで、父を診察してもらった。この医者は、父の命を救えなかったが、それでも彼女はこの大夫の風格と振る舞いを尊敬している。彼女は人々が医術に通じた大夫を「華佗《かだ》の再来」と呼んでいることを思った。西洋医術と福佬人や客家人の医術は明らかに異なっているが、人を救おうとする心は同じだ。それに彼女は西洋医術のとくに優れたところを実際に目にしたのだ。彼女はいつか「女大夫」、さらには「女華佗」と呼ばれるようになりたかった。そうすれば、天に在る父の霊もきっと喜ぶに違いない。彼女は心のなかでそのような日がくることを祈った。

数日のうちに、蝶妹と文杰のどちらにも大きな変化が起こった。さらに意外だったのは、姉と弟の歩む方向がこのように対照的だったことだ。ひとりは都会に出て異人に学び、ひとりは高山に入って、原住民の貴族となったのだ。この変化は思いも寄らないものだった。蝶妹は夜じゅう、寝返りを繰りかえし、眠れなかった。今日、社寮から打狗まで来てくれた松仔に会えて、彼女はとても嬉しかった。棉仔と松仔の兄弟は、彼女と文杰に、身寄りがまったくなくなったときに救いの手を差しのべ、ふたりを家族のように遇してくれたのだ。彼女は心から感謝していた。この半年、姉弟ふたりは楽しくなんの心配もなく過ごした。彼女は食事や裁縫や畑仕事を手伝い、文杰も力仕事を手伝った。しかし、このように他人の厄介になる日々を長く続けるつもりはなかった。彼女もどのようにして早く自立するか、常に考えていた。マンソンから医術を学ぼうとしたのも、おそらくそのような思いが心の底にあったからだろう。文杰が社寮を離れてしまったのだから、これから自分はどこを家にすればいいのだろう。

蝶妹は、松仔が彼女のことが好きで、わざわざ社寮から打狗までやってきたことを知って、大変嬉しかった。しかし……彼女は自分の松仔への思いはそれほどではないと思わざるをえなかった。松仔から母親のマチュカのことを聞かされて、蝶妹は涙で目を熱くした。母にこのような人を勇気づける話があるとは知らなかった。父と一緒になるために、母が勇敢にもすべてを捨て去ったことに彼女はとりわけ感動した。男女のあいだのことは、彼女はまだ体験していなかった。

ただ、松仔を家族のように感じているが、男女の感情ではないと思った……松仔が打狗にやって来て、彼の顔を見たときはもちろん驚き、そして喜んだが、すぐにまたぼんやりと不安も覚えていた。

第二十六章

翌日の四月二十二日の朝、蝶妹は松仔を連れて、アシュロット号が停泊している岸でルジャンドルを待っていた。午後二時、ルジャンドルが慌ただしくやってきた。

蝶妹は松仔と共にルジャンドルを迎え、松仔も同行させてくれるように頼んだ。ルジャンドルは松仔をひと目見ると、ためらうことなく承諾した。

船はすぐに始動し、汽笛を鳴らして出航した。

蝶妹と松仔はルジャンドルに礼を言った。ルジャンドルは笑って言った。

「社寮に着いたら、案内してくださいよ」

また言った。

「さきほど、キャロルが南部フォルモサの地図を一枚くれましたが、重要なのは南岬までの海図です。私たちは、今夜、社寮に一泊して、明日南岬に行きます。あなたは行ったことがあるんですよね。お願いしたら、一緒に行ってくれますか？」

蝶妹はためらうことなく断った。社寮を離れてもう一か月になるのだ。社寮にしばらくいたいのだと答えた。また、前回、南岬に行ったときは、恐ろしい経験をしたので、もう一度危険を冒そうとは思わないとも言った。

ルジャンドルは、今回は上陸するつもりはないと言ったが、蝶妹はやはり承諾しなかった。ルジャンドルは少し失望したが、あきらめなかった。船は夜になって社寮に着いた。蝶妹が船をおりるとき、彼はもう一度蝶妹に頼んだ。

「それじゃ、私は社寮にもう一日余計に滞在します。明日は、柴城やその近くに行ってみて、明後日、出航することにしましょう。もう一度考えてください、明日返事をくれても遅くないですよ」

蝶妹はちょっと笑っただけだった。

＊

ルジャンドルは船で社寮での最初の夜を過ごした。その夜、彼は甲板でひとりで星空を眺めていた。脳裡に浮かんでくるのは、明後日の南岬行きのことではなく、蝶妹の姿だった。心にはわけのわからないなんとも言えない興奮があった。まもなく南岬に探検に赴くためか、それともほかのせいかわからなかった。なんと言っても、もう長いあいだこんな感覚は忘れていた。目標と生命力を再び持ったようだった。彼はこのような感覚が好きだった。

翌日、ルジャンドルは朝早く起きた。蝶妹は彼について南岬に行くつもりがなかったので、柴城まで彼と一緒に行き、故郷まで船に乗せてくれたことへの感謝の気持ちをあらわすことにした。棉仔と松仔も同行した。

ルジャンドルは、柴城は鳳山以南で最大の福佬人の街であることを早くから知っていた。柴城に着いて、ルジャンドルを驚かせたのは、柴城の商人は福佬人が多いが、道を行き来する人たちはさまざまで、福佬人のほかには平埔《へいほ》族や福佬人の装いをした土生仔《トゥサンア》がたくさんおり、また客家人も少しいることだった。柴城は、人口は多いとは言えなかったが、街はにぎやかで、商業活動は風変わりだが盛んであり、そうした交易の半分は、異なった民族のあいだで互いにないものを売り買いしていた。

ルジャンドルは、とくに道行く人々の服装やことばに注意していた。清国政府は平埔族を熟番と称しているが、彼ら自身や現地の人々は「土生仔」と称しており、みな平埔族と福佬人の混血だった。彼は、大陸からの移民は、福建から来た福佬人と広東から来た客家人に分かれることをはじめて知った。彼は、福佬人と客家人と土生仔を見分けられるようになりたかった。土生仔は特殊な頭巾をかぶり、服装もすこし変わっていたので、わかりやすかった。しかし、福佬人と客家人は、服装も顔立ちも、髪型もよく似ていて、ことばが違うだけだった。蝶妹はルジャンドルに、福佬の女性か客家の女性かひと目で見分けられるとても簡単な方法があると言った。ルジャンドルはしばらく見ていたが、さっぱりわからず、蝶妹に教えてくれと言った。思いがけないことに、蝶妹は急にいたずらっぽくなって、こう言った。

「領事さま、私に南岬に行くように無理強いなさらなければ、お話ししますわ」

ルジャンドルは蝶妹を見て、困った表情を浮かべ、どう答えればいいかわからないようだった。

ようやくルジャンドルは、無理やり蝶妹を船に乗せることは不可能だとわかってうなずいた。蝶妹は嬉しそうに言った。

「それは簡単ですよ。福佬の女性はみんな足が小さいわ。私のように大きな足なら、それは福佬人ではなく、客家人か土生仔よ。そして客家人か土生仔かは、髪型や服装を見ればすぐに見分けがつくわ」

ルジャンドルはハハと大笑いした。そのとき、彼は三人の肌が浅黒いたくましい男たちに気がついた。そのなかのひとりは、豹の模様がある帽子をかぶり、帽子には獣の牙の飾りがついていた。そして、三人は赤と白の縞模様の袖なし上着を身につけていた。棉仔はルジャンドルの肘を突いた。

「あの三人は生番ですよ」

蝶妹に通訳させて、ルジャンドルにそう言った。三人は、なにが入っているのかわからないが、大きな竹籠をさげて、福佬人の大きな店に入っていった。生番たちは、変わった顔立ちのルジャンドルを見ると、最初は興味深そうにじろじろと見て、三人でボソボソと話していたが、そのあとは無関心を装った。ルジャンドルは生番たちの籠になにが入っているのか、そして福佬人とどのように交易するのか、見たくてたまらず、あとについて店に入った。生番たちが竹籠を開けると、棉仔はルジャンドル領事に籠に入っているのは二対の鹿《ろく》茸《じょう》〔乾燥させた鹿の袋角。漢方薬〕とふたつの鹿鞭《ろくべん》〔乾燥させた鹿の性器。漢方薬〕だと言った。ルジャンドルはそれらがなんに使うものなのかわからず、けげんそうな表情を浮かべた。生番と店の主人は身ぶり手ぶりでかけ合っていたが、ことばはあまり通じていないようだった。店の主人は鹿茸と鹿鞭を受け取ったが、あいかわらず互いに譲らず言い争い、しだいに顔が真っ赤になっていった。双方の条件が折り合わないのだ。その後、生番はしかたなさそうに、皮の帽子を脱いだ。店の主人は喜色満面となって、店の奥に入っていくと、かなり新しい火縄銃三挺と弾薬を六箱持ってきた。それに女ものの飾りや布地をつけ加えた。ルジャンドルは大変驚いた。雑貨屋のように見えるのに、この福佬人の店では、米や砂糖、油、鍋、縄、金属製品、いろいろな食品のほかに、武器まで売っているのだ。

打狗にいるときに、キャロルが、彼の見るところでは、フォルモサの生番の武器の配備は、北アメリカのインディアンを遥かに越えているので、生番を甘く見ないほうがいいと言っていた。いまルジャンドルははっと気づいた。台湾の山地の原住民と平地の人間とは、インディアンと白人のようにまったく没交渉だとか、会うとすぐに一戦を交えるとか、そういった関係ではないのだ。清国政府は隘勇線で平地人と山地人を隔離しており、姿を見れば互いに目ざわりに感じるが、完全に敵対したり、並存できないほどではなかった。双方の交易は頻繁だと言えよう。そばにいる蝶妹のことから、生番と客家人との通婚も実際には少なくないことに思い至った。それゆえ、生番はフォルモサの海沿いにある街や村で平地人と物々交換をおこなっているのだ。さらに重要なことは多くの火縄銃や火薬を手に入れていたことである。道理で、キャロルはインディアンを見る目で生番を見てはいけないと言っていたのだ。

ルジャンドルが生番を見るのはめったにないことであり、生番がルジャンドルのような異人を見るのもそうだったので、生番はしきりに振りかえってルジャンドルを見た。実際のところ生番だけではなく、柴城の街の人たちもめったに異人を見たことがなかった。そのうえルジャンドルは左眼をおおっていたので、いささか異様に見えた。最初は、みなそばであれこれ言っていただけだったが、ルジャンドルがかなり温和で、怒らないと見ると、人がどんどん集まってきた。蝶妹たちにも予想外だったのは、ルジャンドルは手を出してひとりひとりと握手をして挨拶を交わし、住民のほうでも面白くなって、争ってルジャンドルと握手をしたことだった。

ルジャンドルは柴城の街なかをひと回りした。その後また、もうひと組の生番に会ったが、手には動物をさげておらず、福佬人が使う鉄鍋と台所用品を持っていた。ルジャンドルはたずねた。

「ここにクアールの人はいますか？」

棉仔は言った。

「ここは牡丹社からはわりと近く、南部の猫仔《バァ》社の人もたまにここに来ます。ですが、クアールは非常に遠いですよ。部落は違っても生番のことばや服装はとてもよく似ていて、見分けがつかないですね」

柴城でにぎやかなのは大通りだけだった。ルジャンドルは柴城を歩き終えると、棉仔に、彼を案内して南に行けるか、龍鑾《リンロアヌ》まで行ければ一番いいのだがとたずねた。ルジャンドルは、龍鑾の向こうがクアールだと知っていたのだ。棉仔は、彼らのような土生仔が行くのはまだいいが、異人を連れていくと、またローバー号やコーモラント号のようなことが起こるだろう、そんな危険は冒したくないと言った。社寮にもどると、ルジャンドルは棉仔に、通訳として船に乗ってくれないかとしきりに頼んだ。棉仔はおとといの晩、蝶妹が話していた戦闘の場面を思い出して、やはりやんわりと断った。ルジャンドルはさらに褒賞を増やし、村の人たちにも行ってくれるように頼んだ。しかし、村人のほとんどは、生番のことばは少し知ってるだけで役に立てないと断った。ルジャンドルは通訳が見つけられず、日が落ちないうちに、憤然として社寮を離れ、アシュロット号にもどった。

しかし、アシュロット号は出航せず、社寮の港内に停泊したまま二日目の夜を過ごした。三日目の朝になって、ルジャンドルはあきらめきれず、早朝から船をおりて蝶妹と棉仔を訪ねたが、結果はやはり失望でしかなかった。

*

アシュロット号は、キャロルのフォルモサ南部の地図と航海図の手引きに従って、順調に南岬海岸に到着し、すぐにローバー号のサンパンの残骸が横たわる浜に着いた。海岸の巨岩はおどろおどろしく、船がうっかり暗礁にぶつかるのではないかと、ルジャンドルは恐怖を覚えた。

ルジャンドルとフェビガーは、望遠鏡で亀鼻山の麓の海岸を眺めた。砂浜にはほとんどなにもなく、土番も野牛もいなかったが、意外なことに移民の身なりをした四人の男を見つけた。アシュロット号の兵士は船をおり、四人を船に連れてきて尋問した。意外にもこの四人は、福佬人で、客家人ではなかった。それで、ルジャンドルが厦門から連れてきた福佬人の通訳はことばが通じた。呉と名乗る四人の福佬人は、長く大繡房に住んでおり、もう数十年になると言った。彼らはサンパンに乗ってきており、サンパンは近くの小さな入り江にとめてあった。この一帯の砂浜にはよく野牛の群れが出没すると聞いたので、野牛がつかまるかどうか運だめしに来たのだった。彼らは土番が外国船の水夫を殺した事件についてはまったく知らなかったが、ただ、たまにここにやって来て土番と交易していることは認めた。

ルジャンドルは海岸の背後の山々を眺めた。ここがまさしくキャロルや清国の官吏が言っていた亀鼻山だ。亀鼻山は高くはなかったが、奇怪な形で険しかった。近くの山々は密林におおわれていて、土番が隠れるには都合がよかった。ルジャンドルは、キャロルの経験と柴城での見聞から、彼らが向き合うのは弓矢や刀しかない土番ではなく、火縄銃を持った敵だとわかっていた。

ルジャンドルと船長のフェビガーは、詳しく観察して、次のように結論が一致した。少なくとも百人か二百人の兵士の軍事力があって、はじめて深く亀鼻山に入ることができる。さらに海軍による補給が絶対に不可欠である。もちろん、土番と意思疎通ができる通訳が何人か必要だ。兵力と通訳はどちらが欠けてもならない。もし軽々しく軍を動かして突き進むならば、非常に危険である。

上陸しないことが決まると、フェビガーはすぐに帰港を命じた。しかし、ルジャンドルはさらに東に船を進めるようにフェビガーに求めた。船はもっとも東の端に位置する南に突出した細長い半島をまわり、さらにフォルモサの東部海岸に沿って北上した。ほどなく、大きな河口が見えた。河口から望むと、渓谷は広々として平坦だった。キャロルの地図にはこの一帯は描かれていなかった。地形や地勢から見ると、この大きな川はチュラソに通じている可能性がある。ルジャンドルは胸が高鳴り、フェビガーに言った。この河口から上陸して渓谷を進んでいけば、亀鼻山の天険を回避して直接クアールを攻撃できるかもしれない。フェビガーはうなずき、この上司は度胸と見識があり、一般の文官とは違うと思った。

半月以上の時間を費やして、清国の役人から犯人を懲罰するという保証を得たが、船員を救うことはできず、クアールの生番にも会えず、船員の遺体や遺品を見つけることもできなかった。ルジャンドルは残念な気持ちで、アシュロット号に厦門に直接もどるように命令をくだした。一日半後の四月三十日に、アシュロット号は厦門にもどった。

これがルジャンドルの最初のフォルモサ行だった。その後、フォルモサに行くことは彼のもっとも好きなことになった。

第二十七章

四月下旬の十八社結盟大会のあと、文杰は蝶妹に会いたい思いが強くなった。社寮を離れて一か月が過ぎた。社寮に一度帰って棉仔たちに別れの挨拶をし、半年間、面倒を見てもらった恩に礼を言いたかった。ただ蝶妹が社寮に帰っているかどうかわからず、むだ足を踏むことになるのではと心配だった。トキトクも、文杰には社寮に姉がいることを知っていた。トキトクは文杰に言った。もし蝶妹がチュラソに来て住むというのなら、大股頭として、そして伯父として歓迎すると。文杰は、蝶妹が幼いころから新しい物が好きだったことをよく知っていたし、イサの口から聞いた母の若いころそっくりだったので、蝶妹が番社を選ぶ可能性は大きくないと思っていた。

トキトクは文杰に、悩むことはない、その時が来れば、祖霊が取りはからってくれると言った。そして、時が来れば、自然に会える、自分たち、伯父と甥が会えたように、とも言った。トキトクは、姉と弟は同じ日に、ひとりは異人の船に乗り、ひとりはチュラソにやって来たが、祖霊の導きのもとにそれぞれの前途に向かって歩んでいったのだと思った。姉弟ふたりにはそれぞれ祖霊から与えられた任務があるのだと信じていた。文杰はチュラソから社寮まで一日で行けると見込んでいた。そこで文杰はトキトクに、三月二十五日に姉が出発するとき、だいたい一か月に一度帰ってくると言っていたと話した。だとすれば、四月二十五日には、姉も社寮にいるかもしれない。彼は一日かけて社寮に行き、社寮で三日泊まることにした。もし蝶妹があらわれなかったら、まっすぐチュラソに引き返し、それ以後は、蝶妹が彼をたずねてチュラソに来るのを待つことにした。トキトクはそれを許した。

こうして文杰は四月二十四日の早朝、平埔族の身なりで社寮に出発した。

その日の夕刻、文杰が社寮に着くと、思った通り蝶妹が帰っていた。ふたりは大いに喜び、ひと晩じゅう語り明かしたが、それぞれが遭遇した出来事は、互いに想像もつかないことばかりだった。

蝶妹は文杰に告げた。異人の船は今朝がた社寮を離れて、クアールに向かっている。今回の船はローバー号の国、アメリカ、また花旗国とも呼ばれている国から来たと言った。文杰は驚いて、心ひそかにトキトクに感服した。養父は、異人は必ずまたやって来ると断言していたが、果たしてやって来たのだ。トキトクの憂慮には道理があり、「瑯嶠十八社結盟」も先見の明があったのだ。文杰は姉に告げた。大股頭は早々に命令をくだして、クアールに応援を送り、西洋の船があらわれないかどうか、日夜、海上を監視していると。

蝶妹は言った。

「あのルジャンドルはキャロルとは違うわよ。キャロルは文人だけど、ルジャンドルは戦争に行っただけじゃなくて、戦功を立てて将軍にまで昇進しているのよ、対処するのはもっと大変だと思うわ」

文杰はそれを聞いていっそう気持ちがふさいだ。

蝶妹は言った。

「見たところ、今回は、ルジャンドルは戦争する気はないらしいわ」

文杰は言った。

「そうであってほしいね」

文杰はルジャンドルが船で南下して、調査にあたると聞いて気が気でなかった。蝶妹にも会えたことだし、早く切りあげてチュラソにもどり、養父と計画を練ることにした。

＊

文杰は、最初の日は棉仔に簡単に挨拶をすますと、そのあとは蝶妹とこの一か月にふたりが経験した出来事を話し合うのに忙しかった。翌日、文杰は棉仔に会ったが、ちょっと気まずそうな顔だった。文杰は、棉仔が自分をチュラソに送り、その結果自分の出生を知ることになったことに感謝を述べ、さらにトキトクにかわって棉仔の今回の通報への謝意も伝えた。しかしながら、チュラソに情報を伝えに行った自分が、チュラソの大頭目の養子になってしまった。これ以降は、ひとりは土生仔の大集落の首領の子であり、ひとりは生番の部落の大股頭の養子である。そして、土生仔の村と生番の番社の関係は非常に微妙なのだ。

一か月まえ、棉仔は異人に迫られてチュラソに情報を伝えることを約束させられ、不本意ながら異人と生番の問題に巻きこまれた。一か月まえにイギリス船が来たかと思うと、二日まえにはまた、ルジャンドルの花旗国の軍艦がやって来た。棉仔は警戒しはじめた。彼は、今後、クアールの生番が「懲罰」されるまで、異人の船はひっきりなしにやって来ると思った。このようすでは、異人は簡単にやめそうになかった。そうして、異人が来るたびに、自分と社寮はいつも真っ先にその矢面に立つことになるのだ。昨日は、船に乗って通訳をしてほしいというルジャンドルの頼みを断った。次回、ルジャンドルがまたやって来たら、再度断ることができるだろうか。もし要求に応じたら、名目は通訳だが、実際は道案内だ。いつかクアールを、さらにはチュラソを攻める道を案内せざるを得ないかもしれない。そうなったら、彼は生番と文杰を敵にまわすことになってしまう。

棉仔は秘かに苦笑した。異人が来るたびに、ひと儲けできる。しかし、今回ばかりは儲けることは難しい。生番との仲たがいの危険を冒さなければならないからだ。

姉と弟のふたりは、もちろん棉仔のこのような心の葛藤を理解することはできなかった。

蝶妹は、棉仔が彼女と文杰を受けいれてくれたことに大変感謝していた。それは二代にわたる恩であった。彼女が医療と看護を学ぶことにしたのは、もとはと言えば、帰ってきて社寮の人々に恩返しするためだった。しかし、今後、社寮の人々は彼女にどのように接するだろうか。文杰がいなくなったのに、これからも社寮を自分の家とすることができるのだろうか。彼女は松仔のことを考えた。松仔に嫁いではじめて、社寮は少しの反対もなく彼女を受けいれるだろう。そうでなければ、生番の頭目の娘で、生番の頭目の養子の姉である自分が、この平埔族の村に住むのは、いささかおかしなことだった。彼女も半分は、平地人だと言えたが、父は客家人であって、福佬人ではなかった、そして客家人と福佬人はずっと仲が悪い。さらに彼女の弟は生番の大頭目の養子であり、平埔族と福佬人が混住する社寮の人々の目には、彼女の生番という身分は当然、いっそう目障りだろう。

文杰の感じ方は違っていた。彼は生番の部落で生活をはじめてから、部落の存亡の危機を切実に感じていた。生番は残虐だが、本質的にはおとなしく恥ずかしがり屋で、平地人移民の詐取や凶暴さに対抗する術がなかった。移民が増えるにしたがって、生番の生活もますます影響を受けるようになった。彼が見たイサの家のつくりのように、生番ももうかなり平地化されていた。彼自身が半分、平地人で、一か月まえまでは、平地人の考え方や平地人の価値観を受け入れていた。平地人の侵入は大いに生番の部落を脅かしている。これまでは移民が少なく、部落では伝統的な生活や価値観を維持することができたが、いまは平地人がますます増えている。彼は母の民族のことが心配だった。そうして、さらに災難が重なり、異人までやって来た。さらに不幸なことに、部落は異人の恨みを買ってしまった。平地人の移民は部落をそれほど大きくは損わなかったが、異人の軍隊はおそらく壊滅的な打撃をもたらすだろう。

だから、部落をいつまでも存続させるために、平地人とも異人とも良好な関係を保ち、絶対に敵対することがあってはならないと、養父を説得する必要があった。全面戦争になったら、生番は大敗すると、文杰は確信していた。

その一方、福佬人と客家人はどちらも共に平地人でありながら、対立している。彼の父は客家人であったが、福佬人を自認している社寮の人々は、父だけでなく、彼や姉にも好意的だった。彼は異なった民族が共に平和に暮らすことの良さを経験していたし、彼の両親の悲劇が繰り返されることを望まなかった。彼は生番の部落の存続のために努力するだけでなく、少なくとも移民と原住民のあいだの敵意をなくしたいと思った。彼は、自分の血統と自分の立場だけがこの使命を達成できると考えた。彼はいつか、棉仔とこのことについて話し合い、彼の協力を得たいと思った。

午後、蝶妹は棉仔と松仔に自分の計画を告げた。明日、文杰についてチュラソに行き、母が育った部落を見て、ふたりの伯父、トキトクと退位した大頭目を訪ねる。そして、二、三日泊まってから、社寮にもどり、それから打狗に行って、引きつづきマンソン医師について学ぶつもりだった。

松仔は心配でたまらなかった。彼は蝶妹に打狗にもどってほしくなかった。しかし、自分では蝶妹をとめることができないとわかっていたので、明日、蝶妹が社寮とチュラソを往復するのを送らせてほしいとしか言えなかった。蝶妹は承諾した。

その日の晩、棉仔は文杰の顔を大いに立てた。棉仔はテーブルにご馳走をたくさん並べ、さらに柴城の街で買ってきた上等の酒を持ちだして、文杰の送別とし、蝶妹が再び打狗で何事もうまく行くようにと祝福した。文杰は大変感激し、注がれた酒をみな飲み干し、すっかり酔っぱらってしまった。蝶妹の印象では、文杰が酔ったのはこれがはじめてだった。父は生前、酒を飲むのが決して好きではなく、文杰もほとんど酒を飲んだことがなかった。当然、酒量はわずかで、今夜のように文杰が威勢よく乾杯して飲むのは、蝶妹には意外だった。彼女は、姉弟は長年共に暮らしたが、文杰の性格には彼女の知らない一面があるのだと感じた。

蝶妹は考えていた。これは生番の影響なのだろうか。と言うのは、生番が酒を好んで失態を犯すのは、平地人の笑い話になっていたからだった。蝶妹は心配になってきた。文杰は部落に行ってまだ一か月にしかならないのに、どうしてこのような悪習に染まってしまったのだろう。彼女は、文杰に酒を飲むと間違いを犯しやすいから、これからは必ず節度を保つようにと、注意しなければならないと思った。

松仔は気がふさいで楽しめなかった。箸はほとんど動かず、酒杯はただ置かれているだけだった。蝶妹がまた遠く離れて打狗に行ってしまうと考えると、彼の心は野ネズミに齧られたようにひどく痛んだ。彼は度々、横を向いて蝶妹のほうを見たが、蝶妹はめったに彼と目を合わせなかった。みなが談笑している最中、彼は突然箸をつかんで力いっぱい折った。箸は真っ二つとなり、ボキッと音を立てた。みな彼の突然の行動とその音に驚き、話が一瞬とぎれた。空気が固くなり、酔っぱらって人事不省で床に横たわっていた文杰のほかは、みなの目が松仔のほうに向いた。文杰のいびきと屋外の虫の音が聞こえるだけだった。

棉仔は、松仔のここ数日の行動とことばから、おおよそどんなことか推測がついていて、ため息をついて言った。

「松仔、明日は早くから出かけねばならんぞ、さきに寝ろ」

第二十八章

松仔と棉仔は腹違いの兄弟で、十歳あまり年の差があったが、仲は大変良かった。松仔は生母を早く亡くしており、小さいころから兄にまとわりついていた。

おおよそ百年まえの乾隆年間〔一七三六年―一七九五年〕に、福建省の漳州《しょうしゅう》と泉州の男たちが黒水溝を渡って、社寮渓河口にたどり着き、南岸に上陸した。これら第一代の移民は河口にとどまって小屋を建て、集団で開墾して、たまに魚を捕って暮らすようになった。

同じころ、オランダ人によって一六三五年ころに、大崗山付近から阿猴、放索一帯に追いやられていた平埔族のマカタオが、福佬人、客家人の新移民に圧迫されて、牛の群れを連れて台湾の後山に移動させられた。大部分は瑯嶠をまわって後山へ向かったが、社寮がこの半島の最初の拠点だったので、マカタオの一部はこれ以上流浪せず、ここに定住することを選んだ。かくて早期の社寮は、西側の海に近いところの亀山の麓は海と陸に頼って生活する福佬人移民の小集落で、東側は牛を飼い農耕と狩猟を行うマカタオの大きな部落だった。福佬人の「寮」であり、また平埔族の「社」であるので、「社寮」となったのである。マカタオは母系社会だったので、福佬人の子孫の多くが入り婿となり、その結果、土地を手に入れた。家系図もきわめて複雑に錯綜したものになったのである。

その後長い年月を経て、社寮はマカタオと福佬人の男たちとの混血の街となった。彼らは福佬を自認し、価値観では福佬の習俗をかなり維持していたが、生活や風習には平埔族の痕跡が残っていた。とくに女性は、比較的純粋な平埔族の伝統を残していた。男性は依然として父権の観念を持ち、唐山人〔大陸人〕の家族の決まりや姓氏を維持し、李や黄や尤や楊などの姓が多かった。黄姓の者は祖廟まであった。女性は平埔族の身なりで、纏足をしなかった。男女ともにビンロウを嚙み、畑仕事をした。炎暑の気候のせいだろうか、男女ともに頭巾をかぶり、幅広のズボンをはいた。風習や飲食は、福佬とマカタオ式がまじったものだった。

マカタオはいつも海辺では海産物を獲り、近海では竹筏で魚を釣り、沖には出なかった。野牛の群れを馴らして飼うことが、マカタオ族のもっとも重要な生活の糧だった。ただ、社寮の混血した平埔族は、閩南の福佬人の海洋冒険のＤＮＡを持っていて、彼らは竹筏で沖へ漕ぎ出し魚を捕った。そのため、媽祖や観音や関羽や土地公を祀り、さらには「焼王船」という儀式も保存していた。もともとあったマカタオの公廨《コンカイ》〔祖霊を祀る場所〕はなくなったか、あるいは福佬式の廟の祠堂のなかに収まっていた。ただ、彼らは古マカタオの「跳戯《チャウヒ》」〔厄除けや村や家族の安寧を守る儀礼〕のような伝統的な祭礼は続けており、全村に普及していた。

棉仔と松仔はこのような環境で育った。父の楊竹青は社寮の首領で、最初に「家柄が釣り合った」福佬人の血が濃い妻を娶り、三人の男の子ができた。棉仔は長男である。中年になってから平埔族の血が濃い妾を持ち、松仔が生まれた。松仔は末っ子だったが、母の身分が低く、また早く亡くなったので、あまり教育を受けることができず、父からも十分に目をかけてもらえなかった。それに福佬人には長男、そして嫡子を偏重する伝統があったので、まわりの人たちも松仔にはそれほど目をかけなかった。

棉仔が林山産の子供を受け入れたのは同情からで、林山産がかつて彼の家で雇われていたからだった。しかし、林山産は客家であり、彼の子供たちは生番と客家のあいだに生まれていた。だから棉仔から見れば出身は低かった。ただ、蝶妹は美人で利口であり、良く働いた。文杰は棉仔よりも読書に長け、棉仔も一目置いていた。ふだんは家では棉仔より一段低く見られていた松仔は、蝶妹に大変好感を持ち、文杰にも親しみを持っていた。蝶妹と文杰は、棉仔の行為に感謝していたが、自分たちでもよそ者であるとわきまえていたので、社寮をいつまでもいる場所とは思っておらず、それが今回のような行動となってあらわれたのだった。ただ、姉弟の進む道は分かれ、ふたりが予想していたようにはならなかった。しかし、それぞれの願いがかなったのだから、人力のおよばぬところで定められた運命として受け入れていた。

松仔について、人々は棉仔にはおよばないと考えていた。楊竹青も松仔についてはほったらかしにしていた。楊竹青が病に臥してからは、棉仔が代わりに首領をつとめた。そうするうちに、腹違いの弟が、半分客家、半分生番の蝶妹を好きになっていることに気づいたのだった。

棉仔の家族は混血の土生仔だったが、ふだんは福佬人を自認し、しかも社寮の首領だった。文杰や蝶妹については、好意的に受け入れたが、嫁として迎え入れるとなると、それはまた別のことだった。しかし、才色兼備で福佬語が流暢な蝶妹を見て、もしも松仔が本当に彼女のことが好きなのなら、棉仔も反対しなかった。それに松仔はばか正直だが、蝶妹はしっかりして聡明だったので、松仔の足らないところを補うことができると、棉仔は考えた。ただ蝶妹は生番の図柄の肩掛けを身につけるのを好み、いつも生番の首飾りを首に掛けているのが、棉仔には目ざわりだった。

松仔は文杰と蝶妹につきそって、再びチュラソに向かった。今度は早朝に出発し、夕方に着いた。途中、射麻里を通ったが、イサはちょうどいなかった。蝶妹は少し残念だった。と言うのも、彼女はスカロの二股頭をつとめるこの遠い親戚の老人にとても会いたかったからだ。

*

チュラソに着くと、トキトクは蝶妹に会って大変喜んだ。そして、もし蝶妹がこのまま残りたいなら、チュラソは大いに歓迎すると言った。蝶妹は、打狗にもどって医術をしっかり学んでから、またご相談いたしますと答えた。

文杰は養父に話した。今回、蝶妹と松仔はアメリカ、「花旗国」とも呼ばれる国の船に乗って、台湾府から打狗まで行き、さらに打狗から瑯嶠まで来ました。その花旗国の船は、今朝は瑯嶠を出て、たぶんもう南湾に着いていると思います。

文杰は、蝶妹がイギリスのコーモラント号に乗って、おそらくクアールの海岸まで来ているかもしれないと、ずいぶん前にトキトクに話していた。今日、やっとそれが証明できたのだが、トキトクは思わず笑って言った。

「オオ、それは危険だ」

そして、今回、縁があって、花旗国のルジャンドルとも親しくなったと知って、ハハハと大笑いした。

「祖霊のご加護、祖霊のご加護だ」

そして、文杰のほうを向いて言った。

「もう数日経ったら、二股頭や三股頭、四股頭、それにクアールのバヤリンに会いにいくよ。わしには考えがある」

＊

蝶妹はチュラソに三日泊まった。これからはもうチュラソに来る機会はあまりなく、弟に会う機会もあまりないとわかっていた。父はかつて姉弟のふたりに言ったことがあった。生活のために、生まれ故郷をあとにして台湾にやって来た。海を渡って台湾に来た多くの客家人や福佬人の移民たちは、実は故郷に女房や、さらには子供たちがいた。移民たちは、金儲けを夢見て台湾にやってきて、夢がかなった暁には、家族を台湾に迎えるか、あるいは自分が故郷に錦を飾るかするつもりだった。しかし、移民で本当に成功した者は実はごく少数だ。父はそう話すたびに、頭を振ってため息をついた。

父が話していることは、彼自身の悲痛な経験なのかどうか、蝶妹にはたずねることができなかった。さらに父が台湾に来るまえ、故郷で本当に独身だったのか、それとも妻を早くに亡くしたのか、あるいはまだ妻や子供が残っているのかどうかもたずねることができなかった。

蝶妹は文杰を見ていた。父は文杰が科挙の試験で名をあげることを願っていた。生番の貴族になろうとは思いも寄らなかったことだろう。さらに意外なのは、生番は家族のきまりが厳格なのに、大股頭が文杰を養子に迎えたことだった。これは二十数年来のあいだに積もりに積もった大股頭の後ろめたさゆえであり、亡くなった妹への罪滅ぼしなのだと感じた。

蝶妹は、「コーモラント号」の二発の砲弾によって、トキトクも大きな環境の変化の速さを実感し、そのため変化を求める気持ちが起こっているのだと感じた。トキトクが文杰を養子にしたのは、感情的な面のほかに、深い意味があった。トキトクは敏感だった。多くの平地人の侵入、妹の結婚の悲劇、外国船の到来によって、彼は時代の大転換を実感していた。これまで自分たちは百年、変化のない天地に閉じこもり、その境遇に安んじて安逸な日々を送ってきたが、いま苛酷な挑戦に直面していた。彼は、この非常事態に対応するために手助けが必要だった。文杰は若かったが、確かにもっとも良い人選であった。

蝶妹はここ一、二か月の異人との接触から、この島はたとえ台湾府のような大都市であろうと、社寮のような小さな街であろうと、異人の到来によって変化が生じ、さらにはこのような僻地の山中の生番さえも影響を受けざるを得ないと実感していた。

彼女は、こうしてみると、文杰の使命は重大だと思った。母の一族の命運は、文杰の肩にかかっているのだ。トキトクのあとを継ぎそうな甥たちに、何人か会ったが、みな酒飲みで、大任を担って未来の大きな変化に対応するには役不足なのは明らかだった。蝶妹は考えていた。どうしてトキトクは文杰を妹の息子、自分の甥として親族にもどさず、大股頭の養子としたのだろうか。このようにすることで、はじめて文杰に頭目家の一員としての地位を得させることができ、将来、大股頭を継ぐツジュイ兄弟たちを補佐することができるということなのだろうか。それゆえ、別れるときに、彼女は文杰の手を握って、諄々と言い聞かせた。

「おまえがここで、大股頭の養父に目をかけてもらえば、お父さんも、お母さんもあの世で安心できるわ。でもね、このことは守ってね、お酒を飲み過ぎないようにね。よく覚えておくのよ」

文杰は真面目な顔でうなずいた。

社寮に帰る道中、蝶妹は心配で気が重かった。文杰の前途はもう決まったが、今度は自分の未来を決めなければならない。松仔は彼女に付き添っていたが、彼女の粛然とした表情を見て、声をかけられなかった。

彼女は、棉仔は口にしなかったが、自分がこれからも社寮に住むつもりなら、松仔に嫁ぐしかないと思った。彼女は思わず首をかしげて松仔をちらっと見て苦笑した。松仔は蝶妹が笑っているような笑っていないような表情を浮かべているのを見て、勇気を出して蝶妹に聞いた。

「蝶妹、いつまた打狗に行くつもりだい」

「船があればいつでも行くわ」

松仔は言った。

「おれ、もう決めたよ。おれも蝶妹と一緒に外に出て、一旗揚げようってね。おれは、前回、打狗に行って、いろんなことを見て、いろんなことがわかったんだ。社寮にいて野菜を植え、魚を捕り、牛を飼っていても、なんの将来もないってね。大きな街に出てはじめてチャンスがあるんだ。蝶妹は間違ってないよ、社寮に閉じこもっている必要なんかないよ」

蝶妹は驚くとともに嬉しかった。ずっと愚直でぼんやりとしていた松仔がこのような見識を持っているとは思いもよらなかった。このような決意、このような行動に、蝶妹は松仔を見直した。彼女は数日見せなかった太陽のような明るい笑みを浮かべ、こう言った。

「それじゃ、打狗に行ってからはどうするの？」

松仔は言った。

「おれは勉強したことがなくて、字を書いたり、帳簿をつけたり、そんなことはできない。打狗は、旗後だろうと、哨船頭だろうと、たくさんの外国商船があって、貨物を積んだり、降ろしたり、仕事があるよ。前に、蝶妹に会いに行ったときは、臨時の仕事を何日かしていたんだ。おれは力が強いんだ、力仕事ならお手のものだ。ただ、問題は、臨時の仕事で働くだけでは稼ぎが不安定だし、それに住むところも探さなければならないってことだ」

蝶妹は言った。

「天は自ら助くる者を助くよ。もし仕事ができれば、あなたを必要とする人が自然に出てくるわ。もし本当に打狗に行って働くつもりでいるのなら、私たち一緒に船に乗って行きましょうよ」

蝶妹は自分から松仔と船に乗る約束をした。松仔は飛びあがらんばかりに喜んだ。

第二十九章

トキトクは依然として心配で気が重かった。彼は文杰に言った。十八社連盟は成立したが、試練はまだこれからだ、その試練に耐えられるか自信がないと。それに、今回は違っていた。前回はスカロのなかでもクアールが目立っていたが、いまは十八社の運命がひとつに繋がり、トキトクの責任はいっそう重かった。

四月の中旬から下旬にかけて、下瑯嶠十八社に連盟を呼びかけたとき、トキトクは十八社の頭目に言った。三月二十五日にイギリス船がやって来て、なんの成果もなく引きあげていったが、白人の軍船はきっとまたやってくるだろうと。果たして、四月二十四日にアメリカの船が来たが、今回はただ沖をグルグルと回るだけで引き返していった。みなは大喜びし、これでことは解決したと思った。だが、トキトク大股頭は、わしの見るところ、そんなに楽観的じゃない、警戒を緩めるわけにはいかんぞと言った。

トキトクは、今回アメリカの船が来たのはようすを探るためで、次回の準備をしているのだ、遭難した船員はアメリカ人で、アメリカこそが本当の当事者だ、と警告した。彼の考えでは、上陸して徹底した捜索を一度もせずに終わるなど、あり得なかった。前回は、やって来た異人があまりにも少なかったので、上陸を退けられたが、次回はきっともっと多くの連中がやって来ると考えていた。

ところで、十八社大連盟といっても、実際のところ、トキトクが掌握できているのは、スカロの四社と問題を起こしたクアール社だけだった。そのほかの牡丹社やクスクス社などについては、再びスカロと敵対せず、ましてこの機に乗じてスカロを攻撃せず、さらに白人が内陸まで侵入してこないように、後方で防衛体制を敷いてくれることが大事だった。それゆえ、トキトクの考え方は大変実際的で、スカロとクアール社だけで計画を立てるというものだった。

トキトクは最も西に位置する猫仔社と龍鑾社の頭目に言った。白人の艦隊が、龍鑾と大繡房のあたりから山に登り、側面から攻撃をしかけてくると、見晴らしがきく地勢を占めている有利さが失われかねない。だから、彼はこの二社には本来の自社防衛に当たらせた。そうすれば、万が一白人の軍隊がこちらから入ってきても、食い止められる。

彼はまたチュラソの者は、白人の船が東のチュラソ渓から進入してくるのを怖れていると言った。河口を防衛しなければならない。トキトクは三十人のチュラソの勇士を動員して、カヤ草や竹や丸木をどっさり用意した。万一河口から侵入して来ようとする船を見つけたら、すぐにカヤ草や竹を渓流に積み重ね、渓流の水深を浅くして船を進めなくさせるのだ。もし船の侵入が防げなかったら、丸木を渓流に積み重ねる。要するに、敵艦を破壊できなくても、河のなかに障害物を設け、船を進めなくさせるのだ。それから、彼はみなに言った。

もし敵の船が本当に河に侵入してきたら、火攻めだ。火をつけた矢を敵の大きな帆に放って、船を焼くのだ。そしてまた、岸辺に落とし穴を仕掛け、敵軍が上陸したら、やつらを立往生させ、負傷させるのだ。

最後にこう言った。敵はずっとあの船帆石を目印にしているから、船が難破した砂浜から上陸して、クアールを攻撃してくる可能性がやはりもっとも大きい。敵はあの地域全体の地勢には通じておらず、もっぱら自分たちの射撃や砲撃が強力であることに頼っている。

トキトクはみなに聞いた。

「では、わしらにはどんな対策があるか？」

クアールの頭目バヤリンは言った。

「前回のように、まず火縄銃で海岸を掃射して威嚇し、やつらを上陸できないようにする」

トキトクはちょっと笑った。

「止め切れんだろう。前回は、やつらは数人が上陸して、ようすを探っていただけだから、阻止できたんだ。今度、やつらが来たら、百人は来なくても、七、八十人は来る。やつらが、山に入って捜索する気になれば、何人かやっつけることはできても、阻止できるとは限らん」

トキトクはまた言った。

「ちょっと数えてみよう、出動できる戦士はどれだけいる？」

彼はバヤリンのほうを見た。バヤリンは大声で答えた。

「クアールは四十人だ」

トキトクはさらにイサのほうを見た。イサは叫ぶように言った。

「射麻里は六、七十人ほど、七十人だろう」

トキトクは言った。

「わしらチュラソも七十人ほどだ」

トキトクは続けて言った。

「だが、わしらは三十人前後をチュラソ渓の河口に配置せねばならぬ。そうすると、わしらがクアールに集めることができる戦士は、全部で……」

トキトク大股頭はちょっと詰まり、言い渋った。

文杰がそばから小さな声で言った。

「全部で百五十人です」

トキトクは満足そうに文杰を見た。

「バヤリン、わしらは百人をクアールに送る、異人の船が来るまでずっとだ。わしの見るところ百日以内に、異人の船と兵士がきっと来る。もし百日で来なかったとしても、半年のうちにはきっと来る」

イサは言った。

「それならあとの五十人は？」

トキトク大股頭は言った。

「その五十人はチュラソと射麻里に残って防衛に当たる。後援部隊として、緊急事態が発生したらそこに行って支援するのだ」

イサはそれを聞いて感心した。

トキトクは続けて彼の計画を話した。

「バヤリン、この間《かん》、クアールのみなにめんどうをかけるが、すべての戦士の食糧を提供してくれ。わしらは毎日、夜間に二十人の戦士を出して警戒に当たらせ、ほかの連中を休ませる。夜間に守備に当たる戦士は、昼間のうち少し休むことができる」

みなこのような配備は大変合理的だと思った。蚊蟀《マンス》と八瑤、それにシナケの頭目は、わしらはスカロから遠くない。スカロの男たちがみな戦闘に備えて出かけているときは、わしらは部落に残っている女や子供たちに食糧を用意して提供しようと言った。スカロの股頭たちとバヤリンは心から謝意をあらわした。

こうして、瑯嶠十八社連盟は配備が決まり、警戒態勢に着くことになった。

*

早朝、トキトクとバヤリンはスカロの股頭たちを引き連れて、大尖石山にのぼって無事を祈った。

前に、バヤリンがここに来たのは、紅毛人の女を謝って殺してしまったあと、部落の者や犬が突然死んだためだった。みな紅毛人の女の霊が恨みを晴らしに来たのだと考えた。そこで、女巫が、バヤリンと部落のすべての男、女、子供を連れて、大尖石山にのぼり、祈りを捧げたところ、果たしてその後は同じような災難はもう二度と起こらなくなった。それで人々は、いつも紅毛人の女が死んだ場所に行って拝むようになった。そしてまた、この紅毛人の女はもともと巫師だったという話が伝わりはじめた。

大尖石山はクアールの聖山であったが、スカロ人もこの奇怪な形をした峻厳な山に畏敬の念を抱いていた。クアールは戦いの前後や、災害、豊作など、祖霊に祈ったり、祈禱や懺悔をするときなどに、大尖石山にやってくる。今朝は、トキトクがバヤリンとほかの頭目たちを連れて、大尖石山にのぼり、戦争の勝利と紅毛人の女が再び災いをもたらさないように祈りにやってきたのだった。

文杰は大尖石山の山上に立った。風がきつかったが、まわりの景色は素晴らしかった。緑の山林、銀色の渓流、青々とした草原と渓谷、さらに三方に広がる紺碧の海。文杰は遥か彼方の柴城と社寮を眺めた。統領埔はぼんやりかすんでいた。文杰はこの母の同族の人々の土地である大地を眺めながら、自分の命をかけてこの土地の民、草木、そして生物を守ろうと心ひそかに誓った。

文杰が願っているのは、ほかの人々のような、今後の戦争の勝利ではなく、この土地と住民が末永く平和に仲良く暮らすことだった。

＊

大尖石山から下山したあと、トキトクはまたしばらく考えこみ、最後にこう言った。バヤリン、イサ、それから文杰も、明日の朝早く、イギリス船の連中が上陸した場所に一緒に行ってみよう。

翌日、早朝、海風が吹きつけ、ひんやりしているなか、トキトクはみなを率いて海辺にいた。山をおりるときに、バヤリンは、前回、兵士が待ち伏せしていた場所を指さしてトキトクに教えた。トキトクは、

「わかった」

と言った。

岸に着くと、トキトクは海岸の地形を子細に観察した。ここは砂浜と岩の多い浜が交錯しているが、前回イギリス船の船員が上陸したあたりは比較的平坦で、上陸しやすかった。

トキトクは海岸からクアールを眺めて、イサと文杰に聞いた。仮にだ、次回も白人兵が同じところから上陸するとしたら、ただし、六人ではなく、六十人、いや百人もいるかもしれんが、おまえたちが白人の指揮官だったら、どのように部隊を指揮する？　それから、ふり向いてバヤリンにもたずねた。今度は、どのように兵士たちを配備するつもりだ。

バヤリンがさきに答えて言った。

「わしはやはりこのあいだのようにやる。兵士たちは山すそに近い林のうしろに身を潜める。そうすれば海岸に向けて発砲できる。今度はわしらはもう遠慮しない。やつらが上陸

しないうちに、発砲して打ち殺してやる。上陸はさせない。だが、弾があんなに遠くまで届くかどうかはわからない」

トキトクは頭を振って言った。

「異人たちは、今度は必ず多くの人間でやってくるから、死傷者が少しぐらい出ても気にしないだろう。あまり早く発砲すると、居場所がばれてしまう。そこにやつらが大砲をぶっ放せば、わしらはひどいことになるぞ」

イサは不可解そうにたずねた。

「紅毛人の指揮官がもし百名の兵士を連れてくるなら、当然、山にのぼって捜索するだろう。百名の兵士にのぼって来られたら、わしらはまずいことになるんじゃないか」

トキトクは言った。

「まず、異人を山にのぼらせなくちゃならん。あいつらが山にのぼったら、もう山に大砲をぶっ放すことはできない。第二に、異人の兵士が山にのぼったら、やつらがわしらを見つけられないようにする。正面攻撃はせず、撃ったらすぐに逃げるんだ。あいつらはわしらを見つけられず、慌てるだろう。わしらはやつらを殺す必要はない。やつらをくたくたにさせるんだ。多数のイヌと一頭のイノシシの喧嘩のようなもんだ」

イサは手をたたいて大笑いし、バヤリンはうなずいた。

文杰はそばで口ごもるように言った。

「どうしても異人と戦争しなければならないんですか。ほかの方法はないのですか」

トキトクは彼をじっと見つめた。

「異人が仕掛けてくるんだ。わしらが戦争をしかけるんではない」

文杰は答えた。

「でも、ぼくが社寮であの人たちに会ったときの感じでは、絶対に戦争するというふうには見えなかったのですが。あの人たちが求めているのは、船員の遺体と遺品でした」

トキトクは言った。

「それはただやつらが欲しいものの一部だ。やつらはもう二度もやってきて、なんの成果もなく引き返している。わしらはやつらの船員を殺した、やつらは報復しなけりゃ、あきらめないよ」

文杰は言った。

「でも、もしぼくらがまた勝ったら、あの人たちはもっと怒りませんか？　そして、またやって来て、勝つまでやめないでしょう」

文杰のこのことばは、明らかにトキトクの胸を打った。トキトク大股頭はうなずきながら言った。

「もっともだ、ああ！」

それからじっと考えこんでいるようだった。

空を大きな鳥の群れが横切り、その鳴き声が大股頭の思いをかき乱した。大股頭はどうしようもないというように、「ああ……」と言った。

第三十章

トキトクの予測は本当になった。一か月あまり経つと、異人がまたやってきた。

空がまだ明けないうちに、見張り所から、異人の大きな船が見えたという知らせが入った。トキトクは急いで山の中腹まで行き、遥か彼方の海を眺めた。

トキトクにとって思いがけなかったのは、あらわれたのは一隻ではなく、二隻の三本マストの大型帆船だったことだ。バヤリンは、この二隻の船はこのあいだ来たのよりずっと大きいと言った。海面をますます近づいてくる船を見て、人々は心臓が飛び出しそうだった。

空がしらみはじめた。今日は快晴のようだ。太陽の陽ざしがきつく、見晴らしもきくだろう。部落にもどると、トキトクは八十人の勇士を呼び集めた。

「それぞれ十人ひと組になって、異人を食い止めながら援護し合うのだ」

勇士たちは決められた場所に身を潜めた。

「勇士たちよ、顔と手を赤く塗って、異人を脅すのだ。万が一負傷して流血してもごまかせる」

トキトクは整然と命令をくだした。

「山の中腹の木のうしろ、異人の射撃が届かぬところに隠れるのだ。我慢して、発砲してはならぬ。異人がのぼって来ないのが一番だが、もしのぼってきたら、やつらを部落から遠く離れた山上におびき寄せるのだ。遠ければ遠いほどいい。部落からもっとも遠く離れた組がまず発砲し、発砲したら、すぐに隠れ場所を変えるのだ。それぞれの組が順番に発砲し、やつらに林のなかをぐるぐる回らせるのだ。そしてわしらの人数をつかめなくさせるのだ。もしも、異人がわしらを傷つけなかったら、わしらもやつらを傷つけることはない」

「異人のやつらは明るいところにいて、わしらは暗がりにいる。やつらの動きはわしらの手の内にある。うまく隠れていさえすれば、やつらはわしらを傷つけることはできないのだ。やつらとかくれんぼをして、やつらに林のなかをぐるぐる回らせてやる。わしの考えでは、夕刻まで戦っても、やつらはなにも得るところなく撤退することになるだろう。十分な食糧を持っていない限り、やつらが山中で夜を過ごせるとは思えないからな」

文杰は我慢できなくなってたずねた。

「万が一、異人が上陸せず、直接、大砲で攻撃してきたら?」

トキトクはしばらく黙っていたが、ため息をついてこう言った。

「そのときは、まず撤退してから考えよう」

二隻の大きな船が岸に近づいてきて停泊すると、小船を海におろすのが見えた。真っ白い制服を着た兵士が、数十艘の小船に乗って、続々と上陸してきた。

数えるまでもなく、白人の兵士の数は、部落の男たちの数よりずっと多く、トキトクは気が重かった。しかし、文杰はほっと溜息をついた。少なくとも異人は直接、大砲を撃って来なかった。

部落からもっとも遠いところにいる組が、明るい太陽のもとにわざと姿をあらわして気勢をあげた。白人の兵士たちは、果たしてその方向に動きはじめ、次々に山をのぼりはじめた。

白人が林のなかに入ると、あちこちに隠れていた戦士らが、次々と銃を放った。白人の部隊は慌てはじめ、そのうち分散して捜索をはじめた。戦士が身を潜めている場所に近づいてくると、戦士らはわざと奇声をあげ、隊列のまえに踊り出た。白人の兵士たちは大騒ぎして、すぐに発砲した。だが、戦士たちはすばやく別の場所に身を潜め、白人の兵士たちはいつもはぐらかされた。白人の兵士たちも警戒心を高め、はぐらかされるとすぐに隊列にもどり、隊からはぐれないように注意を怠らなかった。

正午に近づくと、太陽の光がいよいよ熱くなった。山中には道がなく、白人の部隊は茂みを切り開きながら進んだ。彼らはハアハアと息を切らしはじめた。兵士たちは体力が続かなかったり、つるにからみつかれたり、トゲがある有毒の植物に傷つけられたりして、痒みや痛さに耐えられなくなり、次々に坐りこんだ。そして、背嚢を開け、水を飲んだり食べ物を口にしたり、薬を塗ったりして、部隊は乱れはじめた。トキトクは秘かに喜び、もし部隊からはぐれた白人がいたら、ひとり、ふたり捕まえてくるか、少なくともやつらの武器を奪ってやろうと考えていた。

そのとき、縁取りのある帽子をかぶった青年があらわれると、前後に走っていって散らばってしまった兵士たちを隊にもどそうとした。青年の声は大きく、豆粒ほどの大きさの汗が赤く火照った顔から流れ落ちていたが、機敏に動きまわっていた。

こうした彼の働きで、白人の兵士たちは再び隊形を整えた。トキトクは、思わず秘かに喝采を送った。

単発の銃声が、あちこちで起こった。一部は部落の勇士のものだったが、多くは白人の兵士が発砲したものだった。太陽はしだいに南に傾き、また西に傾いた。計算すると、この大勢の白人の兵士が、山にのぼってからもう五、六時間になる。やつらはまだスカロの兵士たちに正面から遭遇していないし、クアール社も見つけていなかった。だが、トキトク大股頭は心配になった。

やつらは、いつ撤退するのだろうか？

トキトクは、白人の兵士の背嚢が大きくふくらんでいるのに気がついた。やつらはここで夜を過ごし、明日も捜索を続けるつもりだろうか？

そのように長引くと、わしらには不利だ。白人の兵士は遅かれ早かれ林を出る。部落がある所を見つけられたら、どうしようもない。なんと言っても白人は人が多く、武器もまた強力だ。

トキトクは、絶対にやつらにここで夜を過ごさせてはならない、日が沈むまえに必ずやつらを追っ払おうと決めた。

トキトクは頭を絞り、いかにして白人の軍隊をさっさと撤退させるかを考えた。もし大規模に面と向かって戦えば、こちら側が絶対に不利だ。もし夜間に急襲すれば、相手側の多くの人間を殺すことができるかもしれない。ただ、文杰が言うように、やつらは必ずまたやって来る。次は？　毎回、敵を撃退できるという保証はない。一回でも失敗すれば、部落じゅうの老若男女が行き場を失うことになる。

トキトクはこう思った。力は見せつけなければならないが、しかし、白人の恨みを買ってはならない。恨みを買いたくないなら、相手側をそんなにたくさん傷つけるわけにはいかない。そこでトキトクは、やつらを大勢殺すことなく、しかし震えあがらせて、すぐに撤退させることにした。

彼は思いついた。スカロと他の部族が戦うとき、殺し合いを避けるために、両方の部落からひとりずつ勇士を出して戦うことがよくある。時には、ふたりの大頭目が決闘をし、負けたほうの部落はきっぱりと負けを認めるのだ。

そこで、彼は部落で銃の腕が一番だと言われているパタイを呼んだ。

彼はさらに銃の一流の使い手をふたり呼んだ。トキトクはみずから三人に、どう動くか教えた。三人はうなずいて出発した。トキトクは、心のなかで祈り、祖霊の庇護を請いながら、パタイらの任務の成功を待った。

マッケンジーは、軍隊を率いて、林のなかで捜索をつづけた。敵が前面の林に姿をあらわすと、一、二発、発砲するが、敵はすぐに姿を消す。みなしだいに焦りだした。ここは出口のない迷宮だ。羅針盤を持っていてもなんの役にも立たない。ここでは、地面は平らでなく、木も大通りに沿って植えられているのではない。彼らがよく知っている戦場とはすべてが異なっている。彼らはこれまでこのような険しい山道を歩いたことがなく、またこのような密林やつる草も、このような炎熱の太陽も、このように捉えがたい敵も経験したことがなかった。林は奥行きが知れず、敵はまるで彼らを弄んでいるようで、いっそう恐怖心をあおられた。彼らのなかには、インディアンと戦った兵士が少なくなかったが、ここの山や密林は、インディアンとの戦場より過酷だった。敵がインディアンより頭がいいのは明らかで、武器も進んでいるという。さらにまずいことに、太陽も敵の味方をしており、多くの兵士が厳しい太陽に晒されて動けなくなり、座りこんだり、横になったりしていた。人数と兵器の優勢に頼れば、向かうところ敵なしだと考えていたのだが、結果は五、六時間、双方で撃ち合っても、ひとりの敵も殺せず、正面から向き合った敵さえひとりとしていなかった。これは非常に奇妙なことだった。彼らはこれまでこんな魑魅魍魎のような敵と戦ったことがなかった。ここで夜を過ごすのだろうか。彼らは四日分の食糧を持っていた。だが、昼間は敵を見つけられず、また敵の数もわからなかった。夜になると、敵に一斉にやられるのではないだろうか。敵は夜が来るのを待ち構えているのかもしれない。マッケンジーは、兵士たちもみなこのように不安に思っているのだろうと考えていた。彼は、隊を率いる副指揮官だった。決断を下して、兵士たちを守らねばならない。そこで、彼は大きな声を張りあげて、兵士諸君は助け合うんだ、隊を落伍してはならぬ、と言った。マッケンジーはみなの士気を鼓舞しようと努めた。

＊

パタイたち三人は林のなかを体をかがめて走った。トキトクが彼らに与えた命令は、帽子に縁取りのある士官を見つけることだった。彼らはしだいに白人部隊の最前線に近づいていた。果たして、部隊を率いる軍人がいた。帽子が他の兵士たちと違っており、目的の士官に違いなかった。士官は大きな石に座って振り向き、うしろの部隊を手招きしているところだった。パタイは機を失ってはならずと、銃をあげ、士官に照準を合わせると、息を止めて、引き金を引いた。

士官は胸を押さえて、苦悶の表情を浮かべ、口を大きく開けると、ゆっくりと倒れた。部隊は大騒ぎとなり、兵隊たちは四方に発砲した。パタイは任務を果すと、身をかがめて急いで駆けもどり、トキトク大股頭に報告した。

トキトクはパタイの肩を叩いたが、依然としてみなに声を出させず、追撃も発砲もさせなかった。トキトクはパタイに言った。

「あの白人も勇士だ！」

白人の部隊は騒ぎのあと、すぐに隊列を整え、下山をはじめた。途中、しきりに四方に発砲しながら、整然と船にもどっていった。トキトクは大いに感服した。

日が落ちるまえに、二隻の大きな船はとうとう去っていった。

＊

その晩、トキトクは部下たちの歓声を受けた。彼は両手を高く掲げ、よく響く声でみなに告げた。

「勇士たちよ、われらは祖霊に感謝しなければならない」

文杰はトキトクのそばに立ち、背の高い養父を見あげて、まるで天の神のようだと感じた。

このように感じているのは、文杰ひとりではなかった。

トキトクは、大尖石山の祖霊の庇護によって勝利を得たと考えていた。そこで、翌日の早朝、彼は文杰とイサとバヤリン、そして参戦した勇士たち全員を連れて、巫師と部落の人々の感謝の歌声のなかを、再度山にのぼった。そして、祖霊から賜った勇気と幸運に感謝したのであった。

第三十一章

高くて長いラッパの音が、太鼓の音と共にほど近い領事館から伝わってきた。蝶妹はこんな楽器の音を聞いたことがなかった。荘厳ななかにも、もの悲しさを帯びていた。

マンソンはラッパの音を聞くと、仕事の手を止めた。そして、姿勢を直して目を閉じ、胸のまえで十字を切った。

「アメリカの副指揮官が昨日、南湾で土番に殺されました」

マンソンは低い声で蝶妹に告げた。

「葬儀がすぐにはじまります。ぼくもちょっと行かねばなりません」

蝶妹は動揺した。アメリカの軍隊がもうクアールに行ったってことなの？ 人が死んだってことは、戦争があったってことだわ。彼女はマンソンに、原住民に死者が出たか知っているか聞きたかったが、口に出さなかった。

一昨日、三本マストの大きな帆船が二隻打狗港に入ってくるのを見た。掲げられているのは、イギリスの国旗ではなく星条旗で、前回、アシュロット号が掲げていた国旗だった。蝶妹にはそれがアメリカの軍艦だとわかった。この二隻の船が特別大きいことが印象深かった。しかも港に停泊すると、この水兵たちはみな忙しそうに動いていた。午後になると、この二隻のアメリカの船はまた出航した。打狗港では、しょっちゅう外国の軍艦が補給に立ち寄っており、だから彼女もとくに気にしていなかった。いま彼女ははっと悟った。あの二隻の大きな船は、クアールに遠征して、帰ってきたところなんだわ。

奇妙なのは、ルジャンドルが姿をあらわさないことだった。

彼女は、母の部落の人々や弟のことが心配で、気が気でなかった。マンソン医師のほうをちらっと見た。ふたりの関心が異なるのは、明らかだと思って彼女は深く溜息をついた。

彼女はマンソンを尊敬し、マンソンも彼女に好感を持っていたが、彼女ははっと気がついた。彼女とマンソンが関心を持つ対象は、実は正反対なのだ。マンソンは、たとえ同じ国でなくても、白人に関心があった。そして彼女が関心があるのは、この島の人々であり、母の部族の人々だった。

「人の血統ですべてが決まるんだわ！」

彼女は心のなかでそう思った。

彼女は、福佬人と客家人のあいだの代々の恨みや争いを知っていた。また客家人と部落の人々との複雑な愛憎についても知っていた。彼女の両親が、このようなもつれ合う愛憎の証人であった。そして、蝶妹と文杰はそのような愛と憎の結晶であった。彼女は母の死後はじめて、両親の結婚が母の部族の人々に受け入れられないと知った。彼女が文杰と社寮に出てくると、陰で悪く言っている人がいるのを知った。彼女がいわゆる生番の種だからだ。しかし、社寮では大多数が平埔族で、少数は福佬人との混血の土生仔であったが、社寮の土生仔は、客家と生番の混血である蝶妹や文杰より自分たちを上に見ていた。彼女は苦笑した。

午後になると、二隻の船は七発の砲声を放ち、打狗港を去っていった。マンソン医師は葬儀から帰ると、亡くなった士官は打狗のイギリス領事館の裏庭に埋葬されたと話した。マンソンはさらに言った。アメリカの士官の話では、フォルモサの土番には死傷者はいなかったようだ。土番は非常に狡猾で、アメリカ軍の兵士百八十人あまりは、南岬の山中で六、七時間引きずりまわされたが、副指揮官が死んでも、ひとりの土番にも会えなかった。土番は兵士たちとかくれんぼでもしているようだった。そのうえ罠も仕掛けられていた。あの副指揮官は不幸にも命を失った。兵士たちは土番に、吐き気がしたり昏倒したりするほど弄ばれ、そのうえフォルモサの熱い太陽に晒されて熱射病にかかったり、林のなかの毒草に刺されたり、毒ヘビに嚙まれたりした。こうして十数人の兵士が担架で運ばれたが、幸いひと晩休むと回復した。

マンソン医師はこのように話しながら、残念そうな目をした。蝶妹は心のなかで秘かに喜んでいた。

この日以来、蝶妹はマンソン医師に会うと、複雑な気持ちになった。もともとマンソン医師を尊敬していただけでなく、秘かに慕ってもいた。しかしいま、実はふたりの心のなかの距離は遥かに遠いことを感じていた。

マンソン医師は、これまでずっと蝶妹が礼拝日に彼と一緒に教会に行くことを望んでいたが、彼女はただ微笑むだけだった。統領埔にいたころ、父の林山産は彼女と文杰を連れて、観音や関公〔関羽〕や土地公〔福徳正神〕を参拝にいった。のちに、彼と文杰が社寮に出てくると、棉仔たちも同じように観音や土地公、そして「姥《ボ》祖《ソ》」〔マカタオ族の伝統信仰の中心になる神様〕を参拝していることに気がついた。彼女は、両親が危篤に陥るとずっと「南無観世音菩薩」と唱えていた。また、台湾府の看西街で、マックスウェルが信徒と共に礼拝する大きな部屋を見たこともあった。彼女はあの平和で荘厳な雰囲気は好きだったが、自分でひとりで「南無観世音菩薩」と心で唱えるときにもたらされる心の安寧より牧師の説教のほうが素晴らしいとは思わなかった。

彼女はマンソン医師を尊敬していたし、マンソン医師も彼女に良くしてくれた。それにひきかえ、無骨で愚直な松仔は、彼女の尊敬や信頼を得るまでにはいたっていなかった。ただ、松仔に会うと、その親切でのんびりした人柄に心がなごんだ。

今日は、身内のことが気にかかっていたので、彼女はとくに松仔のことが心配だった。

第三十二章

六月十四日、アメリカ南湾遠征軍指揮官ベルクナップは、打狗の哨船頭にあるイギリス領事館に、戦友の副司令官マッケンジーを埋葬した。

ベルクナップは傷心し疲れていたが、寝つけなかった。今回の出征は、まさに一場の悪夢だった。ベッドに横たわって目を閉じると、雄叫びをあげて山林を走りまわるフォルモサ生番が眼に浮かび、さらに戦友に抱かれて胸から血を流しているマッケンジーが見えるようであった。六月十五日、まだ空が明けないうちに、彼は起きあがり、打狗から上海に向かうハートフォード号の船上でベル司令長官への報告書を書いた。

四日後の六月十九日、ベル司令長官はベルクナップの報告にもとづいて、ワシントンの海軍長官ウェルズに今回の行動を報告した。(19)

(一八六七年系列、第五十三号公文)
アメリカ旗艦ハートフォード号(第二級)
一八六七年六月十九日、清国上海
謹んで尊敬するウェルズ海軍長官に致す

閣下：

小職は閣下に報告申し上げることを光栄に存じます。本年六月三日の編号四十六号司令に基づき、小職はその月の七日にハートフォード号に乗船して上海を離れ、ワイオミング号艦長の海軍少佐カーペンターと共に台湾島南端に向かって艦を進めました。目標はあの一帯に居住する土番に痛撃を与えることであります。土番どもは今年の三月に遭難した我が国の三本マストの商船、ローバー号の船長および船員を殺害しました。

六月十日、南に向かって航行中、私はハートフォード号の艦長ベルクナップに命じて、四十人の水兵にマスケット銃を、そのほか四十人にシャープスライフルを装備させ、また別に五名の榴弾砲兵を配しました。ワイオミング号艦長の海軍少佐カーペンターの兵士にも四十丁のライフルを装備させ、四十丁分の弾薬と四日分の食糧と水を持たせました。両隊の兵士に海軍陸戦隊を加え、上陸に備えました。この精鋭の訓練を受けた軍隊は計百八十一名であります。私は六月十二日に台湾の打狗に停泊しました。スコットランド人のピッカリング氏は通訳にあたることを志願し、かつ報酬を受け取りませんでした。彼は土民に大変通じております。私は二人の通訳を雇いました。また打狗に住む商人テイラー氏、およびイギリス領事キャロル氏にも面会しました。これ以前にキャロル領事は仲介人を遣わして、もし憐れなローバー号の船員になお生存者がいるならば、金と引き換えに全員を引き取りたいと、土民に善意を示しました。のち、キャロル領事はブロード艦長のイギリス砲艦コーモラント号に乗って、事件発生場所に赴きましたが、上陸時に攻撃を受けました。彼らもみな遠征隊に加わることを希望しました。翌日(六月十三日)朝八時半、我々は台湾南端にある広々したのこぎり歯状の湾に到達し、湾の東南、岸から半カイリ離れた場所に停泊しました。該所はこの時期のような台風の季節はすこぶる危険でありますが、ただし、十月から五月までは東北の季節風の季節で、絶対に安全な停泊地であります。九時半、将校、水兵、および海軍陸戦隊の隊員、計百八十一人は、四日分の食糧と飲料水を携帯して上陸しました。部隊はハートフォード号のベルクナップが指揮し、マッケンジー海軍将校が副指揮にあたりました。海軍の旗艦に属する将校マッケンジーは上陸後に征伐を命じました。我らは望遠鏡を通して、身にぼろ布をまとった赤い皮膚の土民が、十人あるいは十二人一隊となって、二マイル向こうの丘に集まっているのを見つけました。彼らのマスケット銃は太陽の光でピカピカと光っておりました。彼らの動静はほとんど一日じゅう、船から見てとることができました。我々の部隊が山に入ったとき、山道に通じた土民は大胆にも正面攻撃をかけてきました。彼らは敏捷に高く茂る草のあいだを動き回り、終始、我がアメリカの土着インディアンに遜色のない戦略と勇気を見せました。土民どもは発砲するとすぐに身を隠し、我が部隊が彼らが身を隠した場所に突撃するたびに、待ち伏せに遭いました。

我々の分遣隊はこのように手こずらされ、船からは見えない情況下で、土民を追撃しました。午後二時になって彼らからの攻撃がやみました。そのとき、土民は隙を見て秘かに接近し、マッケンジー海軍将校が指揮をとる部隊に発砲しました。マッケンジー海軍将校はサンズ海軍大尉が指揮する連隊の最前列に立ち、土民が設けた待伏せ地点に果敢に突撃しましたが、マスケット銃に撃たれました。連隊の兵士が部隊の後方に運びましたが、不幸にも亡くなりました。我々海軍は誇りをもって、マッケンジー将校より勇敢で、前途ある人はいなかったと申し上げられます。将校は専門知識が豊富で、資質に恵まれ、行動は機敏で、人となりも温厚優雅でした。それゆえ兵士の信頼と尊敬を得ておりました。将校は道義に背かず、いつも先頭に立って、兵士のために模範となりました。

何人もの将校と兵士が激しい暑気にやられました。敵を四時間にわたって追撃したため、全部隊はもう疲労困憊しておりました。指揮官のベルクナップは形勢を見て、海岸にもどって改めて見張りを置くよう部隊に命じました。しかし、この二、三マイルの撤退においても、多数の兵士が炎暑に耐えきれず、体力は悲惨な状況となりました。そのため指揮官は兵士たちと共に船にもどることを決定しました。このとき、午後四時で、兵士たちは華氏九十二度（摂氏約三十三度）の炎天下で、精力を尽くして、六時間行軍しました。その日の午後、戦艦の軍医は当日の状況を次のように報告しています。一人死亡、十四人熱中症（うち四人は極めて重症）。水兵では、正確に言えば、密林での戦闘をよく知らない軍隊で、彼らのような勇気を発揮した水兵たちはおりません。しかし、水兵たちはこの種の戦いに適応できず、一方敵は戦術にかなり熟練しており、我が兵士たちが経験を積んでのち、はじめてこのような作戦を進めることができるのは明らかであります。こうした憂慮、加えて、多くの兵士および将校たちが暑気にあたって疲労困憊しているために、それ以上持ちこたえることがかないませんでした。私は攻撃を止めさせ、再上陸しないことを決定しました。兵隊たちは、すでに力の限りを尽し、一部の土民のカヤ葺の家を焼き、土民の戦士をこれ以上追えないところまで追いつめました。しかし、命を落とすという悲惨な代価も払いました。深く考えますところ、土民が身を潜めている林や草は、この季節には火を放って焼きつくすことはできません。

私が観察するところ、土民たちは森の空地ごとに竹の小屋を建て、遠くには水牛を飼っていました。このことから彼らが外部で言われているような、世間のことをまったく知らないほど野蛮ではないことは明らかです。その数は多くはないが、野蛮で遭難者に暴力を加える部族を征服する、唯一の効果ある方法は、清国政府がこの海を占領し、軍隊の保護のもとで清国人をこの地に移住させることです。駐北京アメリカ公使が、清国当局にこのようなやり方を勧めるかもしれません。打狗には共同墓地がないので、イギリスのキャロル領事が好意でイギリス領事館の花園を提供してくださり、勇敢なマッケンジーを埋葬することができました。領事館と四隻の商船は半旗を掲げ、打狗の外国人はみな葬儀に参列いたしました。

我々は六月十四日の夜六時半に出航して、本日上海に到着し、本艦隊に加わる砲艇と合流する予定であります。

以下を同封いたします。ベルクナップの詳細な報告、編号A。各連隊を指揮した四人の将校の六月十三日付けの報告は、編号B、C、D、Eに分ける。および、艦隊軍医ビールの死亡負傷者報告、編号F。

アメリカアジア艦隊将校司令ベル

第三十三章

ルジャンドルは激怒していた。彼は途中まで書いた手紙を怒りにまかせて揉みくちゃにして、くずかごに力いっぱい投げ捨てた。

手紙はアメリカアジア艦隊司令長官の海軍少将ベルに宛てたものだった。ルジャンドルは手紙のなかでベルを罵倒していた。彼はルジャンドルにまったく知らせず、フォルモサの南岬に出兵し、失敗して失意のうちにもどってきた。ひとりの海軍将校の生命を失っただけでなく、さらにまずいのは大清国の機嫌を損ね、ルジャンドルと清国とのこれからの交渉をいっそう困難にしてしまったことだった。

ルジャンドルは、アメリカの数多《あまた》いる文武官のなかでもっともフォルモサを知る人間だと自負していた。彼はアシュロット号の艦長フェビガーと、最近、淡水に行き、澎湖に行き、台湾府や打狗に行き、さらに瑯嶠に行き、そしてローバー号が遭難したクアールの南岬湾に行った。さらにはバシー海峡をまわってフォルモサ東南の太平洋岸に出て、チュラソ河の河口を踏査してきたばかりだった。厦門にもどってからは、フェビガーとクアール出兵案を三通り立案して、フェビガーからベル司令官に送らせ、さらにその優劣を比較分析していた。

ルジャンドルはこう考えていた。一番いい策は、船でチュラソ河から直接進入し、上陸後、渓谷に沿って進み、亀鼻山の背後からクアールを攻撃することだ。次の策は、南岬の西側の大繡房あたりに上陸し、そのあと東に向かってまっすぐ進み、龍鑾の低い山からクアールに進入する。こうすれば、少なくとも土番の視野に完全に晒されなくてすむ。最後の策は、三月のイギリスのキャロルのやり方で、ローバー号事件が起こった海岸に上陸して、直接、亀鼻山を攻撃するもので、それは絶対に愚策だ。

思いも寄らないことに、ベルのばか者は、手紙を受け取ると、ルジャンドルとフェビガーを欺いて、出兵したのだ。もっとまずいのは、ルジャンドルの分析を検討せず、愚策を採ったことだ。堂々たるアメリカ艦隊の旗艦が出撃し、さらに軍艦をもう一隻伴なって、三、四百人を動員し、二百人近い兵士が上陸したのに、その結果はと言えば、失敗したあげく、大損失を被ったのだ。

ルジャンドルは心でぶつぶつ言っていた。おれ様、ルジャンドルは正真正銘のアメリカの陸軍准将だぞ。血と汗で戦功を立て、三発の銃弾を受けて、片目を失って手に入れた地位だ。おれは骨身惜しまず実地を踏査して分析してきたが、ベルは一顧だにせず、あの書生あがりのイギリスのキャロルを頼って、前回の失敗の道をもう一度たどった。その結果、イギリス人よりもっとひどいことになった。ひとりが戦陣に斃れ、十数人が暑さにやられ、ほうほうのていで撤退してきたのだ。

清国人は「前車の鑑」と言うが、ベルはキャロルの失敗からまったく教訓を得なかった。ルジャンドルは内心深く傷ついていた。ベルはなぜ彼を欺こうとしたのか。ルジャンドルはフランスの出身だが、アメリカの南北戦争にすべて参戦し、しかも歴史的に正しい立場にある北軍についた。彼は南北戦争で全身に傷を負ったが、これでは彼の忠誠をあらわすには十分でないとでも言うのか。艦隊の司令長官ベルはなぜ彼に知らせなかったのだろうか。

怒りがゆっくりとおさまってくると、ルジャンドルはしだいに事の次第が見えてきた。ベルの今回の行動は、事前に国務省の承認を求めていなかった。単に断りを入れただけで行動を起こし、事後に報告書を作成したのだ。これはベルが功を争い、行動でルジャンドルの「アメリカのフォルモサの権威」という肩書を奪おうとしたあらわれであった。考えてみると、仮にベルが今回成功していたら、アメリカのために大きな功績を立てることになり、今後、国務省がフォルモサやさらに東太平洋について意見を求めるときには、自然、ベルが第一に選ばれることになる。ルジャンドルは彼に取って換わられることになるのだ。

ルジャンドルは駐厦門領事に任じられたばかりのころ、厦門がある清国福建省および付近の広州に力を注いでいた。フォルモサについては、ただこの島の豊富な物産に注意を向けただけだった。

一八五八年の天津条約によって、清国政府は台湾の貿易も開放した。しかも一度に淡水と安平の二港を開港した。ルジャンドルにはそれは台湾には樟脳、茶葉、砂糖があるからだとわかっていた。その後、北京条約〔一八六〇年〕で鶏籠《キールン》と打狗が増えたが、ルジャンドルは鶏籠には炭鉱があるからだと考えた。着任したころは、フォルモサの特産品だけに気を配っていた。今回のフォルモサ行きで、ピッカリングの一言が彼を目覚めさせた。フォルモサは、物産が豊富なだけでなく、その位置が戦略的に重要だったのだ。とくにヨーロッパの強国、イギリス、フランス、ロシアと比べると、アメリカは極東には基地が乏しく、大きく出遅れていた。フォルモサはまさにアメリカのもっとも良い選択であり、しかもラストチャンスでもあった。

いくつかの文献をめくっているうちに、ルジャンドルはますます興奮してきた。将来を見通していた先輩たちは、早くからフォルモサをアメリカの極東の橋頭堡にしようという意見を出していたのだ。そのうえ、音頭を取っていたのは、日本の扉を開き、日本幕府に西洋への門戸開放を迫ったあの英雄——海軍准将ペリーであった。

ペリーは偶然、駐長崎オランダ商館駐在の医師シーボルト[20]が著した日本についての本を読んで、大いに感動するところがあり、日本探訪を決意した。一八五三年、願い通りに日本にやってくると、日本に迫って長く閉ざされてきた扉を開かせた。ペリーは続いて一八五四年七月に、配下の「マセドニアン号」と「サプライ号」を鶏籠港に派遣し、フォルモサの海岸を測量した。マセドニアン号の船付牧師でイェール大学を卒業したジョーンズは、上陸して内陸の炭鉱を調査し、この地の炭鉱をしきりにほめた。

ルジャンドルはまた、ペリーがアメリカ大統領フィルモアに宛てて書いた手紙を見つけて、半分ほど目を通すと、大いに共感し、思わず一字一字声に出して読みはじめた。

「アメリカは先に手を打つべきであります。この重要な島は名義上は清国の一省となっておりますが、実際のところは独立した状態にあります。清国当局は、ただ、島に何か所かの孤立した拠点を設けているに過ぎません。基盤は薄弱であり、いつでも転覆可能であります。島の大部分の地域は、独立した部落が支配しています」

ルジャンドルはうなずきながら、読み進めた。

「アメリカがもし鶏籠に植民地を建設するならば、私は十分な自信を持って、清国人は楽観的にそれを受け入れるだろうと、推測することができるのであります」

ルジャンドルは驚いた。

「なぜだ?」

彼は急いでさらに読みすすめた。

「なぜなら、戦闘に優れたアメリカ人が入植して全力で鶏籠と周辺の地域を防衛すれば、全島および沿海に出没する多くの兇徒や海賊の襲撃を受けることがなくなり、清国人は外からの援助によって保護を得られるからであります」

ルジャンドルは思い出した。前回、淡水に行って、ジョン・ドッドと淡水の清国地方官吏を訪ねたとき、ドッドが海賊の被害について話していた。淡水の地方官吏は嘆きながら、台湾についてこう言った。

「三年一小乱、五年一大乱、羅漢脚(独り者)は、妻も身内もなくて、無頼の民になりやすく、治めるのが非常に難しい」

ペリーのことばには見識がある。ルジャンドルはそう思った。

ルジャンドルはまた読み進めた。

「土地および重要な権利は、炭鉱の採掘の優先権を含めて、間違いなく、名目上のコストで取得することができます。たまに極東分艦隊の戦艦を派遣して進駐し、保護するだけでよく、ワシントン政府はその他の保護に関わる必要はないのです」

ルジャンドルは、それに、ペリーがあげていない樟脳や茶葉があると心のなかでうなずいた。

「このような状況なので、隆盛をきわめるアメリカの植民地をすみやかに建設できるでしょう。そうなればこれらの海域での通商における我が方の利便性と優勢を向上させることに大いに役立つのです(21)」

ルジャンドルは思わず膝を打った。そして、もう一度読んだが、この部分は彼を強く引きつけた。

「隆盛をきわめるアメリカの植民地をすみやかに建設……これらの海域での通商における我が方の利便性と優勢を向上させることに大いに役立つのです」

これはまさしくアメリカのもっとも優れた極東戦略だ。

ルジャンドルは、ベルのクアール進攻は、まさに海軍の大先輩ペリーが考えていた戦略を実施したものだと思いあたった。ただ、ベルが攻撃したのは、フォルモサ南端の瑯嶠で、当時ペリーが提起していた北端の鶏籠ではなかった。それは、もちろん出兵には正当な理由が必要だからである。

さらに、ベルが攻撃した南端は、土番の地域であって、清国人の移民が多く住む土地ではなかった。そのため清国は今まで抗議をしていないのである。もし直接、鶏籠に出兵していたならば、必ず清朝政府は厳重に抗議し、国際干渉を誘発したであろう。

このような戦略を書いた英雄ペリーは、一八五八年にこの世を去った。生きていれば、ペリーはおそらくベルのやり方に賛同していただろう。ベルは、戦略は正しかったが、戦術では失敗した。正面からクアールを攻撃すべきではなかった。チュラソ渓から側面攻撃すべきだった。そうすれば一気にクアールを突破でき、さらにチュラソも攻め落とせたのだ。

ルジャンドルは嬉しくなった。ベルの失敗はベルに帰し、ルジャンドルのチャンスとなったのだ。ルジャンドルは厦門に駐在しているが、仕事の重点はフォルモサに置くべきであった。そうしてこそ、フォルモサは戦略の要地となる。彼は将軍であり、外交官のなかでは彼だけがこの戦略眼を有していた。

次にフォルモサに行ったら、どうすべきか、彼は考えていた。

前回、台湾府に行き、台湾道台と台湾総兵のふたりに会った。彼はこのふたりが太平天国を打ち破った戦歴を聞いていた。彼らの行動様式は西洋とは異なるが、しかしあなどることはできなかった。ピッカリングが言うように、ふたりが無能だとは思わなかったのだ。台湾道台が開いた宴席において、清国官吏は少なくとも部隊の訓練については用意周到におこなっていることを知った。清国の兵の配備については知らなかったが、アメリカが生番地域に関わることで、清国と戦火を交えるようになるのは願い下げだった。そのような軽率な行動を、ワシントンは喜ばないだろう。ルジャンドルは彼の上司――駐北京公使バーリンゲームを理解していた。バーリンゲームは穏健派で、清国に対するイギリス、フランスの横暴なやり方を一貫して嫌っていた。

ルジャンドルは十分な作戦を練らねばならなかった。短期間のうちに、まず船が遭難したときの船員の安全について解決し、清国人の庶民、とくに生番が異人の船員に脅威を与えないようにさせねばならなかった。長期的にはフォルモサ島におけるアメリカの利益を確かなものに育て、清国と衝突を起こさせないことであった。

ルジャンドルは引きつづき歴史のなかに回答を求めた。彼はまた気がついた。それは、ペリーの考えに、当時すでに多くの人が反応しており、さらに彼らの行動はペリーよりも早くていっそう具体的であったことだった。一八五六年のアメリカ駐清国公使で眼科医のパーカーは、ほぼ一年の歳月を費やして、台湾を占領するようにワシントンに熱心に働きかけていた。パーカーは清国に三十年暮らし、フォルモサには来たことがなかったが、この島の戦略的価値と経済的価値をよく知っていたのだ。

さらにルジャンドルを驚かせたのは、アメリカ商人ギデオン・ナイが台湾に行ったのは一八四八年のことで、イギリス人よりも早いことだった。しかも、ナイはすぐにこの島が非常に重要であることを実感し、早くから、一千万米ドルで清国からフォルモサ島を購入することを広く訴え、パーカーと初代駐日アメリカ総領事のハリスの支持を得ていた。彼らは一八五七年二月に、司法長官のクッシングに正式にこの意見書を提出した。

ルジャンドルはこの一段を見て、失笑を禁じ得なかった。一八五七年だって、ちょうど十年前だ！　ほんの二か月ほど前の、今年一八六七年三月三十日に、アメリカは正式にロシアと調印して、七百二十万米ドルで百五十一万平方キロメートルのアラスカを購入した。フォルモサは三万六千平方キロメートルで、アラスカの四十二分の一しかない。

しかし、ルジャンドルはナイに敬服した。ナイは本当に目が高い。フォルモサの人口、物産、そして戦略的価値は、当然、遥か遠い北の辺境にある、あの荒寥と凍てついたアラスカよりずっと高い。

ナイの手紙は司法長官のクッシングに宛てられているが、当然、清国とも大いに繋がりがある。クッシングは、まさに一八四四年前後のアメリカの駐清全権公使だったのだ。彼は、一八四四年に両広総督耆英《チイン》〔アイシンギョロ〕とアメリカと大清国の最初の条約――望厦《ぼうか》条約を結んだ。パーカーはそのときクッシングの助手を務めていた。

ルジャンドルは気がついた。清国にいるパーカーと、ワシントンにいるクッシングは、台湾をアメリカの極東における根拠地として獲得するために積極的に働きかけていたのだ。パーカーはイギリス、フランスに説いてまわり、一方、クッシングはピアース大統領に積極的な行動をとるように強く勧めた。ピアースにはその考えがあったが、しかし武力行使は避けたいと思っていた。そこで、パーカーは外交手段をもって英仏と交渉し、利益交換と台湾の領有を試みた。一八五七年四月二日、パーカーは布石を打った。彼はイギリスの香港総督兼駐清国全権公使のジョン・ボウリング、およびフランス公使のアルフォンス・ド・ブルブロンとマカオで会談した。そして、イギリス、フランス両国に、次のような利益分配案を提示した。アメリカは台湾を占領し、イギリスは舟山群島を占領し、フランスは李氏朝鮮を占領する。

ルジャンドルは微笑んでいた。

「パーカーはイギリス人がさきに手を出して台湾を取るのを恐れていたのだ！」

ルジャンドルは考えこんだ。パーカーとナイは、このように積極的に立ち回っていたのに、なぜその後突然、話が立ち消えになってしまったのか。

ルジャンドルはついに答えを見つけた。カギはワシントンにおける政局の変化――大統領の交替にあったのだ！一八五七年三月、アメリカ大統領ピアースがジェームス・ブキャナンに変わった。ブキャナンの就任後、アメリカに内政危機が生まれ、奴隷制廃止派と合衆国脱退派のあいだで、一触即発の緊張した空気が生まれ、東方に関心を寄せるゆとりがなくなったのだ。一方で、ルジャンドルはかすかな手がかりも見つけた。イギリスの圧力も排除するわけにはいかなかった。イギリス人は明らかにフォルモサに野心があり、少なくともアメリカがフォルモサを独占することを望んでいなかった。そこで、かつて駐英公使だったブキャナンは、まず急進派のパーカーを呼びもどし、駐清国公使をウィリアム・リードに変えたのである。続いてその年の夏、アメリカ合衆国国務次官補のジョン・アップルトンは、駐米イギリス公使に、アメリカは台湾を占領する意思のないことを保証した。こうして台湾の外国商人の勢力は、もともとはアメリカ人の行動が早く、早いもの勝ちの状態にあったのが、十年まえの一八五七年以降、アメリカ政府は後退しはじめ、ゆっくりとイギリス人の手に移っていって、今日の状勢となった。

「残念なことだ！」

ルジャンドルはため息をついた。フォルモサを領土にする野心については、必ずしも支持しないが、少なくともフォルモサで一時は優勢を誇ったアメリカの商業的利益は保持すべきだ。彼はフォルモサに行ってみて、そこが宝の島だと知った。十七世紀のオランダ人の経験こそ、その良い証拠だ。実は、一八五五年六月二十七日に、アメリカのサイエンス号の船長ジョージ・ポッターは、台湾道台で満洲人の裕鐸と調印して、アメリカ人に打狗港での貿易権を認めさせた。裕鐸はアメリカの商会に海賊の撃退と治安維持への協力を求めたが、これはまさにペリーが強調していたことだった。つまり、清国は、アメリカの軍隊がフォルモサに来て「共同統治」することを歓迎するだろうということだ。

ルジャンドルも、打狗港の今日の発展した姿はアメリカ人の功績だと聞いていた。当時、打狗港は堆積した砂が多くて水深が浅かった。それを嫌ったポッターが打狗に来て最初にしたことは、船が内港まで入れるよう、哨船頭に長さ五十四メートルの水路を開くことだった。それだけではなく、ポッターは、石造りの倉庫や住居、埠頭、橋、さらに港の照明などを、一年かけて造った。こうしてアメリカの星条旗が毎日打狗港にひるがえるようになったのである。一八五七年六月には、アメリカの水兵長シムスが打狗港をまる七か月占拠し、アメリカが長期にわたって打狗港を租借できるように求めた。

ルジャンドルは思った。アメリカは、イギリスやフランスのように清国を侮辱せず、ずっと清国に敬意を払ってきた。だから、清国の役人はアメリカにはほとんど警戒心がなく、比較的友好的なのだろう。

　しかし、一八五七年以後のアメリカ政府の保守的な態度、さらにアメリカ国内の南北戦争によって、ここ数年のフォルモサにおけるアメリカの努力は、ほとんど水泡に帰し、ことごとくイギリスに乗っ取られてしまった。

　ルジャンドルは考えた。もし清国の台湾道台が、今年の四月の約束通り土番を討伐してくれれば、自分のメンツが立ち、台湾におけるアメリカの影響力の証しともなる。

　ルジャンドルは清国の役人、それに同僚のベルの行為に非常に憤っていた。清国の役人は口だけで約束を守らず、これまで少しも行動を起こしていない。ベル司令官は自分に背いて、功を急いだ。行動すべき者が行動せず、行動を起こすべきでない者が大騒ぎしたのだ。

　幸い、ベルは大騒ぎしたが、功なくもどってきた。ルジャンドルは秘かに喜んだ。これはチャンスだ、出番がまわってきたのだ。台湾道台はルジャンドルとの約束を守っていなかった――彼はその責任を取るべきだ。ルジャンドルにとってもっともいいのは、もちろん台湾道台と台湾総兵に、四月の約束、つまり南岬への出兵、土着民への懲罰、フォルモサ沿岸を航海する商船の安全の保障を履行するように催促することだった。もしそれができたら、ルジャンドルは本国に功績を認めさせられるし、イギリス、フランスに対してすっきりした気分になれるのだ。

第三十四章

ルジャンドルは戦略を決めた。

　ベルにできなかったことを、必ずやり遂げる。国務省に見せつけてだれのやり方が正しいか証明してやるのだ。ベルは武力を用いて失敗した。自分はアメリカの兵隊を一兵卒たりとも動かさずに、必ず成功してみせる。ベルは清国の怒りを買ってしまった。彼は清国ともう一度交渉し、清国が自ら望んで、生番を懲罰するために出兵するように仕向けるのだ。

　呉大廷と劉明燈は、のちに書簡のなかで、「台地の生番、穴処に猱《どう》居し、版図に隷《したが》わず、王化の及ばざる所なり」とか、「人は華民に非ず、地は化内に非ず、日を剋《きざ》みて功を図るも、万に応手し難し」とか、でたらめを書いてきた。ピッカリングが、清国官吏はもっぱら責任を人になすりつけ、ぐずぐずするばかりだと痛罵していたが、残念ながらその通りのようだ。

　しかし、ルジャンドルは誓った。呉大廷と劉明燈にこれらのことばをひっこめさせ、清国に四月二十二日の約束を必ず履行させ、南湾に出兵させるのだ。彼は心に完璧な計画を秘めていた。この計画は清国を利するだけでなく、西洋の船の安全をも保障するものだ。清国と西洋が、共にその利を受ける。清国が聡明なら必ず受け入れるはずだ、彼はそう信じた。

フォルモサ海域の安全保障の大願を達成しなければならない。そうしてこそ、功績をあげて人を救うだけでなく、世界に名をとどろかすことができる。ルジャンドルは、国務省には彼の本領を見せ、上司のグラント将軍には、彼は文武両道で戦争だけではなく、外交においても一流であると知ってほしかった。

ルジャンドルは、昨夜受け取ったベルの返信を取り出した。ベルがにべもなく彼の頼みを断るとは、まったく思いも寄らなかった。

「このまぬけ野郎め！」

ルジャンドルは心のなかで罵った。

ルジャンドルは、七月三十日にベルに手紙を書き、自分でもう一度フォルモサに行くので、前回アシュロット号を派遣してくれたのと同じように、艦船を使わせてほしいと求めた。ベルは、八月二十日の返信で直接断ってきたのだった。

「大変残念ながら、現在、私は閣下に、台湾に行く船をご用立てすることはできません」

理由はごく短い次の一句だけだった。

「なぜなら一部の船が本国に帰航することになっているからです」

ルジャンドルは冷笑した。ベルは、ルジャンドルが台湾に行って手柄をあげるのを恐れているのだ。

「こんなことで、このルジャンドルをやっつけられるとでも？」

ルジャンドルはすぐに解決策を思いついた。清国の福建巡撫に船の借用を求める書簡を送ったのだ。福建巡撫は船を貸さないどころではなく、あらたに整備したピカピカの船をよこした。

福州近郊の馬尾港に停泊している真新しい「ボランティア号」を見て、ルジャンドルは得意満面だった。

「ほら、ボランティア号だ、清国が志願して貸してくれたんだ」

福建巡撫は大変友好的で、船を貸してくれただけでなく、部下である台湾道台と台湾総兵に手紙を書いて、ルジャンドルの要求に全面的に応えるようにと指示してくれた。

九月五日、船は馬尾港を離れ台湾府に向かった。船のマストに翻るアメリカの星条旗を見あげて、ルジャンドルは意気揚々としていた。

フォルモサ海峡は風も波も静かだった。翌日の早朝には、船は台湾府の安平港に着いた。

今回の台湾府の役人の応対は非常に丁寧だった。埠頭には馬車が待っており、ルジャンドルを美しい中華式の庭園のある邸宅に運んだ。それは中国と西洋の良いところを取り入れた二階建ての珍しい建物だった。到着してまもなく、台湾府知府の葉宗元が挨拶にやってきた。恭しく礼を交わすと、しばらくゆっくりとお休みください、明日の朝、馬車と護衛の者がお迎えにきて、台湾道署にご案内いたしますと言った。

半日のんびりと過ごした。ルジャンドルは花園を歩き、東洋的な庭園を楽しんだ。

四か月まえに台湾に来たときは、天利洋行に宿泊した。いまは、天利洋行は経営者が換わっていた。

前回は、そこでイギリス人のピッカリングと会ったのだ。彼は粗野で率直な男だった。彼の傲慢さは好きではなかったが、見識の広さや言いたいことをずけずけ言う性格は気に入っていた。このピッカリングもベルと共に南湾に行き、案内を務めたのだ。彼はあちこち飛び回ったり、人の世話を焼いたりするのが好きで、男気があり、頼りがいがあると言えた。ルジャンドルは台湾府に来るまえにも、彼に手紙を書き、応援を頼んだ。ルジャンドルはまた、彼と正反対の穏やかで礼儀正しいマンソン医師と、マンソン医師から医術と看護を学んでいるあの社寮の娘を思い出していた。確か、客家人と生番の混血で、機知に富んだ可愛い娘だった。彼は彼女に好感を持っていたが、彼女のほうは彼を避けているふうがあった。

大きくて色鮮やかな蝶が一匹飛んできた。ルジャンドルは、あの娘の名前が蝶妹だったと思い出した。うん、蝶妹、美しい名前だ、美しい娘だ。

ふたりはいま、打狗にいて、台湾府にはいない。

明日の朝、総兵と道台に会うことになっている。ベルが清国に何の照会もせずに南岬に上陸したことについて、詰問されるに違いない。いかに対処するか、彼には成算があった。

中国式の池には、ヨーロッパでふつう見られるような噴水や彫像がなく、その代わりに石造りの精巧な造景や、小さな橋や川がつくられていて、静かで優雅であった。ルジャンドルは座って、池の金魚を観賞した。金魚は水のなかを優雅に泳いでいる。彼は、厦門にいるとき、漢文の先生が中国古代の読書人の物語を教えてくれたのを、思い出した。

読書人がふたり、池のほとりで魚を見ている。

ひとりが言った。「魚が泳ぎまわっているが、これこそ魚の楽しみだ」

もうひとりが言った。「魚でもないのに、なぜ魚の楽しみがわかるのかね？」

ひとりがまた言った。「あなたはわたしでないのに、なぜわたしが魚の快楽がわかるかどうかわかるのかね？」

もうひとりがまた答えた。「わたしはあなたではないから、もとよりあなたがわからない。しかし、あなたも魚ではないのだから、あなたに魚の楽しみがわからないということはまったく確かなことだ」

ルジャンドルは、最初の人がそのあとどのように反論したのか、忘れてしまった。結局、ルジャンドルが得た印象は、「清国人は伝統的に、詭弁にたけ、口ばかり達者だ」ということだった。

四月十九日から今日、九月六日までの四か月半のあいだ、清国の官吏はあれこれ言っては引き伸ばし、文書のやりとりに終始するばかりだった。本国はというと、ベル少将はなにも言わずに行動を起こした。ルジャンドルは苦笑した。まったく両国の国民性がよくあらわれている。事がこういう風に運んだ結果、双方が会うことになったのだが、四月に会ったときとは大いに違うことだろう。

四月十九日の初対面では、双方は円満に協議を終え、呉道台は「迅速に」出兵して悪人を懲らしめることを承諾した。ただし、劉総兵は大変機転が利き、すぐにこう言った。道のりは遥か遠く、地勢は険しいのです。我が軍は平地での作戦は得意ですが、山地作戦の経験はありません。それゆえ、いささか準備の時間を頂戴したい。

ルジャンドルは劉総兵の言い分は理にかなっていると認め、清国の立場を尊重して待つことにした。そのとき、双方は期限を決めなかったが、ルジャンドルは心で一か月は待とうと決めた。

しかし、一か月待ちわびたが、清朝政府は兵を出さなかった。そこで、ルジャンドルは、六月一日に書簡を送って催促した。しかし、ベルが独断で出兵してしまい、当然そのことで清国は不満を持ち、両国は互いを非難し合うことになった。さらにまずいことに、ルジャンドルはベルから蚊帳の外に置かれて、台湾府とのあいだに誤解が生まれていた。

　さらに、ルジャンドルが気になったのは、台湾道台が六月十三日、つまりベル少将が南湾に行動する前日に、六月一日付けのルジャンドルの書簡への返事として、次のように書いてきたことだった。

「台地の生番、穴処に猱居し、版図に隷《したが》わず……」、「瑯嶠湾まで十五あるいは二十マイルの遥か……」、「鳥しか行けないような細い道は、羊腸のように曲がりくねり、森は深く、人が通れる道すらない」、「瑯嶠湾の住民はまた、番語に通ぜず」

　つまり、クアールへの道は、天に登るほど困難を極めると言ってきたのだ。

　書簡の末尾は、いっそう荒唐無稽だった。

「天津条約の第十六款によりますと、貴国人が虐待されたり殺害された場合は、すべて地方官が処罰することになっています。第十八款は、地方官はすぐに兵を派遣して弾圧追跡するとあります。ただし、ローバー号の貴国人は、清国の領土あるいは領海内においてではなく、土番が占拠する区域において害に遭遇されたのであり、ゆえに該条約は適用されません……土番は版図に隷属せず、我が軍は法により、該地において行動すべきでありません」

　つまり、こうはっきり述べているのだ。

「出兵を拒否する」

と。理由は「版図に隷属せず」なのだ。

　なんというへ理屈だ。ルジャンドルは、六月二十二日、すぐ、呉道台に長い返事を書いた。書簡は長かったが、一字一句熟慮したもので、ルジャンドルは、この書簡は彼が清国政府に宛てて書いた、最高の、そしてもっとも重要な書簡だと自認していた。[22]

　彼はこの書簡を探しだしてきて、最初から最後まで丁寧に読み直した。

　閣下が「ローバー号事件」に対して突然下されました結論と弁明は、我々を非常に失望させました。本来、閣下は、ローバー号は貴国の海域で座礁したこと、そして船員もまた貴国の領域で殺害されたことを毫も疑っておられませんでした。四月二十四日に、フェビガー艦長とわたしが、閣下にお目にかかった際に、閣下は自らこの事件を調査し、処理することを望まれました。

閣下は地図を出して、閣下の見方を述べられ……そして、閣下の反対理由をあげられ、……いまは行動を起こすべき時ではないとの考えを話されました。

事実、閣下は次のように私に述べられました。

「ローバー号の船長と乗組員が野蛮人に殺害された一件に関しては、領事閣下が到着される前に、該地の将校および文官に通達して、適切に対策を講じております。大清国と貴国の友好関係を維持するために、私たちは全力でことに当たり、厳しく犯人を懲らしめましょう」

閣下は、一八六七年四月十九日付け貴簡で、将校に軍を率い、民兵と協力して討伐するように指示を出そう、本国が派兵の労を取らず、有事を免れようとするのは、感心できないと述べておられます。四月二十九日には、閣下が我が方の要求に応じることを保証してくださるが、ただ、将兵が山地作戦に熟知するまで、しばらく待ってほしいとの書簡を受け取りました。

閣下はさらにこう述べられました。「大清国の将校と兵士は、土番を処罰する責務を必ず全うするであろう。ただ、今次の遠征が成功するかどうかは、卑官が朝廷に対して絶対的な責任を負わねばならず、それゆえ、全権をもって軍隊を指揮し、いかなる外部からの援助も受けるつもりはない」と。

それゆえ、フェビガー艦長と私は、傍観者の立場を取ることにしたのであります。と言いますのも、私たちは条約に記載されている責任について、閣下が十分に理解しておられる、またその光栄ある任務を確実に執行されるであろうと信じたからであります……。

閣下は、ローバー号が事故を起こした場所を知らないと言い訳をするわけにはいきません。なぜなら、閣下は四月十九日の書簡で、事故発生場所を「紅頭嶼（いまの蘭嶼）」としているからです。閣下はまた、ローバー号の乗組員が殺害された場所を知らないわけではありませんでした。なぜなら同書簡で、当地の人がそこを「クアールの砂地」と呼んでいると、閣下は述べておられるからです。

……いま閣下は、ことばを変えて、ローバー号事件のアメリカ人殺害は、貴国の領土あるいは海域ではなく、土番の占領地においてなされたのであり、それゆえ貴国に救済を要求することができないとも述べておられます。

……私は謹んでアメリカ政府を代表し、閣下がこの重大事件において態度をくつがえされたことに、厳重な抗議を表すものであります。

手紙には説得力があり、ルジャンドルの意気込みがよくあらわれていた。

……閣下は当然、ローバー号遭難事件およびその乗組員が南台湾（大清帝国に属する附属地）で土着民によって殺害された事が、アメリカの利益に関わるだけでなく、貴国と貿易関係にある西洋各国の利益にも影響があることを考慮なさるべきです。

……十中八九、大自然の不確定要素に見舞われた船舶は、みな南湾での停泊を選ぶでしょう。ここは神より与えられた天然の避難港であります。人道の原則に依り、文明国家はこの地域に如何なる野蛮な民族も蟠踞させないようにする義務があります。もし貴国政府がいまだに執行できないのであれば、管轄権がここにおよばないと言明されようが、あるいはその能力がなかろうが、外国の勢力がそれを引き受けざるを得ないのです。

アメリカ政府は、西洋国家がこのような措置を取るのを見たくはありません。各国は、台湾の土地を占領する考えを今のところ抱いていませんが、ただし、必要に迫られれば、やむなく占領するでしょう……

土番の地は、「化外の地」ではあるが、「域外の地」であるのだろうか。ルジャンドルは弁護士であり、アメリカ国内にもちょうど「化外の民」のインディアンがいた。だから、ルジャンドルは、インディアンを喩えに、老婆心から清国の官吏のために、「国際法」を講義してやることにした。清国政府の権益をさまざまな面から考えて、次のように続けた。

台湾の土着民の現状は、いまのアメリカの広大な地区のインディアンに極似しております。私どもは両者(インディアンと台湾の土番)に対して一致した立場を取っています。国家の利益に基づき、我が政府は、対外的にはインディアンの地域は完全に我が国の管轄範囲であると強く主張しております。

ルジャンドルは、道理を明快に分析したので、清朝政府は理解できるはずだと思った。

……もし閣下が原住民の土地を、荒れ果てた未開の地だと考えておられるならば、それは無主の土地と認めているに等しいのであります。だれでも先に勝利を得たものが、その地を占拠して王となることができます。スペインが、新大陸を発見したこと、あるいは閣下が、台湾の西海岸に植民地を建てた状況と同じであります。

従って、閣下は我が国の立場をご理解くださり、土番を化外の民と見なしてはなりませんし、土番がその領土を保持することを認めてはなりません。事実、閣下は、台湾西部の民衆が東海岸に移って新天地を拓くことや、武器で当地の土番を追い払うことを許しておられます。これは貴国政府がその土地を自らが治める地と見ているからです。遠くない将来、華人は台湾海峡の側から太平洋岸側まで広がって、全台湾島を占有するものと信じています。そうなれば、「法体制上」(de facto)私の見解が正しいことが証明されるでしょう。

……実際のところ、貴国政府の役人は、早くから華人勢力が全面的に土番地域を占領することを予期し、ゆえに早くから極めて厳格な法律を定め、商人と土番との交易を抑制してきました。

例を挙げますと、樟脳、この台湾の特産品は、生番の土地から来ております。いかなる外国人も生番の土地に入って伐採することが許されず、また樟脳の輸出貿易を行うことも許されません。貴国政府は、すでに樟脳輸出の権利は完全に自国のものだと宣言しております。この国家のみが持つ専売利益を犯すものは、何者であれ死刑に処せられます。

それゆえ、貴国政府による台湾原住民管理は、アメリカのインディアン支配に勝っております。事実、過去二百年来、貴国政府は土番の全領域において管轄権および統治権を有すると強硬に公言してきました。これはすなわち、いかなる土番から発生した紛糾も、みな貴国政府によって処理されると明らかにしていることなのです。

……この地域で起こった犯行は、事件を起こした者が華人であれ土番であれ、均しく貴国政府の責任であります。土番域内の住民が、たとえ非華人であっても、やはり貴国の領土に属します。事実、貴国政府は、随時、状況を見て、在地住民の日常生活に対して管制措置を取っているではありませんか……。

この手紙を読まれて、閣下が両国双方にとって重要な問題について、あらためてご判断くださるよう心から願うものであります。

謹んで崇高なる敬意とご機嫌をお伺い申し上げます。

謹白

台湾道台閣下

明日、ルジャンドルはまた道台と総兵に会う予定であった。この手紙に対する彼らの反応はどうだろうか。彼らを説得できただろうか。途中、ベル少将が南湾に出兵する騒ぎがあったが、この六月二十二日付けの長文の手紙では、利害関係をここまで明確に分析し、本国のインディアンまで例に出しているのだ。明日は、満足できる結果が得られるだろうと期待していた。

第六部　鳳山旧城

第三十五章

蝶妹《ティアモエ》が三月末に旗後の西洋医館に来て、まもなく半年になる。松仔《ソア》は五月はじめに打狗《タカウ》に来て、埠頭で荷物運びとして働きはじめてから四か月になった。

　打狗港には新旧のふたつの港がある。旗後の小島は古い漁港で、旧市街となっており、福佬《ふくろう》人の移民がここに住みついて漁業をはじめ、すでに二百年ほどの歴史があった。旗後島にある旗後山と台湾本島にある打狗山は、海を隔てて対峙している。福佬人の移民は海に突き出た山を打狗山と称した。打狗山にはサル〔猴〕が群れになって飛びまわっていたので、十七世紀にここに来たオランダ人は猴山と呼んでいた。一八五四年にアメリカ海軍のペリーの艦隊がやって来て、最初のフォルモサ地図をつくった。この台湾全図にも英文で Ape Hill と記されており、やはり猴山なのである。猴山の麓もまた小さな漁村で、哨船頭と呼ばれていた。

　十八世紀はじめは、唐山〔中国大陸〕と台湾のあいだでは、わずかに厦門と安平だけが正式に認められた港だった。当時の旗後港は、たまに密航者が上陸するだけの小さな漁港に過ぎなかった。十八世紀末になると、安平は港への入口が日ごとに狭くなり、北風が強い日には、船は入港できなかった。旗後港は安平から大変近かったために、厦門から来た船は旗後港に停泊して上陸するようになった。

　十九世紀はじめの一八二三年〔道光三年〕になって、台江内海〔安平港の内海の呼称〕は漚汪《おうおう》渓の流れが変わったために、安平への水路が急速に土砂で埋まりはじめ、そのため打狗まで来て停泊する商船がいっそう増えた。そのころに、打狗港周辺一帯が開発されて、鳳山旧城や新城があいついで築かれた。こうして欧米の商船は、打狗に米や砂糖や果物などの物産を買いにくるようになった。このころ打狗港は、旗後港の一部だった。

　一八五四年〔咸豊四年〕に、旗後に最初の洋行が設立され、アメリカ人のロビネによって開業された。一八五五年には、アメリカ人のナイ兄弟洋行とウィリアムズ洋行があいついで開業した。そしてロビネ洋行とナイ兄弟洋行とウィリアムズ洋行が共同で「サイエンス号」を購入して共同経営した。その船長のジョージ・ポッターは、台湾道台裕鐸と正式に契約を交わした。

契約の内容は、アメリカの商人が打狗港の建設を請け負い、その代償として台湾樟脳の販売代理の独占権を得るというものであった。アメリカ商人は巨額の資金を投入し、旗後島の対岸にある打狗山の麓の哨船頭を大規模に開発した。彼らは内港に入る五十四メートルの水路を掘り、橋を架け、信号台を建てた。さらに容量千トンの花崗岩の倉庫と二棟の住居を建てた。そして最後に、貨物の積み降ろしをする埠頭を建設した。こうして哨船頭はすっかり生まれ変わった。一八六〇年に、打狗が国際通商に開放されると、税関と異人の新しい建物のほとんどが哨船頭付近に建設された。哨船頭は打狗の新しい市街、新しい埠頭になったのである。

昨年、一八六六年に、マックスウェルが打狗に伝道と医療のためにやってきた。彼は旗後中腹に土地を借り、台湾府の看西街での経験に照らして、まず礼拝堂を建て、それから入院患者用のベッドが八つある病院を建て、打狗医館と称した。現地の人たちの多くは旗後医館と呼んだ。マックスウェル自身は伝道に忙しく、病院の業務はマンソン医師一人に任せた。蝶妹はここに来て、ここの環境がとても気に入った。

松仔は、昼間は荷物の運び屋をして哨船頭で働いていた。夜は、福佬人の苦力《クーリー》たちと花崗岩の倉庫のまわりの隅っこで、一緒に寝た。

異人は礼拝をするので、蝶妹と松仔もその日は休日になった。礼拝日、すなわち日曜日になるたびに、松仔は海を渡って旗後に行き、蝶妹と一緒に旗後の街をブラブラした。彼らは媽祖《まそ》廟付近のもっともにぎやかな市場で、演芸を見たり、海鮮物を食べたりするのがとくに好きだった。ただ、もう三、四か月もそうしていたので、いささか厭きてきていた。

その日は、蝶妹が哨船頭のほうに来ることにした。松仔は蝶妹を連れて哨船頭の埠頭を歩き、さらに海岸沿いを気ままに歩いた。すると、岸辺に塩の山が見えはじめた。もともとここの住人は海水を引き込み、岸辺で太陽に晒して塩をつくっていた。その真っ白な塩の山はほとんど人と同じ高さで、太陽の光を浴びてキラキラと輝き、壮観だった。

塩の山を過ぎると、河口に出た。河の水は澄んで、河幅が広く、大きな湖のようになっていた。ふたりはさらに進もうとしたが、大きな密林が広がっていた。岸辺には小道があり、歩いていくと民家がいくつか見えた。ただ湖は水が多く、岸辺はぬかるんで歩きにくかった。腰をおろして対岸を望むと、小さな漁村があり、ちょうど漁民が網を干していた。

蝶妹の目のまえには、漁船が見え、塩田が広がり、背後はサンゴ礁が堆積してできた打狗山で、サルが跳ね回っていた。このような風景は、社寮や統領埔では見られないもので、蝶妹は行楽気分にひたっていた。彼女は、「旧城」から来たと話していた患者のことを思い出した。患者の家族の話によると、彼らは旧城から万丹港（いまの左営軍港）まで歩き、それから船に乗って、万丹から旗後にやって来たという。彼女はこのときはじめて、打狗港の北側に万丹港があり、万丹港の近くには立派な街があることを知ったのだ。街のなかには山があり、山上には寺廟があるらしい。患者の家族は、夕陽が西に沈むときは、山を見ても、海を見ても、街を見ても、どこもとてもきれいだと言っていた。蝶妹は心を引かれ、松仔と相談して、次回、船に乗って万丹港に遊びに行こうということになった。

蝶妹は松仔と楽しい日曜日を過ごし、また哨船頭から渡し船に乗って旗後にもどった。帰りの船上で、ふたりはなにげなく身を寄せ合った。蝶妹は松仔の体温を感じて恥ずかしくもあり、離れがたくもあった。松仔のほうをそっと見ると、自分を見つめている彼と目が合った。蝶妹は恥ずかしさのあまり俯いた。それを見て、松仔の心には幸福感が溢れた。

社寮を離れ打狗に来てから、ふたりにとってすべてが新しい体験だった。四か月が過ぎ、蝶妹は社寮へ戻りたいと強く思うことはなくなった。松仔は帰りたいと思ったが、計算してみると、一度帰るにはここ数か月で稼いだ金を使い果たすことになり、それは耐えられないことだった。そのうえ、考えてみると、松仔はやっと哨船頭で地盤ができたところで、船が入港すると、現場頭たちから呼ばれるまでになっていた。もし一か月、いや半月でもここを離れて、その地盤を新しく来たやつに取られてしまったら、これまでの苦労が水の泡になってしまう。自分は半生番の土生仔《トゥサンア》で、やっと福佬人の仲間に入りこめたのだ。やっていることは苦力の仕事に過ぎないが、しかし自分で汗水垂らして手に入れたものだった。この仕事の賃金はいいほうで、食う物も寝る所もあり、少しは貯えもできて、そうたやすく手に入る仕事ではなかった。さらにもうひとつ、内心とても誇りに思っていることがあった。福佬人の苦力たちは、暇があると、集まって賭け事をしていた。松仔も心が動かされないわけではなかったが、蝶妹が知ったらきっと怒るだろうと思って我慢してきた。もちろん彼は社寮が恋しかったが、中秋節まで辛抱しようと思った。いまは陽暦の七月、つまり農暦の六月で、あと二か月したら中秋節だ。それになんと言っても打狗では、蝶妹と一緒だ。そう思うと、心は甘い気持ちになった。

蝶妹のほうはというと、彼女が会いたいのは文杰《ブンキッ》だった。ただ、文杰に会いに行くのは、口で言うほど容易ではなかった。

患者の世話をすることについては、蝶妹は少しずつ自信がつき、英語も進歩してきた。今では旗後医館でもっとも人気があった。マンソンは彼女を気に入っていた。患者の多くは、彼女が利発な性格で、技術も熟達しているとほめそやし、知り合いを医館に診察に連れてくるまでになっていた。台湾人ははじめは「毛唐《けとう》の医館」に疑いと排斥の気持ちを抱いていたが、蝶妹があらわれたことで、一部の人たちは勇気を出して診察してもらいにくるようになった。毛唐の医者は福佬語を少ししゃべったが、あまり流暢ではなかった。蝶妹が通訳をするようになってから、現地の患者たちは急に肝っ玉が大きくなって病院に来るようになり、いっそう親しみを感ずるようになった。しかも、蝶妹の大らかなふるまいや性格は、福佬人や客家人の女たちの引っ込み思案な性格と異なり、人びとには大変珍しかった。目ざわりに思っている人たちもいたが、そういう人たちはふだんから西洋の病院には来なかった。

蝶妹は台湾人を西洋医館に引き寄せる看板となったが、それはマンソン医師にとって予想外の喜びだった。一部の福佬人は彼女が瑯嶠の傀儡《かいらい》山から来たことを知ると、蝶妹のことをからかって「傀儡花《かいらいか》」と呼んだ。蝶妹はこの呼び方をとても気に入っていた。蝶妹はまた「番助手」とも呼ばれたが、彼女は別に気に留めなかった。マックスウェル医師には、もっと多く感ずることがあった。彼は二年まえの一八六五年に、福佬人の助手をふたり連れてはじめて台湾府にやって来た。ひとりは薬剤師で、ひとりは老僕だった。看西街で家を借り、表を礼拝堂に、裏を医館にして、医療と伝道を同時に行っていた。しかし、府城の漢方医と福佬人に、人の肝臓と目で薬をつくっているとデマを流された。六月十六日に開業したばかりだったが、七月九日には住民たちに取り囲まれて、家を壊された。マックスウェル医師は開業してわずか二十四日で台湾府を追い出され、旗後のイギリス領事館に避難してきた。マックスウェル医師は、一度は大変落胆した。幸い、旗後にいたピッカリングが、マックスウェル医師を木柵（いまの内門）、抜馬（いまの左鎮）、大武壠（いまの玉井）、蕃薯寮（いまの旗山）、六亀里など、かつて紅毛人と関係の深かったシラヤの平埔族地域を案内してくれた。マックスウェルは見物のかたわら布教したが、思いがけず大歓迎され、ようやく自信を取りもどした。マックスウェル医師は旗後にもどると、改めて旗後に部屋を借りて、医館と礼拝堂を設けた。マンソン医師が来たのはちょうどそのころだった。そこで医療はマンソン医師に手伝ってもらい、マックスウェルは大部分の時間を新埤頭《ひとう》（鳳山）教会の設立に費やした。今度は、天は苦心の人に負《そむ》かずで、ようやくしっかりした基盤ができた。そのうえ思いがけず蝶妹が来てくれたので、医館は順調に行き、マックスウェル医師を大いに喜ばせた。

その日、マックスウェル医師は嬉しそうにみなに言った。いま医療ではマンソン医師がおり、伝道ではリッチー牧師がまもなく打狗にやって来る。この二本の柱がしっかりできたので、年末はフォルモサを離れて香港で休暇を過ごし、婚約者と結婚する、と。

マックスウェル医師は蝶妹が気に入っていたが、ひとつだけ不満があった。蝶妹は大変熱心に医療を学んでいるが、一度も礼拝堂に来ようとしなかったことだ。マックスウェル医師は大変失望していたが、マンソン医師はとくになんとも言わなかった。いつもマックスウェル医師に礼拝に行くように勧められると、蝶妹はただ微笑むだけでいつのまにかいなくなっていた。蝶妹は旗後の街に行って散歩するか、あるいは港に行って行き交う船を見ているほうがよかったのだ。

蝶妹の父は観音や関公や土地公を拝んでいた。父が亡くなると、姉弟ふたりはこの三体の小さな木彫りの神像を社寮に持ってきて、自分たちの部屋に置き、毎朝両手を合わせて拝んだ。今年の三月の末に、蝶妹は急にコーモラント号に乗ることになり、文杰も突然チュラソの頭目の養子になった。その後、四月下旬に、ルジャンドルについて、アシュロット号に乗って社寮にもどったときに、蝶妹は神像を旗後に持ち帰った。ただ、観音像はどうしたわけか壊れてしまい、蝶妹は非常に悩んだ。異人の医館の家に住んでいるので、神像を大っぴらに置くわけにはいかなかった。と言うのも、クリスチャンの異人は偶像を拝まないからだ。蝶妹はただ気分がすぐれないときに、神像をこっそりと取り出して祈りを唱えた。

第三十六章

蝶妹は運が良かった。あの鳳山旧城から来た患者が、またやって来たのだ。今度は、蝶妹がこの機会をとらえて、旧城に遊びに連れていってくれるように頼んだ。患者は陳という五十近い老人だったが、歓迎してくれるだけでなく、家に食事に招いてくれると言った。

こうしてある日曜日、陳老人のお妾さんが、下僕をお伴に、自家用の貨物船で旗後港まで蝶妹を迎えにきた。蝶妹は松仔のことを言い出せなかった。彼女は松仔に、さきに一度行ってみる、そうすれば、次は松仔とふたりで遊びにいけると言った。

船は打狗湾を出て北に向かい、打狗山をまわった。山上ではサルの群れが飛びかっている。そのあと、すぐに万丹港が見えてきた。蝶妹は哨船頭と万丹港が打狗山ひと山分しか離れていないとは思いもよらなかった。

万丹港は漁船と商船が頻繁に往来し、非常ににぎやかだった。もともと万丹港は興隆里という古い街のすぐそばにあった。陳家のお妾さんは蝶妹に、国姓爺の鄭成功が安平と府城に来たとき、南部地域を万年県（一六六一年に鄭成功がオランダを打ち破ったのち、プロビンシャ城（赤崁楼）に承天府を置き、その下に天興県と万年県の二県を置いた）としたのだ、と言った。南下したのち、文官が役所を設けたのが「興隆里」で、武将が軍営を設けたのが「左営」なのだ。ふたつの異なる地名がついているが、実は隣り合っていて、万丹港はその港町だった。

陳家のお妾さんは蝶妹に自分の輿に乗るように勧めた。一行は万丹港から東へおおよそ十分ほど移動した。はたして立派な城壁が真正面にあらわれた。台南府城の城壁に少しも引けを取らないほどだった。お妾さんが言った。

「ここが旧城よ」

蝶妹は城壁に「奠海門」という三つの大きな文字があるのを見た。城壁の門には、人物が刻まれており、まるで生きているように見えた。蝶妹は不思議そうにたずねた。

「この城門も城壁もとても新しく、壊れていないのに、どうして旧城と呼ぶのかしら」

お妾さんは笑って言った。

「わたしにもその訳はわからないわ。家《うち》の旦那さまなら知ってるはずよ」

そう言いながら、一行は城門を入った。城のなかの通りは外の興隆里と比べると、広くてまっすぐに伸びていたが、奇妙なことに興隆里のようににぎやかでなく、通行人もまばらだった。輿は通りをふたつ曲がると大きな廟門のそとに停まった。廟額には「慈済宮」の三文字があった。お妾さんは言った。

「旦那さまは、この慈済宮の廟祝〔廟の管理人の職位を表す〕なのよ。いつもわたしたちは外から帰ると、まず廟のなかに行って保生大帝を拝んで、ご挨拶をしてご加護をお祈りするの。旦那さまは前回、西洋医の医館に行って病気を診てもらって帰ってきたけど、お体はずっと元気になったわ。旦那さまは廟のなかであなたを待っておられるわ」

廟祝は門から迎えに出てきた。そばの人たちは廟祝が迎えに出た人が少女だったので、驚きを禁じ得なかった。廟祝はハハハと笑いながらみなに言った。

「この林という娘さんは、年は若いが、包帯や傷の治療は上手でね。この老いぼれは、先だって足が化膿してほとんど歩けなくなって、日増しにひどくなったんじゃが、旗後医館のマンソン医師とこの林姑娘《クーニャン》が心をこめて世話をしてくれてようやく治癒したんじゃ。本当は、『若いお医者さま』とお呼びすべきところなんじゃよ」

蝶妹は笑いながら手を横に振った。

「わたしがどうしてお医者さんなの、マンソン医師の助手に過ぎないわ。私のことは林助手とか林姑娘って呼んでください」

そばにいた読書人の身なりをした中年の男が、水キセルを持って咳払いをしてから、声を高くして奇妙な口調で言った。

「なんと、陳ご老体や、あんたさんご自分では保正大帝様の廟を管理なさり、ここではみんな慈済宮の信徒じゃのに、あんたさんはなんとまあ漢方医に診てもらわずに西洋医に診てもらい、祖先からの薬を使わずに、夷人《いじん》の膏薬を使われたとは！」

陳廟祝はいささか気まずくなって言った。

「わしは保正大帝様にポエ（筊）を投げて、三回続けて聖《シン》筊《ポエ》〔対になった筊を投げて平らな面が一つは上を向き、一つは下を向いた場合を聖筊と言い、神意がかなったとされる〕となり、保正大帝様からお許しが出たので行ったのじゃよ。保正大帝様は慈悲深いお方じゃ、病《やまい》がよくなりさえすれば、漢方医とか西洋医とか気にかけないのじゃ」

男はへっへっとせせら笑って、出て行った。

蝶妹は保正大帝のいわれを知らなかったけれども、福佬人が篤く信じている、民衆の健康を守る神様であることは知っていた。神像をよく見ると、慈悲深い眼差しだった。陳廟祝は三本の線香に火をつけ、蝶妹に手渡した。蝶妹は思った。

私が学んでいるのは医療と看護だから、福佬人の考え方で言えば、保正大帝様の女弟子にほかならないわ。彼女は敬虔に三度頭をさげて参拝した。

廟内では線香が盛んにあがっていた。陳廟祝はとても誇らしげに言った。

「わしらの慈済宮は、この地ではもっとも盛んな廟でしてな、信徒は旧城からだけではなく、興隆里や万丹港、さらに遠く旗後や哨船頭、塩埕埔《えんていほ》からも来られるのじゃ。聞くところでは、埤頭県城のあたりから来られる人もいるようじゃ。わしらの廟のまえのこの通りは、もとは県前街と呼ばれておったが、それは旧城が四十年まえに建てられたときに、県知事の官署がこの通りにあったからでね。その後、県の官署までが埤頭の新城のほうに移ってしまおうとは思いも寄らなかった。それでこの通りでもっとも重要な建物がわしらの保正大帝様の慈済宮になったってわけです。保正大帝様はまた『大道公』とも呼ばれましてな、それでみなはこの通りのことを『大道公街』と呼んでおるのじゃ」

廟祝はいよいよ得意気になって話した。

「普通、福佬人の街では、大道公廟と媽祖廟は対等で、上下はないのじゃ。ただ、旧城と興隆里では、慈済宮の信徒がもっとも多い。媽祖廟は遠く山の中腹にある。この付近にはほかに観音亭[23]がありましてな、多くの信徒がおります。みんな廟に行くと必ず参拝しておるが、線香が盛んに焚かれておるのは、わしらの慈済宮が一番じゃね」

蝶妹は観音様と聞いて、父がいつも彼女に心で唱えさせていた「南無観世音菩薩」を思い出した。ところが、家にあったあの古い木彫りの観音は引っ越しのときに傷ついてしまい、そのことで彼女は悩んでいた。この付近に観音様を祀る寺廟があると聞いて、参拝したいという思いが自然に湧いてきた。廟祝はそれを知って、笑いながら言った。

「大丈夫、大丈夫。観音亭はちょうどこのそばの亀山のうえにありますからな。林姑娘がお昼を済まされたら、輿で送らせましょう。家の妾もお伴しますぞ」

蝶妹は疑問に思って言った。

「旦那さまは、観音亭のある山は亀山と言われましたね」

廟祝は言った。

「そうですよ、亀山と呼ぶのはね、形が亀に似てるからじゃ」

蝶妹は思わず声を立てて笑った。

「これは偶然ですね。わたしたちの社寮の家のうしろの山も亀山って言うんです。山は高くなくて、二、三百尺〔一尺三十四・五センチ〕ほどだけど」

今度は廟祝が笑った。

「林姑娘は亀山と本当に縁がおありですな。ここの亀山も二、三百尺ほどの高さです。おそらくわしらの先祖たちは低くて平べったい、亀の背のように丸い山を亀山と呼ぶのが好きだったのじゃろうね。亀は長寿の動物で、吉祥の代表じゃから、みんなが好きなんじゃ」

＊

陳廟祝の家は慈済宮の隣だった。みな陳廟祝の家に移って休んだ。食事のときに、蝶妹がたずねた。

「この旧城はこんなに新しいのに、どうして旧城って言うのかしら。城壁は立派で、通りは広々としてるのに、どうして人が少ないのかしら。それにどうして県の役所はここにないのかしら」

陳廟祝は蝶妹の質問を聞き、ため息をついて言った。

「この街は数奇な運命をたどってね、旧城と言っても、実は新しく造られたものなんじゃ。わしは子供のころ、この城が造られるのを見ておってな、県知事さまや役人さまがたが威風堂々と街中に移って来られるのを眺めたものじゃ。ところが、十年あまり経つと、今度は目を大きくしてあの人たちが埤頭に移って行かれるのを見たものじゃ。ああ、あの埤頭はこの街ほど立派じゃない！　県知事や役所が移っていったために、ここは落ちぶれてしまった。いま埤頭鳳山県城は八千戸で、わしらのところはやっと五百戸じゃ。慈済宮や観音亭などいくつかの大きな廟でようやくもっているのじゃ」

言い終わると、陳老人はまた大きくため息をついた。

蝶妹は興味津々でまたたずねた。

「旦那さま、いまの話では、『旧城と言っても、実は新しく造った』ということなのに、みんながここを旧城と呼ぶのはどうしてなのですか?(24)」

陳老人はひげをひねりながら笑いだした。

「林姑娘は本当に普通の女たちとは違うな。疑問に思ったことは、どこまでもたずねられるんじゃな」

ちょっと話をやめて、なにか考えていたようだが、こう言った。

「わしは林姑娘には大きな恩がある。縁があるというわけじゃ。ちょうど今日はわしの家族もみなここにおるから、この街の歴史を林姑娘に、そしておまえたちにも話そう。それがわしの出生の秘密にも等しいものなのじゃ。わしももう年だ、これ以上話さなかったら、永遠に間に合わないかもしれないからな」

陳老人はそう言うと、厳かな面持ちとなり、立ちあがって奥の部屋に入っていった。陳廟祝の妻や妾、それに子供たちは、老人にどんな身の上の秘密があるのか知らなかったので、みな顔を見合わせた。蝶妹は驚きのあまりなんと言っていいかわからなかった。数分すると、陳廟祝が手にはひと山の、黄ばんだ文書を持って、部屋から出てきた。ずいぶん古い文書だった。

陳老人は文書を注意深く机のうえに置き、それから襟を正して正座し、ほとんど目を閉じて黙って祈っているようだった。それから、目を開いて落ち着いた声で話しはじめた。

「実は、わしらの家のこの『陳』という姓は、母の姓から来ておるのじゃ。わしの実の父は姚という姓で、三十年ほどまえの台湾道道台の姚瑩《ようえい》大人じゃ」

蝶妹は何人かの年配の男女が驚いた表情をしているのに気がついた。「エエッ」と声をあげるものもいた。蝶妹は瑯嶠から来たので、「姚瑩」という名前は聞いたことがなかった。ただ、道台は台湾で最高位の役人だということは知っていた。打狗に来て数か月になるが、台湾の役人はみな唐山の内地から派遣されてきており、任期が終わると、ほとんどみな内地に帰っていくことも知っていた。しかし、台湾道台が子孫を台湾に残していたとは思いもしなかった。陳廟祝の家族は、自分たちは前道台の末裔であることをはじめて知って、それで顔には驚きの表情を浮かべていた。

陳老人は、みなの反応は気にならないらしく、続けて言った。

「この鳳山旧城は、実は姚瑩大人が設計に加わったものじゃ。大人は建築には関わらなかったが、城が落成するときにな、とくに文章を書かれた。姚大人の文筆の素晴らしさはよく知られている。大人は安徽省桐城《とうじょう》の人で、桐城派の文章はとても有名じゃよ」

陳老人は水をふた口飲むと、またしばらく黙り込んだ。言いたいことが山ほどあるにもかかわらず、なにから話せばよいのかわからないでいるようだった。とうとう彼はまっすぐに座り直し、口を開いた。

「わしは父の姚瑩のことから話そう。姚大人は二十三歳で高中進士になった。嘉慶十三〔一八〇八〕年のことじゃった。三十歳から、ずっと漳州《しょうしゅう》と泉州一帯で知県を勤めており、それで流暢な福佬語をしゃべるようになったのじゃ。三十三歳のときには、台湾県知県兼海防同知として台湾に派遣された。民衆はみな大人の有能さを褒めたたえた。台湾には福佬語のできる父母官〔府知事や県知事などの地方を治める長〕は珍しいからな。姚大人も水を得た魚のようになり、道台に重んじられたんじゃ」

「鳳山旧城についてもう少し話すとな、施琅《しろう》〔もと鄭芝龍の将で、鄭芝龍と共に清に投降。その後清廷の軍人として活躍〕が台湾を平定〔一六八三年〕してのち、朝廷は台湾に一府三県を設けた。一府は台湾府〔政府所在地府城はいまの台南市〕、三県は、真ん中は台湾県〔県政府所在地はいまの台南市〕で、北は諸羅県〔県政府所在地はいまの嘉義市〕、南は鳳山県〔県政府所在地はいまの高雄市左営〕じゃ。鳳山県は、このあたりに鳳凰のように羽根を広げている山があることから名づけられた地名だ。鳳山県の県役所は、興隆里のここに設けられたのじゃ。康熙六十一〔一七二二〕年、鳳山知県が命じてこの興隆里の亀山と蛇山のあいだに土で築城された。ここは台湾で最初の城市なんじゃ。ところが、乾隆五十一〔一七八六〕年の林爽文事件のときに、城市は民兵の荘大田によって攻め落とされてしまった。そこで県署は埤頭に移されたのじゃ。それが嘉慶十一〔一八〇六〕年になって、海賊の蔡牽《さいけん》が台湾に攻め込み、さらに呉淮泗《ごわいし》らの暴徒が埤頭を攻め落としてしまった」

「その後、興隆里の旧城は山を背に海に面し、地勢が壮大だと改めて見直され、ここにもどることになったのじゃ。嘉慶十五〔一八一〇〕年に、閩浙総督方勤襄《ほうきんじょう》が台湾に視察に来てそのように決め、さらに、土ではなく石で築くことにした。また、これまで亀山は半分は城市内にあり、半分は城市外にあったために、匪賊は高所より侵入でき、たやすく落とすことができた。それで、方総督は亀山全体を城市内に入れ、蛇山は捨てることを建議したのじゃ」

「方総督のこの建議には、みなが賛成した。ただ、朝廷が賛成しなかったのじゃ。と言うのも費用が高すぎて、経費を捻出できなかったのじゃ」

「姚大人は嘉慶二十三〔一八一八〕年に台湾に来られてね。大人は台湾県知県であったが、当時の鳳山県知県と公私において親しかった。姚大人は道台と鳳山の知県に献策されたのじゃ。経費の半分は官側が負担し、もう半分はここの住民と廟に寄付を募るというものだった。道台は大いに称賛され、大人に、海防同知の名で建城計画に加わってもらったのじゃ。こうして、姚知県はいつもこちらに地形の調査に来られるようになったのじゃ」

「だれもが知っているように、慈済宮に祀られている医術の神様の保生大帝呉夲《ごとう》は、泉州同安県の白礁の人で、漳州や泉州でもっとも信仰が盛んなのじゃ。姚大人は漳州と泉州で五年間知県を勤めておられたので、この慈済宮に来られるといっそう親しみを感じるようになられ、当時の廟祝と意気投合してな、規則を破って、廟にひと晩泊まられたんじゃ。その後、姚大人は視察のためによく興隆里に来られるようになり、そのたびに、いつも慈済宮で休憩なされ、泊まっていかれるようになった」

「清律《しんりつ》〔『清律集解附例』。清代の刑法典〕によって、役人が内地から台湾に来るときは、家族を連れてくることは許されない。だから、姚大人は台湾に来られ、ずっとお世話する人がいなかった。じゃが思いもよらず、慈済宮の廟祝の娘を見染めてしまったんじゃね。姚大人は唐山にすでに妻室がおられたので正式に結納を送って、側室にしたのじゃね。ふたりは正式に婚姻したのだが、姚大人は新しい夫人を台湾県知県の官邸には連れて帰ろうとはしなかった。唐山にいる姚夫人は有名なきつい奥方でね、唐山にいるときは姚大人は妾を持つことを許されなかった。それで、この姚知県の側室はな、なんとずっと親の家にいたんじゃ」

「その後、どうしたわけか、要するにじゃね、姚大人の本妻が台湾に来たのじゃ。それにまずいことに、姚大人が妾を置いたことを知ってしまった。本妻は大騒ぎをして、姚大人に妾と別れさせたのじゃ。そのとき若い妾にはもう子供が腹にいたのじゃ。そうだ、お腹の子はわしじゃ。嘉慶二十五〔一八二〇〕年の冬、哀れな母はわしを生んだ。わしが満一か月になると、母は亀山の麓の観音亭に行き、剃髪して尼になった。このことがうわさになり、道台は激怒した。姚大人は朝廷の規定に違反しているうえに、家庭もきちんとできないということで、姚瑩大人を台湾知県兼海防同知から降格して、台湾の東北にあるもっとも荒れ果てた噶瑪蘭《クバラン》に追いやり、通判にしてしまった。これはその翌年の道光元〔一八二一〕年のことじゃよ」

陳老人は頭を振りながら言った。

「幸いなことに、道台は姚大人の才能を惜しみ、この降格の本当の理由は、公文書には記載しなかった」

「翌年、姚大人の父親が亡くなり、それで姚大人も郷里に帰って喪に服された。一年後にまた噶瑪蘭の任地にもどられたのじゃ」

「道光四（一八二四）年に、新任の福建巡撫孫爾準《そんじじゅん》が台湾を視察に来られたが、ちょうど暴徒が埤頭県城で騒ぎを起こしていた。それで官府や住民はこの地に改めて石城を建てる必要をいっそう認めるようになったのじゃよ。そこで検討した結果、巡撫大人は姚大人の過去の献策を採用したのじゃよ。姚大人が調査した場所に新しい城壁を築き、さらに民衆からの寄付を大いに奨励するというものじゃ。姚大人の方策ははたして大いに成功し、民衆も寺廟も次々と気前よく寄付を申し出たんだ。工事は道光五年に正式にはじまり、翌年に完成した。そのとき、わしは五、六歳でね、たくさんの苦力が打狗山から珊瑚石灰岩を掘りだし、それを牛車で運んできて城壁を造る光景をぼんやりと覚えておる。打狗山で材料を取るというのも、姚大人と鳳山知県が考えだしたことらしい。堅固な石だし、経費が大いに節約できたと聞いている。道光六年に工事が完成したときの決算では、だいたい民間の寄付が五割五分、官府の出資が四割五分だったそうだ」

「そのころ、姚大人は噶瑪蘭で通判の任についてすでに五年経っていた。道台は業績の評価を行い、姚大人の功績ははなはだ大きいと認め、大人を噶瑪蘭から打狗に呼びもどした。姚大人は文章の達人として広く知られ、桐城派の名文家じゃった。道台は姚大人に旧城という名であるが、実は台湾初の石造りの新しい城市の落成を記念する文を書くように命じた。そこで姚大人は『鳳山旧城を再建す』を書かれたのじゃが、この文章は素晴らしいとみな口々に言っていますな。福建総督も姚大人は能吏だと感心され、朝廷に、大人を江蘇省に知県としてもどしてくださるようにお願いすることにしたのじゃ」

陳老人は目を潤ませていた。そして思わず声を出して詠じはじめた。

前後十二回の戦乱あり、鳳山ひとりその八乱を占める。この一隅に兵火がとりわけ多いのは、何故か。すなわち台湾府が近いゆえなり。これを身体に喩えれば、府城は心臓、鳳山は頭なり。嘉義は腹にして、彰化はすなわち腰、淡水は太腿、脛なり。……古くは、五十里の国に必ず三里の城あり。今、鳳山、北は二賛行渓より、南は瑯嶠まで二百二十里、沙馬磯まで四百里、西は海に至り、東は傀儡山の麓まで、また百余里にして、城なし。逆徒に覬覦《きゆ》の心（身分不相応なことをうかがい望むこと）なきを欲すれど、得るべからざるなり。(25)

「姚大人は嘉慶二十三年に台湾に来られ、最初は台湾知県の任にあったのが、のちに噶瑪蘭の通判に左遷された。道光六年にようやく打狗にまたもどってきて、唐山に帰って昇官するという通知を受けたのじゃ。感慨無量だったろうね。わしはまだ覚えとるが、大人が台湾から離れるときにわしに会いに来た。そのときがわしが父に会った最初じゃよ。ただ、わしは小さくて物事がわからなかったし、母方の陳姓じゃったから、そのときは親子の情は感じなかった。それに、姚大人はわしに会いに来たが、わしを故郷に連れて帰ろうという気はなく、血の繋がりを認めたということだけだったので、母方の祖父は大変失望した。それから、大人は観音亭に出家した母に会いに来たのじゃが、母は俗世とは縁を切ったと答えて、会おうとしなかった」

「父は失望のあまり、長年にわたって書き溜めた手稿を筆写してもう一部つくり、それをわしが大きくなるまで、そばに置いてやってほしいと祖父に頼んだんじゃ。祖父は承諾したのじゃが、実はその写しは、祖父がしまい込んでいたのじゃ」

「わしが十二の年に、母が亡くなった」

「父は唐山に帰ると、江蘇省で任官した。官署での評判は大変よく、順調に出世した。じゃが、台湾が気にかかっていたのだろう、わしが十八歳のときに、父は役人として台湾にもどってきた。今度は台湾で最高の官位で、肩書きは福建台湾兵備道、つまり道台大人様だった。それからのことは、みなよく知っていると思う。道光十八年から二十二年にかけて〔一八三八―一八四二〕、つまり父が台湾道台だった数年間は、ちょうど朝廷がアヘン問題のせいでイギリス人と敵対し、その後戦争になったころじゃ。姚大人は外交に忙しく、台湾全土を駆けずりまわり、イギリス船を二隻を捕獲し、イギリスが台湾をうかがう企みを断ちきり、大きな功績をあげた。イギリス人の狡猾さをだれが知りましょうぞ。のちに、二隻のイギリス船の乗組員百九十余名を斬殺した件で、イギリス側から捕虜虐殺として朝廷に訴えられたのじゃ。道光帝はやむを得ず、姚道台を内地に転任させた。このことは台湾の人はみな知っておる」

「父は二度目に台湾に在任した五年間で、わしに会いに来たのは二度だけじゃった。一度は道光十八年に赴任したときで、もう一度は道光二十二年に離任するときじゃ。おそらく高官は官府の仕事が忙しいからじゃろう。父が二度目に赴任してきたときには、わしはもう十八歳になっておった。父はそのときはじめて母が亡くなったことを知って、大変驚いていた。わしはずっと陳姓で、姚姓ではなかったから、父に会うことは難しかった。要するに父子の情がとても薄いんじゃ」
「父が二度目に台湾を離れるとき、わしは父に呼ばれて鳳山の埤頭県城に会いにいった。わしら親子のあいだはやはり冷たいものだった。父はただわしに生活はどうだとたずねて、まとまった金をくれただけだ。そのとき、祖父はまだ存命だったが、父は手稿のことは口にせず、わしに科挙の試験を受けたかどうかだけたずねた。わしは正直に秀才（科挙の郷試に合格し、進士の受験資格を得た者）には受かったが、挙人には二度落ちたと話したよ。父は大変失望したようじゃったが、わしに来年、もう一度受けろ、あきらめないようにと言った。祖父の死のまえに、わしはこれらの手稿のことを知って、大変驚いた。そのころ、父はもう遠く西康や西蔵に派遣されておったようじゃ。咸豊三（一八五三）年に、父が死んだとの連絡があった。時間が経つのは早いもので、もう十四年になる。父は道光九年にこれらの文章を『東槎紀略』と題して出版しておる。わしの手元にはその本はないが、これらの手稿は貴重なものだと思う。わしは読書が苦手で、官吏への道もうまくゆかなかったが、幸いなことに、祖父が多くの財産を残してくれた。商売もなんとかうまく行ったし、郷里にも善事をなすことができて、今日を迎えることができておる。わしは年を取るにつれて、父の苦しみが実感できるようになり、ますます父のことを思うようになったのじゃ」

陳老人は話を終えたが、目のまわりは赤かった。人々もしばらく黙りこんだ。

「今まで、父はわしが生まれるまえに死んだと言ってきたが、実はそうではなかったのじゃ」

蝶妹がたずねたのは鳳山旧城のことだったが、陳老人は実父の姚瑩と鳳山旧城の特殊な因縁にわが身の出生を重ね、とうとうその秘密を話した。陳老人が話し終えて目を閉じると、涙がどっと流れ落ちた。家族も心が激しく揺さぶられたようだった。鳳山旧城はこのように壮観で、新しく建てられたばかりだというのに、どうしてその後、鳳山県役所はすぐに埤頭に移り、旧城が没落するに至ったのかという、蝶妹の疑問に、陳老人は答えることはなかったし、答える気もなかった。蝶妹はこの世に繰り返される出会いと離別を思い、それは決して自分だけではないということが、心にいつまでも残った。

第三十七章

陳廟祝は感情がたかぶっていたが、食後に蝶妹を亀山の観音亭に案内することを忘れなかった。

陳廟祝は、亀山は実はすぐそこだと言った。

陳廟祝は自ら蝶妹を案内し、さらに家族が何人かついて行った。門を出て右に曲がると、亀山は目のまえだった。彼は言った。

「この亀山の高さは二、三百尺しかないのじゃが、山の姿はこの世のものとも思えない美しさで、半屏山から連なっておる。珍しいのはな、山に窪みがあって、蓮池になっておるのじゃ。亀山はこの街の北門と東門のあいだにあって、北門を出るとすぐそこが蓮池じゃ。東門を出て、大きな道をまっすぐ行けば、埤頭鳳山新城じゃ。観音亭は北門のあたりにあるんじゃよ」

陳廟祝はまた賛嘆して言った。

「この観音亭は、興隆里に信徒さんがたくさんいるだけじゃなく、歴史も長い。康熙二十〔一六八一〕年ころまでさかのぼれるんじゃ。康熙台湾輿図《よず》や雍正台湾輿図には、はっきりと『亀山』と『観音亭』が記されておる。鳳山県でとくに有名な建物というだけじゃなく、台湾の代表的な名刹じゃね」

観音亭は、北門に通じる大通りにあり、亀山にもたれるように建っていた。ところが観音亭に着くと、寺の扁額には「興隆寺」と書かれており、蝶妹はとまどいの表情を浮かべた。

陳廟祝は言った。

「間違いではありませんぞ、興隆寺が観音亭なんじゃよ。この額はのちに修繕し増築したときに、当時の県令が掛けたものなんじゃ」

陳廟祝はこのあたりでは大変尊敬されており、観音亭に入ってあまり話さないうちに、寺の若い尼さんが挨拶にあらわれ、お茶を持ってきた。しばらくすると、庵主が自ら迎えに出てきた。

「恐れ多いことです」

陳廟祝はお辞儀を返した。

「この林さんは、旗後の異人の医館に勤めておいでじゃ。今日は旧城に遊びに来てたのじゃが、この亀山に観音亭があると聞くと、すぐに参拝に来たいと言われてな、信心深い方じゃ」

庵主の乙真法師はふっくらした体つきで、慈悲深い柔和な顔をしていた。彼女は笑いながら言った。

「善い哉、善い哉。お嬢さんは異人の医館から、わざわざ私たちの廟へお参りに来られたとは、きっと観世音菩薩さまとご縁があるのでしょう」

蝶妹は言った。

「私は社寮から参りました。父は統領埔の客家です。父は生前、観世音菩薩さまを拝んでおりましたし、私にもふだんから南無観世音菩薩と唱えさせておりました」

乙真法師はそれを聞いて大変喜んで言った。

「お嬢さんは深い仏縁があるようです。私が案内しましょう」

乙真法師は蝶妹たちを案内して正庁にやってくると、菩薩に三度拝礼をした。祀られている観音像は蓮台に座り、全身は金色に輝いており、厳かな顔だちで、腕は十八本あった。さらに奇妙なのは、第一の両手には一方には剣、もう一方には何か知らない鋭い刀のついた道具を持って高くあげていた。怒りの表情ではなく、慈悲を超えた美しさをたたえていた。

蝶妹はこのような観音像を見たことがなかったのでたずねた。

「乙真法師さま、これは千手観音ですか?」

乙真法師は言った。

「いいえ。これは『十八手準提観音』で、『準提菩薩』とも言います」

さらに詳しく見ると、十八の手はそれぞれ法器を持っており、鋭い剣のほかに、蓮の花、数珠、花鬘《はなかつら》、藻瓶、縄などがあった。蝶妹はまたたずねた。

「では、準提菩薩と私たちが言っている観世音菩薩はどんな関係にあるのでしょうか?」

乙真法師は微笑みながら言った。

「観世音菩薩が六道衆生を救うとき、六種に化身されるのです。準提観音はそのなかのひとつです。六観音とは聖観音、千手観音、馬頭観音、十一面観音、準提観音、如意輪観音で、それぞれ異なる六つの道にある人々を救われます。準提観音は人間界の人々を救うのです。もっともこの世の人々に近い観音様で、だからまた準提菩薩とお呼びしています」

蝶妹はまたたずねた。

「なぜ準提観音の十八の手は、こんなに多くの違った法器を持っておられるのですか」

乙真法師は答えた。

「それはみな準提観音が人間衆生を救済する法器なのです。剣は人間衆生のさまざまな誘惑を断ち切るもの、藻瓶は人間世界を浄化するもの、手の蓮の花は病気を治療するため、縄は人と人の関係を強めるためです」

乙真法師のことばはよどみなく続いた。

「本寺のこの準提観音は、台湾の各寺の準提観音とはあまり似ておりません。例えば、台湾府の法華寺も準提観音を拝します。法華寺の建立は、鄭経、陳永華（鄭成功により諮議参軍の職を授けられ、その子の鄭経の師となった将軍）の時代ですから、法華寺の準提観音は福建省から直接運んできたものでしょう。ところが、本寺の準提観音は、東の風格を帯びています。台湾の準提観音はどれも目が三つで、それぞれ仏眼、法眼、慧眼をあらわしています。ただ本寺の準提観音だけが目が二つなのです。ですから本寺の開山祖師である茂義師父は、日本から来た和尚だという人もいます。ただ、正直なところ、私にも証明できません」

蝶妹はもう一度、準提観音をじっと見つめた。準提観音の尊顔には荘厳さのほかに、人を圧倒するような英気が漂っており、思わず今しがた乙真法師が語った「知恵を伝える」、「罪業を滅ぼす」ということばを思い出した。とくに長剣を持つ姿は、人生には善のために誠を尽くすほかに、ためらいを断ち切るための知恵も必要なのだと思った……蝶妹ははっとした。観世音菩薩と準提観音は、菩薩の表裏なのだ。観世音菩薩が強調するのが「慈悲の顔」で、世の人々を憐み、行き場のない人々を思いやる。準提観音は「理智の顔」を強調し、ためらっている人が理性的に判断し選択するのを助ける。人生にはいつも選択を迫られるときがあるんだ、と蝶妹は思った。

蝶妹が考えこんでいると、同行していた人たちが急に右のほうに歩いていった。陳老人が観音亭には三大碑文があり、観音亭の歴史や鳳山旧城の歴史と関係があると前々から聞いている、寺宝というわけだが、みなに見せて解説してほしいと乙真法師にお願いしていたのだった。

乙真法師は微笑んで言った。

「その三つの碑は、『開山碑』、『去思碑』、『邑侯譚公徳碑』[26]です。開山碑は本寺の裏庭に立っておりまして、本寺開山祖師の開山立廟の艱難辛苦の過程が記載されております。おおよそ本寺が建てられた三、四十年後の康熙末年から雍正初年ころに立てられたものでしょう。今から大体、百四十年ほどまえです。この『開山碑』だけが本寺の歴史と関係があります。ほかのふたつの碑は観音亭にはなくて、本寺のうしろ、亀山の頂上の天后宮、つまりみなさまがふだん言われる『亀峰巌』の媽祖廟にございます。みなさんをお連れしましょう」

果たして、観音亭のうしろは亀山で、石段が設けられていた。みな一歩一歩のぼっていった。道端には木が茂り、鮮やかな花が咲き誇り、鳥や虫の声が聞こえ、また、サルの群れが木々のあいだを飛びかっていた。陳老人は吟詠をはじめた。

『亀山は城中にあって風から守られ、石は秀で山は青し、猿は啼き鳥は語る、花月の美しい風景、景物楽しみに堪える』。この詞は、興隆里の挙人の卓肇昌《たくちょうしょう》が百年まえに書いたものでね。この卓肇昌は『亀山八景』という詩を八首も書いておるのじゃ。わしは八景の名前をひとつひとつは覚えておらんが、『山嵐曙色《さんらんしょしょく》、層巌晩照《そうげんばんしょう》、寒夜猿啼《かんやえんてい》（雲霧にかかるあけぼの色、連峰にかかる夕映え、寒夜に啼く猿）』だけは覚えておる。

乙真法師は笑いながら言った。

「わたしが覚えているのは、そのほかに『古寺薫風《こじくんぷう》、晴巒《せいらん》観海《かんかい》（古寺に吹く薫風、晴れ渡った連山から眺める海）』。山頂にのぼったら、大海原が見られますよ」

蝶妹は人が詩を吟唱するのを聞いたのはこれがはじめてだった。目のまえのこの廟祝と乙真法師のふたりは、高雅な読書人とは言えないが、しかしこのように詩文の教養を身につけていることを知って、尊敬の気持ちが生まれた。

山頂には果たして、もうひとつ廟があった。外観は古風で飾り気がなく、廟内にはすでにいくつか壁がはげ落ちたあとが見られた。顔をあげて廟の扁額を見ると、「亀峰巌」の三文字が書かれていた。乙真法師は言った。

「この亀峰巌天后廟もまた、茂義《もぎ》祖師様がお建てになったものです。仏教徒が道家の廟を建てることは確かにあまり見かけませんが、茂義祖師様の度量が大変大きいことを物語っていましょう。民間ではみなさんここの媽祖を楼頂媽（天后宮に祀られた媽祖）と呼んでいます」

廟のなかに入ると、媽祖の像は決して大きくなく、準提観音の像よりずっと小さかった。媽祖像は顔が金色で、綿入れを羽織っていた。左右に侍女がいるが、どちらも金を塗った仏像だった。

乙真法師は言った。

「媽祖と侍女が金塗りの仏像だということは、官府から来たことをあらわしております。ですから、この媽祖様は、康熙二十二（一六八三）年に施琅将軍が澎湖島を攻撃したとき、船上に祀られていた像だと言う人がいます。ですが、私たちには証明する手立てがありません。[27] 一番の問題は、茂義法師がこの亀峰巌媽祖廟を建立されたのが、施将軍が来台されるまえか、来台されたあとか、はっきりわからないことです」

「陳廟祝がおっしゃった碑文ですが、『去思碑』は廟の左壁に、『譚公徳碑』は右壁にございます」

乙真法師は笑いながら言った。

「実は、私が好きなのは廟のまえの軒下に並んだこの灯籠なのですよ。話では、この亀峰巌殿の軒の廟灯は、打狗の沖で作業している船や筏船が、夜に航行したり、帰航したりするときに、方向を示す目印になっているそうですよ」

蝶妹は、乙真法師のことばに溢れるような慈悲と心遣いを感じた。しかも過剰ではなかった。準提観音の「刀で断ち切る」イメージは、もうひとつの慈悲のイメージの観世音菩薩とはずいぶん異なる。だが、蝶妹には準提観音と観世音菩薩が同じなのかそれとも違うのかは、どちらでも良かった。大切なのは、今日、人間が生きることへの新しい認識を得たことだった。この世における人間の生は、慈悲と良心さえあれば良いわけではなく、さらに知恵と決断力が必要であり、捨てることも大切なのだ。

同じように人に善を尽くすことを勧める宗教だが、なぜか、蝶妹は、マンソン医師たちが神聖だとしてしているキリストや礼拝の儀式を受け入れることができなかった。松仔や棉仔《ミア》が祀っている姥祖《ボソ》や矸仔祖《カンシソ》〔マカタオ族が祀る神。阿立祖、姥祖とも呼ばれる〕にもそれほど心を動かされなかった。彼女が好んだのは、父親が信じてきた観音様と媽祖様、そしていま目のまえにいる乙真法師だった。理由は説明できなかった。ただ心がそう感じるのだった。

第三十八章

蝶妹は気がかりだった。もう続けて三回、日曜日に松仔に会っていないのだ。七月末の日曜日は、万丹港と鳳山旧城に行くことになったので、松仔には来なくていいよと言っておいた。

鳳山旧城に行き、亀山の麓の観音亭と亀峰巌の媽祖廟を参拝して、松仔に話したいことがたくさんできていた。しかし、日曜日に続けて二回、松仔はあらわれなかった。八月の最初の日曜日は、天気はそれほど良くなかった。打狗港の風浪は実際は決して強くなかったけれども、ずっと雨が降っていたため、それで松仔は来ないのだと解釈することができた。しかし先週の日曜日はちょうど中元節だったのだ。旗後の街ではお盆の行事が行われ、天后宮の正門からはじまって、通りの真ん中にお供え物を載せたテーブルが並び、その長さは優に一、二百尺はあった。テーブルには食べ物、野菜や果物や赤い亀型のお供え用菓子や蒸し菓子がびっしり並べられていて、無縁仏に供えたり、乞食《こつじき》や浮浪者に腹いっぱい食べさせたりするのだ。こんなにぎやかな日なのに、松仔は来なかった。蝶妹はひどくがっかりしてしまった。

蝶妹は、父親が生前、七月の鬼月〔旧暦七月〕になるたびに、いつも緊張して神妙になっていたのを思い出した。父は中元が来ると、先祖を祀るだけでなく、彼が殺した家畜を祀った。ただ、お供え物はそう多くなかった。彼女は旗後のお盆の盛況ぶりには大変驚いた。しかし、マンソン医師はひどくそっけなく、去年、府城で見たお盆のほうが派手で、街のどの通りもお供え物用のテーブルでいっぱいだったと言った。マンソンはさらに、あなたたちはどうしてそんなに霊を怖がるのかとたずねた。蝶妹はそれが気にさわって言い返した。

「わたしたちは霊を怖がっているんじゃありません、先祖や霊を敬っているのです」

マンソンはなんとなくわかったように、蝶妹に少し笑みをもらした。

このようなにぎやかなお盆を含めて、三週連続で松仔に会わなかった。その次の日曜日、蝶妹は朝早く渡し場に行って待った。哨船頭からやって来る渡し船は、どの便も人でいっぱいだったが、松仔は来なかった。松仔は病気だろうか？それともなにか事故でも起こったのだろうか。

正午になると、我慢ができなくなり、蝶妹は哨船頭に行ってみることにした。松仔が訪ねてこないのだから、彼女が行って松仔を訪ねることにしたのだ。

松仔は大勢の苦力たちと哨船頭のある倉庫の片隅に住んでいる。蝶妹は倉庫のあたりを歩きまわったが、戸を叩く勇気は出なかった。彼女は躊躇した。

ひとつの考えが閃いた。統領埔に住んでいるとき、彼女は母に教わって鳥の鳴き声のまねをするのがとても好きだった。時にはわざと長く鳴いたり、繰り返して鳴いたりしたが、それは部落の人々のあいだで高山の密林で連絡する方法であった。異なる鳥の鳴き声、異なる旋律の組み合わせで、異なった状況での暗号として使った。のちに蝶妹は文杰と社寮に来てからも、気分がいいときには何度か鳴き声をまねたことがあった。松仔も面白がって少しできるようになった。

そこで蝶妹がタイワンゴシキドリの鳴きまねを何度かすると、はたして松仔がゆっくりと中から出てきた。

蝶妹は大喜びでかけよった。そのとき松仔が少しおかしいのに気がついた。松仔はのろのろ歩いており、足を引きずっていた。そのうえ手を背中にまわしているので、ひどく不自然な姿勢になっている。もっと尋常でないのは、悲しそうな顔をしていることだった。

＊

蝶妹は自分の部屋に閉じこもっていた。心に受けた衝撃が大きすぎて、手が微かに震えていた。

空が暗くなったが、彼女は暗闇のなかで動こうとしなかった。

「どうしてこんなことになってしまったの？　松仔はどうするの？　私はどうするの？」

彼女は心のなかでつぶやいた。若すぎて、このような突然襲ってきた問題に立ち向かうことができなかった。

その日の午後、松仔が口ごもりながら話したので、ようやく事情がわかった。

松仔は悪い友だちとつき合い、問題が起きたのだった。

ここの福佬人の苦力たちは、夜になると、近所の賭場に天九牌をしにいく。時には松仔も誘われたが、松仔はいつも断っていた。一か月あまりまえのある晩、苦力の親分が大もうけをして帰ってきて、倉庫内の苦力全員に、娼楼に女を買いに行こう、おごってやると言った。松仔は一度も女色に近づいたことがなく、行こうとしなかったのだが、みなにけしかけられ、金が要らないのに行かないなんて、男の風上にも置けない野郎だと言われて、耐えられなくなり、とうとうついて行ってしまった。その後、苦力の親分がまた賭博に誘ってきた。松仔は最初は断っていたが、親分は顔色を変えて、女遊びには行くくせに、賭け事には行かないなんて話にならん、これから仕事があっても松仔には回さない、と言った。松仔は脅迫に耐えられず、親分について賭場に行った。賭場は近くで、山の中腹の土地公の廟のそばにあった。松仔は意外にも勝って少し金をもうけた。しばらくして、松仔はまた親分について行き、もっと多くもうけた。

翌日の夜、苦力の親分は大酒を飲んで酔っ払い、眠り込んでいた。松仔はひとりで賭場に行った。松仔ははじめのうちは少し勝っていたが、しだいに運が悪くなり、のちにはそれまでに何度か勝った金もほとんど吐きだしてしまった。松仔はひどく焦った。挽回するために、ますます大きく賭け、負けもますます悲惨なことになった。負けた金は恐ろしく高額になり、最後には負けた金を取りもどすために、松仔は賭場で高利で金を借りたのだ。翌日の朝まで賭けて、松仔が借りた金は、三か月分の賃金でも返しきれないほどになった。

これ以降、賭場の人間が毎日借金を取り立てに来るようになり、松仔が昼間稼いだ金は、夜には賭場から来た取り立て人に持っていかれた。松仔自身は、食事も食ったり食わなかったりだった。中元節の前夜になると、賭場から大男がふたりやって来て、松仔を囲んで殴りつけた。何度も本当に金がないと言うと、ふたりの大男は松仔の左手の小指を切り落とした。それを持って帰って報告するというのだ。彼らは去り際に、一か月後にまた来る、そのときにも返せなかったら、二本目の指を切り落とすと言った。それから数日のあいだ、松仔は仕事に出られず、金も食べ物もなく、倉庫の片隅に隠れて涙を流し、愚かで役立たずな自分を恨むしかなかった。苦力の親分もいくぶん気がとがめて、残飯を集めて彼に食べさせた。

ほかにももっと困ったことがあった。ここ数日、小便をするところが、腫れて痛みだしたのだ。膿が出ることもあり、臭気もあった。苦力たちは松仔を馬鹿にして笑って言った。

「性病を移されやがった!」

こうして蝶妹が探しにくるまでずっと、松仔はほとんど廃人のようになっていた。

*

蝶妹は松仔には本当に腹が立ち、そして悲しかった。松仔は遠く社寮から打狗まで来て彼女と一緒にいてくれた。彼女はもちろん嬉しかった。最初のころ、松仔は字が読めないために、打狗で日雇い仕事しかできなかった。日が経つにつれて男女の情が生まれ、彼女もゆっくりと松仔を受け入れていった。唯一の要求は、松仔がぶらぶらと遊んでいる連中と仲間とならず、品行を悪くしないようにということだけだった。

ところが、いまはすべてがむなしくなってしまった。

哨船頭に松仔を探しに行った翌日、蝶妹はマンソン医師に一日休みをもらった。まず船で興隆里に行き、鳳山旧城に入るとそのまま観音亭に駆けつけた。彼女は準提観音のまえの座布団に跪くと、松仔の問題を解決して心の重荷をおろさせてくださいと観音様に祈った。彼女は松仔のことを残念に思い、また申し訳なくもあった。もし彼女のためにふるさとを離れて、人間関係の複雑な打狗に来なければ、松仔はこんなことにはならなかった。松仔の家は社寮では大きな家だったし、田舎でのんびりと暮らすことができただろう。打狗に来て、ふとしたまちがいが一生の悔いを残すことになった。指を一本失っただけでなく、性病に罹ってしまったのだ。このような状態で帰って、棉仔にどう説明すればいいのか。

蝶妹は目を閉じて長いあいだ跪いていたが、しだいに心が明るくなってくるのを感じた。そしてなにか思いついたように感じた。彼女は跪いたまま、観音に知恵を授けてくれるように祈った。起こったことをひとつひとつ分析してみた。観音の顔を見つめているうちに、答えが心のなかに少しずつ浮かんでくるように感じた。準提観音が彼女の心のなかに判断の知恵を注ぎこんでくれたとも言えよう。

松仔が哨船頭の埠頭で仕事を続けるのはもう無理だった。そんなことをしていれば、来月には賭博の借金取りに二本目の指を切り落とされる。それ以上にどうにもならないことは、借金がますます増えることだ。なぜならいつまで経っても返し切れない利息がついているからだ。

彼女は立ちあがると、準提観音に三拝した。心のなかが澄んだようになった。万丹港にもどると、運よくちょうど哨船頭へ行く船があった。哨船頭に着くと、彼女は少しもためらうことなく松仔の倉庫に入っていった。そして、まず松仔を旗後に連れて帰ると、顔を赤らめながらマンソン医師に松仔の病状を説明した。マンソン医師が松仔を医館に数日入院させると、はたして病状は大いに良くなった。彼女は船の便を調べた。そして、十日後に、松仔はひとりで社寮にもどる船に乗った。蝶妹には、これが松仔にとって賭場を離れる唯一のやり方だとわかっていた。松仔は、はじめは打狗を離れようとしなかった。何度も、万丹港で日雇いの仕事ができると言い張った。そして、これを教訓に、もう二度と賭場には行かないと誓った。蝶妹は口にしなかったが、松仔が売春宿に行き、そのうえ病気をもらってきた点は、どうしても許せなかった。松仔は蝶妹を説得しようと、しっかり働き、酒色に染まらず、賭場に行かないと、ほとんど跪かんばかりにして訴えた。しかし、蝶妹は始終、顔をひきつらせたまま、ひと言も口にせず、松仔がなにを言おうと、頭を振るだけだった。

松仔はとうとう船に乗った。船影が遠ざかると、蝶妹はようやく身体の向きを変え、無表情で速足で歩きだした。医館にもどり、自分の部屋に入ると、もう辛抱できなくなって、大声でしばらく泣いていた。

その後、隔週の日曜日ごとに、彼女は早朝医館を出ると、鳳山旧城の観音亭に行って、準提観音のまえに跪くようになった。庵主は彼女に会うと、いつも微笑み、時には彼女の肩をちょっと叩いた。準提観音のまえに跪いているとき、心は静かに落ち着き、もっとも清々しく、もっとも整った状態にあると、彼女は感じた。

第七部　出兵

第三十九章

ラッパが長く鳴り、陣太鼓が一斉に響いた。

台湾府城北の台湾鎮大営のなかを、ルジャンドルはアメリカ将校の軍服を着て、意気揚々と馬に乗り、台湾鎮総兵の劉明燈と肩を並べてゆっくりと前進し、まもなく南岬へ生番との戦いに派遣される大清帝国の七百五十人の将校と兵士を閲兵していた。ルジャンドルは兵士たちの銃を注意深く観察した。かなり新しいもので、銃身、銃口はいずれも六角形になっており、外面はピカピカ光っていた。軍服も立派で、新式の制服で統一されており、みな気力が充実した清国の精兵であるのは明らかだった。

ルジャンドルは横を向いて、颯爽として精悍な劉総兵を見た。三十歳にもならないのに、このような重要な職務を担っているとは……。聞くところによると、劉総兵は三年まえに清国が太平天国を平定した戦役において、大きな功績を立て、上司の左宗棠《さそうとう》と曾国藩に認められて抜擢されたという。ルジャンドルもここ数日一緒にいて、劉総兵は確かに責任感があり、気迫があり、見識のある将校だと感じていた。

ルジャンドルは、四日まえの九月六日に、台湾道のさまざまな地位にある役人に再び会ったときのようすを思い出した。彼は、台湾道台に、福建巡撫の指示を遵守し、クアールへ出兵するように決然として要求した。ところが思いがけないことに、台湾道署内では道台の呉大廷以下、大多数の清国の役人が、こぞってきれいごとを言って引き延ばそうとした。ある者は、野蛮な地に出兵するにはまだ十分準備ができていないと言い、ある者は重要な公務が残っていて手を離すことができないと訴え、さらにはこんなことを言う者までいた。

――領事閣下の安全が心配だ、万が一閣下が不幸にして野蛮な番人に傷つけられるようなことが起こったら、自分たちは責任を負えない。あきれたことに、自分は頭がいいと思っている者が、悪知恵を出し、さっさと金を出して、生番を殺して首を取り、福州に送って巡撫大人に報告すればいいと言い出した。みなあれこれ言っていたが、道台はルジャンドルの顔色がますます不機嫌になっていくのを見て、その場をまるく収めようと、こう言った。

「閣下ちょっとお休みください。しばらくしてまたお話ししましょう。まずはどうぞ菓子をおつまみください。台湾府の菓子はとてもおいしいですよ」

ルジャンドルは心のなかで、清国の官吏はどうしてこんなに救いがないのだろうと、ため息をついた。官吏たちがこの機に乗じて抜けだしたり、話題を変えたりするのを恐れ、休憩には反対だと言おうとしたそのとき、そばに座って終始無言だった台湾鎮総兵の劉明燈が、突然立ちあがった。

「各位、私の話をお聞きいただいたうえで休憩に入りましょう。第一に、巡撫大人からの命令があったのですから、我々は確実にこの命令を執行すべきであって、いいかげんに事をすますことはできません。第二に、クアールまでの道は遥かに遠いですが、必ずや克服しなければなりません。第三に、補給は確かに容易ではない。ならば、議論しているよりは、実行に移したほうがよい、すぐに準備に取りかかりましょう。私は、三日いただければ十分だと思っております」

劉明燈はちょっとことばをとめて、全員の顔をゆっくりと見まわし、それから道台の呉大廷に深々と礼をした。

「もし道台大人が同意してくだされば、私はルジャンドル領事閣下に、四日後、すなわち九月十日に、我々の軍隊を南下させることを約束したいと思います」

このことばはその場を驚かせ、役人たちは地位の高い者も低い者もみな信じられないという表情を浮かべた。道台は眉間に皺を寄せ、ちょっと躊躇していたが、仕方なく同意した。

話の方向が突然変わり、ルジャンドルは驚き、喜んだ。この若い総兵はすぐに体の向きを変え、自信に溢れた顔つきで、両手を胸のまえで組んで挨拶をした。

「領事閣下、しばらくお休みください。半時《とき》後に、出兵について詳細をご相談いたしましょう」

劉総兵と呉道台はしばらくひそひそ話をしていたが、さらに一部の部下を何人か集めて相談した。ルジャンドルは貴賓室でしばらく待っていた。まもなく、劉総兵が笑顔であらわれた。

「今しがた申し上げましたように、我々は軍備のために三日を要します。その三日間、道台が人をお付けしますので、閣下は府城をゆっくりご遊覧ください。府城へは二度目のご訪問と存じております。台湾府は大きくはありませんが、見るべきところはたくさんございます」

ルジャンドルはこの若い総兵を見直した。彼はすることが迅速で、しかも筋道が通っていた。その後の二日間、ルジャンドルは台湾府尹の葉宗元の案内で、この十二万人の街を見学した。安平は行ったことがあるので、主に台湾府城内の文廟、武廟、海会寺（現、関元寺）、竹渓寺などを見物した。府尹は大きな輿を何台も用意していた。しかし、ルジャンドルは、歩くほうが好きだし、そのほうがよく見られると言った。府城の民はふだん輿に乗っている大官が異人を案内し、高い地位にもかかわらず、一緒に道を歩いているのを見て驚いた。しかも、ルジャンドルは護衛を四、五人と通訳だけ連れて、街道を気の向くままに歩くことを望み、清国の官員の付き添いを望まなかった。

この府城見物で、ルジャンドルにとってもっとも印象深かったのは、台湾府の城壁と造りだった。城壁はレンガ造りで厚さ十五フィート（五メートル弱）にも達し、高さは約二十五フィート（八メートル弱）で、周囲は約五マイル（約八キロ）あった。そして、東西南北四つの大門があり、どの門にも望楼が建っていた。主要な寺廟や文官・武官の役所は、どこも装飾がほどこされた立派な建物で、しかも城内の面積の大部分を占めていた。しかしながら、ルジャンドルは官民のあいだの格差が極めて大きいことにも気がついた。官府のあるところは、通りも広々としていて、建築も立派だった。一方、庶民の住居はどこも粗末で小さく、道は狭く、路面もひどかった。

ルジャンドルが引きつけられたのは、城内に書院が多いことだった。巡道署から遠くないところに、大きな書院があった。赤崁楼《せっかんろう》、つまり、かつてオランダ人が建てたプロビンシャ城のそばにも書院があった。書院が多いので、読書人も多かった。読書人の身なりは、庶民とは明らかに違っていた。彼らは、藍色の長袍を翻しながら、高慢な顔つきで、外国人にはあまり友好的でなかった。それに反して、一般の民衆は、ペコペコと控えめで、異人を店のなかに招いてもてなしたり、お茶を出したりするのが好きだった。

さらに、別種の人たちも少なくなかった。それは物乞いだった。彼らのなかには、背中が曲がった者や片目の者や障害を持った者がたくさんいた。彼らは道ばたに座って、病状を見世物にしていた。物売りや使い走りの者は同情の目で彼らを見て施しをしていたが、読書人は横目でじろりと見て通りすぎ、こうした人々が物乞いになったのは本人のせいだと言わんばかりだった。

ルジャンドルは、この国は官吏と読書人のものなのだと強く感じた。彼らは偉そうにしており、市井の民は卑しく貧しいが、善良で身の程を知っている。ルジャンドルは、平埔族《へいほ》をあまり見かけないことに気がついた。もしいたとしても、みな使用人だった。客家人も見かけなかった。台湾府は完全に福佬人《ふくろう》と役人の街だった。

＊

九月十日、劉明燈は公言した通り、大軍を傀儡に向けて出発させた。

ルジャンドルは観閲場で劉明燈を眺めながら矛盾した気持ちを抱いていた。これまで、劉明燈が見せた仕事ぶり、見識、効率の良さを見て、ルジャンドルはこの総兵は清国のほかの官吏とかなり違うと思った。聞くところでは、この「湘軍」出身の劉明燈総兵は、湖南の生まれだが、漢人ではなく「土《トウ》家族《チャ》」であった。それゆえ、彼には漢人官吏のような役人気質がなかったのかもしれない。しかし、劉明燈は有能であるがゆえに、もし自分と気が合えば、ことはスムーズに進むだろうが、万が一、南征期間中に、劉明燈と意見がぶつかることがあれば、それは大変頭が痛いことになるだろう。

辰の刻〔午前七時から九時〕に、大軍が総兵鎮から出発した。道路の両側には、それを見にきた民衆がたくさんいた。先導する軍人が城門に近づいたとき、太鼓と銅鑼の音が再び鳴り響き、大軍が雄大な台湾府の大南門をゆっくりと歩みでた。劉明燈はルジャンドルのために輿を用意したが、ルジャンドルは断り、馬に乗った。そして劉明燈と肩を並べて台湾府の城門を出た。ルジャンドルは、振りかえってこの厚さ十五フィート、高さ二十五フィートもある堅固な城壁を一望して、清国人の築城技術はヨーロッパ人より優れていると認めざるを得なかった。

思いがけないことに、まっすぐ伸びた大きな道は大南門を出ると、すぐにひどい状態になった。牛車がすれ違えるほどの広さがあったのははじめだけだった。道から近いところにはきちんと手入れされた稲田と農家があった。ただ、道路はでこぼこだった。道端には雑草が茂り、街路樹はなかった。隊列が長くのび、そのうえ暑かったので、ルジャンドルも馬をおりて輿に乗った。彼が乗った輿は隊列の中ほどに位置していた。台湾府尹は大変気前よく、ルジャンドルが連れてきた通訳のジョゼフにも輿を用意してくれた。清国はさらにふたりの侍従と荷物の責任者を手配して、全行程に随行させた。

もうひとつルジャンドルを驚かせたのは、台湾府内では平埔族を見なかったが、台湾府を出ると、平埔族の服を着ていたり、あるいは福佬人の服を着ているが、喋ると濃厚な平埔族の訛りがある者が非常に多いことだった。

隊列の行進の速度は非常にゆっくりだった。その日の夕刻、大軍は阿公店に泊まった。つまり、朝から夕刻までかかって軍隊はやっと二十五キロ程度進んだだけだったのだ。

翌九月十一日、軍隊は阿公店を出発した。道は同じように狭かった。ルジャンドルは輿に座って、道中、両側の景色をじっと眺めていた。手には羅針盤を持ち、何度も位置や時間を計り、まるで測量技師のようだった。彼はもともと地質学と地理学に大変興味を持っていたのだ。これは、彼にとってはじめての陸路での台湾府南下だった。

正午ごろ、右手に青々とした半屏山が見えてきた。旗後と打狗《タカウ》に近づいたのだ。ルジャンドルは、旗後で働いているピッカリングとマンソン医師、それからあの瑯嶠から来た少女を思い出した。彼らに大変会いたかった。台湾府では、今回は西洋人にまったく会えなかった。劉総兵は、今朝、ルジャンドルに直接、鳳山県城に向かい、打狗や旗後を通ることはないと告げた。

埠頭とも呼ばれる鳳山県城に着いた。街の規模は台湾府に遠く及ばなかった。軍隊は北路から入城し、南路営参将の凌定邦が出迎えた。今夜はここに泊まることになる。ルジャンドルは、兵士たちがだらだらしていると思った。中にはぐったりと頭を垂れているものもいる。彼は心配になってきた。

九月十二日、ルジャンドルは朝早く起きて身なりを整え、出発を待った。奇妙なことに、正午になっても、軍隊は出発するようすがなかった。そのうえ、兵士たちが集まって、大声でわいわい騒ぎながら、博打をやっているらしいのに気づいた。彼は劉総兵に会いに行った。だが、総兵は現地の役人に招かれて、軍営を出ていったということだった。出かけるまえに、帰りは夕刻になるだろうと言っていたという。今日は軍隊が出発する望みがなくなった以上、もう気にしないことにした。彼はフォルモサに興味津々だったので、こうなれば鳳山県城を見物する好機を逃しはしなかった。彼は福佬人の通訳を連れて、南路営兵舎を出た。ゆっくり歩いていると、すぐに大きな廟が見えた。通訳は、これが「鬼王兼陰間県令」の廟だと言った。ルジャンドルは大いに興味を覚えた。

廟に入ると、閻魔殿のなかに白い服を着て舌を長く出し、痩せて背が高い謝将軍像が見えた。ルジャンドルは笑って言った。

「漢人が地獄をこのように具体化できるとは驚いた」

両側の建物には、城隍二十四司〔陰陽界の地方官〕も見えた。「賞法司」、「功過司」、「功考司」、「罰悪司」、「巡察司」、「感応司」、「速報司」、「瘟疫司」、「来録司」、「記功司」、「保健司」、「察過司」、「功曹司」、「刑法司」、「警報司」、「掌善司」、「監獄司」、「陰陽司」、「庫官司」、「註禱司」、「見録司」、「改原司」、「事到司」、「人公司」。

ルジャンドルは思わず吹き出して言った。

「今の西洋各国政府の司法体系でもこんなに細かくは分かれていない。清国人は本当に役人が恐いんだね。生きているときも死んでからも逃れられないのだ。我々のカトリックの『最後の審判』だって、これほど煩瑣で複雑ではない」

城隍廟を出ると、「鳳儀書院」だった。多くの若い学生が学堂で授業を受け、頭を振りながら詩句や古典を吟じている。ルジャンドルは学堂のそとに掛けられた「登雲路」と書かれた扁額を見ながら、清国人たちにとって、「一歩登雲」の近道は、驚いたことに古人の詩文なのだと思って、頭を横に振った。清国人がもっぱら古人の学を学び、今の人の科学の進歩を無視しているのは明らかだ。今日の高官、例えば、曾国藩、左宗棠、李鴻章、あるいは劉総兵といった、異人たちと接触したことのある将校たちは、実感しているだろうが、北京の紫禁城にこもっている満洲皇室が、どれだけ認識しているか、どれだけ理解しているかは、なんとも言い難い。彼は心のなかで嘆いた。

書院の傍らには、新しい廟があった。大きくはないが、線香の煙は城隍廟より盛んに立ちのぼっていた。新しい廟の神像の姿は、城隍廟の目を怒らせた神像とは違い、ふつうの役人のような身なりで、しかも慈悲深い眉と優しい目をしていた。通訳の話では、この「曹公祠」に祀られている「曹公」は、三十年まえの鳳山県の太爺《タイイエ》〔知県〕だった。ルジャンドルは大変驚いて言った。

「たった三十年まえの県の太爺が、神になって拝まれるのか？」

通訳はこう説明した。この曹謹大人が鳳山知県の任に就いていたのはわずか四年だったが、在任中、大いに水利工事を起こし、水路をひらいて水を引き、民衆の長年の水不足を一挙に解決し、さらに農作物の栽培を盛んにした。曹謹は早くに河南の故郷に帰り、しかも十八年まえに亡くなったのだが、鳳山県民は、感謝の気持ちを持ち続け、七年まえに曹公祠を建て、曹謹を神として崇めているのだ。

ルジャンドルは黙って何も言わなかった。曹公祠の神像を眺めながら、清国人に対する印象が城隍廟での見下した思いから、一瞬のうちに感動へと変わった。

「死後、すぐに神になれるとはなあ」

清国の民衆が恩に報いる情は、ルジャンドルの心を打った。

「もし自分が役人となり、のちに民衆が廟を建てて拝んでくれるなら、そのような人生は本当に意義がある」

清国官吏の官僚気質、それに上に媚びへつらい、下をあごで指図する態度を思い出し、思わずため息をついた。

「清国の庶民と役人は、どうしてこんなにも違うのだろう。民衆はこんなに善良なのに、官吏は狡猾なやつらばかりだ。どう見ても、清国人の教育が、読書人の人格をねじ曲げてしまったに違いない」

ルジャンドルは黙って歩いた。通訳はルジャンドルが突然なにも言わなくなり、厳しい表情をしているので、ことばがかけられなくなり、ついていくしかなかった。いつの間にか広々とした池にやって来た。池のそばには民家が多く、魚を釣っている者や、洗濯をしている女がいた。通訳が言った。

「ここは柴頭埤《さいとうひ》(28)でございます。ここから左営の鳳山旧城までのあいだには、このような大きなため池がたくさんございます」

木陰が多く、鳥がさまざまに鳴いていた。ルジャンドルはこのような場所が好きだった。彼は木陰に腰をおろすと、目を閉じて心を休め、鳥の声に耳を傾けた。通訳はルジャンドルが疲れたのだと思って言った。

「ルジャンドル大人、官舎にもどりましょうか」

ルジャンドルは両目を開けて言った。

「なんのこれしき、疲れやしないね。さあ、歩こう。まだどこか行くところがあるかね」

通訳は驚いて、慌てて言った。

「曹公は、大きな水路を造っただけでなく、城楼も増築し、砲台を六基造りました。それぞれ城壁の角に設けております。と申しますのも、この鳳山城は靴の型をしておりましてね、四角形ではないのです。ですから、砲台も六基あります。角が六つありますから」

ルジャンドルは三十年まえの砲台だから、おそらく見るべきものはないだろうと考え、そこで笑って言った。

「やはり古い廟と文物をもう少し見物しよう」

そこで、通訳はルジャンドルを案内して双慈亭に行って媽祖を、龍山寺に行って観音を見た。ルジャンドルはすでに府城で大天后宮媽祖廟を見ていたので、媽祖にはそれほど興味を覚えなかったが、清国の民間説話の順風耳と千里眼に、古代ギリシア神話の趣きを感じた。清国人の多神教も古代ギリシア人に近い。比べてみて、孔子の年代がギリシアのソクラテスやプラトン、アリストテレスより早いことに気づき、思わずいく分かの敬意を覚えた。しかし、清国の役人に会うと、漢人、満人に関わらず、どうしても尊敬できなかった。

午後いっぱい歩きつづけ、暗くなってから、南路営兵舎に帰ると、劉総兵がすでにルジャンドルを待っていた。

劉総兵は、今日はちょうど中秋節なので、軍隊を兵舎で一日休ませたと、ルジャンドルに説明した。福建巡撫がルジャンドルにつけてくれた通訳の阿春は、中秋節はアメリカの感謝祭に相当し、新年に次ぐ全国的な重要な祝日だと言った。清国のきまりで、台湾にいる清国の軍隊はみな漳州《しょうしゅう》、泉州以外の内地から来ており、しかも家族を連れてくることができない。高級将校も同じである。ふつう三年経つと内地へもどる。軍官であれ、兵士であれ、平日は軍営にいなければならず、休日のみ外出できる。劉総兵はルジャンドルに決意を示すために、中秋節が過ぎるのを待たずに、出軍したのだった。ルジャンドルは、軍の行程が一日無駄になったので、腹立たしくてならなかったのだが、このときはっと、自分こそ劉総兵に謝らなければならないと思った。台湾に駐留する軍隊は台湾の現地人ではなく、内陸から派遣された「精兵」だったのだ。阿春は言った。台湾に派遣された湘軍が使う湖南の田舎のことばは、福佬語や客家語と異なっているので、よその人たちにはほとんど通じないのだと。ルジャンドルは驚いた。それなら台湾はまるで植民地ではないか、複雑で想像もつかない植民地だ。統治階級の役人、軍隊、移民、そして原住民には、それぞれの言語があり、少なくとも三種類以上のことばが使われているのだ。

劉総兵はルジャンドルに、午前中、鳳山県の知県凌樹荃《りょうじゅせん》が会いにきていたと告げた。その後、一行は一緒に鳳山県署に報告を聞きに行った。瑯嶠のようすをさらに深く理解することのほかに、もうひとつ目的があった。と言うのは、彼らが台湾府を出発するとき、道台は軍人の給料を調達しようとしたが間に合わず、劉総兵に渡せなかった。それで鳳山県と南路営に借財を頼んだのだが、幸いなことに凌知県と凌参将が引き受けてくれた。劉総兵は喜び、兵士たちの給料の問題が解決したので、明後日の九月十四日には必ず出発できると言った。それに南路営に駐留している軍も一部、隊列に加えて、兵力を増強するとのことだった。

十四日の朝、道台からは依然として連絡がなかったが、やはり劉總兵は出発の命令を出した。道は、進むほど狭くなり、やがて大きな渓流にさしかかった。川幅は広く、一里（六百メートル）以上あって、兵士たちは竹筏で川を渡ったが、渡りきるのに午前いっぱいかかった。

ルジャンドルは、前回、海上からこの広い河口を見ており、ここが東港河だと知っていた。劉總兵は来たことがなく、思わず赤面した。河を渡ると、もう原住民の阿猴大社だった。そこから先は、ずっと原住民の部落で、たまに河口のところに福佬人の集落があるだけだった。このあと、さらに三つの川を渡った。兵士たちはひどく疲れていた。

その夜は、東港の製糖所で過ごした。

九月十五日、軍隊は東港から枋寮《ぼうりょう》に着いた。南路営の大将は、枋寮の福佬人は、平埔族を雇って山の大木を伐りだし、製材して、船を造ったり、よそに運んで売ったりしている、と言った。「枋」は、福佬語では木板の意味だった。ここは、台湾道が管轄する最南端であった。言い換えれば、軍隊はもう最前線に達し、さらに南に行けば、そこは生番の地域だった。劉總兵の顔色は厳しくなってきた。

枋寮を出ると、まもなく、加禄堂の隘口に着いた。ここは、山と海に挟まれた、狭い平地だった。大きな山が横たわり、草木が生い茂り、かろうじて猟人が通ってできた細い道があるだけだった。劉總兵は自ら歩いて地形を調べたのち、ずっと頭を振っていた。

「これはまさに名実ともに羊腸たる山道ですな」

「枋寮から柴城《さいじょう》までは、ずっとこんな道なのか？」

劉明燈は現地の道案内にたずねた。

道案内はうなずいた。

ルジャンドルは、半年まえにアシュロット号に乗って、ここからクアールまでの海岸線を調査したことがある、と言った。おおむね平坦で、ただ枋寮から柴城までのあいだで断崖絶壁になっているところがあるが、広い道をつくるのは難しくないはずだと言った。

劉總兵は笑みを浮かべて言った。昨夜、道台が台湾府から送ってきた銀八千両を受け取った。兵士の給料や工事費は問題ない。またこうも言った。八十年まえ、福康安将軍は林爽文事件のときに、阿里港から柴城まで進撃し、そのうえ碑を立てて功を記した。劉總兵は勇ましく叫んだ。

「福康安王爺ができたんだから、我々も当然できる」

劉総兵は命令をくだした。

「すぐに道を切りひらくのだ、枋寮から柴城まで、七日以内に完成させろ！　我らは軍を率いてクアールに進み、人を殺した生番を厳重に処罰して、大清の威厳を高からしむるのだ！」

部下が心配そうに言った。

「道を切りひらくさいに、ここの生番が山から奇襲を仕掛けてこないとも限りません。七日以内に完成できるかどうか、疑わしいところであります」

劉総兵は自信たっぷりに言った。

「ここの生番は、南岬の生番とは違った部族だ。私はすでにここの福佬人の首領を派遣して、獅頭社と牡丹社の生番と交渉した。我々が出兵するのは、クアールを討伐して一掃するためであって、このあたりの生番の部落とは関係ない。前もって人をやって物をたくさん与え根回ししてある。ここでは両部落とも干渉しないと承諾している」

劉明燈の手際よい用意周到さに、ルジャンドルはいっそう刮目した。

まもなく番界に進軍する。ルジャンドルは内心、非常に興奮していた。

第四十章

農暦八月十五日の中秋節は、柴城の福佬人にとっても、保力の客家人にとっても、社寮の土生仔《トウサンア》にとっても、大切な祝日であった。

チュラソに住む文杰《ブンキッ》にとっては、なおさら深い意味があった。生番の部落で暮らしていたが、文杰は中秋節にはやはり特別な思いがあった。ましてや、文杰の父親は一年まえの中秋節に亡くなっているのだ。

文杰は十日もまえから考えを決めていた。中秋節の前日にまず社寮に行き、棉仔《ミア》の一家に、姉弟そろって一年近く世話になったことへの礼を述べよう、そして姉さんに会えたらいい。文杰は、蝶妹《ティアモエ》も同じように、打狗から帰ってきて両親の墓に参ることを期待していた。なんと言っても、中秋節は家族が一堂に会する伝統的な日なのだ。

両親の墓は統領埔にあったので、彼は十五日の早朝に社寮を出て統領埔に行き、昼までに墓参をすませて、それからチュラソにもどって来ようと思っていた。

文杰は養父のトキトクにそのように願い出た。養父はちょっと考えてから、この際、やってほしいことがあると言った。

　四か月あまりまえに、十八の部落が連盟を結成した。幸いなことに、みなが協力して、三か月まえには、クアールで白人の二隻の砲艦と二百名の兵士を事なく追い返し、今まで平穏無事に過ごしてきた。

　トキトクは、スカロの四大部落はみな身内だから、おまえはわしに代わって、それぞれの頭目に挨拶にまわってほしい、とくに龍鑾《リンロアヌ》と猫仔《バア》にな、と言った。わし自身は、北に向かい、蚊蟀《マンス》、シナケ、八瑤、クスクス、牡丹、加芝萊《カチライ》など新しく連盟を結んだ部落をまわってくる。

　トキトクは文杰に予定を繰り上げて二日早く出発させた。そのとき文杰にふたりの勇士をつけて、各部落に贈り物を届けさせた。

　文杰は、ふたりの勇士と、まず射麻里《シャマリ》に行き、それから龍鑾に行って龍鑾部落の頭目に面会した。

　龍鑾の頭目は、盛大な宴会を開いて、スカロの大股頭が大変頼りにしているこの養子を歓迎した。宴席で、頭目は急になにかを思い出したように、文杰に言った。

「そうだ、部落の者から聞いたのだが、二十日ほどまえに、ふたりの白人が大繡房からわしらの龍鑾部落のあたりを歩き回っていたということだ。そのひとりは、あの紅毛船の船長夫人の家族に雇われて、異人の国からここまでわざわざ船長夫人の遺体と遺品を探しにやって来たそうだ。もうひとりは、福佬語がうまくて、それにわしらの土語も少し喋るらしい。打狗から来たということだった」

　文杰は白人がこのあたりを歩き回っていたと聞き、耳をそば立てた。龍鑾の頭目がまた言った。

「しかもだね、やつらはもう船長夫人の頭と遺体の大部分を見つけ、遺品も一部は見つけたそうだ」

　文杰はびっくりして急いでたずねた。

「本当ですか！　どのようにして見つけたのですか？」

　六か月まえに、イギリス領事キャロルのコーモラント号が社寮にやって来た。文杰はイギリス船のコーモラント号の福佬人通訳の口から直接、船員の遺体や遺品に多額の賞金がかかっていると聞いた。文杰は、あの事故を起こした船は、自分の運命を変え、また蝶妹の運命も変えてしまったと嘆いた。そして、瑯嶠全体にさらに天地がひっくり返るような変動が起こったのだ。六か月経って、白人が相変わらず船員たちの遺骸を探しているなどとは、思いもよらないことだった。

「白人がこのように諦めない以上、もしクアールにけりをつけるつもりなら、白人の軍隊はきっとまたやって来るに違いない」

これが文杰が最初に連想したことだった。

「どこで見つけたのだろうか？　だれが遺体や遺品を隠していたのだろう？」

これが次に連想したことだった。

と言うのも、文杰はクアールの人たちはそれらを持って行かなかったと確信していたからだった。クアールの頭目バヤリンはトキトクにこう言っていた。彼らが船員たちを殺したのは、侵入者だったからだ。難破したことは知らなかったし、機に乗じて物を奪おうともしなかった。

バヤリンは大股頭にこうも言っていた。事件が起こったとき、彼らは誤って女を殺してしまったことを知り、びっくりして声をあげて散り散りになった。なにも持たずに逃げたし、女の首も海辺に捨ててしまった。ほかの死体は、一部は海に捨て、一部は岸に放っておいた。数日後、彼らが再び浜に行ってみると、サンパンしか残っていなかった。ほかのものはみななくなっていたが、いったいだれが取っていったのか、彼らにもわからない。いずれにしても、大波に乗って浜にもどってくることはあまり考えられない。

これらの話は、文杰もそばではっきりと聞いていた。

事故現場の海辺はクアールの土地だったが、龍鑾の土番や、大繍房からやって来た客家人や福佬人がよく出没していた。龍鑾のスカロ人は、クアール人のように閉鎖的ではなく、大繍房一帯の平地人としょっちゅう往き来して、よく交易を行っていた。しかも、龍鑾の住民は複雑に混じりあっていて、もともとのスカロ人のほかに、百年あまりまえに唐山からの移民に圧迫されて、鳳山八社から牛の大群を追って、ここに移住してきた平埔族のマカタオ族がいる。さらに近年になって、龍鑾に多くの客家人がやって来て住みつき、開墾に従事するようになった。

文杰が言った。

「ぼくは断言できるけど、異人の物はクアールの人たちが持っていったのじゃない、あの人たちは財物には興味がありません。この龍鑾で見つかったとしても、スカロ人が持ってきたんじゃないと思います。客家人が持ってきた可能性がもっとも高いですね」

頭目は苦笑いして言った。

「推察の通りだ。スカロがやったんじゃない。しかし、平埔族の土生仔と客家人には可能性がある。まず土生仔が海辺で死体と遺品を見つけ、遺品を持っていった。大部分の死体は海に捨てたが、いくらかは龍鑾の浜の大きなアカギのしたに埋め、何事もなかったかのようにした」

「その後、やつらは白人が遺品を探すために軍艦でやってきたと聞いて、怖れをなしたんだ。それでやつらは最初に死体を埋めた場所に行って、骨を掘りだした。最初、船長夫人が身につけている飾り物を奪ったので、それで女も埋めたのだな。しかし、あとで探しにきたとき、頭蓋骨と死体の一部しか見つからなかった。土生仔は、白人が軍艦を派遣して復讐に来ると聞いて、持ち出せなかったんだね。ところが、客家人のほうは抜け目がなくて、軍艦が探しにくると見るや、これらの物は絶対に高く売れると信じて、あちこち探しまわったんだ」

「客家人は遺品を隠し持っている土生仔を探し出して、口利きしてやると言った。代わりにいい値段で売りつけてやるし、白人が兵を送って責任を問うようなこともさせないと言うんだ。もちろん、売り上げから取り分はしっかりいただく。客家人はそうやって土生仔を説得すると同時に、うわさを流す。値段は当然高くはね上がる。好機逸すべからずってとこだね、へへ」

龍鑾の頭目は、明らかに客家人のやり口を不満に思っていたが、どうしようもなかった。

頭目は言った。

「客家人の憎むべきところはな、やつらは白人と土生仔の両方にいい顔をすることなんだ。白人のまえじゃ、土生仔の残酷さや人殺しを痛罵し、土生仔は値段を高く要求してくると訴える。それから、土生仔に会って、土生仔を脅すんだ。白人はひどく怒っていて、軍隊を連れて敵討ちにやってくる。俺に口止め料を払え、白人に土生仔がどこにいるか教えないからと。こうして客家人は両方から利益を得る。聞くところでは、最後は、白人と客家人と土生仔の三者が、大繍房に客家人の家を見つけて、そこで会うことにした。白人は金を出し、土生仔は物を出し、双方はもうこれ以上かかわり合わないと約束をした。取り引きの値段はどれくらいか知らんが、もっとももうけたのは、土生仔ではなく、きっと客家人だね」

頭目はそう言うと、またへへと笑ったが、はっと思い出した。文杰の父も客家人だったのだ。それでまた気まずくなって言った。

「申し訳ない、お父上も客家人でありましたが、実直な客家人でした」

文杰は少し微笑み、頭目の肩をちょっと叩いて、なにも気にしていないことを示した。そして、この瑯嶠の民族は恩讐が実に複雑で、また実に解き難いと思った。平地人と生番は土地をめぐって争い、同じ平地人の福佬人と客家人はことばが通じず、鋭く対立して行き来しない。福佬人は土生仔を嫁に取り、客家人は山地の生番を嫁に取る。本当に複雑だ。山地の生番にしても、この地にずっといたスカロか、東部から来たアミかに分かれる。いま異人が来て、山地の生番は、養父の努力によって団結した。しかし、平地の人は依然として砂のようにバラバラで、それぞれ自分のそろばんをはじいている。文杰は思った。平地の民族もそれぞれ協力すべきで、分かれてはいけないと。そして、ことばが最大の問題で、異なったことばがへだたりと対立を生みだすのだと。

*

文杰は龍鑾の頭目と別れると、猫仔坑部落に行った。猫仔坑は猴洞《カウトン》あたりの平原に近く、道も平坦になったが、文杰の心は平坦ではなかった。龍鑾の頭目が、龍鑾の土生仔は大繡房で白人と会ったときに、ローバー号の船員は龍鑾のこのあたりの人間が殺したのではなく、クアールの人間が殺したのだと、何度も強調したと、文杰に告げたのだった。人、物、地で証拠が揃った以上、異人が兵を出して責任を追及に来るだろう。万が一異人が今回の経験で賢くなって、直接攻撃せず、大繡房や龍鑾の客家人や土生仔に案内させて、側面からクアールや射麻里を攻撃するということになれば、非常に面倒なことになる。

農暦八月十三日の午後、文杰は保力に着いた。保力は広東系客家人の本拠地で、ここから社寮渓に沿ってくだり、もし少し足を速めれば、二時間もかからずに社寮の海辺に着くことができる。社寮を遠く眺めて、文杰は突然、ふるさとへの複雑な思いが湧いてきた。

彼はふたりの連れと一緒に、客家料理の小さな店に入って休み、炒めビーフンと客家風の炒め物などを頼んだ。ここの土番は平地人の居住区に入るときは、平地人の服を着て、目立たないようにしていたが、それでもよく簡単に見抜かれてしまった。店に入って腰をおろすとすぐに、隣のテーブルで老人と若者が客家語で大声で話しているのが聞こえてきた。

若者がたずねた。

「つい最近、清国の官府が柴城に向かって出兵したって聞いたが、本当かい？」

老人がテーブルを叩いて大きな声で罵った。

「みんな生番が仕出かしたんだ。人をやたらと殺したんだよ。いま清国の兵隊はクアールを攻撃する準備をしているんだ。傀儡番《かいらい》は当然の報いだが、わしら保力の無辜の民に累が及ぶんじゃないかと心配なんだ。お役人や軍人さんたちは、本当にやりにくいんだよ」

文杰はそれを聞いて驚き、ふり向いてその若者にたずねた。

「清国の軍隊がクアールを攻撃するって？　その話はいつ聞いたんだ？」

若者は答えて言った。

「そうとも、昨日、柴城でも保力でも台湾府のお触れが張り出されていたよ。なんでも、中秋節のあと、八千五百人の兵士を柴城以南の村に進駐させ、傀儡番を討伐するそうだ。瑯嶠の住民はみな、軍人さんに協力するようにということだった」

「八千五百人だって？」

文杰は驚きの声をあげた。

老人は頭を横に振った。

「わしはお触れにあったことばをいくつか覚えておる。『クアール番、凶悪残忍にして、異人を殺害し、法に容れられざるところなり。なお天険に恃《たの》んで、無駄に抵抗を続け、大軍を繰り出して征伐せざれば、凶暴頑迷なる者らを戒めるに足らず』名文だね、名文だ！」

老人は最後まで言うと、得意そうに笑いだした。

「若いの、もし全文が見たけりゃ、保力の三山国王廟か柴城の福安廟の廟の門には必ず張り出されておるぞ」

文杰はまたたずねた。

「中秋節のあとですか？」

老人が笑って言った。

「そうだ。見たところ、あんた方は山の部落と縁がありそうだ。すぐに行って頭目に伝えることだね。今日は八月十三日だから、あさっては中秋だ。三日か五日すると、官軍がやって来るかもしれない。やつらはクアールを襲撃するだけではないだろう。各番社にすぐに応戦の準備をさせることだな」

そう言ったが、他人の不幸を喜ぶような口ぶりだった。

文杰とふたりの連れは目配せをし合って、老人に礼を言うと、外に出た。文杰はふたりに言った。

「聞いただろう、来るのは異人じゃなくて、台湾府の官軍だ。台湾府の役人連中はおれらを匪賊と見て、中秋節が過ぎたら大挙して攻めてくるんだ。おまえたちふたりはすぐにもどって、大股頭に報告して、すぐさま戦《いく》さの準備をするんだ。それから大股頭にこう伝えてほしい。おれはひとりで社寮に行き、予定を早めて明日の早朝に統領埔に行き、父の墓に参る。それからすぐにチュラソにもどるってな」

ふたりの連れは、ひとりが文杰について行くと、どうしても譲らなかった。文杰は彼らを説得することができず、やむなくひとりについて来させた。もうひとりはチュラソにもどって報告することにした。

第四十一章

文杰は急いで社寮に駆けつけた。

意外だったのは、社寮は以前と同じように静かだったことだ。社寮の人々は文杰が生番と一緒なのを見て、各人各様の表情を見せた。ある人は驚き、ある人は見て見ぬふりをし、またある人はせせら笑うような表情をした。棉仔は非常に暖かく迎えてくれた。さらに嬉しかったのは、蝶妹が予想通り打狗から帰ってきていたことだった。

文杰と一緒に来た青年は、文杰が家族と団欒しているようすを見て、自分は亀山の麓の林で待つと言った。文杰はやむなく彼の言う通りにした。

陰暦の十三日だったが、もう満月が見えた。文杰はわけを話し、蝶妹も一日早めて統領埔に行き、父のお墓に参ることに同意した。

その夜、文杰と蝶妹と棉仔は、ひと晩じゅう話したが、松《ソ》仔《ア》は姿が見えなかった。

文杰は気が気でなかった。そのため蝶妹に打狗での暮らしについて聞くよりさきに棉仔に、台湾府の大軍の南下をどう思うかとたずねた。

棉仔は、実はなにもあまり考えていないと言った。清軍が南下してくれば、福佬人と客家人の大きな街である柴城と保力はきっと混乱するだろうが、社寮は依然として皇帝の力がおよばない僻遠の地だと、棉仔は考えていた。

「わしら社寮は大清国に管理されていない。大清国が管理しているのは、福佬人と客家人だ。わしらは土生仔なんだからな」

これが棉仔の最初の反応だった。

「さらに言えば、社寮は傀儡番からもっとも遠いし、清軍はたぶんここまでやって来ないだろう。幸いなことに、軍隊が海路を来るんじゃないからな」

棉仔はビンロウを嚙みながら、いくぶんけだるそうに答え、自分には関係ないという表情だった。

文杰は、棉仔に気づかせるように言った。

「必ずしもそうとは限りません。柴城の街には、多くて二、三千人、保力には千人以上が駐留することになるんですよ。もし本当に八千人あまりの兵士が来たら、食べ物や、飲み物、それに軍馬や補給など、柴城や保力だけでまかなえると思いますか？　清国兵士が社寮に食糧など求めてきたら、出さずにいられますか？　……今後、毎年、清国に税を納めなければならなくなるかもしれませんよ」

文杰はまた言った。

「清国がもしこの社寮に衙門《がもん》〔役所〕を設けて官吏を送りこむことになったら、棉仔兄ぃの首領の地位も危なくなるかもしれませんよ。みんなこれからは役人の言うことを聞いて、もう棉仔兄ぃの言うことは聞かなくなる」

棉仔は動揺したように、横になりかけていた体を起こして座りなおした。

蝶妹が横から口を挟んだ。

「私、打狗と台湾府で見たわ、地方の下っ端役人って、かえって権勢を笠に着て、威張り散らしているわ」

文杰は蝶妹にたずねた。

「姉さんは、農暦八月十一日に船に乗って、打狗を離れたんだよね。そのとき、途中で清国の軍隊を見た？　どれぐらいの兵隊が南下したか聞かなかった？」

蝶妹は言った。

「全然なにも見なかったわ。旗後はとても静かだったわ。それにマンソン医師から台湾府の軍隊が南下するって話は聞かなかったし、ルジャンドルが台湾に来るって話も聞かなかったわ。でもマンソン医師はピッカリングのことを話してたわね。陽暦の八月の初めに、船長夫人の遺品を探しにきたイギリス人と、瑯嶠に行ったって話よ」

棉仔は言った。

「そのことはわしも知っているよ。そのイギリス人はホーン[29]っていうんだ。あの人たちは、八月中旬に、枋寮から船でここにやって来て、そのあと大繡房のほうに行った。その後のことは、わしはあまり知らんが」

文杰は言った。

「その人たちは龍鑾と大繡房のあたりで船長夫人の遺品を見つけたんだ」

棉仔は驚いて言った。

「本当に見つけたのかね?」

文杰は蝶妹がルジャンドルのことを言ったのを聞いて、前回、蝶妹と松仔が、ルジャンドルが乗った船で社寮に来たことを思い出し、はっとした。

「今度、ルジャンドルも清国の軍隊と一緒にここに来るのかい?」

蝶妹は、知らないと頭を横に振った。

棉仔は言った。

「そのはずだよ。ルジャンドル領事が圧力をかけなければ、清国の官府が大ぜいの人を動員して、鳴り物入りで南下し、命がけで生番と戦うようなことはしないよ」

文杰はしばらく考え込んでいたが、ようやく頭をあげて、真剣な顔で言った。

「姉さん、文杰にひとつ、たってお願いしたいことがあります」

蝶妹は言った。

「言ってごらん」

文杰は言った。

「まず、ぼくは戦争を望んでいません。母さんの部落にとっても、棉仔兄ぃたち、ここの人たちにとっても、瑯嶠の住民にとっても、新しく来た客家人や長く住んでいる福佬人にとっても、戦争はしないほうが絶対いい。つまり、僕たちは力を尽して、戦争が起こらないようにしなければいけないんだ」

蝶妹はクアールの浜での恐ろしい体験を思い出し、うなずきながらも、すぐにこうたずねた。

「でも、私たちのどこに、そんな大きな力があるの?」

文杰は言った。

「縁があると言えるんじゃないかな。今回、双方の意思を決定する人は、一方はぼくの養父だし、もう一方はたぶん姉さんが知っているルジャンドル領事……」

蝶妹が答えようとすると、棉仔が手を振ってさえぎった。

「さきに文杰に最後まで話させよう」

文杰は蝶妹を見ながら、ゆっくりと言った。

「ぼくは帰って、養父に絶対にさきに手を出さないように説得する。姉さんたちもルジャンドルを訪ねて、戦争しないように、少なくともさきに手を出さないように頼んでほしいんだ。養父とルジャンドルが、互いにさきに手を出しさえしなければ、この戦いはおそらくしないで済むと思う」

棉仔はゆっくりとうなずき、文杰の考えに同意しているようだった。

しかし、蝶妹は手を振って、言った。

「それは同じってわけじゃないわ。大股頭はおまえと親子で、おまえを信じている。だから、おまえは大股頭を説得できるわ。でも、私とルジャンドル領事はまったく違うわ。偶然知り合っただけなのよ。私なんて、領事のまえではなんでもないわ。私がどうしてルジャンドル領事を説得できる力があるって言うの？」

棉仔が口を挟んだ。

「蝶妹、おまえとルジャンドル領事はただの知り合いに過ぎないけど、領事はおまえにかなり好意を持っていると思うよ。覚えているだろう。前回、領事が社寮から南湾に行ったとき、おまえを同行させて通訳をしてもらおうと、領事はとくに一日余計にここに滞在したじゃないか。文杰の提案は、やってみたらいいと思う。できないなんて簡単に言わないほうがいい」

蝶妹は言った。

「でも、私はあの方とお話しするのは好きじゃないわ、ずっと避けているのよ」

文杰は言った。

「姉さん、瑯嶠の人たちみんなのために、スカロ族の幸せのためにも、できるだけやってみようよ」

蝶妹はしばらく黙っていたが、しぶしぶうなずいて言った。

「それなら、私は社寮にしばらく残って、ルジャンドル領事が来るのを待つわ。そのとき、棉仔兄さん、私を連れてまた領事に会いにいってくださいね」

棉仔はすぐにうなずいて言った。

「お安い御用だ」

文杰は大喜びし、蝶妹は苦笑した。

棉仔はまた言った。

「それじゃ、明日朝早く、わしは松仔《ツァ》とおまえたちふたりと一緒に統領埔に行くことにする。わしも林兄さんにお参りするよ。そのあと、文杰はお伴とチュラソに帰る。わしは蝶妹、松仔と社寮にもどるよ。蝶妹、おまえは打狗にもどるのを何日か延ばして、社寮に残るんだ。ルジャンドルが来たら、会いに行こう」

文杰は言った。

「そうだ、どうして松仔はいないの？」

蝶妹は無表情だったが、棉仔は溜息をついて言った。

「若いやつは世間知らずでね」

文杰はなにかあるらしいと思い、それ以上はたずねなかった。

文杰は前回、社寮にもどったとき、棉仔が彼にどこかよそよそしいのを感じたが、今回はまた親しく接してくれて大変嬉しかった。文杰はこのさまざまな民族が暮らす地域で、民族間の複雑な恩讐や利害関係から生じる錯綜した影響を自ら実感した。棉仔の態度の変化は、文杰を大いに励ました。

民族の矛盾は決して完全に解決できないものだ。自分は混血だが、混血によって民族意識が曖昧になった、と彼は思った。

瑯嶠というこの地域のさまざまな民族が、通婚によって互いに融合するなら、それは絶対に素晴らしいことだと、彼は思った。

彼は棉仔を見た。棉仔一家は平埔族のマカタオと福佬人の混血の土生仔だったが、父親のような唐山出身の客家人を受け入れ、そのうえ彼と蝶妹を身内のように見てくれる。それは本当に容易なことではない。彼は棉仔にずっと感謝の気持ちを持ちつづけていた。これからは、統領埔と社寮とチュラソ、どこも自分の故郷だと考えようと思った。この三か所に暮らす人々の幸福のために努力しよう。この三か所のことば、客家語、福佬語、スカロ語はみな彼のことばだ。自分の子や孫のことばにもなるだろう。いつか、子孫に、三つのことばがどれも話せなければならないと言おう。瑯嶠全体が子孫の故郷であり、一つの村、一つの部落にこだわる必要はない。時代は変わった。先祖からのやり方に固執してはならない。

第四十二章

文杰が去って二日後、社寮港に中型帆船がやって来た。台湾府の安平港から荷物をたくさん運んできたのだ。船長が言うには、途中、枋寮で休んだとき、枋寮の村のうちにもそとにも官軍がたくさんいて、明らかにかり集めたおおぜいの人夫を指揮して山を開いて、道をつくり、川には橋を架けていたということだった。そして、清軍の仕事は手際が良く、見たところでは、あと七日か十日で、枋寮から柴城までの山道が開通するだろうということだった。

松仔はそのニュースを聞くと、すぐに帰って棉仔と蝶妹に伝えた。

蝶妹は松仔にたずねた。

「あの人たち、枋寮で異人を見たのかしら？」

松仔は、船員たちはその話はしなかったと言った。

蝶妹は言った。

「それじゃ、もしルジャンドル領事が枋寮にいるとしたら、少なくともまだ五日はそこにいるってことね」

棉仔は笑いながら言った。

「だから、ルジャンドル領事に会いに船に乗って急いで枋寮に行くっていうのかい」

蝶妹は棉仔を見ながら、訴えるように言った。

「そうなの、もしこの船を借りて、明日早く出発したら、午後には枋寮に着けるかしら？　もしルジャンドル領事に会えたら、お願いできるわ」

棉仔は言った。

「この帆船は小さくないし、それに水夫を雇ったら、枋寮まで往復するのに少なくとも二日かかる。ずいぶん金がかかるぞ」

棉仔はそこまで言うと、ちょっと笑って言った。

「だが、ことは重大だ。それくらいの金で戦争を避けられるなら、価値があるってもんだ」

蝶妹は感激のあまりなんと礼を言っていいかわからず、ただひたすら頭をさげて丁寧にお辞儀をした。

こうして、三人は、ふたりの従者を加えて五人で、空っぽになった船に乗り、枋寮に向かった。

松仔はついていったが、蝶妹とはほとんどことばを交わさなかった。一か月あまりまえにひとりで社寮にもどり、しばらく休んで、からだは回復していた。ただ、彼と蝶妹の気持ちはもう元にもどらないようだった。小指を一本失ったが、生活には大きな支障はなかった。またマンソン医師の治療のお蔭で、人に言えない病気もほとんど治っていた。ただ、彼はおとなしく無口になり、人との受け応えや物腰、さらに物事の処理や人との接し方が、落ち着き、ずいぶん大人っぽくなった。棉仔は心のなかでほっとしていた。

＊

枋寮の街には木材店が林立していた。三人はたずねまわって、清国の軍隊の総司令官が保安宮にいること、それに異人の大人《ダイジン》たちが輿に乗って街に出てきたのを確かに見たということを聞き出した。木材店のおやじは、異人のひとりは片目を布でおおっていたと言っており、それはルジャンドルに違いなかった。三人は大喜びした。木材店のおやじは、異人の大人はどこに泊まっているのか知らないと言った。三人はすっかり舞いあがっており、何度も構わない、構わないと言った。

棉仔は、わしらは株を守って兎を待とうと言った。ルジャンドルと清国の将校は、きっといつも会っているだろうから、わしらは保安宮の廟の入口で待っていればいい。

＊

ルジャンドルは、劉総兵の野戦司令部がある大きな廟にやってきた。担ぎ手が廟の庭に輿をとめ、ルジャンドルが降りて、廟に入ろうとすると、女の高い叫び声が聞こえた。

「ルジャンドル領事、Sir, Please …」

続いて、護衛が阻止して叱りつける声がした。ルジャンドルは、英語で呼びかける女の声を聞いて、大変不思議に思って振りかえった。すると蝶妹と棉仔と松仔の三人だった。ルジャンドルは驚き、喜んで、手招きしながら近づいて行った。蝶妹は立ちすくんでいたが、棉仔と松仔は前後して跪いて叩頭した。ルジャンドルはびっくりして、慌てて言った。

「立ってください、立ってください」

そして蝶妹に言った。

「蝶妹さん、久しぶりですね、これは一体どういうことですか？」

蝶妹は英語で言った。

「Sir, please stop the war. No war, please.」

ルジャンドルは言った。

「みなさん、そんなに心配しなくてもいいですよ。社寮ではなにも起こりませんよ」

このとき、清国兵が廟の正門のほうから飛んできて蝶妹たちを止めた。蝶妹は急いでまた言った。

「領事、戦争はいけません」

ルジャンドルはちょっと驚いて、英語で言った。

「総兵が私が会議に出るのを待っています。それに、あなた方が、ここにいるのもまずいです。こうしましょう、みなさんはまず家に帰ってください。わたしが柴城に着いたら、また来てください、みんなで一緒によく話しましょう」

そう言うと、ふり向いて廟に入っていった。幸いジョゼフがそばにいて、ルジャンドルのことばを通訳した。

蝶妹たち三人はひどくがっかりした。ずいぶん時間をかけて、幸運にもルジャンドルに会えたのに、ほとんどなにも話せず、詳しく説明できなかった。しかし、大軍のほうは何日もかけて準備し、そして遠路はるばるここまで来たのだ。すでに弓に矢をつがえている状態だ。三人とも自分たちが二言三言、言ったぐらいでは戦争をやめるなど不可能だとわかってはいた。しかし、ここまでやって来て、十分に意思を伝えられなかったのは、やはり残念だった。幸い、ルジャンドルは柴城で会うことを約束してくれた。裏を返せば、大軍が瑯嶠に迫るのは変えられないということだった。しかもこれから数日のうちのことなのだ。

三人は帆船に乗り、晴れない思いで社寮に引き返した。

第四十三章

ルジャンドルは枋寮で蝶妹に会えただけでなく、土番語や福佬語がわかるピッカリングにも会えるとは夢にも思わなかった。しかも、ピッカリングは、瑯嶠から枋寮に来たのだ。

ピッカリングは、龍鑾の頭目が言っていた、土民からローバー号の船長夫人の頭骨と遺品を買い取ったふたりの白人のうちのひとりだった。もうひとりは、遺族に頼まれて国外から船長夫人の遺体と遺品を探しにフォルモサを訪れたホーンだった。

ピッカリングとホーンは、陽暦八月三日に打狗を出発して、まず社寮に行き、それからさらに南に向かって移民のいる最南端の大繍房まで行き、さらに深く龍鑾に進入して一か月近く捜索を続けた。その結果、天は自ら助くる者を助くで、ローバー号のハント船長夫人の遺品を発見しただけでなく、運よくチュラソにも入ることができ、さらに得体の知れないトキトクとも交渉することができた。

ピッカリングは、得意になって、彼らが「下瑯嶠十八社総頭目」のトキトクが住むチュラソに入っていった過程についてルジャンドルに話した。

ピッカリングの話では、大繍房にいるときに、船の遭難事故がほかにも起こっていたことを思いがけず知ったのだと言う。その外国船の船員たちはチュラソに拘束されているが、そのうちのひとりが大繍房に逃げてきたと、話す人があったのだ。そこで、彼らは時間をかけて、とうとうこの足を負傷したバシー島人を見つけたのだった。

バシー島はフォルモサ南端とルソン島のあいだの海峡にある小島だった。バシー島人はスペイン語で彼らに語った。

「わしらの丸木舟には全部で九人乗っていたのだが、風でフォルモサの東部海岸まで流され、原住民に銃撃された。あとで知ったことだが、その土番は牡丹社と呼ばれ、凶暴で知られていた」

「わしらは懸命に南に向かって漕ぎ、丸木舟はついに土番の銃の射程から逃れた。みなはようやく落ち着き、やがて大きな河口にたどり着いた。河の両岸には大きな果実がなった木がたくさんあった。わしらは岸にあがり、果物を取って、飢えを満たした」

「わしらは耳が聞こえず、ことばを話せない老人に会った。この老人はいい人で、わしらを家に連れていってくれて、わしらにたくさん食べさせてくれた」

「しばらくすると、入口で人声ががやがやとしはじめた。ここによそ者が来たと聞きつけ、刀や棍棒を持って、わしらを殺しにきた男たちだった。ところが思いがけないことに、弱々しく見えていた老人が、素早く長い棍棒を持ち、入口に立ちふさがって、人々をにらみつけた」

「押しよせた連中は老人を大変尊敬しているらしく、すぐに刀や棍棒を置き、老人に深々とお辞儀をし、それから帰っていった。この老人は貴族のようだった。午後になると、部落の大頭目が外から帰ってきてこの事件を耳にした。大頭目はまず老人に、部落の者がバシー島人たちを殺すのを止めてくれたことに礼を言った。続いて、大頭目は部落の者と会議を開き、次のような結論を出した」

「一、遭難して部落に流れてきたよそ者を殺害してはならない。そうすれば、前回のように白人の軍艦が報復に来るようなことはなくなる」

「二、この人たちがそとをむやみに歩きまわったり、部落で傷害事件を起こしたりしないように、あるいは彼らが負傷し、死亡したために、救助に来た白人が誤解して責任を問われることがないように、彼らを監禁せねばならない。ただし、彼らによい待遇と食べ物を与える」

「三、彼らを救助に来た者は、金を払えば彼らを買いもどすことができる」

「老人もこの条件を受け入れた。会議で決まったことには、みな従わなければならない」

「こうしてわしらは老人の家から別の土塀小屋に移されたんだ。わしらは縛られなかったが、そとに出ることは許されなかった。ある日、わしがもうひとりの男とそとを歩いてみようとすると、驚いたことにそいつは守衛に殺されてしまい、しかも首を取られてしまった。わしは仰天して、必死で走り、谷を転げるように下って、なんとか逃げきれた。ただそのため足に重傷を負ってしまった。幸い、親切な龍鑾の人たちに出会って、この大繡房にまで連れてきてもらったのだ」

＊

ピッカリングとホーンはバシー島人たちを救出することにしたが、彼らはまず船長夫人の頭骨と遺品を打狗に送り届けなければならなかった。ふたりは大繡房で別れ、ホーンは大繡房でそのバシー島人を護り、ピッカリングは船長夫人の遺品を持って大繡房から柴城にもどった。柴城の人たちは、それがハント船長夫人の遺骨だと知ると、香を焚いて祀ったが、遺骨を家のなかに入れることは許さなかった。ピッカリングはそのことばを尊重してそとの空地に埋めたが、夜になると掘りだして家のなかに入れた。数日後、彼は柴城から船で打狗に行き、船長夫人の遺骸と遺品をイギリス領事館に手渡し、それからまた慌ただしく打狗から大繡房にもどってホーンと落ち合った。彼らは、龍鑾の人たちの案内で、そのほかの捕らえられている船員を助けだそうとしたのだ。ふたりは誠意を示すために、大繡房に逃げてきていたバシー島人に同行を求め、しかも多めに身代金を準備した。バシー島人が監禁されていた場所に着いたとき、ピッカリングははっと悟った。彼はトキトクの本拠地であるチュラソに来ていたのだ。

ピッカリングとホーンはチュラソの部落のそとまで来たが、部落のなかに入ることは許されず、トキトクに会うこともできなかった。トキトクは外出しており、いまはほかの者が頭目の代わりをつとめているということだった。中年の男が出てきて、頭目は七人のバシー島人を世話するために、多くの人力と食糧を使ったので、釈放には二百元の銀貨を要求していると言った。

ピッカリングは、頭目の身内だというひとりの女を見つけた。彼は彼女に二百元の銀を持たせて頭目への仲介を頼み、もしうまくいったら彼女に銀二元の報酬を払うと言った。

女はもどって来て、バシー島人にも、頭目にも会ったとピッカリングに報告した。

「頭目は、はじめは二百元で解放すると答えていましたが、ある客家人がやって来て、事情が変わりました。客家人は頭目に言ったのです。ひとつは、彼自身が四百元でこの商売を請け負いたいと願っていること。そのうえ、この客家人は平然と、彼らを買ったら、異人に転売すると言っています。男は異人は絶対に彼の言い値で買うと信じています。もうひとつは、客家人は昨日の農暦八月十三日に、保力で、台湾府の軍隊とアメリカの大官が傀儡番を征伐に来るという触れ書を見たというのです」

番女はさらに言った。

「頭目は客家人の話を聞いて非常に怒り、ピッカリングにこの話を伝えるように命じました。もし五百元持ってこなければ、あの島民たちを殺して、アメリカ人と清国の兵隊が彼の土地で人々を傷つけるだろうことへの報復をしてやる。そして、頭目は、異人は悪いだけじゃなく、賢くない、台湾府の清国の軍隊を引っぱって来ても、問題の解決にならないだけでなく、事情をいっそう複雑にしただけだ、と言いました」

明らかに頭目は、清国軍がもうすぐやって来るという知らせに激怒し、その怒りをバシー人へ転じていた。これまで頭目は彼らが集落のなかを自由に歩きまわるのを許していたが、いまはいっそう厳しく監視するようになった。昼間は奴隷のように扱われ、夜は狭い草ぶきの小屋に閉じこめられた。食べ物は減らされ、言いがかりをつけて殴られた。

ピッカリングはなすすべがなく、おとなしく五百元を払って、交渉を成立させるしかなかった。

翌日、農暦八月十四日（新暦九月十一日）に女が五百元を持っていき、七人のバシー島人を連れて帰ってきた。女はピッカリングとホーンに、客家人は清国兵南下の情報にかこつけて、頭目に大量の銃器や弾薬を買って戦争に備えるように扇動していると言った。客家人たちは、頭目に砂袋を積みあげて堡塁をつくるやり方や、高山に通じる要所に広く堡塁をめぐらすやり方を教えている。また、檜木などの大木の幹に穴をうがち、鉄線を巻きつけて砂の堡塁を補強する仕方も教えている。客家人はさらに頭目に何挺かのピストルを贈った。おそらくかつての難破船から拾ってきたものだろう。

女はまたこの客家人は非常に狡猾だと言った。この客家人は平地にもどれば、必ず柴城の福佬人をたずねて情報を金で売りつけ、あの手この手で双方からもうけようとするだろう。

こうして、ピッカリングとホーンは七人のバシー島人を連れて、チュラソから柴城にやって来た。バシー島民を取りもどすための費用が予算を大きく超えたために、ふたりは手持ちの金をすっかり使い果たしていた。幸い、彼らは柴城で、清国軍とアメリカの高官が枋寮に来ていると聞き、きっとルジャンドルもそこにいると考え、船に乗って柴城から枋寮に向けて出発した。それは九月二十日（農暦八月二十三日）のことだった。はたして、ルジャンドルはこの地の清国軍の軍営にいた。互いに会えて大いに喜んだ。

ルジャンドルはバシー島人を連れていって劉総兵に会わせた。劉明燈は身代金を払ったピッカリングに返金することを承諾した。そしてまたバシー島民を打狗に送り、故国に返すよう手配することも約束した。

劉総兵は台湾府でピッカリングと面識を得ていた。彼はピッカリングに会って非常に驚いた。さらに、ピッカリングが柴城から来たと聞いて、いっそう驚きかつ喜んだ。劉総兵は、ピッカリングに瑯嶠の住民の反応がどうか、しきりにたずねた。

ピッカリングは、瑯嶠の人々は不安でいっぱいになっている、民衆は軍隊が来たら、生番が傷つかないうちに、自分たちのほうがさきにやられてしまうと、ひどく恐れていると答えた。そして、民間の人々の見方を語った。官軍が大繡房に来て生番を攻撃すれば、勝敗に関わらず、必ず多くの死傷者が出る、さらに莫大な軍事費をかけて、なぜわざわざ来る必要があるのか、もう道ができたのだから、人を柴城に送る必要はない。金に目が眩んで、生番を殺しにいく向こう見ずの徒がいるにちがいない。生番の二十個の首を手に入れるのは難しいことではない。それから、官軍が首を福州に送り、巡撫大人に討伐の成功を伝え、生番が屈服したと報告する。そうすれば、総兵は戦勝して凱旋したと言えるだけでなく、銭袋をいっぱいにすることができる。台湾府が今次の軍事行動のために動かした軍事費は、たとえ大部分が国庫に返還されるとしても、それでも莫大な金額なのだから、役人や軍人たちはみなしっかりおこぼれに預かることができる。

ピッカリングが話し終えると、劉総兵は軽蔑したような表情を浮かべ、そのような話は台湾府でとっくに言っている人がいると言った。そして、劉総兵はピッカリングにこう答えた。第一に、必ず南征しなければならない、これは上司の命令だ。速戦速決を決意している。第二に、我が軍は軍律が厳しく、絶対に民に迷惑をかけない。劉明燈は厳しい口調で次のように言い渡した。

「明日早朝、本官は、告示を貼り出し、絶対に巡撫の命令を遵守し、徹底して征伐することを表明する。本計画を邪魔しようと企む者は、官、軍、民を問わず、必ず厳罰に処す。良民ならば、官軍の到来に不安を覚える必要はない。本官は、絶対に民に迷惑をかけないことを保証し、たとえ薪の一本でも、必ず公金で購入する。生番がもし降伏を願うなら、彼らに機会を与え、彼らの条件がルジャンドル領事の意にかなうか聞いてやろう」

劉総兵は大声で言った。

「ピッカリングさん、ご面倒ですが、いま一度瑯嶠へ行っていただきたい。そして、住民にこう告げてください。官軍がやって来る、支持する者は厚く遇し、従わないものは必ず斬る！と」

第四十四章

同治六年八月二十五日、すなわち西暦一八六七年九月二十二日、大清台湾鎮総兵劉明燈は、将兵九百余名を率いて柴城に向かって枋寮を出発した。

これは乾隆五十三年、すなわち西暦一七八八年以降はじめて、瑯嶠に姿をあらわした大清国の軍隊であった。

劉明燈は馬に騎乗し、この七日で切り拓いた道を踏みしめながら、意気揚々とまわりを見まわし、大満足だった。

七十九年まえ、すなわち乾隆五十三年二月に、この道を疾駆したのは欽差大臣嘉永公の福康安だった。乾隆帝に寵愛され、信任されており、乾隆帝の私生児だという言い伝えが残っているほどである。福康安は万にも上る兵を率いて柴城に突進し、一挙に荘大田の残党を殲滅して、林爽文討伐に終止符を打ち、乾隆帝の十大武功のひとつに列せられた。

劉明燈は陶酔していた。自分は総兵にすぎず、率いている部隊もわずか九百人あまりに過ぎないが、隘勇線の向こうで民を苦しめている生番を討伐する命を受けたのだ。かつて漢の武帝の命を受け、長城を出て匈奴討伐に向かった衛青や霍《かく》去病《きょへい》と同じというわけではないが、成功した暁には、石に功を刻み、その名声は後世にまで伝わるのだ。

軍隊が出発して半日ほど経ったころ、道端に生番の頭目が跪いて天子の軍隊を迎え、酒や米やニワトリやブタを献上した。

劉総兵は意気揚々と勇み立ち、肩を並べて騎乗している理番同知の王文棨《おうぶんけい》をふり向いて言った。

「我が朝廷は、道光年間〔一八二一―一八五〇〕以降、よそ者が来たのに対し、兵を挙げて討伐を行ったことはあるが、いまだかつて天子の軍隊が域外の強暴な貔貅《ひきゅう》〔古代の猛獣。勇猛な軍隊の比喩〕を征伐したことはない。今日、我々ふたりはこの壮挙にあり、我が朝廷のために威風を加えることになろう！」

劉総兵は、柴城に着いたら、現地の郷紳や郷勇の協力を得、山を越えて傀儡番を撃破してやろうと作戦をめぐらしていた。

隊列の中央で輿に座っているルジャンドルも得意げだ。自分の努力によって、清国はついに出兵し、まもなくクアールの生番への懲罰行動を展開するのだ。

*

しかし、ルジャンドルの心中には、大きな石がひとつ増えていた。

一昨日の晩、ピッカリングがこっそり訪ねてきた。意外だったのは、瑯嶠から生《なま》の情報を持ってきたこのフォルモサ通が——最強のトップクラスの助っ人を自認している彼が、延々と二時間もかけて、今度の南征を止めるようにとルジャンドルに忠告したのであった。

ピッカリングはこう言った。劉明燈の部隊の人員と装備を見たが、この部隊ではトキトクの相手にならない、と直観したと。

ピッカリングはさらに率直に、彼自身がベルに従って出征した経験から見ると、ルジャンドルが清国軍について出征しても安全とは限らないと言った。

そして、ピッカリングは、ホーンが大繡房に残っているあいだに、現地の土番に各部落の人口と戦士の人数をたずねたと言った。下瑯嶠十八社の戦士の総数は少なくとも千二百人は下らないと見られる。さらに、十八社は大股頭の指揮下に団結を誓い、積極的に戦争に備えているという情報も得た。いまではこの千二百人は、旧式の火縄銃だけではなく、マスケット銃も持っている。

ピッカリングは、前回、ベルの出征に従い、そして今回はチュラソに行ったが、土番たちが、平地を行くように山地を走りまわっているのを目にしたと言った。このような精悍な戦士はこれまで見たことがない。やつらは体は大きくないが、頑丈でたくましく、足が速くて敏捷、その行動はまるで魑魅《ちみ》〔伝説上の化け物〕のようだった。ピッカリングは、トキトクの勇士たちを、ネパールの「グルカ兵」に喩えていた。彼は言った。ベルの遠征軍の百八十一人が、功なく帰ったのも少しも意外なことではないと。

ピッカリングは、ベルの遠征軍でひとりしか死ななかったのは、土番たちの温情で、意図するところは警告にあり、そうでなければ、死傷者は絶対にあれだけでは終わらなかったと思う。彼は、あのとき戦死したマッケンジー将校のすぐそばに座っていた。生番がもし本当に手をくだそうとしたら、死傷者は絶対にもっと多かったに違いない。幸いにして、自分は生き残ったが、いま思い出しても胸がドキドキすると言った。

ピッカリングは、今回のチュラソ行きでは深く感じるものがあったと言った。そして、フォルモサの生番は決して理由なく人を殺さず、「人が我を犯さなければ、我は人を犯さない」という考え方だと言った。彼らはアメリカの船員を誤殺したことで、自分たちには理がないと思い、アメリカの兵士には温情をかけたのだ。傀儡番の生番はもともと漢人を心底憎んでいるが、今回は平地人は悪くないと考えていた。しかし、清国が軍隊を出動したために、傀儡番じゅうが非常に怒り、これまでに積もった恨みが噴き出したのだ。

ピッカリングはここまで話すと、ルジャンドルに近寄っていき、低い声でこう言った。

「今回は、劉総兵はどれほどの人員を率いて南下したのですか?」

ルジャンドルは一瞬ぼんやりしたが、答えた。

「おおよそ千人ほどですね。台湾府を出たときは、八百、九百と称していたが、埤頭に着くと、百人か二百人増えました。埤頭の軍隊は、服装や装備は台湾府の兵ほどよくないです。おそらく主に内勤をさせるのでしょう」

ピッカリングは面白そうに笑って言った。

「将軍はご存知でしょうか、官府が瑯嶠に送った通告文書にはどのように書いているか。八千五百人ですよ!」

ルジャンドルは大いに驚いて言った。

「見まちがいじゃないかね?」

ピッカリングは言った。

「水増しにしろ、故意に虚勢を張っているにしろ、どのみちこれは清国官府の一貫したやり口ですよ。瑯嶠に行って、民兵を募ったところで、千五百人を超えるのは不可能でしょうね」

ピッカリングは、ずっと首を振っていたが、続けてこう言った。

「清国の千五百人が、トキトクの神出鬼没の千二百余の戦士にぶつかり、そのうえ地形に疎いとなると、羊が虎口に入るようなものだ」

ピッカリングはさらに、ここから柴城に行くには、牡丹社を通ると言った。牡丹社はおそらくはすでにトキトクと同盟を結んでいるだろう。この山道では、いたるところで牡丹社に待ち伏せされて襲撃されるだろう。おそらく大軍は柴城に着くまでに、牡丹社に撃退されてしまうだろう。

最後にピッカリングは言った。もしルジャンドル将軍がこの忠告を聞き入れたくないなら、劉総兵と共にあと何日かここに留まってください。私は打狗にもどってキャロルを枋寮に連れてきて説得してもらいます。ピッカリングはさらに、ルジャンドルさえ「うん」と言って、劉総兵に伝えてくれれば、彼は喜んで兵を引き上げるに違いない、と言った。

ルジャンドルはピッカリングが出征に反対するとは思いもよらなかった。ピッカリングは滔々としゃべり続け、ルジャンドルは彼が完全に話し終わるのを待った。そして、この怖いもの知らずで、どこへでも行く道楽者が、彼の南征を制止しようとするのを不思議な思いで見ていた。ピッカリングは、フォルモサの生番への高い評価まで口にしていたのだ。

ルジャンドルはピッカリングに告げた。

「ご厚意はありがたいが、私の心はすでに決まっている。大軍がすでに動いている。打狗へキャロルに会いに行くなど、時間を無駄にしないでくれ」

「私は遠征を続けることを望んでいる」

ルジャンドルの口調はきっぱりしていた。

「第一に、私は大変な苦労をしてやっとここまでたどり着き、遠征の実現に漕ぎつけた。私が出兵と南征について大清国と交渉をはじめたときから、だれもがみな私に反対してきたのだ」

ルジャンドルは下唇をかんだ。おおっていない右目は鋭く光り、ピッカリングを睨みつけていた。

「最初に反対したのは台湾府の役人だった。遠征費に大金が必要で、しかも必勝の確信がなかったからだ」

「その次は、北京にいる私の上司だ。私が出征のことを持ちだすたびに、彼らは私を戦争好きの狂人とみなした」

「次は、艦隊司令官のベルだ。おかしいのは、彼は出征は正しいとわかっていながら、自分の出征を私には知らせなかったことだ。その後、私がフォルモサに来ようとしたとき、彼の艦隊はすべて香港に停泊していたのに、私を単独で行動させ、国として護衛しなかった」

「私が福建総督を説得しつづけて、一隻の汽船、ボランティア号を借りてからも、打狗の税関税務司が干渉してきて南行できなかった。彼らの言いぐさは、この船を打狗以南の大波の逆巻く海岸に行かせても、きっと破損するに違いないというのだ。だから、船長は船を安平に停泊させ、南岬に行けという私の命令に従おうとしなかったのだ。その結果、私は劉総兵の軍隊と共に徒歩で瑯嶠に来なければならなくなった」

「もしこのいざというときに、私がしりごみして撤兵したら、笑い者になるだろう」

ルジャンドルは、毅然とした表情を見せた。

「私は反対した人たちに、私の意見が正しかったことを証明したいのだ！」

ルジャンドルは突然、得意げに顔を輝かせた。

「私はシーザーのあの名言を実現させたいのだ」

ルジャンドルはラテン語で言った。

「ウェーニー・ウィーディー・ウィーキー（来た、見た、勝った）」

「我々は十分に準備している。君が心配している牡丹社による突撃に対してもだ」

ルジャンドルの顔は自信に溢れ、目は大きく開かれた。

「牡丹社は枋寮や莿桐脚《しどうきゃく》や柴城の平地人と商売をし、多くの利益を得ている。だから、我々は牡丹社の連中に了解させたのだ。もし彼らが向こう見ずに清国の軍隊に発砲するようなことがあったら、沿海の住民から弾薬や武器や、さらには食塩を購入する供給線はすぐに切断されると。もし彼らが身の程をわきまえなかったら、我が大軍は彼らの部落を破壊し、彼らの体に弾丸を打ちこむだろうと」

「反対に、もし彼らが邪魔立てしなければ、我らが沿海の休憩地に着くたびに、現地の部落の頭目に褒賞を与えよう」

「知るところでは、牡丹社はすでに完全にこの建議を受け入れている。[30] こうして見ると、いわゆる十八社の同盟は、決してそんなに強固なものではないということだ」

ルジャンドルは得意になって一笑した。

「清軍と生番が決戦することになれば、どちらが勝つか。私の観察では、劉総兵は百戦練磨で、臨機応変、指導力が高い将軍だ。劉総兵に対する私の評価ははなはだ高いんだよ」

「劉総兵の率いる部隊は多くないかもしれないが、彼は台湾の総兵であり、台湾の六万の軍隊はみな彼の指揮下にある。この千人の部隊は、先鋒部隊に過ぎない」

ルジャンドルは厳粛な面持ちで続けた。

「私の予想では、両軍が戦えば、地形の優勢さから、最初は生番が勝つだろうが、その後は違う。第一に、生番は弾薬が補給できず、彼らの銃撃は長く持ちこたえられない。次に、私は劉総兵を信じている。あと一か月もすれば、生番は必ず投降する、これが私の見方だ。部隊の戦闘は、なんといってもゲリラ部隊とは異なる。南北戦争を戦った経験から、その秘訣は心得ている」

「さきほど、劉総兵が道は完全に開通し、最後の整理が残っているだけだと言っていた。劉総兵は、貴殿がさきに南下して柴城に行き、柴城の老人たちに、官軍はもうすぐ到着するが、民には絶対に迷惑をかけないと保証していると告げてほしいとのことだ。私も貴殿にお願いしたいが、私が瑯嶠に着くのを待っていてほしい。我々はあの大きな廟で会おう。協力してほしいことがあるのだ。貴殿はチュラソに行ったことがあり、しかもトキトクと交渉している。今回、彼らはバシー島人を殺さなかった。彼らは我々をある程度理解しはじめたんだと思う。私は彼らが航海の安全に対する我々の要求を理解してくれることを望んでいる。私はトキトクとの対話を望んでいる。私は清軍が勝つと考えているが、しかし貴殿が言うように、私も必ず清軍が勝つとは保証できない。万が一、清軍が敗戦を喫すれば、将来、生番は我々をいっそう敵視することになるだろう。だから我々は準備をして、次の手を考えておかなければならない」

ルジャンドルは断固としていたが、ただこの台湾通の見方も全面的に否定することはしなかった。こうして彼は外交官としての調整力と柔軟性を発揮したのだ。

ピッカリングはククク と笑って言った。

「閣下は英明であられる」

こうしてピッカリングは大軍より一日早く瑯嶠に向けて南下した。

ルジャンドルは、ピッカリングはもう瑯嶠に着いたころだろうと考えていた。

第八部　傀儡山

第四十五章

柴城《さいじょう》じゅうが震えあがった。

台湾府からの文書には、中秋節後に、大軍がここに来て、生番征伐のために南に赴く、とあったのだ。

それ以来、郷紳〔土地の有力者〕たちはしきりに集会を持った。集会場所は、この地で最大の廟である福安廟だった。

福安廟は瑯嶠《らんきょう》の福佬《ふくろう》人の信仰の中心で、廟のまえには柴城の街が広がり、台湾海峡の黒水溝を背にしていた。左には鯉龍山嶺、右には亀山があった。

廟のうしろの海岸は、古くは「鉄錠港《てつじょう》」と称した。雍正・乾隆年間、閩南からの福佬人の移民は安平にやってきたが、台湾府にはすでに開墾する土地がないことを知ると、一部の人々は南台湾にまわって開拓する平原を探した。瑯嶠に来た人々の多くは、「鉄錠港」から上陸した。当時の大型の帆船は、唐山から荷物を載せて安平港に着くと、小型の貨物船に積みかえ、鉄錠港に来て荷物をおろし、さらに南台湾各地に運んだ。それゆえ、柴城は南台湾発展史においてもっとも早期の集散地となり、瑯嶠の福佬人のいちばん大きな街となった。

福佬人が最初にやって来たころ、この地には少数の平埔《へいほ》族のマカタオが分散して住んでいた。来たばかりの移民は、風土に慣れず、平穏無事を願って、柴の柵をめぐらして防備した。「柴城」の名前はここから来ている。移民はここに土地公廟を建てた。

乾隆五十三（一七八八）年、漳州《しょうしゅう》人の林爽文は反清に立ちあがり〔彰化県で蜂起〕、鳳山出身の荘大田がこれに呼応したが、のちに持ちこたえられずこの地に逃げてきた。同じ福佬人の街である柴城の民衆は、もともと清国の役所のことはあまり気にしていなかったので、荘大田は大きくひと息ついた。乾隆帝は、重臣の福康安を派遣し、一万あまりの軍隊を率いて柴城に進駐させた。荘大田の陣容には、漳州の移民の後裔のほかに、マカタオが混じっていた。そのため、柴城の漳州出身者と一部のマカタオの秘かな協力を得て、官軍と一か月あまりにわたって戦った。しかし、なんといっても、清国兵は性能のよい武器を持ち、人数も多かったので、荘大田とその徒党はついに壮烈な最期を遂げた。福康安はこの勝利を神のご加護によるものと考え、乾隆帝に上奏してお褒めに預かり、それを石に刻んだ。福康安との縁から、民衆はこの土地公廟を福安廟と呼んでいる。

　雍正乾隆から同治年間まで、柴城の住民は四、五千人前後の人口があり、少数の土生仔《トウサンア》が混じってはいたが、もっとも典型的な福佬人の風情がある瑯嶠一の大きな街であった。柴城は隘勇線のそとにあるため、ふだんは清国の官府の管轄外にあった。今になっていきなり、官府の公文書が届いたので、八十年まえの不名誉な記憶がよみがえり、心配した郷紳たちが福安廟に集まって話し合いを行っていた。

　福安廟の東廂《そう》の部屋で、二十人ほどの郷紳が車座になって座り、神妙な面持ちをしていた。柴城の庄長で白髪の長い髭をのばした老人が、最初に発言した。

「中秋節のまえに届いた台湾府の文書には、官府の軍隊が八月十六日に南下するとある。今日は八月二十五日だ、だれか官軍の動向を確かに知っている者はおるだろうか？」

　ある人が答えて言った。

「庄長に報告する。もう何日もまえのことだが、台湾府から派遣された前哨部隊が、柴城のはずれに駐屯して、北側から風港までの山道を切り拓くために、大金で労働者を募集していた。南北がつながりさえすれば、官軍はやって来るだろう。早ければ一両日のうちに、遅くても、三、四日だろうと思う。それから、社寮の首領の棉仔《ミア》が三日前に枋寮《ぼうりょう》からもどって来たが、枋寮で官軍を見たそうだ。そのうえ、海上からも官軍が道をつくっているのを見たということだ。もうすぐ開通するだろう」

　またある人がたずねた。

「官兵はどう配備されているんだ？」

　すぐにだれかが答えた。

「あの文書では、官軍は八千五百人の多きにのぼるってことだ。堂々たる台湾鎮の総兵様が軍を率いて南征なさるのだ、少なくするわけにはいかないじゃないか！　福康安が来られたときは、兵員は一万を超えておったのじゃ。兵隊は、湘軍の精鋭部隊で、劉総兵が率いて太平天国を攻撃し、大きな功績をあげたそうだから、兵力はもちろん一流じゃ。それに大砲を持っているかもしれないから、きっと傀儡番《かいらい》は吹っ飛ばされて大声で泣きわめくことじゃろう」

　すぐに、まただれかが喝采を叫んだ。

「わしらは傀儡番に長いあいだ、いじめられてきたんだ。今度、官兵が来たら、傀儡番に厳しくお仕置きしてやろう」

ただ、それに応ずる者は多くなかった。逆に疑問を述べる人もいた。

「軍隊が運んでくる大砲は、傀儡山に運びあげられるだろうか？」

しばらくひっそり静まりかえったが、やがてある人が言った。

「勝機は、おそらく双方五分五分だろう。傀儡番たちも弱くはないし、聞くところでは、銃や弾薬をため込んでいるらしい」

庄長はまたたずねた。

「みなは、この戦いはどれほど続くと思うかね？」

中年の文人が答えた。

「ああ！　もし官軍が一戦して勝ち、傀儡番がすぐに投降するならまだいいが、万が一、官兵が負けたら、官府はメンツを捨てられず、増援を頼み続けて勝つまで戦うかもしれない。戦いが長引くほど、柴城は悲惨なことになる」

多くの人はうなずいた。庄長も同意して言った。

「おっしゃる通りじゃ、どうぞ続けて話していただきたい」

中年の文人がさっと立ちあがると、人々に両手を組んでかかげ、上半身を曲げて丁寧におじぎをした。

「庄長大人、ご老人方、どうか若輩者が分析するのをお許し願いたい」

「双方の対戦の結果いかんを問わず、台湾府の軍隊が到着したら、私どもが第一にせねばならないことは、忠誠を誓うことであります。まず、清国について申せば、柴城は八十年まえに荘大田をかくまったという不名誉な歴史がございます。加えて、ここは名義上は大清国の統轄地でありますが、番界にあるため、私どもはこれまで清国の役所に税を納めたことがなく、反対に生番に税を納めております。みなそうであります。さらに、生番の武器銃弾は、申すならば私ども平地人が供給しているものであります。官軍は生番を攻撃に来たといいますが、私どもにも敵意を持っているかどうかは、まだわかりません。それゆえ、私どもはとにかく官府に忠誠を示し、官軍の生番討伐を全力で支援したいと思っていることを示さねばなりません」

「次に、私が見るところ、官軍がここに来て、最初の戦いに勝つにしろ負けるにしろ、結論は変えられません。すなわち、官軍は傀儡番を征服できないということであります。なぜなら、生番は必ず山中深く逃れるでしょうが、官軍は山に深く入って、生番を殺しつくすことはできないからです。官軍が来たら、私どもは当然、生番を攻撃する官軍に協力しなければなりません。それは食料や資金の提供も免れられないということでもあります。官軍の征伐では、軍に必要なものは必ず私どもに求めてきます。私どもはただおとなしく従うだけです。しかし、官軍が撤退すると、生番は私どもを恨み、山からおりて来て復讐し、私どもがなんとか残しておいたわずかな財産まで、すっかりかっさらっていくでしょう。仮に官軍が完勝して、その後、瑯嶠に駐留を続けることになれば、さまざまな名目の税や献金が私どもを待っていることでしょう」

中年の文人は溜息をついた。

「要するに、戦争がはじまったら、悪いことが多く、良いことは少ないということです」

中年の文人は突然、気を取り直して大声でこう言った。

「ご老人方、官を恐れず、ただ管、すなわち管理を恐れるのみです。これまで私どもはここで自由自在、天高く皇帝遠しでした。生番にわずかな恵みを施しさえすれば、機嫌を取ることができました。生番は凶暴でありますが、すぐに満足し、あしらいやすいものです。万が一官軍が来たあと、戦争であれ、管理であれ、私どもが官府と生番の板挟みになって両方に対応しなければならなくなったら、それは決していいことではありません」

ちょっとためらって、また言った。

「古代にこんな句があるではありませんか。『苛政は虎よりも猛なり』って、ハハハ」

「それなら」

庄長はたずねた。

「我々はどうすればいいのだろうか？」

中年の文人は言った。

「官軍が来るなら、駐留する時間が短ければ短いほどありがたいですね。一番いいのは、ちょっと恰好をつけて、傀儡番を威嚇し、それで官府に報告してすませることです」

そして、腰をおろしながら、次のことばを補った。

「もっとも困るのは、来ていただくのはたやすいが、お帰りいただくのは難しいってことですよ」

こうしてみなでがやがや言っていると、そとで廟の執事からの知らせが来た。福佬語に通じた異人のピッカリングが、八月二十四日（陽暦九月二十一日）に劉総兵が出した最新の文書をたずさえてやって来たというのだ。

庄長は文書を一字一句みなに読んで聞かせた。大意は次の通りである。

一、官軍の先発部隊千人は、八月二十五日に出発して、まず風港に宿泊し、八月二十六日に瑯嶠に入る。二、劉総兵は絶対に民を乱さず、一柴一木たりとも民間から供出させず、必ず軍が金を払って購入することを保証する。三、従う者には賞を与え、背く者は必ず斬る！

庄長が読み終わると、来るのは八千五百人ではなく、千人前後に過ぎないとわかって、みなほっとした。ただ、庄長は、千人はただ先発部隊だけかもしれず、うしろにまだ大軍がいるかもしれない、という意味のことを言った。

中年の文人は言った。

「みなさん、まずは、劉総兵と千人の軍隊をどのようにもてなすか相談いたしましょう。劉総兵も無鉄砲な軍人ではなさそうです。みなさんようすを見ながら事を進めましょう。庄長さん、明朝、福徳正神へのお参りに私どもを連れていってください。みんな一緒に土地公に、柴城をご加護いただくようにお願いいたしましょう！」

第四十六章

ルジャンドルは、一八六七年九月二十三日の夕刻に、清国の官兵と共に柴城に入ったときの情景を、一生に経験したうちでもっとも壮観で、もっとも堂々たる一幕であると感じたようだ。日記のなかで、ルジャンドルは次のように描写している。

部隊が柴城まで一・二五マイル〔約二キロ〕のところに来ると、柴城がぼんやりと見えた。我々は瑯嶠に入る山の高台に立って、この街を遠望した。先鋒部隊、劉総兵、私、そして部下と護衛は、足を止め、部隊を整えた。

先頭を歩くのは旗を掲げた兵士五十人から百人である。そのうしろを、軍隊が二列の縦隊になって進む。列の中ほどは空けてあり、劉将軍と私が八人で担ぐ輿に乗り、幹部士官と護衛が従っている。

柴城に近づくと、軍旗が風にはためき、部隊は空砲を放った。柴城まで四分の一マイル〔約四百メートル〕のところまで来たとき、柴城の首領が急いで出てきて、私の輿のそばにやってくると服従を嘆願する文書を差し出して跪き、慈悲を乞うた。私は身振りで彼を立ちあがらせ、衛兵に劉総兵のところに連れて行かせた。劉総兵こそ全軍事行動と政令の責任者だからだ。

劉総兵とこの男の話の内容は知らないが、部隊は止まることなく、我々は柴城に向かって前進を続けた。

瑯嶠には長くて広い大通りがあり、そこから細い路地が何本も延びていた。大軍はもちろんこの大通りから入っていった。入口の数ヤード〔数メートル〕手前から、中国式の供物台が並んでおり、木札が立てられ、人名が書かれていた。大清皇帝の称号だと思うが、劉総兵や私の名前もあったかもしれない。私は確かめようとは思わなかった。書かれている名前がなんであろうと、どれも彼らの完全な帰順の意を示しているとわかっているからだ。

供物台のはしには、香炉があり、線香が焚かれていた。香炉の両側には、数本の赤いロウソクが点されていた。入口を入ると、この種の供物台はますます大きくなり、数もますます多くなった。街に入ると、家々の門前には供物台が並べられ、住民は供物台のそばに跪いて地に頭を打ちつけて礼をしていた。(31)

柴城の庄長は劉総兵とルジャンドル領事たちを福安廟に迎え入れた。この廟は柴城の象徴であり、もっとも堂々とした立派な建物であった。ピッカリングもすでに廟で待っていた。ルジャンドルと劉総兵はピッカリングに会うと、大変喜んだ。劉総兵は礼をつくした柴城の民衆の接待に満足しており、ピッカリングの肩を叩いて言った。

「よくやった！」

庄長は、すでに廟の西廂を空けて劉総兵の宿舎兼指揮所とさせていただき、東廂は異人さま方の宿舎としております、と言った。

ルジャンドルはうなずいた。彼はちょうど五か月まえの四月二十三日に、一度柴城に来ており、今回は旧地再訪であった。ピッカリングはもう何度もここに来ていた。ルジャンドルは、前回、柴城と社寮で案内してくれた蝶妹《ティアモエ》と棉仔を思い出し、また数日まえに枋寮で柴城で会おうと約束したことを思い出した。

彼が廟を出ると、ピッカリングもついてきた。ふたりは廟の門のところでこの廟の工芸を観賞した。ルジャンドルは東側の龍柱、石の彫刻、木の彫刻、そりかえったひさしは本当に素晴らしいと思った。はじめて見たわけではなかったが、やはり感嘆せずにはいられなかった。しかし、壁画は西洋に遠くおよばなかった。清国の兵士が銃を持って門のそばで警備に当たっていた。柴城の住民は怖いもの見たさで、遠巻きにしてこちらを眺めていた。何人かがルジャンドルを見つけると、「このまえ社寮から来たあの独眼の白人だ」と叫んだ。

ルジャンドルは、人々を見渡したが、蝶妹たちは見当たらなかった。しばらくすると、清兵の一小隊が蝶妹と棉仔をルジャンドルとの面会に連れてきた。蝶妹は、ルジャンドルと会う約束をしていると、護衛軍を直接訪ねたのだった。蝶妹たちはルジャンドルに会えて非常に喜んだ。思いがけないことにルジャンドルがさきに口を開いた。

「棉仔、私たちのために社寮に家を用意できますか？　ほかのことは、社寮に行ってからにしましょう！」

棉仔は一瞬驚いてこう答えた。

「わしらは家を一軒、用意できます。広さは十分だと思うのですが、ただ粗末でして」

＊

清国の衛兵は驚いてルジャンドル領事を見ていた。廟に入るとまもなく、随員を連れ、荷物を持って出てきて、廟を去った。しかも清国兵の護送は断った。劉総兵は廟の出口まで送っていったが、その笑顔はどう見ても不自然だった。こうして、異人たちは、土地の土生仔たちに案内されて、牛車に乗り、社寮の方向に去っていった。

第四十七章

陽暦九月十二日は、民間でもっとも重視される中秋節だ。文杰《ブンキッ》は予定を繰り上げて、その前日の早朝に統領埔に行って墓参をすませ、すぐに道を急いで、太陽が沈むまえに、チュラソの部落にもどった。

トキトク大股頭は、文杰がすぐに人を送って、清国の軍隊が南下すると知らせてくれたことに感謝した。大股頭は得意げにバシー島人の最近のようすを語った。客家人があいだに立って異人に値段を吹っかけてくれたおかげで、部落は何百元もうかった。大股頭はこの客家人にマスケット銃二百丁と大量の弾薬を注文した。第一戦に立つ勇士がみな良い銃を装備することが目標だった。さらに有難いことに、その客家人は、農暦八月二十日までに商品を引き渡すと言った。

客家人の分析では、たとえ清軍が本当に中秋節のあとただちに柴城にやってきても、すぐに攻撃をはじめることはないだろうということだった。大股頭は言った。軍隊は遠路はるばるやってくる。きっと三、四日は休むだろう。それに、清国の将軍も地勢を理解するのに三、四日はかかるだろう。それでようやく作戦を立てることができる。客家人はきっぱりと、農暦九月一日以前に、清軍が大部隊の攻撃を発動することはないだろうとも言った。小部隊による偵察は避けられないが、それは地形や地勢を知るためにすぎない。勇みだって斥候兵を殺害に行く必要はない、それは劉総兵の怒りに触れるだけだ、と客家人は言った。劉総兵は顔をつぶされるようなことがあれば、予定を早めて開戦するだろう。だから、農暦八月二十日、つまり陽暦九月十七日までに武器と弾薬を引き渡せば、トキトクは十分に余裕を持って戦闘の配置を行うことができるだろう、と。

バシー島人事件は、ちょうど文杰が南瑯嶠をまわっているあいだに起こった。文杰はトキトクの説明を聞いてはじめて、この事件のいきさつがはっきりわかった。人を殺さないだけでもいいことなのに、そのことで礼をたっぷりもらえるのなら、言うことなしですね、と文杰は言った。トキトクは文杰に、ピッカリングという人を知っているかたずねた。文杰は、蝶妹が話しているのを聞いたことがあるが、会ったことはないと言った。トキトクはたずねた。

「その人は信じられるか？」

文杰は言った。

「ぼくは知りませんが、ただ彼はルジャンドルとの関係は悪くないようです」

トキトクはうなずいた。

文杰は少し黙っていたが、顔をあげて養父にたずねた。

「カマ、もし本当に戦いはじめたら、勝算はありますか？」

トキトクは微笑んだ。

「前回、どのようにして上陸した白人をやっつけたか覚えているかね。わしらはやつらとかくれんぼをして遊んだんだ。もし緒戦が不利なら、まず実力を温存して、隠れるんだ。相手と正面衝突しなければ、祖霊はわしらをご加護くださり、時間もわしらに味方する。そのあと、わしらは時々、山をおりて、平地人の村を襲う。わしは信じておる。わしらが柴城と保力に一回ずつ挨拶に行ってやれば、パイランやナイナイは、清国の軍隊にもうこれ以上戦わないように求めるだろう。

そのときには、やつらも撤兵しないわけにはいかないだろう。わしらも昔のような日々を続けることができるのだ」

文杰はトキトクが用意してくれたキョンの肉をかじりながら言った。

「今度、清国軍が運んできた大砲は、恐ろしいほどの威力があるそうですよ。もしぼくらの部落が砲撃されたら、吹き飛ばされて、故郷は破壊されてしまいますよ」

トキトクはやはりひどく楽観的なようすで言った。

「おまえは平地が長いから、知らないだろうが、わしらの部落は、あちこちに常に移動しているんだよ。ここに住めなくなったら、別のところに移るだけだ」

文杰は不思議に思った。前回、異人の軍艦がここに来たときは、養父の態度は大変慎重だったのに、今回は清国軍が来ても、こんなに楽観的で、軽々しいほどだ。内心、大変いぶかしく思い、少しためらったが、疑問を口にした。

「ハハ」

トキトクは作り笑いすると、星空を見あげてこう言った。

「わしはやつらが嫌いで、それにやつらを見下しているからだよ。平地人はほとんどが約束を守らないし、信用が置けない。策を弄して悪賢いんだ」

振りかえって文杰をちらっと見て、また言った。

「白人については、やつらは言ったことは必ず実行すると聞いている。しかもやつらの銃やその威力は清国よりずっと強大だそうだ。清国人はただ人の数の多さに頼っているだけだ。ハハ」

トキトクは立ちあがった。

「清国の官府の文書では、クアール部落を攻撃に来るということらしい。清国は異人に圧力をかけられて、やっと来ることにしたそうじゃないか！」

文杰はうなずいて言った。

「そうでしょうね」

トキトクは言った。

「それじゃ、白人の軍隊が何人ぐらい一緒に来るのかね。白人の軍艦は来るのか？」

文杰は言った。

「ぼくにもわかりません。官府の文書には書かれていませんでした」

トキトクは黙ってなにも言わなかった。いくぶん白人の軍隊のほうを気にしているのは明らかだった。

「カマ、今回、北のそれぞれの部落を訪ねてこられて、成果はどうですか？」

トキトクは頭を横に振った。

「あとで、わしはツジュイをやったんだ。ツジュイこそ将来わしの地位を受け継ぐやつだからな。わしもこの機会にやつを少し鍛えようと思ったんだ。おまえがここに来てから、やつにも少しやる気が出たようだ。良いことだよ」

トキトクは、自分が座っている椅子を指で指した。

文杰はうなずいた。文杰がチュラソに来て、大股頭に重用されるようになってから、大股頭は養子に地位を継がせるつもりで、兄の息子にはその地位を譲らないのではないかというわさが立ちはじめていたからだった。ツジュイや彼の取り巻きの一部が文杰に敵意を抱きはじめていた。大股頭は、もちろん内部の衝突を願わなかったので、最近はできるだけツジュイを目立たせるようにしていた。

「じゃが、おまえもわかっているように、下瑯嶠十八社大同盟に対して、わしは全力をつくすことしかできない。柴城ではわしらを千二百人と踏んでいるが、少し過大視しているな。わしが本当に把握できているのは、わしらスカロの四大部落にクアールを加えて、おおよそ四百人だ。牡丹社は百人、支援を出すと約束してくれた。シナケ、クスクス、蚊蟀《マンス》、八瑤、竹社からもそれぞれ五十ないし八十人前後だろう。アミ族の老仏社もイサの命令を聞いて、六十人加わるだろう。だから、わしらが押さえているのは、だいたい八百から九百人だな」

文杰は言った。

「役所の文書では、清国軍は八、九千人来ると言ってますよ」

トキトクは軽蔑したようにフンと言った。

「清国人のほらなんて聞くな。瑯嶠がどんなに広くても、いっぺんに八、九千人も来て、どうやって食べるんだ？　どうやって寝るんだ？　柴城は福佬人が五千人だとして、保力には客家人が三千人いるが、どうやって九千人もの兵士の面倒が見られるんだ。わしは、やつらが言う半分を超えないだろうと見ている。多くても六千人、三千人にも満たないかもしれんぞ」

表情が厳しくなった。

「だが、おまえの言う通りだ。人数について言うと、わしらは遥かに及ばない、だからわしらはもちろん、しっかり準備をして待ちかまえなければならない。わしは敵を軽く見たりしない」

文杰は言った。

「カマ、文杰が意見を言ってもいいでしょうか？」

トキトクはうなずいた。

「言ってみなさい」

文杰は言った。

「清国軍が三千であれ、六千であれ、九千であれ、わたしたちは少なくとも先に発砲してはなりません」

トキトクは言った。

「当たり前だ。おまえもわしの原則を知っておるだろう。人が我を犯さずば、我も人を犯さずだ」

トキトク大股頭は立ちあがった。

「だが、やつらがもし本当に攻撃してくるなら、遠慮はしない。祖先の土地を守ることは、生まれたときからの我々の責任だ。ここ数年、パイランやナイナイからの凌辱や侵食を十分に受けてきたが、やつらがこの土地でわしらと平和に暮らすなら、受け入れることができる。もしやつらがなんとしてもわしらを皆殺しにするというなら……」

トキトクの語気が強まった。

「わしらは、やつらを皆殺しにするしかない。少なくとも道連れにしてやる」

文杰は養父を見ていた。そして言った。

「ぼくはそこまで悲観的ではないと思います。異人が今度、清国人に迫ってここまで来させたのは、難破した水夫たちが殺されたからです。この件が解決しさえすれば、戦争はしないかもしれませんよ」

文杰はゆっくりと話した。

「この件を解決するには、白人が満足しさえすれば話はうまく運ぶでしょう。アメリカのルジャンドル領事ですが、蝶妹や棉仔はこの人を知っていて、蝶妹はこの人の船に乗ったこともあります。今度、彼は清国軍といっしょに南下して来たはずです。私たちは機会を見つけて彼と話しましょう。この人が満足すれば、戦争しなくてすむかもしれません」

トキトクは反問して言った。

「それはいいことだ。しかし戦争するかしないかは、清国軍の頭目が決めるのか、それともこの異人の頭目が決めるのか？」

文杰は言った。

「ぼくにもわかりません。やつらが柴城に来てから考えましょう。ぼくにもルジャンドル領事が来てるのかどうかはっきりしないのです」

トキトクは言った。

「わかった、約束しよう。わしらは先に発砲しない。しかし、戦争の準備は絶対にいいかげんにはできないぞ」

第四十八章

前回、ルジャンドルがフォルモサに来たとき、蝶妹はわけもなくできるだけ彼を避けていた。彼になにか悪い感情を持っているというわけではなかったが、なんとなく気づまりだった。しかし、枋寮に行ってからは、蝶妹は逆にわけもなくルジャンドルに近づきたいと思うようになった。

蝶妹はいま実感していた。ルジャンドルというこの異国の人は、社寮から柴城、そして統領埔まで、さらには文杰が住んでいる山地の各部落まで、彼女が往来する土地にとって、想像もつかないほど重要な人物なのだ。彼ひとりでこの大きな土地や蝶妹のまわりの人々の運命を決められるかのようだった。

ルジャンドルは柴城から社寮までの牛車のうえで、蝶妹と棉仔に何度も請け合った。もし戦争が起こったら、社寮の安全を守ると。自分が棉仔が提供する家に移ることが、社寮に対する最大の保護だとも言った。

蝶妹はたずねてみた。

「いつ戦争がはじまるのですか？　どうしても戦争するのですか？」

ルジャンドルは笑いながら言った。

「今回の行動は、私が清国に要求したことです。戦わなければ、生番はどうやって降服しますか？　いつはじめるか、どのように戦うかは、劉総兵が決めることです」

社寮につくと、棉仔が住む家を準備した。しかし、ルジャンドルは、それとは別に棉仔の家のまえの空地にも大きなテントを張った。ルジャンドルは、ほとんどひとりでテントのなかで仕事をし、考えにふけった。仕事に疲れ、ようやくテントから出てきた。棉仔の家に行ってみなと一緒に過ごしたり、近くの社寮渓のほとりを散歩したり、亀山の麓まで歩いていって、海を見ながら、考えにふけった。

蝶妹は、テントを出入りして、ルジャンドルのためにお茶を入れ、食べ物を運んだ。松仔《ソァ》は、首領の兄、棉仔から言われて、これがふるさとのためになるのだとわかり、それに蝶妹にもふたたび近づけたので、喜んで手伝った。ピッカリングやジョゼフたちもその恩恵を受けた。

異人たちから見れば、社寮の家は粗末で、設備も不十分だったが、彼らは探検には慣れていたし、そうしたことは気にかけなかった。しかし、設備はそれでもよかったが、食糧はそうはいかなかった。味は二の次で、安全こそもっとも重要だった。ルジャンドルはボランティア号に乗るとき、塩漬けにした食べ物をたくさん用意した。しかし、ボランティア号は打狗《タカウ》に錨をおろしたままで、彼と一緒に来なかったので、塩漬けの食品はもうほとんど尽きてしまった。そこへまたピッカリングが加わって、食糧はいっそう足らなくなった。そのため、彼らは新鮮な肉類や野菜や果物、それに卵をほとんどすべて買いあげた。棉仔は村人に魚類を捕りにいかせ、おかずに加えようとしたが、異人は骨の多い近海の小魚を食べることにあまり慣れていなかった。棉仔は自分が飼っているウシやブタやニワトリをつぶしたが、家畜には限りがあった。ルジャンドルはこれらに手厚く金を払った。

食糧を確保し、宿泊場所が整うと、ルジャンドルは戦略を立てはじめた。ルジャンドルが劉総兵に柴城滞在をねんごろに断ったときに、環境衛生を理由にあげた。柴城は土地が狭い。人口が一気に増えたら、伝染病が発生するだろう。だから、土地が広くて人があまりいない社寮に移りたいと申し出たのだった。猛暑が終わったばかりで、ちょうど雨と台風の季節を迎え、柴城では確かに多くの人が熱病に感染していた。ルジャンドルが断ったのは一理あった。

実は、ルジャンドルにはもうひとつの理由があった。廟のなかは広かったけれども、彼はカトリック教徒なので、廟の神像や薄暗い建築は、ひどく居心地が悪かったのだ。それに、総兵と同じ屋根のしたで寝起きするのは窮屈で、精神的な圧迫も大きかった。

さらに、蝶妹と棉仔はまったく知らなかったことだが、ルジャンドルが総兵との同宿を避けたのは、柴城への途上、後半にさしかかったころ、考えが変わったからだった。ルジャンドルは、土番への攻撃は、自分にとって本当に利点があるのだろうか、と自問しはじめていたのである。

この変化はなんとも微妙なところだが、最終的には、ピッカリングの経歴や見方がルジャンドルの考えに影響を与えたのだった。

ルジャンドルは、今度の行動ではジョゼフを通訳として連れてきていたが、ジョゼフの北京官話では職責はまっとうできなかった。劉総兵は福佬語が話せず、母語の湘西方言と北京官話しかできなかったからだ。福建巡撫もルジャンドルの通訳として福佬人をひとりつけてくれたが、ルジャンドルはこの福佬人の通訳が嫌いで、自分を監視に来たのだと思っていた。ピッカリングに出会って、やっとこの福佬人の通訳を追い払う理由ができた。しかも、ピッカリングは、福佬語と北京官話ができるだけではなく、さらにフォルモサ原住民のことばも少しできるのだ。

枋寮で偶然ピッカリングに会い、ルジャンドルは大いに喜んだ。思いがけないめぐり合わせであり、神からの最高の贈り物だった。自分の前回の瑯嶠調査行、それとピッカリングのここ一、二か月の探訪から、いま彼は、清国の統帥である劉総兵以上に、瑯嶠の福佬人や客家人、それに土番の考え方や行動を理解している自信があった。こうして彼は、自分は情勢を掌握し、劉総兵の指図を受ける必要がないと思った。劉総兵から離れて、自分で指揮部をつくりたかった。今回の行動の結果は自分にもっとも利があるべきであり、劉総兵に利がある必要はない。自分と劉総兵の利害関係は近いかもしれないが、決して完全に一致するものではないと思った。

彼は自分と劉明燈を比べていた。劉明燈は柴城に来て、瑯嶠の老人たちから情報を得ているが、瑯嶠全体についての理解はルジャンドルのほうがずっと深かった。例えば、用兵には地形の把握が欠かせない。ルジャンドルは南湾に行って、南部フォルモサの海岸をくまなく実見し、亀鼻山の麓の海岸に上陸した。さらには台湾の東海岸まで行ったことがある。劉明燈はほとんどなにも知らず、ほかの清国の将軍たちもみな、なにも知らなかった。

ピッカリングは、柴城、社寮、大繡房から龍鑾《リンロアヌ》までの陸路をなんども行き来していた。さらにすごいのは、彼はクアールへの上陸作戦に加わっていたことだ。そのうえチュラソにも行き、本人には直接会っていないが、トキトク大頭目と人を介して接触していた。

奇妙なのは、清国の台湾兵備道の役人たちは、道台と総兵以下だれも、自分たちの管轄である土地と人民について、まったく無知に近いということであった。逆に、我々外国人のほうが、彼らよりずっと深く理解している。これは本当に国際的な笑い話だ。

ルジャンドルは腹立たしくもあり、おかしくもあった。どうしてこのような国があり、このような役人がいるのだろう。ルジャンドルは、劉明燈は職務に忠実で、どんなことにも尻込みせずに事にあたる優れた役人、優れた軍人だと思っていたが、このとき、突然、劉明燈の厳格さには不十分な点があることに気づいた。

劉明燈はこの土地を自分の責任管轄区域だと実感している

だろうか。あるいは、清国皇帝や中央政府は、この土地と人民は本当に大清国に属していると、真剣に考えたことがあるのだろうか。ルジャンドルは問題の困難さは、このような点にあるのだと考えた。

ルジャンドルは一部の清国官吏の言辞や行為を思い出し、その答はひどく曖昧だと気づいた。

ルジャンドルは途方に暮れた。

しかし、この曖昧さは良いことだとも思った。そのお陰で自分や国の利益にもっとも合致した計画を進めることができるし、劉総兵に制限されることもない。いくつかの新しい考え方や新しい計画が、ゆっくりと心のなかで形を取りはじめた。ルジャンドルは、ピッカリングをはじめ、まわりの人に、邪魔をしないように言いつけると、テントのなかで一日じゅうじっくりと思索を巡らした。たまに蝶妹を呼んで食べ物や水を運んでもらった。心のなかの新しい計画がいまにも繭を破って出ようとしていた。彼はこの構想を具体化し、文字にし、さらには実際の段取りを考えてみた。

第四十九章

枋寮から柴城までの道々、八人で担ぐ輿に乗っていたルジャンドルは、ずっと矛盾した気持ちでいっぱいだった。

清国軍が南下のために兵を出したのは、ルジャンドルの圧力でようやく実現したことで、理屈から言えば、当然、嬉しいはずだが、なにかを失ったような感じがしていた。ピッカリングは枋寮で南下を止めるように言い、蝶妹は枋寮まで駆けつけて「戦争は役に立たない」と言った。ふたりのようすを見て、土番を懲罰しようという自分の考えには盲点があるようだとルジャンドルは感じた。彼はかつてはピッカリングに、「私が来て、私が見て、私が勝つ」のだと語った。しかし、実際には、戦うのは清国兵であり、劉総兵である。それゆえ世間の見方はこうなるだろう。

劉総兵が来た。
劉総兵が戦った。
劉総兵が勝った。

清国の劉総兵の軍隊から生番の首をいくつかもらったとこ

ろで、どうなるのだ。それは私ルジャンドルが本当に求めているることなのか。アメリカが求めていることなのか。西洋各国が求めていることなのか。

ルジャンドルと西洋国家が求めているのは、フォルモサ周辺の海域を航行する船と水夫の安全であるはずだ。清国軍が勝ち、劉明燈が数十のひいては数百の首を提げて福建巡撫に会いに行き、ルジャンドルは書簡を認めて国務省に戦果を報告する。そうすれば、フォルモサの土番とすべての住民は、以後、遭難した船の水夫に出会っても、聞きわけよく略奪をせず、人も殺さないだろうか。以後、フォルモサ周辺で遭難した水夫は、安全が確保され心配がなくなるだろうか。肯定的な答えは、当然のことながらあり得ない。

それでは、この戦いにどんな意味があるのだろうか。この戦争は、彼が引き起こしたものだが、ただ彼はもっと先のことまで、もっと深く考えなければならないと感じはじめていた。

＊

そこである日、彼はテントに閉じこもって考えにふけった。仲の良いピッカリングを含め、だれにも邪魔させなかった。

ひと晩考えて、とうとう考えが決まった。

清国の、上は官吏から、下は民衆まで、土番を含めてもっと多くを保証させなければならない。こうして新しい戦略が生まれた。彼は紙に彼が望む三大目標を書きだした。

一、生番の保証：瑯嶠十八社は謝罪し、再犯しないことを保証しなければならない。

二、住民の保証：瑯嶠十八社だけでなく、柴城から大繡房までのすべての住民は、平地の移民と山地の原住民を含めて、上述の保証について裏書しなければならない。

三、清国政府の承諾と配備：清国政府には再び形式的な口約束をさせない。清国には具体的な行動と具体的な保証を求める。次のようにする。清国政府は、南湾に防衛設備のある見張り台、あるいは砲台を建造し、長期にわたって軍を駐留させ、土番が勝手な行動ができないように具体的な規則を定めること、そのことを清国政府に承諾させる。

ルジャンドルは書き終えると、この三重の保証を取りつける案に大いに満足した。ただ、次の一手が問題だった。

「どうすれば、この三項目を実現できるのか？」

もし劉総兵が出兵して傀儡番をうち破れば、清国は莫大な金と人を使って、ついに凶番を厳罰に処し、仁義を十分に果たしたことになる。そのうえ清国に砲台を建造させ、軍を駐留させるという、さらなる保証を求めることは、明らかに困難なことだ。

ルジャンドルは道々いくぶんの違和感を感じていた。チェスで言えば、対戦者は「アメリカのルジャンドル対瑯嶠十八社のトキトク」であるべきだが、台湾府を離れて以降、兵隊の統率と作戦は清国の劉総兵が指揮を取り、彼は従軍顧問に過ぎなくなっていた。言い換えれば、「劉総兵対トキトク」に変わったようなものだった。中国将棋で言えば、劉総兵が「帥〔将軍〕」で、彼は「仕〔軍師〕」に変わっていたのである。

これではだめだ！　ルジャンドルは思った。主導権を奪い返さなければならない、清国の軍隊を自分の道具に変えなければならない、ただの従軍顧問でいるわけにはいかない。

ルジャンドルは改めて大局をじっくりと検討した。この六か月の展開は、いささかおかしな方向へ向かっている。はじめに台湾府の清国の役人に会ったのは、彼らに自分たちの管轄の落ち度とその責任を認めさせるためで、航海の安全を保障させることが最終目標だった。ところが、いまの状況では、劉総兵が受けた上級からの命令は「番の討伐」となっている。だから、劉総兵にとっては「番の討伐」がその行動の目的となっていて、ルジャンドルの「海域における安全の保障」という目的とは異なっていた。ここには微妙な差異があり、方向の食い違いが生まれていた。

ルジャンドルはやり方を変えようと決意した。まず、劉総兵を牽制して、すぐに軍事行動を起こさせないようにしなければならない。軍事行動をはじめると、大局を統括するのは、劉総兵になってしまうからだ。

しかし、ルジャンドルには劉総兵とその部隊は必要だった。瑯嶠十八社に圧力をかけなければならないが、その圧力は劉総兵の軍隊によるものだからだ。そうしてはじめて、トキトクを追いつめて、ルジャンドルが出す条件を受け入れさせ、「南湾海域の航海の安全保障」を得る協議ができるのだ。

しかし、すぐに新しい懸念が生じた。劉総兵の部隊はトキトクの反感を引き起こさないだろうか。万が一、生番が先制攻撃をしかけようと、山をおりて急襲してきたら、収拾がつかなくなってしまう。生番は平地人を大変憎んでいると聞いている。万が一、トキトクがさきに平地人に手を出すようなことがあれば、事件全体は平地人と生番とのあいだの決戦に変わってしまう。そうなるとルジャンドルはいっそう介入する余地がなくなり、すべての計画も水泡に帰してしまう。

ルジャンドルのもうひとつの懸念は、柴城を拠点とする福佬人と保力を拠点とする客家人が、共に移民でありながら、ずっと敵対してきたということだった。朱一貴事件や林爽文事件が起こったとき、福佬人と客家人の立場は完全に対立していた。いまは、柴城の福佬人は清国の軍隊の命に従っているが、保力の客家人の立場はいったいどうなのだろうか。万が一、客家人が傀儡番と協力することにしたら？　聞くところによると、今回の原住民の銃はほとんどが客家人が提供したものだという。客家人の立場をはっきりさせなければならない。しかも、客家人と原住民の通婚は、福佬人と原住民の通婚よりずっと多いという。

ルジャンドルははっと気がついた。まず生番と客家人の結盟を防がねばならない！

そのとき、蝶妹の声がテントのそとで響いた。彼女はパパイヤを盛った皿を持ってきたのだった。ついでにルジャンドルが残した夕飯をかたづけた。彼はぼんやりと蝶妹を見ていたが、彼女は彼に見られて恥ずかしくなり、身を翻して出ていった。ルジャンドルははっとして、興奮して立ちあがると大きな声で叫んだ。

「蝶妹、私のために一つやってほしいことがあるんだが、頼めるだろうか？」

＊

蝶妹は中秋節の日に文杰の願いを聞き入れた。ルジャンドルに頼んで清国兵が先に山の原住民を攻撃しないようにできれば、高山にいる母親の民族だけでなく、瑯嶠の福佬人と客家人、それに平埔族の土生仔のすべてにとっていいことだと自分でもわかっていたのだ。しかし、ルジャンドルの一行が社寮に着いてから、毎日ルジャンドルに会っているが、どう言えばいいかとまどうばかりだった。棉仔は、彼女はルジャンドルに弟がトキトクの養子であると言えないだろう。そんなことをすれば、清国軍に連れていかれて人質にされるかもしれないからと考えていた。蝶妹自身はこう考えていた。もし正直に話さなければ、ルジャンドルは彼女を信用するだろうかと。それに万一、ルジャンドルがよそからそのことを聞いたら、逆にルジャンドルのそばに潜む女スパイだと誤解されるかもしれない。そんな疑いを持たれれば、社寮渓に飛びこんでも身の潔白を証明できず、棉仔一家まで巻き添えにしてしまうだろう。

ルジャンドルは、常にテントのなかから彼女を呼んで飲み物や食事を持ってこさせた。いつ行っても、ルジャンドルはほとんど仕事に集中していたが、時には仕事の手をとめて、穏やかな顔で彼女をみつめ、彼女を慌てさせた。彼女はさっと出て行くこともあったが、ルジャンドルがうしろ姿を見送っているのを感じた。

突然、ルジャンドルが彼女を呼びとめた。しかも頼みごとをする口調だったので、彼女はちょっと驚いた。ルジャンドルは手招きして座るようにうながした。

「蝶妹」

ルジャンドルはもう一度言った。

「私のために一つやってほしいことがあります」

蝶妹は腰をおろし、食器をテーブルのうえに置いた。彼女が手を引っ込めないうちに、ルジャンドルがいきなり左手をつかんだ。蝶妹はびっくりして、反射的に手をひっこめた。

蝶妹は顔を赤らめ、ルジャンドルを正視できなかった。

「まずいくつかたずねておきたいことがあります」

ルジャンドルの口調は丁重で、表情も真面目だった。

「あなたは半分、客家人だと記憶しているのですが、そうですね？」

「そうです、父は客家人です」

「だからあなたは客家語は、問題ないですね」

「もちろんです」

蝶妹は顔をあげた。彼女は少し不安でもあったのだが、いまは安心していた。

「今度、清国の軍隊がここに来ましたが、保力の客家人の立場はどうなっているか知っていますか？」

「知らないです……」

蝶妹は頭を振り、そして言った。

「でも保力の首領は林阿九という名だとは知っています。棉仔兄さんが話しているのを聞きました。お付き合いもあるようです」

ルジャンドルは大変喜んだ。心にある計画を形にすることができるかもしれないのだ。

ルジャンドルの計画とは、彼の代わりにピッカリングに保力に林阿九を訪ねてもらい、今回の軍事行動に対する彼らの立場を確認することだった。清国軍と協力するのか、土番と協力するのか、中立なのか、客家人は清国軍の出動を望んでいるのか、望んでいないのか。蝶妹にはその通訳をしてもらう。と言うのは、ピッカリングは客家語があまりわからないし、ルジャンドルもこの行動を早いうちから劉総兵に知られたくなかった。それで部外者を入れたくなかったのだ。

翌九月二十四日、ピッカリング一行は保力に首領の林阿九を訪ねた。林阿九は大変丁重な態度だった。彼は蝶妹が林山産の娘だと知っていたし、また林山産とも知り合いだったと語った。ピッカリングがたずねると、林阿九はハハと大笑いして、客家人は武器を生番に売るが、ただそれは商売だからで、金が儲かればそれでいいのだと言った。客家人は柴城の福佬人が嫌いだが、だからと言って生番と組んで官軍に歯向かうなんてことはあり得ない。林阿九はさらにこう言った。

「伝統的に、客家人はいつも清国政府の側に立ってきたのだ」

このことばは、ピッカリングを大いに安心させた。

林阿九は、もっとも重要なことは、客家人も平和を望んでおり、戦争を望んでいないことだと言った。林阿九の理解では、トキトクが先に手を出すようなことはあり得ない。生番の習性は、「人、我を犯さずば、我、人を犯さず」だ。しかし、攻撃されたとなると、トキトクは必ず最後の一兵卒まで、最後の土地まで、最後の部落になるまで戦い抜く。生番は祖先の土地を守るために、投降はしない。と言うよりも、生番に「投降」という観念があるかどうかすらわからない、と林阿九は強調した。

「清国軍が戦いをはじめれば、この戦は終わらないだろう。官軍は絶対に生番を征服できないし、生番も官軍を打ち破れないだろう」

林阿九は心配で気が気でないようすでまた言った。

「わしら客家が生番と組むなんてあり得ないが、ただ官軍が生番を攻めるのをおおっぴらに協力することはできない。軍隊が撤退したあと、生番は必ずわしらに借りを返しに来るだろうからな。そのときになって、私の頭が残っているかどうかわからない」

林阿九は首切りの真似をした。

「だから、わしらは当然双方が戦わず、今の状況が続くことを望んでいるのだ」

林阿九はそう言った。

ピッカリングはわざと言ってみた。

「しかし、ルジャンドル領事と劉総兵は開戦しか頭にないよ。とくに、劉総兵が受けた命令は『土番は厳重に徴罰する』だから、実際に戦果をあげて上に報告しなければならん。もしできなければ、上の命令に背いたとして、懲罰を受けるだろう」

ピッカリングはまた言った。

「もし柴城の福佬人、保力の客家人、社寮の土生仔、それに大繡房などの住民が、みんな同じ気持ちで平和を望んでいるなら、私が、みなさんにかわって、ルジャンドル領事にお願いしよう」

ちょっと間を置くと、また林阿九のほうを向いて言った。

「一方で、みなさんからも是非トキトクに話してほしい。絶対に先に手を出してはいけない。それだけではなく、クアールの頭目を連れて正式に謝罪しなければならないと。もし領事殿が、アメリカは尊重されていると感じたら、彼は劉総兵に出兵を焦ってはいけないと説くことができるし、その後双方がゆっくり話すことができる」

林阿九は、ルジャンドルがとくに人を寄こして自分に相談したことで、大変気を良くしていたので、協力的な態度を取った。ピッカリングの話を聞くと、林阿九は、自分はトキトクには少しは影響力があると思うので、自制して、さきに攻撃をしかけないようにトキトクに話しに行こうと言った。ただ、トキトクに謝罪を求めることはとてもできないとも言い、苦笑いしながら自分にはそんな度胸はないと言った。万一、大股頭と生番たちが、これは大股頭を侮辱し、部落を侮辱するものだと思えば、激怒するに違いない。それではかえって事態は悪化し、トキトクは林阿九との付き合いを拒絶するかもしれない。

ピッカリングはそれを聞いて答えた。

「それならば、トキトクにルジャンドル領事と会見する気があるかどうか、たずねてくれないか。ルジャンドルが直接会って謝罪を求めることにすれば、あなたが言う必要はないわけだ」

林阿九はとても喜んで言った。

「それならわしにも当然できます」

こうして白人の頭目と生番の頭目の会談に向けてともに尽力することを約束した。そして、三日後の九月二十七日に成果を確認することも決めた。

蝶妹もとても嬉しかった。福佬人は戦いを望まず、客家人も戦いを望まないことがとうとうはっきりしたのだ。文杰も戦いを望んでいないことは早くから知っていた。林阿九が外に、文杰が中にいる。だから大股頭は先に手を出すことはまずないはずだ。ただ、ピッカリングは、ルジャンドルのほうにはいくつかの条件があると言った。ルジャンドルの条件って、大股頭が謝る以外になにがあるのかしら。もし厳しすぎるなら、大股頭は反感を覚え破局するかもしれない。蝶妹は心配になった。

蝶妹はずっと迷っていた。しかし、自分は若すぎるので、このような複雑な問題と重い責任を担うことはできない。帰ったらすぐ、ルジャンドルに彼女とチュラソの微妙な関係を打ち明け、文杰のことを知らせようと、とうとう心に決めた。こんなに多くの秘密はもはや隠しきれない。彼女は、どんな事でも人に話せるとずっと思ってきた。話せば、心の負担も少しは楽になる。そして、彼女は将来、ルジャンドルも文杰を友人として見てくれることを望んでいた。

第五十章

清国軍が着いた。トキトクは清国軍の動きをじっと見守っていた。

清国軍は山を切り開き河を渡ってやってきた。たった千人ほどだったが、瑯嶠十八社全体が震撼していた。また新しい情報が伝わり、清国軍は柴城で熱心に民兵を募っており、さらに台湾府から援軍が来るかもしれないということだった。

清国軍は鋭い剣を抜こうとしていた。トキトクは、手を出さなければ攻めてこないという文杰の見方に同意していたが、部落の見方は、激戦は避けられないというものだった。それゆえ大股頭は積極的に戦闘の準備をした。客家人から買った銃はすでにそれぞれの部落の勇士に配られていた。

十八社部落連盟が成立したとき、トキトクと各部落の頭目たちは作戦を練りあげていた。いま、トキトクはスカロ以外のすべての部落に命令をくだし、動員がはじまった。ただ、他の部落の勇士が、全員トキトクの領地に集まると、食糧が足らないだけでなく、指揮や協調も大変になる。それゆえ、まず準備を整えておき、戦いがはじまったらいつでも命令に応じて支援に駆けつけることで合意した。

ただし、十八社の大団結を外部に見せるために、トキトクは、各部落から勇士を少しずつチュラソとクアールに派遣するように求めた。大部落は三、四十人、小部落は十人から二十人程度、全部で四百人で「連合軍」とした。

トキトクは十八社の部落の頭目を集めて会合を開いた。彼の分析では、清国軍は柴城にあり、もし攻めてくるなら、おそらく柴城からまず南に向かって猴洞《カウトン》に進軍する。この道は平坦で、なんの障害もない。猴洞からは進軍可能な道は二つある。一つは、大繡房まで南下し、それから亀鼻山の南側に沿ってクアールに進攻する。ただし、実際はこの道は悪路で、しかも部落の勇士が高所から下へと突撃することができる。清国軍が下から迎え撃つのは難しく、大砲も役にたたないだろう。もう一つは、猴洞から亀鼻山の北の麓に沿って山道を歩いて出火に出、そこから射麻里《シャマリ》に進軍する。そうすれば、清国軍はまっすぐにスカロの奥地に入り込み、チュラソを直接攻めることもできる。クアールを消滅させることなど、たやすいことだ。スカロ族の全領土はズタズタになるだろう。

トキトクは、清国軍は第二案を選ぶだろうと言った。そこで我々は主力を亀鼻山の北側に配備し、射麻里の大頭目イサが猫仔《バァ》と射麻里の約百五十人を率い、そこを第一線とする。龍鑾の約百人は海岸を守り、第一線と連携する。

彼自身は「連合軍」の四百人を率いてチュラソとクアールを守る。その他の部落の勇士は、後方部隊として必要に応じて支援に赴く。

清国軍は九月十六日に枋寮で道の敷設に着手し、トキトクは九月二十日に各部落の頭目をチュラソに集め、武器の分配を終えた。清国軍が柴城に到着したその日、「下瑯嶠十八社連合軍」はすでに陣容を整えて、清国軍を待ち構えていた。

トキトクは気力いっぱいに見えたが、実はじっくり考えており、指揮も確固としていた。文杰はひどく感服した。さらに嬉しかったのは、その夜トキトク大股頭がすべての頭目を率いて、大尖山にのぼり、祖霊に祈りを捧げたとき、頭目たちに再三にわたって申しわたしたことである。

「敵が発砲しないかぎり、我々は絶対に発砲してはならぬ」

またこうも言った。

「たとえ敵が発砲しても、銃の暴発だと思え。ただし、もし銃声が十発以上続いたら、それはあいつらのほうが悪いのだ。わしらも遠慮することはない。徹底的に反撃しろ。道理はわしらのほうにある。祖霊も助けてくださるだろう」

第五十一章

九月二十五日、ピッカリングは朝起きるとすぐ、ルジャンドルに、明後日、林阿九と会うことになっていると言った。そのあと、大繡房に行ってみることにした、前回、彼がハント船長夫人の遺骸を見つけたところだ。あのあたりの客家人、平埔族の土生仔、そして生番には、人脈があった。しかも、もし清国軍が出動したら、大繡房は必ず通る地であり、戦略の要地となる。ピッカリングは、戦争がはじまったらあそこは最初の戦場となるだろうから、まずは偵察に行って、ついでに土番に情報を聞いておくと言った。

　ピッカリングはずっとひとりで行動してきたが、今回は数人の随員を連れて出発した。ところが思いがけないことに、遠く社寮の村のはずれに、昨夜のうちに突然いくつもの清国軍のテントが張られ、さらに将校の旗が立っているのが見えた。驚いていると、軍人たちが若い役人を取りまきながらこちらにやってきた。よく見ると、台湾府海防兼南路理番同知の王文棨《おうぶんけい》で、劉明燈総兵の今回の行動のもっとも重要な部下だった。

　王同知は笑みを浮かべながら、ピッカリングに向かって長《ちょう》揖《ゆう》して言った。

「劉総兵はルジャンドル領事の社寮での安全を顧慮されて、領事を護衛するようにと、私に二百名の兵をつけてとくにここに送られました。また、ルジャンドル領事のお役に立つようにということでした。それで、わたしたちは昨夜、徹夜でここに軍営を設けました。ところで、ピッカリング先生はこんなに早く、どちらにお急ぎでしょうか？」

　ピッカリングは内心困った。ルジャンドルは劉総兵をふり払おうとしたのだが、劉総兵がそれに気づき、すぐに社寮に人を送って軍営を設けた。「洋大人の保護」を名目としていたが、実は監視だった。ピッカリングはやむなく本当の話をした。

「わたしは大繡房一帯に行って、あのあたりの情勢をつかんでおこうと考えたのです」

　王文棨は言った。

「ピッカリング先生は本当に見識がおありだ。大繡房は確かに防衛の重要地点です。さらに進めば番人の地域です。わたしがこうして出てきたのは、折しも道台閣下がわたしを新しく『南路理番同知』に任じられたからであります。そこに行って巡視するのはわが職責でもあります。ピッカリング先生、もしお邪魔でなければ、我々もご一緒します。護衛が同行するほうが安全でしょう」

　ピッカリングは秘かに、王文棨は口も反応も一流だと感心した。台湾府にいたとき、王文棨は文士ではあるが、智勇に優れていると聞いていた。「戴潮春の乱」〔朱一貴の乱、林爽文の乱と並ぶ三大反清事件のひとつで、一八六二年に発生し、二年後に鎮圧された〕では大きな手柄を立て、そのために嘉義知県から台湾府同知に抜擢された。これは台湾府府尹の補佐に相当する。今日お手合わせをしたが、果たしてうそではなかった。ピッカリングは、清国の官吏が同行し、四人担ぎの輿に乗れれば、官威もあらたかで、悪くないと思った。それで王文棨は百人の随行を選び、ほかの者には社寮を守らせた。

部隊は意気揚々と出発した。約半時間後、王文棨は突然言った。

「待て！　先ほどはルジャンドル領事をお訪ねするはずだったのだ。ルジャンドル領事にご挨拶してからでなければ、大繡房に南行するわけにはいかない。ルジャンドル領事に礼を失することになるではないか」

ピッカリングはどうしようもなく、一緒に社寮にもどってルジャンドルに会うしかなかった。そうして改めて出発した。

途中、ピッカリングは王文棨に、劉総兵はいつごろ出兵するのかと、たずねてみた。王文棨は少し微笑んで言った。

「わたしの職務は理番同知です。理とは、護理〔保護・管理〕です。わたしは生番を援助し、保護するために来ました。生番が叛乱しなければ、官軍は戦わず、殺すこともありません」

ピッカリングはハハと笑って言った。

「劉総兵は番人討伐に来たのではありませんか？」

王文棨は笑って答えた。

「戦わずして人を屈服させる兵こそ上策です。もし生番が降伏を望めば、戦う必要がありましょうか」

ピッカリングはウウンと声をあげると、もうなにも言わなかった。

隊列が大繡房に着くと、大繡房の呉という福佬人の首領と客家人の首領が恭しく待っていた。王文棨は来意を告げ、近くの土番の頭目に会って話がしたいと述べた。呉は生番とのつき合いがなく、客家人の首領がこの任務を引き受けると申し出た。

客家人の首領はすぐに人を送った。しばらくすると、その男が帰ってきて報告した。生番の若い頭目を見つけたが、その頭目は龍鑾の頭目の親戚らしい。明日の朝、近くの土生仔の首領の家で会いたいということだ。

翌日、九月二十六日、双方が会った。相手は背が低いががっちりした体格で、皮膚は黒かった。その男は家のそとのビンロウの木のところに寄りかかって、ビンロウを噛んでいた。王同知を見ると、赤いビンロウの汁をペッと地面に吐き、真っ黒な歯がむき出しになった。ふてぶてしい態度だった。王同知に不快げな表情が浮かび、ピッカリングはそれを見て、心で秘かに笑った。

王同知のそばの副将がさきに口を開いた。

「同知大人と洋大人に礼をしろ！」

若い生番の頭目は、フンと言ったきり返事もせずに、副将を睨みつけた。

王同知が手を振った。その瞬間、数十名の清国軍が「パン！パン！」と二発発射すると、一斉に銃をおろして一列に並んだ。ピッカリングも目を見張った。頭目は顔色ひとつ変えず、目を空に向けた。

穏やかな王同知も明らかに怒っていた。

「おまえたちは本当に懲りないやつらだ。白人の領事が開戦して、おまえたちを懲らしめようと急ぐのも無理はない」

ピッカリングはそれに続いて言った。

「おまえたちが善意でハント夫人の遺骸を返したのは、おまえたちとしては賢明だった。帰ってこう伝えなさい。領事殿はトキトク大股頭に会って、大股頭の意見を聞こうと仰っているると。われわれは領事殿に攻撃を数日延期されるようにお願いしてある。おまえたちに十分に考える時間を与えるためだ」

若い頭目はやっと口を開いた。

「戦争するかしないかは、好きなようにしてくれ。大股頭の指令ははっきりしてる。おれらは、おまえらになんの借りもない。なんでこちらからおまえらに和解を求めるのだ。おまえらが戦争したいんなら、つき合ってやるぜ」

ピッカリングは意味深長なことばを聞いて言った。

「われわれが戦争しようというんじゃない。おまえたちが無辜の西洋の船員を何度も襲い、そのうえ善意ある対応をしないから、領事殿はおまえたちを懲罰する決定をするしかなかったのだ。領事殿はいまなんとか気持ちをおさえて、おまえたちのトキトク大股頭に会って、大股頭が善意を見せてくれることを願っている。もし領事殿が満足すれば、戦争しなくて済むのだ」

王同知はそれに続けて話したが、その声は高ぶっていた。

「もしも大股頭が本当に会おうとしないなら、領事にはほかの選択肢はない。劉総兵にも選択肢はない。戦争というものは、始めるのは易く、収めるのは難《かた》しだ。劉総兵の上司の命令はおまえたちを滅ぼすということだ。わしは護衛を一隊しか連れて来なかったが、わしらの大軍は兵は何千もあり、大砲もある。おまえたちの田畑や家をことごとく爆破できるのだぞ」

ピッカリングも脅すように言った。

「もしも領事殿がお怒りになったら、アメリカの強大な艦隊も呼ぶだろう。西洋人の艦隊の威力は、前回、おまえたちも思い知ったはずだ。次に来たら、絶対に前回のように手加減することはない。おまえたちを殲滅するまで徹底的にやるだろう」

ふたりは呼応するようにしゃべった。若い頭目はふたりの話を聞いて、顔つきがやや穏やかになり、こう答えた。

「わかった。今の話を龍鑾部落の頭目に報告し、頭目から大股頭に伝えてもらうようにしよう」

ピッカリングはすぐに続けて言った。

「昨日、保力の客家人の林阿九に会って、仲介を頼んだ。もし大股頭が林阿九が信頼できる友人と思うなら、保力で協議することに同意するだろうか?」

若い頭目はこれも伝えると応えた。ただ、返事には三日ほしいとも言った。

とうとうトキトクとの最初の接触が持て、しかも実際的な進展があった。

王文棨とピッカリングは満足し、ふたりはそれぞれ帰って、劉総兵とルジャンドルに報告した。

*

ルジャンドルは大変喜んだ。ついに主導権を握ったのだ。

劉総兵は王同知の報告を聞いて、ルジャンドルがトキトクに会おうとしていることにかなり驚いた。劉総兵本人は戦争を望んでいた。彼は武将であり、武将は戦場で功を立てるものだ。武器が劣っている傀儡生番を相手にするなど、太平天国の軍隊相手に戦うのに比べれば、楽なものだった。

そこで劉総兵は翌日、再び王同知にルジャンドルを訪ねさせた。王同知は、ルジャンドルに婉曲にこう言った。福州の上司の指令は、クアールを絶滅させよというものだが、もし領事閣下が劉総兵に攻撃するなと正式に要求するなら、劉総兵もそれにお応えしたいと思っている。と言うのは、劉総兵が受けた命令には、領事殿の希望にできるだけお応えするようにという一項があるからです。

劉総兵がもし攻撃の命令をくだすとしたら、それはまったく福州の上司が領事殿の土番懲罰に協力したいと思っているからです。ルジャンドル領事はこれまでずっと強硬に戦争を主張してこられましたが、考え方を変えられたのですか。

ルジャンドルはこう答えた。今の考えは報復は無益だということだ。なぜなら、それがまた土番に後日の報復の口実を与えることになるからだ。だから、報復は放棄し、長く続く平和を追求することにしたのだ。もし彼らが再犯しないと保証するなら、それは列強の利益に合致し、アメリカの寛大な政策にも合致する。

ルジャンドルは王同知に劉総兵に伝えてくれるように頼んだ。もしトキトクが和議を受け入れなかったならば、劉総兵に出兵してもらいたい。もし彼らが和議を願うならば、土番と清国は共に自分が出す条件を受け入れてほしいと。

そこで、ルジャンドルは和議を求める条件を正式に文書にし、王同知に劉総兵に手渡していただきたいと、丁重に依頼した。

第一、余は、トキトクおよび十八社の頭目と会見する、彼等は余と対面して謝罪し、併せて将来再犯しないことを保証しなければならない。

第二、清国当局は、前述した保証について瑯嶠から大繡房までのすべての平地住民が責任を持つことを記した文書を我が方に提供しなければならない。

第三、清国は、ピッカリングがハント船長夫人の遺骸を得るために支出した費用を返還するように土人に要求し、土人が持っている船員の遺品すべての回収に努めなければならない。

第四、清国は南湾に防御を備えた展望砲台を建造し、今後は軍を駐留させて保護することを保証しなければならない。

第五十二章

社寮の家のなかから、ピッカリングが朝早く随員を連れて出かけるのを蝶妹は見かけた。家にはルジャンドルとジョゼフしかいない。今日はルジャンドルに打ち明ける絶好の機会だと、蝶妹は思った。

昨日は保力で、ずっとピッカリングと林阿九のあいだの通訳をした。だからルジャンドルは実は出兵を急いでおらず、さきにトキトクと協議することを願っていることがわかり、心から重しが取れたのだった。

ルジャンドルは今日は見たところ機嫌が良さそうだ。朝食後、テントに行かず、家に残ってジョゼフと雑談をしている。彼は手を振って蝶妹にこちらに来て座るように合図した。松仔も近寄って来たので、ルジャンドルは彼も座らせた。みなで厦門《アモイ》から持ってきた西洋風の菓子や柴城から送ってきた福佬人の菓子などを食べた。蝶妹はお茶を入れた。

「蝶妹、ここのところ、本当にご苦労さまですね。わたしたちもずっと忙しくて、あなたをお招きする時間がありませんでした。ありがとう、わたしたちのためにたくさんの仕事をしてくれて」

蝶妹はただ笑ってなにも答えなかったが、急に立ちあがってルジャンドルに深々とお辞儀をした。

ルジャンドルはびっくりして言った。

「どうしましたか? なにかあったのですか?」

蝶妹はなにも言えず、顔を真っ赤にした。

ルジャンドルは蝶妹が顔を赤らめるのを見て、とても可愛いと思った。ただ、蝶妹がひどく真面目なのが見てとれたので、感情を抑えてたずねた。

「蝶妹、なにか言いたことがあるのですか?」

蝶妹はとうとう勇気を奮って口を開いた。

「領事さま、あなたにお話したい大切なことがあります。ですが、領事さまおひとりにしか話せません」

ルジャンドルは穏やかな顔で、ジョゼフにちょっと手を振って言った。

「しばらく外に出ていてください」

松仔も席を立とうとしたが、蝶妹が言った。

「松仔はここにいて」

これは社寮にもどってから、蝶妹がはじめて松仔に見せた親しさだった。松仔は嬉しかった。

ルジャンドルが蝶妹の肩を軽くたたいた。

「どうぞ言ってください。焦らずにゆっくり話してください」

蝶妹はうつむいたまま言った。

「蝶妹はあることを、もう隠すことができません。ただ、領事さまには、ほかの人には言わないようにお願いしたいのです。ピッカリングさんにも言わないでください」

蝶妹はひと息置くと、勇気を出して、早口だがきっぱりとした声で言った。

「わたしの亡くなった母は、トキトクの妹でした。半年ほどまえに、わたしたちもはじめて知りました。そしてわたしの弟は、トキトクに養子として迎えられました。ちょうど領事さまが社寮にお出でになられる少しまえのことです」

蝶妹は一気にそう言うと、いっそう深くうつむいた。

ルジャンドルは一瞬、耳を疑ったが、どこからたずねていいのかわからなかった。松仔は蝶妹のためにつけ加えた。

「領事さま、話は非常に複雑で、説明するのは難しいです。でも、その通りなんです」

松仔が蝶妹を見ると、彼女はうなずいた。そこで、松仔はことのいきさつを要領よくルジャンドルに説明した。

ルジャンドルはようやく複雑な内情がはっきりして、微笑を浮かべた。眼差しも落ち着き、穏やかにこう言った。

「わかりました。話してくれてありがとう。過去のことはもう説明しなくていいですよ」

蝶妹はルジャンドルに、最近、文杰に会ったことを話した。姉弟ふたりは、戦争が起こることを本当に望んでおらず、お互いに約束した。文杰はトキトクに、さきに発砲しないようにお願いする。蝶妹はルジャンドルに、出兵しないようになんとかしてお願いする。だからこそ、蝶妹は前回、遠く枋寮までルジャンドルに会いにいったのだと。

蝶妹はそう言いながら、微かに震え、額には汗が浮かんでいた。ルジャンドルはこれではじめてわかった。蝶妹がわざわざ枋寮に来たのは、チュラソの人たちのためで、社寮の人たちのためではなかったのだ。蝶妹のこの告白は生命の危険を冒してなされたもので、もしうわさになったら清国兵に捕まって人質とされるに違いなく、拷問を受けて自白を強いられるかもしれないと、ルジャンドルは思った。

ルジャンドルは目のまえのこのほっそりした聡明な少女が、母の民族の人たちが滅ぼされないようにする大任を背負っているのを見て、感動していた。彼は聖母マリアに誓って、ピッカリングを含めてだれにもこの秘密を絶対に漏らさないと、蝶妹に言った。そして彼もできるだけ劉総兵に軽率に出兵しないように頼もう、一方で、トキトクにも早く好意を示して、会見に応じてくれるように望んでいると言った。蝶妹はルジャンドルが保証してくれるのを聞いてホッとした。涙が目から溢れそうになり、慌てて顔をそらした。

ルジャンドルはしばらく考えていたが、蝶妹と松仔に、直接チュラソに行って、近いうちにトキトクと会って協議できるように手配してくれることは可能かどうか、たずねた。

蝶妹がどのように答えればいいかわからないでいると、入口で扉をたたく音が聞こえてきた。ルジャンドルと蝶妹は驚いた。そとから聞こえてきたのは、ジョゼフの声で、彼は大声で言った。

「ピッカリング、もうもどって来たのか。どうして清国の役人を連れてるんだ」

やって来たのは王文棨だった。王はルジャンドルに、劉総兵の命令でルジャンドル領事の保護に来たと述べた。ふたりは型通りの挨拶を交わした。王文棨は、南路理番同知としてピッカリングと一緒に大繡房に行ってみたいと言った。

ルジャンドルはちょっと笑みを浮かべ、扉を閉めた。そして蝶妹にこう言った。

「チュラソには行かなくてよくなった。清国の役人がわたしたちを監視に来たよ」

ちょっと考えてから、また言った。

「ピッカリングと林阿九は、明後日、回答をもらうと約束している。トキトクが会ってくれれば、それが一番いいんだが。もしやっぱりどうしても会わないということになったら、蝶妹、方法を考えてください。この仕事はあなたにお願いしますよ」

蝶妹はうなずいた。

ルジャンドルは言った。

「疲れたでしょう。帰って休みなさい」

蝶妹は部屋にもどると、力を使い果たしたような感覚になり、ベッドに横になると、全身の力が抜けて動けなくなった。彼女は心のなかで言った。

「文杰、わたしは力を尽くしたわ。ほかのことは頼むわよ。養父があなたの話を聞いてくれるといいんだけど」

まだ朝のうちだったが、蝶妹はすぐに深い眠りにおちた。

第五十三章

文杰も重責を果たしたように感じていた。

昨日、保力の首領の林阿九がチュラソに来て、アメリカのルジャンドル領事が大股頭のトキトクとの面会を望んでいると伝えた。

今日また、龍鑾の頭目もやって来て、アメリカの領事が同じことを求めてきていること、そのうえ、清国の役人もその場にいたと言った。さらに重要なのは、面会の場所を具体的に保力と提案していたことだった。

これらの情報はみなひとつのことを伝えていた。会うことさえできれば、双方が受け入れられる結論が得られ、本当に戦争しなくてすむかもしれない。

文杰はまわりを見まわした。ここに来てまだ半年だが、この土地に対する愛着は、社寮や統領埔への思いに少しもひけをとらなかった。いつも山のうえから遠く統領埔と社寮を眺めた。チュラソの山からは三方に海を見ることができた。山も海も、その美しさには感動させられた。ある日、この美しい山林が焼きはらわれてしまうなどとは、想像もできなかった。あるいは、ある日、社寮や統領埔やチュラソにいる彼の愛する友人や部落の人々が、屠殺される恐ろしい光景も想像できなかった。

彼は悪夢で目を覚ますこともあった。

瑯嶠の土地には、たくさんの民族がひしめいている。これまでずっと争いともめごとがあった。今回はじめて、福佬人、客家人、土生仔、あるいは山地の部落を問わず、みなが同じことを望んでいる。戦争してはならない。清国の軍隊は、戦争の脅威を運んできたが、だれもがこれらの軍人たちがさっさと去っていくことを願った。これまでこの土地では、「福佬人」、「客家人」、「生番」、「熟番」、「チュラソ」、「アミ」、「クアール」、「牡丹」、「蚊蟀」……に分かれていた。彼は、どうしてみな「瑯嶠人」だと考えなかったのだろうか、と思った。今度の清国の軍隊が撤退したら、みなこのような共通した考えを持つようになるだろう。

彼はこっそりと養父を見た。養父は目を閉じていたが、体はまっすぐに伸びていた。座ったまま目を閉じて、静かに休んでいるのか、それとも冥想しているのかわからなかった。

保力の客家人の首領も龍鑾の頭目も、ルジャンドルがどんな条件を出したのかは言わなかった。そうであるなら、トキトクは面会を拒否するはずがないと文杰は思った。ルジャンドルは社寮にいるということなので、蝶妹はきっとルジャンドルに会っただろう。ルジャンドルが清国の部隊が攻撃に出るまえにトキトクとの会見を求めたのは、蝶妹の功績ではないのか。彼は心のなかで蝶妹、それに棉仔や松仔に感謝した。きっと蝶妹たちの努力があったから、ルジャンドルの態度が軟化し、一途に生番を殺して報復しようと、迫ることをしなくなったのだ。

「文杰」

いつの間にか、トキトクがそばに立っていて、文杰は驚いた。

トキトクははっきりとした口調で言った。

「林阿九に伝えてくれ。わしらは十月四日の夜に保力に着く。その翌日の午後、ルジャンドル領事と会おう」

またツジュイを呼んで、こう言った。

「イサに連絡してくれ。わしらの連合軍四百人は、十月四日の朝に出発し、正午に射麻里で飯にする。それからイサの二百人も合流して、夕方に保力に着く。わしらは自分で食糧を用意する。林阿九の飯はひと口も食べず、林阿九の水もひと口も飲まない。わしはナイナイに借りは作らない」

文杰は嬉しくて崖まで走っていって、大声でひと言叫びたいほどだった。

＊

ルジャンドルやピッカリング、それに蝶妹たちもみな興奮した。林阿九が、トキトクが十月五日に保力で会うことに同意した、と伝えに来たのだ。しかし、ルジャンドルは林阿九に、まだ準備は整っていないと言った。ルジャンドルは土番と清国政府の双方に和議の条件を出していた。トキトクが会見に応じた以上、土番に対する「正式な謝罪」と「永久に再犯しない」という条件は、受け入れられるはずだと、ルジャンドルは判断した。しかし、清国に出した条件、「瑯嶠の全住民の保証」と「南湾に砲台を建設し、正式に軍を駐留すること」については、劉総兵の返事はまだなかった。

ルジャンドルは、土番は単純だが、清国人は疑い深いと理解していた。ルジャンドルは聡明だった。彼は両面作戦を取った。劉総兵の軍事力でトキトクに協議に応じるように迫り、トキトクとの会見を劉総兵にふたつの条件に応じるように圧力をかける切り札とした。

ルジャンドルは劉総兵に、十月五日に保力でトキトクと会見すると伝えた。そして、劉総兵を尊重しているので、清国からふたつの条件に対する正式の回答が届くまでは、生番と会わないと強調した。しかし同時に、早急にふたつの条件に同意するように迫った。そうでなければ、もしトキトク側に変化が生じれば、その結果については清国が責任を負うことになる、と。

＊

劉総兵ももちろん切れ者だった。彼はルジャンドルのふたつの条件を受け取ると、「この西洋狐め！」と罵った。彼は当然ルジャンドルの意図とやり口はわかっていた。台湾府にトキトクについて保証させるつもりなのだ。

ルジャンドルの条件を三日以内に福州巡撫に上程し、その返事を待つのはもちろん不可能だ。たとえ台湾府でも、往復三日では不可能で、この責任は自分が取らねばならないことは明らかだった。

前項は一般的な責任を担保することで、応じることができる。後項の南湾砲台の件が問題である。彼は考えた。南湾は危険地帯だ。クアールに近く、福佬人や客家人の地から少し距離がある。万が一なにか起これば、柴城から兵を支援に出すとしても大変不便だ。いわんや、康熙帝の詔諭は枋寮を隘勇線としており、軍の駐留は枋寮までとされている。さらに将来もしクアール生番がことを起こせば、砲台はすぐに生番の手に陥るに違いない。そのときは、砲台は生番に向くのではなく、大清国の軍隊に向く。天険の地に砲台が加わるのだ。そうなると、クアールは虎が翼をつけたようになり、台湾府は手の打ちようがなくなる。砲台は応援に駆けつけた官府の船や西洋人の砲艦に向けられるだろう。

劉総兵は何度もためらった。この一項はルジャンドル領事とやり合わなければならない。しかし、領事は彼に時間の猶予を与えない。よくよく考えて、原則的には同意することにした。ただし、少し余地を残さなければならない。そこで彼はこう返事することにした。砲台を建てることには同意するが、その位置を南湾にするかどうかは、後日の協議に俟つ、と。

＊

十月五日の会見日が迫っていたが、劉総兵からの回答はまだ届かなかった。

ルジャンドルは、ピッカリングを送ってトキトクに説明することにした。清国の回答がなければ会いに行くことはできない。大股頭にはしばらく、早くて一日、遅くて二日、待ってほしい。トキトクはルジャンドルが来ないのを見て、補佐だけをピッカリングに面会させた。ピッカリングはついに大股頭の風格を感じることができた。長々と続く護衛の列を通り抜けて、やっと彼を待つ補佐に会えたのだ。

ピッカリングは帰ってくると、トキトクをしきりに称賛した。

「トキトクの実力は本当に見くびることはできませんね。

彼が保力に連れてきただけで六百人いる。見たところみな勇者だ。それに彼は対等と礼節を重んじている。このように人と会う際の礼儀を重んずる人は、当然信義を守るという点で確固たるものがある人に違いない」

夕刻になって、劉総兵の返事がとうとう届いた。こうして翌朝、ルジャンドルはピッカリングとジョゼフを連れて、林阿九が準備した会見場所に赴いた。林阿九が待っていたが、悪い知らせを伝えた。トキトク大股頭は昨日の夕刻、つまりピッカリングが帰ってからまもなく、六百人の戦士を全部連れて帰っていった、と。

林阿九は敬服したようにこう言った。

「あの大股頭は六百人を連れてここにやって来て、なんと、わしらの水を一杯も飲まず、食べ物も一口も口にしなかった」

そう話すとき、彼の目には敬意が溢れ、同時に親指を立てた。

ルジャンドルは失望を隠しきれず、まわりを見渡してたずねた。

「その六百人は前の晩、どこに寝たのかね?」

林阿九は言った。

「トキトクは広い原っぱを探してね、六百人の男たちは、草地にじかに寝た」

「夕べは雨が結構降ったはずだが」

ピッカリングは少しいぶかるように言った。

林阿九の顔には、敬服したような表情が浮かんだ。

「生番たちはまったく気にしていなかったね。雨除けもせず、なにも敷かずに、上着を脱いでそのまま横になって眠ってしまったよ。目が覚めると、湿った服をさっと着て、表情ひとつ変えなかったねえ」

ルジャンドルはしばらく黙りこんだ。

ピッカリングは言った。

「トキトクは、我々が会見を求めるのは餌にすぎず、清兵の夜襲の機会をつくろうとしていると恐れたんだと思う。トキトクは我々をまったく信じていませんね。敬服するのは、トキトクは行動に秩序があり、かつ周到に物事を考え、すばやく反応することだね」

ルジャンドルはちょっとうなずき、林阿九にたずねた。

「大股頭はここを去るに際して、なにか言っていましたか」

林阿九は頭のうしろをちょっと叩いて言った。

「そうだ、大人に話すのを忘れていました。トキトクは去り際に大人にこう伝えるように言っていました」

「西洋人は清国人より信義を守ると思ってきたが、必ずしもそうではなさそうだな」

ルジャンドルは大笑いした。

「わかった。トキトクは本当に高潔の士だ。それなら面倒をかけるが、首領、もう一度我々のために手配してくれませんか。今度は必ず時間通りその場に赴きます」

第五十四章

三日後の十月九日の午後、夕刻に近いころ、林阿九が自ら保力から社寮へルジャンドルに会いに来た。

「トキトクが、わしに自分で伝えに行けと言って来ました。明日の正午、射麻里の出火で会うということです」

「明日の正午だって？　そんなに急なのか？　出火はもっと遠いんじゃないのか？」

ルジャンドルは少し驚いた。

ピッカリングはそばで大笑いした。

「わたしの言ったとおりだ。トキトクは直前に連絡してきて、しかも場所は保力ではなく、出火だ。そこは彼らスカロ族の領域なんです。保力ではトキトクは安全だと感じられないんだ。だから、トキトクは基本的には戦争を望んでいないってことですよ。将軍、おめでとうございます。明日、和議は成立しますよ」

ピッカリングは大声でしゃべり続けたので、蝶妹と棉仔は部屋のそとにいたが、聞き取れ、秘かに喜んだ。

＊

実際は、ピッカリングとルジャンドルの推測が完全に当たっていたわけではなかった。

トキトクは確かに慎重だった。彼は自分の部隊の足跡をたどられ、急襲される危険をおかすつもりはなかった。まして や保力は平地にあり、清の兵隊の大砲はたやすく運んでくることができる。

二回目の会談については、実はトキトクの本意ではなく、文杰があれこれ手を尽くしたのだった。

生番は大変信用を重んじる。彼らには文字がなく、清国人や西洋人のように文字で契約を結ぶのではなかった。彼らは口でひと言言えばそれで約束が成立する。だから、十月五日にルジャンドルが約束通り姿をあらわさなかったことは、トキトクを大いに失望させ、各部落の頭目たちを怒らせたのだった。彼らから見れば、ルジャンドルが約束を守らなかったのは侮辱であった。その責任をルジャンドルは劉総兵になすりつけたが、六百人がむだ足を踏んだ。その日、射麻里にもどって休んだとき、みな憤懣やるかたなく、どこかの村を襲撃して、相手の不義を懲らしめようという者まであらわれた。この意見はトキトクに叱責された。トキトクは言った。

「間違っているのはルジャンドルと劉総兵だ。小さな村の平地人とはなんの関係もない」

そして、度胸があるなら、柴城を直接、攻撃しろ。しかしおまえたちに千人もの清の兵士が殺せるかな、と言った。

文杰が、みなはアメリカ領事に怒っているが、それは誤解だと言った。

「劉総兵は命令を受けてぼくらを攻撃するつもりだったんだ。やつがいままで兵を動かさなかったのは、領事がまずぼくらと協議したいと強く主張したからだ。ルジャンドルは誠意がある人だ」

文杰はみなにたずねた。

「アメリカ領事と清国の総兵だったら、みんなはどちらのことばが信じられると思う？　どちらがぼくらに好意的だと思う？」

みなあれこれ喋っていたが、ルジャンドルへの敵意は弱まったようだった。

林阿九が翌日また、アメリカ領事が保力での協議を望んでいると伝えにきたとき、依然として多くの頭目が反対を表明し、大股頭を継承するツジュイも反対する側に立った。トキトクも最初はためらっていた。彼は内心和議に同意していたが、待ち伏せに会うのをひどく恐れていたのだ。保力は客家人の土地で、柴城の清軍の大本営から近すぎた。それに平地だったので、大砲の運搬には支障がなかった。トキトクは、林阿九や客家人がスカロ人を裏切るかもしれないとはまったく疑っていなかったが、清国の総兵が林阿九をどう見ているのかわからなかった。

文杰は養父の葛藤を知り、射麻里での会見を提案した。イサはそうすれば自分の面子が大いに立つと考え、すぐに支持した。そこでトキトクは渡りに船と承諾した。

ツジュイは大股頭が自分の意見を採用せず、文杰の意見を採用したのを見て、文杰を憎々しげに睨みつけた。

第五十五章

トキトクが出火で会うという知らせを持って林阿九が社寮に来たとき、王文棨とその兵士たちもついて来た。ルジャンドルは王文棨を見て、仕方なさそうに笑った。彼は王文棨が影のようについて来て、どんな動きもこの清国の官吏から隠せないのを嫌っていたが、その一方では、王文棨の機敏さと責任を果たす態度に秘かに敬服していた。王文棨はルジャンドルに深々と礼をした。ルジャンドルも礼を返して歓迎の気持ちをあらわした。

こうして王文棨もまっさきに、トキトクが明日の正午に出火でルジャンドルを待つことを知った。

「明日の正午ですか？」

王文棨は口を挟んだ。

「これはまるで急襲ですな。いまはもう夕方だ、トキトク大頭目はルジャンドル大人になんの手も打たせまいというのですな」

ルジャンドルは林阿九にたずねた。

「社寮から出火まで、どれくらい時間がかかりますか」

林阿九は答えた。

「急げば、四時間で着けますよ」

「それじゃ、わたしたちは遅くとも七時には出発しましょう。でももし雨が降ったら面倒だね」

林阿九は言った。

「あれら土番たちは天気がよくわかります。あしたと言うからには、たぶん雨は降らんでしょう」

王文棨は、保力なら清国は兵を出して護送しなくてもいいが、出火に行くなら、深く敵地に入ることになるから、もし兵に護送させなかったら、私はクビになりますと言った。さらに社寮の清国軍二百人は、明日全員を出動して、ルジャンドルを出火まで護送できる。そのほかに、急いで劉総兵に援助を頼めば、柴城から精兵四百人を明朝六時までに、社寮に来させて合流できると言った。王文棨の考えはこうだった。前回トキトクが六百人連れて保力に来たというのなら、少なくともそれに見合う数の清国兵を出動させる必要がある、と。思いがけないことに、ルジャンドルはいささかの迷いもなくそれを断った。

ルジャンドルはこう言った。出火が傀儡番の領域である以上、六百人の清国の大軍が押し寄せたら、出火まで入り込まなくても、威風堂々と番界に近づいて行くだけで、すぐにトキトクの張りつめた神経を刺激するだろう。長いあいだの平地人に対する生番の不信感から、ちょっとした小競り合いで、明日は和議ではなく、双方それぞれ六百人の戦いとなるだろう。

王文棨は続いて意見を述べた。それなら社寮の二百人を随行させればいい。ルジャンドルはそれでも多すぎると感じた。ふたりはしばらく交渉していたが、最後にルジャンドル側は、本人を含めて、ピッカリング、ジョゼフのほかに、王文棨も随行することになった。王同知は清国の武装兵五十人を連れて出火まで行く。ほかの百五十名は猴洞で待機することになった。

そのほか、ルジャンドルは王文棨が用意した三人の平埔族を、案内役兼通訳にした。棉仔も随行したくてしかたなかった。彼は自分では土番のことばができると思っていた。しかし、王文棨がいたので、ルジャンドルが言い出さない以上、少し遠慮があった。蝶妹も勇み立っており、王文棨がいるのも気にせず、土番のことばも客家語も福佬語もみなできるし、英語も少しわかると言った。それに傀儡番は、男を重んじて、女を軽視するようなことはないと言った。娘も継承者になれるし、女でももちろん通訳になれる。

王文棨は傍らで興味深げに、この活発な少女がこのようにきっぱりと話すのを見ていた。少女は整った顔立ちで、肌は白く、髪型も客家人のそれだったが、生番の胸飾りをかけ、生番の珠の首飾りをしていた。多くのことばに通じ、しかもルジャンドルと懇意なようだ。王文棨は心のなかでこの少女の出身を推測してみた。

ルジャンドルが突然言った。

「蝶妹、とても暑いから、厨房に行って愛玉《あいぎょく》をつくって王大人に召し上がってもらいなさい」

王文棨は笑った。

「愛玉があるんだって？　それはいい。南台湾独特の暑さをしのぐには一番だ」

蝶妹が厨房に入るとすぐに、思いがけないことにルジャンドルも入ってきた。彼は蝶妹に近づくと、耳元で囁いた。

「蝶妹、王同知に君のことで疑いを持たせてはいけません。あの人はとても賢いのです。万が一、君と文杰、そしてトキトクとの関係を知れば、まずいですよ。君は行かなくてもいい。わたしを信じてください」

ルジャンドルはそう言うと、突然、蝶妹をそっと抱きしめ、すばやく彼女の耳のうしろにキスをすると、急いで厨房を出ていった。

蝶妹はルジャンドルがこのようなことをするとは思いもしなかったので、びっくりして一瞬、顔が真っ赤になった。急いで愛玉の準備にもどり、スイカを切った。

外から王文棨の声が聞こえてきた。

「それならそのようにいたしましょう、領事閣下、明日の朝六時に、私は五十人の兵士を率いて、ここで大人をお待ちしております。ほかの百五十人は猴洞で待機させます。ご安心ください。わたしたちは自制いたします。傀儡番が手を出さなければ、わたしたちは先に手を出さないと保証いたします。しかし、ルジャンドル殿の安全には間違いがあってはなりません」

第五十六章

その夜、ルジャンドルはテントのなかにいた。何度も寝返りを打ったが、眠れなかった。

ルジャンドルは、南北戦争のときから自分にはこのような問題があることに気がついていた。決戦の前夜になると、いつも眠れないのだ。

明日、戦いになるというわけではないが、心の奥では追いつめられたような気分だった。南北戦争のころにもどったかのように、戦場での戦いの声が聞こえてきた。あのような情景が、明日再現しないことを願った。戦争では、彼はいつも前線にいたのだ。

明日も、前線に立つ。これは彼のやり方だった。

前線は、いつも危険だ。そういうことが何度もあったが、運よく生き残った。

決戦前夜は、いつも神経が張りつめ、明日が終わっても自分が生きているどうか確信が持てない。そのような無常の感覚は、人の心を恐怖に追いやるものだ。軍令が厳しくても、軍人の多くは秘かに隠し持っている酒を取りだして自分を麻痺させていた。ルジャンドルは戦場では酒を飲まなかった。バージニア州の草原での夜は、いつもクララを抱擁する幻想のなかにいた。

そして、あろうことか、クララは彼がもっとも危険な状態にあるときに、彼を裏切ったのだった。それを思い出すだけで、心を切り裂かれるようだった。

いまフォルモサの瑯嶠にいる。海風がしきりに吹きつけてきて、海水の塩辛い味を運んできた。肌にべたつくような感覚だったが、心も同じような感覚だった。だれか来て、肌を拭いてくれないかと思った。天気はとても暑く、心も熱かった。清国兵の護衛があるので、明日は生命の危険はないと信じていたが、戦場でのあの殺伐とした気分が、突然もどってきたのだ。心と体が動めきはじめ、強烈な欲望を感じた。女のからだを強く抱きしめたい、自分の愛する女の滑らかなからだを抱きたいと思った。

クララは彼の心のなかではもう死んでいた。いま頭のなかは蝶妹でいっぱいだった。まるで蝶妹の髪の香りや肌の匂いが残っているようだった。それは今日の夕刻、彼女の耳元で話しかけたときにかいだ、少女の清らかな香りだった。

彼は六年のあいだ、女性の体の匂いをかいでいなかった。軍隊にいた数年間は、戦っているか、療養しているかだった。除隊してはじめてクララの裏切りを知った。東洋に来てからは、自分を解放し、第二の人生を求めていた。ただ、彼の日々は仕事ばかりで、しかも、もともと彼は仕事の鬼だった。厦門の職場は、ほとんどみな男だった。厦門の纏足して、体をくねらせて歩く閩南の婦人たちは、彼の目には全く美しくなかった。だから、フォルモサに来て、はじめて蝶妹を見たとき、あの利発そうな大きな目、愛らしさ、そして野性的な活発さは、とても新鮮だった。彼はすぐに好感を持った。

ただ、今回、社寮に来るまでは、蝶妹には好感を持つだけで、特別な感情はほとんどなかった。実際、蝶妹もずっとそれとなく彼を避けてきた。ところが今回、社寮に来てみると、雰囲気が急に変わり、蝶妹はもう彼を避けず、丁寧に応対するようになった。ルジャンドルも蝶妹のしなやかな仕草や輝くような笑顔をいつも楽しく眺めていた。西洋の女性の標準から言えば、彼女は華奢で、体形もまだ成長しきっていなかった。しかし、肌は白くきめ細やかで、そばかすはほとんどなかった。さらに可愛いのは、彼女特有の愛らしい表情と独特の味わいのある仕草で、彼をいっそう魅了した。

二日まえ、蝶妹は彼に出生の秘密を打ち明けた。ふたりで秘密を共有していることで、心の距離がずいぶん縮まったと、彼は感じていた。

それから、数時間まえには、思わず彼女の耳にキスをした。彼女が恥ずかしさのあまり彼を避ける表情にとても心を動かされた。その表情を見て、彼は含羞草(おじぎ草)を思い出した。フォルモサの含羞草は、小さくて繊細だった。ヨーロッパやアメリカの含羞草は何倍も大きくて、トゲもずっと大きく、刺さるととても痛い。どうりで「Touch Me Not、私に触れるな」と呼ばれるのだ。フォルモサの含羞草にもトゲがあるが、とても細くてなにも感じない。それで「含羞草」と呼ばれるのだ。美しい名前だ。まるで恥じらいを帯びたフォルモサの少女のようだ。蝶妹の美しさは、西洋の女性には見られないものだった。

その夜、彼の目のまえも頭のなかも、蝶妹の恥ずかしそうな笑顔でいっぱいだった。彼女は、清国の女性のようにじっとしていることはなく、活発だった。蝶妹の若さ溢れる姿が、彼の心に眠っていた欲望を呼び覚ました。いま、彼は殺伐とした気分だった。彼は彼女を抱きたいと渇望した。蝶妹は数メートル離れた部屋にいる。起きだしたい衝動に駆られた。彼は感情を抑えつけた。

＊

部屋では、蝶妹も心配事が重なり、頭が混乱して眠れなかった。

今日の午後は多くのことが起こった。突然、明日がルジャンドル領事と大股頭が会見する大切な日となった。それは和議までの道筋がついたことを意味し、蝶妹ももちろん嬉しかった。しかし、ルジャンドルが突然示した親密さは、彼女の気持ちを大いに混乱させた。彼女は男女のことは、まったくなにも知らなかった。彼女に好意を寄せている松仔が、あのような態度や行動を取ったことはなかった。マンソンやマックスウェル医師の婚約者にも会ったことがあり、頬をすり寄せて挨拶するのを見たことがあったが、マンソンが自分にあのような行動を取ったことはなかった……彼女は困惑していた。しかし、彼女の心にはもっと大切なことがあった。

王文棨が帰っていくまえのことばを、彼女ははっきり聞いていた。明日の朝早く、王文棨は五十人の清国兵を連れ、ルジャンドル一行を出火まで護送することになった。ルジャンドルは六百人の護衛を断ったのだ。蝶妹は感動した。しかし、これではまだ十分ではない。彼女は傀儡番を理解していた。清国兵がその場にいるだけで、六百人であろうと、二百人であろうと、五十人であろうと、雰囲気は大いに異なる。王文棨は福佬人ではないが、福佬語がうまく、顔つきも福佬人のようだった。傀儡番はこれまで福佬人を「パイラン」、つまり「歹人（悪い人）」と呼んできた。王同知は福佬人ではないが、「歹人」と見られるだろう。王同知を見たら、トキトクは警戒心を持ち、腹を割って話せないだろう。そうすれば、和議は成功しない。

もし今回、和議が成立しなければ、劉総兵には開戦の十分な理由が生まれ、しかも今度は原住民が理を欠いたことになる。それでは、すべてが終わりだ。

このことを、ルジャンドルに話さなければならない。しかし、王文槩が帰ってから、ルジャンドルはあれこれ忙しく、それからさっさと寝てしまった。蝶妹は寝返りをくり返していたが、ますます焦りを覚えた。こんなに努力してきたのに、王文槩と清国軍の出現によって、失敗に終わってしまうのは我慢できない。それではあまりにも悔しい。

彼女は前庭にあるルジャンドルのテントを眺めた。あの日は、ルジャンドルは遠く枋寮にいて、彼女は社寮から船を借りて行った。いま、すぐそこにルジャンドルがいる。なのに自分はここでやきもきしているだけなのか。彼女は自分の臆病さに腹が立った。そして、とうとう心を決めると、ベッドから起きあがってそとに出た。涼しい風が吹いてきた。秋とは言えない南国の夜、だが彼女は身震いした。満天の星を見あげると、心で祈った。

「菩薩さま、わたしを助けてください」

ルジャンドルのテントのまえまで行っても、躊躇して進めなかった。どこか良くないことのように感じた。ずいぶん長い時間が経ってから、とうとう勇気を奮って、テントを揺り、低い声で「領事さま、領事さま」と呼んだ。

ルジャンドルはなんとかして眠ろうとしていた。信じられなかった。蝶妹のことで頭がいっぱいになっているときに、蝶妹の声が聞こえてきたのだ。幻聴だろうか？

三度目に「領事さま」と蝶妹の声が聞こえたとき、ルジャンドルは、幻聴ではないと確信した。テントを開けると、目のまえに蝶妹が立っていた。ルジャンドルは思った。

「慈悲深い聖母マリア、わたしはどのような良いことをしたのでしょう」

蝶妹はルジャンドルを見ると、急いで言った。

「領事さま、お願いでございます。明日は、清国の将軍を一緒に行かせないでください。事はうまく行かなくなります」

ルジャンドルは思いを抑えこみ、ぼんやりと蝶妹を見ていた。蝶妹がなにを言っているのか、まったくうわの空だった。彼ははっと我に帰ると、やっと言った。

「蝶妹、なんの用ですか？　入ってゆっくり話してください」

蝶妹がテントに入ると、ルジャンドルは腰をおろした。蝶妹は彼のまえに立って、急いで、ほとんど息も継がず言った。

「領事さま、どうか明日は、清国の将軍さまと兵隊たちを一緒に行かせないようにしてください。領事さま、わたしが保証いたします。明日、大股頭は攻撃などしません。文杰がわたしに言ったのです。大股頭も平和を望んでいるって。文杰は白人は信用しているが、平地人は信用していないと言いました。平地人がいると、かえってうまく行きません。領事さま、明日はなにがあっても清国の将軍を随行させてはいけません」

ルジャンドルは、ぼんやりとした目で蝶妹を見て二度うなずいた。蝶妹には彼がうなずいたことが、同意をあらわしているのかどうか、わからなかった。

蝶妹は急いでまた言った。

「領事さま、どうか大股頭を信じてください。明日は、領事さま、あなた方、西洋人がいらっしゃればそれで十分なのです。領事さま、どうかお願いします」

そう言いながら、体をかがめて跪いた。ルジャンドルはとうとう口を開いてひと声「わかりました」と言った。蝶妹を助け起こすように手を差し伸べたが、突然力をこめて引き寄せると、蝶妹を胸にしっかりと抱きよせた。蝶妹はいきなり、ルジャンドルに堅く抱きしめられて、息もできないほどだった。続いて唇に強く口づけされた。

蝶妹は頭がガンガンした。予想外のことのようでもあり、予想したことのようでもあって、頭のなかは混乱していた。混乱のなかで、服がはだけられたように感じた。ルジャンドルの手はなんのためらいもなく、下着に伸び、彼女の肌に触れた。彼女は両目をきつく閉じていたが、涙が目の縁から流れ落ちた。彼女の手はか弱く抗っていたが、すぐに力を失ってしまった。

彼女はまるで野獣に捕らえられた小さな動物のように感じた。秘められていたところを、ルジャンドルの歯がかんでいた。ルジャンドルの喉から出るうめき声は、イノシシが獲物にかじりつく声によく似ていた。彼女はルジャンドルの体温を感じたが、全身に鳥肌が立った。寒気がさっと彼女の下半身を掠め、自分の全身が剝き出しになったのを感じた。そして、引き裂かれるような痛みを覚えた。とうとう抑えきれなくなって、彼女は泣き声をあげた……。

すべてが突然おさまった。まわりは元の静けさと暗さにもどった。ルジャンドルは彼女のうえにうつ伏して、鼾をかいていた。彼女は勇気を出し、力をこめて抜けだした。ルジャンドルは傍らに転がったが、相変らず熟睡していた。

彼女は黙って起きあがると、服を着た。痛みを我慢しながら、テントのそとに出た。大地は星が沈み、真っ暗だった。それは夜明けまえの暗さだった。蝶妹は竹の家を眺めたが、入っていく勇気がなかった。涙がどっと流れ落ちた。身を翻すと、力なくふらふらと山まで歩いて行き、麓の草地に身を横たえた。

朝日が出るころになって、やっと家にもどった。意外なことに、松仔も家のそとを歩き回っており、ふたりは互いを見て驚いた。松仔は彼女にたずねた。

「どこに行ってたの？」

彼女は頭を振るだけで、ひと言も喋らず、厨房に入って、仕事をはじめた。

＊

空がもうすっかり明るくなり、王文棨が五十人の護衛を連れてやってきた。だが、ルジャンドルはまだ寝ていた。これは非礼きわまりない大失態だった。ルジャンドルはこれまでずっと早起きだったので、ジョゼフもおかしいと思った。それでテントに入って彼を起こした。

ルジャンドルが目を開くと、ジョゼフの姿が目に入った。びっくりしたらしく、飛び起き、ようやく本当に目が覚めた。蝶妹がもうそばにいないことに気づき、少しがっかりしたが安心でもあった。彼は服を着ると、外に出て、王文棨に詫びを言った。

厨房では蝶妹が何事もなかったかのように、みなの朝食をつくっていたが、ルジャンドルが入ってくるのを見ると、すぐにうつむいて奥に入ってしまい、ずっと出てこなかった。ルジャンドルは王文棨を誘って一緒に朝食を取ろうとしたが、王文棨はやんわりと断った。

ルジャンドルは少し躊躇したようだったが、いきなり王文棨の肩をひとつ叩いた。その親しみをこめた行為に王文棨は驚いた。ルジャンドルが口を開いた。

「同知大人、昨夜考えたのですが、もしトキトクが本当に好意を持っていないなら、われわれが二百人連れて行っても、なんの役にも立ちません。しかし、もしトキトクが好意を持っているなら、われわれが五十人の兵士を連れていると、彼はわれわれには善意がないのかと疑い、うまくいかないでしょう」

「だから」

ルジャンドルは腰をおろすと、威厳を持って王文棨にこう言った。

「わたしは冒険してみることにしました。わたしはトキトクには和解の意志があることに賭けてみます。この十八社連盟の指導者の信用を得るために、わたしは護衛を連れず、銃も持たないことにしました。わたしたちはわたしたちだけで行きます。あなたとあなたの二百人の兵士は全員、猴洞でわたしを待っていてください。今日、日が落ちるまでに、猴洞でみなさんとお会いしましょう」

王文棨はそのことばを聞いて、とても信じられなかった。口を開こうとすると、ルジャンドルは手で制止して言った。

「わたしはもう決めました。なにも言わないでください」

そうして部屋に入っていった。王同知は呆然と立ちつくしていた。しばらくして、ひと言言った。

「領事閣下、お気をつけて！」

第五十七章

射麻里に、十八社の頭目がほとんど揃った。シナケの頭目は歳のせいで動きが取れず、加芝萊《カチライ》の頭目は病気のために自分では行けないということで、それぞれ息子を寄こした。

瑯嶠十八社の頭目がはじめて射麻里に集った集会だった。射麻里は地勢が比較的平坦で、猴洞からも遠くなく、すでに客家人の集落もいくつかできており、福佬人も何軒か移ってきていた。イサの家のしつらえはかなり人目を引き、福佬式のテーブルやイスやベッドがあり、水墨画まであった。

しかし、十八社の頭目が、これらの平地人の文物を好むというわけではなかった。彼らがもっとも羨ましがったのは、射麻里の人たちが従僕を養っていたことだった。数十年まえ、東海岸の縦谷に住んでいたアミ族の一部が、プユマ族に攻撃されて、南に移動し、射麻里の近くまでやってきた。そこでもまたスカロ族に敵わず、服従して、射麻里やチュラソの従僕になったのだった。彼らはスカロ族とはあまり似ていなかった。瑯嶠の生番は、真っ黒で背が低く、体格はがっちりしていたが、アミ族は色白で背が高く、赤い服が好きだった。スカロ族もアミ族も大きな目をしているが、アミ族は目が澄んで、鼻が高く、顔の輪郭も柔和だった。牡丹社やクスクス社やシナケ社など北部の部落の頭目たちは、スカロ族がこのようなおとなしい従僕を持っていることを大変羨ましく思っていた。

今日は、トキトクは厳粛なようすだった。彼はイサに頭目たちの接待を命じ、自分はツジュイと文杰を連れて、もっともお気に入りの小さな滝壺のそばに行き目を閉じて、座禅を組むような姿勢で座っていた。

彼は考えていた。明日、ルジャンドルはどんな条件を出すだろうか。

ルジャンドルは、クアールの首を出して謝罪をしろと言ってくるだろうか。

クアール社は白人を十一人か十二人殺したので、同じ数だけ首を返すように求めてくるだろうか。

やつらがもしそのように要求してきたら、どうすればいいのか。

あるいはやつらはなにか物での賠償を求めてくるだろうか。なにを求めてくるだろうか。

雲豹だろうか？　黒長尾キジだろうか？

トキトクは、西洋人がこれらの珍しい珍獣が好きなのを知っていた。

彼はほかの部落がアミ族の従僕を羨ましがっていることを思い出した。そしてまた伝説のなかで、古代の紅毛人が南方から多くの黒人をつかまえてきて、彼らの奴隷にした話も思い出した。

ルジャンドルはわしらに部族の者を差し出させて、やつらの奴隷にしようというのだろうか。

トキトクは、西洋人が出すであろう条件と、受け入れられる限度を予想してみた。もっとも大切なことは、西洋人は本当に信頼できるかどうかだった。文杰は蝶妹の言い方を借りて、西洋人は客家人のナイナイよりましで、福佬人のパイランより約束を守るらしいと言っていたが、本当だろうか？

明日……トキトクは美しい景色を見渡した。

明日、もし談判が決裂したら、この美しい土地は殺戮の戦場となるのだろうか。

明日、アメリカの領事にどのように向き合うべきだろうか。

前回、保力に行くときには、六百人連れていったが、それは平地人の土地だったからだ。今回は、スカロの土地だ。なにを恐れることがあろう。重要なのは、十八人の頭目ができるだけ参加して、瑯嶠の十八社の大団結を見せつけることだ。

相手方はどれだけの人数が来るのかわからない。しかし、彼が談判する相手は西洋人であって、台湾府から来た清国の将軍ではないとくり返し林阿九に伝えていた。文杰は西洋人は信じることができると何度も強調した。それでトキトクは、それなら一度は西洋人を信じることにしようと思ったのだ。

＊

十月十日の朝は、太陽の光が大地を照らす絶好の日よりだった。射麻里の空いっぱいに鳥の群れ[32]が、一斉に鳴きながら飛んでいった。毎年、このころには、この大きな鳥たちが、同じ時間帯に必ず飛んでくる。射麻里の鳥の群れはチュラソの空の壮観さにはおよばなかったが、他の部落の頭目にとってはやはり珍しく、大いに興奮させられた。スカロ人は、これらの鳥の群れを大変好み、鳥たちを吉兆と見ていた。近頃移住してきたナイナイはワナを仕掛けて鳥を捕った。スカロはそのワナの鳥網を見つけると腹を立て、少しの躊躇もなく切り裂いてしまい、時には衝突に発展することもあった。大股頭が鳥の群れが飛ぶ日を和議の日に選んだことを、十八社の人々はみな大吉兆だと考えた。みな頭をあげ、空にびっしりと群れる大きな鳥を眺めたが、祖霊が帰って来てそばにいて、彼らの助太刀をしてくれているように感じて歓声をあげた。

広場には各部落から頭目や戦士、そして射麻里の男女が集まってきた。女巫は踊りながら、祖霊の庇護を祈る歌を歌い、みながそれに和して歌った。満天の鳥の鳴き声は、さながらバックグラウンドミュージックだった。スカロ人はいつも鳥の鳴き声で吉凶を判断する。今日の女巫は朗々とした声で告げた。今年のこの山谷に満ちている鳥の鳴き声は非常に楽しそうじゃ、これは祖霊が今日の会議に深く賛成しておられることをあらわしておるのじゃ。上上の吉兆じゃぞ。

歌声と鳥の声のなかを、トキトクが各社から集った百人の戦士を率いて出発した。ほかに、百人余りの男女も着いて来ようとしたので、トキトクはそれも許した。

トキトクは輿に乗り、四人の勇士が担いだ。スカロの勇士が先導を務め、各部落の頭目がぴったりとあとについた。一行は威風堂々と出発した。

射麻里から出火までは、男の戦士の足ではだいたい二時間で着く。しかし今日は人が多く、また女たちもいるので、みな声を掛け合い、飛ぶ鳥を眺めながら歩いた。

陽の光が降り注ぎ、空は鳥でいっぱいだった。今年の鳥の群れは壮観だった。みなかなり緊張していたが、女巫のことばですっかり落ち着いていた。空の鳥の群れを眺め、鳥のさえずりを聞きながら、楽しさいっぱいだった。いつの間にか出火に着いていた。

「出火」は特殊な場所だった。低い山で囲まれた草地のなかにあったが、広々とした砂地には草一本生えていなかった。そうして地面からはメラメラ燃える火焔がいくつも噴き出し、時には大きな子供くらいの高さに達した。そばの小川でも水のなかから突然火焔があがったかと思うと、瞬時に消えたり、川のなかの他の場所に移動したりした。夜には、火焔が踊っているようにも、あるいは妖怪のようにも見えて、非常に怪しい雰囲気だった。スカロ人はこの場所を敬い畏れていた。

火焔から遠くないところに、石板で組まれた平らな台があった。わずかに傾いていたが、非常にきれいだった。トキトクは石台の中央に腰をおろした。トキトクと十八社の頭目は半円形になって座った。そのあと、百人ほどの銃を持った戦士が地面に車座になった。他の百人あまりの男女はそのそとに立って二つ目の円になった。

まもなく、偵察に出していた前哨の戦士がもどってきて、相手はもうすぐやってくると報告した。相手は八人だけで、平地人の軍隊は見あたらず、数人の西洋人と通訳だけだということだった。

トキトクはそれを聞いて、ほっとした。文杰と蝶妹の言っていたことは間違っていなかったようだ。このアメリカの領事は信用できそうだ。しかし、まだ油断はできない。彼は円になっている人々に入口を開け、相手の八人が円の中央に入れるように指図した。

白人の領事の一行が、円に近づいてきたとき、トキトクが目くばせすると、車座になっていた戦士たちが一斉に立ちあがった。ルジャンドル一行が円の中央まで行くと、百人あまりの銃を持った戦士たちがほぼ同時に腰をおろし、銃を両膝のあいだに立てた。

ルジャンドルたちは人々のなかに入ってくると、円のちょうど真ん中でトキトクと向かい合って坐った。ルジャンドルは先に大頭目にうなずいて、両手を広げ、服の襟をちょっと触ると、微笑んで、武器を持っていないことを示した。ピッカリングは原住民のことばでトキトクに挨拶した。

ルジャンドルは座ると、あたりを見まわし、それからまたトキトクに目をやった。ついにトキトクに会ったのだ。ルジャンドルはこのほとんど伝説に近い人物を観察した。トキトクは年齢は五十過ぎ、背は低いが、体格はがっちりして、肩幅は広い。頭髪は白髪混じりで、清国人のように額を剃って辮髪を垂らしている。身なりは伝統の原住民の服装で、白と黒の柄の上着を羽織っていたが、頭目たちが必ずかぶる冠はかぶっていなかった。顔の皺は深く、目は明るく力強く輝き、大きな耳輪をつけ、歯は真っ黒だった。ルジャンドルはすぐに、ほとんどの男女がみな大きな耳輪をしていることに気づいた。

ルジャンドルはトキトクが口を開くのを待っていたが、相手の唇は堅く閉じられたまま、じっと彼を見ているだけで、怒らず笑わず、ほとんど無表情だった。ルジャンドルは、トキトクは型通りの挨拶をする気がないのだと思って、ずばりと本題に入った。

「われわれはクアールにはなんの恨みもない。なのにどうしてわれわれの同胞を殺したのか」

トキトクは間髪を入れず、すぐに答えた。

「ずいぶん前のことだが、白人がここにやって来て、人を見ると殺した。クアール社は全滅し、三人だけが隠れて、幸いにも生き残った。百年経って、ようやくもとの姿を取りもどしたのだ」

トキトクの表情は厳粛で、傲慢でもなく卑屈でもなかった。

「クアール人はこの絶滅されかかった恨みを深く記憶しており、子孫は仇を討たねばならなかったのだ」

トキトクはここまで言うと、ちょっとことばを切り、相手の顔にひとりずつ目をやった。

通訳が終わると、トキトクは続けて発言した。

「ところが、紅毛人を追撃できる船がない。紅毛人はいつも海上にいて、クアール人には白人を追撃できる船がない。それで、自分たちができる範囲で仇を討ち、紅毛人に虐殺された祖霊を慰めるしかなかったのだ」

トキトクが言い終わると、まわりを囲んでいる人たちのあちこちから、賛同するような喚声があがった。

ルジャンドルは最後のことばを聞いて、一瞬緊張が緩んだが、大声でこう言った。

「そうであったとしても、殺された人たちにはなんの罪もないではないか。罪のない人たちを殺して、悪いとは思わないのか」

通訳が終わると、トキトクがなにも答えないうちに、人々が抗議するかのようにざわめきはじめた。トキトクが手で合図をすると、さっと静かになった。トキトクは姿勢を変えず、平静な表情のままでゆっくりと言った。

「わかっている。このようなやり方にはわしも反対だ。だから保力に行って貴殿に会い、遺憾の意を示そうとしたのだ」

ルジャンドルは突然厳粛な表情に変わり、こうたずねた。

「では、次はどうなさるのか」

トキトクはまっすぐに座って、大きな声で、ひと言ひと言はっきりと言った。

「もしおまえたちが戦いをはじめるつもりなら、わしらはもちろん応戦する。その結果がどうなるか、わしにもわからない。もしおまえたちが和解を望むなら、わしらも永遠の平和を願う」

まわりの人々はまた、ひとしきりざわめき、トキトクに同意するような声があがった。

ルジャンドルは、ピッカリングと蝶妹が言っていた、フォルモサの土番は「人、我を犯さずば、我、人を犯さず」、ということばを思い出した。

ルジャンドルは思った。トキトクの和平の保証は信頼に値する。賭けてみよう。そこで明るい声で答えた。

「貴下がもし和平を保証されるなら、わたしはもちろん流血が避けられることを大変嬉しく思う」

通訳がこの言葉を訳すと、トキトクはすぐにうなずいた。まわりを囲んでいる土番の戦士たちは、今度は声をあげず、一致した動作で滑膛銃《カットウ》（銃身内にライフリング（旋条）がない銃のこと。スムースボア銃）を膝から地面に移した。明らかにそれは武器を置き友好を示す動作だった。銃が石板の地面にあたって、カチャカチャという澄んだ音が響いた。ルジャンドルは驚いたが、心秘かに喝采し、トキトクの名声は果たしてうそではなかったと感じた。彼らは「土番」と言われるが、少しも「土（未開）」ではない。

双方から好意的な雰囲気が生まれ、緊張した空気がたちまち緩んだ。笑い声を立てる人もいた。

ルジャンドルは言った。

「わたしたちが心配しているのは、航海する人の安全だ。将来、二度と不幸な遭難者を殺さず、彼らを救い、食べ物を与え、さらに瑯嶠に送り届けてくれれば、彼らは台湾府あるいは打狗港から故郷に帰ることができる。そうすると保証してもらえれば、過去の恨みをわたしたちは忘れることができる」

トキトクは簡潔に答えた。

「われわれはそうすることを承諾する」

再び、トキトクを支持する声があがった。

ルジャンドルは言った。

「では、実質的な詳細と手続きを話し合おう。航海中の船員には常に補給が必要だ。もし船員が、水やそのほかの物を手に入れるために上陸したら、あなた方は彼らを侵犯せず、助けなければならない」

トキトクは了解した。ただ、すぐにこう補った。

「われらも上陸してきた者がわれらを侵犯するのを恐れる。それゆえ、双方に合図が必要だ。もし船員を無事に上陸させたいなら、われらに赤い旗を見せなければならぬ。赤い旗を見たら、友であって、敵ではないとわかる。もし赤い旗がなければ、われらの容赦ない行為をとがめないでもらいたい」

ルジャンドルはそれは道理にかなっていると考え、和議の条項に入れることに同意した。

次は、ルジャンドル構想の重要事項だった。それには「三者の協定」が必要だった。彼は劉総兵に案を出していたが、劉総兵は明らかにまだ逡巡していた。ルジャンドルは運を試してみようと思った。もしトキトクが同意したら、劉総兵にはもう言い訳できない。もし大股頭も同意しなかったなら、自分も譲歩するしかない。

そこでルジャンドルは咳払いをすると、大声で言った。

「わたしは南湾の中央に、つまりマッケンジー将校が不幸にして犠牲になった場所に、砲台を建てることを提案する」

トキトクは、いくぶん気がすすまなさそうに答えて言った。

「われらは砲台など不要だ。使い方もわからん」

ルジャンドルはやむなくはっきりと言った。

「台湾府に百人の軍隊を派遣してもらうつもりだ」

今度は人々の声はざわめきに変わった。多くの人が手をあげて振りまわした。ルジャンドルは、これはまずいと思った。案の定、トキトクはきっぱりと拒否し、怒気を帯びた声で言った。

「われらにはわれらの土地があり、平地人には平地人の土地がある。われらはおまえたち白人を尊重しておる。なぜなら、おまえたちはわれらと同じように信用を重んじるからだ。もしおまえたちが平地人の兵士をわれらの土地に寄こすなら、やつらの腹黒さにわれらは激怒するだろう」

トキトクはちょっと話を切り、また続けて話した。

「おまえたちの砲台は、土生仔の土地に建てよ。やつらとパイランやナイナイの関係は悪くない。やつらは反対しないだろう。われらもそれで納得できる」

ルジャンドルはトキトクの明快な反応に感服した。そこで彼はうなずき、受け入れる態度を見せた。

そのとき、トキトクが突然立ちあがった。続いて、彼の部族の人々も次々と立ちあがった。トキトクは言った。

「話はもう十分した。もうもどる。わしらを敵にまわすような話がまた起こって、この友情の会見がだいなしになることがないようにな」

ルジャンドルは引き留めようと、力を尽くしたが、トキトクは意志を変えなかった。

ルジャンドルはトキトクと彼の戦士たちが去っていくのを見送ったが、心に衝撃を受けていた。彼らは、実際のところ、単純で理性的だ。外部の人たちは、あまりにも彼らのことがわかっていない。

彼は懐中時計を取りだした。まだ四十五分しか経っていなかったが、こんなにも多くのことを話し合え、しかも具体的だった。ルジャンドルは思わず失笑した。挨拶のことばもなく、外交辞令もなく、お世辞のひとつもない。ただ、きっぱりと「イエスかノーか」だけだった。「ノー」でさえも直接的で、しかもすぐに相手が受け入れられる合理的な代替案を出してくる。普通、条約を制定するには、双方がまわりくどく、秘策を戦わせて、あれこれ言い争い、何日も引き伸ばしてやっと制定できるものだ。

ルジャンドルは今しがたの会見を細かく思い出していた。トキトク本人は体格はいいが背は高くない。剛直な表情が深く印象に残った。トキトクを囲んでいた、さまざまな特色のある装いをした者たちが、いくつもの違う部落から来ていたのは明らかだった。ルジャンドルにとって印象深かったのは、フォルモサ原住民の民族構成がかなり複雑だということだった。例えば、今日来ていた者のなかで、ある女たちは背が高くて、ほっそりして肌が白く、顔の輪郭がとてもきれいで、目が大きくて丸い。トキトクが連れてきていた者たちとは異なっていたし、ルジャンドルが見た東南アジアの女性たちとも大きな差があった。さらに、彼女たちの身なりは華美ではないが、ゆったりして魅力的だった。[33]

「なんと変わった民族だろう」

ルジャンドルは、彼らに対する外界の理解はあまりに浅く、誤解が多すぎると思った。彼らは馘首の悪習のせいで悪名が遠くまで伝わっているが、ルジャンドルには理性的で温和に感じられた。矛盾があまりにも大きい。

トキトクとの交渉ののち、ルジャンドルは、トキトクとあの清国の高官たちとは、まさに正反対だと感じた。トキトクは敢然と約束を守り、素朴で理性的だ。清国の官吏は、煩瑣で、屈折していて、面子を重んじ、事を長引かせる。道理で、双方はかみ合わないのだ。

そうしていま、ルジャンドルはトキトクとの会談を終えた。帰って清国のあの口ばかりで、物事を進めない役人どもと、顔を突き合わせるのだ。しかし、幸い、劉総兵は決断力があり、事を処理する能力があるほうだ、と彼は思った。

先ほどトキトクは、砲台は土生仔の土地に建てるのはいいが、彼らスカロ人の土地に建ててはならないと言った。ルジャンドルは考えてみた。大繡房は南湾にもっとも近い。思いどおりではないけれども、受け入れることはできる。ルジャンドルは、大繡房に行って実際に土地を見るべきだと思った。大繡房に行くには、ピッカリングがもっとも道をよく知っていた。そこで、彼らは猴洞に着くと、北の社寮にもどらず、南へ、大繡房に向かうことにした。

猴洞では、彼らはまた王文棨に会った。王文棨は協議が成立し、戦争は回避されたことを知っていた。彼は「理番同知」として、功績をつけ加えることができるはずで、大変喜んでいた。ルジャンドルは、先に劉総兵に提出していた、クアールの南側のマッケンジーが殉難した地に砲台を設けるという案は、大繡房に移すことができると、王文棨に告げた。そして、いまから建造地の実地調査に行くと言った。そこで、ふたりはピッカリングたちと一緒に大繡房に向かった。

＊

ルジャンドルは、大繡房の海辺の突き出た大きな岩のうえに立っていた。ここからは南湾全体が見えた。左側を望むと、遠くの海岸にあの巨石がはっきりと見えた。海岸はハント夫人たち十三人とマッケンジー将校が命を落とした地であった。夕陽が大地を照らし、遠くには大尖山が勇壮にそそり立ち、波が規則正しく岸辺の変わった形の岩に打ちつけている。野牛が何頭か、ルジャンドルのうしろの草原で、草を食べたり、走ったりしている。海風がしきりに吹きつけ、しっかり立っていられないほどだった。彼は感慨無量だった。風景はこんなに人を魅了し、陽ざしはこんなに温かい。だが、この美しい海岸はかつてあんなにも血なまぐさかったのだ。彼は遠くを見ながら聖母マリアに黙禱し、あのような悲劇が、今後二度とこの美しい土地で起こらないように祈った。

第五十八章

チュラソにもどると、トキトクは頭目たち一人ひとりに挨拶をした。二、三日後にみなを送り出して、やっと休む時間が取れた。

文杰はそのようすを見て、トキトクこそ十八社の総股頭の地位に座るにふさわしく、また、こんなに多くの部族を統率できるのだと思った。

文杰はトキトクが戦士を率いて出火に赴き、ルジャンドルと会った十月十日のことを思い出し、トキトクの細心さと周到さに大いに感服した。

あの日、夜がまだ明けないうちに、文杰は起こされた。使いの者が、大股頭が朝食を一緒に取ろうと言っていると伝えた。トキトクの家に入ると、ツジュイも来ていた。

トキトクはふたりを並んで座らせ、自分は向かい側に座った。彼はふたりに塩漬けのブタ肉を取って、それぞれのアワ飯のうえに置いてやった。彼は厳粛な口調で言った。ツジュイはチュラソの大頭目とスカロ族の大股頭を継ぐ者だ。だからツジュイは射麻里に留まるのだ。

トキトクは続けた。今回の会見は見通しが立たない。万が一、平地人の軍隊も来たら、大きな戦いになるかもしれない。チュラソとスカロが、大股頭と跡継ぎを同時に失うようなことがあってはならん。トキトクはツジュイに、ここで待つようにと言った。万が一、出火から悪い知らせが伝わったら、おまえはすぐに地位を継いで、十八社連盟を率いるのだ。彼は真面目な顔でツジュイに言った。

「肝に銘じるのだ。おまえの責任は大きいぞ」

それから彼は文杰に言った。

「文杰、おまえもここに残れ。おまえは熟練した戦士ではないが、聡明な軍師だ。文杰、おまえはツジュイのそばにいて、これからずっとツジュイの軍師となるのだ。トキトクに仕えるのと同じように、ツジュイに仕えるのだ。」

文杰は片膝をついてこう言った。

「カマ、わたしはかならずやり遂げます」

トキトクはまたツジュイのほうを向いた。

「ツジュイ、もう一度しっかりと言っておく。おまえは将来のチュラソの大頭目、スカロの大股頭だ」

そう言いながら、総頭目の象徴である銅刀を持って、地面を打って言った。

「しっかり覚えておくんだぞ！　この銅刀は、将来おまえが受け継ぐんだ。将来、おまえの責任は大きい。文杰はまだ若いが、しかし見聞が広い。それにナイナイやパイランのことばや習俗に通じている。文杰はおまえをいろいろ助けてくれるだろう」

トキトクはちょっとことばをとぎらせて、感慨深げに言った。

「時代は変わった。いまははじまりにすぎない。将来はもっと大きく変わる。おまえは外からの挑戦をたくさん受けるだろう。平地人かもしれないし、西洋人かもしれない。いまはまだ予想もつかないような相手かもしれない。そのとき、文杰はおまえのいい補佐になる。おまえはあらゆることを文杰に相談するんだ。文杰、これからはおまえはずっと、ツジュイのそばにいるんだ。ツジュイがすぐにおまえに話せるようにな」

ツジュイと文杰はうなずいて、同意を示した。

文杰は、養父があの話をしたときの表情は、まるで遺言を伝えるかのようだったことを思い出していた。

文杰は養父がぐっすり眠っているのを見て、言った。

「本当によかった。養父が帰ってきた。それに戦争ももう起こらないだろう」

彼の心では、養父は神だった。たった半日で、戦争の脅威が消えてしまった。チュラソとクアールはだれも命で償わなくて良かったし、財産を失うこともなかった。文杰は社寮の蝶妹を思い出した。蝶妹もきっと力を尽くしてルジャンドルを説得したんだろうと思った。だから、ルジャンドルは大頭目に難題を吹っかけることもなく、和議は成功したのだ。

蝶妹がそのために大きな代価を払ったことなど、文杰にはまったく想像もつかなかった。

第五十九章

蝶妹は厨房で忙しく働いているふりをして、出てこなかった。厨房の戸をわざと開けたままにしていたので、ルジャンドルとの会話を、一言も聞きもらさなかった。ルジャンドルは、本当に清国の護衛をひとりも随行させないことに決めていた。そのうえ、五十人の兵士が猴洞まで護送するという申し出まで婉曲に断っていた。

彼女はまったく信じられなかった。夜の出来事を思い出すと、嬉しいような辛いような気持ちになり、涙がはらはらと流れた。そばにいた松仔は、蝶妹は嬉しくて泣いているのだと思っていた。彼は、蝶妹が清国軍がルジャンドルとトキトクの談判に関与しないことをずっと望んでいたことを知っており、にこにこしながら「素晴らしい」と蝶妹に言った。

蝶妹は、ルジャンドルとジョゼフとピッカリングが、王文棨が用意した四人担ぎの輿に乗り、随行二人と、王文棨が準備した平埔族の通訳三人を連れ、保力の客家人の首領林阿九が連れてきた案内人に道案内をさせて、南へ出発するのを見送った。

蝶妹の心はさまざまな思いで乱れていた。彼女は文杰や母の民族の人々に恥じることはなかった。しかし、その一方で、彼女の人生は想像もできなかった大きな変化に遭遇したのだ。

今朝、夜が明けるまえに、亀山の麓の草地に横たわって空の星を眺めながら、天上の神が今後彼女がどうすべきか、導いてくれるように祈っていた。彼女はふだんからルジャンドルの目に自分への好意を感じ取っていた。ただ、ルジャンドルの目は、時々軽薄になり、その感じは彼女への松仔の純粋な思いとは明らかに異なっていた。あのとき、彼女はすぐに社寮から逃げ出して、旗後の医館にもどりたいと思った。そこは、彼女が生活がもっとも充実し、もっとも安全だと感じられる場所だった。しかし、現実を考えると、彼女は家にもどり、朝食の準備に取りかかるしかなかった。

お昼だ。もうルジャンドルが大股頭に会っているころだわ。蝶妹はふたりが会って、衝突もなく和議が成功することを祈った。しかしその瞬間、彼女の心は再び耐えがたい出来事に引きもどされた。昨夜は消せない悪夢だった。ルジャンドルはただ肉欲だけではなかったかもしれない。だがどれだけの愛情があったのだろうか。彼女はそれ以上考えられなかった。昨日の夕方は、彼の突然のキスに驚かされたが、甘い気分を少しは感じた。ところが、夜中には、野性のイノシシのように彼女の体を襲った。事前の優しい愛情表現も、事後のいたわりもなく、彼女の心は谷底に落ち込んだのだ。

しかし思い返してみると、今朝のルジャンドルの決意とちょっとした仕草には、彼が自分を少しは気にかけているようすが見られた。

「たぶん、あの人はわたしにまったく愛情がないというわけではないのだわ」

彼女はそう思った。しかしすぐにまた、自分の勝手な思いこみを秘かに罵った。ルジャンドルは朝起きてから、彼女と話そうとするようすもなく、いたわりのひと言もなかった。

朝食を持っていったとき、ルジャンドルは王同知と話しながら、彼女のほうをチラチラと見ていたが、あれはいったいなんだったのだろうか。もちろん彼女はほとんど厨房にこもっていた。あきれたことに自分はルジャンドルのために口実を探してやっているのだ。彼女はますますどうしていいかわからなくなった。

彼女は松仔のことを思い出した。打狗でのあの最後の日、彼女は松仔に心底失望し、彼を社寮に追い返した。今度、中秋節で、社寮にもどったが、それは故郷に帰りたかったからではなく、ましてや松仔に会うためでもなく、墓参りのためだった。ところがはからずも、清国軍の南下に出くわし、思いがけずまた松仔と一緒に長い時間を過ごすことになった。この間、松仔は人が変わって真面目に書を読み、字を習うようになって、落ち着いてきた。蝶妹の心もしだいに和らぎ、松仔と話したり笑ったりするようになった。しかし、以前のような親しさはもどらなかった。彼女は松仔が売春宿に遊びにいったことが許せなかった。しかも人に言えない病気を移されたのだ。そのことを思い出すたびに、彼女は耐えられない気持ちになった。

しかし、いまは、彼女自身がルジャンドルに奪われてしまった……。彼女は胸をえぐられるような思いがした。松仔がいまも自分のことを好きなことはわかっていたし、松仔は口下手で、口に出そうとしないこともわかっていた。棉仔はずっと蝶妹と文杰によくしてくれている。よく言えば昔なじみの情だった。もう少しはっきり言えば、使用人に対する主人の情けから面倒を見てくれたのだった。彼女にはわかっていた。もし結婚ということになると、棉仔一家はやはり家柄と民族を考えるだろう。棉仔と松仔は福佬人を自認する土生仔であり、彼女は番人と客家のハーフだった。そして、福佬人と客家人は、この瑯嶠では敵対しており、福佬人が生番を蔑視しているのは言うまでもなかった。いわんや、自分は処女を失った身だ……、あきらめて、松仔から離れよう、そう彼女は思った。蝶妹ははっとした。自分はまだ松仔のことが気になっているのだ……。

蝶妹は思い直し、愚かなことを考えている自分を秘かに責めた。自分と松仔のあいだでは、なにもはじまっていなかったではないか。松仔の家ではこれまでずっと縁談のことを口にもしなかったが、福佬と客家が問題なのかもしれない。そうして、ルジャンドルが、自分に本当に愛情があるなんてそれ以上にあり得ず、将来なんてとんでもないことだった。それにいまもっとも差し迫ったことは、戦争が起こるか起こらないかだった。見るところ、ルジャンドルとトキトクのあいだではいい関係がはじまったようだが、結果こそがもっとも大事なのだ。劉総兵が直接山の部落を攻めるのか？　母の部族の人々の命や文杰の命は、戦争がはじまれば、大きな危機に直面する。それこそがいま一番重要なことなのだ。昨日、テントに足を入れるまえに、そのように考えて、それで思い切ってルジャンドルに会いに行ったのだ。

彼女は家にもどって消息を待った。

意外なことに、その日の晩、ルジャンドルたちは帰ってこなかった。夕方になって、棉仔は王文棨も帰ってこないことに気がついた。社寮に駐在している清国軍の軍営では、兵士たちは旅装を整え、移動の準備をしているようだった。

棉仔も落ち着かず、松仔と保力にようすを聞きに行った。保力での情報では、確かにルジャンドルたちの行方はわからないが、清国軍になにか異常な行動があったとも聞いていないということだった。保力の人は、少なくとも悪い知らせはなにもないと言った。

棉仔と松仔は、さらに柴城に行ってみた。柴城はふだんと同じように大変静かだった。そこで帰ってくると、蝶妹に言った。

「知らせがないということは良い知らせだ」

翌日の早朝、蝶妹はようやく良い知らせを聞いた。

柴城の住民は興奮して、戦争がなくなったぞ！　と、先を争って告げてまわった。花旗国の領事と傀儡番の大股頭が和議に達し、劉総兵も和議を承認した。和議の詳細についてはだれも知らなかったし、また知ろうとも思わなかった。ただ、戦争がなければそれで良かった。

昼になって、ルジャンドルの随員がもどってきて、西洋人大人たちの荷物をみなまとめて運んでいった。彼らが言うには、ルジャンドルやピッカリングやジョゼフたちは、大繡房に行き、短期間では社寮にもどらないということだった。しかし、彼らがどうして大繡房に行ったのかは、よくわからなかった。

*

蝶妹は大きな喜びを覚えた。大和解の知らせは、彼女が心と体に受けた傷をやわらげた。もう旗後に帰らなければならない。そこで棉仔に打狗行きの船の便を聞いてもらった。あいにく、戦争のために船は軍に徴用されたり、柴城に来るのを避けたりしていた。だから、三、四日のうちは、乗れる船はなかった。

蝶妹は待っているしかなかった。しかし、何日たっても、船が来るという知らせはなかった。彼女は、一日を一年のような思いで過ごし、打狗に早く帰って、ルジャンドルを忘れたいと一心に思っていた。

柴城から次々と消息が届いた。

劉総兵が十月十一日に大繡房に行った。大繡房に新しい砲台が造られるのだ。

劉総兵は十月十六日に柴城に帰ってきたが、西洋人の領事は一緒に帰ってこなかった。

台湾府から来た兵士は、十月十八日以降、少しずつ柴城から引き上げることになった。

柴城の民兵は通知を受け取り、まもなく解散するらしい。

柴城の人々は劉総兵をほめたたえ、彼の軍隊が傀儡番を震えあがらせ、和議に応じさせたのだとのうわさが流れた。軍も、トキトク大股頭は軍の威力を怖れ、戦わずして降参したとのうわさを流した。しかし、大部分の瑯嶠の民衆は、傀儡番の投降を信じていなかった。

柴城の人々が、西洋人の領事と傀儡番の大股頭をしきりに誉め讃えているといううわさもあった。

人々は笑いながら、瑯嶠の人たちはみな、福佬人も客家人も、そして土生仔まで、傀儡番の頭目を素晴らしいと言っているが、こんなことは有史以来はじめてのことだと言った。

蝶妹は東の傀儡山を眺めた。あの深い雲におおわれた山に、弟や母の部族の人たちがいる。彼女は母が残してくれたトンボ玉の首飾りを撫でながら、心のなかで言った。

「母さん、文杰、私、頑張ったわ」

＊

十九日の昼に、棉仔が柴城から帰ってきて言った。

「蝶妹、今日の午前中に船が一隻入ってきたよ。明日の朝早く打狗にもどる予定だそうだ」

それを聞いて、蝶妹は荷物を片づけはじめた。明朝早く、柴城の福安廟に行って、それから船に乗るつもりだった。

その日の夕方、棉仔は笑みを含んだような表情で蝶妹に言った。

「蝶妹、ちょっと相談したいことがあるんだが」

蝶妹は答えた。

「棉仔兄さん、どうしてそんなに他人行儀なの、何ですか？」

棉仔は腰をおろすと、彼女にお茶を手渡して言った。

「蝶妹、あんたがわしらのところに来てもう一年あまりになる。家の者はみんな、あんたが好きだ。松仔は一度、ひどく失望させるようなことをしでかしたが。でもやつも近ごろは、見てのとおり、大変努力して良くなっている。あいつを受け入れられるかな？　正式によく考えてみてくれないか」

棉仔の話は、まさに蝶妹の心の奥の痛みに触れた。一瞬、どう答えていいかわからなかったが、目が潤んできたのを感じた。彼女はうつむいて、なにも言わなかった。

棉仔はこう言うつもりだった。もし蝶妹が応じてくれたら、明日は打狗に行かなくていい。ここに残って、ちゃんと婚礼をあげよう。そうすればもうわしらは家族だ、と。しかし、蝶妹がうつむいて喜ぶようすもなく、ほかに心配事があるらしいのを見ると、こう言うしかなかった。

「急がない、急がないよ、あんたが、次に打狗から帰ってからのことにしよう」

ちょっと間を置いて、また言った。

「ただ、わしは松仔のために頼みたいんだ。あいつをまた打狗に連れていってやってほしい。あんたがひとりで打狗にいるのは、松仔だけじゃなく、わしも心配だ」

蝶妹はうなずいて礼を言った。

その夜、蝶妹は悲しい気持ちで胸いっぱいになり、枕を抱えてひと晩じゅう泣いていた。

第六十章

一八六七年十月二十日は、劉総兵にとって、不運な一日だった。その劉総兵の不運はルジャンドルに累がおよび、ルジャンドルはいっそう不運なことになった。そうして、ふたりの一か月あまりにわたる良好な関係は一気に崩れてしまったのだ。

劉総兵は、全台湾の清国の文武官吏のなかで、ルジャンドルと関係がもっとも良い官吏と言えた。九月はじめ、台湾府で、劉総兵は衆議を退けて、ルジャンドルが激しく迫った「建議」に応え、兵を率いて瑯嶠に南征することに同意した。彼は、はじめは西洋人のまえで面子を失いたくないと思っていただけだった。四、五年まえ、太平天国を攻撃したとき、イギリス人と行動を共にし、苦い思いをさせられ、耐えられないほどだったが、幸いにも最後には軍功をあげ、ようやくイギリス人から一目置かれるようになった。台湾に来てまた西洋人に会おうとは思いもしなかった。今度は、兄貴格のイギリスではなくて、たかだか百年の歴史しかない末弟格のアメリカだった。そんな花旗国に見下されたくはなかった。西洋人は実力主義者で、実力を見せれば尊敬の意を示す。ただ口先ばかりで実行力が伴わないとなると、西洋人は相手を見下し、いっそう軽蔑してくるだけだ。

そこで彼は出兵した。彼の部隊は五百人いたが、みな同治三（一八六四）年に太平天国の首府の金陵の役を戦っていた。彼は自分の部隊を信じており、番を討伐して、威信を高めようとしていた。一つは、彼は武将であり、戦ってこそ功をあげられる。二つは、ルジャンドルに、大清帝国は戦えないのではないということを見せねばならない。イギリスやフランスのようなヨーロッパの伝統的な強国に侮辱されるのは我慢するしかないが、しかし、できたばかりのアメリカにも見下されるなど吐き気がする。

柴城に来て、この目で柴城を、否、瑯嶠じゅうの住民が、自分と兵たちを恭しく迎え入れるのを目にした。彼は、自分は「天下に瑯嶠の威名をとどろかす」ことができると深く信じた。彼は、七日もかからずに枋寮から柴城までの道を開いた。将来は台湾府から柴城まで、なんの障害もなく通行できるだろう。このことは彼をいっそう得意にさせ、自分はすでに「台湾に功あり」だと思った。新しく開いた狭い道路を行くとき、左手に手の届きそうな高山を仰ぎ、右手には断崖と大海原をまぢかに見下ろした。清国の将軍では、自分より前に古人なしだ、と彼は感じた。山道がこんなに狭くなければ、馬を下りて大きな石を探し、字を刻みたいと思ったほどだった。一介の武将に過ぎないが、彼の書は広く知れわたっていた。とりわけ断崖を通りすぎ、やっとまっすぐ平坦な大きな道に出たとき、彼は鯉が竜門に跳ねているようだと感じた。そこで、彼はこの横に長い大山を「鯉龍山」（いまの里龍山）と名付けた。そして、部下に命じて硯を用意させ、詩をつくって石に刻もうとした。ところが、あいにくルジャンドルが訪ねてきて、彼の興をそぎ、このまたとない機会を逃してしまった。

劉総兵は一心に番の討伐を考えていた。それはルジャンドルが強く主張してきたことだった。ところが思いがけず、ルジャンドルは柴城に着くと、急に考えを変え、傀儡番の頭目と和議を結ぶことにした。大軍は出動しているのに、番討伐の功を立てることができなくなり、彼は当然失望した。しかし、ルジャンドルを尊重するために我慢し、ルジャンドルにできるだけ協力した。

文人でもなく、純粋な漢人でもない劉明燈が、曾国藩と左宗棠から一目置かれて抜擢されたのには、当然理由があった。彼は武将ではあったが、文武両道で、書法で名が通っていただけでなく、文章にも優れ、すこぶる儒将（儒者の風格を備えた武将）の風があり、曾と左の好みに合っていた。彼も深く「戈《ほこ》を止むるを武と為す」や「兵は不祥の器なり」の道理を心得ていた。もし戦争を避けられたなら、それが最上の策だ。だから、ルジャンドルが傀儡番の大頭目と和議を行うのは、彼も望むところだった。そして十月十日に和議が成功し、彼も大変喜んだ。そしてすぐあとに、ルジャンドルはまた「南湾に砲台を建てる」という難題を持ち出した。彼もそれなりの対応をしようと思った。そのことはルジャンドルにも、朝廷にも説明できるだろう。

南湾の大繍房での砲台建設は、劉総兵にとっては喜びと心配が半々であった。と言うのは、ルジャンドルが傀儡番と談判するまえに出した条件は、ローバー号事件が発生したクアールの海辺に建てようというもので、それこそまさに難題というものだった。だから、傀儡番と談判したあとで、ルジャンドルが砲台の建設地を大繍房に改めたときには、劉総兵はほっとした。それは皇帝が「漢番分治」とした境界線を越えており、上司は同意しないかもしれないが、しかし少なくともクアールの番界に孤立無援で深く入り込むのではない。

砲台建設は、ルジャンドルが瑯嶠に来て、はじめて出した条件だった。ルジャンドルは何度も、劉総兵に、クアールの番地に砲台を設けることは、清国には不利なことは何もなく、利点しかないと言って説得しようとした。対内的には清国の統治力の伸展を示すことになり、対外的には清国政府の責任ある態度を示して、国際的な尊敬を得ることができると言うのだ。

劉明燈はルジャンドルに、そこは生番の中心地に近く、砲台の建設は可能だが、クアールの海岸に建設することはできないと力説した。将来、生番が何かことを起こしたときに、この砲台がたやすく生番の手に落ちることを彼は恐れていた。そうなれば傀儡番は虎に翼が備わったのと同じで、砲台を守る兵士らは虎口に入った羊のようになってしまう。しかしルジャンドルはどうしても意見を変えようとしなかった。

幸いなことに、トキトクも傀儡番の土地に砲台を建てることを拒否した。傀儡番からすれば、それは内部に潜む危険だった。劉明燈に対するルジャンドルの態度は、強硬で、考えを変えなかったのに、たった一時間で、彼はトキトクに譲歩したのだ。これは劉明燈にとって、非常に不愉快なことだった。ただルジャンドルが新しく提案した大繡房は、まだ受け入れることができた。なぜなら、そこは基本的に移民と平埔族の共有地だったからだ。

彼は心を決めた。ルジャンドルに見せつけてやる。そして大清国と自分の面子を取りもどすのだ。

＊

ルジャンドルは我が目を疑った。四十時間まえに砲台を建てる場所(34)を指定したばかりだったが、すでに砲台の外壁が聳えたっているのだ。

やっと七時になったばかりで、草地の露がまだ残っていたが、そこではもう四十人ほどの兵士が作業をしていた。早朝の陽の光は強くなかったが、兵士たちの額には雨のように汗が流れ、すでに短くない時間、作業をしていたことは明らかだった。劉総兵が壁に囲まれたなかから出てきて、笑いながら手を振っているのが見えた。劉総兵と彼の部下たちは、大繡房の古廟、観林寺(35)に宿泊していた。観林寺からこの岬まで歩いて、少なくとも十五分はかかる。してみると、兵士たちは朝日が顔を見せはじめたころに来て作業をはじめたのだ。しかも作業の効率は非常に高い。

「ルジャンドル領事、我々はこの地で材料を手に入れました。棕櫚の幹で砲台を囲んで外壁にし、砂袋でそのすき間を埋めたのです」

劉総兵は手で外壁をなんどか叩いた。

「領事閣下、いかがですか？　しっかりしているでしょう」

劉総兵の口調は非常に得意げだった。

棕櫚の木の幹は高くまっすぐに伸びていた。ルジャンドルは秘かにこの清国の総兵の機知と効率の良さに感服した。

劉総兵はまた言った。

「実は、私どもは、福建の上司からの許可はまだ頂いてはいないのですが、しかしながら、領事閣下に私どもの忠誠を証明するために、先に実行して、あとで報告することにしたのです」

その口調には人情に訴えるような響きがあった。

ルジャンドルは慌てて礼を言った。そして、突然理解した。

劉総兵は自分と「競い合って」いるのだ。福佬人の言うところの「人には負けてもビリにはなるな」なのだ。

劉総兵は手をあげて五本の指を広げた。

「あと五時間ください、砲台の基礎的な部分は完成できます。大砲も途中まで来ています」

ルジャンドルは、親指を立てて、敬服の気持ちを示した。

「総兵大人、神業ですね。砲台が完成したら、兵士を百人送ってここを守備するようにお願いしたい。わたしは少なくとも毎年一度ここに調査に来ましょう」

劉総兵はなにも答えず、ふり向いて部下に二言三言なにか言いつけた。すぐに部下が木箱を運んできた。劉総兵はルジャンドルに言った。

「このような物を見つけました。閣下、どうぞご覧ください」

ルジャンドルは開けてみた。それは航海の器材で、望遠鏡があるところから見ると、ローバー号のボートの物に違いなかった。皺くちゃになった写真も一枚あったが、写っている女性はハント夫人だった。ルジャンドルにとっては望外の喜びで、劉総兵に礼を述べた。

＊

翌日の午後、ルジャンドルはまた砲台の建設地にやってきた。工事は大いに進んでおり、大砲も運び込まれていた。ルジャンドルは、大砲二門、駐留兵百人を望んでいた。劉総兵はルジャンドルに、大砲を増やすかわりに、兵を少なくしたい、それで大砲を三門運んできたと言った。ふたりは砲口をどの方向に向けるか検討しはじめた。

そのとき、ピッカリングが東の小道のほうからひとりで歩いてきて、ルジャンドルと劉総兵に挨拶した。

ピッカリングは、十月十日にルジャンドルとトキトクの談判が終ってからも、大繡房への道々ずっと諦めることなく、ルジャンドルに、大繡房やその付近の海岸に砲台を築くことを止めるようにと、説得を続けてきた。

その点で、ピッカリングとルジャンドルの意見は正反対だった。このイギリス人の考えは終始一貫していた。彼は、瑯嶠のどの生番の地域であれ清国政府が関わるのを見たくなかったのだ。彼は、この地の移民であれ、土生仔であれ、高山の生番であれ、いまのままであることを望んでいた。彼は、砲台を建てて傀儡番を牽制することは余計なことだと言った。そして、トキトク大股頭は和平を約束したのだから、きっとそうすると言った。

ルジャンドルは、もし大股頭が亡くなったら、そのあとはどうなるのだと反論した。ピッカリングは、自分は原住民を信じている、彼らは信義を守る民族だと言った。逆に、福佬人は信用しないし、客家人も信用しない、そして清国の役人も信用しないと述べた。天利洋行の倒産は、福佬人が人を裏切ることを証明している。そんな例はいっぱいあるとまくし立てた。そして、福佬人も客家人もどちらも狡猾で信用ならず、原住民の隙につけこんで大儲けし、あらゆる手を尽くして騙そうとする、と述べた。生番の地は早くからじわじわと侵食され、さらには一気に併呑されて、現在のような状況に陥り、もう退くにも退けないのだ。ルジャンドルは、清国と漢人移民の手を引いて、さらに瑯嶠に入りこむのを助けている。清国に正式に官吏と軍隊を派遣して大繡房に長期駐屯させる、それはまるで紂の暴君を助けて悪事を働くようなものだ。将来、生番はもっとひどく騙されるに違いない。そうなれば、生番はそれを白人のせいにするだろう。

ルジャンドルは言った。砲台を建てるのは、武力で傀儡番を抑えつけるのではなく、海岸に目印になるものを建てて、航海する船が識別できるようにするためだ。この地域の航海の安全を保障することが、今回フォルモサに来たルジャンドルの最大の願いだ。

ピッカリングはあきらめずに続けて言った。それじゃ一歩譲りましょう。清国の官府の勢力は、せめて柴城と保力までにしてください。あそこにはもう大勢の福佬人と客家人がいます、南湾の聖地は、平埔族の熟番と山の生番に残しておきましょう。

ルジャンドルはいらだった。ピッカリングを言い負かせなかった。こいつは本当に面倒なやつだ。見ぬこと清しだ。心に一計が浮かんだ。ピッカリングにうるさく言わせないために、この場を離れさせることにした。そこで、ピッカリングが大繡房に宿を取って落ち着くと、ルジャンドルは赤い旗を三枚つくった。さらに自分の荷物から西洋の物をいくつか選ぶと、トキトクへの謝礼として、ピッカリングにチュラソへ持っていかせることにした。赤い旗は和議のなかでトキトクから提起されたもので、船とのあいだで互いの目印に使うものだった。

こうしてピッカリングはまた大繡房とスカロのあいだを往復した。帰ってきたとき、思いがけず劉総兵に出会ったのだった。

ピッカリングは得意げに、今回はトキトクに会えなかったが、スカロ人の盛大な歓迎ともてなしを受けたと報告した。

彼の話しっぷりは大げさで、劉総兵は心中、非常に不愉快だった。劉総兵は台湾府でピッカリングに会っていた。ピッカリングは以前から清国の役人をまったく尊重せず、居丈高であった。今はトキトクのことばかり話し、彼に大変敬意を感じているようだった。劉総兵はふと、ルジャンドルやトキトクと自分を比較してみたくなった。劉総兵は、もともと傀儡番とトキトクを蔑んでいたが、ルジャンドルやピッカリングの心のなかでは、トキトクは高い位置にあり、堂々たる大清国総兵の自分はそれほどではなかった。彼の心に怒りが湧いてきた。

劉総兵の心に考えが浮かんだ。和議が成った以上、大軍は傀儡番から手を引くことになる。傀儡番の頭目トキトクを柴城の軍営まで来させて、謁見させ謝罪させよう。彼は大清朝廷を代表する高官なのだ。ルジャンドルやトキトクに引けを取るわけにはいかない。

かくて劉総兵は行動を起こした。彼はこのイギリス人を丸め込むことにしたのだ。ピッカリングは、今度のローバー号事件ではハント夫人の遺体を探し出した。さらに劉総兵のために先に柴城へ行ってくれた。和議の過程でも大いに協力をした。彼はピッカリングにこの三つの功績を褒めたたえ、「必麒麟」という綺麗な漢字名をつけてやった。麒麟は漢人の伝説中の吉祥の動物だ。書法で有名な劉総兵は、自ら筆をとって篆書で「必麒麟」の三文字を書き、さらに部下の職人に玉石の印章を彫らせて、このイギリス人に贈った。ピッカリングは果たして驚喜した。(36)

翌日、劉総兵は何人かの部下を連れてきた。そしてピッカリングに、この清国の役人たちを連れ、劉総兵からの贈り物を持ってチュラソに出向き、トキトクに柴城に来るように要請してくれと頼んだ。そして、劉総兵は、大清国を代表して、柴城でこの瑯嶠十八社の大股頭に接見し、もてなして、和議の達成を祝福したいと思っていると述べた。ピッカリングも喜んでその要請に応えた。

ピッカリングがこの清国の代表を率いて出発する際に、劉総兵はルジャンドルにも別れの挨拶をし、柴城にもどってトキトクに接見することを伝えた。そのことばは、ルジャンドルと大股頭は対等な地位にあるが、自分は傀儡番の頭目が拝謁にくるのを待つという意味であった。

＊

劉明燈は大繍房から喜び勇んで柴城にもどると、盛大な歓迎の場を設けた。下瑯嶠十八社の大股頭トキトクが部下を率い、山の珍しい土産をたずさえて大清国台湾総兵を訪ねてくる。それはまるで辺境の小国の主が中国の朝廷に謁見に来るようなものだ。……彼は史書に名を残すのだ。

ピッカリングは果たして生番の代表を連れてやってきた。ところが、来たのはトキトク本人ではなく、トキトクのふたりの娘だった。

平地人の伝統では、福佬人であれ客家人であれ、男尊女卑で、娘には継承権はない。しかし、瑯嶠の土番は違っていた。劉明燈は、傀儡番は娘と息子を平等に扱い、共に継承権があることを知っていた。しかも、大股頭には息子がいない。劉総兵は、このふたりの娘はきっと未来の傀儡番の大股頭、トキトクの後継者に違いないと考え、だからこだわらずに受け入れようと考えた。彼はチュラソの状況をよく知らなかった。トキトク大股頭が考えている後継者は兄の息子のツジュイであり、自分の娘ではないことを知らなかったのだ。

劉明燈は大変喜んで彼女たちを引見した。ところが思いがけないことに、このふたりの若い生番の娘は彼に会っても、跪かないどころか、礼もせず、こう言い放った。

「わたしたちは大股頭の代わりに話を伝えに来た。父が西洋人との和議に応じたのは、父が、西洋人を勇士であり、立派な男だと認めて尊敬しているからだ。あの日、父は自分の目で、西洋人の軍人が銃弾を恐れず、炎天下を厭わず、高山の密林のなかで勇ましく戦うのを見た。そうして、アメリカの領事さんも、護衛兵を連れず、武器を持たずにスカロに来て談判した。父はあの人たちを尊敬している」

「柴城と保力ではだれかがデマを流して、父がおまえたちを恐れ、そのために戦わずして降参したと言っていると、父は言った。父は、わたしらにおまえたちにはっきりと伝えるように言った。清国の役人は尊敬するに値いしないし、清国に投降するなんてあり得ない。平地人はいつも約束を守らないし、自慢ばかりしている。私たちより賢いと思っている。だから、父は平地人とつき合おうとは思わない。平地人の土地に来て、清国の役人のもてなしを受けるなど、あり得ないことだ」

「父のことばは、伝えたよ。帰る！」

こうして、ふたりの生番の娘は風のように、高慢な態度でやってきて、体を揺らしながら帰っていった。

劉総兵の顔は真っ赤になり、手は震えていた。彼はまさに刀を抜かんばかりだった。

しかし、ふたりが身をひるがえして去っていったあと、彼に出来たのは、ふたりに出した茶の湯呑みを投げつけて粉々にし、部下に命じてふたりが手をつけなかった糕餅をブタに食わせ、ふたりが座っていた二脚の椅子を薪にして燃やすぐらいだった。彼はふたりの無礼を痛罵した。しかし、彼は追うことも、殴ることも、殺すこともできなかった。彼は和議を台無しにしたという罪名をかぶるわけにはいかなかったのだ。

さらに腹立たしかったのは、相手が女で、大清国の社会ではなんの地位もない小娘だったことだ。堂々たる大清国総兵が、若い傀儡番の女から罵られ、しかも反撃の余地もなかった。うわさにでもなったら、物笑いの種だ。それは絶対に我慢ならないことだ。

劉総兵は怒りがおさまらなかった。

「傀儡番め、命知らずめ！　刀を使えぬなら、筆でおまえたち生番を立ちあがれなくさせ、永久に貔貅《ひきゅう》のえじきにしてやる」

そこで部下に筆を用意させ、墨をすらせ、それから筆を執るなり書きだした。

君命を奉じ、強梁（凶暴）を討つ　貔貅（勇猛な軍隊）を総《す》べ、繡房（大繡房）に駐す
道塗は闢《ひら》き、弓矢は張る　小醜（小悪党）は服し、威武は揚《あ》がる
弁兵（兵隊）を増し、汛塘《ジントウ》（軍営）を設ける　斥堠（偵察）を厳しくして、民商を衛《まも》る
遠国（番地）を柔らげ、梯航（航海）に便す　功、何ぞ有らんか　維皇（皇威）を頌《ほ》む

同治丁卯（一八七六年）秋　提督軍門台澎水陸掛印総鎮
裴淩阿巴図魯劉明燈　統帥過此題
（注：「裴淩阿巴図魯」は満洲語で、優れた勇士の意味）

すぐさま、工匠に命じて字を刻ませ、碑をつくり、福安廟（いまの車城の福安廟）のなかに建てた。人々が世々代々、目にするようにしたのである。

劉明燈の怒りはまだ収まらなかった。調べてみると、ふたりの娘が柴城まで往復するに際し、ずっとピッカリングが護送していたとわかった。恨みがこみあげてきた。台湾府にいるときから、ピッカリングの印象は良くなかった。今回、名

前を与え、印章を贈ったのは、彼を取り込んで味方につけ、トキトクとの仲を取り持たせて、良好な関係を築くためだった。しかし、娘たちの無礼なことばに振り回されて、逆に傀儡番と対立することになろうとは。

そして、ルジャンドルに対しても、劉明燈は憤っていた。

「大清国は貴様のために出兵したんだぞ。わしは貴様のために命がけで働き、いたるところで大局を考え、意を曲げて貴様に譲ったのだ。その結果、傀儡番は貴様らを尊敬し、清国の大将をばかにするとは、なんたることか！」

かくしてルジャンドルへの劉総兵の恨みは積もりに積もって、一気に爆発し、すぐに実行に移された。

第六十一章

部落では、うわさがしきりに飛びかった。

今度の事件では、文杰の活躍は素晴らしかったが、ツジュイはなにもしなかった。だからトキトクは地位を文杰に継がせ、ツジュイには継がせないことにしたのだ。

トキトクがふたりの娘を柴城にやったのは、ツジュイを信用していないもうひとつの証拠だ。

みな昔のことを思い出した。トキトクはもともとチュラソの大股頭ではなかった。大股頭は兄のパジャリュウスで、ツジュイの父だった。トキトクが大股頭になったのは、文杰の母親のマチュカが駆け落ちをして、ナイナイに嫁ぎ、大騒ぎになったからだった。大股頭だったパジャリュウスは意気消沈してしまって、弟に地位を譲ったのだった。トキトクは兄から地位を継承するときにおそらく、将来は兄の息子ツジュイに地位を返すと約束したのだろう。

トキトクが大股頭の地位を平地人の養子に譲るのは、ツジュイは一日じゅう酒びたりだが、文杰は経験も多く、知識も深いからという噂もあった。

うわさに対して、こんな主張をする人もいた。それは誓約に背くことになり、信義にもとるが、ツジュイは確かに大股頭の器じゃない。いわんや将来は、チュラソを率いるだけではなく、スカロ族を統率していかねばならない。外の世界が変化しているのに、ツジュイにその変化に対応していく能力があるだろうか。スカロ族の将来のためには、文杰が地位を継ぐことこそ、個人的な約束よりも公益を重んじる賢明な選択だ。

しかし、ツジュイの側に立つ人もいた。彼らは、誓言は誓言だ、背くことは許されないというのだった。そのようなことをしたら、祖霊がお怒りになって、どのような罪をお下しになるかわからない。しかも、パジャリュウスは頭がまともではないといってもまだ生きている。さらに重要なことは、文杰の父親はナイナイで、スカロの純粋な血統ではない。大多数のスカロの長老はこのような見方をしていた。

ツジュイが文杰をいっそう敵視するようになったのは、明らかだった。危機感を覚えたツジュイは、しばらくはしっかりしていたが、半月もしないうちに、もとにもどってしまい、毎日酔いつぶれていた。こうして、長老たちもツジュイに失望するようになり、文杰を支持する者も出てきた。

出火で西洋人の領事と談判するまえ、部落の人びとはみな危機感を抱いていたが、ひそひそ話をするだけだった。出火での和議が成功すると、みな大っぴらに喋りはじめた。殴り合いや口げんかまで起こった。チュラソは突然、騒がしくなり、射麻里の人びとのあいだでも様々に議論が起こった。

文杰も大変不安になり、ほとんど家から出なくなった。そのうえ、憂さを晴らすために酒を飲むようになった。

第六十二章

大繡房での孤独な夜、ルジャンドルは蝶妹を恋しく思うようになった。

昼間でも、彼の心を動かしたこのフォルモサの少女を思い出すことがあった。とくにいまは、和議が成り、すでに砲台も形ができつつあった。

大繡房の岬の落日は絶景だった。[37] だが、ルジャンドルの心はここになかった。帰心矢のごとしで、数日まえにやってきたころの気持ちとはまったく異なっていた。すぐに蝶妹に会って、心のなかにあるいろいろなことを話したかった。

長い夜、ルジャンドルは何度も寝返りを打ちながら、頭のなかは蝶妹の面影でいっぱいだった。

あの夜の肌が触れたときの動悸を思い出した。

あの夜、彼は蝶妹の気持ちをまったく考えもせずに、ほしいままに彼女を抱いた。思い出すと、あのとき自分は粗暴だった。好きだという感情だけで、この少女を襲った。申し訳なかったという思いが、しだいに心に湧いてきた。

あの夜、彼女を抱いたあと、ぐっすり眠ってしまったことを思い出した。翌日、遅く目を覚ますと、蝶妹はいつの間にかテントを離れていた。その後は、やって来た王文桀への応対やトキトクとの会談の準備に追われ、その朝は蝶妹に会って彼女をいたわることがなかった。幸い、目覚めてからも、彼女が前の晩に言ったことばを覚えていた。それで彼は武装せずに談判に出かけることにしたのだった。

彼は成功した。少女に感謝し、また申し訳なくも思った。彼は彼女を想っていた。大繡房での数日、昼は砲台のこと、夜は蝶妹のことを考えていた。蝶妹の微かに香る美しい髪、清らかなうなじ、そして温かく柔らかい肌……少女への思いがつのっていた。

負傷した眼窩が痛みはじめた。劉総兵やピッカリングが去ったのち、大繡房ではここ数日ずっと山から猛烈な風が吹きおろしていた。この風が運んできた土ぼこりのせいで眼は赤く腫れあがり、ずきずきと痛んだ。

彼は社寮にいたときのことを思い出した。あるとき、眼の痛みが起こったときに、蝶妹が温かい左手の指で彼の額を押さえ、右手できれいな冷水にひたしたガーゼを持って、まつ毛と眼のまわりを拭いてくれた。とても気持ちがよかった。そのとき、彼は東洋の女性の細やかな心づかいを感じた。そのような女性に暖かく包まれ、大切にされる感覚はこれまでの生涯で経験したことがなかった。その瞬間、蝶妹に心が動いた。と言うよりも、もう少し正確に言えば、欲望が湧いたのだった。そのときから、蝶妹の姿から伝わってくる微かな野性美を感じるようになった。彼女の聡明さや勇気は早くから好ましく感じていたのだが。

ルジャンドルはまたあの夜のことを思い出した。あの日、彼女に軽率に手荒くしてしまった。彼女は抵抗しなかったが、しかし頬には涙があった。からだも震えているのを感じた。彼女に愛のことばや甘いことばをなにも言ってやらなかったことを悔やんだ。それまでは彼女を眺めるだけであり、欲望しかなかったと感じた。その欲望が今は本ものの愛に変わったと悟った。蝶妹への愛と思いは、大繡房の炎暑の昼、そして長い夜を過ごすうちに、一気に大きく育った。彼の偉業を成し遂げるという目標はすでに達せられた。いまは、彼の命は愛情を必要としていた。彼は蝶妹がどう感じ、どう思っているのかを思いやるようになった。彼女にそばにいてほしいとも思うようになっていた。彼はこの優しくて機知に富んだフォルモサの少女を必要とし、フォルモサの少女を愛するようになっていたのだ。彼はとまどっていたが、それは事実であり、否定できない感覚だった。大繡房での日々、彼はますます彼女を想うようになった。いまでは夜だけでなく、昼も想っていた。彼は彼女を厦門に連れて帰って、第二の人生を切り開こうと考えはじめていた。

そうだ、第二の人生だ。アメリカでの人生は、クララの裏切りによって、もう終わっていた。こうしてウィリアムを連れて遠く厦門に赴任したのは、クララときっぱり関係を断とうと望んでいたからだった。ルジャンドルはアメリカで十二年の青春の歳月を過ごしたのだ。クララのためにアメリカに移住し、アメリカのために戦場で勇ましく戦った。クララの裏切りは、彼の十二年のあいだの血と汗の戦い、そして戦場における勇敢さと犠牲をほとんど無意味なものに変えてしまった。

幸い、アメリカは彼にひどい処遇をすることなく、東洋で第二の人生を切り開く機会を与えてくれた。仕事の面ではすでに、それなりの基盤ができ、とくにこのフォルモサは、彼に雄志を取りもどさせてくれた。今では、家庭の喜びを取りもどしたいと思うようになっている。フランスからアメリカに漂泊し、自分ではアメリカ生活にうまく適応できていると思っていた。再びアメリカから東洋に漂泊し、厦門では決して快適ではなかった。幸い、フォルモサに来て、人種やことば、生活のやり方には馴染めないが、目標が見つかり、満足を覚えていた。蝶妹という少女は、彼の情欲を呼び覚まし、生命力を呼び覚ました。家庭生活への渇望も呼び覚ました。クララは離婚を望んでいない。彼はカトリック信者で、離婚できなかった。しかし、彼はクララのもとにもどる気はなかった。蝶妹と厦門で家庭を持ち、クララから遠く離れるのも悪くないやり方かもしれない。蝶妹にはクララにはない優しさと勤勉さがあり、クララの傲慢さと派手さはなかった。

半年まえ、ルジャンドルがはじめてフォルモサに来たとき、若くて活発な、そして簡単な英語を話す蝶妹に会ったが、珍しいとしか思わなかった。というのも、厦門の生活環境では、清国の若い女性を見かけることはめったになく、機会があったとしても、恥ずかしそうな足を小さくした女たちで、蝶妹のように生き生きとした、自然の足の女性はほとんどいなかったからだ。蝶妹はいつも笑みを浮かべ、人を心地よくさせ、クララの冷たさとは正反対だった。

最初のころ、蝶妹はルジャンドルを避けているふうであったが、ほとんどの時間、明るくおおらかにふるまっていた。今度の瑯嶠への旅では、避けるような態度はもうなくなっていた。半月のあいだ、蝶妹は食事の世話などで、彼のそばを行ったり来たりするようになり、ルジャンドルは彼女に注意するようになった。その後、厨房で思わず耳のうしろを軽くキスをしたが、これは冗談半分だった。しかし、自分でも考えられないことだったが、社寮を離れる前の晩に、彼は急に彼女を抱きしめ、奪いたいと渇望した。すると、まるで天の采配のように、母の部族の人々を助けてもらおうと、夜半突然、彼女が入ってきたのだった……。

すべてはあんなに自然でまたあんなに不思議な感覚だった。

彼女は彼の大恩人であり、彼が愛する人だった。しかし、礼を言い、愛情を表現する機会がなかっただけでなく、逆に粗暴に彼女を傷つけてしまった。

なんと許されないことをしたんだろう。彼は自分を責めた。

夜が明けたら、すぐに社寮に帰って、彼女に礼を言い、自分の思いを伝えよう。そして人生の旅における得難い愛情のめぐり合わせをしっかりつかもうと心に決めた。

＊

空が少し明るくなったころ、ルジャンドルは部下にすぐに旅装を整えるように命じた。部下は目が覚めるやいなや、それまでの考えを突然変えてしまう上司のやり方に慣れていた。

こうして、ルジャンドルたちは、劉総兵が柴城でトキトクの娘たちに会っているちょうどそのころに、大繍房を出発した。彼は夕刻までには社寮に着いて蝶妹に会い、気持ちを伝えたいと切望していた。

ルジャンドルの一行は本来はもっと早く出発する予定だった。しかし、天は十月二十日というこの日をルジャンドルのもっとも不運な日に定めていた。ルジャンドルが荷物を整理し、砲台に行って最後の巡視を行ったとき、イギリスの砲艦バンテラー号がちょうど通りかかった。この砲艦は先月チュラソに囚われていたバシー島の島民を故郷に送り届けて、厦門に帰航するところだった。

船長は海上から完成間近の新しい砲台を見て、非常に驚いた。さらに船長はルジャンドルたちがいるのを見つけると、船を近づけ、ルジャンドルに向けて熱心に手を振った。

ルジャンドルはやる気持ちを抑えて船が接岸するのを待つしかなかった。

船長はルジャンドルがすでに旅装を整えて出発しようとし

ているのを見ると、彼らを乗せて直接厦門まで送って行こうと申し出た。

ルジャンドルの随員はバンテラー号の申し出を聞くと、全員が小躍りして喜んだ。台湾に来てもう一か月あまりになる。瑯嶠というこの異国の荒野でまる一か月を過ごした。彼らは帰りたかった、少なくとも人がたくさんいるところにもどりたかった。ところが、驚いたことに、ルジャンドルはなんの躊躇もなく申し出を断った。これは部下たち全員が、はじめて同意できなかったルジャンドルの決定だった。彼らはなぜルジャンドルが社寮に寄って、あの土生仔の首領棉仔に挨拶しなければならないのか理解できなかった。本当にわけがわからなかった。柴城に行って劉総兵に挨拶をする、あるいは台湾府に出向いて呉道台に別れの挨拶をするというのなら、まだ少しは意味があるかもしれないが。

ルジャンドルや部下たちは、さらにひどいことが待ちうけているとは思いもつかなかった。

彼らはとにかく運が悪かった。今年のうちでもっとも激しい落山風に見舞われたのだ。全員が山から吹きおろす激しい風に飛ばされてよろめき、風に巻き上げられた砂が入って眼が開けられなくなった。隊列の進む速度は非常に遅くなり、ルジャンドルの片目も耐えがたい痛みに襲われた。ルジャンドルは輿に乗って苦力《クーリー》に担がれていたが、輿は風に揺られ、非常に気持ちが悪かった。彼は輿を捨てて歩きだした。眼が開けられないほど強い風が吹きつけてきた。そばに蝶妹にいてほしいと、彼はいっそう願った。

＊

夕刻までに社寮にもどる予定だったが、落山風のために、社寮に着いたときはもう夜になっていた。

ルジャンドルは矢も楯もたまらず、棉仔の寝室に駆けこんだ。

すでに眠っていた棉仔はルジャンドルに起こされて、驚いた。眼のまえのルジャンドルは疲れきった顔をしており、片目は布でおおい、片目は赤く腫れあがっていて、非常に恐ろしいようすだった。

「蝶妹は？　蝶妹はどこにいますか」

ルジャンドルはしわがれた声で、せっぱつまったようにたずねた。

棉仔は夢から醒めたように起きた。ルジャンドルが蝶妹に怒っているのかと思って、慌てて言った。

「蝶妹は今日のお昼に船で旗後に帰りました。なにか大人様のお気に召さないようなことをしたのでしょうか」

棉仔がわけが分からないといった表情で答えたのを見て、ルジャンドルは自分が取り乱しているのに気づいた。彼は腰をおろして深呼吸すると、落ち着いた口調で言った。

「私は眼がとても痛いのです。蝶妹に見てもらって、眼を洗ってもらいたいのです」

棉仔はほっとした。

ルジャンドルは棉仔に、水と食べ物、それに果物をみなのために用意するように頼みながら、自分の気持ちを落ち着かせた。社寮にもう一日早く帰らなかったことを後悔し、自分の失態も後悔していた。そしていまは退いて、次のチャンスを待つしかないと考えた。もし打狗に急いで帰って間に合ったとして、ボランティア号が厦門に出航するまえに、どうすれば蝶妹とふたりきりで会う機会が持てるだろうか。厦門に帰るまえに、何としても彼女をもう一度抱きしめて、口づけしたい。そして、一緒に厦門に帰るように説得したい。彼は蝶妹が彼から離れていることにもう耐えられなかった。

彼らは社寮で一泊した。翌日、ルジャンドルは夜が明けるとすぐに起きた。今日は、柴城に行って、劉総兵に別れの挨拶をしなければならない。そして、速やかに打狗にもどれるように、劉総兵に輿を出してくれるよう頼むつもりだった。

棉仔の家を出たところで、ルジャンドルはまた不安に襲われた。厦門にもどってしまうと、フォルモサとまた遠く隔たってしまう。そうして、フォルモサに来ようと思っても、すぐに来れるわけはない。上司から、そして清国から許可をもらわねばならないのだ。あと何か月すれば、蝶妹に会えるのかわからなかった。彼は、距離ゆえにクララを失った。再び距離ゆえに蝶妹を失うわけにはいかなかった。

隊列がしばらく進んだころ、ルジャンドルは衝動にかられて隊列を止め、その場で待つように命じた。そして、棉仔の家に急いでもどると、息を切らせて棉仔に言った。

「棉仔、聞いてください。蝶妹は私の恋人なんです。しばらくしたらここにもどって来て、彼女を連れて厦門に帰ります。どうか私のために彼女の面倒をよく見てやってください。あなたには充分にお礼をしますから」

そう言いながら、棉仔の手のなかに袋を押しこむと、身をひるがえして去っていった。棉仔は信じられない表情でぼんやり立っていた。袋はずっしりと重く、見るまでもなく、大金だった。棉仔はようやくひと声叫んだ。

「領事大人！」

ルジャンドルはすでに早足に門を出て、隊列を追って行った。

第六十三章

しかし、ルジャンドルの悪運はまだ去っていなかった。

数日前、大繍房で機嫌よく、彼におもねるようなようすさえ見せていた劉総兵が、いきなり異常なまでに冷淡になったのだ。ルジャンドルにはなぜだかよくわからなかったが、ピッカリングに会ってはじめてその理由を知った。昨日の朝、劉総兵はトキトクの娘たちに会って手痛い目にあい、その怒りがいまもまだ続いていたのだ。

「トキトク大股頭は実に痛快な人物だ」

ピッカリングは劉総兵の不運を明らかに喜んでいるふうであった。ルジャンドルはそれを不思議とは思わなかった。ピッカリングはずっとフォルモサの土番に味方して、清国人を嫌っていたからだ。ルジャンドルが知らなかったのは、劉総兵はただ怒っているだけでなく、煮えくり返るような怒りをルジャンドルに向けて鬱憤晴らしをしようとしていたことだった。

さらに、その日の午後、通訳からもっと厄介なことを知らされた。清国から借りているあの「ボランティア号」は、ルジャンドルを瑯嶠に乗せて来ることを拒んで、打狗で彼を待っていたが、さらに難題を吹っかけてきたのだ。ルジャンドル一行の瑯嶠滞在が長すぎて、当初の貸与期限を超過してしまった。上司から別の任務を命じられたので、「ボランティア号」はこれ以上待つことができず、十月二十五日の午前七時には必ず福州に向けて出航しなければならない。もしルジャンドルがそのときまでにもどって来られなければ、自分で手立てを講じて、厦門に帰って来てほしいと言うのだった。

これはまるで泣きっ面に蜂で、ルジャンドルは怒り狂った。しかし、怒ってもなんの役にも立たない。軒下にいるなら、頭を低くするしかないのだ。ルジャンドルは部下に命じ、すぐに腹ごしらえをし、夜を継いで道を急いだ。

すでに二十一日の夕刻になっていた。一行はもう疲れ切っていた。瑯嶠から打狗まで少なくとも二日半はかかる。それでは、たとえ蝶妹にふたりきりで会えたとしても、その時間は非常に限られてしまうだろう。

さらにひどいことになった。劉総兵が彼を困らせにかかったのだ。劉総兵は彼らのために輿を二台しか与えなかった。一台はルジャンドル、もう一台はジョゼフのためで、それはピッカリングとその他の随員は打狗まで歩いて帰らなければならないことを意味していた。

そこでルジャンドルは海路を行くことに決め、疲れきった随員たちを少しでも休ませようとした。彼は輿を劉総兵に返し、小さい帆船に乗った。だが、悪運はルジャンドルについてまわり、今度は風向きが合わなかった。ルジャンドルは出航を求め、船員もなんとかやってみようとしたが、天に見放された。船は沖をくるくる回るだけで、打狗に着かない。かえって南方に流される危険すらあった。そこで明け方には、一行はやむなくまた柴城にもどって上陸し、あらためて陸路を行くことにした。

今度は、劉総兵は輿と担ぎ手を用立ててくれないだけでなく、護衛すら出してくれなかった。ルジャンドルは、劉総兵との信頼関係は、トキトクのために完全にくずれたことを知った。

護衛もなく陸路を行くことは大変危険だった。幸い、劉総兵はいささかの余地を残してくれた。劉総兵は、自分も台湾府に部隊を率いて帰るところだから、ルジャンドル一行が一緒に来ることを歓迎すると言った。そしてルジャンドルのために輿を一台出してくれると言う。ルジャンドルは劉総兵の部隊について行くしかなく、柴城からゆっくりと進んで風港に到着し、そこで一泊した。十月二十二日のことだった。

二十三日の午後三時、一行は莿桐脚に着いた。ルジャンドルは、部隊は夜には枋寮に着けると計算した。枋寮に着けば、もう心配は要らない。清国の部隊の護衛がなくても自分たちで道を急ぐことができる。そうすれば、二十四日の夕刻あるいはもっと早く打狗に着くことができ、蝶妹に会うために十分時間が取れるだろう。厦門行きの船に乗るまえに、数時間、蝶妹に会って話ができ、うまく行けば一緒に厦門に行こうと説得できるだろうと思った。もう一つの難関はマンソン医師で、ルジャンドルはマンソンに邪魔されたくなかった。一歩譲って、蝶妹がすぐに決断できなければ、自分が先に厦門にもどって、蝶妹のために厦門の税関医館に職場を見つけてやり、再び厦門から打狗に蝶妹を迎えにもどって来てもよい。

そうこう考えているうちに、輿が突然止まり、道の真ん中におろされた。ルジャンドルは苦力が小用に行ったのだと思った。ところが輿はそのまま半時間ほど置き去りにされ、担ぎ手はずいぶん長く姿を見せなかった。

やっと劉総兵の部下の武将がルジャンドルのところにやってきて、劉総兵は今日はもうこれ以上進まず、ここでひと晩休むことにされたと告げた。ルジャンドルは、ジョゼフを劉総兵に会いに行かせると、苦力は大変疲れているので、これ以上無理強いできないとの答えが返ってきた。

ルジャンドルは激怒した。劉総兵はいつからこんなに担ぎ手に思いやり深くなったのだと心で罵った。ルジャンドルは輿から出ると、山の斜面に近い道端の桑の木のしたに座った。真っ赤な夕陽が海に沈もうとしており、非常に美しかったが、ルジャンドルの気分は最悪だった。ピッカリングと随員たちの一致した結論は、劉総兵は悪意を持って行程をわざと遅らせて、ルジャンドルがボランティア号に乗り遅れるように仕向けているのだ。そうしてルジャンドルが再び台湾府の清国の役人に頭を下げて、宿泊と食事と船の手配を頼まざるを得ないようにさせる魂胆なのだ、というものであった。

ルジャンドルははっとした。生番がなぜ清国人を嫌うのかが実感できたのだ。彼もその経験からピッカリングと同じ結論に達した。生番の本質は「誠」と「信」であり、清国人の本質は「陰」と「詐」だ！


彼は自分で解決策を考えることにした。そこで、部下に莿桐脚に行って住民に協力を求めさせた。

すぐにピッカリングが良い知らせを持ってきた。ちょうど、小型帆船が港で荷物をおろしていると言う。ルジャンドルは金に糸目をつけず、大金を払って船を借りあげた。船主とは、積荷の木材をおろしたら、すぐに出航することに話がついた。

船の持主は大変協力的で、ルジャンドルの部下たちも一緒になって木材を運んだ。とうとう船に乗れて、ルジャンドルはほっと溜息をついた。

ところが、船が出るときになって、福佬人の読書人のいでたちの中年の男が、ふたりの少年を連れてあらわれ、ルジャンドルの二倍の金を出して船を借りたいと申し出た。船主がためらっていると、ルジャンドルは彼に考える暇も与えず、サーベルを抜いて一刀のもとに甲板をつないでいた縄を切り落とした。縄は音を立てて断ち切られ、船は岸を離れはじめた。船主は驚いて、すばやく船に跳び乗った。ピッカリングはすぐに船主に好意を見せ、報酬を多めに出すと伝えた。

船はようやく出航した。ルジャンドルはやっとひと晩ぐっすり眠ることができる。明日の夕刻には打狗に着けるようにと願った。

しかし悪運は依然としてついてまわった。翌日の正午、船はやっと東港に着いたが、風向きが突然変わった。小さな船は、計画どおり北に進むことができなかった。そこで一行はやむなく東港で下船し、強硬軍で東港から打狗に向かって急いだ。

夜中の三時にやっと、疲れきって腹をすかせた一行は打狗に着き、哨船頭に停泊している「ボランティア号」を見つけた。暗闇のなか、ルジャンドルは哨船頭の岸に立って、対岸の旗後をぼんやり眺めていた。

旗後港には微かに灯りが点いていた。医館の場所は知っていたが、建物を見つけることはできなかった。彼の心は切り裂かれるようで、胸は重しを置かれたようだった。四日間、道を急いだが、劉総兵には難癖をつけられ、天からも見放され、結局、朝に晩に想っている蝶妹に会うことはできなかった。彼は船に乗るのをやめようかと躊躇した。しかし、部下たちにどう説明すればいいのだろうか。部下たちは、やっと間に合ったと、小躍りして喜んでいるのだ。あと数十歩歩けば、「ボランティア号」の甲板だ。しかし、足取りは重く、何百キロもの重しをつけられたようだった。

諦められなかった。ここ数日、あんなに苦労し、あんなに努力したのに、蝶妹に別れを告げることも、心を打ち明けることも間に合わなかった。もっとつらいのは、蝶妹が今どう想っているのかわからないことだった。

彼の心は不安で落ち着かなかった。ここでボランティア号に乗ってしまったら、もう蝶妹に会えなくなるのではと恐れた。

しかし、夜が明けたとき、ルジャンドルはいやいやながらもやはり船に乗った。

ボランティア号には清国に雇われた西洋人の水夫たちがたくさんおり、多くはイギリス人だった。彼らはルジャンドルに祝いを述べた。そして、領事殿が大きな功績をあげてくれたお蔭で、これからはフォルモサ周辺を恐れることなく航海できると言った。

ルジャンドルは夢から覚めたようだった。すぐに笑顔を浮かべ、みなに挨拶をし、凱旋した英雄のように祝いのことばを浴びた。

しかし、朝日に映える旗後を一瞥したとき、笑顔はすぐに消えた。

両足は相変わらずだるく痛んだ。足を引きずりながら、船べりに寄ると、旗後の医館がはっきりと見えた。

「ボランティア号」は、薩拉森頭山《サラセントウ》と猴山のあいだの狭い水路をゆっくりと通りぬけた。

ルジャンドルは、突然奮い立った。

「蝶妹、待っていてくれ、できるだけ早く、必ず迎えに来るから」

太陽があらわれ、大地がさっと明るくなった。ルジャンドルの心も明るくなり、以前のような力強さを取りもどした。彼は上司に宛てて手紙を書きはじめ、今回のフォルモサ行の輝かしい成果を誇らしげに強調した。

第六十四章

出兵して二か月半後の陰暦十一月一日に、劉明燈は台湾府にもどった。劉は細心の注意を払って「為奏撫綏台地生番事（台地の生番を撫綏《ぶすい》せし事を奏せんが為にす）」を書き、朝廷に上奏した。南下征番の過程は、次のように記されている。(38)

臣は八月十三日〔新暦九月十日〕に郡〔台湾府〕を出発し、十八日に枋寮に到着しました。そこで前途の様子についてたずねたところ、ことごとく番界に属し、その間に福佬人と客家人が散居するが、生番が常に襲撃せんと機をうかがっているため、警戒を怠らないとのことでした。しかも、番界は、深い谷は密林におおわれ、道は細く険しく、岩が積みあがった峻厳な山々で、足を踏み入れるのも困難をきわめる人跡未踏の地です。ただちに員弁〔下級文武官員〕を何組か送り、人夫を督率して、枋寮以降の山道を、樹木を刈り、道をならしました。また行く先々で民兵を募り、それぞれに旗幟《きし》を与え、各村に分かれて駐留させて、監視・防衛に当たらせ、同時に先導に当たらせました。二十五日に、枋寮から水路と陸路を統率して進軍し、時には険しい道にさしかかると、毎日自ら兵士の先に立って、二、三十里前進しました。途中、各村や付近の番社を通りますと、みなが出迎えて、鶏、豚、酒、米を持ってきました。これらをすべて断り、皇帝の仁徳を宣《の》べて、それぞれに褒賞として番銀〔当時のイギリス、オランダ、スペインなどの国の貨幣〕、銀牌、羽毛、紅布、玉珠などを分け与えますと、各番社の者はみな恩に感じながら受け取り、感激して帰っていきました。

臣は瑯嶠に着くと、柴城に駐留しました。前署鎮臣の曾元福と署台防理番同知の王文棨、合衆国領事のルジャンドル等が、前後して到着しました。生番クアールの居住地までは、瑯嶠からさらに四十余里あり、地勢はきわめて険しい状況にあります。そこで各荘の首領を集めて接見し、詳しく質《ただ》しました。その者たちが語るところでは、内山には全部で十八番社あり、もっとも険悪の地に拠っているのはクアールであり、しかも、とりわけ凶悪で残忍なのもまたクアールだということでした。平生は互いに雄を称え、夜郎自大で、酒をあおるように飲み、いつも刀を抜いては向かい合い、父子兄弟といえども、遠慮しないのは、習俗の然らしめるところであります。該番は洋人を殺害してのち、法を犯したことを知ると、早々に警戒を強め、熟番らとは往来交易はしませんが、十七の番社を招いて酒を飲ませ、迫って無理に盟約を結ばせました。意図は抵抗を図ることにあります。各社の生番は、威力に屈し、多くはしぶしぶ従いました。しかし、頭目トキトクが出かけて行って諭《さと》せば、その盟を解き、易々と鎮圧することができます。

臣はこの事件を調査し処分するには、ただ凶番数名を逮捕して、法に基づいて懲らしめれば、洋人に謝罪させることができると、秘かに考えておりました。今、該番は険しい地勢を恃《たの》んで姿を現さず、通じる道もありません。徒党を組んで援となし、己《おのれ》の力をわきまえずに妄《みだ》りに立ち向かいました。大軍を繰り出して征伐しなければ、凶暴で愚昧な番人を戒めることができません。道臣の呉大廷らと書簡を交わしましたが、意見は同じでした。一方で、前署鎮臣の曾元福と共に督撫臣（閩浙総督呉棠と福建省巡撫李福泰）に相談申し上げ、先に台防理番同知の王文棨、随営委員候補従九品の王懋《ぼう》功、留閩浙補用副将の張逢春、僅先補用游撃本任斗門都司の林振皋《こう》らをそれぞれ各番社に赴かせ、番人たちを安撫させました。臣は、十五日に（九月十五日であろう）軍を移動させ、該番の巣窟から遠くない亀鼻山に駐留しました。ちょうど前署鎮臣の曾元福と申し合わせて、それぞれ出撃する予定でいたところ、十六日、ルジャンドル領事からの連絡を受けました。それによると、領事は十三日に（農暦九月十三日は、西暦十月十日に当たる）、通事の呉世忠、および福佬人と客家人の首領と共に、自ら火山（出火）に赴き、該地の総頭目トキトクと会い、面談して和議を結んだとのことです。今後は、船に旗を立てて目印とし、国内外を問わず各国の商船が、嵐で遭難したときは、該番が適切に救護し、その後、福佬人や客家人の首領の手で地方官のもとへ送られ、さらに、船で中国内地へ送ることになります。もし再び生番に殺害されるようなことが起これば、福佬人と客家人の首領は、協力して凶番を捕らえて官府に送り、厳罰に処すことにしました。今回は、洋人の女の頭部および鏡が発見されたので、領事は自ら買いもどし、その費用を要求通り支払いました。それ以外の死骸はすでに該番によって海に捨てられ、他に捕らえられている洋人はおらず、釈放もありませんでした。該領事は怨恨を恐れ、型どおりに処置をして、和睦することを願っており、該番に代わって撤兵を請い、これ以上の追求を行なわないよう求めております。

臣が秘かに調べたところでは、今回、ローバー号で生番によって大勢が殺されたのには、決して原因がないわけではありません。なぜなら、五十年前に、クアール社の生番は、外国の洋人が上陸して来て惨殺され、ほとんど全滅しました。[39] そのため代々恨みを抱き、報復を図ることを願ってきたのです。これは、頭目のトキトクがルジャンドル領事に直接話したことで、信じるに足ります。臣が考えますところ、この海沿いの道は、天険を生じ、岩礁が林立して、その鋭さは刃のごとく、隠れているものは、とりわけ観測が難しい状況にあります。あるいは天候不順のときには、ここに来た船舶は、みな破損してしまうでしょう。いわんや該番は洋人とは共に天を戴かずの仇敵であります。先に該番が危険を冒して殺害を働いたのは、もともとは報復のためでしたが、今もし武力で鎮圧すれば、洋人と番人の怨恨はますます深まり、これより怨恨による殺人が相次ぎ、永遠に已《や》むことがないことを、誠に恐れるものであります。今すでに該領事ら両者の願いにより和睦がなり、ことごとく以前の不和が解かれて、寛大な措置により、我が皇帝の恩徳が明らかになりました。速やかに書面をもって秘かに道府（道台と知府）とよく相談しましたが、十七日に再びルジャンドル領事が自ら大営を訪ねて来て、臣と面会し和解を願い出ました。言辞はいっそう丁寧で、寛大に処理せざるを得ず、願い通りに、福佬人、客家人のよく知った首領に命じて、すぐに保証書を作成させ、その一方規定に基づき皇帝の恩徳へどう御返事申し上げるかについて相談しました。また、六分儀、望遠鏡を買いもどし、該領事が要した買いもどしの費用、番銀百円、支給しておきました。該領事は大変感謝しておりました。いまはただ兵営にて、該領事の要請にもとづいてしばらく駐留しております。省に到って督撫臣にご説明申し上げ、砲台の設置が許可されるかどうかの返事を俟って、別に処理について奏上申し上げます。いま兵隊と該地の荘丁を送って監視に当たらせ、軍営に二門の大砲を配備し、大いに気勢をあげています。臣は十九日に瑯嶠の内山にもどりましたが、各社の生番は王文棨らの慰撫と説諭を経たのち、聖主の恩恵と威信を恐れ、相連れ立って出頭してきました。臣が広く徳化を知らしめ、十分に褒賞を与えてねぎらうと、みな手を額にあてて望外の喜びをあらわしました。また、臣は瑯嶠に着くと、直ちに民兵を解散させました。そして員弁、兵士・民兵の給料、食糧、軍夫賃金、船賃、報奨金などの費目で、台湾府から届けられていた番銀一万三千四百両を、曾元福と王文棨に渡して、支払わせましたが、なお不足している分は、臣が近くで借り入れて支払いました。事後、精査のうえ清算させていただきます。いささかも濫費しておりません。詳細にわたって処理を行ない、督撫臣に確認をいただいたのち、上奏申し上げました。ルジャンドル領事が厦門に帰るのを待って、臣は帰途につき、十一月一日に郡〔台湾府〕にもどりました。

この上奏文のなかで、ルジャンドルについて、劉明燈は次のように書いている。

「……ルジャンドル領事が自ら大営に来て、臣と面会し和解を願い出ました。言辞はいっそう丁寧で、寛大に処理せざるを得ず、願い通りに、……」

そして、瑯嶠十八社については、次のように書いている。

「各社の生番は王文棨らの慰撫と説諭を経たのち、聖主の恩恵と威信を恐れ、均しく相連れ立って出頭してきました。臣が広く徳化を知らしめ、十分に褒賞を与えてねぎらうと、みな手を額にあてて望外の喜びをあらわしました」

このように上奏文には、この優れた武将の出色の文才と、功績を誇大に飾り立てる清国の役人の気風があらわれている。

第九部　観音亭

第六十五章

ルジャンドルが打狗《タカウ》を離れる五日まえ、蝶妹《ティアモエ》も悩みでいっぱいの心を抱いて、柴城《さいじょう》から打狗に帰った。

蝶妹は船べりに寄りかかり、遠ざかっていく亀山と社寮の村を眺めながら、彼女を感激させ、同時に彼女の心を傷つけたルジャンドルのことを思って、心がひどく乱れた。あの夜から数えて、社寮で十日間を過ごしたが、棉仔《ミア》と松仔《ツア》に会うたびに、心が乱れた。もちろんルジャンドルが彼女を犯したことは口にできなかった。それで彼女はいつも、あの朝のように、ひとりで亀山まで行き、ときには山の中腹までのぼって、海を眺め、棉仔の家の屋根を眺めながらぼんやりと過ごした。

彼女の気持ちはたいへん矛盾していた。彼女はルジャンドルが自分を傷つけたことを恨んでいたが、ルジャンドルが彼女に会いにもどってきてくれること、そしてルジャンドルの心にいくらかでも彼女が存在していることを望んでいた。しかし、十日経っても、ルジャンドルは結局あらわれなかった。しかも、彼の部下は早くに彼の荷物を片づけて運びさり、ルジャンドルは大繡房で砲台を建てていると言い残して行った。砲台ができたら、もちろん彼は劉総兵と一緒に台湾府か厦門《アモイ》に帰ってしまい、社寮に再び来る理由はまったくない……。

彼女は諦めた。いろいろ考えすぎると、自分を罵った。ルジャンドルはあの翌日、蝶妹が彼に言った通りに、台湾府の官軍を連れずに会談の場所に赴き、トキトク大股頭との和議を速やかに達成した。母の部族の人々をひとりも殺さず、部落に対しても寛容に対処してくれた。自分に対しても努力の限りを尽くしてくれた。瑯嶠《らんきょう》の各族の人びとはみな非常に喜び、彼女にも不満はなかった。これ以上なにを求めるのか。

忘れよう、ルジャンドルを忘れよう。蝶妹は横を向いてうしろに退いていく海水を見ながら、心のなかで唱えた。

「観世音菩薩さま、準提観音さま、蝶妹をお護りください。ルジャンドルを忘れさせてください。流れさっていくこの波しぶきのように、彼が私の一生で二度とあらわれないようにしてください」

松仔がいつの間にかそっと蝶妹のそばに来ていた。彼はなにも言わず、ただ静かに座って、時々蝶妹をこっそり見ていた。

前回、蝶妹は松仔に腹を立て、中元節〔旧暦七月十五日。日本の盆にあたる〕のあとすぐに、ひとりで社寮に帰らせた。その後、蝶妹も社寮に帰ったが、はじめのうちは松仔も蝶妹を避けており、彼女のまえにあらわれなかった。中秋節の前日、みなで一緒に林老實の墓参をするときになって、はじめて顔を合わせたのだ。蝶妹はもともとは、中秋節のあと、打狗にもどる予定だったが、瑯嶠での情勢が緊張しはじめたので、残らざるを得なくなった。その後、蝶妹は松仔と話すようになったが、心のなかでは松仔を受け入れていなかった。賭博はやめられるし、小指が一本なくても働ける。しかし、松仔は売春宿に遊びに行き、そのうえ病気を移された。これは生涯消すことができない烙印だった。

はからずも、西洋船の事件が幕をおろすころになって、突然、ルジャンドルとの一件が起こった。あの夜以来、蝶妹は引け目を感じるようになっていた。

さらに思いがけないことに、時を置かずに、棉仔が松仔のために、蝶妹に縁談を正式に持ちだしたのだ。彼女はことばを濁すしかなかった。そのうえ棉仔は松仔に金を用意してやり、博打の負債を返しに行かせようとしている。棉仔は松仔に、問題の多い哨船頭を離れ、旗後で仕事を見つけてやり直すように言った。そこなら蝶妹の医館からも近く、便利だった。

蝶妹はルジャンドルのことで心が落ち着かなかった。松仔が彼女について旗後に来ることについては、心は落ち着かなかったが、拒絶する気もなかった。松仔が一緒にいると、気持ちのうえでは少し楽だろう。松仔のほうは、縁談については蝶妹から正式な返事はなかったが、断わられたわけではなく、一緒に旗後に帰ることを認めてくれたので、心には希望が生まれていた。

その日、夜が明けると、蝶妹は松仔と船に乗った。前の日に、棉仔から縁談を持ちだされたために、どうすればよいか分からず、ことばを交わすこともなかった。蝶妹はいたたまれない思いで、船倉から出たのだが、いつの間にか、松仔がそばにいた。

松仔は右手をそっと蝶妹の膝にのせたが、彼女が身動きしないのを見て、勇気を奮って膝に置いてあった彼女の左手のうえに自分の右手をそっと置いた。蝶妹は少し動揺したが、手は引っ込めなかった。松仔は蝶妹の手を強く握りしめた。

松仔の熱っぽい、汗の滲んだ手の平を感じ、それが手の甲に伝わり、心にも伝わるのを感じた。蝶妹はもう長くこのような落ち着きと温かみを感じたことがなかった。海風が顔に吹きつけてきて、彼女は思わず眼を閉じ、軽く声をもらして、再びもどってきたこの幸福感を味わっていた。

　ふたりはこうして手を重ね合せたまま、無言のうちに旗後に着いた。この日、波風はとくに穏やかで、黄昏どきには旗後に着いた。上陸すると、松仔は蝶妹を医館に送って行こうとしたが、彼女はやんわりと断った。彼女は松仔に言った。

「お日様はまだ山に沈んでいないから、ひとりで医館に帰れるわ。あなたもよく探してね。船やお店で人手を必要としていないか」

　松仔は言った。

「おれは社寮ではいつも海で魚を捕っていた。哨船頭は商船が多いけど、荷物を運ぶだけだ。旗後は漁船が多いから、船に乗って手伝う人間が必要なはずさ。運を試してみるよ」

　蝶妹はにっこりと笑った。

「そうだわ、あと二か月で冬至よ、ボラ（烏魚）を捕る季節だわ。ここの漁船は社寮のよりずっと大きくて、たくさん物を積めるから、外海に出てボラを捕れるはずよ」

しかし、急に心配そうに言った。

「でも外海はずっと危険だわ。それに一度海に出ると、何日も帰れない。気を付けてね」

　松仔は胸を叩いて、自信たっぷりなようすを見せた。蝶妹は手を振って医館に帰っていった。松仔は嬉しくてたまらなかった。蝶妹が彼を気遣ってくれたからだった。

＊

　この日、蝶妹はいつも通りに働いていた。医館では、彼女はいつもまじめに働いた。患者の汚物を嫌がらず、患者に優しく食事を食べさせ、髪をすいてやり、顔を洗ってやった。自分の担当が済むと、他の人を手伝った。同僚たちは彼女を褒め、患者たちはとりわけ彼女のことが好きだった。

　マンソン医師は驚き喜んだ。彼女が医館を離れてまもなく五十日にもなろうとしており、マンソン医師も患者たちも彼女がもう帰ってこないのではないかと心配していたのだった。

　蝶妹はやりがいのある医館の仕事がとても好きだったが、半月前の深夜に、社寮のルジャンドルのテントであったことがどうしても忘れられず、いつも胸を切り裂かれるような思いだった。

今日の午後、彼女はふと気がついた。対岸の哨船頭にずっと停泊していた、花旗国の星条旗を掲げた「ボランティア号」が見えなくなっている。それはルジャンドルが打狗を去ったことを意味していた。

彼女は心が一気に軽くなり、まるで重い責任をおろしたような感覚だった。社寮でのあの夜のことは今もなお、心のなかの思い出したくない影だった。ルジャンドルが再び台湾に来ないことを望んだ。少なくとも彼女はもう会いたくなかった。

*

打狗にもどって二回目の日曜日に、蝶妹は松仔と一緒に鳳山旧城に出かけた。今回、瑯嶠は戦禍を免れ、母の部族の人々や柴城の福佬《ふくろう》人、保力の客家人、社寮から大繡房に住む土生仔《トゥサンア》など各民族のすべての人々が、まったく被害を受けなかった。準提観音の庇護のお蔭ではじめてこのような功徳円満な結果を得ることができたのだと思った。蝶妹はまた、松仔が旗後に来て好運を得られるように観音に祈願するつもりだった。松仔はすでに漁船に雇われていた。冬至のボラの季節はもうすぐだった。漁師たちは、手ぐすね引いて漁船の整備をはじめ、人を雇い、大儲けしようとしていた。

蝶妹は松仔を連れて船で万丹港に行った。先に興隆里と鳳山旧城に行き、それから亀山の麓の観音亭に行き、さらに裏山に行って楼頂媽に参拝した。棉仔と松仔の楊家は、毎年陰暦の一月十五日の晩に、社寮の亀山の麓で行われる跳戯《チャウヒ》の責任者で、伝統の姥祖《ボソ》を祀っていた。村社では、一部の社寮の土生仔たちが、伝統の姥祖以外の外来のさまざまな神様も排斥せずに祀っていた。彼らは福佬人を受け入れ、福佬人の神も受け入れた。そのため社寮には媽祖や関帝を祀る小さな廟もあった。松仔は廟があれば参拝し、人が祀る「李府千歳」〔千歳は王爺のこと。隋唐の時代に生まれ、名前は大亮、逕陽の人で、最後は武陽公に昇進。死後、玉帝に「代天巡狩（天子に代わって、巡視する巡按）」に封ぜられる〕でも、香を焚いて拝んだ。柴城に行けば、福安宮の土地公を拝むことも忘れなかった。彼らは神仏はみな人を護ってくれ、神仏を拝みさえすれば、利益があって害はないと考えていた。いわゆる信仰とか教義にあまりこだわりがなかった。

蝶妹は準提観音のまえに長くひれ伏していた。準提観音に、瑯嶠を戦禍から守ってくれたことを感謝した。さらに、日夜、彼女を悩ませているルジャンドルのことについてもお願いした。知恵と勇気を与えてくださるように祈り、心のなかのルジャンドルの大きな影を消し去ってくださるように祈った。松仔との関係が修復されると、ルジャンドルはいっそう彼女が触れたくない傷あととなった。松仔に告白しようと、何度か思った。これは自分の誤ちではないのだから、松仔はゆるしてくれるかもしれない。しかし、口先まで出たことばを呑みこんでしまった。あの日の朝、亀山から家にもどってくると、入口でばったり松仔に会った。彼女は松仔に疑われるのではないかと思ったが、幸い松仔はいつもと変わらなかった。もし松仔がルジャンドルとのことを知ったら、松仔がそれに耐えられるかどうか、想像もできなかった。松仔が売春宿に行ったことを、いまはもうとがめることはできなかった。少なくとも松仔は彼女に打ち明けた。しかし、蝶妹は松仔に打ち明け面と向き合うことをしていなかった。もしこのまま松仔に嫁いだりしたら、松仔を騙すのと同じではないか。

彼女は観音が持っている勇気を代表する剣と、知恵を代表する珠を眺めていた。観音は第一の両手で二本の勇気の剣を高く掲げ、人生でもっとも重要なことは、勇気をもって悪縁を断ち切ることだと示していた。そうだ、ルジャンドルとのことは本当に悪縁だった。彼女は瞬時に心が清められたと感じた。悪縁であり、すでに過ぎ去ったことなのだから、捨て去っても気にしなければ、永遠に忘れられる。断ち切った以上、もう存在せず、松仔に話す必要がない。話しても、自分の苦悩を松仔に投げ出すだけだ。一日も早くルジャンドルとの繋がりを断ち切ってください、彼女は黙って観音に祈った。

胸のつかえがだんだん消えていくようだった。彼女は立ちあがった。

松仔はだいぶまえからうしろに立って待っていたようだった。彼女は松仔に笑って言った。

「松仔、知ってる。ここに来て観音に向き合うたびに、落ち着いた気持ちになるの。頭がすっきりし、心も空になって、観音が私に何か悟らせてくださるように感じるの。私はこの感じがとっても好きなの。松仔、私たちは毎月、一日と十五日にここに来ることはできないけれど、これからは二回の日曜日のうち一日はお参りに来ない?」

松仔は喜びでいっぱいになり、嬉しそうに言った。

「いいよ、なんでもおまえが言うように、するよ」

蝶妹も大変嬉しかった。そして自分は幸福だと思った。

第六十六章

棉仔が突然、旗後医館の入口にあらわれた。

その日は、蝶妹が松仔と一緒に旗後に来てから四度目の日曜日だった。

この二週間、蝶妹は再び仕事に満足感を感じるようになっていた。マックスウェル医師が香港に行き、マンソン医師が代理を勤めていたからだった。マンソン医師の仕事は急に忙しくなった。彼は蝶妹の技術はもう熟達したと考え、仕事の一部を蝶妹ひとりに任せることもあった。蝶妹は心配と嬉しさが半々だった。自分が信頼されることは嬉しかったが、責任も増した。今日は礼拝日で、リッチー牧師がマックスウェルに代わって礼拝と祈禱を行った。リッチー牧師は来たばかりで、そのうえ旗後と埤頭の二か所を忙しく行ったり来たりしており、マンソン医師の協力をいつも必要としていた。マンソン医師は蝶妹に、礼拝日の朝、礼拝を行なう時間は医館の仕事を手伝い、できるだけ外出を控えるようにと言った。

蝶妹は礼拝日の早朝、門番から「来客あり」の通知を受け取った。松仔だと思っていたが、思いがけなく棉仔だったので非常に驚いた。

棉仔の顔には笑みはなく、いきなり訪ねて行って驚かしてやろうというふうではなかった。ただ淡々と、松仔に会いにきたが、居場所がわからなかった、旗後医館なら、だれでも知っているので、先に蝶妹を訪ねて松仔のところに案内してもらおうと思ったのだと言った。

蝶妹は、棉仔は松仔のことが心配になって訪ねてきたのだと、ごく自然に考えた。そこで急いでやっていた仕事を片づけると、棉仔と医館を出た。松仔の寄宿先に行く道々、蝶妹は棉仔に、松仔はいい仕事を見つけ、いい宿所も見つかったと興奮気味に話した。棉仔はただうんうんと相づちを打つだけで、とくに関心もないようなそぶりだった。

漁民は、休みの日が決まっていない。先週の礼拝日は、松仔は蝶妹に会いに来なかった。漁に出たのだろう。棉仔と蝶妹は運が良かった。松仔は今朝早く漁から帰って、寝ているところだった。

松仔は棉仔が旗後に来たことを知って、大変興奮し、すぐにベッドからはね起きた。

「棉仔兄ぃ、もっと早く打狗に遊びに来るべきだったよ」

棉仔は、船がなかなかなくて、昨日着いたのだと言った。蝶妹は今日が休みだと知ったので、だから邪魔しに行かなかった。昨日は、ひとりで天后宮のあたりをぶらぶらし、飲み食いしたり、大道芸を見たりしていた。廟のまえでは各地を回っている大道芸人がいて、曲芸がすごかった。棉仔は曲芸が大好きだと言った。松仔は旗後のほかにも、興隆里や鳳山旧城も一遊の価値があると言った。松仔はまた、彼と蝶妹も鳳山旧城がとても好きだと言った。すごく立派で、しかも城内には山（亀山）があり、城外には湖（蓮池）がある。棉仔はあまり興味がなさそうだったが、それでも気を取り直して船で万丹に行った。棉仔は昨日泊まった宿はカメムシが多く、それに床が変わったのでひと晩中よく眠れず、だから元気がもうひとつ出ないと言い訳した。

蝶妹と松仔は、道中、目に入るものを大変熱心に説明して聞かせた。鳳山旧城に着くと、棉仔もその壮観に思わず賛嘆の声をあげた。しかし、観音亭にはほとんどなんの興味も示さなかった。蝶妹と松仔はいつものように観音亭では、跪いて拝んでいたが、棉仔はそばを行ったり来たりするばかりだった。耐えられないといったようすで、一、二度、なにか言いかけてやめた。松仔はなんども、蝶妹がここを好きだから、自分も好きになったと強調した。松仔は受け売りして、二週間まえに蝶妹から聞いた観音のたくさんの手とその持ち物の意味についてよどみなく説明した。棉仔は松仔が仏像や寺廟にこんなに熱心なことをいぶかしく思っていたが、蝶妹の影響を受けたせいだと理解できた。と言うのも、棉仔と松仔は社寮ではずっと媽祖を主に信仰しており、平地人の仏教は二の次だったからだ。

蝶妹には棉仔が心ここにあらずの状態だと、だんだんとわかってきた。棉仔は、いつもよりずっと無口で、打狗に遊びにきたのに興奮したような表情はまったくなかった。蝶妹は一か月まえ、社寮での最後の晩に、棉仔が正式に松仔との縁談を持ちだし、自分が返事をしなかったことを思い出さずにはいられなかった。そのとき、棉仔は蝶妹に考えてほしいと言ったが、蝶妹にいつまでにとは言わなかった。棉仔は私に返事を聞きにきたのだろうか。蝶妹は心のなかであれこれ考えた。棉仔は、松仔が蝶妹のためにひとりで打狗でぐずぐずしていると、ちょっとしたことからまた悪習に染まってしまうかもしれないと、心配しているのだろうか。だから、ふたりがさっさと結婚して、社寮にもどって暮らしてほしいと、そんなことを考えているのかもしれない。

蝶妹は心では松仔との結婚を決めていた。ただ、心の暗い影がいまだ完全に消えていなかった。さらにまた、結婚後、社寮に帰って漁労と養豚で暮らすことについて、躊躇していた。彼女は本当に旗後医館を離れたくなかった。医療という仕事をひとりでするのは、難しい。小さな村の社寮にもどってしまうと、彼女にできることは本当に限られていた。

　彼女は落ち着かなくなってきた。棉仔がたずねてきたら、どう答えたらいいのだろう。

　もう遅くなってきた。棉仔が蝶妹を医館に送っていこうと言った。蝶妹は少しとまどった。棉仔が遥か遠くから打狗に来たのは、本当に松仔のようすを見、打狗を見学するためだったのだろうか。棉仔は何度も言いかけてやめたけれど、何を言いたいのだろう。

　三人は旗後にもどり、医館の玄関まで歩いた。蝶妹が棉仔に別れを告げようとすると、棉仔が足を止め、まず松仔を見、それから蝶妹を見た。ひどく奇妙な顔をして、ようやくことばを絞りだした。

「蝶妹、おめでとう！　ルジャンドル領事が話してくれたよ。もっと早くルジャンドル領事とのことを話してくれるべきだったよ。一両日中に松仔を社寮に連れてかえるよ」

　蝶妹は雷に打たれたようだった。顔色が変わり、眼はぼんやりと棉仔を見ていたが、ことばが出なかった。松仔は非常に驚き、叫ぶように言った。

「兄ぃ、それはどういう意味だ」

　棉仔はまるで大ごとをしでかした子供のように、おずおずと松仔を見て言った。

「おまえたちが社寮を離れた次の日に、ルジャンドル領事が蝶妹を訪ねて家に来たんだ。そして帰り際に、わしにわざわざ頼みこんだんだ。蝶妹は自分の恋人で、できるだけ早くもどってきて、蝶妹を厦門に連れて帰るとな」

　空気が一瞬凍りついた。蝶妹は立ちすくんでいた。まるで地上に釘づけされたようだった。赤みを帯びていた顔は真っ青になり、両目は力を失い、唇はきつく閉じられていた。

　松仔は棉仔を睨みつけて、

「ウソだ！　おれは信じねえ！」

と言うと、蝶妹のほうを向いて、訴えるような口調で言った。

「棉仔が言ったことは、本当じゃないよな！」

　蝶妹は夢から醒めたように悲しげな笑みを浮かべ、恨むように棉仔を見ながら、頭をそっと動かした。頭を振ったようにも、うなずいたようにも見えたが、なにも返事をしなかった。それからゆっくりと向きを変えて、歩きづらそうに医館の階段をのぼっていった。

松仔は大声で叫んだ。

「蝶妹！　蝶妹！」

蝶妹は聞こえないかのように、足を引きずりながら医館に入っていった。松仔は慌てて、医館のなかまで追っていこうとしたが、松仔の大声を聞いて出てきた門番に止められてしまった。

蝶妹はふらふらしながら階段まで出てくると、上端に立ち止まり、弱々しく松仔に言った。

「松仔、ごめんなさい。社寮に帰って」

それから棉仔のほうを向いて、聞きとれないような小さい声で言った。

「棉仔兄さん、一年間お世話になりました。文杰《ブンキッ》の分もお礼を言います」

そう言うと、また向こうを向いて、ゆっくりと部屋のほうに歩いていき、とうとう姿が見えなくなった。

松仔はしゃがみこんで大声をあげて泣いた。棉仔は松仔の肩を叩いた。

「松仔、立て。社寮に帰るぞ」

＊

蝶妹は部屋に入るや、わっと泣きだした。

いっぺんにたくさんのことが起こった。受けとめきれず、またどうしたらいいかもわからなかった。

ルジャンドルが厦門に帰るまえに社寮に行ったことも知らなかったし、ルジャンドルがいったい棉仔になにを話したのかも知らなかった。

いま知ったところで、なんの役にも立たない。どっちみち棉仔はもう決めてしまったのだ。これまで心が落ち着かず、松仔に打ち明けるべきかどうか、どのように打ち明けたらよいのか、わからなかった。そのようなさまざまな苦悩は、今となっては余計なことだったのだ。どっちみち棉仔はもう、事の次第をはっきりと知り、楊家は蝶妹と一線を画することを明らかにしたのだ。

彼女は横になった。心にはさまざまなことが去来し、重苦しくまた空しかった。また、思いがけず少し軽くなって、心から重荷をおろしたようでもあった。と言うのも、前から心にわだかまっていたものが、一瞬で消えてしまって、もうわずらわされることもなくなったからだ。

棉仔が社寮での日々、蝶妹が松仔を騙して、秘かにルジャンドルと通じていたと思っているのは明らかだった。だから、あのように決然と松仔を連れて帰ろうとしているのだ。

彼女は悔しくてやりきれなかった。これまで松仔にはずっと真心で接してきた。

いまは、すべてが無に帰してしまった。

棉仔は、ルジャンドルは蝶妹を厦門に連れて帰ると言ったと話していた。それはルジャンドルが自分を思っているということなのだろうか。欲望のはけ口にされたと思っていたが、違うのだろうか。あの夜、自分が受け入れたことに、いくらかの補償と慰謝が得られたということなのだろうか。

彼女はとまどい、矛盾した気持ちに陥った。ルジャンドルはまた来るのだろうか。自分は本当にルジャンドルについて厦門に行くのだろうか。

「とんでもないわ！」

彼女は心で自分をあざ笑った。厦門に行ってどうなるのだ。厦門なんてひどく遠くて、なにも知らない。父の唐山のふるさとからそれほど遠く離れていないらしいが……。それに、ルジャンドルは社寮で、厦門では息子と一緒に住んでいると話したことがある。つまりルジャンドルには奥さんがいるということだ。それとも奥さんは厦門にはいないのかしら……。厦門に行く？　社寮じゅうの笑い者になるだろう。嘲笑には嫉妬が含まれているかもしれないが。彼女はまた自分を罵った。なにが嫉妬なの。西洋人について行って、なにが楽しいの。なにが誇らしいの。

彼女は松仔のことを思った。松仔はどうするだろう？　きっと社寮の人たちの笑い者になって顔もあげられなくなるわ。心が刺されたように痛み、眼から涙が溢れた。彼女は松仔にまったく顔向けができなかった。松仔はあんなに良くしてくれたのに……。あのとき、もうどうにも挽回できないと悟った。だからもう一度出て行って、松仔に故郷に帰るように言い、棉仔に謝った。そしていま、残忍で無情な自分を責めていた。

棉仔は松仔に自分と別れるように言ったが、私まで言うべきではなかった。棉仔が松仔に社寮に帰るように言うことと、私が自分から松仔にそう言うことは、松仔にとっては意味がまったく違う。

彼女は後悔した。これでは、私がルジャンドルを選んで彼を捨てたと、松仔に誤解されてしまう。

彼女は突然、このうえもない空しさに襲われた。松仔は彼女の人生から去ってしまった。彼女の人生に、まるで一瞬のうちにぽっかりと穴があいたようだった。生涯、松仔に会うことはないだろう。しかし、ルジャンドルはどこにいるのか？彼女はルジャンドルとどのように生きていくのだろう。社寮にいたときと同じように、彼の使用人となるのだろうか。そうではなくて、彼の奴婢となり、妾となるのだろうか。

辛かった。すっかりひとりぼっちだった。身寄りも頼れる人もなく、両親もなく、文杰は遠い番社にいた。今月、旗後に来てからは、これからは生涯を松仔と共にし、社寮の楊家は彼女のこれからの家なのだと思うようになっていた。

すべてがかなわぬ夢となってしまった。

文杰が恋しくなった。チュラソに行って文杰に会いたいと思った。まず船で柴城に行って、直接保力に回り、社寮を通らないようにするのだ。しかし心がおじけづいた。瑯嶠という土地に足を踏み入れるのが恐くなったのだ。それでは、あちこちを漂浪するしかないのだろうか。もうこれ以上医館にはいられない。ルジャンドルに会いたくない。

医館のことを考え、仕事のことを考えると、心が千々に乱れた。明日、仕事ができるだろうか。いまとなっては、マンソン医師に会うのさえ恥ずかしかった。マンソン医師に社寮には帰れなくなったことをどう話せばいいのか。マンソン医師だけでなく、恥ずかしくてだれとも顔を合わせられないと思った。世の中の人々から捨てられるのを恐れるだけでなく、完全に身を隠してしまって、知った人にはだれにも会いたくなかった。

彼女はルジャンドルと厦門に行きたくなかった。彼は彼女の気持ちを無視して彼女を犯したうえに、今度はまた彼女の同意もなく、意見すら聞かずに、彼女を厦門に連れていくと勝手に棉仔に話してしまった。ルジャンドルは彼女の気持ちをまったく無視している。それに彼女の心にはもともと松仔がいたのだ。いま、松仔はどう思っているのだろう。松仔はきっと彼女が彼を騙したと思っているに違いない。しかし、この一か月、彼女は松仔に真心で接してきたのだ。彼女は心のなかで松仔を呼んだ。あの夜、ルジャンドルに肉体を犯されて、彼女は貞操を失った。いままたルジャンドルに精神的に犯されているように感じた。彼女は松仔を失ってしまった。彼女はルジャンドルが憎くてたまらなかった。

彼女は観音亭を思い出し、乙真法師を思い出した。それは暗闇のなかのひと筋の微かな光のようだった。

翌日、夜が明けないうちに、マンソン医師の診察机のうえに手紙を残し、荷物を持って広間に行くと、門番にさよならと手を振った。門番はいぶかしそうに彼女を見ていた。

彼女は唇をかみしめると、医館を出た。

頭をあげて空を見あげた。朝の光は見えず、空には残月がかかっていた。海風が吹いて来て、寒気を覚えた。心細くなり、思わず頬を涙が流れおちた。

広々とした世界に、観音亭しか彼女が身を寄せる場所はなかった。

彼女は突然母を思い出した。二十数年まえの深夜、母が部落を脱け出したとき、いまの彼女と同じような心境だったのだろうか？　彼女は苦笑いした。母は彼女よりましだっただろう。自分を待っていてくれるはずの父がいたのだから。彼女の場合は？　ルジャンドル？　彼女は苦々しく笑った。

その瞬間、彼女は悟ったのだった。彼女の心のなかでは、ルジャンドルは、とっくに死んでいたのだ。

第六十七章

蝶妹は観音亭の乙真法師の部屋に座っていた。彼女は数時《とき》まえにここに来て、法師に会うとすぐに、剃髪して出家したいと訴えたのだった。ところが意外にも法師にきっぱりと断られてしまった。しかし、法師は蝶妹を引きとめ、まず彼女を落ち着かせると、昼食を食べさせた。それから自分の部屋に連れてきたのだった。

部屋はとても簡素で、ベッドがひとつあるだけで机も椅子もなく、壁の突き出た板のうえに置かれた準提観音のほかは、なんの飾りもなかった。法師は、蝶妹にベッドの端に座るように言った。法師は蝶妹の告白を聞くと、微かに笑って、出家してからなにをするのかとたずねた。蝶妹は弱々しく言った。

「仏様にお仕えしたいのです。経を唱え、野菜を植え、仕事をして、一生を過ごしたいと考えております」

法師は、首を横に振りながら優しく言った。

「剃髪して出家するのは、心を正し本性を養うためですよ、俗世間から逃避するためではありません」

蝶妹は悲しげに涙を流した。

「この世にはわが身を置くところはありません。私には帰るべき家がないのです」

乙真法師はやはり微かに笑っていた。

「どこも家でないところなどありません。他郷もまた故郷なのです。お父上もそうではありませんでしたか」

蝶妹はそれを聞いて一瞬呆然とした。なにか悟ったようだった。

乙真法師はまた言った。

「あなたは今、過去の因縁に苦しめられています。どう乗り越えるか、私がお手伝いしましょう。仏様の慈悲を信じなさい。必ず解決することができます」

そう言うと、蝶妹の肩をやさしく叩いた。

「あなたはここでちょっと休んで、よく考えていなさい。朝早くこのお寺に来られたのですから、きっと昨夜は一睡もしていないでしょう。眠ければ、横になってお休みなさい。私は午後の講話のおつとめが終わったらもどってきます」

蝶妹は確かにひどく疲れていて、果たしてぐっすりと眠り込んでしまった。ゆっくりと目を覚ますと、外はもう真っ暗だった。読経の声が仏間から聞こえてきた。もう夜のおつとめの時間になっていた。部屋を出ると、本堂では薄暗い灯りのなかで、乙真法師が最前列に座って、木魚をたたき、尼僧たちがそれに合わせて経を唱えていた。蝶妹はみなのうしろから、準提観音に向かって跪き、うやうやしく拝礼した。ひとりの尼僧が経本を手渡してくれたので、蝶妹はよくわからないまま、みなについて経を唱えた。

読経が終わると、蝶妹は乙真法師に言った。

「大変迷っています、法師様」

乙真法師は答えた。

「この寺に三日お過ごしなさい。三日経ったら、またあなたがどう決めたかを教えてください。もし心を決めたのなら、私どもは喜んでお迎えしますよ。しかし衝動的な気持ちで決めてはなりません」

＊

乙真法師が言うことは間違っていなかった。蝶妹は松仔のことばかり考えていて、松仔への思いを断ち切ることができなかった。松仔がもどって来てくれることをどれほど願っていただろう。昔、母が父について行ったように、天地の果てまで松仔について行きたかった。しかし、彼女には社寮に松仔を訪ねて行く勇気がなかった。棉仔のあのことばを聞いても、松仔がまだ自分を求めているのか、わからなかった。

もし松仔がまだ彼女を求めているなら、彼女に会いにもどってくるだろうか。松仔は棉仔から離れて、自立して家庭を持つ勇気があるだろうか。もし医館にもどって彼女に会えなければ、観音亭に行ったのだろうと松仔にはわかるはずだ。もし松仔がもどってきたら、彼と興隆里か鳳山旧城に行って、どこかに落ち着いて暮らそうと思った。松仔の努力と自分の知恵があれば、なんとか生活していけると、思った。乙真法師が言っていることは間違っていなかった。自分はこの世にやはり未練があるのだ。少なくとも、この半年間、医館で学んだことを活かしたかった。少なくとも、打狗以南にはこのような西洋式の医術や看護に長けた女性はほとんどいないはずだ。彼女は夢を描いた。松仔はまず船で働く。金が貯まったら、松仔は船主に相談して外地から商品を仕入れて売る店を開き、小さな医館も開くのだ。もし松仔が働いている船が帰ってこなかったら、彼女が先に小さな医館を開いてもいい……。

突然、彼女は心が痛んだ。松仔はもう帰ってくることはないわ。松仔は棉仔のもとを離れることはできるかもしれないが、問題は彼女を好きになることはもうないということだった。松仔は彼女がルジャンドルのものになってしまったことを知ったのだ。彼女はまた顔いっぱいに涙を流した。

思い出と苦悩がからみ合うなかで、彼女はあることを思い出した。社寮にいたとき、ルジャンドルに観音亭のことを話したことがあった。それは礼拝日のことだった。カトリックを信仰するルジャンドルの礼拝が終わったあとで、蝶妹は急に思い立ち、ルジャンドルのカトリック教会とマックスウェルやマンソンの長老教会には、どちらも十字架があるけれど、あまり似ていないと言った。ルジャンドルは蝶妹の聡明さと観察力を褒め、旗後の教会の礼拝に行ったことがあるかとたずねた。蝶妹は誇らしげに観音亭と慈済宮のことを持ちだし、いつも観音亭に参拝している、それは西洋人の礼拝の儀式と同じだと言った。

「それに私たちは直接に仏様とお話ができるし、また直接に神様に問題をいただいて、その答えもいただくことができるわ」

彼女は少し自慢げに言った。ルジャンドルは打狗の近くに鳳山旧城や、山を背景に建てられた二百年の歴史を持つ古刹があることに、ひどく驚いた。キャロルやマンソンたちは、どうしてなにも言わなかったのか不思議だった。

ルジャンドルは、荷物のなかから携帯してきた台湾古地図を取りだした。それは台湾の官吏が清国の皇帝に献上した地図の複製で、果たして打狗の亀山と観音亭が見つかった。ルジャンドルは大変興奮して、観音亭は確かに打狗第一の古刹だと言った。蝶妹も大変驚いた。観音亭の名称が台湾の古地図に出てくるとは思いもよらなかったのだ。そして、ルジャンドルは、いつかきっと連れて行ってくれるよう、蝶妹に約束させたのだった。だから蝶妹は少し不安になった。もしルジャンドルが本当に彼女を探す気があったら、ここを探しあてるかもしれない。しかしまた、迷いの多い自分をとがめた。出家してしまったら、ルジャンドルが訪ねてこようと、相手にしなければいいのだ。

その夜のおつとめのあと、蝶妹は乙真法師に、剃髪することに心を決めたと言った。そして剃髪してからは、読経のほかにも、仕事をたくさん言いつけてください、どんなことでもしますと言った。乙真法師は、また法師特有の人の機微を知り尽くした微笑を浮かべた。

「なにも難しいことはありません。大切なことは仏法を理解し、自分で修業を積むことなのです」

乙真法師は、それでは明日の巳の刻（午前十時）に剃髪式を行いますと言った。

翌朝、蝶妹は早く起きると、沐浴斎戒を済ませ、部屋で座禅を組み、手に数珠を持って念仏を唱えた。剃髪して出家する時間が迫ってきた。蝶妹は平静を装って念仏を唱えていたが、心のなかはやはりひどく揺れていた。彼女は心のなかで仏様に、松仔に幸運をお与えください、社寮に帰ったらいい奥さんをもらえるようにおはかりくださいと祈った。彼女は、さらに瑯嶠に二度と戦争が起こらないようにと祈り、文杰とチュラソが平穏であるようにと祈った。彼女はいま、人生はつらいことばかりだと気づいた。人生に、心配の種がないよう求めるとしたら、それは贅沢な望みなのだ。

人生。今後は、彼女の人生は、ずっとこの観音亭で過ごすことになる。寺廟や仏門のなかは、もっとも静かでもっとも単純な世界のはずだ。彼女はひとり部屋に座り、俗世間に別れを告げようとしていた。

寺の門のそとで、突然騒ぎが起こった。叫び声が寺の入口から伝わってきた。

「蝶妹！　蝶妹！」

それはまさによく知っている松仔の声だった。まるであの日、松仔がはじめて医館の玄関で彼女を見つけたときにあげた激しい叫び声のようだった。

「蝶妹！　蝶妹！」

すぐに慌ただしい足音が聞こえ、松仔が寺のなかに飛びこんできた。

蝶妹は自分の耳をほとんど信じられなかったが、その瞬間、感極まって泣き出した。

第六十八章

十月二十一日の早朝、ルジャンドルは社寮の楊家を出たが、またわざわざ引き返してきて、棉仔に蝶妹の面倒をよく見るように頼み、さらに、すぐにもどってきて蝶妹を厦門に連れていくと言った。

棉仔はびっくりしたが、そのあとはまるで夢から覚めたような感覚だった。道理で、数日まえの夜、蝶妹に松仔との縁談について話したとき、彼女は嬉しそうな顔をせず、なにも答えずに、うつむいて部屋に帰っていったのだ。

棉仔は腹が立った。ばかげたことに、蝶妹に縁談を持ちこんだだけでなく、松仔を旗後へ行かせた。そのうえ松仔に大金を持たせて、ふたりが結婚する気になるように望んでいたのだ。

棉仔は蝶妹がふたりに真相を隠していたことに腹が立った。あの日、ルジャンドルは話し終わると、身をひるがえして去っていった。棉仔が驚きから我に返ったときには、もう間に合わず、ルジャンドルに詳しいことをたずねられなかった。そして、ルジャンドルから渡された袋を開けて、いっそう驚いた。その金は、家を新しく一軒建てられる金額だった。

正直なところ、棉仔はルジャンドルにはなにも聞けなかっただろう。彼は怒りを蝶妹に向けた。蝶妹の血統を問題にして、「客家人はやっぱり悪いやつらだ」と思った。そしてまたひとりごちた。

「やっぱり半番だ、感謝なんて知るわけがない……」

しかし、今、蝶妹を見そめたのが西洋人の大人であり、瑯嶠じゅうが感謝し、総兵様まで一目置いているルジャンドルだと思うと、たちまち気がくじけた。

彼は文杰のことを思い出した。この姉と弟は、ひとりは洋大人の大官に見そめられ、ひとりは傀儡《かいらい》番の大股頭に見そめられたが、こんな好運に恵まれるとは、前世でどんないいことをしたんだろう。彼の怒りは嫉妬に変わっていた。

彼は溜息をついた。

「すぐに松仔を社寮に連れもどそう、それこそもっとも現実的なやり方だ」

ルジャンドルは松仔が蝶妹を好きなことを見抜いたに違いない。だから彼が去り際に言い残したのは、実際には警告だったのだ。彼ははっとした。ちっぽけな楊家は、ルジャンドルの恨みを買うわけにはいかない。ましてや、ルジャンドルは彼の福の神なのだから。

しかし、もう十一月だった。西北風や落山風が吹き、南から北へ向かうのはなかなか大変だった。寺廟での祭典が忙しく、また海が荒れて船が出ないことが多かった。こうして出発がのび、約一か月後にやっと小船で東港に着いたのだった。棉仔は東港で船を乗り継ぎ、旗後に来た。旗後に着いたのは金曜日の夜だったが、日曜日になってようやく蝶妹と松仔に会えたのだった。

実際に蝶妹に会うと、棉仔は腹が立たなかった。責める気にならなかっただけでなく、逆に敬う気持ちになっていた。ルジャンドル領事は、直接彼に蝶妹の世話を頼み、しかも将来は厦門に連れていくと言った。蝶妹の機嫌を損ねることは、ルジャンドルの機嫌を損ねることになり、軽率なことはできない。彼はただこのことで、松仔が傷つかないことだけを願っていた。松仔を守ってやりたいだけだった。さらに松仔が自分の恋人を追いかけていると、ルジャンドルに誤解されて、彼ら兄弟ふたりがとがめられることなどあってはならなかった。

棉仔は先に松仔にこのことを伝えるつもりだった。だが、松仔はずっと蝶妹のそばにいて、しかも大変嬉しそうだった。それで最後まで引き延ばしてしまい、蝶妹が医館に帰らねばならなくなったときに、出し抜けに言ってしまったのだ。松仔が感情的になるのは想像できたが、蝶妹の反応は予想外だった。蝶妹はルジャンドルとのあいだになにか約束があることなど認めないふうだった。しかし、蝶妹は一度入った医館からもう一度出てきて、松仔に社寮に帰るように自分で言ったのだった。これは一体どういうことなのだろう。棉仔もわけがわからなかった。松仔ははじめは受け入れられなかったが、しばらくすると認めるしかないとでも言うように黙り込んでしまった。

事ここに至って、社寮の楊家と林家の姉弟の縁は終わってしまったのだろう。そういう運命なら、それに従うしかない。棉仔はまず松仔と一緒に宿所にもどり、荷物をまとめた。翌日、棉仔は松仔を連れて船長のところに行き、仕事を辞め、賃金を受け取った。松仔は魂が抜けたようなようすで、棉仔の言いなりになっていた。棉仔は、夕方に東港に行く貨物船があり、予定では翌日の早朝に着くだろうと聞いてきた。船長もふたりを乗せることに同意した。棉仔はとても喜び、松仔を連れて出発した。

松仔は船に乗ると、ひとりで船尾にこもり、体を丸くして、ほかの人に背を向けていた。棉仔がそばに寄っても、その表情は見えなかった。松仔は顔を埋めたまま、相手にしようとしなかった。時々、頭を抱えて肩を震わせ、すすり泣いているようだったが、人には聞かれないようにしていた。

その日は風も波も穏やかで、月も丸い夜だった。だから、船長は大胆にも夜も航海を続けた。真夜中になると、棉仔は眠くなり、寒いうえに空腹で、それ以上我慢できなくなった。それで船倉に入って寝ることにした。船倉に入るときに、棉仔は松仔の肩を叩いて言った。

「中に入って寝よう」

松仔はなにも答えず、片手を伸ばしてうしろに振った。

「放っておいてくれ」と言っているようだった。棉仔はひとりで船倉に入っていった。

眠りについてから、どれだけ経ったかわからないが、ぼんやりとしたなかで人に揺り起こされた。目を開くと、松仔だった。松仔は叫んだ。

「兄ぃ」

棉仔は眠くて朦朧としながら、松仔が話すのを聞いた。

「おれ、社寮に帰らない、打狗にもどるよ。船長に聞いたんだ。この船は今日、東港で荷物をおろすと、また新しい荷物を積んで、夜には帰航するんだ。明日の朝、打狗に着けるってことだ」

棉仔は完全に眼を覚ますと、さっと立ちあがってたずねた。

「打狗にもどって蝶妹を探すのか？」

松仔はきっぱりとうなずいて言った。

「もう決めたよ」

空が微かに明るくなった。棉仔は、松仔が昨日のような気落ちした顔をしていないのを見て、驚いた。幼なさが残る顔に、これまでほとんど見たことがない決然とした表情が浮んでいた。

ふたりは一緒に船倉を出た。棉仔は心中複雑だった。

「決めたのか」

松仔は言った。

「兄ぃ、許してほしい。もう一度打狗に行くけど、兄ぃの金は持っていかないよ」

棉仔は言った。

「金は小さなことだ。でも蝶妹は……」

松仔は棉仔の話を遮った。

「兄ぃ、おれは考えた」

松仔の口もとに微かな笑みが浮かんだ。

「蝶妹はルジャンドルと行かないよ。行くんだったら、昨日あんな顔をしなかったよ。それに……」

松仔は唇を嚙み、眼を赤くしていた。

「蝶妹へのおれの気持ちは変わらないよ。一か月のあいだ蝶妹と一緒にいたんだ。おれがルジャンドルに負けてるなんて、信じられないよ」

松仔の顔には、一瞬、苦痛の表情が浮かんだ。

「おれは、蝶妹とルジャンドル領事とのあいだにどんなことがあったのか知らない。でも、おれは蝶妹を信じてる。それにおれだってまえに間違ったことをしたんだ」

棉仔はルジャンドルから預かった大金を思い出して、言いにくそうに言った。

「しかし、もしルジャンドル領事が……」

しかし、どう話を続ければいいのかわからなかった。

松仔はすばやく言った。

「兄ぃ、おれ、打狗に行ったら、たぶんしばらく社寮にはもどらないよ」

そう言い終わると、下唇をちょっと嚙み、棉仔に頭をさげた。

話をしているうちに、空がすっかり明るくなり、船も岸に近づいていった。棉仔は松仔の決心が固いのを見て、肩を叩いて言った。

「わかったよ、おまえを信じてるよ、打狗にもどれよ。だがなあ、条件がひとつある。来年の一月十五日の姥祖跳戯には、必ず社寮にもどってくるんだぞ。これがおれのたったひとつの要求だ」

別れ際に、松仔は棉仔にもらっていた金を返そうとした。棉仔は首を横に振った。

「おまえには金がいるよ、持っていって使えよ」

松仔は棉仔に深々と頭をさげた。

「兄ぃ、ありがとう」

松仔は顔をあげ、澄んで明るく輝く青空を見あげて、心のなかで祈った。

「おれと蝶妹の将来が、この朝の太陽のように、この青空のようにありますように」

＊

松仔が突然あらわれて、蝶妹は驚き喜び、またばつが悪くもあった。乙真法師はじめ尼僧たちはみな大喜びし、大きな笑い声をあげるものもいた。

ふたりは両手を取り合って笑みを交わし、なにも言わなかった。過ぎたことはもう話す必要はなく、話そうとも思わなかった。

蝶妹は法師に向かって跪いた。しかし、どう言っていいかわからず、ただ「法師様、法師様」と呼ぶだけだった。

法師は豪快に大きな声で笑いながら言った。

「立ちなさい、立ちなさい、観音様にお詫びしなさい。そうすれば、ここを離れてもいいのですよ」

蝶妹は立ちあがろうとすると、思いがけないことに、松仔が跪いて言った。

「法師様、おれらふたりを結婚させてください」

蝶妹は恥ずかしさのあまり、深くうつむいてしまった。法師はいっそう嬉しそうに笑って言った。

「いいですとも。この私にこの世で媒酌人になる機会があるとは、喜ばしいことです。今日はこの寺廟の法師たちがみんな媒酌人となり、観音様と媽祖様も証人になってくれます。あなたたちふたりにとってこのうえない福となりますね」

こうして蝶妹と松仔は準提観音に拝礼し、さらに山上に行って媽祖に拝礼した。

蝶妹は準提観音に跪いて拝礼しながら、この三、四日のあいだのことを思い出していた。

悲しみのあまり死にたいと思っていたのが、打って変わって、いまは幸せいっぱいで、深く悟るものがあった。顔をあげると、喜びの涙に溢れる目で、準提を見あげた。観音の厳粛な顔が以前よりずっと穏やかに感じられた。観音は蝶妹のそばを片時も離れずに護ってくださっているのだと感じた。ルジャンドルが彼女にしたことも彼女と松仔が結ばれるのを促すために与えられた試練のように思われた。このとき、彼女は心のなかでルジャンドルを許していた。彼女の口からことばがもれた。

「準提観音様のご加護に深く感謝いたします。弟子蝶妹は終生感謝いたします」

蝶妹と松仔は長く跪いていた。そしてようやく立ち上がった。

第六十九章

明るい夜空のもとで、姥祖は左手で軽く蝶妹の頭髪を撫で、つづいて軽く腹を撫でた。瓢箪に入ったアワ酒を右手に持った大きな木匙につぎ、蝶妹の口に流しこむと、祝詞を唱えはじめた。蝶妹は自分が神様によって祝福されているのを感じ、感動の涙が、目からせきを切ったように流れ落ちた。

人びとの歌声のなかで、姥祖が軽快に飛び跳ね楽しそうに踊りながら、ほかの人のほうに移っていくと、松仔はからかうように言った。

「蝶妹、このごろ、よく泣くようになったね」

蝶妹は甘えるように松仔の胸をそっと突くと、松仔はハハと笑いだした。そばにいた社寮の若い男女が、羨ましそうに蝶妹を見た。この百日あまり、松仔と蝶妹はまさに幸福にひたっていた。

＊

ふたりは観音亭で結ばれたあと、乙真法師たちと別れ、どこに落ち着こうかと考えた。蝶妹はもう旗後医館には帰らないことに決めていた。彼女は本当に去りがたく思っていたが、ふたりとも医館を出るしかないとわかっていた。

ふたりはまず旗後医館に行き、マンソン医師に別れの挨拶をした。マンソン医師は、蝶妹がなにも言わず出ていったことをまだ怒っていたが、蝶妹が突然帰ってきて謝ったのを見て、怒りはほぼおさまった。ただ蝶妹がやはり辞めると聞くと、大変残念がった。彼は松仔が一緒に来ているのを見て、たずねた。

「あなたたちは一緒に社寮に帰るのですか」

蝶妹が躊躇しているうちに、松仔がうなずいた。それで蝶妹ももうなにも言わなかった。蝶妹が内心躊躇したのは、ルジャンドルがマンソン医師から彼女の行先を知ることを恐れたからだった。ルジャンドルとはもうどんな関係も持ちたくなかった。

ふたりはマンソン医師と別れた。蝶妹は松仔に本当に社寮にもどるのかとたずねた。今度は松仔のほうが躊躇して、なかなか答えなかった。蝶妹はきっぱりと言った。

「わたしは大きな街で努力して自分がしたいことをしたいわ」

松仔はそのときやっと思い出した。自分も棉仔兄ぃにしばらく社寮に帰らないと言ったのだった。一瞬、気持ちがすっきりした。そうだ、心はもう決まっているのだ。松仔は自分は鳳山旧城が好きだと言った。あそこには万丹港もあるから、漁師の手伝いができる。松仔は、蝶妹に旧城で小さな医館を開いたらどうかと提案したが、思いがけず蝶妹は拒否した。蝶妹は言った。

「さっき、マンソン医師にわたしたちは社寮に帰るって言ったでしょう。もし興隆里のあたりに残って、わたしのような小娘が医館を開いて病気を診るようなことになれば、うわさは遅かれ早かれマンソン医師の耳に入るわ、私はどう説明すればいいの？　だから、これ以上、打狗や興隆里にいるわけにはいかないわ」

蝶妹の語気はきっぱりしていた。

松仔はためらいがちに言った。

「旗後に住まず、哨船頭に住まず、旧城に住まず、万丹港に住まず、社寮にも帰らないなら、おれらはほかにどこに行くところがあるんだ」

松仔は打狗に来てから、ようやくわかってきた。兄の棉仔は故郷で首領だが、自分は妾の子で、社寮では大事にされていなかった。自分は外で生きていかなければならない。そして、生きていくためには街に出なければならない。ただ惜しいことに、松仔はあまり勉強していなかった。しかも店を開いて商売をすることには興味がなかった。

蝶妹は手であごを支えて、考えこんでいた。

松仔は蝶妹に言った。

「だいじょうぶ、おれのことは気にしなくていいよ。蝶妹が行きたいところに、おれもついて行くから。どうするかゆっくり考えよう」

蝶妹は顔をあげて言った。

「私、府城に行けたらいいと思っている。府城の水仙宮のあたりがとっても好きなの。あそこは人が多いし、前にマンソン医師とあそこに行ったとき、たくさんの人たちが西洋人の医術を懐かしがってたわ。あそこに行ってみましょうよ」

そこで、ふたりは台湾府の五条港にある水仙宮に行った。蝶妹は前回来たときに出会った廟を管理しているおばさんを訪ね、小さな部屋を借りた。松仔は街の市場や港ですぐに仕事が見つかった。蝶妹は小さな医館を開きたいと思っていたが、それは言うほど簡単ではなかった。ちょうど近くで、手伝いを探している漢方医がいたので、蝶妹は漢方医の助手になった。その若い漢方医は、蝶妹が白人の医者から西洋の医術を学んだと聞いて、非常に驚いた。幸いなことに、この若い漢方医は彼女を拒まずに、かえって次のように言った。

「運気を調えることについては、わたしたち漢方医学は西洋医学より哲学があって、打撲傷でも、西洋医学には負けませんよ。ただね、正直言って、外傷や感染症、腹痛、発熱などは、伝統の黒薬膏を使っても治せないんですね。しかし、西洋人には治療法があるんですよ」

こうして松仔と蝶妹は台湾府に来て、水仙宮の近くに落ち着いた。このあたりはにぎやかで便利なところだった。ふたりはとても快適に暮らした。

蝶妹たちが台湾府に来たのは陰暦十月の末だった。すぐに春節が来たので、ふたりは長い休暇をもらい、台湾府から社寮に帰ることにした。松仔は台湾府で仕事を見つけてから、どうしたら農暦一月十五日の元宵節の日に社寮に帰れるか計画を立てはじめていた。彼と蝶妹は、正月五日の仕事始めの日に、安平から帆船に乗り、正月七日に社寮に帰った。

社寮の人たちは、松仔と蝶妹は府城に行っていたと知って、村じゅうで大騒ぎになった。棉仔は思いも寄らず、ふたりが結婚して、しかもかなりうまく行っていることを知った。松仔は以前のようなぼんやりしたようすから一変して、礼儀正しく、世故にたけ、自信に満ちていた。棉仔は嬉しくて仕方がなかった。

さらに嬉しかったのは、蝶妹が身ごもっているらしいことだった。外からは分からないが、つわりなどのおめでたのしるしも型通りだった。松仔の喜びは言うまでもなかった。棉仔は今度ふたりが帰って来た機会に、披露宴を開いてやりたかった。ただ風習では、春節から元宵節までの正月のあいだは、披露宴は行えない。それに元宵節が過ぎると、蝶妹と松仔は急いで府城にもどることになっている。ふたりは棉仔に、親方が特別に長期の休みをくれたので、帰らなければならないと言った。それにもう結婚して子供もできたので、披露宴はどちらでもいいと言った。

＊

今日の姥祖跳戯《ボソチャウヒ》は、社寮の祖先が伝えてきたもっとも重要な儀式だった。跳戯の儀式は、棉仔の家の近くのもう一軒の土生仔の黄家の姥祖祠壇で行われた。

日がまだ高いうちから、人々は忙しく動きはじめた。

去年は、蝶妹と文杰は居候の身であり、跳戯は平埔《へいほ》族の土生仔の伝統だったので、ふたりはよそ者が祭りを見るような気分だった。しかし、今年は違った。蝶妹はいまや社寮の首領楊家の嫁だった。蝶妹も、自分が土生仔の仲間に融けこんだように感じていた。とくに去年、十八社の大股頭《だいことう》がルジャンドルと和議を結んで戦争を回避して以降、瑯嶠は平埔族、生番、福佬人、客家人を問わず、お互いの敵意はほとんどなくなっていた。

いまでは、蝶妹も自分は社寮の人間だと思うようになっていた。松仔は会う人ごとに、ふたりの子供には土生仔の血、福佬人の血、客家人の血、傀儡番の血と、全部入っていて、どの民族もみな親戚だと言った。そして、ハハと大笑いし、ひどく得意げな顔をするのだった。

瑯嶠の土生仔は、台湾府の周辺に住む平埔族と同じように、矸仔祖《カンシソ》を祀る母系社会だった。台湾府の周辺では、習慣的に「阿立祖」と呼んでいるが、瑯嶠では「姥祖」と呼んだ。祭りの日も違っており、台湾府の周辺の平埔族はほとんどが農暦九月九日、つまり、福佬人が重視する三太子〔哪吒三太子《なたさんたいし》。インド神話のナラクーバラを前身とする。その姿は少年で、太子爺とも呼ばれる〕の誕生日と重陽の節句に行う。枋寮《ぼうりょう》以南の土生仔は、ほとんどが農暦の一月十五日、つまり、福佬人の元宵節で、正月の最後の日に祭りを行なった。

夕陽が西に沈み、月がのぼると、みなは姥祖に供えてあった供物をきちんと並べて、広場の中央に置いた。色とりどりの花やビンロウのほかに、大きな碗に入ったアワ酒があった。供物の傍らには、別に丸い木のテーブルが置かれ、十二組の碗と箸がきちんと並べられていた。帰ってくる祖先たちに使っていただくのだ。

社寮じゅうの民衆が老いも若きも姥祖祠壇の広場のまわりに立って、大きな輪になった。みなで歌を歌った。その喜びに満ちた歌声のなかに、姥祖の化身である尪姨《ワンイ》〔女巫〕が祠壇から踊りながらあらわれるのだ。姥祖は高い花冠をかぶり、慈悲溢れる微笑みを浮かべ、軽く足をあげ、ステップを踏んで舞うような足取りで、踊りながら供え物のテーブルのまえまで進んだ。そして、供物を頭のうえに掲げ、その度に周囲の村人を見まわして、喜んで孫たちの供物を受けとるようすを見せた。それから、両手を動かしながら、水矸祖壇《チュイカンチョトア》〔水矸は福佬語で水を入れる瓶のことを指し、水の入った水矸は水矸祖〔神様〕、祭壇は水矸祖壇と呼ばれる。主に平埔族のマカタオの信仰〕に向かって前進したり、さがったりを何度か繰り返した。供物をすべて掲げ終わると、姥祖は左手にアワ酒を満たした瓢簞を持ち、右手に大きな木匙を持って、一人ひとりのまえで踊りながら、木匙でアワ酒をひと口飲ませ、同時に祝福のことばを述べた。幼い子供なら、頬と髪の毛を撫でた。姥祖に祝福された人は、幸福で満ちたりた表情を浮かべて、姥祖に礼を言った。少し年かさの村人には、直接、姥祖に心の悩みを打ち明ける大胆な者もいたが、姥祖は慈悲深くひとつひとつ答えてやった。村の人びとはみな笑みを浮かべ、非常に満足そうだった。

蝶妹は松仔のそばに立って、姥祖の軽妙な足取りと姿に見入っていた。蝶妹自身は、客家人の父の影響で観世音菩薩を拝み、母が信じる祖霊も敬まっていた。打狗に行ってからは、マンソンやマックスウェルのキリスト教を知った。彼らの生活態度や宗教への熱意は素晴らしいと思ったが、西洋人の礼拝の儀式に心を動かされることはなかった。彼女が好きなのは、やはり観音亭の準提観音だった。今、姥祖に接触したのは二度目だったが、気持ちが前と違っており、大変感動した。姥祖は庶民に最も近い神様だった。というのは、姥祖は神様と先祖や祖霊の合体だったからだ。神様の荘厳さはあったが、それ以上に祖先の慈悲があり、しかも一年に一度、庶民の子孫のまえに姿をあらわすのだ。彼女は、異なった民族、異なった神様、異なった祭儀と崇拝の仕方を悟った。彼女は民族融合の証人だった。彼女はまた、異なる民族、異なる宗教、異なる文化の証人であり、そこには優劣はないことの証人でもあった。彼女について言えば、彼女は異なるものをすべて受け入れる存在であらねばならなかった。なぜなら、彼女の血や子供の血には、それぞれの民族の記憶と信仰が流れているからだ。将来自分は、観音を信じ、同時に姥祖を信じるようになるだろう。

姥祖はとうとう蝶妹のまえにやって来た。姥祖が彼女に微笑みかけたとき、春風に吹かれたような感じがして、思わず両目を閉じ、頭をさげた。姥祖は温かく汗を帯びた手のひらで彼女の髪を撫で、それから軽くあごを持ちあげた。彼女は両目を開けると、姥祖が差し出した大匙いっぱいのアワ酒を飲んだ。アワ酒も母が生前大好きだった。思わず母を思い出した。奇妙なことに、そのとき姥祖が右手を伸ばし、軽く蝶妹の下腹を撫で、それから彼女に深遠な笑みを浮かべた。彼女ははっとした。姥祖も彼女が懐妊していることを知って、とくにお腹の小さな命に幸福を授けてくれたのだろうか。そのとき、姥祖がまた頭を振り、彼女の耳元に近づいて、小さな声ではっきりと言った。

「四月一日に社寮にもどって祝宴を開きなさい」

もう一度、顔を見合わせると、また言った。

「農暦四月一日だよ」

続いて、姥祖は松仔のまえに移ると、また頭を振って蝶妹に神秘的な笑みを見せた。こう言ったようだった。

「覚えたね」

跳戯が終わると、蝶妹と松仔はすぐに棉仔のところに行って、姥祖がふたりに農暦四月一日に社寮にもどってくるように言ったと告げた。

棉仔は非常に驚いて言った。

「姥祖はおまえが可愛くて、とくにおまえによくしてくれるんだよ」

三人は暦を調べた。今年の農暦四月一日は陽暦の四月二十三日だ。姥祖がその日を祝宴の日に選んでくれたのだから、ふたりが次に帰ってくるのは当然、その日となる。

第七十章(40)

ルジャンドルは深く息を吸った。とうとうまたフォルモサの土地に立った。今回台湾に来ることがかなったのは、清国とイギリスのあいだの樟脳をめぐる問題を処理するためだった。

ローバー号事件後、彼の名声は大いにあがった。国際的には、清国と土番と自国の花旗国とのあいだで、橋渡しをして問題を解決した腕前は一流だと公認された。だれもが一致して、ルジャンドルは東アジアのさまざまな問題を調整できる最高の人材だと認めた。

イギリスと清国の樟脳問題は、とても皮肉なことだが、ローバー号事件を解決したときにルジャンドルのもっとも良き助手になってくれたピッカリングが引き起こしたものだった。

ピッカリングは「南岬の盟」〔ルジャンドルとトキトクの和議を指す〕が結ばれるに際しての、傑出した仕事ぶりゆえに、劉明燈から立派な漢字の名前をもらい、そのうえ劉明燈直筆の篆書を刻した印章も与えられていた。ところが半月も経たないうちに、トキトクの娘が劉総兵を侮辱する出来事が起こり、劉総兵は彼をひどく憎むことになった。しかし、ピッカリングは権勢を笠に着て、いっそう傲慢不遜になり、清の朝廷の法律など無きがごとくふるまった。今年、一八六八年二月に、彼は天利洋行を代表して、台湾中部の沙轆《しゃろく》と阿罩霧《あとうむ》（いまの台中市霧峰）に行き、樟脳を買いつけた。これ自体が違法なうえ、民衆を扇動して、清国の官兵と武力で抵抗させた。一触即発の状況となり、清国とイギリスの関係も緊張した。そこでルジャンドルが調停に当たるために厦門から台湾に呼ばれたのだった。

クララは最近、手紙でルジャンドルに許しを請うてきた。彼女は精神的に不安定になって長期間療養所に入っていた。ルジャンドルは精神的に傷つけられただけでなく、経済的にも追いつめられていたのだ。

昨年、フォルモサにいるあいだは、大きな手柄を立てただけではなく、こうした家庭のごたごたからも解放されていた。さらに大切なことは、蝶妹が三十七歳になったばかりの彼の肉体と欲望を呼び覚ましたことだった。今年の二月に息子をアメリカに帰国させたのは、意識していなかったが蝶妹を厦門に受け入れることを考えていたからだった。

彼は蝶妹にどう連絡を取ればいいのか悩んでいた。旗後の医館にいる蝶妹に手紙を書こうと思ったが、蝶妹の英語力は手紙を読めるほどではなかった。それに、マンソンたちに蝶妹に直接手紙を書いたことを知られれば、変に思われるだろう。みなクララのことを知っているからだ。みなの暇つぶしの興味本位の話題にもされたくなかった。たとえ蝶妹を厦門に連れて来ても、一緒に公の場に顔を出させることはまずできなかったし、ルジャンドルと対等にふるまうことなどあり得なかった。蝶妹は彼ひとりの貴重品に過ぎず、夜更けや人のいないときに、愛でられるだけだった。彼は社寮のあの夜のように、蝶妹の温かくて香《かぐわ》しい肉体を思う存分抱きしめたかった。もっと大切なことは、彼に男の気概を呼びもどさせてほしかった。

そんなことを考え、蝶妹に大変すまない気持ちになった。しかし、彼には彼女が必要だった。彼女を必ず自分のものにしたかった。

もうひとつ非常に気がかりなことがあった。半月ほどまえ、マンソンから来た手紙で、蝶妹が去年の暮れに旗後の医館を去ったことを知ったのだ。大変思いがけないことだったが、マンソンに蝶妹の行方をたずねるのはばかられた。

ルジャンドルは一月の初めにマンソンに手紙を書いた。新年の挨拶をしたためたありきたりの手紙のなかで、何気なく、蝶妹の近況をたずねてみた。ところがこの手紙はあちこちめぐったあげく、清国の農暦の正月になって、ようやくマンソンの手に届いた。しかし、マックスウェルが結婚式のために香港に行ってしまったために、ひとり二役を果たしていたマンソンはてんてこまいの忙しさで、二月の末になってようやくルジャンドルに返事を書くことを思い立った。ルジャンドルがその手紙を受けとったときは、すでに三月の初めになっていた。ちょうどその数日後に、新任の駐台イギリス領事、ジェーミソンからの書簡を受け取った。それはルジャンドルにフォルモサに来て、イギリスと清国の台湾官吏とのあいだに起きた樟脳事件の解決に力を貸してほしいというものだった。

ジェーミソンの招聘は、ルジャンドルには渡りに船だった。彼はマンソンの手紙を受け取ってから、蝶妹のことで悩んでいたからだった。蝶妹には、社寮に帰る以外に、他のところへ行く可能性もあるだろう。しかし、この聡明でいくぶん野性的な、番人の血が半分入った娘の行動には予想し難い面があった。

イギリスと清国の関係は、このところ本当にひどく不穏な状態だった。樟脳事件のために、ピッカリングと天利洋行の部下たちは、ライフル銃と大砲を持ちだして官軍とにらみ合い、実際に数人の清国兵を殺してしまった。火に油を注いだのは、三月に、イギリスの徳記洋行のイギリス籍の経理が打狗から府城に帰る途中で、台湾道衙門の卒隷〔労役の兵〕に殴打されて負傷したことだった。その後、鳳山の溝仔墘《こうしけん》教会が民衆に焼き打ちにされた。続いて、マックスウェルの助手で福佬人の宣教師高長も、鳳山の埤頭で民衆に殴られて負傷し、そのうえ隣家の婦人に毒物を入れたと告発された。

官も民も多事多難だったが、この大事な時に、清英双方とも台湾での最高責任者が交替してしまった。イギリスのほうは、ジェーミソンがキャロルに代わり、清国のほうは、呉大廷が病気と称して福建に休養に帰った。新任の道台は梁元桂と言ったが、広東人で、これまで西洋人と交渉の経験がなく、頑固で尊大で、驚いたことにジェーミソンの地位を認めなかった。ジェーミソンは怒りのあまり、文武両面から圧力を加えることにした。一方では廈門に人を送って台湾への砲艦の増派を依頼し、もう一方では手紙でルジャンドルに連絡して、共同で梁元桂にあたることにした。

今回も、ルジャンドルはこれまで通り、迅速に動いた。四月二十二日、ルジャンドルは台湾府に着くや、すぐに行動に移った。その日の朝、すぐにジェーミソンと一緒に梁元桂を訪ねたのだ。終日、会談を続けたあと、双方は一歩ずつ譲り合い、衝突を引き起こした樟脳事件は初歩的な合意に達した。

「清国は天利洋行に樟脳を返却すること。イギリス側は、北京総理衙門とイギリス公使が最終的な協議を達成するまで、樟脳の売買を停止するよう、商社に命じること」

たった一日で、この使命を達成して、ルジャンドルはほっとした。いまは、自分の個人的な問題を片づけなければならない。

翌日の四月二十三日、早朝五時になると、ルジャンドルは待ちきれなくなって船を出した。朝ぼらけのなか、アルーストック号が安平港を離れた。船足は速かった。彼はすでに行程を練っていた。蝶妹はきっと社寮にいるだろうから、今日は是非とも日没までに社寮に着きたい。そして今日中に、是が非でも蝶妹に会いたい。前回のようにすれちがって会えないようなことはあってはならない。もちろん、彼の行動の対外的な理由は、再び大股頭のトキトクに会いに行って久闊を叙することだった。

しかし、万全を期して、まずは船を打狗に寄港させて、マンソンに蝶妹について最新の情報があるかどうかたずねることにした。

早くも八時二十分には、船は打狗に着いた。旗後側には大きな船は停泊できないので、アルーストック号は哨船頭側に停泊しなければならなかった。ルジャンドルは急いで旗後医館に行き、何気なくマンソンと蝶妹が医館を去ったころのことを細々と話題にした。そして知ったのは、蝶妹は慌ただしく去っていったこと、しかもそれから五か月のあいだに一度もマンソンに会いに来ていないということだった。これは蝶妹らしくない。ルジャンドルにはとても理解できなかった。

マンソンは驚いてルジャンドルを見ていた。ルジャンドルが旗後に来て、蝶妹のことをあれこれとたずねるとは思いもよらなかった。しかし、ルジャンドルが真面目な表情をしていたので、冗談を言うのもはばかられた。

ルジャンドルは心配になった。マンソンにかろうじてふたことみこと挨拶のことばを述べると、その場を去った。船にもどると、ビアズリー船長にすぐに船を出すように言った。ビアズリーと水兵たちは驚いた。陸にあがってぶらぶらしていた水兵もいたが、すぐに呼びもどされた。こうして、朝の十時半に、アルーストック号は打狗港を出航して、瑯嶠に向かった。ルジャンドルは出航の命令を出しただけで、あとは何も言わなかった。みなも余計なことは聞かなかった。船はほぼ全速力で航行し、午後二時には小琉球島を通過した。

同行した前任の駐福州アメリカ領事のデュンは、小琉球にはオランダ人が十七世紀に残した黒鬼洞があると聞いていたので、上陸したいと思っていた。しかし、ルジャンドルはきっぱりと拒否した。ルジャンドルの地位はデュンより高いわけではなく、どう見ても同じレベルだったので、デュンは不愉快になった。実は、ルジャンドルも小琉球に行ったことがなかったが、しかし一心に急いでいた。できれば今日の夕方には社寮に着いて蝶妹に会いたかった。そして、あとで報告するために、明日はチュラソに行って、古い敵で、新しい友であるトキトクを訪ねるつもりだった。

二月に、イギリスの船がフォルモサの南端を通りかかったとき、故障を起こし、水も欠乏したことがあった。そのとき、船長は「南岬の盟」の決議に基づいて、赤い旗を振って瑯嶠の土番に助けを求めた。そして本当に土番の協力を得ることができたのだ。これは「南岬の盟」の効果があらわれたものだった。だからルジャンドルは今回、トキトク大股頭に謝意を表しに行く必要があった。そしてもし可能なら、大繡房にも足を運んで、あの砲台をいま清国がどのように運用しているか視察したかった。

午後四時ころには、船は柴城に近づき、社寮も見えはじめた。遠く亀山を見渡したとき、ルジャンドルの心臓はドキドキと鼓動を打ちはじめた。

蝶妹は彼を見たら、どのような反応をするのだろうか？（どうしてこんなに時間が経ってから来たのと、言うだろうか？）

蝶妹は岸まで彼を迎えにくるだろうか？（彼はとても期待していた）

蝶妹は彼と厦門にもどってくれるだろうか？（今回すぐに行くとは限らない）

棉仔は蝶妹に話してくれているだろうか？（前回、わざわざ棉仔に話しておいた）

もし蝶妹が厦門に行かないと言ったらどうしよう？（それなら滞在を何日か延ばして、彼女を説得しよう。だが、デュンは滞在を認めてくれるだろうか）

ルジャンドルは心のなかでさまざまな仮定の問いを考えてみた。

亀山の景色がはっきり見えてきた。棉仔の家は社寮港に近い亀山の麓にあった。船は社寮港にまっすぐ進んでいった。アルーストック号は大型船で、社寮の人たちには遠くからでも見えているはずだ。きっとだれかが棉仔と蝶妹に知らせているにちがいない。少なくとも棉仔は機転がきくから、岸まで迎えに出て来ているだろう。

瑯嶠港に着くと、風波はいくぶん強くなったが、船は相変らず快速で進んだ。午後五時になるまえに、船は社寮に近づいていた。奇妙なことに、船から見る限り、社寮の集落にはほとんど人影がなかった。去年、彼がはじめて南台湾の探検にやって来たときは、船が入港すると、社寮の住民が大勢好奇心いっぱいに岸に見物に出てきていた。しかし今日は、子供が数人岸で遊んでいるだけだった。子供たちは船を見ると、村のなかに駆け込んだ。おそらく大人たちに知らせに行ったのだろう。それにしても、大人たちはどこに行ったのだろう。

船が停泊してから、ようやく棉仔があらわれた。棉仔は人に支えられて、よろよろと岸にやってきた。全身酒の匂いをプンプンさせており、ルジャンドルを見ると、頭をふらつかせながら、しどろもどろで言った。

「ルジャンドル領事殿……わしは……領事殿がお出でなさることを存知あげませんでした。今日のお昼は、松仔と蝶妹の婚礼の宴でして……みんなは……酔っぱらって……ルジャンドル領事殿、あなた様も一杯いかがですか」

ルジャンドルには青天の霹靂で、自分の耳が信じられなかった。

「あなたは、蝶妹の婚礼の宴と言ったのですか？」

ひと言で酔いが醒めたらしい。棉仔は夢から覚めたように跪くと、頭を地につけんばかりにして言った。

「ルジャンドル領事殿に報告いたします。そうです……蝶妹が……松仔と……。棉仔の間違いです。領事殿のお金はお返しします」

ルジャンドルの独眼が火を噴きそうだった。

「あなたは……あなたは……なにをでたらめ言っているのですか！　黙りなさい！」

ルジャンドルは遠くから駆けつけたのに、こんな我慢できないような場面に迎えられようとは思いもよらなかった。顔色はひどく悪かった。幸い、わざと通訳を連れずに上陸していた。デュンは、ルジャンドルがひどく動揺しているらしいと察したが、そのわけがわからず、たずねた。

「チャールズ、大丈夫ですか？　どうしましたか？」

ルジャンドルにはまったく予想外の展開だった。しかし、同僚の手前、それ以上失態を見せるわけにはいかない。

「なんでもない。村には疫病が流行っているらしい。行きましょう、上陸はしない。計画は中止です」

振りかえると、たちまち軍を率いる将軍の威勢を取りもどし、大声で叫んだ。

「罐《カマ》を炊け、出航だ」

かくてアルーストック号は汽笛を三度鳴らすと、夕暮れの風波のなかを蒼茫たる大海原にもどって行った。

陸ではルジャンドルは怒りに震えていたが、一旦船に乗ると、自分の職務にもどり、すぐに指導者の威勢を取りもどした。戦艦は大部隊を載せ、堂々と社寮に向かったのだが、上陸せずに引き返したのだった。なんの成果もあげられず、上司に申し開きが立たなかった。昨日、デュンは小琉球に上陸したがったが、それは観光にすぎず、彼は別のことをしなければならなかった。彼は思い出していた。劉明燈が大軍を枋寮に駐留させ、兵隊に道路を造らせたとき、村からそう遠くない山上に牡丹社の部落があると言っていた。それは本当に凶暴な傀儡番だが、しかし、劉明燈は自信たっぷりにこう言ったのだ。すでにこの牡丹社を買収して、良好な関係を維持していると。だから、その後大軍は順調に道路を造り、柴城まで行軍でき、道中まったく心配がなかったのだ。

ルジャンドルは心にひらめくものあった。

「もしもっとも凶暴な牡丹社に行って親しい関係を結ぶことができれば、自分の点数もあがる」

そこで翌日の午前九時半に、アルーストック号に枋寮の沖に停泊するように命じた。ルジャンドルは、駐福州領事デュン、そして艦長のビアズリーと共に上陸した。水兵たちが銃を持って彼らを護衛した。ルジャンドルは、半年あまりまえにここに滞在したときに知り合った福佬人の首領を探し出して、一緒に山にのぼって牡丹社の生番の頭目を訪ねることを求めた。首領はすぐに承諾した。彼はここの生番の部落の頭目とは関係がいいと言った。田畑も生番から借りていて、定期的に税を納め、また番社の頭目と、福佬人が常用している生活用品と山の産物や木材をよく交換している。さらに信義さえ守れば、実際のところこの地の番人とのつき合いは決して難しくはないと言った。ところが、首領はこうも言った。

「傀儡番はよそ者が自分たちの土地に入ってくることを嫌っている。生番の部落を見にいくなど、言うまでもないことだ。たとえば、今話した商売や納税もみな、土牛溝《どにゅうこう》〔清朝時代に、土を盛り溝を掘って造成した、原住民族の生活領域「番地」の境界線〕で行っているのだ」

ルジャンドルは言った。

「土番が私たちを部落に入らせないなら、彼らに私たちの船まで来てもらいましょう」

ビアズリーは大笑いした。

「そうすると、我が国の艦船がはじめて招待するフォルモサ住民ということになるね」

首領はルジャンドル一行を土牛溝の境界に案内した。はたして、番人の哨兵が出てきて福佬人の首領となにか話しはじめた。しばらくして、番人は去り、またもどってきた。人数は六、七人に増えており、そのなかのひとりは盛装していた。頭目に違いない。そこでルジャンドルは彼らを海岸の船に招待した。頭目は興味深そうな表情をしたが、躊躇するようすも見えた。ルジャンドルは、ビアズリー艦長を人質としてここに残し、土番の頭目は二、三人連れて軍艦に乗り、見学してはどうかと提案した。

土番は非常に興奮した様子で話し合っていた。と言うのも、だれもビアズリーと一緒に残るのは嫌だったからだった。

何人かの生番がルジャンドルについて小船に乗り、アルーストック号に乗船した。彼らはあちこち見まわし、時には賛嘆したり、時には笑ったりしていた。

ルジャンドルは船員に空砲を打つように命令じた。耳をつんざくような発射音を聞き、砲弾が遠くまで飛んだ距離を見て、土番たちは目を見張り、ことばもなかった。

彼らが帰ろうとしたとき、ルジャンドルが言った。

「ちょっと待ってください」

それから船室に入り、大きな美しい木箱を持って出てきた。生番は思わずワッと声をあげた。箱には美しい品々がたくさん入っていた。首飾り、腕輪、鏡、針と糸、白粉、眉墨、口紅、頬紅、香水、さらにオルゴールの宝石箱もあった。生番の頭目は次々に手に取って眺め、羨ましそうだった。ルジャンドルは頭目に向かって言った。

「みんな、あなたがたに差し上げます、私たち花旗国からの贈り物です。これから私たちの船員たちを友好的に扱ってください」

生番は信じられないようだったが、しきりに言った。

「マサル（ありがとう）、マサル」

デュンは奇妙に思って言った。

「チャールズ、どうしてみな、貴婦人やご婦人がたが使う女ものの高級品ばかりなんだい」

ルジャンドルはハハと笑って答えなかった。実際は、悲痛な思いだった。これらはどれも彼が厦門で心をこめて買い求めた高級品で、蝶妹に会ったときに、彼女に選ばせて婚約の贈り物にするつもりだった。彼女が選ばなかった品は、トキトクとスカロ族への贈り物にして、彼らが西洋の船を救助してくれたことへのお礼にしようと考えていた。ところが蝶妹は結婚していたのだ。チュラソにもう行く気がしなかった。そこでいっそのこと、ここの牡丹社の生番に贈ることにしたのだった。ここで好意を見せておけば、将来役に立つかもしれない。

生番は狂喜し、陸にもどってからもしきりに頭をさげ、ようやく山に帰っていった。三時半ころになって、ビアズリー艦長は船にもどってくると、ルジャンドルに向かって親指を立てた。彼は本当に一流の外交家だという意味だった。箱いっぱいの女ものの装飾品は、おそらく何年もの平和と交通の安全を保障してくれるだろう。

アルーストック号はまたゆっくりと動きだした。ルジャンドルは遠ざかってぼんやりと見えなくなっていく海岸線と山なみを眺めていた。ずっと自分のものだと思っていた蝶妹は、風采があがらず、ぼんやりとしたところのある松仔を選んだのだ。半年にわたった恋は、突然怒りに変わった。

ルジャンドルはこれほど我慢できない思いをしたことはなかった。クララの裏切りは短期間に過ぎなかったが、蝶妹は情け容赦なく彼を侮辱した。何としても耐えられなかった。ルジャンドルは、フォルモサの人々には溢れるような好感を抱いていたが、いま、怒りは火山のように爆発し、彼の心に湧きあがっていた。

彼はポケットから美しい小箱を取りだした。中には蝶妹の指にはめてやろうと考えていた指輪が入っていた。彼は憎々しげに一瞥すると、力をこめて海に投げ捨てた。一瞬のうちに、指輪の箱は波に呑まれてしまった。

第十部　エピローグ

第七十一章

大清台湾府海防兼南路理番同知正五品の王文棨《おうぶんけい》は、うなだれ、がっかりしたようすで輿に座り、安平から府城にもどった。前日、新任の台湾道道台の梁元桂と台湾鎮総兵の劉明燈に呼び出された。ふたりの上司は王を厳しく叱責し、海防同知である王に安平の敗戦の責任を取らせた。

半月まえ、イギリス船バスタード号の船長ガードンが、二十三名の兵士を率いて安平に上陸して、水師協官署に夜襲をかけた。水師協官署でもっとも高い地位にあった副将の江国珍は避難したが、明け方民家で自決した。

これはこの上もない恥辱だった。

それだけではなかった。前日の夕刻、十七世紀にオランダ人が安平の海辺に残したゼーランジャ城が、ガードンに海上から砲撃されて崩壊した。この城塞は一六二四年に着工され、それ以来台湾府の海岸にそびえ立ち、非常に壮観だった。オランダ人はその三十年後に台湾を去り、安平港も日に日に土砂で埋まっていった。しかし、台湾府を代表するこの城塞は、永遠に雄壮で荘厳に大海原の潮に向き合っていた。王文棨が台湾に赴任してきたとき、厦門《アモイ》から黒水溝を渡って安平に着いたが、遠くからこの城塞を見ることができた。さらに台湾の海岸に近づくと、巨大な城塞はすでに老朽化していたが、まぢかで見ると、やはり震撼させられた。

城塞は海岸にそびえ立つこと二百四十年余、台湾府と同年齢で、台湾府の歴史の証人だった。それが半月まえの十一月二十五日に、イギリスの野蛮な船長のガードンによって理由もなく破壊されたのだった。

二日まえ、和議がようやく調印された。清国は樟脳の採集と買弁権を西洋人に開放させられた。これによって、清国は半月あまりイギリス人に占拠されていた安平を取りもどすことができたのだ。そして、王文棨は安平を取りもどすために派遣されたのだ。

今日の午前、王文棨は破壊された城壁のあいだを歩きながら心を痛めていた。本当に馬鹿げたことだ。たった数本の樟《くすのき》のために、城塞が破壊されてしまった。悲しみとともに憤りが突き上げてきた。台湾府を象徴する古い城塞が破壊され、安平港もまたしだいに土砂で埋まってゆく。彼の心には、台湾府はもうすぐ没落するだろうという不吉な感覚があった。

輿は府城でもっともにぎやかな五条区にもどった。水仙宮のそばのある通りを過ぎたとき、偶然、道端の漢方薬店が眼に入った。店に座って、赤ん坊を抱いた若い女に、眼を引きつけられた。若い女は袖の細い前ボタン式の赤と白の混じった上着を着て、青色のスカートを穿いていた。このような服装は、黒っぽい色を基調とした府城の福佬人の婦人たちのなかでは、非常に目立っていた。こんな身なりを、去年、瑯《らん》嶠《きょう》にいたときに見たことがあると、王文棨は思い出した。どこで見たのだろう。思い出そうとしたが、すぐには思い出せなかった。

王文棨はそれ以上考えず、また自分のことを考えはじめた。

安平でのイギリス人との交渉が終われば、数日後には、王は台湾府から嘉義に県令として赴任しなければならない。梁元桂道台は今回の「樟脳事件」の責任を彼に負わせようとしていた。と言うのは、彼は「海防兼南路理番同知」だったからだ。彼は昨年の瑯嶠のローバー号事件では「理番」において功績をあげていたので、劉明燈は彼のために梁元桂に取りなしてくれた。しかし、前道台の呉大廷はすでに転任しており、梁元桂はこの話に取りあわず、彼の「海防」の失敗が、安平の陥落と水師協台の自殺を招いたと考えていた。

理番のことを考え、瑯嶠のことを考えていると、王文棨はどこであのような格好を見たのかはっと気づいた。社寮のルジャンドルの宿営地だ。ルジャンドルとはトキトクとの会談のまえに、ルジャンドルの滞在していた家で一、二度会った。その家にあんな身なりの少女がいた。それにあのような衣服は、社寮の土生仔《トウサンア》のあいだではほとんど見かけなかった。それにとくに感じたのは、ルジャンドルはその少女をよく知っているらしく、親しくしていたことだった。その少女のことを、彼は小間使いの娘かと思ったこともあったが、ルジャンドルの彼女に対する態度はそれらしくなかった。ひどく奇妙に感じたので、深く印象に残っていた。そして、そのときルジャンドルのそばにいたピッカリングが、まさに樟脳戦争を引き起こした元凶だった。王も劉明燈もピッカリングを心底憎んでいた。

社寮でルジャンドルの家にいた少女と、台湾府の水仙宮のそばの漢方薬店で赤ん坊を抱いて座っている若い婦人が同一人物であるなど、あり得なかった。それに明日は嘉義に赴任しなければならず、確かめに行く時間もない。若い婦人についてたずねるのも、格好がつかない。彼は思わず失笑した。

王文棨はまた考えにふけった。彼は積極的だった。嘉義県令は、彼にとっては再任の役職であり、事情はよくわかっていた。嘉義に着いたら、いかにして名を揚げ功を立てて、汚名を返上するかを考えていた。そのため、彼の輿の前を担いでいるふたりの男の話に注意が向かなかった。

「漢方薬の店のまえにいた、あの変わった服を着て、赤ん坊を抱いている女の人を見ただろう。おれが前にうっかり手の甲を火傷したとき、何人もの医者に診てもらっても、どうにもならなかったんだが、最後にあの女の人が治してくれたんだ。本当に丁寧で、腕がいいんだよ」

「そうかい、そうは見えないな、女なのに、怪我をうまく治せるとはなあ」

「そうさ、このあたりじゃあの女の人はすごく有名なんだぞ。この近くに住んでる親戚の話だと、いまこの近くの病人は、もし怪我をしたら、みんなあの女のところに行くそうだ。あの女はこの漢方薬の店の手伝いなんだけど、彼女に診てもらうほうが、店の漢方医に診てもらうよりずっといいんだ。店の主人も商売繁盛で喜んでいるとよ、ハハハ」

男はさらにほめ続けた。

「あの女の人は医術に通じていて、器量よしで、そのうえ親切で丁寧なんで、みんなに好かれてるんだ。それにすごいのは、怪我だけじゃなくて、いろんな病気を治すことができるんだよ。彼女が使う薬は、老先生の薬よりよく効くんだ。本当にどこで習ったんだろうな……」

「もっと特別なことはな、おまえも見ただろう、彼女のあの変わった服装をさ。彼女はいつもきれいな首飾りをしているそうだが、あれは傀儡番の格好に違いない。あの女の人はいつも人に自分の母親は瑯嶠の傀儡番だと言っているからな。すごく誇りに思っているんだよ」

「人から『女医者』って言われるの好きらしいよ。でも、彼女に診てもらった患者は、みんな彼女を『傀儡花』とか『傀儡花医師』って呼びたがるらしいんだ……」

第七十二章

潘文杰《はんぶんけつ》は、椅子にもたれて涙に暮れていた。

文杰はまるまる三十年〔一八七四年の牡丹社事件から数えて三十年を指す〕、権力者の意のままに協力し、本意を曲げて迎合してきたが、結局のところは、良き友と見なしてきた日本人が、たった一枚の公文書、たったひとつの行政命令で、この瑯嶠に数十年にわたって君臨してきたこのスカロの大股頭《だいことう》の実権を奪ってしまったのだ〔6〕。

日本人にはひと言も悪く言われず、スカロ族からはからかわれさえした。日本人は美辞麗句を並べて、この地区の人々はすでに「文明化」して、もう「蕃」ではなくなったと言った。そして、チュラソはなくなり、射麻里《シャマリ》はなくなり、猫仔《バア》社はなくなり、クアールはなくなり、スカロはなくなった。さらには大股頭という称号もなくなり……はなはだしくは彼がもっとも誇りにしてきた「瑯嶠」の地名すらもなくなって、この地方はいまは「鳳山庁恒春支庁」と呼ばれている。蚊蟀《マンス》社もなくなって、「満洲」と呼ばれるようになった。ただ「龍鑾湖《リンロアヌ》」には見慣れた「龍鑾」の二字が残っていた。

ところが、三十年あまりまえに日本人と戦い〔一八七四年の牡丹社事件〕、自分から乗り出して調停にあたった牡丹社は今もある。琉球人を殺して、日本人の侵略戦争を引き起こしたクスクス社は、今もある。それに凶暴で従順でないシナケ社も、今もある。

なんと皮肉なことか。

文杰は家のなかのたくさんの称号や贈り物や賞状を思い出した。チュラソがなくなり、スカロがなくなって、これらの過去の栄誉は今日の最大の皮肉となってしまった。さらに皮肉なのは、彼はまったくそれらの賞品を見たことがないことだった。なぜなら、十年まえにほとんど眼が見えなくなったからだ。

文杰は養父を思い出し、きりで突かれたように胸が痛んだ。自分はトキトク大股頭の期待を裏切ったのだ。トキトクは彼に重い責任をゆだねた。しばらくのあいだは、文杰も自分はうまくやっていると思っていた。

大股頭トキトクに養子に迎えられたあの年、養父の英知と決断でスカロ族は戦禍を免れた。ただ、文杰はそれは結局のところ口約束に過ぎないと警戒した。彼は平地人が騙し合うのを見てきた。平地人や西洋人の社会では、書面に文字で書き記してはじめて証拠となると知っていた。そこで二年後に、ルジャンドルが再びトキトクを訪ねてきたとき、彼は漢文でアメリカのルジャンドルと協議書を書き、互いに交換した。ルジャンドルが持ち帰った文書はアメリカの公文書となった。このことで、彼は養父に激賞され、またツジュイからの信頼も倍加した。

さらに四年後に養父が亡くなった。ツジュイがあとを継いで一年もしないうちに、日本人が瑯嶠を侵犯した。日本人は牡丹社、女乃社、竹社を攻撃した。その年、潘文杰は二十一歳になったばかりだった。しかし、彼はこれは養父が恐れた、ルジャンドルが計画した代理戦争だと見抜いていた。なぜなら、日本軍の案内を務めたのが棉仔《ミア》だったからだ。すべてがあまりにもでたらめだった。(41)

そこで、文杰は射麻里のイサにスカロの代表を頼んだ。公の場ではイサが指導者だが、実際は文杰がツジュイとイサの軍師役を務めた。実はイサはトキトクに嫉妬していた。イサは今度、公の場で大股頭の役をつとめる機会を得たが、それは文杰の計らいによるもので、イサは文杰に恩を感じ、言いなりになった。文杰はスカロは自らを守るべきで、ことの是非に立ち入ってはならないと考えていた。のちに、日本人は寛大を装ったやり方で、各部落の好感を勝ち取った。いまから考えれば、日本人は、実は、もっと大きな野心を内に秘めていたのだ。

三十年経った。潘文杰はため息をついた。この三十年、スカロ族の人々と土地を守るために、彼は勇敢に取り組んできた。いま振りかえってみて、これでよかったのだろうか。

あれは本当に多難な時代だった。日本兵が去るとすぐに、清国兵がやってきた。そのときイサが亡くなった。ツジュイもこれまでに経験したことのないような時局の変化に対応しきれず、終日酒を飲んでいた。こうして、文杰はスカロと下瑯嶠十八社を代表する人物になった。

一八七四年の冬、清国の大臣が瑯嶠にやってきた。彼らは社寮とチュラソのあいだにある猴洞《カウトン》が気に入り、そこに大きな城市を造る計画を立てた。文杰は清国の築城を手伝うために部族の人々を動員した。(42)

この城市は、瑯嶠とも、猴洞とも、スカロとも呼ばれず、「恒春」と呼ばれた。

そうして彼は、「衆を率いて恒春の築造に功あり」として、「潘」の姓を賜った。

彼はどうしていいかわからなかった。彼にはもともと漢人の姓があるのだ。彼の血の半分は客家人の父親から来ていた。彼が率いるスカロ族の部族の人々……、ああ、林文杰から文杰になり、さらには潘文杰となってしまった……スカロの祖霊や客家人の父は、どう思っているだろうか。

そのうえ「漢」姓を賜っただけではなく、清国の五品官〔官職の品級で、正・従一品から正・従九品まで位階がある〕に封ぜられたのだ。一八九〇年と一八九二年のことだった。そのとき、ツジュイとその兄弟たちはみな、酒を飲み過ぎて早死にしていた。下瑯嶠十八社ではスカロ族だけが従順で、そのほかの部落は清国に大きな不満を抱いていた。それで文杰は清国に協力して、脅したり利で誘ったり、あれこれ手を使って各部落の頭目を和解させたのだ。

　清国は日本軍に対応するために、一八七四年の夏に国内最精鋭の淮軍を台湾に送ってきた。この「朝廷の大軍」は日本軍と戦わなかったが、その翌年台湾の原住民と戦い、そのうえ美しく「開山撫番」（清朝政府が、一八七四年の牡丹社事件（征台の役）後、沈葆楨の建議によって進めた台湾の山地開発と原住民族への帰順政策）と称した。

　清国兵が日本兵よりずっと残虐だとは思いも寄らなかった。一八七五年の春、大亀文の内獅頭社、外獅頭社、竹坑社、草山社は、清国軍の血祭りにあげられた。ただ清国兵のほうが死者が多く、少なくとも二千人以上に及んだ。あまりの多さに、台湾道台と総兵が鳳山県城に「淮軍昭忠祠」を、水底寮には「白軍営」を建てて、戦死者を祀った。しかしなんの役に立つのだろう。清国軍は兵も多く武器も多かった。原住民の土地はこうして清国の管轄に入った。

　その後、それぞれの部落も平地人のやり方に慣れて、自ら「社」と名乗るようになり、「部落」ということばにこだわらなくなった。文杰には、のちに清国の官吏と同じように、所属する官府ができ、官職を得た。口にするのも恥ずかしいことだが、かつては文杰はそれを誇らしく思っていた。父は生前、彼が科挙の試験に通って名を得ることを望んでいたが、いま彼は五品官に列せられ、官服と官帽を受領した。父は黄泉の国で喜んでいるに違いない。彼、潘文杰は、半客半番の身でありながら、下瑯嶠での重い発言力を有する大股頭となり、そして五品官となったのだ。

　そのころ、彼の眼は落山風のために、トラコーマにかかり、しだいに見えなくなっていった。その後、九年まえに日本の軍隊がやってきて、清国が去った。光緒二十一年は明治二十八（一八九五）年に変わった。

　文杰はもともと日本人には好感を持っていた。少なくとも清国人よりはいいと思っていた。と言うのは、一八七四年に日本人が来たとき、殺したのは二、三十人に過ぎなかったが、一八七五年に清国人は、内獅頭社と外獅頭社と竹坑社で二、三百人以上も殺したからだ。[7]

　だから、一八九五年、つまり明治二十八年に、彼は実は日本人を歓迎したのだった。彼は、下瑯嶠十八社の指導者、スカロの大股頭として、ほとんど全力をあげて心から日本人に協力した。卑南地区の清国の将軍、劉徳杓〔湖南人。一八九六年五月十八日、日本に抵抗して挙兵、五月二十一日投降〕が、日本に投降しようとしなかったので、文杰は「土番義勇軍」を組織して、日本軍を助け劉徳杓を攻撃した。彼はまたチュラソに「国語伝習所」〔一八九五年〕を設立し、自らそれぞれの部落をまわって子供たちを入所させるよう勧めた。これが台湾で最初の高砂族〔昭和天皇が一九二三年、皇太子のときに訪台したころからの呼称と言われる〕の日本語伝習所だった。

一八九五年に、民政長官として視察に来たのは、文杰が二十一年まえに知り合った水野遵《みずのじゅん》[43]で、文杰は旧友が来たように感じた。文杰はすでに失明していた。やっと四十三になったばかりだったが、二十九年のチュラソでの歳月、二十九年のスカロの重責、二十九年にわたって下瑯嶠で奔走したことで、彼はすっかり老け込んでいた。

文杰はごつごつした両手をさしだして、水野遵の両手をしっかりと握った。それからまるで眼の悪い骨相師のように、両手で水野遵をなでまわした。涙が溢れた。白人が去り、清国人が去り、二十一年まえの旧友がもどってきた。心から嬉しかった。文杰は、日本人は信頼できる古い友だちだと思っていたのだ。

しかしながら、一九〇四年の今となっては、日本人は彼を失望させただけでなく、絶望にまで追い込んでいた。彼は怒りのあまり、水野遵に会うために台北に連れて行ってくれと息子に言った。四番目の息子で、二十五歳の潘阿別は冷たく言った。

「水野遵はとっくに日本に帰ってしまったよ。それに、水野遵をたずねても役に立つのか？」

そのひと言ではっと夢から覚めた。

三十八年にわたって、文杰は次々に台湾にやって来たさまざまな強権に直面し、頭を低くして対応し、不平を押さえて安全をはかり、ずっと協力し、協力し、協力し続けてきた。それによって自分の民族は数十年の平和を得、自分は佩刀や勲章や恩賜の品をたくさんもらった。しかし、こうした偽りの謝意は、民族の自主権を侵し、自分の統治権を奪い去ったのだ。このまま行くと、いつか、彼と彼の民族は衣食は満ち足りるかもしれないが、やがて完全に自我を失い、霊魂を失い、祖先から受けついできたすべてを失うだろうと、文杰はようやく気がついた。それでは生きていてもなんの意味があるのか。文杰は養父を思い浮かべた。養父は彼よりも気魄があり、彼よりも聡明だった。養父は時には協力することを選んだが、単なる協力ではなかった。養父は時には相手の話に乗らないことを選ぶこともあった。例えば、劉明燈の謁見のように。養父の気骨が、ルジャンドルに畏敬の念を抱かせた。養父はこの気骨ゆえにスカロを守り続け、自我を持ち続けた。

　そうだ、祖霊を守り、自我を持ち続けるのだ。もしこのまま「恒春」にいて、年老いて死ぬことになれば、スカロはやがては落ちぶれ、消えてしまうだろう。スカロの祖先は知本や卑南の地から来た。スカロは必ず祖霊の地に帰らねばならない、少なくとも近ければ近いほどよい……。そこで、文杰はもっとも能力のある四番目の息子の潘阿別を呼び、すぐに行動を起こさせた。

*

　二か月後、潘阿別は部族の半数の人々と牛の群れを連れ、父、文杰の祝福を受けて、チュラソを出発し、海岸に沿って北に向かい、牡丹湾の大草原に着いた。ここは阿塱壹《あろういち》の海岸を隔てて、遥か遠く祖先の地カチブ〔知本〕と繋がっており、人々は祖霊の息づかいを感じることができた。そこで、彼らはそこに居を定め、スカロの伝統を引き継いでいった。

　翌年、一九〇五年十二月十二日、五十三歳の潘文杰は、さまざまな思いを胸に、この世を去った。

第七十三章

　台湾総督府の官邸には、煌煌と灯がともっていた。美しい熱帯林の庭園のなかを鮮やかな和服を着た召使たちが食べ物と飲み物を捧げ持って、客人のあいだを歩き回っていた。外国から来た貴賓たちは盛んに酒杯をかわし、ご馳走とおいしい酒を楽しんでいた。外賓は次々に主催者に台湾島のこの四十年の飛躍的な発展を祝うことばを述べていた。

　一九三五年十月十日のことである。台北の台湾総督府は盛大に「始政四十周年記念会」を開いた。国際的な博覧会だけでなく、さまざまなスポーツや団体の活動や高砂族の踊り、縁日の行列や演劇があり、会期は一か月におよんだ。

　ゆったりとした音楽が流れるなか、総督はにこにこしながら壇上にあがった。

「この度の祝典のために、珍しいお客様をお招きしております。この会をいっそう盛りあげてくださることでしょう……関屋先生、どうぞお入りください」

総督の中川健蔵は東京帝国大学出身で、東京府知事を務めたことがあり、ヨーロッパの文化が好きだった。総督の出色の経歴から、今度の「始政四十周年」式典は優雅な芸術的な香りが溢れていると、みなが称賛した。いま、総督は自ら女性の声楽家を紹介した。

きらびやかな衣装を身に着けた若い婦人が、にこやかにほほ笑みながら登場した。割れんばかりの拍手が起こった。登場したのは、昨年東京で「お夏狂乱」を演じて日本じゅうにその名を轟かせ、「国宝」と称されたオペラ歌手の関屋敏子だった。人々は総督が登場したときよりも熱烈な拍手で彼女を迎えた。

関屋敏子はまず日本の歌「宵待草」を歌い、次に西洋の曲「庭の千草」を歌った。

「美しく、素晴らしく、国際性豊かだ」、「才色兼備だ」と、人々は褒めたたえた。

戸外での祝典が終わると、総督は屋内の洋式の客間に、とくに敏子と数人の高位の客を招き入れた。

四角い顔で耳の大きな男性が敏子に話しかけた。

「関屋先生、三浦環《たまき》先生より素晴らしいですね」

敏子は微笑んで頭を横に振って言った。

「とんでもございませんわ。三浦先生は私の先生でございまして、とても及びもつきません」

そばにいた総務長官が紹介の労を取った。

「この方は、台湾人ではじめて勅選で貴族院に入られた辜《こ》顕栄《けんえい》議員ですよ」

辜顕栄は慌てて恭しく礼をした。

敏子も礼を返し、にっこり笑った。

「辜議員は台南の方でいらっしゃいますか？」

辜顕栄は言った。

「いいえ。私はここ台北の出身ではございませんが、台南でもございません。鹿港《ろっこう》でございます」

敏子は言った。

「私は今回台南に参りますが、台南には林氏好(44)という教え子がいるのです。でも残念なことに、今回は時間が十分ございませんの。そうでなければ、高雄と瑯嶠にも行ってみたいのですが」

「瑯嶠？」

辜顕栄はいぶかしげに言った。

「先生はどうして瑯嶠をご存知なのですか？　それはもう三十年も昔の古い地名ですが」

敏子は言った。

「亡くなったおじい様が日記と手紙のなかでそう呼んでおられるのです。聞くところでは、その後、鳳山庁恒春支庁と改められたとか」

総務長官も驚きの表情を浮かべた。

「関屋先生が台湾をこんなによくご存知とは思いもよりませんでした。恒春は確か、いま高雄州の恒春郡車城庄になっています」

敏子は小さな声で言った。

「そのあたりはおじい様が昔、行かれたところなのです。おじい様は昔、台湾と大変縁が深こうございましたの。台湾には何度も来て、いつも高雄や台南、とくに瑯嶠に滞在しておりました。そのころはまだ清国の時代でございましてね。台南は台湾府と呼ばれ、高雄は打狗と呼ばれておりましたのよ」

関屋敏子はみなが少しとまどったような顔をしているのを見て、きっぱりと言った。

「祖父の名はルジャンドル将軍でございます。母はルジャンドル将軍の娘です」

「ルジャンドル将軍」という名を聞いても、ほとんどの人はぼんやりとしていたが、総督は思わず膝を叩いて言った。

「道理で、先生は西洋の歌をあんなに上手に歌われるのですな。ヨーロッパ人の血が入っていらっしゃるのですね」

そしてそばの秘書に言いつけた。

「ちょうどよかった、森鷗外先生のご子息も今、総督府におられる。森教授をこちらにお呼びしなさい」

総務長官が感極まったように言った。

「失礼しました。私ども大日本帝国が今日ここで台湾始政四十年を祝えるのは、ルジャンドル将軍のお蔭なのです。ルジャンドル将軍は六十一年まえ、西郷大将が台湾に出兵したときの本当の仕掛け人であり、もっとも大切な功労者であられます」

総務長官はみなに、ルジャンドル将軍の日本への功績を話しはじめた。

敏子は少し寂しい気持ちになった。日本の台湾始政四十年にあって、祖父は日本のために策略をめぐらして、台湾を手に入れた功労者なのに、いまではその名前を知る日本の役人は何人もいないのだ。

「道理でおじい様は、晩年、ひとりで京城〔いまのソウル〕

へ行ってしまわれて、九年後にその異郷で亡くなられたのだわ。お気の毒なおじい様」

敏子は心のなかでため息をついた。

そのとき、学者然とした、上品な中年男性が部屋に入ってきた。総督は彼をそばに座らせると、客人に紹介した。

「こちらは東京帝国大学医学部の森於菟《おと》助教授です。来年、台北帝国大学に来られて解剖学の教授になられます。ですから、まず彼をお招きしたのです。ついでに台湾をよく知っていただこうと思っています」

「森教授のご尊父は大文豪の森鷗外先生でして、明治二十八年に台湾に来られ、何か月も滞在されたのです」

森於菟は礼儀正しく答えた。

「総督閣下は父のことをよくご存知ですね。子供のころ、父はたびたび台湾の風土や人々のことを話してくれまして、いい思い出になっています。そんな縁から、私は望んで来年から台北帝大に勤めることにしました」

総督はまた笑って言った。

「もし私の記憶に間違いがなかったら、教授のおじい様は赤松則良《のりよし》海軍大将ではありませんか?」

森於菟は嬉しそうな表情を浮かべた。

「その通りでございます」

総務長官は興奮して言った。

「そうでしたか。赤松大将は明治七年に台湾に出兵したときの海軍大将で、当時、西郷従道《じゅうどう》都督に次ぐ人物でした。今日は本当に奇遇ですね。おひとりはルジャンドル将軍のお孫さん、もうおひとりは赤松大将のお孫さんで、六十一年まえの日本の征台の歴史を再現しているようですね。明治七年の日本の征台がなければ、明治二十八年の日本の領台もありません、そしてまた今日の『台湾始政四十周年』もなかったでしょう」

森於菟は関屋敏子の家柄を知って大変驚いた。

「そうでしたか。ルジャンドル将軍のご子孫は、本当に多芸多才でいらっしゃいますね。今の十五代目市村羽左衛門は、本名が市村録太郎で、ルジャンドル将軍の長男ですね!」

まわりの人々はいっそう驚いて賛嘆の声がやまなかった。

来賓が帰ると、総督はとくに関屋敏子と森於菟と総務長官を引きとめた。森於菟はいささか感慨深いものを覚えて、敏子にこのように語った。

「私は幼いころに、母を亡くし、しばらく祖父の家で暮らしました。祖父のことではっきり覚えていることがございます。私が十歳か九歳のころ、祖父はルジャンドル将軍が京城で亡くなられたことを知り、ひどくがっかりしたようで、ひとりで酒の杯を重ねて行きました。私がそばにいましたので、祖父はルジャンドル将軍が日本にきたころのことをあれこれと話してくれました。祖父は、将軍は外国人だから、大きな功績をあげても、日本ではいろいろ厭な思いをさせられたと話していました。祖父は、日本はルジャンドル将軍に申し訳ないことをしたと考えていました」

敏子は言った。

「五年まえに京城に参りましたときに、私はおじい様のお墓にお参りしました。その日は大雪で、私は会ったこともないおじい様のお墓のまえにたたずんでおりました。そのとき幼いころにおばあ様と母から聞いた話をふと思い出したのでございます」

「おじい様は晩年、ひどく恨めしく思っていたようです。日本が台湾を手に入れるのを助けるために、日本政府の顧問を引き受けました。その結果、それからはアメリカに帰れませんでしたし、アメリカにいる息子にも会えませんでした。しかし、日本政府がおじい様を重用されたのは三年足らずでした。その後もおじい様は度々政府に献策したようですが、重要でない地位を与えられ、力を持たない顧問という閑職に就きました。さらにひどいことに、給料が少なく、経済的に困窮して、アメリカにいる息子に送金することがまったくできなくなり、大変申し訳ない気持ちだったようでございます。失意のあまり、やむなく自ら求めて京城に行きましたの。そのときはもう六十歳で、すっかり老け込んでおりました。ああ、おじい様は意欲的に生涯を送り、国際的な舞台で重要な役割を担うことをずっと願っておりましたが、その願いはかないませんでした」

森於菟は言った。

「私のかすかな記憶ではあの日の午後、祖父はしきりにため息をついておりました。そして、台湾への出兵は、実はルジャンドル顧問が段取りし画策したものだと言っておりました。祖父は習慣でおじい様を顧問と呼んでおりました。祖父はこうも言っておりました。顧問はもともとアメリカのために台湾を手に入れることを考えていたのだが、アメリカ政府はそれに耳を傾けようとしなかった。それで一八七二年十月にアメリカへの帰国の途中、横浜で副島種臣《そえじまたねおみ》外務大臣と話をして、日本に協力しようとしばらく滞在することにした。ところがそのまま生涯、いることになってしまった。顧問はずっと、清国は台湾を持つにはふさわしくなく、台湾の高砂族は文明の発達した政府に管理されるべきだと考えていらっしゃいました。顧問はアメリカで役人としてうまく行きませんでしたが、それは多くの人が顧問をやはりフランス人だとして、排斥したからです。顧問が日本に来た目的は、台湾王になること、少なくとも瑯嶠王になることでした。しかし、状況に恵まれず、そうはなれなかったのです。顧問は一歩譲って、日本人になりたかったのですが、日本人はやはり顧問を外人と見ていたのです」

敏子はうなずいた。

「それは本当ですわ。おばあ様とも正式に結婚なさいませんでした。ふたりは実際、大変仲が良かったのですが、あの閉ざされた社会では、おばあ様は人に笑われたくなかったのです。おばあ様とおじい様のあいだに生まれた男の子と女の子、つまり私の伯父と母は、生まれると他所の家に養子に出されたのです。おじい様は日本でも、本当に家庭生活の温かさを味わったことがございませんでした。ですから、その後、おひとりで朝鮮に行ってしまわれたのです。お気の毒なおじい様」

森於菟はちょっとことばを切ってから言った。

「祖父が言うには、日本が台湾を手に入れたあと、一度顧問が朝鮮から日本にもどられ、そのとき祖父に会いに来られたそうです。祖父は顧問にこう言ったそうです。『いつ台湾に行かれますか？　あなたはずっと台湾がとても好きだったではありませんか？　とくに高砂族が』って」

「祖父は、そのときの顧問の反応はとても奇妙だったと言っておりました。顧問はしばらくぼんやりとして、それから暗い顔でこう言ったそうです。『もういいのです』と。顧問は台湾に対してずっと複雑な思いを持っていらっしゃるように感じたと、祖母は話しておりました」

関屋敏子はため息をついて言った。

「おじい様は日本では思うようにいかず、のち朝鮮に行っても、もっと思うようにいかなかったのです。おじい様が生涯でもっとも成功していらしたのは、一八六七年から一八七五年までの、台湾での仕事をしていたあの数年なのです。ただ、短すぎますわ。おじい様はあちこちさすらい、外国の政府のために働いたのに、そのあげく、どの国からも相変わらず『外国人』と見られました。これがおじい様が生涯でもっとも辛かったことですわ」

みな突然黙り込んでしまった。何と言っていいのかわからなかった。

総務長官はずっと静かに聞いていたが、このとき突然沈黙を破った。

「ルジャンドル顧問が下瑯嶠十八社と和議を結んだことは、あのころ、本当に大きな出来事でした。しかし、いまは下瑯嶠十八社はもうありません。あの生番の部落はみな恒春郡の管轄に編入されてしまいました」

関屋敏子はかろうじて微笑みを浮かべ、お茶を少しすすると、話をそらした。

「この台湾のウーロン茶は本当においしゅうございますわね」

三人は黙り込んだ。

関屋敏子はとうとう立ちあがった。

「森先生、長官様、いろいろお話しくださってありがとうございます。私は本当に嬉しいですわ。少なくとも、台湾にはまだ亡くなったおじい様を覚えてくださっている方がいらっしゃる」

関屋敏子は建物のそとに出て夜空を眺めながら、つぶやいた。

「おじい様、後の世の人はきっとおじい様のことを覚えていてくださるわ。天国で喜んでくださいね」

【注】

（1）落山風は、恒春半島特有の気象現象である。十月から翌年の二月まで、東北季風（季節風）が、中央山脈の三千メートルの高山に沿って北から南に吹く。山脈は南に向かうほど低くなり、恒春半島の大武山あたりに来ると、高度は一千メートルから四百メートル以下となる。そのため強い気流を形成して吹きおろし、それが落山風になると言われている。

（2）トーマス・ナイとトーマス・スミスがケルピー号で一八五二年に起こした事故を指す。場所は澎湖付近のようである。スウィンホーは、一八五八年に瑯嶠湾に彼らを探しにきている。

（3）当時、スウィンホーやマンソン（後出）ら、一部の西洋人は、客家人をチャイニーズ（注9参照）と認めていなかった。このことから、福佬人と客家人がまるで外国人同士のように対立していたことが、よくわかる。

（4）その後、台湾人は淡水と台南（安平）を「正港」、基隆（鶏籠）と高雄（打狗）を「偏港」と呼ぶようになった。また淡水と基隆を「頂港」、台南と高雄を「下港」とも呼んだ。

（5）徐如林・楊南郡著『浸水営古道　一條走過五百年的路』行政院農業委員会林務局、二〇一四年参照。

（6）傀儡山は「おおよそ大武山以南の山脈」を言い、北大武山と南大武山は、それぞれ標高三〇九二メートルと二八四一メートルである。

（7）「珊瑚樹」は「山猪肉樹」とも言う。原住民は薬用植物と見なしている。葉の味がまるで焼いた山猪（イノシシ）の肉のようであるところから、「山猪肉樹」と言う。

（8）パイワン族の伝統では室内葬を行う。家屋内で自然死した人は「善死」として室内に埋葬されるが、屋外で死んだ人は「悪死」と考えられ放置される。林山産は原住民ではないので伝統儀礼を知らないふりを装って、愛妻のために「室内葬」を行なった。

（9）チャイニーズ（Chinese）について。当時、イギリス植民地内には多くの華人移民がいたが、中国人ではなかった。当時、満洲人が中国を統治していたので、満大人（マンダーレン）（Mandarine）はチャイニーズだと言える。つまり、チャイニーズは満洲人と漢人を含んでいる。ただ、当時、台湾の福佬人と客家人は対立し、ことばが異なっていたので、マンソンは客家人はチャイニーズではないと考えていた（ピッカリングがこのように考えていたかどうかは、不明である）。要するに、彼らは、台湾原住民はフォルモサ人であって、チャイニーズではないと考えていた。当時、実際のところ、西洋人は「漢人」というこの人類学の用語を使うことはめったになかった。その時は、「福佬」あるいは「漳州」や「泉州」が通用していた。マレーシア、シンガポールでは、「福建人」、「広東人」、「客家人」、「潮州人」

と言う。「閩南」ということばは、おそらく一九四九年に国民党がもたらした用語で、台湾人が「(中国)内地」から来たことを強調するのに用いられた。

(10) 十九世紀、西洋人は瑯嶠をExpedition Bayと称した。Expedition は遠征、探険の意味である。

(11) 費徳廉・羅効徳編訳『看見十九世紀台湾　十四位西方旅行者的福爾摩沙故事』如果出版、二〇〇六年、六十頁参照。

(12)「松」は福佬語では榕樹《ようじゅ》の意味で(例えば、高雄の鳥松区の「鳥松」は、鳥がとまっている大榕樹の意味)、中国語の「黒松」の「松」ではない。

(13) 三百年まえ、プユマ族の南部の知本と北部の南王の二大部落が戦闘に敗れ、知本のカチブ部落が南に移動し、大亀文(いま中パイワン)で攻撃に備え、阿塱壹を経て牡丹湾に着いたとき、ようやくひと息ついた。さらに南下していまの港仔湾、八瑤湾付近(いま南パイワン)まで到り、途上パイワン族の攻撃に遭いながら、今日の渓仔渓谷に沿っていまの八瑤、シナケに到達し、港口渓谷に進むと蚊蟀《マンス》(いま満州)の南パイワン人に遭遇した。これらの知本人は巫術に優れていた。パイワン人が敗れると、彼らは駕籠でプユマ族を担いで南に向かったので、スカロ人(原意は駕籠に座る人)と呼ばれるようになった。スカロ人は一路東北から西南に移動し、地位が最も高い者(大股頭)が適当な場所を探して、最初に定住したのが、チュラソ(いま里徳)である。他の者はさらに歩きつづけ、二股頭は近くの射麻里(永靖)に定住し、三股頭は恒春付近(猫仔社)に留まり、最後の四股頭はさらに東に向かって龍鑾潭付近まで歩いて定住した。元プユマ族のスカロ人は、パイワン族と同化して、パイワン化したプユマ人になった。彼らは恒春半島の権力者となった。のち、清朝および外国人とのもめ事はすべてスカロの大股頭によって処理された。

(14) パイワン族の恋歌。『百年排湾林広財音楽専輯』収録。

(15) 牡丹社事件を指す。注(41)参照。

(16)「媽祖」として祀られている林黙娘《りんもくじょう》は、実は若いころに亡くなっている。だから、ごく初期の媽祖像は若くて痩せている。但し、施琅《しろう》が清の朝廷に願って「天妃」に封ぜられ、また「天后」に昇格してから、その像の姿は次第にふくよかで年老いた姿になった。

(17) 清代台湾府城でもっとも重要な商業区で、いまの中正路の北、成功路の南、新美の西に相当する。

(18) ローバー号が事故を起こした場所は、当時の行政区分では、鳳山知県の管轄にあたり、軍事系統の区分では、南路営の所轄である。

(19) この報告は、ルジャンドルの手記である黄怡訳・陳秋坤校註『南台湾踏査手記：李仙得台湾紀行』(前衛出版社、二〇一二年十一月)に見える。

(20) フィリップ・フランツ・フォン・シーボルト(一七九六―

一八六六）は、ゲルマン人で、オランダ東インド会社に入り、長崎の出島のオランダ商館医となった。日本人を娶って開業し、さらに塾を開設して西洋医学を日本に伝えた。日本人はこれを「蘭学」と呼ぶ。

（21）蔡石山著・黄中憲訳『海洋台湾：歴史上与東西洋的交接』（聯経出版社、二〇一一年一月）を参考にした。

（22）この手紙は、『南台湾踏査手記：李仙得台湾紀行』（注19参照）に収録されている。

（23）観音亭。現在の高雄左営にある興隆寺の前身で、清代の名刹。「康熙台湾輿図」に記載があり、もとの所在地はいまの左営の亀山の山麓にあり、興隆寺の「開山碑」の記載によれば、観音亭は康熙己巳（つちのとみ）の年、すなわち康熙二十八（一六八九）年、施琅領台六年目に建立された。昭和十三（一九三八）年に、日本軍は左営港（旧称万丹港）を軍港にした。左営軍港を保護するために、要害の高地となる旧城と亀山は軍事特区に区画され、観音亭とその上の亀峰巌媽祖廟は強制的に移転させられて、今日の興隆寺となった。

（24）左営の鳳山県旧城について。街造りの歴史は本文中にある通り、康熙六十一（一六二二）年に最初に築かれ、一旦放棄された後、道光五（一八二五）年に土の城壁の改築をはじめ翌年に完成した。当時、「鳳山新城」と呼ばれたが、後に埤頭に鳳山県「新城」ができたので、そのためにまた旧城に変わった。今日、東門、南門、北門、そして城市の壁とその壁の周りの河は残っており、国定指定史跡となっている。

（25）この姚瑩「復建鳳山県城」の全文は、姚瑩の『東槎紀略』（一八二九年）に収められている。

（26）この三つの碑は、いま高雄の興隆寺に保存されている。

（27）民間では、鹿港天后宮に鎮座しているのが、施琅が携えてきた媽祖だと信じられている。

（28）柴頭埤は当時いまの蓮潭の大埤に次ぐ面積だった。鳳山の旧名「埤頭」は、ここから来ている。

（29）ハント夫人の捜索を依頼されたのはイギリス人のジェームス・ホーンであり、彼はその後も台湾に留まった。ホーンはクバラン族の頭目の娘を妻にし、ドイツ人の商人ジェームス・ミリッシュと協力して、大南澳で開墾、樹木の伐採を行ない、茶を栽培しようとした。ただ、開墾の規模が大きすぎて、噶瑪蘭《クバラン》通判の丁承禧の干渉を引き起こした。一八七〇年秋、大南澳の開墾区は清朝政府によって接収され、ホーンは仲間三十数人と船に乗り、蘇澳に向かう途中に暴風雨に遭って遭難死した。数名の船員はチュラソに流れ着き、ピッカリングによって身代金を出して助けられた。十年、二十年後に、大南澳で金髪の女性の原住民を見かけたという人がいて、顔は西洋人の少女に似ており、ホーンの後裔だといううわさがたった。

(30) 実際はこの一帯の原住民は、大亀文社に属し、牡丹社ではない。ルジャンドル、劉明燈の認識はおそらく間違っている。

(31) この日記の出典は『南台湾踏査手記：李仙得台湾紀行』(注19参照)である。

(32) これらの大きな鳥は、主にサシバ(灰面鵟)で、多いときは十万羽に達する。

(33) アミ族の奴隷を指している。

(34) 砲台の位置は、台湾第三原子力発電所の排水口の近くだと思われる。亀鼻の高い丘に寄りかかるように隠れている。

(35) いまは屏東県大光観林寺で、台湾第三原子力発電所の排水口からほど近いところにあり、言い伝えによると清の乾隆年間に建立された。

(36) ピッカリングは晩年の著書『Pioneering in Formosa』(London : Hurst & Blackett、一八九八年)で、次のように書いている。「清朝の大将軍は大喜びで、心から礼を言い、そのうえ私に名刺に印刷するようにと、新しい名前をつけてくれた。以前、英語の名前の発音を三つの漢字であてていたが、特別の意味はなかった。この偉大な高級将軍から頂いた名前が、まさしく『麒麟』である。麒麟は神聖にして神秘な霊獣で、ただ偉大な聖賢が誕生したときにはじめてあらわれると言われており、ほかの人々もしきりにこう言っておべっかを使うのだ。『あなたが私たちにこの上ない幸運をもたらすのは、きっと本当の麒麟だからだ』と」

(37) 台湾でもっとも美しいとされる「関山落日」。

(38) 『同治朝籌弁夷務始末』巻五十四参照。

(39) この事件が起こったのは、五十年前ではない。クアール人の記憶違いで、二百年以上になる。

(40) 本章は、アルーストック号日誌に記載された一八六八年四月二十三日と四月二十四日のルジャンドルの行程に基づいて描写した。

一八六八年四月二十三日朝五時：アルーストック号、台湾府を離れ打狗に向かう。朝、八時二十分、打狗港沖に到着。十時三十分、打狗を離れ、瑯嶠湾に向かう。午後二時、小琉球島を経て、五時に蘭嶼に停泊。

一八六八年四月二十四日(金曜日)朝九時三十分：枋寮沖に着く。ルジャンドル、デュン領事、ビアズリー船長は、アルーストック号を降りて上陸し、現地の住民を訪ねる。十一時十分、ルジャンドルは、ひとりの牡丹社の頭目を伴って船にもどるが、ビアズリー船長、残って人質となる。十一時三十分、牡丹社の頭目、厦門の住民が住民に贈ったお礼の品を持って、船を降りて帰る。その後、ビアズリー船長、船にもどる。午後三時四十五分、アルーストック号、打狗にもどり停泊。(羅効徳・費徳廉訳『李仙得台湾紀行』国立台湾歴史博物館、二〇一三年、四三七頁)

(41) 牡丹社事件でのルジャンドルの役割を指す。台湾に対するルジャンドルの急進的な政策は、当時のアメリカ駐清公使フレデリック・ロウ（鏤斐迪。任期一八六九—一八八四）の好むところではなく、そのためルジャンドルは一八七二年の下半期に帰国させらせることになった。当時、ルジャンドルの上官のグラント将軍が大統領（一八六九—一八七七）になっており、彼をアルゼンチンの公使に推薦していた。ただ、フランス出身というルジャンドルの背景が、国務院と国会からの反対を受け、ルジャンドルは休暇を取ってアメリカに帰り、新しい仕事を探そうとしていた。一八七二年十月、彼は日本に立ち寄り、アメリカ駐日公使の紹介で副島種臣外務卿と会見したのち、日本は彼が抱く「台湾の番地は中国には属していない」との信念を実行できると強く感じて、十二月十二日にアメリカ領事の職を辞し、日本の明治政府に「台湾蕃地事務局」のナンバーツー（長官は大隈重信）に雇用された。彼は七度の訪台で得た調査資料、地図、港湾地図、地層、漢人と土着民の集落地図などすべてを日本に提供し、日本の征台行動を合理化する意見をまとめた。

　一八七四年三月、樺山資紀と水野遵は、まずルジャンドルが提供した地図と情報を持って、台湾での調査活動を行なった。一八七四年五月、西郷従道は「有功丸」に乗り、兵を率いて台湾を攻撃し、牡丹社事件がはじまった。「有功丸」は、社寮に上陸するまえに、厦門に寄港して補給している。

　このころ厦門に移っていたマンソン医師は、もともとルジャンドルに頼まれ、四月十五日に各種の補給品を用意していた。さらにマンソンは原住民族のことばに通じていたので、通訳のために乗船を予定していた。思いがけず、イギリス政府が日本の行動に反対し、マンソン医師は突然イギリス駐厦門領事からすぐに日本から委託された仕事をやめるようにとの警告の書簡を受け取った。マンソンは驚いて、四月十九日に慌てて厦門を離れ、さらに香港に移っていった。

　その後、アメリカ政府も反対陣営に加わった。ルジャンドルは厦門領事をヘンダーソン（恒徳森）に引き継いだが、その後八月六日に命令が出て逮捕された。八月十八日になってようやく釈放された。

(42) 一八七四（同治十三）年九月、日本はイギリス人の駐清公使トーマス・ウェード（威妥瑪）の斡旋のもとで、条約を結んだ。日本軍は十二月一日に台湾を離れる。

　一八七四年六月より、清朝政府は沈葆禎を台湾に派遣し、続いて淮軍の精鋭六千余人、広東軍八千余人を派遣して、鳳山から枋寮のあいだに配備し、開戦に備えた。沈葆禎は台湾の資源と戦略的地位が列強を強く引きつけており、「後山（山地）」がきわめて重要であることを悟り、「開山撫番」をはじめた。一八七五年一月、沈葆禎は自ら瑯嶠を巡視して、瑯嶠に県を設置し、猴洞に築城し、砲台を設置することを決めた。それが現在の恒春城である。

(43) 日本領台後、初代台湾総督は薩摩出身の樺山資紀であり、初代民政長官は水野遵(一八五〇—一九〇〇)である。このふたりと台湾との関係は、一八七四年五月の「台湾出兵」(牡丹社事件)前まで遡ることができる。明治四(一八七一)年五月、水野遵は清朝への留学を命ぜられ、各地を遊歴した。その後、副島種臣の「清朝視察」の命令を受け、一八七二年四月末に香港より船で台湾に行き、一八七四年三月九日、水野はまた樺山に従って瑯嶠を調査し、ルジャンドルに紹介されていた棉仔に会った。さらに西海岸を北上して淡水に達し、基隆では入港してくる日本の軍艦に遭遇した。樺山と水野はまた社寮に急ぎ、日本軍と合流した。五月九日から十二月二日まで、水野は全面的に牡丹社事件と関わり、日本軍と部落の頭目との会議に加わった。八月には射麻里の頭目イサの家に行った。イサはイギリスの「コーモラント号」がクアールを砲撃したときの百二十斤の不発弾(本書第二十一章参照)を見せた。このほか、水野遵は下瑯嶠十八社のチュラソのツジュイ、文杰、クアールの頭目バヤリン、そして日本軍によって殺された牡丹社の頭目アルクの後継者のスーリエーら多くの頭目にも会った。水野遵は二度の来台で『台湾征蕃記』〔『大路水野遵先生』大路会事務所、一九三〇年収録〕を著した。一八九五(明治二十八)年五月、日本が台湾を領有し、水野は初代の民政長官になり、二年後に日本に帰国して拓殖省の官吏となった。明治三十三(一九〇〇)年、死去。水野遵は日本領台時期の台湾に対する重要な政策企画者である。

(44) 林氏好(一九〇七—一九九一)。台南出身で、台湾の初期の著名な声楽家である。一九三五年に関屋敏子に弟子入りし、台湾の最初のソプラノ歌手となった。一九三二年から一九三七年が全盛期で、「月夜愁」(鄧雨賢作曲「四月望雨」のひとつ。のち「軍夫の妻」と改題)を最初に歌った。一九二三年、盧丙丁と結婚する。盧は台湾民衆党の蔣渭水お気に入りの助手。一九三二年に、蔣渭水が亡くなると、すぐに日本の警察に逮捕され、伝聞では楽生療養院に送られたが、その後厦門に転送される。これ以降、音信不通となる。一九四四年の戦争末期、林氏好は満洲国に移り、一九四六年に「三民主義青年団」に加入し、中国東北部より台湾にもどる。一九九一年逝去。彼女と盧丙丁の娘の林香芸は、一九二六年生まれで、台湾の第一代の舞踏家であり、台湾の「流行民俗舞」の創造者である。一九九〇年に民族芸術薪伝賞を受賞した。

【訳注】

〔1〕ラザフォード・オールコック（一八〇九―一八九七）。イギリスの医師、外交官。一八五九年、初代駐日総領事。一八六五年から一八六九年まで清国駐在公使として北京に在任した。

〔2〕郁永河、字《あざな》は滄浪、浙江の人。生卒年不詳。康熙三十六年、硫黄鉱を求めて福建から台湾に来る。そのときに著したのが『裨海紀遊《ひかいきゆう》』で、『采硫日記《さいりゅうにっき》』とも言われる。

〔3〕オランダは一六二四年より東インド会社による台湾統治をはじめるが、一六四四年に帰順した平埔族を中心に南部地方会議区、北部地方会議区、卑南地方会議区、淡水地方会議区の四つの行政区画を設定した。各区にはそれぞれ数十の平埔族の社が存在し、南部地方会議区は大員（いまの台南）以南の台湾南部地域を管轄した。一六六二年に、オランダが鄭成功に駆逐されて以降、なくなる。

〔4〕清朝時代の一六八四年から一八八五年まで、台湾道が福建省のもとに置かれ、その下に台湾府と台湾県（いまの台南）、諸羅県（いまの嘉義）、鳳山県（いまの高雄）の三県が置かれた。

〔5〕孫子のことば。「将軍が軍隊を率い前線で戦っているときは、皇帝の命令であっても必ず守らなければならないということはない」という意味。

〔6〕「たった一枚の公文書」、「たったひとつの行政命令」とは、明治三十七（一九〇四）年五月に、日本の総督府によってチュラソが「普通行政区域」に編入されたことをいう。これによって「蕃人特別行政区」から外され、漢人同様に見なされて平地の法律が適応されるようになり、納税義務を負うようになった。同時に、従来のスカロ族の大股頭や下瑯嶠十八社の大頭目としての実権や権威などが奪われたことを指す。「斯卡羅遺事」（楊南郡・徐如林著『與子偕行』晨星出版社、一九九九年六刷）一三四頁参照。

〔7〕一八七五（光緒元）年に、大亀文王国と大清帝国とのあいだで獅頭社事件（内外獅頭社事件）が発生した。陳耀昌著『獅頭花』（印刻文学生活雑誌出版、二〇一七年）は、この事件を描いた長編歴史小説である。

付録

楔子《せっし》

彼が友人に墾丁《こんてい》の海辺にあるこの小さな廟に連れてきてもらったときには、予定外で寄った先で、美しい台湾史の桃源郷を見つけることになろうとは、思いも寄らなかった。

彼の今度の旅のもともとの目的は、牡丹社事件の重要な場所を一度見てまわることだった。最初に、一八七一年に海難に遭った琉球人が上陸した砂浜を訪ね、彼らがその後歩いた道、そして殺された双渓口を訪ねる。それから一八七四年に日本軍が上陸した射寮港、日本軍がのちに駐屯した後湾、牡丹社と日本軍が交戦した有名な石門の要害、そしてのちに琉球人の遺骨が埋葬された記念碑〔大日本琉球藩民五十四名墓〕。最後は、沈葆楨《しんほてい》が建てた恒春城遺跡である。

友人は車に彼を乗せて、一日半でこれらの牡丹社事件のポイントをざっと見てまわった。

やっと四時を少し過ぎたばかりで、太陽の光はまだ熱かった。この台湾の国境《くにざかい》の南では、空が暗くなるまでにはまだ一時間あまりあった。彼は、はじめは楊友旺〔生き残った琉球人を救った客家人〕の末裔を探したいと思っていたが、何の手がかりもない。

家に帰るにはいささか早すぎる。やっとのことで台北から車城、そして恒春まで、台湾の北の端から南の端までやってきたのだ。最大限に利用しない手はない。

——もう一か所ぐらい行かなければ。

友人は、「荷蘭〔オランダ〕」と言えば、彼が夢中になるのを知っていたので、こう提案した。「荷蘭公主廟〔オランダ王女廟〕」がここから遠くないところにある。二十年まえに来たことがあるが、小船の木の残骸がまだ残っていた。いまもあるかどうかはわからない。船の残骸と聞き、彼は大いに興味をそそられた。

三十分後、彼らは墾丁の街に着いた。友人はちょっと探してから、車を小さな路地に乗り入れた。路地の突き当りがパッと明るく開けて、広々とした砂浜が目に入ってきた。小さな廟が低い丘を背に、海に向かって建っていた。車が停まると、「万《ばん》応公祠《のうこうし》」という廟の名が見え、さらによく見ると、左側に別に「八宝宮」の扁額がかかっていた。

彼も実は「荷蘭公主廟」のことを聞いたことがあった。数年まえのテレビのニュース〔二〇〇八年九月十三日〕で、墾丁地区の怪奇現象の報道があったのだ。テレビでは、墾丁での言い伝えによると、オランダ時代〔一六四〇年代〕にオランダの王女が恋人を探しにフォルモサにやって来たが、船が墾丁の付近で暴風に遭って転覆し、王女は不幸にして現地の土民に殺されたということだった。

当時、彼はちょうど『フォルモサ三族記』〔遠流出版、二〇一二年〕を書いていて、四冊の大著『ゼーランジャ日誌』〔江樹生訳注、台南市政府出版、一九九九年〕はすべて読んでいた。オランダ人が大小漏らさず記録に残したことに、心から敬服していた。だから、彼は反射的にこの話が真実であるはずがないと判断した。しかも当時のオランダには国王はおらず、摂政しかいなかったので、当然いわゆる「王女」がいるはずもなかった。面白いことに、この伝説中の王女は名前もあって、「マルフリート」と言うのだった。伝説は内容が豊かだったので、このニュースは印象深かったが、直感的にこれは荒唐無稽な話だと彼は考えていた。

面白いのは、伝説のなかのオランダ王女の恋人は、正史に確かに存在する人物で、好色から命を落とすことになったオランダの外科医、マールテン・ウェッセリング(注)になっていることだった。この医師は、医術で名声が高かったが、一六四〇年ごろに、当時の在台オランダ長官によって東部の卑南王の支配地〔台東〕に金を探すために派遣されたが、女性をからかったために土地の人に殺されたということだった。ウェッセリングのような一代の名医が、このような死に方をしたことを、彼は大変残念に思っていた。この風流な医師が、恒春の田舎に伝わる話では、殺害されたオランダ王女の恋人になっているとは。ウェッセリングも台湾の最南端に行ったことがあるのだろうか。彼はいっそう興味を覚えた。

荷蘭公主廟は非常に小さく、神卓に並べられているのは古代の漢人風の小さな三体の神像で、もしうしろに絵と題字がなければ、祀られているのがだれか見当もつかなかった。絵画のなかの王女は眉目秀麗であるが、優しくておとなしい感じではなく、戦士の装束で、左手に剣を持っていた。さらに面白いのは右手に地球儀を持っていることであった。画像の上側の扁額は「荷蘭女公主」、左側の字は「宝主飛来駐台海（八宝公主飛来して台海に駐す）」、右側は「座自山面向海上（座して山から海に向き合う）」と書かれている。

テレビが伝えた現地の伝説は、王女が遭難したのちの物語だが、非常に台湾的な民間の伝奇となっている。しかし、そこに登場する人物は、すべて名もあり姓もあり、しかも調べることができる。

王女と随員一行は殺されてから、長く海辺の砂浜に埋められていた。三百年後、オランダ、東寧国（鄭氏政権）、清国を経て、日本時代に入っていた昭和六年、すなわち一九三一年、張添山という住民が家を建てるために、海辺に来てサンゴ石（硓𥑮石）を掘り返すと、これらの遺骸と船の残骸が出てきたのである。

張添山は縁起が悪いと考え、金を出して、民間習俗に従って骨を陶器の甕に納めて、万応公祠内に納めた。ただし、伝説では、この海辺にどうして万応公祠があるのか、いつだれが建てたのか、説明されていない。

二、三年後、張添山の従弟の張国仔が突然発狂し、わけもなく「番仔油（灯油）」で他人の家に火をつけた。あの時代は、「気がふれる」と乱童《たんき》（シャーマン）にお伺いを立ててもらっていた。乱童に本当に神が下りて、英語を喋りだしたとき、幸い、鵝鑾鼻《がらんび》灯台で外国人と仕事をしたことがあるので、英語が少しわかる柯香という住民がいた。彼の通訳によれば、数百年まえに殺された紅毛人（オランダ人やスペイン人を指す）のマルフリート王女は、故郷に帰る船がないので、恨みを抱いたまま魂が去らず、病人に憑《よ》りついたということだった。どうしてオランダ王女が英語をしゃべるのか、疑問に思う人はいなかった。

そこで人々は紙船（冥船）を焼き、丁重に王女を海に送りだすと、まもなく病人も我に返った。しかし、数日後には、張国仔の病気が再発した。乱童が言うには、紙船は湾内をグルグルまわるばかりで、大海に出られない。紅毛人の王女は、それでこう言った。

「国に帰れないなら、この地に長く留まることにする。ただし、万応公祠は三分の一を私に明け渡すように。さもなければ、祟りが続くでしょう」

人々はそうするしかなく、それで万応公祠の三分の一は「紅毛公主廟」となった。その後しばらくのあいだは、果たして平穏無事であった。ただ、住民は紅毛公主には三分の恐れを感じていた。一般的な廟神への尊敬心とは異なるものだった。

テレビでこのように話していたと友人に伝えると、友人は即座に言った。

「違う、違う、荷蘭公主廟が先にあって、それから万応公祠ができたんだ」

友人が言うには、二十数年まえ、彼がまだ高校生のときに初めてここに来たが、路傍によくあるとても小さな土地公廟でしかなかった。「荷蘭公主廟」の額が斜めに掛かっていたが、「万応公祠」はなかったということだった。

彼は友人の話を信じた。と言うのは、建物の外観は本当に何年も経っていないように見えたからだ。

彼はさらにテレビで話していたことを思い出した。

オランダの王女が「八宝公主」と称されるゆえんは、その遺骨が発見されたときに、ほかにオランダの木靴や絹のスカーフ、真珠の首飾り、宝石のついた指輪、トランク、宝石のイヤリング、羽根ペン、それに和紙などの八つの品物があったからだ。

そして、土地の住民も紅毛公主廟を「八宝宮」と呼んでいた。

張国仔は、最後には紅毛公主廟から遠くない、いまの墾丁国家公園の入口の付近で自殺してしまった。

ただ、ことはまだ終わらなかった。この八宝公主と現地の住民との愛憎は、九十年近く経っても解けなかった。

テレビニュースで再びこの幽霊談が報道されたのは、二〇〇八年七月に、台湾の山地でよくある「魔神仔伝説《モシナ》」が実際に起こったからである。八十過ぎのお婆さんが、社頂自然公園で「鬼打牆《きだしょう》(妖怪)」に連れ去られ、五日経ってようやく見つかった。お婆さんの話では、「魔神仔」に出会って山のなかを連れまわされ、悪ふざけで彼女の下着まで脱がされたのだと言う。お婆さんは、この「女魔神仔」は金髪で青い目をしていたと言った。そこでみなは八十年まえのことを思い出し、「八宝公主」がまた騒ぎを起こしたのだと考えたのだった。そのうえ乱童がそれにつけ込んで、百年の仇に報いるために、八宝公主は十人の命を奪うと誓っていると語った。そのあたりは、確かにその一年は平穏ではなく、半年ですでに九人が非業の死を遂げていたので、人々は内心びくびくしていた。

平安を祈るために、九月十二日の午後、墾丁の住民は八宝公主廟のまえで「和解法会《ほうえ》」を行なった。恒春の鎮長や墾丁の里長、それに大勢の顔役たちを含めて、墾丁と社頂の住民百人以上が、全員和解祈願の行事に出席し、恨みを解く儀式が執り行われた。住民は観世音菩薩に調停を請い、三百年あまりにわたる宿怨が解けるように願った。

彼はまだテレビの画面を覚えている。たくさんの供え物のほか、住民は特別に現代女性が使う香水や布地を準備して、王女のご機嫌を取った。

奇妙なことに、法会が終わり、住民が祈願を記した疏文を焼こうとしたとき、突然天に向かって光が立ちのぼった。みなは不思議だと驚きの声をあげ、これは八宝公主の霊がおこたえになったのだと思った。

彼はテレビの画面を思い出しながら、「八宝宮」を出て、万応公祠の真正面に立った。万応公祠のふたつの柱には、白色の一斗升ほどの大きさの字で「瑞気霊感得万応（瑞気霊感、万応を得る）」、「南端青天鎮八宝（南端の青天に、八宝を鎮める）」と書かれている。「八宝を鎮める」だって！　彼は笑いながら頭を振った。当地の住民は明らかに八宝公主に敵意を抱いている。道理で八宝公主は和解しようとしなかったのだ……。

廟のそばに小さな店があった。店番をしている少女は、顔が大きく、目も大きくて、がっしりした体格だった。彼女はしきりに平地人であると強調したが、彼はひと目でパイワン族の友人によく似ていると感じた。多くの大武山（パイワン族の聖山）系の原住民は、みなこのような体型と顔立ちをしていた。実際、一八九五年以前に台湾に住みついた家族で、原住民の血が入っていない家系は稀だった。台湾は本来民族の坩堝《るつぼ》で、とくにこの古瑯嶠《らんきょう》はさまざまな民族が雑居する土地である。

少女は彼らがこの小さな廟に大変興味を抱いているらしいのを見て、楽しそうに、廟のそばには七、八十年まえに掘りだした船の残骸がまだあると言った。彼ははっと、自分はまさしく船の残骸があるという話に引きつけられてここに来たんだと思い出した。船の残骸は集めて廟のそばの草地に置かれていた。少女はとくに強調して、木を継ぐところはどこも釘ではなく、ほぞで継いであり、年代が大変古い証拠だと言った。木の長さが最長でも五、六尺であることから、この船は小船で、オランダの王女を乗せて遠くいくつもの海を渡ってきたものとは思えなかった。

彼は笑いながら少女に、数年まえの恨みを解く儀式について聞いた。すると思いがけず少女は、八宝公主が女魔神仔だというのは間違っていると言った。八宝公主はよい神様で、この地の住民を守っておられる。たくさんの信者が参拝したあと、みな霊験あらたか。魔神仔の話はでたらめで、そのせいか八宝宮に参拝に来る人も減ってしまった。

少女の次のことばは、彼の心に衝撃を与えた。

「オランダの駐台代表処の人が来たことがあって、あの人たちも木を少し持っていって研究したのよ。その結果、これはあの人たちオランダのものではないってことになったの」

少女はつづけて言った。

「だから、わたしたちはオランダ公主とも、紅毛公主とも呼ばないのよ。八宝公主は八宝公主よ。だから、あとでこの神像を描いた蔡成雄老先生は、神像のそばに赤い字で一行をつけ加えたのよ、お客さんたちは気づいたかしら？」

急いでまた八宝宮のなかに入っていくと、果たして壁画のそばに一行の赤い字があった。字はとても小さくてはっきり読めなかったが、彼はとっさに思いついて、カメラを取り出して写した。拡大すると、その字がはっきりと読めた。

「オランダ王女は、一八七二年に来台して、墾丁大湾において遭難した」

彼は突然、腑に落ちた。もう少しで声をあげるところだった。一八七二年と書かれていたが、牡丹社事件の発端となる琉球人の船が事故を起こした一八七一年を指しているのは明らかだった。ただし、一八七一年の琉球船は、ここではなく東岸の八瑤湾で遭難している。

彼が把握している文献の記事によれば、このあたりで外国船の沈没は確か一度あっただけで、それは一八六七年のローバー号事件である。そして、一八六七年のローバー号事件は、実は一八七一年の琉球船遭難事件と微妙に関連している。

すべてがわかってきた、と彼は感じた。

異郷に骨を埋めたこの外国の「女魔神仔」には当然実在のモデルがいる。しかし、それは一六四〇年代のオランダの王女マルフリートではなく、一八六七年に不幸にも南湾で土番に誤殺されたローバー号のハント船長夫人に違いない。これらの船の残骸は、ローバー号の船員十四名を乗せてここにたどり着いた小船のものに違いない。少女が言う通り、八宝公主は八宝公主で、オランダ王女ではない。彼女はアメリカ人なのだ。「八宝」はハント夫人が身に着けていたものなのだ。

魔神仔が人を害する話は、一九三一年と二〇〇八年だけだろうか。彼は長く埋もれている台湾史を思い浮かべた。ハント夫人が殺されたあとの一八六七年の夏、そのころのクアール社、つまりいまの社頂部落では、部落の人々に次々と変事が起こり、だれもが不安を感じていた。

さらに、ハント夫人の結婚前の姓はマーシーで、マルフリートと少し似ていた。本当に面白いと、彼は思った。彼は不可思議で奥が深い事件は、軽々に否定したりしなかった。「畏天敬人（天を畏れ、人を敬う）」は、彼の一貫した原則だった。

彼は改めて一八六七年にもどって考えはじめた。彼の足元の砂浜は、台湾の歴史において大変重要だった。

顔をあげて遠くを見ると、大尖山が確かに眼前にあった。山の形は、イギリスの砲艦コーモラント号の船員、フェンコックが描いた「亀鼻山」ほど壮観ではなく、山頂から下に直線的に削り取られていた。ただそばのふたつの山の形から見れば、間違えるはずはなかった。そこから遠くないところに、果たして当時イギリスとアメリカの砲艦がなんども描写した海辺の巨石があり、いまは「船帆石」と呼ばれている。角度を変えて、船帆石の岸辺の高地から大尖山を仰ぎ見ると、イギリス人が描いた尖ったピラミッドのような大尖山があらわれた。これこそ清朝の文書にある亀鼻山であり、いまの社頂公園、当時のクアールの聖山であることはもはや疑いはなかった。

昼間に訪ねた牡丹社事件のたくさんの歴史的な場所は、どこもこの海岸ほど重要ではないと言えよう。一八六七年にこの砂浜で台湾史の蝶が最初に羽ばたき、その羽ばたきから一八七四年の日本人の「台湾出兵」が生じ、つづけて一八七五年の沈葆楨の「開山撫番《ぶばん》」が生じ、一八八五年の「台湾建省」が生じた。さらに一八九五年から一九四五年にいたる五十年の「日本統治時代」もこの羽ばたきから生じたのだ。日本人が台湾を離れるまで、この砂浜で生まれた台湾史の蝶はその力を発揮し、そして忽然として止まったのだ。

眼前のこれらの船の残骸、足もとのこの砂浜は、台湾百五十年の近代史の起点であり、昔の西洋の貴婦人や水兵、軍人の亡魂の地であるが、いまは休暇を過ごす景勝地となって、若い男女の〝春吶〟〔一九九五年春から開催されている春天吶喊（Spring Scream）という音楽祭〕の舞台となっている。砂浜にはこのような歴史を語る案内板は何もなかった。船の残骸は役所からも、もう八十三年も放置されたままで、呪いをかけられたゴミのように日に晒され雨に打たれている。この歴史感のない島嶼、この歴史感のない政府。天地は悠々としているが、歳月は慌ただしく流れていく。彼の心は半ば感動し、半ば憤っていた。

彼は海を眺めていた。時は一八六七年三月十二日にタイムスリップしていた。彼は二艘のサンパンを見ているように感じた。厳しい日ざしのもとで、十数名の船員が疲労のうちにも喜びを浮かべ、七星巌からこの岸に向かって船を漕いできた。彼らは雨粒のような汗をかいていた。彼らは暴風雨に遭い、生きのびるために船を捨て、ほとんど休みなく櫂を漕いで、漕いで、十七時間にわたって漕ぎつづけたのだ。しかし悲しむべき結末に向かって漕いでいるとは知る由もなかった。

彼らの運命はきわめて悲惨だったが、彼らの命はまたきわめて深い意味があった。彼らの死は、その後、彼らを殺した原住民の運命を根底からくつがえし、台湾の数百万の島民の運命を変えた。さらに東アジアの情勢も、これを転機に大きく変化した。この八宝公主廟に横たわっている遺骸は、歴史の偶然によって、台湾の運命を変えた十三人のものなのかもしれない。

（注）マールテン・ウェッセリングは、デンマークのコペンハーゲン出身で、かつて長崎オランダ商館の外科医を務めた。末次平蔵（長崎代官。タイオワン事件を起こす）の病を治したり、日本人に蒸留酒の造り方を教えたりした。一六三七年ころに台湾に来て、その後、台東の卑南にうわさの金鉱調査を命じられる。死因をめぐって、タマラカウ（漢字表記の大巴六九は漳州・泉州の発音）では、ウェッセリングとその仲間が、タマラカウの婦人をからかったので、不幸にあったと伝えている。

後記一

私はなぜ『傀儡花』を書いたか

『フォルモサ三族記』で、私は三つのエスニックグループ（族群）の立場に立って、小説の方法で台湾史を解釈し、オランダ時代の台湾史と鄭成功像を新しく構築しようと試みた。友人の前イタリア駐台代表馬忠義（マリオ・パルマ）氏が、二〇一三年のイタリアの建国記念日（六月二日）の晩餐会で、意外にもこの本について取りあげてくれた。

「私の友人の陳耀昌教授が、昨年、大変成功した一冊の本、『フォルモサ三族記』を出版しましたが、ただ今日の台湾は、もう陳教授が描いたようなフォルモサではなくなりました。陳教授はさらにもう一冊別の『台湾多族記』を書くべきです」

「台湾多族記」とは、素晴らしい！

ここ数年、台湾は多民族、多文化社会である、という考えを強調したいと、私はずっと考えてきた。それぞれのエスニックグループは互いに尊重し合い、それぞれが発展して共存するべきである。『フォルモサに咲く花』（原題『傀儡花』）は、一八六七年に台湾で発生した国際的な事件を背景として、台湾のエスニックグループが融合する陣痛を描こうとしたものである。

今日の台湾は、一六〇四年に陳第が『東番記』（台湾を見聞した風俗地理書）を著してから四百年となり、各段階で新移民を受け入れて、民族の大きな坩堝となった。昔日の瑯嶠《らんきょう》、あるいは今日の恒春地域は、この島嶼のエスニックグループが融合する過程の縮図である。一八六七年に瑯嶠で起きた出来事は、台湾が国際的な舞台に登場しただけでなく、台湾の歴史を変え、さらに台湾人のエスニックグループの構成を変えたのである。

しかしながら、奇妙なことに、一八六七年、すなわち同治六年は、現代の台湾人にとって、よく知らない年なのである。台湾の歴史教科書は、一八六七年をほとんど取りあげていない。この年は、伝統的な歴史観から言えば、平凡でなんの変哲もない年である。南台湾で船が遭難したことなど、取りあげるに値しない。山のようにある清朝の文献のなかで、私たちが目にするのは、当たり障りなく書かれた台湾府の地方官の上奏文で、これらには功績を誇張したり事実を歪曲したり、当時の中国官界の一貫した粉飾と誇張した仕事ぶりがよく反映されている（本書には、台湾での戦争のあと、中央に報告したアメリカ艦隊の報告書と、番地に南征したのちに中央に報告した清国軍隊の上奏文、さらに今日もなお屏東の車城に残っている、古跡「勒《ろく》石記功（石に刻み功を記す）」の碑文を収録した。これらを比べると、非常に興味深いものがある）。

台湾史の教科書が取りあげたことがない一八六七年

しかしながら、もし台湾「本土」の、そして「中国本土」でない目で見れば、一八六七年は台湾史上重要な一年である。この年は、康熙帝が台湾渡航禁止を公布してから（一六八三年）、台湾および台湾人が世界史から百八十四年間、姿を消してのち、再び国際舞台に登場した年である。

興味深いのは、舞台の主人公は、当時、台湾を治めていた大清国の文官や武将ではないことである。彼らは脇役に過ぎない。主人公は、大清朝廷およびその治下の民衆が軽蔑する生番（原住民族）の大頭目である。そして場所は、当時「政令がおよばず、化外《かがい》の地」であったところであり、現代の台湾人にはあまりなじみがない「瑯嶠の傀儡《かいらい》山」だということである。

いま振りかえってみると、この一八六七年に台湾の南角で偶然起こった海難事故とアメリカ人の船長夫人の死は、台湾近代史の転換点だと言うことができる。これは正に「歴史の偶然」と「バタフライ効果（歴史の節目に蝶が飛び立つ）」のもっともわかりやすい見本と言えよう。

台湾の歴史教科書は、これまで次のことを取りあげてこなかった。一八六七年、二百人近い「列強」の海軍陸戦隊が、台湾で軍事行動を展開したが、この「列強」は現代台湾がもっとも頼りにしているアメリカであった。そして、最初に台湾の海岸で戦死した西洋人の軍人もまたアメリカ人であった。戦場は今日、国際的な観光地となっている墾丁国家公園である。昔と今を照らしてみると、ため息がもれる。あのときの軍事行動で、アメリカ人は、台湾原住民によって面目をつぶされた。もしアメリカ軍が勝利していたら、「牡丹社事件」は七年早まり、「クアール事件」となっていたかもしれないのだ。そして、台湾南部は一八六七年にアメリカの植民地となっていただろう。まるで一八九八年(米西戦争)のキューバのグァンタナモのように。

台湾の歴史教科書は、これまで次のことを取りあげてこなかった。一八六七年に、台湾人ははじめて外国と国際条約を締結した。調印した双方のうち、台湾人側は傀儡山の生番の頭目だった。当時、西洋列強の東洋の行政事務に携わる者はほとんど、この人物を知っており、しかも大変尊敬していた。彼らは彼を、「下瑯嶠十八社連盟大頭目」(英語では連邦という意味のconfederationを用いている)と呼んでいた。

当時、西洋人に知られていたこの伝奇的な人物には、先にトキトク(Tou-ke-tok)という英語名があり、あとから「卓杞篤」という漢字が用いられた。一八五〇年から一八七〇年にかけて、南台湾を訪れた外国人の記録は、ほとんどが彼のことを記している。彼は十九世紀、国際的にもっとも有名な「フォルモサ人」であった。彼がルジャンドル(李仙得あるいは李譲礼)と、一八六九年二月二十八日に二度目に結んだ条約は、今もアメリカの国会図書館に収められている。しかし、いまの台湾民衆や学生で、この歴史を知っている人はほとんどいない。このことは、歴代の台湾の統治者が故意に台湾本土を抑圧し、尊重しなかったことを物語っており、また歴代の台湾史の教科書の偏重と不均衡が、歴史継承における台湾人の記憶喪失症を引き起こしてきたことをはっきりと示している。

いまの台湾の歴史教科書も、ルジャンドルという人物をまったく取りあげていない。ルジャンドルは、十九世紀に台湾をもっとも理解し、台湾の運命にもっとも長期にわたって影響を与えた西洋人である、と言える。彼は一八六七年にはじめて来台した。その後の五年のあいだに八度台湾を訪れて、台湾中を歩きまわり、さらに台湾地図を作成した。その後、さらに台湾のために日本に渡った。彼のこの決断が、台湾を日本に占領される運命に向かわせたのである。このため、ルジャンドル自身もまた、自分の生活の地であるアメリカにも、出生地であるフランスにも永遠に帰れなくなったのである。

一八六七年の台湾の原住民族と西洋人の出会い

振りかえると、一八六七年に台湾にいた西洋人は、マンソン、マックスウェル、ピッカリング、スウィンホーなど、のちにみな歴史的、世界的な人物になっている。これらの人々はみな本書に登場しており、一八六七年はまさしく台湾のもっとも華やかな大時代なのである。一八六五年に来台したマックスウェルは、キリスト教長老教会をもたらし、西洋医学をもたらし、また台湾本土と西洋の、宗教と医療の衝突ももたらした。マックスウェルに招かれて来台した、もっとも重要な医師のマンソン助手は、中国語名を万巴徳（Patrick Manson の閩南語の発音 Man-Pa-Dir より）というが、のちに世界医学史で名声を博する寄生虫学の父となる。医学生ならだれでも知っているマンソン住血吸虫は、彼が台湾で発見した。彼はまたマラリアを引き起こすマラリア原虫の宿主は蚊であるという仮説を唱えた。彼と共同研究したロナルド・ロスは、のちにこのことを実証し、それによってノーベル医学賞を得た。マンソンは、香港の最初の医科大学〔香港西医書院。香港大学医学部の前身〕の創設者のひとりとなっている。中華民国の創建者である孫文は、この医科大学の卒業生である。孫文がロンドンで事件に巻きこまれたとき〔一八九六年にロンドンに亡命した孫文は、最初、清国の公使館に連れ込まれ、監禁された〕、孫文を救ったカントリー〔医学院の孫文の恩師〕は、マンソンの弟子である。

マンソンは台湾にいた一八六七年に、南湾の原住民に対するイギリス軍の軍事行動に実際に参加している。彼は一八七一年に厦門《アモイ》に移った。ルジャンドルとの関係から、一八七四年の牡丹社事件のときには、日本の征台軍に加わるところだった。マンソンの弟、デイビッド・マンソンも医者で、マンソンが打狗《タカウ》から厦門に移ったあと、打狗でのマンソンの医療活動を引き継いだ。デイビッド・マンソンはのちに、不幸にも福州で事故に遭って死亡した。友人が彼の貢献を記念して、打狗の旗後に慕徳医院という病院を建てたが、ここは台湾で最初の医学教育機関となった。

同時期の台湾には、イギリスの浪人探検家のピッカリングもいた。一八六八年のイギリス軍による安平砲撃は、彼によって引き起こされたと言える。もし、この事件〔樟脳戦争〕がなければ、ゼーランジャ城は依然としてそびえ立ち、今日のマレーシアのマラッカのスタダイス〔旧オランダ総督邸〕以上のものだったろう。「必麒麟」というこの三つの漢字は訳名ではなく、一八六七年に台湾総兵の劉明燈が自らピッカリングのためにつけた中国語名である。いまシンガポールには、ピッカリングストリートがあるが、しかしピッカリングが晩年懐かしんだのは、台湾であって、シンガポールではなかった。

皮肉なのは、比較すると、当時、台湾を統治していた清国の役人は、台湾についてはよく理解していたとは言えず、少なくとも、残された台湾の踏査史料は外国人には遠くおよばない。

劉明燈は例外である。劉明燈はおそらく台湾にもっとも多くの題字遺跡を残した台湾の総兵だろう。本書で取りあげた瑯嶠〔車城〕の福安宮の碑文のほかに、草嶺古道の「虎字碑」、「雄鎮蛮煙碑」、さらに瑞芳の三貂《さんちょう》山嶺古道の「金字碑」がある。劉明燈は湘軍《しょうぐん》〔創始者は曾国藩〕で、左宗棠《さそうとう》の門下であり、曾国藩との関係も良好であった。興味深いのは、劉明燈は正統の漢人ではなくて、湘西〔湖南省西部〕の土家族《トゥチャ》であったことだ。

今日の原住民の立場から台湾史の構築を試みる

台湾のオランダ時代以降の二度目の国際化は、一八五八年の天津条約と一八六〇年の北京条約の賜《たまもの》である。しかし、国際化は国際紛争をもたらした。次の紛争は、十年も経たない一八六七年に勃発し、台湾の運命の列車は帰れない道を走りだしたのである。歴史の列車の発車駅には、台湾最南端の人口百人にも満たない小さな部落クアール社で、終着駅は一八九五年の日本の台湾占領である。中間の停車駅は、ルジャンドルとトキトクの「南岬の盟」があり、その後、一八七一年の琉球人遭難事件、一八七四年の牡丹社事件、あるいは日本の台湾出兵、一八七五年の沈葆楨《しんほてい》の「開山撫番」などが次々とあらわれる。そしてまた、ルジャンドルが引き起こした一八九四年の日清戦争は、戦場は朝鮮であったが、もっとも大きな影響を受けたのがまったく関係のない台湾であった。その後、日本の「大東亜共栄圏」政策が形となって、やがては中国侵略戦争と第二次世界大戦が起こった。誇張でもなんでもなく、台湾原住民は、オーストロネシア語族の発源地であるだけでなく、一八六七年から一九四五年までのアジア史の発源地でもあったのだ。

一八六七年に墾丁で起こった事件は、台湾のそれぞれのエスニック・グループの運命に深く影響した。一八六七年の台湾は多民族が並立していた。その後、沈葆禎の開山撫番と海禁の廃止によって、客家人の移民が大幅に増え、漢と番の境界線が破られて、混血が加速し、台湾の平埔《へいほ》族は急速に消失していった。台湾の高山に住む原住民は、過去千年にわたって維持してきた部落の自治を維持できなくなり、変化と融合の結果、今日の台湾系漢人の社会が形成されたのである。

一八六七年の台湾は多民族社会であり、本書の舞台となった瑯嶠は、まさに当時、多くのエスニックグループが並立し、雑居するもっとも典型的な縮図であった。「瑯嶠」は今の屏東《びょうとう》の枋寮《ぼうりょう》以南を指し、当時は大清国の統治に属さない細長い地域で、いまの恒春半島より少し大きかった。一八六七年の瑯嶠には、福佬《ふくろう》人中心の柴城（当時の瑯嶠は、主に柴城を指す）、客家人中心の保力、平埔族のマカタオ（ルジャンドルはhalf-bloodと記しており、すでに福佬人との混血が進んでいることを示している）の大集落の社寮（いまの射寮）、そして、外部と接触しない傀儡山生番（パイワン族、ルカイ族、今日半ば消失したスカロ族）があった。これらの原住民族の名称は、のちに伊能嘉矩《かのり》（『台湾文化志』一九二八年）が台湾原住民を研究してはじめて付けられたものである。

傀儡番はまた上瑯嶠と下瑯嶠に分かれる。ルジャンドルが接触したのは下瑯嶠十八社（いまの恒春と満州郷）である。上瑯嶠十八社は今日の屏東県獅子郷で、早期のオランダ時代には「大亀文」と称し、次の時代の波が寄せた一八七五年に、さらに大きな衝撃を受けた部落群である。「瑯嶠」と「台湾府城」（旧台南市）は、清代の台湾史と特殊な繋がりのある二つの重要な地名であるが、いまはどちらもなくなり、深く惜しまれる。

私は、この『フォルモサに咲く花』を書く過程で、一八六七年の台湾社会と一八九五年の台湾社会を比べてみて、平埔族の急速な減少がもっとも大きな違いだと感じた。それは平埔族が急激に漢化されてアイデンティティを失い、意図的にアイデンティティを隠そうとさえした時代だった。いまでは台湾には、混血していない平埔族はほとんどなく、平埔族の母語もほとんどが失われてしまった。本書でマカタオを書いたのは、『フォルモサ三族記』でシラヤ族を書いたのに似ている。かつてオランダ駐台代表であったメノ・フーカート（胡浩徳）氏が書いた歌詞を引いて、平埔族の深い悲しみを伝えることにしたい。

他民族と融合するのが　唯一の選択だった
少数の声は　混じりのない血統を主張するが
文化は　向かってくる侵入者に太刀打ちできず
最後には名前を失ったのだ

平埔族マカタオの遺跡を訪ねて

一八六七年を主軸とする本書から言えば、このような叫びはマカタオからだけでなく、スカロからも起こる。最近、平埔族の後裔の人々は、非常に熱心に祖先の遺跡を探し訪ねている。折しも、一八六七年以降の台湾は、台湾で写真がはじまった時代にあたる。今日私たちはよく、台湾で最初に系統的な撮影をしたのは、一八七一年四月二日にマックスウェル医師の手引きで台湾にやって来たイギリス人のジョン・トムソンであると言う。しかし実は、ルジャンドルが一八六九年十一月から十二月にかけて来台したとき、随行したエドワーズが多くの写真を撮っている。一八七二年の台湾行には、専属のカメラマン、リーコンテック（李康迹）を同行させており、一八六九年から一八七二年までの平埔族の集落の貴重な写真を数多く残した。そのときの写真を時代の前後で比べてみると、興味深いものがある。棉仔《ミア》の家は、一八六七年のルジャンドルの描写では非常に簡素なものである。一八七四年に日本軍が射寮に来たときには、棉仔の家は、写真で見ると、すでに漢人の瓦屋根の平屋で、ほとんど福佬人の住宅と変わらなくなっている。一八七二年、棉仔の服装は西洋の紳士のようで、ただ帽子をかぶっていないだけだ。それは平埔族が急速に漢化、もしくは曖昧化していった時代である。

ルジャンドルが残した、社寮の首領棉仔と一緒に撮った写真を見ると、当時の社寮のマカタオは、福佬語を話したが、服装には平埔族の特色が残っている。一部の言い伝えでは、当時、「祀壺《しこ》〔壺を祀る〕」や「跳戯《チャウヒ》」などの伝統的なマカタオの儀式は、普通に行われていたとされている。跳戯は平埔族の夜祭りの中心的な祭儀だが、南台湾ではほとんどすたれていた。ここ一、二年、原住民族研究の隆盛と平埔族意識の台頭によって、やっと次々に復元されるようになった。

祀壺について。屏東県には、マカタオの「姥祖《ボソ》」が漢人の神に転化あるいは混同されている廟が多数あり、屏東県の廟の一大特色となっている。いくつかの市街にある大きな廟、例えば林辺郷の放索安瀾宮は、もともとマカタオの姥祖の草堂だったが、のちに福佬人の移民の媽祖廟に占有されてしまったことが、廟史からわかる。いま、廟内には漢人の神像となった「姥祖像」があり、「赤山万金庄、放索開基祖〔放索は姥祖開基の地〕」というマカタオのことわざ通りになっている。射寮で、そして後湾で、出火で、墾丁で、さらにはシナケのパイワン族の部落で、旭海〔牡丹郷〕のスカロの村落で、私は三清道祖〔道教の最高神〕や老祖〔道教の祖師〕を祀る小さな廟を見かけたが、それらはマカタオが当時、四方に流浪変遷した足跡をはっきりと示している。

「放索安瀾宮」もシナケの「老祖壇」も、明らかにマカタオの信仰であるが、漢人の神像を中央に配し、矸壺老祖〔壺〕を壁際に置き、さらに「壁際仏最大」と自我を慰め合理化する。これは弱勢民族の信仰は弱体化しているが、伝統との葛藤を捨てきれないことをよくあらわしている。

一八六七年から一八七〇年にかけて、ルジャンドルは、「台防庁」〔台湾県と鳳山県。鳳山県は枋寮まで〕は十八人に一人が平埔番であると推計している。瑯嶠となると、当然、平埔番の人数の比例はさらに高くなる。

本書における棉仔と松仔《ツァ》は、福佬人の父系と平埔族同士が長年にわたって混血したマカタオ平埔族〔清朝時代のいわゆる「熟番」〕の母系のあいだの後裔である。そして、文杰《ブンキッ》と蝶妹《ティアモエ》は、客家人の父親とスカロの傀儡番の母親とのあいだに生まれた。

一八六七年の瑯嶠には、このような混血がたくさんいた。文杰と棉仔は台湾の史書に記載された実在の人物であり、蝶妹と松仔は虚構の人物である。一八六〇年代の瑯嶠は、福佬人、客家人、平埔族、生番の四大エスニックグループが並立する典型的な区域で、今日でも、恒春半島の住民の血統は非常に複雑である。

「廃藩」されたスカロ族

今日、私たちは平埔族や高山に住む原住民族について話題にするが、スカロ族について知る人はほとんどいない。「下瑯嶠十八社」の大頭目、トキトクの「スカロ族」は、まさしく移り変わる世の中でその運命が急激に変化した原住民族の一例である。スカロ四社は、一八六七年にルジャンドルが来台したときには、依然として西洋人も恐れる「生番」であった。のち、文杰の指導のもとでたちまち漢人文化を受け入れた。清国は、「林文杰」を「潘文杰」に変えた。日本人は、スカロを生蕃から熟蕃に改め、直接政府の統治に帰した。日本人は、福佬語の発音の「蚊蟀社《マンス》」を日本語の発音の「満州」に改めた。かくてスカロ族の領地は「恒春支庁」に変わり、潘文杰の「大股頭」の称号も一夜のうちに廃止され、権勢は支庁長の相良長綱《さがらながつな》に帰した。これは一八七一年の日本「内地」における「廃藩置県」になんと似ていることだろう。異なるのは、潘文杰ら熟番の頭目たちが、日本の政府から「華族」として尊ばれなかったことである。

数十年来、統治者（清国と日本）に協力してきた潘文杰は、清朝政府から姓を賜り、官（五品）に封ぜられ、日本人からは徽章を贈られ、宝剣を賜ったが、最後には、自分の民族に対する管轄権をほとんど喪失し、エスニックグループの文化は崩壊の危機にさらされた。やむなく、四男の潘阿別に命じて、一部の者を連れて北の、今の牡丹郷の旭海に移らせ、民族の文化を保存するしかなかった。しかしその後、「スカロ族」を知る台湾人はほとんどいなくなってしまった。チュラソは里徳に、チュラソ渓は港口渓に、射麻里《シャマリ》は永靖に、クアールは墾丁と「社頂公園」に変わった。「龍鑾潭《リンロアヌ》」だけが唯一、スカロの名を留めている。

パイワン族を見て、台湾を想う

台湾の原住民族は、一八六七年にアメリカのベルやルジャンドル、清朝の劉明燈を阻止したが、七年後に日本の西郷従道を阻止することはもはやできなかった（背後には、漢字名を李譲礼から李仙得に変えたルジャンドルがいた）。さらに一年後、主に傀儡番を対象とした沈葆楨の「開山撫番（山地の開発と番地の管理統治政策）」に抗することはできなかった。台湾は民族の大融合を経て、特殊な「台湾系漢人」を形成し、漢人の血統がもっとも希薄で、混血がもっとも複雑な「南方漢人」のグループとなっていた。一八九四年の日清戦争前夜における大清国の中原思想では、台湾は「鳥は語らず、花は香らず、男に情なく、女に義なし」（李鴻章が西太后に上奏したことばとされる）であり、教化されていない世界であった。それで日本人に割譲したのである。台湾系漢人と台湾原住民はとうとう運命共同体となった。しかしながら、一九四五年から一九四九年までは、中国国民党がまるで植民者のように台湾を統治した。一九四九年以降は、台湾は一方では「光復大陸」の基地であり、もう一方では大陸籍（筆者は一九九六年以降、「外省」を使用しない）の統治者にとって「日本の遺毒が充満している」台客（台湾人を指す。使い方によって揶揄、差別、自嘲などの意味を有する）の世界である。少なくとも、戒厳令解除後になって、はじめて台湾の本土意識が起こった。そして二〇〇〇年以降になって、はじめて原住民意識が起こった。

台湾は一八八五年にフランスを阻止したが（清仏戦争でフランスの属領とならなかったことを指す）、一八九五年の日本を阻止できなかった。一八六七年から、一八七四年、一八九四年、さらに一九四五年、そして一九四九年、国民党と共に台湾に渡ってきた二百万人あまりの大陸人が、さらに大きな運命共同体となった。一方では多元文化が花開いて結実したが、一方では今日の台湾の錯綜した、複雑で切っても切れない、乱れた両岸関係と台日コンプレックスが形成された。奇妙なことは、最近、台湾系漢人の本土史観が堂々と表現されることが難しくなったことである。原住民史観については言うまでもない。

「台湾三部作」の完成

事実上、一八六七年から一八九五年まで、百年あまりにわたる「台湾の運命」を牽引してきたのは原住民だった。

私は台湾原住民を背景に「台湾三部作」を書く予定である。第一作の本書『フォルモサに咲く花』は、原住民と西洋人が戦う過程を描いた。第二部は原住民と日本人が戦う過程を描く（『獅頭花』）。第三部は原住民と漢人の怨恨と恩情を描く（『苦楝花』）。この三部の歴史小説によって、一八六五年から一八九五年までの三十年間の「台湾多民族記」の物語が描けることを望んでいる。

『フォルモサに咲く花』を読んで、読者に一八六七年前後を振りかえってほしい。これは台湾が二度目に国際化したあの時代、それぞれのエスニックグループや清国政府、各国の西洋人たちが、当時も今も台湾の僻地と見なされているこの瑯嶠という土地でどのように活動し、それがさらに台湾全体の運命にどのような全面的な影響を与えたかを描いた物語である。

後記二
小説・史実と考証

『フォルモサ三族記』を書いてから、もっともよく聞かれるのは、次のことである。

「あなたの小説のなかで、どの部分が真実で、どの部分がフィクションですか」

私は決まってこう答える。

「マリアに関係する部分のほかは、すべて本当のことです」

私の考えでは、鄭成功の自決を含めて、本当のことである。なぜなら、史実が史書に見られるとは限らないからだ。

この『フォルモサに咲く花』では、私は「蝶妹《ティアモエ》」という人物を創造した。物語の中心人物であり、また私が表現したい中心思想を体現している。台湾はエスニックグループ融合の大きな坩堝であり、本書の舞台である瑯嶠《らんきょう》は典型的な土地である。蝶妹を中心に置くことで、一八六七年から一八六八年までの台湾府—打狗《タカウ》—瑯嶠をつなぐことができた。そしてまた、当時の台湾の各エスニックグループ（傀儡《かいらい》番、平埔《へいほ》族、客家人、福佬《ふくろう》人、西洋人）と清国政府をつなぐことができた。

本書で書いた実在した人物、例えばルジャンドル、劉明燈、ピッカリング、トキトクなどの行動、何月何日某地（社寮、柴《さい》城《じょう》、大繡房）に到るとか、さらには船の出港時間や戦争の経過、和議に到る過程などは、ほとんどみな史料や記録に拠っている。

しかし、史料や記録にすべてが揃っているとは限らない。とくに台湾原住民の文字記録はきわめて少なく、そして部落の言い伝えは食い違いが多い（例えば、トキトク以降のスカロの頭目の継承者は何人いて、名前は何かということについても異なる）。さらに廟を中心とした漢人の移民の歴史記録も、いつも歪曲が見られる。しかし、それこそが、小説が活躍できる空間であろう。

例えば、本書では、潘文杰がトキトクによって養子に取られる過程や、南岬《なんこう》の盟における蝶妹の役割、それは、小説を面白くするためであるが、しかし、史実を傷つけることはない。

潘文杰は台湾近代史における原住民の大人物であり、また原住民と政府に影響を与えた代表的な人物でもあり、いまも多くの子孫が屏東県に住んでいる。しかし、潘文杰の出身については、史料や書籍で異なった見解が多数見られる。例えば、次のようなものがある。

一、潘文杰の父親は統埔の客家人であることは、ほとんど疑いがない。しかし、姓が「任」(屏東県誌)なのか、それとも「林」(潘氏の家族は林姓と考えている)なのか、記載が異なる。本書は、もちろん子孫の証言を尊重している。

二、潘文杰の母親はチュラソの姫である。この説は楊南郡先生が潘氏の家族を訪ねたときに出てきたものである。この点は、いまは共通認識となっており、本書も例外ではない(「斯卡羅遺事」、楊南郡・徐如林著『與子偕行』晨星、一九九三年収録参照)。

三、潘文杰はいつトキトクに養子に迎えられたのか。潘氏の家族は「大変幼いころ」と考えている。しかし、この点は、私はなお検証が必要だと考えている。潘文杰が統埔に生まれたのは間違いないが、社寮にも住んだことがある(この情報は潘氏の子孫より得た)。さらに、幸い私は潘家の神主牌を見せてもらった。しかし楊南郡先生が訳された『台湾高砂族系統所属の研究』とも、潘氏の家族がインタビューを受けたときの談話とも違っていた。潘文杰本人の幼少期については言うまでもない。

本書で、私が潘文杰が養子に迎えられたのが十数歳のころだと書いたのは、以下の理由による。各家を訪問して、潘文杰本人は福佬語と客家語を上手に話すことができたと聞いた。とすれば、漢人のことばを話すことができるようになってから、養子に取られたとすべきだろう(当時、原住民部落と漢人社会は、近くにありながら地の果てほど遠く、今日のようではなかった)。

四、一八六九年二月二十八日、ルジャンドルがトキトクを再訪したとき、次のような貴重な興味深い記録を残している。(1)

……頭目の弟は、中国語が大変流暢で、続けて私に、私たちは文字で紙に書くことは得意なので、いま協議したことを書いてもらえないかと言った。そのようにすれば、万一、番社と船の遭難者のあいだに誤解が生じたときでも、助けになるだろう。私はこの考えに驚いたが、すぐにその要求に従った。正式の文書として見れば、それは価値もなくまた非公式のものであったが、やはりこう考えた。フォルモサ南部に安全に投錨して停泊する方法が、このように容易であるなら、公開すべきである。それによってあらゆる国の船が、それぞれの政府当局を通じて、この海岸を航行するとき、どうすればよいかを知る。この文書の内容は次の通りである。(2)

私はこの文書をトキトクに手渡し、同時に草稿を私自身に残した……

(この文書は、のちルジャンドルによって国務省に送られ、今はアメリカ国家図書館に収蔵されている)

しかしながら、一般の史料を見たところでは、トキトクに、漢文に精通し、読み書きができる「兄弟」がいたとは考えられない。もしいるとすれば、潘文杰である。これも潘文杰がスカロと大股頭に重んじられた要因のひとつであると筆者は考えている。潘氏の子孫が、潘文杰が当時書いた文章や読んだ書物を保存していれば良かったのだが。彼は読み書きができ、文字と読書の重要性を理解していたからこそ、日本人と協力して台湾最初の「日本語学校」を設立することを急いだのだと推測しているが、同様に清国政府側と密接に意思の疎通をはかれたので、清国の官吏と協力することができた。残念ながら、里徳(チュラソ)の潘文杰の故居は、いまは見る影もなく荒れ果てている。子孫は彼の遺物を保存する重要性を知らずに、ほとんど捨ててしまった。実に惜しいことである。

潘文杰は、大股頭トキトクによってどのように養子に迎えられたか、小説では当然、劇的に感動的に描いた。それゆえ、描写の真偽のほどと登場人物(サリリンとララカン)については、あまり真面目に考えなくてもよい。

先に述べたように、蝶妹というのは架空の人物だが、原書名の『傀儡花』は彼女を指している。蝶妹は客家人の父と傀儡番の母のあいだに生まれた。台湾の福佬人の言う「唐山公、台湾嬤《モー》（大陸の祖父、台湾の祖母）」は、平埔族の熟番の祖母（嬤）を指している。そして、台湾の客家人の「唐山公、台湾嬤」も、北部の桃園・新竹・苗栗では平埔族の熟番嬤を指している。南部の広義の瑯嶠を指す屛東県の内埔、車城、恒春にかけて、そして中央山脈近くの客家人はかなり特殊で、この一帯の住民には傀儡番の生番の祖母（嬤）が存在する。楓港出身の蔡英文はその一例で、客家人の血と、四分の一の傀儡番（パイワン族）の血が流れている。

私は、蝶妹とルジャンドルの感情のからみを描いたが、もちろんフィクションである。しかしながら、ルジャンドルについて、台湾でどのようなことがあったか、後世の人々がすべて理解しているとも思わないし、真相を明らかにすることも不可能である。本書におけるルジャンドルとクララの結婚の傷は本当のことであり、のちに日本人と結婚して子供をもうけたことも、もちろん本当のことである。台湾におけるルジャンドルの足跡については、『李仙得台湾紀行』（注1参照）に書かれているが、実際には、彼自身が多くのことを隠している。

一八七〇年十一月中旬から、少なくとも一八七一年二月十八日まで、約百日のあいだ、考証によれば、ルジャンドルは台湾に滞在しているが、その足跡は不明であり、(3)大変謎に満ちている。意味深長なのは、彼は三か月あまりにもおよぶ行動をなぜ隠さねばならなかったか、ということだ。合理的に推測すれば、彼は、清朝政府が行くことを許可しないところに調査に行ったのだろう。彼の数枚の台湾地図は、そのようにしてできたのかもしれない。私たちはまた、小人の心で、彼には「人に言えないこと」があったとも推測できる。まさに男盛りの年齢（三十六歳から四十一歳）にあったルジャンドルが、台湾で数か月も滞在して、「少しの感情も持たなかった」ということがあるだろうか。かつて台湾にほぼ半年、流浪していた西郷隆盛にも、クバラン〔宜蘭一帯に住む原住民族〕の少女とのあいだに子供があったという伝聞が残されているではないか。

本書に書いたルジャンドルと蝶妹の虚構の物語は、ヒューマニズムに基づいて描写し、フォルモサ少女と西洋との出会いの美しさと哀しみ、そして新しいものへの関心と衝撃を映し出した。スカロと潘家の子孫のみなさんには本当のこととしてとらないようにお願いしたい。これによって南岬の盟のトキトクの偉大さ、時勢を知る優れた潘文杰の名を損ねることはないと思う。そのほか潘文杰の出身についても、もし潘家の子孫の方々と認識の異なった点があれば、ご寛恕を請いたい。これは小説である。この『フォルモサに咲く花』がもしまったく史実によって書かれれば、それは小説とは言えなくなる。

『フォルモサに咲く花』を書き終えたあとの最大の感想は、台湾史の小説を書く際の大きな欠陥は、「台湾の観点」の史料が大変少ない、ということだ。歴史小説を書くのは、「人」を書き、「事」を書くことにほかならない。司馬遼太郎や陳舜臣は、日本や中国の歴史小説を書いたが、史料が豊富で、人物を虚構する必要がなかった。私はローバー号事件を書いたが、もし史料に基づいて書けば、ルジャンドルの『台湾紀行』のまわりをぐるぐる回るだけになり、台湾の観点が欠けてしまう。台湾原住民の観点を代表するトキトクや潘文杰の史料はきわめて限られている。残っている中国語の史料も、政府側の観点のものばかりで、漢人の観点さえ述べられていない。私は貪欲にも「ローバー号事件」を紹介するだけでなく、あの時代の台湾をも読者に紹介したかったのである。

「蝶妹」というこの創造された、しかも著名な出身（潘文杰の姉）の人物は、こうして生まれたのである。『フォルモサに咲く花』は「歴史を背景とする小説」と言うべきかもしれないが、実際のところは、私の小説は史実のまわりをぐるぐる回っているのだ。「文を以て史を載す（歴史を書く）」ことは、時には小説の芸術性が低くなり、小説のストーリーの展開の伸びやかさが阻害されるのが、その欠点である。ただし長所もある。例えば、『フォルモサ三族記』のマリアもこのような人物であるが、しかし、この本を史実に反していると考える人はいない。私は、『フォルモサに咲く花』にも同様の効果があることを願っている。

私の歴史小説が事実を反映しているだけでなく、世代も反映し、さらにはエスニックグループの運命と性格も反映していることを願う。「エスニックアイデンティティ」という題材は、日本の歴史小説にない。なぜなら、日本にはエスニックグループ問題がないからである。これは台湾の歴史小説に特有のものであり、それは台湾の歴史にはエスニックグループ分立の葛藤が存在しつづけているからである。歴史小説を書くことは、実際は、自分の歴史観とアイデンティティを解釈することである。

例えば、本書の蝶妹について、ルジャンドルに犯させるべきかどうか、かなり悩んだ。賢明な読者にはすぐわかるように、蝶妹は、実は、台湾や台湾人の運命の隠喩であり、私がずっと強調している台湾の主体性や私が台湾原住民をどう思っているかが反映されている。

蝶妹とルジャンドルの「特殊な関係」については、長いあいだためらいがあった。ひとつは、ルジャンドルは歴史上の人物であり、私がこのように書くのは、彼にとって公平と言えるのか。もうひとつは、このように書くのは、原住民族の怒りにふれることにならないか。私は「傀儡」という語を用いたが、これは当時の文章記録を忠実に使用したと言ってさしつかえない。ただし「蝶妹が貞操を失った」ことについては、執筆意識が「正確」であるかどうか、批判は免れない。紙数に限りがあるので、ルジャンドルがのちに六度訪台して、台湾全土を歩くうちに、台湾を侵略して「瑯嶠総督」になろうという野心を持つようになった経過に言及することができなかった。彼はのちに日本に渡って、台湾への侵攻を狙う日本人の軍師となった。歴史学者は一般に、日清戦争後の清朝からの台湾割譲もまた、日本のために画策したルジャンドルの「戦略」がとられたものであると考えている。それゆえ、私は蝶妹の貞操をルジャンドルに失わさせ、しかしまたすぐに松仔と立ちあがらせた。私はこれは近代台湾史の変遷を隠喩していると考えている。

小説家と歴史家の最大の違いは、小説家は歴史や人物や時代を紹介するだけでなく、読者の心を動かすことをもっとも重視しているという点である。だから、私の小説の登場人物には「情」と「愛」と「憾（恨み、心残り）」を持たせた。だから、また「我を知るものは我が多情を謂《い》い、我を知らざる者は我が胡謅《こすう》（でたらめ）を謂う」となる。この点では、私は南宮博（香港・台湾で活躍した歴史小説家）の影響を受けている。

あの時代を十分に反映するために、私はまた多くの人（台湾の各エスニックグループ）、地（瑯嶠、打狗、台湾府）、事（一八六七年のローバー号と一八六七年の樟脳事件）を溶けあわせた。母（鳳山出身）を記念するために、埤頭、鳳山、新城、亀山、観音亭（いまの左営にある興隆寺の前身）をとくに詳しく描いた。

私はまた姚瑩が台湾に残した側室の息子も描いた。もちろん真実ではない。非礼な点は、姚家の子孫の方々にお詫びしたい。これによって、私は清国の役人が家族を伴なって来台することが許されなかった不合理な施策と、あったかもしれない後遺症を描いたのである。劉明燈、姚瑩はみな在台した清朝の能吏である。しかし、いまの台湾人にはずっと知られてこなかった。それで本書を借りて、これらの台湾に功績のあった人物を紹介したのである。

長いあいだ、台湾の色〔台湾では民進党は緑、国民党は青と色分けされる〕の対立に直面して、ずっと深く考えさせられてきた。日本の歴史大河ドラマは日本の先人を描き、どの登場人物にもほとんど肯定的な態度で良い面を描き、日本人に自分たちの先祖を賛美し、尊敬する気持ちを持たせており、「大和」の旗印のもとに団結する愛国心を生みだしている。例えば、明治初年の討幕派（維新派）と佐幕派（新撰組）を描いても、理念は対立するが、登場人物はだれもみな忠実に職務を果たす心意気が表現されている。徳川と豊臣の争いを描く場合も、それぞれが主人に忠実で力を尽して死ぬまで戦う姿が、英雄的に描かれている。だから、日本の大河ドラマは、理念がぶつかりあっても、絶対多数の人物が善人であり、正統であり、英雄なのだ。

海峡両岸で撮られる歴史ドラマは、宮廷の女性たちの陰謀に満ちた争いか、皇族の血で血を洗う権力争いかであり、白か黒か、善人か悪人かといった過去の講談時代のような役柄の明確な対立ものばかりが続いている。比べてみると、様式が小さすぎる（日本の大河ドラマの音楽は交響曲であり、両岸の連続劇の音楽は流行曲である）。もっとひどいのは、ドラマで描かれているのが、往々にして人間性の暗い面であることだ。娯楽に教育的効果を求める際には、絶対に八股、すなわち紋切型であってはならない。台湾の映画・テレビ界に台湾史の連続ドラマを撮影する気があるなら、日本に見習うべきであろう。

私が台湾史の小説を書いたその動機は、良い物語と良いシナリオを書き、台湾の先人の努力と奮闘史を描き、台湾の先人の無力さと無知を描き、台湾の先人と当時の国際社会の連動する関係を書き、私たちの台湾の祖先の血と涙と足跡を書き残して、私たちの次の世代にいっそう台湾を理解させ、祖先を理解させ、台湾にアイデンティティを感じさせ、台湾を団結させたかったからである。天佑《てんゆう》台湾。

【注】

（1）羅効徳・費徳廉訳『李仙得台湾紀行』国立台湾歴史博物館、二〇一三年。二八三—二八四頁参照。

（2）一八六九年二月二十八日、トキトクの領土、射麻里村において南瑯嶠十八社の頭目トキトクの要求により、（瑯嶠の）東方の丘陵と東部海域のあいだ、そしてすでに知られている三本マストの帆船ローバー号の乗組員がクアール人によって殺害された場所において、私ことアメリカ駐廈門およびフォルモサ領事であるルジャンドルは、一八六七年に上記トキトクとのあいだで達した合意の覚書として、この文書を付与する。この内容はアメリカ政府に承認されており、北京に駐在する各国公使からも同意を得られるものと信じる。次の通りである。

遭難者は、トキトクの支配する十八社のどの社からも友好的に扱われるであろう。もし可能なら、彼ら（船の遭難者）は上陸するまえに赤い旗を掲げるべきである。

バラスト水と飲み水について。船に補給しようと、船員を上陸させようとするなら、必ず赤い旗を掲げ、そして岸からも同様の赤い旗が掲げられるのを待たねばならず、そうでなければ上陸できない。上陸するときも、指定された地点に限られる。彼らは山中や村落に行くことはできない。しかし、可能なときには、チュラソ港（南湾の東南の岬の北の東海岸の最初の川）か、大板埒渓（ローバー号の船員が殺害された岩礁の西）に限って、行くことが許される。後者は、東北モンスーンの季節には、水を得るのに良い土地である。これらの条件外で上陸する者は、自ら危険を冒すことになる。もし現地人とのあいだに問題が起こっても、政府に保護を求めることはできない。そのような情況では、安否は保障されない。

ルジャンドル　アメリカ領事

証人：フォルモサ南部税関税務司満三徳先生

証人兼通訳：ピッカリング

〔訳者注〕参考資料に、水野遵「台湾征蕃記」（『大路水野遵先生』大路事務所、一九三〇年）二八〇頁がある。

（3）『李仙得台湾紀行』（注1参照）四四一頁参照。

訳者あとがき――解説にかえて

下村作次郎

陳耀昌は異色の作家である。台湾大学医学部教授として小説を発表したのは、六十歳を過ぎてからである。処女作は二〇一二年に出版した『福爾摩沙《フォルモサ》三族記』（遠流出版）、続いて二〇一五年に『島嶼《とうしょ》DNA』（印刻文学生活雑誌出版）を出版、本書は三作目で、『傀儡花《かいらいか》』と題して二〇一六年に出版された。邦題は『フォルモサに咲く花』である。

さて、本書は一八六七年に台湾の墾丁《こんてい》で発生したローバー号事件を描いている。ローバー号事件とは、アメリカの船舶ローバー号が、台湾の恒春半島の鵝鑾鼻《がらんび》から十六キロ沖合の七星巌で座礁したために、十四人の乗組員が二艘のサンパン（舢舨）で墾丁の海岸に上陸し、そこで十三人が現地人に殺され、ハント船長夫人も、男性と間違われて首を狩られた事件である。殺害したのは、クアール社の原住民族で、事件は三月十二日に起こった。襲撃から逃れたのは、徳光という広東人のコックひとりであった。小説はこの事件が起こる日のクアール社の朝の描写からはじまっている（写真[1]①）。

本書は、この事件が起こった三月十二日から「南岬《なんこう》の盟」が結ばれる十月十日までの七か月のあいだの出来事を描いている。ローバー号事件の解決に立ちあがったアメリカの駐厦門領事のルジャンドル（写真②）を中心に、国籍や民族が異なるさまざまな人物が登場して、さまざまな話が描かれ、多重奏の重厚な作品となっている。ちなみに、登場人物には、アメリカ人、イギリス人、アイルランド人、そして清国人がいて、また台湾に住む漢人である福佬人や客家人の移民、そして自らを漢人と見なしている福佬人と平埔族との混血の土生仔《トゥサンア》（写真③）や、平埔族のマカタオ、さらに当時「生番」や「土番」と呼ばれた原住民族の傀儡番（今日ではパイワン族やルカイ族と分類される）がいる。また「エピローグ」では日本人も登場し、これまでの台湾文学では書かれたことのないスケールの大きな、多国籍かつ多民族の人々が織りなす世界が描かれている。

①大尖山（亀鼻山）と船帆石
コーモラント号の船員フェンコック画

②ルジャンドル。1863年

本書には、本文の小説のほかに原書に収められた「楔子《せっし》」と「後記一　私はなぜ『傀儡花』を書いたか」と「後記二　小説・史実と考証」の三編を訳出し、附録として巻末に付した。この三編には作者がこの小説を書いた動機や理由、さらにその手法や材料について詳しく述べられている。小説を読み終わってから、これらの文章を読むと、読み終わったばかりの虚構の世界にあらためて引きもどされるだろう。

「楔子」によると、作者とローバー号事件との出会いは、牡丹社事件の調査のついでに立ち寄った墾丁の荷蘭公主廟（オランダ王女廟）から生まれた。荷蘭公主廟、また八宝宮とも呼ばれる廟にはオランダ王女が祀られていると伝わっているが、実はその王女はローバー号事件の犠牲者のハント夫人であることを作者は発見する。そして、この発見によって、新たな台湾史の解釈・構築へと大きく飛翔する。

さて、ローバー号事件の犠牲者ハント夫人を祀る廟を発見した作者は、もともと構想していた一八七四年の牡丹社事件（台湾出兵）を描かず、台湾史の転換点として、より重要だと知ったローバー号事件発生の一八六七年を描くことになる。作者は「後記一」において、次のように述べている。

……一八六七年は台湾史上重要な一年である。この年は、康熙帝が台湾渡航禁止を公布してから（一六八三年）、台湾および台湾人が世界史から百八十四年間、姿を消してのち、再び国際舞台に登場した年である。

③中央で腕組みしているのが棉仔、その左ルジャンドル、右ピッカリング

と。そして、

興味深いのは、舞台の主人公は、当時、台湾を治めていた大清国の文官や武将ではないことである。彼らは脇役に過ぎない。主人公は、大清朝廷およびその治下の民衆が軽蔑する生番の大頭目である。そして場所は、当時「政令がおよばず、化外《かがい》の地」であり、現代の台湾人にはあまりなじみがない「瑯嶠《らんきょう》の傀儡山」だということである。

作者が本書を描いた動機は、ここに明確である。また、ここに述べられているように、一八六七年の歴史の主人公は「生番の大頭目」、すなわちチュラソのトキトクである。と同時に、このトキトクと共に、歴史のもう一方の立役者となったのは、ルジャンドルである。当時、アメリカは台湾には領事館を置いておらず、厦門領事館が兼務していた。その領事の任にあったのが、南北戦争で負傷し、除隊したばかりのルジャンドルであった。

小説は、南北戦争で片目を失い、そのうえ妻の裏切りにあって、ひとり息子を連れて人生の目標を失っていたルジャンドルが、フォルモサ台湾で起こったこの事件の解決に仕事の意義を見出すという設定で、展開されていく。ルジャンドルがこの事件を知ったのは、厦門赴任後まもない四月一日のことであった。ルジャンドルは、この事件は清国領内の海域で起こった船難事故であり、さらに清国政府の統治下にある住民、すなわち当時「生番」あるいは「土番」と呼ばれていた原住民族が起こした殺害事件であるとして、清国政府が処理に当たり、その責任

一府三県（一六八四—一八七四）

福建省—台厦兵備道（道台）
- 台湾府（知府）
  - 三県（知県）（台湾県・諸羅県・鳳山県）
  - 一台防（同知）
- 台湾鎮台（総兵）
  - 府城
  - 南路
  - 北路
  - 安平
  - 澎湖

を取るべきだと考え、事件の解決に臨んだ。アメリカにも「生番」に類似した「インディアン」、すなわちネイティブアメリカンの存在があるという発想だった。

それゆえ、ルジャンドルは問題解決のために、アメリカの戦艦アシュロット号に乗船して、当時、台湾道を管轄していた福建省の省都福州に行き、閩浙総督と福建省巡撫に事件の報告を行ない、さらに台湾府（台南）に寄り、呉大廷道台、劉明燈総兵たちと会見する。このようにルジャンドルは、事件の一方の当事者を清国とみなして、事件解決をはかろうと行動を開始した（上図は、李筱峯・劉峯松著『台湾歴史閲覧』自立晩報社、一九九九年を参照して作成した）。

しかしながら、清朝は一六八三年に台湾を統治して以来、原住民族の住む「番地（山地）」を「化外の地」と見なしてきた。それゆえ、例えば、台湾道台の呉大廷はルジャンドルの出兵要請に対して「出兵を拒否する」と返答しているが、それは「版図に隷属せず」という理由からだった。つまり、枋寮以南の地は、当時、清朝にとっては上瑯嶠十八社と下瑯嶠十八社の傀儡番が住む「化外の地」であったのである。こうした朝廷の支配のおよばない「化外の地」で発生したことについては、清朝政府は責任を負わないという態度を取っていたのである。ルジャンドルは、ローバー号事件を通して清国のこのような台湾

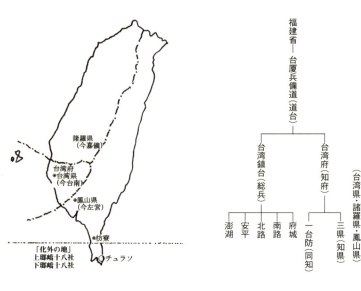

④-1 傀儡山の原住民族

④-2 平埔族の娘（鳳山県）

認識を深く知るようになった。

本書にはもうひとり重要な主人公が存在する。それは蝶妹《ティアモエ》である。蝶妹は客家人の林山産とトキトクの妹マチュカのあいだに生まれた娘であり、弟はのちにチュラソの大頭目となる文杰《ブンキッ》（潘文杰。一八七九年恒春県城築城の際に清朝政府より「潘」姓を賜る）がいるという設定となっている。但し、「後記二　小説・史実と考証」で明らかにされているように、蝶妹は虚構の人物である。

本書を歴史小説と思って読み進めた読者は、この点に違和感を覚えるのではないだろうか。作者自身が「後記二」で、「本書で書いた実在した人物、例えばルジャンドル、劉明燈、ピッカリング、トキトクなどの行動、何月何日某地（社寮、柴城、大繡房）に到るとか、さらには船の出港時間や戦争の経過、和議に到る過程などは、ほとんどみな史料や記録に拠っている。」と書いているように、歴史小説の体裁を取っているからである。

作者は、これまでの歴史の教科書にも載っていない「一八六七年」を、ローバー号事件に視点を当て、想像力豊かに描いた。まさに歴史小説の「虚構をもって歴史を逆照射する」[2]という手法で本書を書いた。但し、本書は、今述べたように、一方では歴史事実を踏襲して忠実に小説を構想しながら、その一方で蝶妹という虚構の主要人物を創造し、大胆に物語を展開しているのである。つまり、「虚構をもって歴史を逆照射する」、そのための道具立てとして、ひとりの主人公を虚構した。果たして、こうした手法は歴史小説の範疇に属するものだろうか。

蝶妹は、下瑯嶠十八社と清国軍とのあいだで戦争が起こらないようにするために、ルジャンドルと接触して、トキトク側の情報を伝え、戦争の回避を願う。そうした過程で、思いがけずルジャンドルに犯されるという事態が生じる。このような展開についても、作者は「後記二」で詳細に語っている。作者が述べるように、ルジャンドルの行為は当時の国際環境下における列強の台湾侵犯を象徴的に表現していると言える。そのことは本書の描写を通じて十分に理解できるが、蝶妹という虚構の人物が今後読者のなかでどのように想像され、育っていくか、その点にこそ蝶妹の虚構の意味が生まれてくる。

作者の想像力は、蝶妹や文杰、はたまた棉仔《ミア》や松仔《ソア》、さらにバヤリンやイサの活躍のなかで、トキトクとルジャンドルの「南岬の盟」締結の実現へと展開していく。この「南岬の盟」は、原住民族が歴史上文明国とはじめて正式に交わした「和議」として、いま大きな注目を浴びている。作者が描いたトキトク、さらに清国の総兵劉明燈と会見したトキトクのふたりの娘たちの毅然とした態度は、作者の想像力と本書の意義を際立たせる、感動を生む場面となっている。

なお、架空の人物は、蝶妹にとどまらず、松仔、サリリン、ララカン、陳廟祝がいる。

ところで、本書はまた「花シリーズ台湾史三部曲」の第一作でもある。第二作は二〇一七年に出版された『獅頭花』、第三作は今年六月に刊行された『苦楝花』で、いずれも印刻文学生活雑誌出版から上梓された。なお、本書は国立台湾文学館の長編小説部門の二〇一六年台湾文学金典賞を受賞し、『獅頭花』は新台湾和平基金会の第二期台湾歴史小説賞を受賞している。また、本書は、来年、台湾の公共テレビで連続「大河ドラマ」として放映されることが決まっている。

さて、「花シリーズ台湾史三部曲」と銘打たれたこれらの作品の時代背景は、『フォルモサに咲く花』は、見てきたように一八六七年に発生したローバー号事件を描き、『獅頭花』はその八年後の一八七五年に屏東県獅子郷で大亀文王国と大清帝国とのあいだで発生した獅頭社戦役を描いている。『苦楝花』はさきごろ出版されたばかりで、私はまだ見ていないが、孫大川の推薦文によると、「一八七四年から一八九六年に花蓮、台東で展開された『開山撫番』政策のなかで」発生した原住民族と清国軍との「三つの武装衝突事件」、すなわち一八七七年の大港口事件、一八七八年の加礼宛事件、一八八八年の大庄事件を描いているという。ちなみに『獅頭花』で描かれた獅頭社戦役も、「開山撫番（山を開き番を撫す）」政策（詳細は本文注42参照）が展開されるなかで発生した。

「開山撫番」とは、一八七四年五月に西郷従道《じゅうどう》（当時の肩書は台湾蕃地事務都督）が率いる日本軍の社寮上陸によってはじまった「台湾出兵」（牡丹社事件）後に、欽差《きんさ》大臣（欽差大臣とは、問題解決のために臨時に皇帝より全権委任を受けた大使のこと）として台湾に派遣された沈葆禎《しんほてい》が清の皇帝に建議して進めた政策である。清国は従来、台湾の「番地（原住民族が住む山地）」を中華文明のおよばない「化外の地」とみなして統治してこなかったが、台湾の重要性に気がついた沈葆禎は、積極的に山地の道路を開発し、「番地」を支配する政策の実施に乗り出した。そのため原住民族とのあいだで多くの事件が発生したのである。作者はまた、この「花シリーズ台湾史三部曲」を「開山撫番三部曲」とも名付けている。

本書はこのように清国が台湾の重要性に気づき「開山撫番」政策を進めるようになるまえの、台湾を「化外の地」と見なしていた時代を描いている。「楔子」に次のように書かれている。

昼間に訪ねた牡丹社事件のたくさんの歴史的な場所は、どこもこの海岸ほど重要ではないと言えよう。一八六七年にこの砂浜で台湾史の蝶が最初に羽ばたき、その羽ばたきから一八七四年の日本人の「台湾出兵」が生じ、つづけて一八七五年の沈葆楨の「開山撫番」が生じ、一八八五年の「台湾建省」が生じた。さらに一八九五年から一九四五年にいたる五十年の「日本統治時代」もこの羽ばたきから生じたのだ。日本人が台湾を離れるまで、この砂浜で生まれた台湾史の蝶はその力を発揮し、そして忽然として止まったのだ。

近年日本でも、牡丹社事件への関心が見られる。管見するところでは、牡丹社事件発生の原因となった一八七一年十一月の琉球人遭難事件を描いたパタイ著・魚住悦子訳『暗礁』（草風館、二〇一八年）や平野久美子著『牡丹社事件　マブイの行方日本と台湾、それぞれの和解』（集広舎、二〇一九年）の出版、そして二〇一九年六月八日に福岡大学で開催された日本台湾学会での大浜郁子報告「近代日本の沖縄と台湾に対する『植民地責任』の創造と『転型正義』――『牡丹社事件』を中心に」などがある。作者が「台湾史の蝶が最初に羽ばたき」と位置づけるローバー号事件、あるいは「一八六七年」を描いた本書は、タイミングよく日本の文化界に新たな視角を提供することになるだろう。

「エピローグ」では、一八七二年に厦門領事を辞してのち、明治政府の外交および軍事顧問となり、日本人と結婚したルジャンドルへと話が展開し、日本統治時代の台湾始政四十周年記念台湾博覧会に出席した、ルジャンドルの孫娘でオペラ歌手の関屋敏子が登場する。今日、日本では、一八七四年の台湾出兵に協力したルジャンドルは、ほとんど忘れられた人物である。本書によって、我々日本人は、ルジャンドルへの評価を含めた、陳耀昌という台湾人作家の野心作に向き合うことになるのである。

最後に私が本書を訳すことになった経緯を述べておきたい。私が本書に出会ったのは、台湾原住民文学研究者の孫大川（現、台湾監察院副院長）さんの紹介による。原書の『傀儡花』は、作者の陳耀昌さんから初めてお会いしたときに頂いたが、サインの日付は二〇一六年八月十五日となっている。それ以来、陳耀昌さんとは孫大川さんや平埔族の音楽研究者の林清財さんたちと会う際に、よく会うようになった。その頃は、本書を訳すことなど考えていなかった。しかし、二〇一七年九月にシャマン・ラポガンの『大海に生きる夢　大海浮夢』（草風館）の翻訳が終わった時点で、孫大川さんより紹介されていた本書を読み、はじめて本書を翻訳することを決心したのだった。爾来、今日まで翻訳作業を続けてきたが、多数の歴史史料をもとに書かれた作品だけに大変な仕事になった。

この間、インターネットでの検索はもちろんのこと、それ以外に作者が依拠したたくさんの資史料をできるだけ集めて読んできたが、そのなかの主なものだけを以下にあげておきたい。身近なものとしては、伊能嘉矩「第七章　米船ローヴァー号遭難事件」（『台湾文化志』下巻、刀江書院、一九六五年復刻、初版一九二八年）、および羽根次郎「ローバー号事件の解決過程について」

⑤出火（陳耀昌氏提供）

（『日本台湾学会報』第十号、二〇〇八年五月）があり、特に後者の論考によってローバー号事件の基礎知識を得ることができた。ルジャンドル自身が書いたものとしては、李仙得著、費徳廉・蘇約翰主編、羅効徳・費徳廉中訳『台湾紀行』（国立台湾歴史博物館、二〇一三年九月）がある。なお、本書には英文版『Notes of Travel in Formosa』（国立台湾歴史博物館、二〇一二年三月）がある。

その他、潘文杰関係では、徐如林・楊南郡著『與子偕行』（晨星出版社、一九九三年四月）、ルジャンドルの日本人家族については、里見弴著『羽左衛門伝説』（毎日新聞社、一九六九年二月）を参照した。

事典や一般知識については、呉密察監修、遠流台湾館編著、横澤泰夫編訳『台湾史小事典』（中国書店、二〇一〇年九月、増補改訂版）、李筱峯・劉峯松合著『台湾歴史閲覧』（前掲）などを参照した。地図については、郭俊麟主編、郭俊麟・魏徳文・鄭安晞・黄清琦著『台湾原住民族歴史地図集　導読指引』（原住民族委員会、二〇一六年四月）、呉密察・翁佳音審訂、黄清琦・邱意恵・蔡泊芬地図絵製、黄駿・黄裕元撰文『台湾歴史地図』（国立台湾歴史博物館、二〇一五年二月）を参考にした。

本書の舞台となった恒春半島は、かなりの回数訪れている。天理大学に在職中は、台湾文化実習という授業で全島一周や南部研修などを実施した際に、鵝鑾鼻や墾丁国家公園、南湾の海水浴場、恒春の旧城、車城などを回った。その後、近年になってからは、プユマの作家パタイさん夫妻の案内で、パタイさんの実家のあるタマラカウ（大巴六九）をはじめ、牡丹社事件と関係する場所などを何度か見てまわり、その過程で本書に描かれたチュラソや出火（写真⑤）も訪れた。また、本書の翻訳に取りかかってからは、昨年の八月に鳳山旧城や高雄港を、十月に台南の大天后宮を見学した。さらに今年の二月には詩人の鄭烱明さん夫妻の案内で蝶妹や松仔が往来した旗後や哨船頭、そして旧イギリス領事官邸を見てまわり、本書の作品世界の地理空間を味わった。

最後に本書の翻訳について触れておきたい。翻訳はどの作品もみなそれぞれ困難をともなうものだが、本書はまた違った苦労を味わった。圧倒的な資史料を渉猟し、歴史現場に何度も足を運んで思う存分に作家の想像力を膨らませた本書の翻訳は一筋縄ではいかなかった。訳稿を仕上げるのに思った以上に、時間がかかった。その間、作者にはメールで頻繁に質問をして、作品の理解に努めた。このことに作者は一度も嫌な反応をされず、いつも懇切丁寧に回答してくださった。こうしてようやくできあがった訳稿は、台湾原住民文学研究者の魚住悦子さんに全文見ていただいた。魚住さんは、パタイさんの『タマラカウ物語』（上・下）や『暗礁』（以上、草風館）の翻訳、さらにパタイさんの十冊におよぶ長編歴史小説の研究を通じて、(3)恒春半島の歴史や地理、さらにプユマ族やスカロ族やルカイ族などのエスニック状況に詳しく、二か月かけて訳稿の検討をしていただいた。本書はもともとふたりの共訳で引き受けたものだった。時間的な事情から最終的には私ひとりの仕事となったが、誤訳が訂正され、日本語が読みやすくなったのは、魚住さんの徹底した訳稿の修正のお蔭である。ここにこのことを記して改めてお礼申し上げたい。また、訳文や誤訳の検討については、編集担当者の家本奈都さんにも深くお礼申し上げねばならない。家本さんも多くの時間をかけて徹底した意見を入れてくださった。お蔭で、本書はいっそう磨きがかかった邦訳書になったと自負している。

その他、本書が日本で出版できるようになるまでに多くの人々のお世話になっている。とくに翻訳の難しさと重要性を熟知されている日本文学研究者の林水福さんや翻訳家の邱振瑞さん、さらに国立清華大学の王恵珍さん、国立台湾文学館研究典蔵組の陳慕真さんのお名前をあげておきたい。

作者は、いまは台湾大学名誉教授の立場にあるが、退職後も昼間は週五日台湾大学病院で、患者の診察を行なっている。私が面識を得てから、「花シリーズ台湾史三部曲」の第二作『獅頭花』と第三作『苦楝花』を上梓されたが、創作の執筆は早朝に起きて、午前中に行うとのことだった。その他、作家としての講演活動や、国内外での学会への参加、講演活動を行ない、大変多忙な日々を送られている。

最後に、原書には童春発、紀蔚然、呉密察三氏の推薦序が収録されているが、本書では割愛させていただいたことをお断りしておきたい。

本書の翻訳出版に際しては、台湾政府文化部から助成を受けることができた。記して深くお礼申し上げる。

（二〇一九年七月十一日）

【注】

（1）写真の出典は次の通りである。①*"Conflict Between H. M. S. Cormorant and The Savages of Formosa"* 一八六七年六月十日付『イラストレイテッド・ロンドンニュース』。②『台湾紀行』（前掲）xci頁。③『台湾紀行』（前掲）三〇四頁。④『台湾紀行』（前掲）一六三頁。⑤撮影日二〇一二年五月三十一日。

（2）尾崎秀樹・菊池昌典『歴史文学読本　人間学としての歴史学』平凡社、一九八〇年三月、十一頁参照。

（3）魚住悦子「タマラカウの視点―原住民作家パタイの創作―」『天理台湾学報』第二十八号、二〇一九年七月。

著者略歴

陳耀昌（ちん・ようしょう、チェン・ヤオチャン）

1949年台湾台南市生まれ。国立台湾大学医学部卒業。ラッシュ大学、東京大学第三内科で研修。1983年台湾ではじめて骨髄移植を成功させる。現任、国立台湾大学医学部名誉教授、台湾細胞医療協会理事長。文学関係主要著作には、『生技魅影　我的細胞人生』（財訊出版社、2006年）、『冷血刺客之台湾秘帖』（前衛出版社、2008年）、『福爾摩沙三族記』（遠流出版、2012年）、『島嶼DNA』（印刻文学生活雑誌出版、2015年。巫永福文化評論奨受賞）、『傀儡花』（同、2016年。台湾文学奨図書類長篇小説金典奨受賞）、『獅頭花』（同、2017年。新台湾和平基金会台湾歴史小説奨佳作奨受賞）、『苦楝花 Bangas』（同、2019年）がある。

訳者略歴

下村作次郎（しもむら・さくじろう）

1949年新宮市生まれ。関西大学大学院博士課程修了。博士（文学）。現任、天理大学名誉教授。著作に『台湾文学の発掘と探究』（田畑書店、2019年）、共著に『台湾近現代文学史』（研文出版、2014年）、翻訳書に呉錦発編著『悲情の山地』（監訳、田畑書店、1992年）、『台湾原住民文学選』全9巻（共編訳、2002～2009年）、孫大川著『台湾エスニックマイノリティ文学論』（2012年。一等原住民族専業奨章受章）、シャマン・ラポガン著『空の目』（2012年）、『大海に生きる夢』（以上草風館、2017年。第5回鉄犬ヘテロトピア文学賞受賞）、陳芳明著『台湾新文学史』（共訳、東方書店、2015年）などがある。

原書　『傀儡花』陳耀昌著／印刻文学生活雑誌出版／2016年

フォルモサに咲く花

二〇一九年九月三〇日　初版第一刷発行

著　者●陳耀昌
訳　者●下村作次郎
発行者●山田真史
発売所●株式会社東方書店
東京都千代田区神田神保町一―三　〒一〇一―〇〇五一
電話〇三―三二九四―一〇〇一
営業電話〇三―三九三七―〇三〇〇
校閲・装幀●加藤浩志（木曜舎）
印刷・製本●シナノパブリッシングプレス

定価はカバーに表示してあります

ISBN978-4-497-21916-9　C0097